鍾基 李先銀 王身鋼 譯注

古文觀止

【重校本】

（下）

中華書局

目錄

下冊

卷七

李密　五八九

陳情表　五八九

王羲之　五九五

蘭亭集序　五九五

陶淵明　六〇〇

歸去來辭　六〇〇

桃花源記　六〇五

五柳先生傳　六〇九

孔稚珪　六一二

北山移文　六一二

魏　徵　六二三

諫太宗十思疏　六二三

駱賓王　六二八

為徐敬業討武曌檄　六二八

王　勃　六三五

滕王閣序　六三五

李　白　六四六

與韓荊州書　六四六

春夜宴桃李園序　六五二

李　華　六五四
弔古戰場文　六五四
劉禹錫　六六二
陋室銘　六六二
杜　牧　六六五
阿房宮賦　六六五
韓　愈　六七一
原　道　六七一
原　毀　六八二
獲麟解　六八八
雜說一　六九〇
雜說四　六九二

卷八

師　說　六九七
進學解　七〇三
圬者王承福傳　七一二
諱　辯　七一八
爭臣論　七二三
後十九日復上宰相書　七三三
後廿九日復上宰相書　七三八
與于襄陽書　七四四
與陳給事書　七五〇
應科目時與人書　七五四
送孟東野序　七五七
送李愿歸盤谷序　七六三
送董邵南序　七六九
送楊少尹序　七七二
送石處士序　七七六

送溫處士赴河陽軍序　七八一
祭十二郎文　七八六
祭鱷魚文　七九六
柳子厚墓誌銘　八〇〇

卷　九

柳宗元　八一三
駁復仇議　八一三
桐葉封弟辨　八一九
箕子碑　八二二
捕蛇者說　八二七
種樹郭橐駝傳　八三二
梓人傳　八三七
愚溪詩序　八四五
永州韋使君新堂記　八五〇

鈷鉧潭西小丘記　八五五
小石城山記　八五八
賀進士王參元失火書　八六一
王禹偁　八六八
待漏院記　八六八
黄岡竹樓記　八七五
李格非　八八一
書洛陽名園記後　八八一
范仲淹　八八五
嚴先生祠堂記　八八五
岳陽樓記　八八九
司馬光　八九四
諫院題名記　八九四

錢公輔 八九七
義田記 八九七
李　覯 九〇四
袁州州學記 九〇四
歐陽修 九一〇
朋黨論 九一〇
縱囚論 九一六
釋祕演詩集序 九二〇

卷　十

梅聖俞詩集序 九二七
送楊寘序 九三二
五代史伶官傳序 九三五

五代史宦者傳論　九四〇
相州晝錦堂記　九四四
豐樂亭記　九四九
醉翁亭記　九五三
秋聲賦　九五八
祭石曼卿文　九六三
瀧岡阡表　九六七
蘇洵
管仲論　九七八
辨奸論　九八五
心術　九九〇
張益州畫像記　九九八
蘇軾　一〇〇七
刑賞忠厚之至論　一〇〇七
范增論　一〇一三

留侯論　一〇一九
賈誼論　一〇二五
鼂錯論　一〇三二

卷十一

上梅直講書　一〇三九
喜雨亭記　一〇四三
淩虛台記　一〇四七
超然台記　一〇五一
放鶴亭記　一〇五七
石鐘山記　一〇六一
潮州韓文公廟碑　一〇六六
乞校正陸贄奏議進御箚子　一〇七六
前赤壁賦　一〇八一
後赤壁賦　一〇八七

三槐堂銘 一〇九一
方山子傳 一〇九七
蘇　轍 一一〇二
六國論 一一〇二
上樞密韓太尉書 一一〇七
黃州快哉亭記 一一一三
曾　鞏 一一一九
寄歐陽舍人書 一一一九
贈黎安二生序 一一二七
王安石 一一三二
讀孟嘗君傳 一一三二
同學一首別子固 一一三四
遊褒禪山記 一一三八
泰州海陵縣主簿許君墓誌銘 一一四三

卷十二

宋濂 一一五一
送天台陳庭學序 一一五一
閱江樓記 一一五六
劉基 一一六三
司馬季主論卜 一一六三
賣柑者言 一一六七
方孝孺 一一七二
深慮論 一一七二
豫讓論 一一七七
王鏊 一一八四
親政篇 一一八四

王守仁 一一九三
尊經閣記 一一九三
象祠記 一二〇二
瘞旅文 一二〇七
唐順之 一二一五
信陵君救趙論 一二一五
宗臣 一二二四
報劉一丈書 一二二四
歸有光 一二三〇
吳山圖記 一二三〇
滄浪亭記 一二三四
茅坤 一二三九
青霞先生文集序 一二三九

王世貞 一二四六
藺相如完璧歸趙論 一二四六
袁宏道 一二五〇
徐文長傳 一二五〇
張溥 一二五八
五人墓碑記 一二五八

卷七

李密

李密（二二四—二八七），字令伯，一名虔，犍為武陽（今四川彭山）人。曾任蜀國尚書郎。晉滅蜀後，晉武帝召他任職，他以祖母年老多病，無人奉養為由推辭，直到祖母去世後，才出任尚書郎、漢中太守等職。最後被讒罷官，死於家中。

陳情表

這篇文章是李密寫給晉武帝推辭官職的奏章。由陳述孤苦的身世入手，描述自己在奉親和應詔之間的尷尬處境，從而申明無法應詔的原因。全文駢散相間，感情濃郁深厚，文筆簡潔流暢，被讚為「沛然從肺腑中流出，殊不見斧鑿痕」。

臣密言：臣以險釁①，夙遭閔凶。生孩六月，慈父見背；行年四歲，舅奪母志②。祖母劉，愍臣孤弱，躬親撫養。臣少多疾病，九歲不行，零丁孤苦，至於成立。既無叔伯，終鮮兄弟，門衰祚薄，晚有兒息③。外無期功強近之親④，內

無應門五尺之童⑤，煢煢孑立⑥，形影相弔。而劉夙嬰疾病⑦，常在牀蓐，臣侍湯藥，未嘗廢離。

【注釋】

①險釁（xìn）：厄運。
②舅奪母志：舅父逼迫母親放棄守寡的志願而改嫁。
③息：兒子。
④期（jī）：是「期服」的簡稱，指服喪一年。期，周年。功：喪服有大功、小功，為不同親疏的死者穿不同喪服，服喪時間也分為九個月、八個月或三個月不等。
⑤童：僮僕。
⑥煢煢（qióng）：孤獨無援的樣子。孑（jié）立：單獨而立。
⑦嬰：糾纏。

【譯文】

臣李密呈言：臣由於命運多舛，從小遭遇不幸。生下來才六個月，慈父就去世了；長到四歲，舅父又逼迫母親改變守節心願而改嫁。祖母劉氏，憐憫臣孤苦弱小，就親自撫養。臣從小經常生病，到九歲還不能行走，始終孤獨無依，直到長大成人。家族內既沒有叔伯，也缺少兄弟，門庭衰落，福分淺薄，很晚才有兒子。外面沒有關係密切的親戚，家裏沒有照應門戶的僮僕，臣平時十分孤單，只有自己的影子做伴。而祖母劉氏很早就疾病纏身，時常臥牀不起；臣侍奉她服用湯藥，從來沒有離開過。

逮奉聖朝，沐浴清化。前太守臣逵[1]，察臣孝廉[2]，後刺史臣榮[3]，舉臣秀才[4]。臣以供養無主，辭不赴命。詔書特下，拜臣郎中[5]，尋蒙國恩，除臣洗馬[6]。猥以微賤，當侍東宮，非臣隕首所能上報。臣具以表聞，辭不就職。詔書切峻，責臣逋慢[7]，郡縣逼迫，催臣上道，州司臨門，急於星火。臣欲奉詔奔馳，則以劉病日篤，欲苟順私情，則告訴不許。臣之進退，實為狼狽。

【注釋】

①太守：郡的長官。

②孝廉：漢武帝時所設察舉科目，由地方向中央推舉孝順、廉潔的人才。

③刺史：州長官。

④秀才：優秀人才，當時選拔人才的一個科目。

⑤郎中：尚書曹司官員。

⑥除：授職拜官。洗（xiǎn）馬：太子屬官。

⑦逋（bū）慢：逃避、怠慢。

【譯文】

到了當今聖明的朝代，臣身受清明政治的教化。先前是太守逵，推舉臣為孝廉；後來刺史榮，薦舉臣為秀才。臣因為祖母沒有人供養，辭謝沒有遵命。陛下特地下達詔書，任命臣為郎中，不久又蒙受國家恩典，任命臣為太子洗馬。以臣這樣卑微低賤之人去東宮侍奉太子，這實在不是臣拋頭捐軀所能報答的。臣曾將這些情況全部上表陳述，辭謝不去就職。如今詔書又下，急切嚴厲，責備臣迴避怠慢；郡、縣官府催促逼迫，令臣即刻上路；州官登門督促，比星火還急迫。臣想接受詔命馬上趕路就職，但祖母劉氏的病情卻一天比一天加重；想姑且遷就私情，但雖經上訴苦衷，未蒙准許。臣的處境進退兩難，實在狼狽不堪。

伏惟聖朝以孝治天下①，凡在故老，猶蒙矜育，況臣孤苦，特為尤甚。且臣少事偽朝②，歷職郎署，本圖宦達，不矜名節。今臣亡國賤俘，至微至陋，過蒙拔擢，寵命優渥③，豈敢盤桓④，有所希冀？但以劉日薄西山，氣息奄奄，人命危淺，朝不慮夕。臣無祖母，無以至今日；祖母無臣，無以終餘年。母孫二人，更相為命，是以區區不能廢遠⑤。臣密今年四十有四，祖母劉今年九十有六，是臣盡節於陛下之日長，報劉之日短也。烏鳥私情⑥，願乞終養。

【注釋】

①伏惟：舊時奏表中下級對上級的敬稱。

②偽朝：指三國時的蜀國，李密曾任蜀國郎官。

③優渥（wò）：指待遇優厚。

④盤桓（huán）：徘徊。

⑤區區：猶拳拳，形容感情真切。

⑥烏鳥私情：傳說烏鴉能反哺，幼鳥長大後會哺養老鳥。

【譯文】

臣想到聖明的朝代以孝道治理天下，凡屬故舊老人，尚且受到憐恤贍養，何況臣的孤苦情況更為嚴重。而且臣年輕時曾在偽朝蜀漢任職，做過郎官，原來就希望仕途顯達，並不顧惜名譽節操。現在臣是亡國之俘，極為卑微鄙陋，蒙受超常的提拔，恩寵十分優厚，怎敢徘徊觀望，而有非分之想？只因祖母劉氏已如同迫近西山的殘陽，氣息微弱，生命垂危，朝不保夕。臣過去如果沒有祖母的撫育，就不能長大活到今天；祖母現在如果沒有臣的侍奉，就不能度過餘年。臣與祖母二人，此時更是相依為命，正是出於這種內心的私情考慮不願放棄對祖母的侍養而遠出做官。臣密今年四十四歲，祖母劉氏九十六歲，這樣看來，臣今後為陛下效勞盡節的日子還長，而報答贍養劉氏的日子卻已經很短了。臣懷着烏鴉反哺的私情，乞求能為祖母養老送終。

臣之辛苦，非獨蜀之人士及二州牧伯所見明知①，皇天后土，實所共鑒。願陛下矜愍愚誠，聽臣微志。庶劉僥幸，卒保餘年，臣生當隕首，死當結草②。臣不勝犬馬怖懼之情，謹拜表以聞。

【注釋】

①二州牧伯：梁州、益州的行政長官。牧伯，州郡行政長官。

②結草：報恩。根據左傳·宣公十五年的記載，春秋時的晉國大夫魏顆並未遵從父親的遺命將其寵妾殉葬，而是讓她改了嫁。後來他與秦將杜回交戰，只見一個老人結草絆倒杜回，於是將杜回拿下。夜間做夢，夢見老人自稱寵妾之父，特來報恩。

【譯文】

臣的艱難處境，不但蜀地人士和梁州、益州長官目睹心知，就是天地神明，也都看見了。願陛下憐憫臣的愚拙和至誠，准許臣卑微的請求。祖母劉氏最終能僥幸地安度餘年，臣生時獻身，死後變鬼，也應當結草以報答陛下的恩遇。臣懷着犬馬一樣不勝惶恐的心情，謹上表稟報。

王羲之

王羲之（三二一—三七九），字逸少，琅琊（今山東臨沂）人。家居會稽山陰（今浙江紹興），是東晉大世家琅琊王氏家族的子弟。曾任江州刺史、會稽內史、右軍將軍，世稱「王右軍」。晚年稱病辭官，放情山水。他是東晉出色的文學家，也是中國古代著名的書法家，所書蘭亭集序，筆勢如遊龍驚鳳，被譽為「天下第一行書」。

蘭亭集序

這篇序文記述了東晉文壇的蘭亭雅集。文章超越了漢、魏文人單純哀歎人生短暫的舊套，表現了一種在有限的人生中體味宇宙的曠達，和在無限的宇宙中反觀人生的悲涼所交織起來的複雜情緒，而這種情緒才使得它「蒼涼感歎之中自有無窮逸趣」。全文集記事、寫景、抒情、議論於一體，文筆清新自然，感情真摯雋永。

永和九年①，歲在癸丑。暮春之初，會於會稽山陰之蘭亭②，修禊事也③。群賢畢至，少長咸集。此地有崇山峻嶺，茂林修竹，又有清流激湍，映帶左右，引以為流觴曲水④，列坐其次⑤，雖無絲竹管弦之盛，一觴一詠，亦足以暢敘幽情。是日也，天朗氣清，惠風和暢。仰觀宇宙之大，俯察品類之盛⑥，所以遊目騁懷，足以極視聽之娛，信可樂也。

【注釋】

①永和九年：即三五三年。永和，東晉穆帝年號。

②蘭亭：在今浙江紹興西南。會稽郡和山陰縣的治所都在今紹興。

③修禊（xì）：古代人於三月上巳日在水邊薰香沐浴以祛除不祥的一種儀式。曹魏以後，這一天定為三月三日。

④流觴（shāng）：放在水上的酒杯。人們列坐曲水之旁，讓酒杯隨水漂流，漂到誰的面前，誰就取杯而飲。

⑤次：近旁。

⑥品類：萬物。

【譯文】

永和九年，正值癸丑。暮春三月初，我們會集在會稽郡山陰縣的蘭亭，舉行修禊活動。眾多名流賢士都到齊了，老少濟濟一堂。這地方山嶺高峻，林木繁茂，翠竹挺拔，又有清澈湍急的溪水，如同青羅帶一般掩映着兩旁的景物，引溪水作為漂流酒杯的曲折水道，大家依次坐在水側，即使沒有琴、瑟、簫、笛等管弦合奏的盛況，只是一杯酒一首詩，也足以令人暢敘內心情懷。這一天，天氣晴朗，空氣清新，和風習習，溫馨舒暢。抬頭觀覽宇宙的浩大，俯身考察眾多物類的興盛繁茂，藉以縱目遊賞，舒展胸襟，足可以盡情享受耳目視聽的歡娛，實在是快樂。

夫人之相與①，俯仰一世，或取諸懷抱，晤言一室之內；或因寄所託，放浪形骸之外②。雖取捨萬殊，靜躁不同，當其欣於所遇，暫得於己，快然自足，曾不知老之將至。及其所之既倦，情隨事遷，感慨繫之矣！向之所欣，俯仰之間，已為陳跡，猶不能不以之興懷，況修短隨化③，終期於盡！古人云：「死生亦大矣④。」豈不痛哉！

【注釋】

①夫：句首助詞，表示要發表評議。相與：結交，交好。

②放浪：放浪不羈。形骸：身體。

③修短：人的生命長短。隨化：由天地造化決定。化，造化，自然。

④死生亦大矣：語見莊子・德充符引孔子的話。

【譯文】

人們相互交往，俯仰之間就度過了一生，有的人反省內心的感悟，與朋友在一室之內促膝傾談；有的人則在愛好的事物上寄託志趣，縱情狂放地外出遊觀。雖然他們或內或外的取捨千差萬別，沉靜躁動各不相同，但當他們遇到可喜的事情，自己暫有所得，感到欣喜萬分自我滿足時，竟然忘記衰老即將要到來。等到對已獲取的事物感到厭倦，情懷就隨着事物的變遷而變化，又不免會引發無限的感慨！以前所得到的歡欣，頃刻之間就成為歷史的陳跡，對此尚且不能不為之感慨萬端，更何況壽命的長短取決於造化天定，最終要歸結於窮盡呢！古人說：「死生也是一件大事。」這怎麼能不讓人悲痛呢！

每覽昔人興感之由，若合一契①，未嘗不臨文嗟悼，不能喻之於懷。固知一死生為虛誕②，齊彭殤為妄作③，後之視今，亦猶今之視昔，悲夫！故列敘時人，錄其所述。雖世殊事異，所以興懷，其致一也。後之覽者，亦將有感於斯文。

【注釋】

①契：古代的合同文書，左右兩份，中間切斷，雙方各執一份，以作憑信。後來用來比喻符合、契合的意思。

②一死生：把生和死同樣看待。一，認為一樣，同樣看待。

③彭：彭祖，傳說中的長壽之人。殤：夭折。

【譯文】

每次看到前人所發感慨的緣由，像一張符契那樣相合，沒有不對着前人的文章感歎悲傷，可是心裏卻不明白為什麼會這樣。本來就知道把死和生混為一談是虛幻荒誕的，把長壽與夭亡等量齊觀是荒謬虛妄的，後人看待今人，也就像今人看待前人，這是多麼可悲啊！所以要一一列出到會者的姓名，抄錄他們所作的詩篇。儘管時代有別，世事變化，但觸發人們情懷的動因，其情景是相同的。後代的讀者，也將會對這些詩篇有所感慨。

陶淵明

陶淵明（三六五—四二七），字元亮，一名潛，世稱「靖節先生」，潯陽柴桑（今江西九江）人。曾任江州祭酒、鎮軍參軍、建威參軍，四十一歲時任彭澤令，當了八十多天，因不願意為「五斗米折腰」，棄職歸隱，躬耕田園。他是中國古代最著名的田園隱逸詩人。有陶淵明集傳世。蕭統曾評價陶詩：「語時事則指而可想，論懷抱則曠而且真。」而其文則「文章不群，詞采精拔」。

歸去來辭

本文是陶淵明記述辭官歸田的抒懷之賦，集中抒寫了自己對隱居生活的熱切嚮往之情。詩人將為官的經歷總結為「心為形役」，而隱居田園則充滿歸家的喜悅和滿足、拄杖觀景的悠閑、回歸自然的樂趣、樂天知命的適意，點出「今是而昨非」的人生感悟。全文一氣貫注，純真自然，音節和諧，意味醇厚，被歐陽修推崇為「晉無文章，惟陶淵明歸去來辭而已」。

歸去來兮①！田園將蕪，胡不歸！既自以心為形役，奚惆悵而獨悲！悟已往之不諫，知來者之可追，實迷途其未遠，覺今是而昨非。舟搖搖以輕颺②，風飄飄而吹衣。問征夫以前路，恨晨光之熹微。乃瞻衡宇③，載欣載奔。僮僕歡迎，稚子候門。三徑就荒④，松菊猶存。攜幼入室，有酒盈樽⑤。引壺觴以自酌⑥，眄庭柯以怡顏⑦。倚南窗以寄傲，審容膝之易安。園日涉以成趣，門雖設而常關。策扶老以流憩，時矯首而遐觀。雲無心以出岫⑧，鳥倦飛而知還。景翳翳以將入⑨，撫孤松而盤桓。

【注釋】

①歸去來：歸去。來，語氣詞。

②颺（yáng）：船緩緩前進。

③衡宇：以橫木為門的房子，形容屋宇簡陋。

④三徑：據文選李善注所引三輔決錄說，漢代蔣詡歸隱後，只在房前開出三條小路，與兩個隱士往來，「三徑」因此成為隱居生活的象徵。

⑤樽：盛酒器。

⑥觴（shāng）：酒杯。

⑦眄（miǎn）：悠閑地看着。

⑧岫（xiù）：山峰。
⑨翳翳（yì）：昏暗不明的樣子。

【譯文】

回去吧！田園快要荒蕪了，為什麼還不回去！已經自己讓心靈受形體的奴役，為什麼還要內心失望獨自傷悲！我明白了過去的不可追回，知道了未來還可以補救，其實走入迷途還不算遠，我覺得現在正確而以往錯誤。船兒在水中輕輕地搖盪着前進，風兒微微地吹動着我的上衣。向行人打聽前面的路程，恨晨光還是這樣微弱依稀。一看到家門，就一邊懷着滿腔的歡欣一邊奔跑。僮僕出來笑臉迎接，年幼的孩子等候在家門口。園子裏三徑已經荒蕪，我心愛的松樹、菊花還生長着。拉着幼子的手走進家裏，已有備好的美酒盛滿酒樽。舉起酒壺和酒杯自酌自飲，悠閑地看着庭園的樹枝露出了微笑。倚靠着南窗寄託自己傲然自得的情懷，確實感到這小小的容膝之地就可以使人安樂逍遙。每天在庭園內散步自然養成樂趣，雖然安了家門卻常常關着。拄着枴杖走走停停，時時昂首觀望遠方的青天。白雲無心地飄出山谷，鳥兒飛倦了也知道歸來。夕陽暗淡將墜入大地，我仍撫着孤松徘徊流連。

歸去來兮！請息交以絕遊。世與我而相遺①，復駕言兮焉求②？悅親戚之情話，樂琴書以消憂。農人告余以春及，將有事於西疇③。或命巾車④，或棹孤舟。

既窈窕以尋壑⑤，亦崎嶇而經丘。木欣欣以向榮，泉涓涓而始流。羨萬物之得時，感吾生之行休。

【注釋】

①遺：或寫作「違」。

②駕言：駕車。言，語助詞。詩經・邶風・泉水有「駕言出遊」。

③疇：田畝。

④巾車：有帷幕的車。

⑤窈窕（yǎo tiǎo）：山水幽深彎曲的樣子。

【譯文】

回去吧！願意斷絕與世俗的交遊。既然這混濁的社會和我的本性不能相容，我再駕車出來又有什麼可以追求？我喜歡的是親戚間知心的交談，或者是彈琴讀書來化解憂愁。農人告訴我春天來了，將要到那西邊耕種田疇。有時我乘上巾車，有時我乘着一葉小舟。有時沿着幽深曲折的溪水探尋山谷，有時也經過高低不平的山丘。樹木生機勃勃非常茂盛，泉水細細地開始淌流。我羨慕自然界的萬物得到了大好時光，感慨自己的生命將要走到盡頭。

已矣乎①！寓形宇內復幾時，曷不委心任去留？胡為遑遑欲何之？富貴非吾願，帝鄉不可期②。懷良辰以孤往，或植杖而耘耔③。登東皋以舒嘯④，臨清流而賦詩。聊乘化以歸盡，樂夫天命復奚疑！

【注釋】

①已矣乎：算了吧。
②帝鄉：仙境。
③耘耔（zǐ）：鋤草培土。
④皋：水邊高地。

【譯文】

算了吧！寄身天地之間還會有多少日子，為什麼不聽任自己的心願以決定去留？為什麼整天匆匆忙忙還想到哪裏去？榮華富貴不是我的願望，飄渺仙境又不可預期。趁着這大好的時光獨自走了吧，或者就像古代的隱士那樣把手杖插在地上鋤草、培苗。登上東面的高岡放聲長嘯，來到清澈的溪流盡情賦詩。姑且順應自然的變化走到盡頭，高高興興地接受天命還有什麼可以疑慮！

桃花源記

本文是桃花源詩前的小序，約作於永初二年（四二一）。作者用小說的筆法，以一位捕魚人的經歷為線索展開全篇，虛構了一個風景如畫、與世隔絕的小山村。那裏沒有戰亂，民風淳樸，人們自耕自足、怡然自樂，堪稱人間樂土，表現了作者對現實的不滿和對理想社會、和平生活的嚮往。全文筆墨沖淡簡淨，語言精美，境界新奇。

晉太元中①，武陵人捕魚為業②。緣溪行，忘路之遠近。忽逢桃花林，夾岸數百步，中無雜樹，芳草鮮美，落英繽紛。漁人甚異之，復前行，欲窮其林。

【注釋】

①太元：東晉孝武帝司馬曜的年號。

②武陵：郡治在今湖南常德。

【譯文】

晉朝太元年間，有個武陵人以打魚為生。他沿着一條小溪往前行，忘記走了多遠。忽然遇見一片桃樹林，在小溪的兩岸綿延幾百步，其中沒有一棵其他的樹，散發着清香的綠草新鮮又漂亮，鮮豔的桃花紛紛飄落在草地上。這美麗的景致使漁人很驚奇，他又往前走，想要尋到桃林的盡頭。

林盡水源，便得一山。山有小口，彷彿若有光。便捨船從口入。初極狹，才通人。復行數十步，豁然開朗。土地平曠，屋舍儼然①，有良田、美池、桑竹之屬，阡陌交通，雞犬相聞。其中往來種作，男女衣着，悉如外人。黃髮垂髫②，並怡然自樂。見漁人，乃大驚，問所從來，具答之。便要還家③，設酒殺雞作食。村中聞有此人，咸來問訊④。自云先世避秦時亂，率妻子邑人來此絕境，不復出焉，遂與外人間隔。問今是何世⑤，乃不知有漢，無論魏、晉。此人一一為具言所聞，皆歎惋。餘人各復延至其家，皆出酒食。停數日，辭去。此中人語云：「不足為外人道也。」

【注釋】

①儼然：整齊的樣子。
②黃髮：指頭髮變白、變黃的老人。垂髫（tiáo）：指頭髮垂着的兒童。古代幼兒垂髮，稍長總角。
③要（yāo）：邀請，約請。
④咸：都，皆。
⑤何世：幾世皇帝。世，世代。秦始皇廢除謚號，自己之後的皇帝都往下排着稱二世、三世等。

【譯文】

桃林的盡頭是溪水的發源地，在那裏發現一座山。山上有一個小洞口，洞裏好像有些光亮。漁人就捨棄自己的船從洞口進去。開始的一段非常狹窄，剛能通過一個人。又走了幾十步，覺得忽然明亮開闊了。只見土地平坦寬廣，房屋整整齊齊，有肥沃的田野、幽美的池塘和桑樹、竹林之類的植物。田間的小路四通八達、縱橫交錯，雞鳴狗吠的聲音彼此都能聽得到。其中的人來來往往，耕田種地，男男女女的衣着打扮都和外面的人一樣。老人和小孩兒，都高高興興，自得其樂。他們看見了漁人，於是非常吃驚，問他是從哪裏來的，他詳細地回答了他們。他們就邀請他到家裏做客，擺下酒殺了雞做了飯請他。村裏的人聽説來了這麼一個人，都來打聽消息。他們自己説，祖先因為逃避秦朝的戰亂，帶領老婆孩子和鄉親們來到這個與世隔絕的地方，沒再出去，於是就和外面的人斷絕了來往。他們問漁人現在是幾世皇帝，竟然不知道有個漢朝，更不用説魏朝和晉朝了。這個漁人把自己知道的事情一件一件詳細地講述給他們聽，大家都感歎惋惜不已。其餘的人又各自把漁人邀請到家裏，都擺出酒飯招待他。漁人停留了幾天，要告辭走了。這裏邊的人叮囑他説：「這裏的情況沒有必要向外邊的人説呀！」

既出，得其船，便扶向路①，處處志之②。及郡下，詣太守説如此③。太守即遣人隨其往，尋向所志，遂迷不復得路。

【注釋】

①扶：沿着。向路：原來的路。
②志：做標記。
③詣：拜見。太守：郡的長官。

【譯文】

漁人出來以後，找到自己的船，就沿着原先的來路返回，沿途處處標上記號。到了武陵郡裏，去拜見太守，報告了這些情況。太守立即派人跟着他前去，尋找先前做的標記，結果卻迷失了方向再沒有找到那條路。

南陽劉子驥①，高尚士也。聞之，欣然規往，未果，尋病終②。後遂無問津者③。

【注釋】

①劉子驥：劉之，字子驥，南陽（今屬河南）人。好遊山水，隱居陽岐，終身不仕。
②尋：不久。
③問津者：問路的人。津，渡口。

【譯文】

南陽郡的劉子驥，是個高雅的名士。聽說了這個消息，高高興興地打算前往探尋，沒有去成，不久就得病去世了。此後就沒有想去探尋桃花源的人了。

五柳先生傳

「五柳先生」是作者自擬的稱號。作者借寫五柳先生以寫自己的性格志向，行文簡潔、幽默，風格淡遠，寄興遙深，前人稱道為「一片神行之文」。自陶淵明開創這種以第三人稱述志抒懷的自傳文體後，後世多有仿作，如唐代王績的五斗先生傳、白居易的醉吟先生傳皆是。

先生不知何許人也，亦不詳其姓字。宅邊有五柳樹，因以為號焉。閑靜少言，不慕榮利。好讀書，不求甚解，每有會意，便欣然忘食。性嗜酒，家貧不能常得。親舊知其如此，或置酒而招之。造飲輒盡，期在必醉，既醉而退，曾不吝情去留①。環堵蕭然②，不蔽風日，短褐穿結③，簞瓢屢空④，晏如也⑤。常著文章自娛，頗示己志。忘懷得失，以此自終。

【注釋】

①吝情：顧惜，措意。
②環堵：房屋的四壁。蕭然：空寂的樣子。
③短褐穿結：短的粗布衣服已經破損或是有了補丁。
④簞（dān）：竹製食器。
⑤晏如：安然自得的樣子。

【譯文】

先生不知道是什麼地方人，也不清楚他的姓名和字號。他的住房旁邊有五棵柳樹，因而就以「五柳」為號。他性情閑散寧靜，沉默寡言，不羨慕榮華和利祿。喜歡讀書，卻不死啃書本、鑽牛角尖；每次有了心得體會，便高興得忘了吃飯。他生性愛好喝酒，可惜家境貧窮，不能經常得到。親戚和老朋友知道他這樣，有時就準備好酒邀請他來喝。他只要一去總把酒喝光，每次必醉方休；喝醉了就自己回去，要去就去要留就留，從來不掩飾自己的真實感情。家裏四壁空空蕩蕩，擋不住風雨也遮不住太陽，短短的粗麻布衣服除了破洞就是補丁，盛飯的簞和舀水的瓢常常是空空的，沒有吃喝的東西，但他卻安然自得。平時常寫文章自我欣賞，很能以此顯示自己的志趣。他忘卻世俗的得失，並堅守這個原則直到死去。

贊曰：黔婁有言[①]：「不慼慼於貧賤[②]，不汲汲於富貴[③]。」其言茲若人之儔乎[④]？銜觴賦詩[⑤]，以樂其志，無懷氏之民歟[⑥]？葛天氏之民歟？

【注釋】

①黔婁：戰國時齊國隱士。雖家貧卻不求仕進，死時衣不蔽體。
②慼慼：憂傷悲慼的樣子。
③汲汲：急切地想得到的樣子。
④儔（chóu）：類。
⑤銜觴（shāng）：口裏銜着酒杯。這裏指飲酒。觴，酒杯。
⑥無懷氏：與下一句的「葛天氏」都是傳說中的上古氏族首領，據說他們的時代民風淳樸。

【譯文】

贊語說：黔婁的妻子曾說過這樣的話：「不為貧困低賤而憂慮悲傷，不為榮華富貴而迫切忙碌。」她說的就是這一類人吧？醉酒賦詩，以此抒發自己的情志，是無懷氏時代的人呢？還是葛天氏時代的人呢？

孔稚珪

孔稚珪（四四七—五〇一），字德璋，會稽山陰（今浙江紹興）人。南朝劉宋時，曾任尚書殿中郎。齊武帝永明年間，任御史中丞。齊明帝建武初年，上書建議北征。東昏侯永元元年（四九九），遷太子詹事。死後追贈金紫光祿大夫。史稱他「不樂世務，居宅盛營山水」，「門庭之內，草萊不剪，中有蛙鳴」，是一個不樂俗務、熱愛山水的文人。

北山移文

「移」是古代一種官府文書，一般用來頒佈命令、曉諭民眾。本文借北山神靈的口吻，嘲諷了當時的名士周顒（yóng）故作高蹈而又醉心利祿。全文用對比手法，將真假隱士、周顒隱居和出山時的不同舉止、周顒的得意熱鬧與北山的失意淒涼進行對比。文章構思巧妙，通過對山川草木擬人化的描寫，嬉笑調侃，寓莊於諧。全篇音韻協調、鏗鏘，朗朗上口，是六朝駢文中的傑出之作。

鍾山之英①，草堂之靈，馳煙驛路②，勒移山庭③。

【注釋】

①鍾山：即紫金山，因在建康即今南京北面，故又名「北山」。山的南面有草堂寺。

②馳煙驛路：指騰雲駕霧般馳騁在驛道上。

③勒：刻石。移：移文。山庭：山林庭園。

【譯文】

鍾山的英靈，草堂的神明，驅雲駕霧奔馳在大路上，把這篇移文刻在山口。

夫以耿介拔俗之標，瀟灑出塵之想，度白雪以方潔，干青雲而直上，吾方知之矣。若其亭亭物表①，皎皎霞外②，芥千金而不盼③，屣萬乘其如脫④，聞鳳吹於洛浦⑤，值薪歌於延瀨⑥，固亦有焉。豈期終始參差，蒼黃反覆，淚翟子之悲⑦，慟朱公之哭⑧。乍回跡以心染，或先貞而後黷⑨，何其謬哉！嗚呼！尚生不存⑩，仲氏既往⑪，山阿寂寥，千載誰賞？

【注釋】

①亭亭：卓然而立的樣子。

②皎皎：潔白明亮的樣子。

③芥：小草。用作動詞，視為小草。

④屣（xǐ）：草鞋。萬乘：指帝位。如脫：如同脫棄草鞋一樣。

⑤鳳吹：相傳周靈王太子晉不願繼承王位，善吹簫，如鳳鳴，常遊於伊水、洛水之間。洛浦：洛水邊。

⑥薪歌：據說晉人蘇門先生曾在河邊遇見一位砍柴的隱士，為他作歌。延瀨：長長的河沙岸。

⑦翟（dí）子：墨翟，戰國時人。他見到白色的絲便開始悲傷，因絲可染成黃色，也可染成黑色。

⑧朱公：楊朱，戰國時人。他見到歧路便開始哭泣，因歧路可以向南，也可以向北。

⑨黷（dú）：污染。

⑩尚生：尚長，字子平，東漢隱士。王莽時有人推薦他做官，他堅決推辭。

⑪仲氏：仲長統，東漢人。州郡召他做官，都被推辭。

【譯文】

那些憑剛正耿直不同流俗的氣節，豁達灑脫超出塵世的情懷，自認為純潔的品格可以和白雪媲美，高尚的志向凌駕於雲霄之上的人，我現在才知道他們是真的隱士。至於那些卓然挺立於世俗之外，光潔燦爛勝過雲霞，把千金視如草芥而不屑一顧，把帝位看作被脫棄的草鞋，在洛水之濱吹笙作鳳鳴之聲，在長河畔聽採薪人唱歌，這樣的人原本也是有的。但哪裏料到還會有人前後不一，反覆無常，就像讓見到白絲的墨翟悲傷得落淚，讓途經岔路的楊朱感慨得痛哭。暫時避居於山林，而身心卻早已被塵世利祿所污染，或許有的人開始時還曾貞潔自守，但後來也與世俗同流合污了，這些人是何等荒唐可笑啊！唉，隱居不仕的尚子平已不在人世，稱病不出的仲長統也已死去，山丘空虛冷落，千百年來有誰來遊賞呢？

世有周子①，儁俗之士，既文既博，亦玄亦史。然而學遁東魯②，習隱南郭③，竊吹草堂，濫巾北岳④，誘我松桂，欺我雲壑。雖假容於江皋，乃纓情於好爵⑤。

【注釋】

①周子：舊說是南朝齊代的周顒。

②東魯：指顏闔，春秋時隱士。莊子·讓王有他逃官的故事。

③南郭：南郭子綦（qí），是莊子·齊物論中的隱士。

④濫巾：指穿戴着隱士的衣裳頭巾以充清高。

⑤纓情：鍾情。

【譯文】

當今世上有位姓周的先生，是個才智超群的人物，既有文采，又有淵博的學識，既通玄學，也精史學。可是他卻要仿效顏闔遁世東魯，學習子綦隱居南郭，偷偷混在草堂濫竽充數，戴着隱士的頭巾在北山偽裝清高，誘惑我山中的青松丹桂，欺騙我山中的白雲幽壑。儘管在這座長江岸邊的山裏裝模作樣，而其內心竟念念不忘高官厚祿。

其始至也，將欲排巢父①，拉許由②，傲百氏③，蔑王侯，風情張日④，霜氣橫秋。或歎幽人長往，或怨王孫不遊。談空空於釋部⑤，核玄玄於道流⑥。務光何足比⑦，涓子不能儔⑧。

【注釋】

①巢父：相傳為堯時著名隱士。
②拉：折辱。許由：相傳為堯時著名隱士。
③百氏：指諸子百家。
④張（zhàng）：遮蔽。
⑤空空：佛教認為一切事物都是虛幻的，空的。釋部：佛經。
⑥玄玄於道流：研討玄而又玄的道家學說。

⑦務光：傳說為夏代隱士，拒不接受天子之位而負石沉水。
⑧涓子：傳說中的仙人，食術，隱於宕山，壽三百餘歲。儔（chóu）：相比。

【譯文】

他剛來的時候，其態度之堅定像要排斥巢父，壓倒許由，傲視諸子百家，輕蔑將相王侯，高昂的氣概如狂風遮天蓋日，凜然的心志似秋霜橫掃一切。有時慨歎隱士一去不返，有時怨恨公子王孫不來山林交遊。高談四大皆空的佛教經典，研討玄之又玄的道家學說。上古逃避禪讓的務光怎麼能夠和他相比，食術求仙的涓子也不能夠與他匹敵。

及其鳴騶入谷①，鶴書赴隴②，形馳魄散，志變神動。爾乃眉軒席次③，袂聳筵上，焚芰製而裂荷衣④，抗塵容而走俗狀。風雲淒其帶憤，石泉咽而下愴，望林巒而有失，顧草木而如喪。

【注釋】

①鳴騶（zōu）：呼喝前行的車馬。騶，皇帝的騎士。
②鶴書：又稱「鶴頭書」，字形如鶴頭。古代以這種字體寫詔書。
③眉軒：眉飛色舞。軒，高揚。
④芰（jì）製：菱葉做的衣裳，代指高潔之士的服裝。

【譯文】

然而等到朝廷徵聘使者的車馬進入山谷，天子的詔書傳送到北山，他立刻就得意忘形，神魂顛倒地改變了初衷。於是在宴請使者的席間眉飛色舞，手舞足蹈，隨即燒毀了隱居時穿的菱衣荷裳，表現出一副庸俗不堪的嘴臉和趨炎附勢的舉止。此時，風雲淒楚滿含悲憤，泉石嗚咽飽含悲愴，遙望樹林山岡茫然若有所失，環顧花草樹木也似乎在黯然神傷。

至其紐金章，綰墨綬①，跨屬城之雄，冠百里之首，張英風於海甸②，馳妙譽於浙右③。道帙長擯④，法筵久埋⑤。敲扑喧囂犯其慮。牒訴倥偬裝其懷⑥。琴歌既斷，酒賦無續。常綢繆於結課⑦，每紛綸於折獄。籠張、趙於往圖⑧，架卓、魯於前錄⑨，希蹤三輔豪⑩，馳聲九州牧⑪。使其高霞孤映，明月獨舉，青松落蔭，白雲誰侶？礀戶摧絕無與歸⑫，石徑荒涼徒延佇⑬。至於還飆入幕⑭，寫霧出楹⑮，蕙帳空兮夜鶴怨⑯，山人去兮曉猿驚。昔聞投簪逸海岸⑰，今見解蘭縛塵纓⑱。

【注釋】

①綰（wǎn）：繫。墨綬：黑色綬帶，代指縣官。

②英風：美好的名聲。海甸：濱海之地。

③浙右：浙東，即今錢塘江以北。

④道帙（zhì）：道家的書。帙，書的封套。
⑤法筵：講佛法的坐席。
⑥牒訴：公文和訴訟。倥傯（kǒng zǒng）：事情紛繁迫促。
⑦結課：考課，考核官吏的成績。
⑧張、趙：指張敞、趙廣漢，二人都是西漢名臣。圖：政績。
⑨架：超越。卓、魯：指卓茂、魯恭，都是東漢名臣。
⑩三輔：西漢京畿地方分京兆尹、左馮翊、右扶風三個政區，合稱「三輔」。
⑪九州：古代天下劃分為九州。牧：一州之長。
⑫磵（jiàn）戶：山邊的房屋。
⑬延佇（zhù）：翹首盼望。
⑭還飆（biāo）：迴旋的風。
⑮寫（xiè）：傾瀉。
⑯蕙帳：香草製成的帷帳。
⑰投簪：丟棄固定帽冠用的簪子，比喻棄官。據說西漢疏廣曾棄官歸隱東海。
⑱解蘭：脫下蘭花編成的佩飾，比喻脫下隱士的服裝。塵纓：塵世間的冠纓。

【譯文】

等到他身上掛了銅印，印上繫着墨黑的綬帶，掌管一個郡中最大的縣，成為威風百里的縣令時，英名很快傳揚到東海邊，美譽立時遠播於浙東。道家的典籍被長期抛在一邊，論佛説法的講席則長久塵封埋沒。鞭打拷問罪犯的喧囂擾亂他的思想，繁多急迫的文書訴狀堵塞了他的胸懷。彈琴作歌的雅事早已中斷，飲酒賦詩的閑情也已無法繼續。日常總為考核官吏的事物殫精竭慮，在審案斷案中忙忙碌碌。一心想擁有張敞、趙廣漢的才幹，超過卓茂、魯恭的政績；希望追隨三輔賢豪的足跡，使自己的名聲傳遍天下。他走後使這山中的雲霞孤單，明月獨照，青松空餘濃蔭，白雲有誰為伴？房屋坍塌毀壞，不見有人歸來；石徑一片荒涼，白白長久等待。以至於旋風吹進了帳幕，雲霧瀉出於堂前，夜空中的鶴唳好像是怨恨人去蕙帳空，拂曉時的猿啼也像是驚詫隱者出北山。過去聽説有人掛冠棄官逃往海邊隱居，今天卻看到有人解下隱士的蘭佩而戴上俗世的冠帶。

於是南嶽獻嘲，北隴騰笑，列壑爭譏，攢峰竦誚[①]。慨遊子之我欺，悲無人以赴弔[②]。故其林慚無盡，澗愧不歇，秋桂遺風，春蘿擺月，騁西山之逸議[③]，馳東皋之素謁[④]。

【注釋】

①攢（cuán）峰：聚在一起的山峰。攢，聚集。誚（qiào）：嘲笑，譏刺。
②弔：慰問。
③騁：傳播。
④東皋：泛指隱居地。素謁：樸實的言語。

【譯文】

於是南山送來嘲諷，北嶺傳出嗤笑，條條溝壑爭相譏議，座座山峰挺身斥責。既感慨出山做官的周先生欺騙了自己，又悲哀沒有人為此前來慰問。所以山中的林木羞慚不已，溪澗愧悔莫及，桂樹謝絕傳播花香的秋風，女蘿避開增添春色的明月，西山好像還傳播着隱士的清議，東皋還散佈着布衣的高論。

今又促裝下邑①，浪栧上京②。雖情投於魏闕③，或假步於山扃④。豈可使芳杜厚顏，薜荔蒙恥，碧嶺再辱，丹崖重滓，塵遊躅於蕙路，污淥池以洗耳⑤。宜扃岫幌⑥，掩雲關，斂輕霧，藏鳴湍，截來轅於谷口，杜妄轡於郊端。於是叢條瞋膽，疊穎怒魄，或飛柯以折輪，乍低枝而掃跡。請回俗士駕，為君謝逋客⑦。

【注釋】

①下邑：相對京城，縣稱「下邑」。
②浪栧（yì）：劃動船槳。浪，鼓動，劃動。栧，槳。
③魏闕（què）：指朝廷。闕，宮門兩旁的門樓。
④山扃（jiōng）：山門。

⑤污淥池以洗耳：相傳堯欲聘許由為九州長，許由聽了便去洗耳。恰逢巢父飲牛，巢父聽說了，認為「污我犢口」，把牛牽到上游去飲水。

⑥扃：關閉。岫（xiù）幌：指山的門戶。

⑦逋客：逃走的人。此指逃離北山的周顒。

【譯文】

現在周先生又在縣裏忙於置辦行裝，準備乘船到京城去。雖然他心中嚮往的是朝廷宮闕，但也許會借路經過山門。豈能讓芳潔的杜若含羞，讓薜荔蒙恥，讓青青的山嶺再受侮辱，讓紅紅的山崖重遭玷污，讓芳草路遭受世俗塵遊的踐踏，讓洗耳池受到污染失去往日的清澈。應該拉緊山間雲氣的帷帳，緊鎖白雲的門戶，收斂起輕盈的霧靄，掩藏好叮咚的泉流，在山谷口就攔住他的來車，在郊外就堵住他亂闖的馬匹。於是叢集的枝條氣破了膽，繁茂的野草怒火衝天，有的高揚枝條打斷車輪，有的低拂枝葉掃去車痕。請這個凡夫俗子的車駕轉去，我代表北山之神謝絕這個從山中逃跑的人。

魏徵

魏徵（五八〇—六四三），字玄成，魏州曲城（今河北鉅鹿）人。從小喪失父母，家境貧寒，但喜愛讀書，不理家業，曾出家當過道士，後參加反隋義軍，起義失敗後轉入唐高祖李淵部下，逐漸成為唐太宗李世民的重要文臣，官至左光祿大夫，封鄭國公。魏徵是歷史上著名的諫臣，病逝後太宗親臨弔唁，痛哭失聲，並說：「夫以銅為鏡，可以正衣冠；以古為鏡，可以知興替；以人為鏡，可以知得失。我常保此三鏡，以防己過。今魏徵殂逝，遂亡一鏡矣。」他又是一個歷史學家，曾主持梁書、陳書、北齊書、周書、隋書的編纂，並主編群書治要，其言論多見於唐人吳兢所撰的貞觀政要。有魏鄭公詩集、魏鄭公文集等。

諫太宗十思疏

本文是魏徵貞觀十一年（六三七）寫給唐太宗的一篇奏疏。全文以「思國之安者，必積其德義」為中心，具體提出了知足知止、謙虛納下、賞罰公正、慎始敬終、知人善任、愛惜民力等十個建議。作者以事喻理，設喻引論，從正反兩方面進行闡述，立論堅實，說理透徹。語氣嚴肅而謙恭，直言不諱而態度誠懇，據說太宗為此親自寫詔書嘉許魏徵，並將此疏放置案頭以自警。

臣聞求木之長者，必固其根本；欲流之遠者，必浚其泉源①；思國之安者，必積其德義。源不深而望流之遠，根不固而求木之長，德不厚而思國之安，臣雖下愚，知其不可，而況於明哲乎！人君當神器之重②，居域中之大③，不念居安思危，戒奢以儉，斯亦伐根以求木茂，塞源而欲流長也。

【注釋】

①浚（jùn）：深挖。
②神器：指帝位。
③居域中之大：老子第二十五章說：「道大，天大，地大，王亦大。域中有四大，而王居其一焉。」

【譯文】

臣聽說要求樹木長得茂盛，必須鞏固它的根幹；想要水流得長遠，必須疏通它的源頭；謀求國家的安定，一定要廣積恩德和仁義。水源不深卻希望水流長遠，根幹不牢卻想要樹木茂盛，恩德不厚卻期望國家安定，臣雖然卑下愚笨，尚且知道這些都是不可能的，何況英明聖哲的人呢！國君擔當着帝王的重任，據有天下最崇高的地位，如果不考慮在安樂的時候會出現危難，不以崇尚節儉來革除奢侈，那麼也就如同砍伐樹根卻希望樹木繁茂，堵塞源頭卻想要水流長遠一樣啊。

凡昔元首①，承天景命②，善始者實繁，克終者蓋寡③。豈取之易、守之難乎？蓋在殷憂必竭誠以待下，既得志則縱情以傲物。竭誠則胡、越為一體，傲物則骨肉為行路。雖董之以嚴刑④，振之以威怒，終苟免而不懷仁，貌恭而不心服。怨不在大，可畏惟人⑤。載舟覆舟⑥，所宜深慎。

【注釋】

①元首：指帝王。

②景命：大命，指授予帝王之位的天命。古代認為君王是上天授予的，故亦稱天子。景，大。

③克：能。

④董：監督。

⑤人：即「民」字，此避唐太宗李世民諱而改為「人」。

⑥載舟覆舟：用舟和水的關係比喻君主和民眾的關係，告誡君主要注意民心向背。語出荀子·王制：「君者，舟也，庶人者，水也。水則載舟，水則覆舟。」

【譯文】

凡是從古以來的國君，秉承上天的大命，具有良好的開端的確實很多，能夠堅持到底的實在是很少。難道是取得天下容易而守住天下困難嗎？原來是創業憂患深重的時候，國君一定竭盡誠信地對待下屬臣民；等到已經實現志向的時候，就隨心任性、輕視他人。竭盡誠意待人就可以使胡人、越人等不同種族的人結成一體，傲慢待人卻會使骨肉般的親人也疏遠得像陌路人。在這種情況下，即使用嚴酷的刑罰來督責，用威嚴的勢力來震懾，最終只不過使人苟且地免受刑罰，卻並不感懷帝王的恩德，外表恭順而內心並不悅服。怨恨不在大小，可怕的只是百姓。國君像船，百姓就像水一樣，水可以承載船，也可以使船翻覆，這是應當特別慎重對待的。

誠能見可欲則思知足以自戒，將有作則思知止以安人，念高危則思謙沖而自牧[1]，懼滿盈則思江海下百川，樂盤遊則思三驅以為度[2]，憂懈怠則思慎始而敬終，慮壅蔽則思虛心以納下，懼讒邪則思正身以黜惡，恩所加則思無因喜以謬賞，罰所及則思無以怒而濫刑。總此十思，弘茲九得[3]，簡能而任之，擇善而從之，則智者盡其謀，勇者竭其力，仁者播其惠，信者效其忠。文武並用，垂拱而治[4]。何必勞神苦思，代百司之職役哉！

【注釋】

①謙沖：謙虛。沖，謙和。

②盤遊：遊樂。三驅：一年打獵三次。驅，打獵時驅趕野獸，借指打獵。

③九得：指寬而栗、柔而立、愿而恭、亂而敬、擾而毅、直而溫、簡而廉、剛而塞、強而毅等九種道德標準。見於尚書·洪範。得，原作「德」。

④垂拱而治：即無為而治。垂拱，垂衣拱手。

【譯文】

如果真正能夠看見自己喜歡的東西，就想到要知足而警戒自己；將要興建土木，就想到要適可而止而讓百姓安定；考慮到身處高位常有危險，就想到要謙虛而加強自我修養；害怕驕傲自滿，就想到要像江海一樣處於所有河流的下游以容納百川；喜歡打獵遊樂，就想到帝王打獵要一年三次的法度；擔憂鬆懈懶惰，就想到凡事開始時要謹慎而結束時要嚴肅；憂慮自己受到蒙蔽，就想到要虛心採納下面的意見；害怕讒佞奸邪之人，就想到要端正自身而擯斥邪惡；施恩於人，就想到不要因為自己一時高興而賞賜不當；實行刑罰時，就想到不要因為自己一時惱怒而濫施刑罰。綜合上述十個方面的考慮，弘揚賢哲九種美好的品德，選拔有才能的人而加以任用，擇取好的意見而善於聽從，那麼聰慧的人就會貢獻他全部的智謀，勇武的人就會拿出他所有的力量，仁愛的人廣施他的恩德，誠信的人會竭盡他的忠心。只要文臣武將各得其所同時得到任用，國君就可以垂衣拱手無為而治了。何必親自耗費精力苦苦思索，代替百官去做他們應該幹的事情呢！

駱賓王

駱賓王（約六四〇——約六八四），婺州義烏（今浙江義烏）人。七歲能作詩，被譽為神童。曾為武功主簿、侍御史，因上書議論朝政，武后時被貶為臨海（今浙江天台）縣丞，世稱「駱臨海」。徐敬業起兵討伐武則天，駱賓王為他寫了這篇聲討檄文，後徐敬業兵敗，他不知所終。駱賓王和王勃、盧照鄰、楊炯合稱「初唐四傑」。魏慶之稱其詩「格高旨遠，若在天上物外，神仙會集，雲行鶴駕，想見飄然之狀」（詩人玉屑）。有駱賓王文集十卷。

為徐敬業討武曌檄

本文是駱賓王嗣聖元年（六八四）為起兵討伐武則天的徐敬業所寫的檄文。文章從維護李唐正統的角度出發，列舉武則天的罪行，申明起兵的緣由，宣揚自己的軍威，號召各方一起響應以推翻武氏政權。全文文辭嚴正，氣勢雄健，用典使事恰到好處，情緒與結構又迴環起伏，富有說服力和號召力。相傳武則天看到「一抔之土未乾，六尺之孤何託」時非常震驚，問作者是誰，並說：「宰相安得失此人！」

偽臨朝武氏者[1]，性非和順，地實寒微。昔充太宗下陳[2]，曾以更衣入侍[3]。洎乎晚節[4]，穢亂春宮[5]。潛隱先帝之私，陰圖後房之嬖。入門見嫉，蛾眉不肯讓人，掩袖工讒[6]，狐媚偏能惑主。踐元后於翬翟[7]，陷吾君於聚麀[8]。加以虺蜴為心[9]，豺狼成性，近狎邪僻，殘害忠良，殺姊屠兄，弒君鴆母[10]。人神之所同嫉，天地之所不容。猶復包藏禍心，窺竊神器。君之愛子，幽之於別宮；賊之宗盟，委之以重任。嗚呼！霍子孟之不作[11]，朱虛侯之已亡[12]。燕啄皇孫[13]，知漢祚之將盡；龍漦帝后[14]，識夏庭之遽衰。

【注釋】

①武氏：武則天，名曌（zhào），文水（今屬山西）人。唐太宗時入宮為「才人」，太宗死後，削髮為尼。高宗時被召為嬪妃，並立為皇后，開始參與朝政。中宗繼位，以皇太后身份臨朝聽政。不久廢中宗，立睿宗。不久又廢睿宗，自稱「聖神皇帝」，改國號「周」。

②下陳：堂下。這裏指姬妾。

③更衣入侍：據說漢武帝遇歌女衞子夫，衞子夫因替武帝更衣而得寵幸，成為皇后。

④洎（jì）：及，至。

⑤春宮：太子所居宮室。此指當時太子、後來的高宗李治。這裏是說武則天在唐高宗未即位時就與他發生了曖昧關係。

⑥掩袖工讒：像鄭袖教人掩袖那樣善於進讒言。戰國策．楚策載：楚王夫人鄭袖對新入宮受寵的美人說，楚王愛美人的容貌，但討厭美人的鼻子，讓美人見到楚王時用袖子掩住鼻子。鄭袖又對楚王說，美人掩袖是因為討厭楚王身上的氣味。楚王怒而疏遠了美人。
⑦元后：皇后。翬翟（huī dí）：野雞。唐代皇后的禮服上有翬翟圖飾。
⑧聚麀（yōu）：指兩頭公鹿共有一隻母鹿。
⑨虺（huǐ）：一種毒蛇。蜴（yì）：蜥蜴。
⑩鴆（zhèn）：鳥名。羽毛有毒，可以浸酒毒死人。
⑪霍子孟：霍光，字子孟。漢武帝死，他輔佐幼帝昭帝，昭帝死，又立昌邑王，後因其亂政而廢之，扶立宣帝。
⑫朱虛侯：劉章，封朱虛侯。漢高祖死，呂氏家族總攬朝政，劉章等大臣消滅諸呂，迎立文帝。
⑬燕啄皇孫：用趙飛燕故事。西漢成帝時，趙飛燕入宮為皇后，妹為昭儀，姐妹倆都無子，卻嫉恨別人，暗中殺害皇子，使成帝無嗣。武則天當政時也有「燕飛來，啄皇孫，皇孫死，燕啄矢」的謠諺。
⑭龍漦（chí）：龍的涎沫。傳說夏帝曾將兩條自稱是褒地二君的龍的涎沫收藏起來。周厲王末年，龍涎流出，一宮女遇上後懷孕生下一女即褒姒。褒姒後來成為周幽王寵妃，並導致了周朝滅亡。

【譯文】

非法當朝執政的武氏，本性就不良善溫順，出身實在貧寒低賤。過去充當太宗的才人，利用侍奉太宗更衣的機會得到親近。到了年歲稍大，又在太子宮中淫亂。她隱瞞了和太宗的一段私情，暗暗圖謀皇帝後宮的寵幸。選進後宮的妃嬪都遭到她的妒嫉，依仗貌美，不肯讓別人分去皇帝的寵愛；像鄭袖一樣善於挑撥離間讒害別人，如狐狸般的妖媚偏偏迷惑住君主。她竊據了皇后的名位，陷皇帝於敗壞人倫的境地。加上她有蛇蝎般的心腸，豺狼般的本性。親近奸臣，殘害忠臣；殺姐害兄，弒君毒母。她這樣的人，百姓神靈共同痛恨，天地都不能容忍。她還包藏禍心，陰謀篡奪帝位。君王的愛子，被她囚禁在別處；而逆賊武氏的同姓宗族，卻被委以重任。唉！霍光那樣輔佐幼主的忠臣不再出現；朱虛侯劉章那樣誅殺外戚的義士也已經沒有。趙飛燕殺害皇子，預示了漢朝即將滅亡；而龍涎化為帝后褒姒，標誌着夏朝將很快走向衰亡。

敬業皇唐舊臣[1]，公侯塚子[2]。奉先君之成業，荷本朝之厚恩。宋微子之興悲[3]，良有以也，袁君山之流涕[4]，豈徒然哉！是用氣憤風雲，志安社稷。因天下之失望，順宇內之推心，爰舉義旗，以清妖孽。南連百越[5]，北盡三河[6]，鐵騎成群，玉軸相接。海陵紅粟[7]，倉儲之積靡窮，江浦黃旗，匡復之功何遠。班聲動而北風起，劍氣沖而南斗平。喑嗚則山嶽崩頹[8]，叱咤則風雲變色。以此制敵，何敵不摧！以此圖功，何功不克！

【注釋】

①敬業：徐敬業，唐開國功臣徐勣的長孫，曾任太僕少卿、眉州刺史，後貶柳州司馬。他在揚州興兵討伐武則天被擊敗。
②塚子：長子。
③宋微子：商紂王庶兄，周武王封他於宋。相傳微子過殷舊都，觸景傷懷，作麥秀歌。
④袁君山：應作「桓君山」。桓譚，字君山。東漢光武帝時因堅決反對讖緯之學被目為「非聖無法」，被貶為六安郡丞，道卒。
⑤百越：古代越族居住在江、浙、閩、粵等地區，各部落各有名稱，統稱「百越」，也稱「百粵」。
⑥三河：漢代河南、河東、河內三郡，相當於今河南、黃河南北及山西部分地區。
⑦海陵：今江蘇泰州。
⑧喑（yīn）嗚：怒氣鬱積。

【譯文】

徐敬業是大唐舊臣，公侯的長子。繼承先輩建立的功業，蒙受本朝的厚恩。宋微子過殷墟而感到悲傷，實在是有道理的；桓譚言及外戚專權而流淚，難道是無緣無故！因此，由義憤激盪起風雲，志在安定國家。趁着天下百姓對武氏的失望情緒，順應海內人心的歸向，高舉正義之旗，用以清除妖孽之人。向南連接百越之地，向北到達三河諸郡，戰馬成群，戰車相接。海陵倉廩充盈，倉庫的積貯無窮無盡；江浦黃旗高揚，光復天下的日期怎會遙遠？班馬嘶鳴，北風驟起；劍氣衝天，與南斗相齊。軍士怒氣填胸使山嶽崩毀，叱咤怒吼使風雲變色。拿這樣的軍隊去制服敵人，什麼樣的敵人不可摧毀！用這樣的軍隊謀求功業，什麼樣的功業不能成就！

公等或居漢地①，或叶周親②，或膺重寄於話言③，或受顧命於宣室④。言猶在耳，忠豈忘心！一抔之土未乾，六尺之孤何託？倘能轉禍為福，送往事居，共立勤王之勳⑤，無廢大君之命，凡諸爵賞，同指山河。若其眷戀窮城，徘徊歧路，坐昧先幾之兆⑥，必貽後至之誅。請看今日之域中，竟是誰家之天下！

【注釋】

①漢地：指唐朝的封地。唐人常借漢說唐事。

②叶（xié）：同「協」，合乎。周親：至親。

③膺（yīng）：承受。

④宣室：漢未央宮前殿正室。

⑤勤王：天子有難，臣下起兵相救。

⑥昧：看不清。先幾之兆：事先顯出的預兆。

【譯文】

諸位有的是保有朝廷封地的異姓王侯，有的是皇室至親，有的承受口頭重託在外面肩負重要的使命，有的在朝廷領受君王的遺命。先帝的遺言還在耳邊，忠誠的心意難道就可以忘記！先帝墳上的土還沒有乾，幼小的孤兒託付給什麼人！如果能夠改變禍患成為福祉，送別先帝高宗，輔立幼主，一道樹立勤王的功勳，不忘記先帝的遺命，那麼，一切封爵賞賜，都可以指泰山黃河發誓。假使有人仍然留戀孤立無援的城池，在歧路上徘徊不定，白白地錯過已經顯露的吉兆，必定會因丟失時機而招致懲罰。請看今天的國內，究竟是誰家的天下！

王　勃

王勃（約六五〇——六七六），字子安，絳州龍門（今山西稷山）人，是隋末大儒王通的孫子，曾被視為天才少年，當過朝散郎、沛王府修撰。因寫了一篇遊戲文章檄英王鬥雞文觸怒唐高宗，被趕出王府。此後又一度當虢州參軍，但又因得罪同僚而被革職。唐高宗上元二年（六七五），他到交趾探望父親，歸來渡海時溺水受驚而死，時二十七歲。王勃是「初唐四傑」之冠，工詩能文，有王子安集。

滕王閣序

本文一般認為是作者唐高宗上元二年（六七五）往交趾探望父親，路過南昌參加閻公宴會時所作。文章層次井然，脈絡清晰；由地及人，由人及景，由景及情，絲絲入扣。華麗的辭藻、工穩的對偶、酣暢的筆調、渾融的意境，使其成為駢文名篇。相傳主人閻公聽到「落霞與孤鶩齊飛，秋水共長天一色」時深為歎服，稱讚：「此真天才，當垂不朽矣！」

南昌故郡，洪都新府①。星分翼、軫②，地接衡、廬③。襟三江而帶五湖④，控蠻荊而引甌越⑤。物華天寶，龍光射牛斗之墟⑥；人傑地靈，徐孺下陳蕃之榻⑦。雄州霧列，俊彩星馳。台隍枕夷夏之交⑧，賓主盡東南之美。都督閻公之雅望，棨戟遙臨⑨；宇文新州之懿範，襜帷暫駐⑩。十旬休暇，勝友如雲；千里逢迎，高朋滿座。騰蛟起鳳，孟學士之詞宗；紫電清霜，王將軍之武庫。家君作宰⑪，路出名區，童子何知⑫，躬逢勝餞。

【注釋】

①「南昌」二句：南昌，一作「豫章」。漢代豫章郡治所南昌即今江西南昌，唐代改為江南道洪州中都督府治所。

②翼、軫（zhěn）：二星宿名。古人用二十八星宿的位置來劃分地面上相應的區域。

③衡、廬：衡山、廬山。

④三江：說法不一，一般認為指荊江、松江、浙江。五湖：指太湖、鄱陽湖、青草湖、丹陽湖和洞庭湖。

⑤蠻荊：指楚地。「荊」即楚。甌（ōu）越：泛指今浙江南部及福建一帶。

⑥龍光射牛斗之墟：據晉書・張華傳記載，張華見牛、斗二星之間有紫氣，便問精通天象的雷煥，雷煥說這是由於豐城有寶劍的精氣上通於天的緣故。豐城屬洪城。

⑦徐孺下陳蕃之榻：徐稚字孺子，南昌（今屬江西）人，東漢名士。據後漢書．徐稚傳載，豫章太守陳蕃素不待客，只有徐稚來才招待，並特為他設一榻，以示尊敬。

⑧台隍：城樓。這句是說城樓正在夷夏交界處。夷，蠻夷之地。夏，華夏之地。

⑨棨（qǐ）戟：有衣套的戟，用作官吏出行時的儀仗。

⑩襜（chān）帷：車的帷幔。

⑪家君作宰：王勃的父親當時在交趾任職。

⑫童子：王勃自指。當時王勃年僅二十六歲，故稱。

【譯文】

南昌是舊時豫章郡的治所，是如今洪州都督府的所在。天上是屬於翼宿和軫宿兩星宿的分野，地下連接着衡山和廬山兩座名山。它把三江作為衣襟，把五湖作為衣帶，控制着荊楚連接着甌越。這裏萬物有光華天產珍寶，寶劍發出的光芒直射到牛、斗星座之間；人物傑出大地靈秀，隱士徐稚高臥在太守陳蕃特設的牀榻之上。雄偉的州郡像大霧那樣密佈，傑出的人才像眾星那樣飛馳。城樓池壕正處在夷夏接壤的地方，賓客主人囊括了東南地區著名的人物。都督閻公的聲望美好卓著，儀仗遠來；宇文新州的美好風範，車馬暫駐。趁十天一次的休假時間，好友群聚；迎接千里之遙的來賓，高朋滿座。文章龍騰鳳舞，孟學士是文壇宗匠；紫電清霜，都是王將軍的胸中韜略。家父遠任縣令，曾路過這座名城；在下無知年少，有幸親自參加這次盛宴。

時維九月，序屬三秋。潦水盡而寒潭清，煙光凝而暮山紫。儼驂騑於上路①，訪風景於崇阿。臨帝子之長洲②，得仙人之舊館。層巒聳翠，上出重霄，飛閣流丹，下臨無地。鶴汀鳧渚③，窮島嶼之縈迴，桂殿蘭宮，列岡巒之體勢。披繡闥，俯雕甍④，山原曠其盈視，川澤盱其駭矚⑤。閭閻撲地⑥，鐘鳴鼎食之家⑦；舸艦迷津，青雀黃龍之軸⑧。虹銷雨霽⑨，彩徹雲衢。落霞與孤鶩齊飛，秋水共長天一色。漁舟唱晚，響窮彭蠡之濱⑩，雁陣驚寒，聲斷衡陽之浦。

【注釋】

①儼：整齊的樣子。驂騑（cān fēi）：駕車的馬，左稱「驂」，右稱「騑」。
②帝子：指滕王李元嬰。
③汀：水中平地。鳧（fú）：野鴨。渚（zhǔ）：小洲。
④甍（méng）：屋脊。
⑤盱（xū）：張大眼睛。駭矚：看了感到吃驚。
⑥閭閻：里巷的門。
⑦鐘鳴鼎食：古時貴族吃飯要奏樂列鼎，所以它常用來指富貴人家。
⑧軸：船。
⑨霽（jì）：雨雪停止。
⑩彭蠡（lǐ）：鄱陽湖的古稱。

【譯文】

時令正當九月，季節屬於深秋。積水退乾而池潭清冽，晚煙凝聚而山巒青紫。在大路上整齊地排列着車馬，到高山去尋訪美景。走到了滕王的長洲，登上了仙人的高閣。山巒高聳，層層疊疊一片翠綠，直插雲霄；閣道淩空丹漆彩飾流動欲滴，向下看不到地面。仙鶴野鴨棲宿的河灘沙洲，極盡在島嶼的周圍迂曲迴環；桂樹木蘭建築的宮殿，依傍山岡高低起伏的形狀排列。打開華麗的閣門，俯視雕花的屋脊，山嶺平原空曠得全部收入眼底，河流沼澤觀看得令人感到驚異。門戶房舍遍地，都是鳴鐘列鼎的人家；舟楫船艇滿渡口，都是青雀黃龍的畫舵。彩虹消失，雨過天晴，陽光明亮，天空廣闊。天邊的晚霞和水邊的孤鴨一起飛翔，秋天的江水和遼闊的天空連成一色。晚上漁船的歌聲，響遍彭蠡湖邊；寒夜雁群的驚叫，直到衡陽山下。

遙吟俯暢，逸興遄飛①。爽籟發而清風生②，纖歌凝而白雲遏。睢園綠竹③，氣淩彭澤之樽④；鄴水朱華⑤，光照臨川之筆⑥。四美具，二難并。窮睇眄於中天⑦，極娛遊於暇日。天高地迥，覺宇宙之無窮；興盡悲來，識盈虛之有數。望長安於日下，指吳會於雲間⑧。地勢極而南溟深，天柱高而北辰遠。關山難越，誰悲失路之人？萍水相逢，盡是他鄉之客。懷帝閽而不見⑨，奉宣室以何年⑩？

【注釋】

①遄（chuán）：急速。
②籟：簫管一類樂器。
③睢（suī）園：漢梁孝王在睢水旁修建的竹園，他常與文人在此聚會。
④彭澤：指東晉末詩人陶淵明，他曾做過彭澤令。
⑤鄴水：鄴，是曹魏興起的地方，曹氏父子常在此招集文人聚會。當時詩人經常寫到這裏的荷花。
⑥臨川：指南朝詩人謝靈運，他曾做過臨川內史。
⑦睇眄（dì miǎn）：斜視。這裏指目光上下左右瀏覽。
⑧吳會（kuài）：指今蘇州。
⑨帝閽（hūn）：原是傳說中天帝的守門人，這裏指朝廷。
⑩宣室：漢未央宮前殿正室。

【譯文】

遠望高歌，登高俯視十分暢快，豪情雅興迅速翻騰。爽朗明快的簫管響起，清涼的風徐徐吹來，柔細的歌聲繚繞，阻住白雲停飛。梁王睢園綠竹之會的酒量豪情，氣勢超過了陶淵明的酒興；鄴水聚會詠荷花的詩作，文采照映於謝靈運的詩筆。良辰、美景、賞心、樂事四美俱備，賢明主人和美好賓客二難齊全。極目瞭望遠空，盡情歡度假日。天高地遠，感到宇宙的無窮；興盡悲來，認識到盛衰自有定數。在陽光下遙望長安，從雲彩間指點吳會。地勢盡於南方深廣的南海，天柱高聳於北方，北辰遙遠。關山難以逾越，誰會同情失意之人？萍水偶然相逢，都是漂泊他鄉之客。懷念朝廷而不能覲見，渴望像賈誼那樣奉召在宣室，卻不知在哪年？

嗚呼！時運不齊，命途多舛。馮唐易老[①]，李廣難封[②]。屈賈誼於長沙[③]，非無聖主，竄梁鴻於海曲[④]，豈乏明時？所賴君子安貧，達人知命。老當益壯，寧知白首之心，窮且益堅，不墜青雲之志。酌貪泉而覺爽[⑤]，處涸轍以猶歡[⑥]。北海雖賒[⑦]，扶搖可接；東隅已逝[⑧]，桑榆非晚[⑨]。孟嘗高潔[⑩]，空懷報國之心；阮籍猖狂[⑪]，豈效窮途之哭？

【注釋】

①馮唐易老：馮唐，西漢人，以孝著名。到老了還是個職位很低的郎官。

②李廣難封：李廣，西漢名將，匈奴畏稱其為「飛將軍」。與匈奴大小七十餘戰，但終身未得封侯。

③屈賈誼於長沙：賈誼，西漢著名政論家。曾任博士、太中大夫，後貶為長沙王太傅。

④竄梁鴻於海曲：梁鴻，東漢人。因受漢章帝猜忌，曾隱名埋姓於齊魯一帶。

⑤貪泉：傳說廣州有貪泉，人喝了會貪婪。

⑥涸轍：乾涸的車轍。莊子・外物篇有一則寓言說，一條魚在涸轍裏奄奄待斃，哀求過路人給一瓢水，而那人卻說要引西江水來救它。魚便說，那就只好到賣魚乾的地方找我了。「魚處涸轍」比喻處境困難。

⑦賒：距離遠。

⑧東隅（yú）：東方日出的地方。

⑨桑榆：指日落時餘光照在桑樹和榆樹頂梢，比喻黃昏。

⑩孟嘗：東漢時一個賢能的官吏。

⑪阮籍：字嗣宗，三國魏詩人。曾任步兵校尉，世稱「阮步兵」。放蕩不拘禮法，與嵇康、劉伶等人在竹林嘯傲吟詠，為「竹林七賢」之一。

【譯文】

唉！時運不順利，命運多坎坷。馮唐年紀老大還只是個郎官，李廣軍功顯赫而不得封侯。委屈賈誼流放到長沙，不是沒有聖明的君主；逼迫梁鴻隱居在海邊，難道缺乏清明的時政？所依仗的是君子安於清貧，達人懂得天命。年紀老了志氣應當更加壯盛，怎能頭髮白了還要改變心志？境遇困厄應當更加堅定，不可失落上干青雲的氣節。喝了貪泉更覺頭腦清醒，處於困境還心情愉快。北海雖遠，可以乘風而到；朝陽已過，還有晚景可追。孟嘗操行高潔，徒然懷有報效國家的忠心；阮籍放蕩不羈，怎能學他在無路可走時痛哭流涕？

勃，三尺微命，一介書生。無路請纓，等終軍之弱冠①，有懷投筆②，慕宗慤之長風③。捨簪笏於百齡④，奉晨昏於萬里⑤。非謝家之寶樹⑥，接孟氏之芳鄰⑦。他日趨庭，叨陪鯉對⑧，今晨捧袂⑨，喜托龍門。楊意不逢⑩，撫淩雲而自惜，鍾期既遇⑪，奏流水以何慚⑫？

【注釋】

①終軍：西漢人。二十多歲時曾請纓抓回南越王。

②投筆：指棄文從武。後漢書·班超傳說班超先在官府抄文書，後擲筆於地，要「立功異域，以取封侯」。

③宗慤（què）：南朝宋人。年輕時有「願乘長風破萬里浪」的志向。

④簪笏（hù）：古代官員用的冠簪、手版。百齡：百年，一生。

⑤晨昏：古代禮節規定早晚向父母請安。

⑥謝家之寶樹：東晉謝安曾稱其姪謝玄是「吾家之寶樹」。見晉書·謝安傳。

⑦孟氏之芳鄰：傳說孟母為了找好鄰居曾三次搬家，以使孟子有個成長的好環境。

⑧叨（tāo）：慚愧。表示自謙。鯉對：孔子曾在兒子孔鯉走過庭前時對他進行教育。見論語·季氏。

⑨捧袂（mèi）：捧着衣袖的恭敬樣子。

⑩楊意：即楊得意，漢武帝時宮廷的狗監。司馬相如便是由他引薦。
⑪鍾期：鍾子期，琴師伯牙的知音。
⑫流水：伯牙奏琴，志在流水。

【譯文】

我王勃只是腰帶三尺的小官，孤立無助的書生。沒有門路請纓報國，與終軍的弱冠年紀相當；懷着投筆從軍的志願，羨慕宗慤乘風破浪的遠大理想。拋開一輩子的前途，到萬里之外侍奉雙親。雖不及謝家的傑出人才，卻願交接孟母的好鄰居。不久以後到家裏庭院學孔鯉那樣聆聽父親的教誨，今天拜見閻公榮幸如同登龍門。司馬相如沒遇到楊得意那樣的薦舉之人，只能捧着賦而自我惋惜；伯牙既然遇上鍾子期那樣的知音人士，彈奏起高山流水之曲又有何羞慚？

嗚呼！勝地不常，盛筵難再。蘭亭已矣①，梓澤丘墟②。臨別贈言，幸承恩於偉餞；登高作賦，是所望於群公。敢竭鄙誠，恭疏短引。一言均賦，四韻俱成。

滕王高閣臨江渚，佩玉鳴鸞罷歌舞。

畫棟朝飛南浦雲，朱簾暮卷西山雨。

閑雲潭影日悠悠，物換星移幾度秋。
閣中帝子今何在？檻外長江空自流。

【注釋】

①蘭亭：東晉王羲之等文人的聚會之地。

②梓（zǐ）澤：又名「金谷園」，西晉石崇所建，常於此與當時名流宴飲聚會。

【譯文】

唉！名勝之地不能常遊，盛大的筵席難以再遇。蘭亭雅集已成了古跡，金谷名園也變為廢墟。臨別贈言，幸而蒙受閻公之恩；登高賦詩，還是仰仗諸公的詩才。請允許我冒昧地傾吐誠意，恭恭敬敬地寫下這篇短序。一説每人都請賦詩，四韻八句就寫成了。

滕王高閣臨江渚，佩玉鳴鸞罷歌舞。
畫棟朝飛南浦雲，朱簾暮卷西山雨。
閑雲潭影日悠悠，物換星移幾度秋。
閣中帝子今何在？檻外長江空自流。

李白

李白（七〇一—七六二），字太白，自號青蓮居士。祖籍隴西成紀（今甘肅秦安），出生於中亞碎葉城（今吉爾吉斯斯坦托克馬克城）。五歲時隨父遷回四川綿州彰明（今屬四川江油）。二十五歲後才出蜀漫遊，四十二歲時因道士吳筠等人推薦被唐玄宗任命為翰林學士，不久又因蔑視權貴而遭受讒言去職，「安史之亂」中曾參加過永王李璘的隊伍，卻又因李璘與唐肅宗鬥爭失敗而被流放夜郎，後雖遇赦，但漂泊困苦，寶應元年（七六二）在其族叔當塗令李陽冰處病逝。他是唐代最豪爽飄逸的大詩人，杜甫稱讚他「白也詩無敵，飄然思不群」（春日憶李白），賀知章見到他的蜀道難詩，稱之為「謫仙人」，後人稱其為「詩仙」。有李太白全集。

與韓荊州書

本文作於玄宗開元年間，是寫給韓朝宗的自薦信。信中首先對韓朝宗讚揚備至，然後簡要介紹自己的經歷和才能，希望韓朝宗能引薦自己。全文無論是頌揚對方還是介紹自己均不無誇張筆墨，但沒有卑躬屈膝，也不失自負傲岸的個性。語言明快流暢、自然奔放，充分顯示出作者的胸襟和文才。

白聞天下談士相聚而言曰：「生不用封萬戶侯①，但願一識韓荊州。」何令人之景慕一至於此！豈不以周公之風，躬吐握之事②，使海內豪俊，奔走而歸之，一登龍門③，則聲價十倍！所以龍蟠鳳逸之士④，皆欲收名定價於君侯。君侯不以富貴而驕之、寒賤而忽之，則三千之中有毛遂⑤，使白得穎脫而出，即其人焉。

【注釋】

①萬戶侯：有食邑萬戶的諸侯。

②吐握：吐哺握髮。史記．魯周公世家記載，周公「一沐三捉髮，一飯三吐哺，起以待士，猶恐失天下之賢人」。

③登龍門：後漢書．黨錮列傳．李膺列傳記載，李膺聲名很高，當時士人能得到他接納的，都叫「登龍門」。

④龍蟠（pán）鳳逸：比喻懷才不遇。蟠，盤旋。逸，奔跑，飛翔。

⑤毛遂：戰國時趙平原君的門客。他告訴平原君「使遂早得處囊中，乃穎脫而出」，自薦參加與楚懷王的談判。

【譯文】

我聽說天下善於評論人物的讀書人相聚時議論說：「活着此生寧願不封萬戶侯，但願結識一下韓荊州。」您怎麼會令人景仰敬慕達到這樣的程度！還不是因為您具有周公那樣的風範，身體力行尊賢重士、「三吐」「三握」的作風，才使天下的豪傑俊秀之士，都爭先恐後地投奔在您的門下，一經您的接引就像鯉魚一旦躍過龍門，就可成龍，聲名陡然增加十倍！所以，懷才不遇的英傑之士，都想在您那裏獲得美名、確定評價。您既不以自己地位的尊貴而傲視他們，也不以他們寒賤的出身而輕忽他們，在您的三千門客之中，必然會有毛遂，如果能給我展示才華的機會，我就是您的毛遂了。

白，隴西布衣①，流落楚、漢②。十五好劍術，遍干諸侯③；三十成文章，歷抵卿相。雖長不滿七尺，而心雄萬夫。皆王公大人許與氣義。此疇曩心跡④，安敢不盡於君侯哉？君侯制作侔神明，德行動天地，筆參造化，學究天人。幸願開張心顏，不以長揖見拒。必若接之以高宴，縱之以清談，請日試萬言，倚馬可待⑤。今天下以君侯為文章之司命，人物之權衡，一經品題，便作佳士。而今君侯何惜階前盈尺之地，不使白揚眉吐氣、激昂青雲耶？

【注釋】

①隴西：李白的祖籍。

②楚、漢：今湖北、湖南一帶。

③干：干謁，求見。

④曩（nǎng）：往昔。

⑤倚馬可待：典出世說新語．文學。東晉桓溫北征，要袁宏立即起草一份文告，袁宏倚在馬前，手不停筆，一口氣寫了七頁。後來常用此比喻才思敏捷。

【譯文】

我是隴西的一個平民，流落在楚地漢水一帶。十五歲愛好劍術，曾到處拜見過地方上的長官；三十歲精通了寫文章，多次拜謁朝中公卿。我身高雖不滿七尺，而雄心在萬夫之上。王公大臣稱許我的節操和義氣。這些我從前的抱負與行事，怎敢不向您盡情吐露呢？您的功業同神明相等，德行感動天地，文筆闡明自然化育的大道，學識透徹地探究了天道與人類社會的奧祕。但願您能推心置腹、心情愉快，不因為我只肯拱手相見就拒絕我的謁見。假如能用盛大的宴會來接待我，容我縱情暢論，即使寫上一萬字的長文，也能夠一揮而就。如今，天下文士把您看作評定文章的權威，衡量人物的標準，一經您的品評，就成了德才兼備的人才。那您又何必愛惜庭階前邊那區區一尺之地，不讓我揚眉吐氣，振奮於青雲之上呢？

昔王子師為豫州①，未下車即辟荀慈明②，既下車又辟孔文舉③。山濤作冀州④，甄拔三十餘人，或為侍中、尚書⑤，先代所美。而君侯亦一薦嚴協律，入為祕書郎⑥，中間崔宗之、房習祖、黎昕、許瑩之徒，或以才名見知，或以清白見賞。白每觀其銜恩撫躬，忠義奮發，白以此感激，知君侯推赤心於諸賢之腹中，所以不歸他人而願委身國士。倘急難有用，敢效微軀。

【注釋】

①王子師：王允，字子師。東漢靈帝時任豫州刺史，獻帝時官至司徒、尚書令。密謀殺掉董卓，後被董卓餘黨所殺。
②荀慈明：名爽，一名諝，東漢人。官至司空。
③孔文舉：名融，孔子後代。東漢時曾任北海相、太中大夫，後被曹操殺害。
④山濤：西晉名士。曾任冀州刺史，又任吏部尚書。
⑤侍中：西晉時主要侍衛皇帝左右。尚書：當時為朝官，分掌尚書各曹。
⑥祕書郎：官名。掌管圖書經籍。

【譯文】

過去，王允到豫州做刺史，尚未到任，就徵用了荀慈明，到任後又聘用了孔文舉。山濤任冀州刺史，考察提拔了三十多人，其中有的人被任命為侍中，有的人被任命為尚書，這些都受到了前人的讚美。而您也曾推薦過嚴協律進入朝廷做祕書郎，又引薦過崔宗之、房習祖、黎昕、許瑩等人，他們有的以才華出眾為您所知，有的以品格清白為您賞識。我看到他們發自內心的感恩戴德，常常反省自己並為此奮發圖強，我因此內心感動，了解君侯您是如何對他們推心置腹以赤誠相待了，所以不去依附他人，而願意把自己託付給您，假如您有什麼緊急艱難而有需要用我之處，我願意獻身為您效勞。

且人非堯、舜，誰能盡善？白謨猷籌畫①，安能自矜？至於制作，積成卷軸，則欲塵穢視聽，恐雕蟲小技，不合大人。若賜觀芻蕘②，請給紙筆，兼之書人，然後退掃閑軒，繕寫呈上。庶青萍、結綠，長價於薛、卞之門③。幸推下流，大開獎飾，唯君侯圖之。

【注釋】

①謨猷（mó yóu）：謀劃。

②芻蕘（ráo）：割草打柴的人，多指草野之民。

③薛：薛燭，春秋時越國人。善於相劍。卞：卞和，春秋時楚國人，善於識玉。

【譯文】

再說，人不是堯、舜，誰能十全十美？我在運籌謀劃方面，哪敢自誇？至於詩文創作，則已積累成捲軸，很想打擾您請您過目，只怕這些雕章琢句的小玩藝兒，不合乎您的趣味。如果您願意賞閱草野之人的這些文章，請賜給紙筆和抄手。我將退而灑掃靜室，謄清呈上。這些詩賦也許像青萍寶劍和結綠寶石那樣，能夠在薛燭、卞和的門下提高身價。希望君侯推舉我這個地位低下的人，大為嘉獎和鼓勵，請君侯加以考慮！

春夜宴桃李園序

本文記敘了作者春夜與眾兄弟在美麗的桃李園歡飲，暢敘天倫之樂、高談賦詩的情景，抒發了熱愛自然、享受生活的雅興豪情。文章格調明朗、清新，語言流暢、瀟灑。明代畫家仇英曾以此為題材畫有彩墨畫。

夫天地者，萬物之逆旅①；光陰者，百代之過客。而浮生若夢，為歡幾何？古人秉燭夜遊②，良有以也。況陽春召我以煙景，大塊假我以文章③。會桃李之芳園，序天倫之樂事。群季俊秀，皆為惠連④，吾人詠歌，獨慚康樂⑤。幽賞未已，高談轉清。開瓊筵以坐花，飛羽觴而醉月⑥。不有佳作，何伸雅懷？如詩不成，罰依金谷酒數⑦。

【注釋】

①逆旅：旅舍。
②秉燭夜遊：古詩十九首有「晝短苦夜長，何不秉燭遊」之句，意思是人生短暫，應及時行樂。
③大塊：天地，指大自然。
④惠連：謝惠連，南朝文學家，與族兄謝靈運並稱「大小謝」。
⑤康樂：謝靈運，襲封康樂侯。
⑥羽觴（shāng）：一種雙耳酒杯。
⑦金谷酒數：西晉石崇在金谷園宴請賓客，坐中不能賦詩的，罰酒三杯。

【譯文】

天地，是萬物的旅館；光陰，是歷代的過客。而漂浮不定的人生像夢幻一樣，歡樂的日子能有多少？所以古人點亮燈燭在夜裏遊玩，的確是有道理的。何況和暖的春天以美好的景色在召喚我們，大自然又提供給我們錦繡燦爛的風采。我們聚會在這桃李芬芳的園裏，暢敍天倫樂事。諸位賢弟都是俊才秀士，個個比得上謝惠連，只有我所吟詠的歌詩，自愧不如謝靈運。對幽雅景色的欣賞還沒有完畢，高超的議論又轉為玄遠清妙。擺開盛筵坐在花叢之中，傳杯弄盞醉於明月之下。沒有好的詩歌，怎能抒發我們風雅的情懷？如果誰寫不成詩，依照金谷園雅集的前例，罰酒三杯！

李　華

李華（約七一五—七七四），字遐叔，趙州贊皇（今屬河北）人。玄宗開元二十三年（七三五）中進士後，當過祕書省校書郎、監察御史、右補闕。「安史之亂」時，他被叛軍俘獲不得已接受了官職，亂平後因而被貶職當了杭州司戶參軍，後因病辭職，隱居山陽，帶領子弟務農。他是唐代古文運動的先驅，與蕭穎士並稱「蕭李」。其集已佚，後人輯有李遐叔文集。

弔古戰場文

本文是天寶年間作者以監察御史的身份奉使朔方途經古戰場時所作。生動描寫了古戰場的荒涼、淒慘及殘酷的戰爭給百姓帶來的災難，議論評價了歷代戰爭的得失成敗，呼籲以仁德來服遠定邊，實則藉古諷今，表達了作者熱愛和平的善良願望。全文結構謹嚴，虛實交錯，章法多變，聲韻鏗鏘，風格樸實，一洗六朝浮豔文風。

浩浩乎平沙無垠，敻不見人①。河水縈帶，群山糾紛。黯兮慘悴，風悲日曛。蓬斷草枯，凜若霜晨。鳥飛不下，獸鋌亡群②。亭長告余曰③：「此古戰場也，常覆三軍④。往往鬼哭，天陰則聞。」傷心哉！秦歟？漢歟？將近代歟⑤？

【注釋】

①敻（xiòng）：遠。

②鋌（tǐng）：快跑。

③亭長：秦漢制度，十里一亭，設亭長一人，掌管緝捕盜賊。唐代亭長是掌管治安和傳達禁令的小官。

④三軍：春秋時諸侯國多設左、中、右三軍。後為軍隊的通稱。

⑤將：或者。

【譯文】

遼闊啊，莽莽平沙，一望無垠，萬里空曠，不見一人。但見河水縈繞如帶，群山交錯縱橫。天空暗淡淒慘，風聲悲號，日色昏黃。蓬根折斷，百草枯萎，寒氣凜冽像是下霜的清晨。飛鳥在空中盤旋而不肯降落，野獸在地上狂奔而失散了同伴。亭長告訴我說：「這裏是古戰場，經常有部隊在這裏覆沒。往往有鬼的哭聲，在天陰雨濕的天氣就可以聽到。」多麼令人痛心啊！這裏是秦時的戰場？漢時的戰場？還是近代的戰場呢？

吾聞夫齊、魏徭戍①，荊、韓召募②。萬里奔走，連年暴露。沙草晨牧，河冰夜渡。地闊天長，不知歸路。寄身鋒刃，腷臆誰訴③？秦、漢而還，多事四夷④，中州耗斁⑤，無世無之。古稱戎、夏⑥，不抗王師。文教失宣，武臣用奇。奇兵有異於仁義，王道迂闊而莫為。嗚呼噫嘻！

【注釋】

①齊、魏：戰國時齊國和魏國。徭：勞役。戍：守衛邊疆。
②荊、韓：楚國、韓國。召募：招募兵卒、役夫。
③腷（bì）臆：鬱悶的心情。
④四夷：四方邊境上的少數民族。
⑤中州：中原。斁（dù）：毀壞。
⑥戎：指邊疆少數民族。夏：指中原民族。

【譯文】

我聽說戰國時期的齊國、魏國徵發士卒，楚國、韓國招募兵丁役夫，去戍守邊塞，從事征戰。戍卒們跋涉於萬里征途連年日曬雨淋。清晨在荒漠的草原上放牧，深夜從結冰的黃河上渡過。望故鄉地闊天遙，不知何處是歸路。性命早已交給了刀刃槍鋒，滿懷愁悶又向誰訴説？秦、漢以來，四方邊境戰事不斷，致使中原凋敝，沒有哪個朝代不如此。古人說，不論戎夷還是華夏都不抗拒朝廷的仁義之師。後來禮樂教化廢弛，武將擅權而使用奇兵妙計。陰謀詭計與仁義教化不同，王道被認為是迂闊不合時宜。唉！可歎呀！

吾想夫北風振漠，胡兵伺便，主將驕敵，期門受戰①。野豎旄旗②，川回組練③。法重心駭，威尊命賤。利鏃穿骨，驚沙入面。主客相搏，山川震眩。聲析江河④，勢崩雷電。至若窮陰凝閉，凜冽海隅，積雪沒脛，堅冰在須，鷙鳥休巢，征馬踟躕，繒纊無溫⑤，墮指裂膚。當此苦寒，天假強胡。憑陵殺氣，以相剪屠。徑截輜重，橫攻士卒。都尉新降，將軍覆沒。屍填巨港之岸，血滿長城之窟。無貴無賤，同為枯骨。可勝言哉！鼓衰兮力盡，矢竭兮弦絕，白刃交兮寶刀折，兩軍蹙兮生死決⑥。降矣哉？終身夷狄。戰矣哉？骨暴沙礫。鳥無聲兮山寂寂，夜正長兮風淅淅。魂魄結兮天沉沉，鬼神聚兮雲冪冪⑦。日光寒兮草短，月色苦兮霜白。傷心慘目，有如是耶？

【注釋】

①期門：軍營營門。

②旄（máo）旗：旄牛尾裝飾的旗子。

③組練：戰士穿的兩種衣甲。這裏指軍隊。
④析：崩裂。
⑤繒纊（zēng kuàng）：指絲、棉做成的衣服。繒，絲織品。纊，棉絮。
⑥蹙（cù）：迫近。
⑦冪冪（mì）：陰森淒慘的樣子。

【譯文】

我想像，當北風席捲沙漠的時候，胡兵伺機進犯，主將卻驕傲輕敵，敵人到了營門才被迫應戰。原野豎立起軍旗，將士沿着河岸來回奔馳。軍令嚴，人心驚惶恐懼；軍威重，士卒性命微賤。利箭穿骨，飛沙撲面。敵我激烈搏鬥，山川被震撼，使人頭昏眼花。廝殺聲撕裂了江河，攻勢迅猛崩裂了霹靂閃電。至於天氣陰沉、彤雲密佈，嚴寒籠罩着邊地，積雪沒過小腿，堅冰掛上鬍鬚，鷹鶻藏進窩裏，戰馬徘徊不前，士卒的棉衣冰冷，凍斷了手指，凍裂了皮膚。在這酷寒的時節，老天卻幫助強橫的胡人。胡人憑藉這肅殺之氣，前來搶掠殺戮。他們直接截取我們的軍備物資，瘋狂屠殺士卒。都尉剛投降，將軍又戰死。將士的屍身堆積在大河兩岸，鮮血流滿了長城洞窟。不論貴賤，一起化為枯骨。此情此景，豈是語言所能描述！鼓聲漸弱了啊力氣用盡，箭矢用光了啊弓弦斷絕。白刃拚殺啊寶刀折斷，兩軍肉搏啊生死相決。投降吧？將終身淪為夷狄；戰鬥吧？將屍骨橫臥沙漠。鳥無聲啊群山寂寂，夜正長啊風聲淒厲。魂魄凝結啊天昏沉，鬼神聚集啊雲陰森。日光暗淡啊百草不長，月色慘淒啊映着白霜。世間叫人心碎、不忍卒睹的情景，竟然有像這樣的嗎？

吾聞之：牧用趙卒①，大破林胡，開地千里，遁逃匈奴。漢傾天下，財殫力痡②。任人而已，其在多乎？周逐獫狁③，北至太原，既城朔方，全師而還。飲至策勳④，和樂且閑，穆穆棣棣，君臣之間。秦起長城，竟海為關，荼毒生靈，萬里朱殷。漢擊匈奴，雖得陰山⑤，枕骸遍野，功不補患。

【注釋】

①牧：李牧，戰國時趙國名將。曾率趙兵大破匈奴中名叫林胡的一支。

②殫（dān）：盡。痡（pū）：疲弱。

③獫狁（xiǎn yǔn）：北方少數民族，又作「狁」。詩經·小雅·弓月有「薄伐狁，至於太原」；小雅·出車又有「天子命我，城彼朔方」。

④飲至：古時征伐完畢，在宗廟告祭祖先，飲酒慶賀的典禮。

⑤陰山：今河套以北、大漠以南群山的總稱。

【譯文】

我聽說，戰國時良將李牧率領趙國的軍隊，一舉大敗林胡，為趙國開闢了上千里的土地，驅逐匈奴。漢朝傾全國之力抗擊匈奴，卻導致人疲財枯。戍守邊疆，關鍵在於用人，豈只在兵力的多少？周朝驅逐獫狁，把他們趕到北面的太原，在北方築城之後，全軍凱旋。回到京師，宗廟告祭，慶功授勳，和睦安適，君臣之間，相敬相安。秦始皇徵調役夫修築長城，關塞東達海邊，殘害百姓，萬里血染。漢武帝北擊匈奴，雖然奪取了陰山，留下的屍骨遍佈原野，功績抵不上災難。

蒼蒼蒸民①，誰無父母？提攜捧負，畏其不壽。誰無兄弟，如足如手？誰無夫婦，如賓如友？生也何恩？殺之何咎？其存其沒，家莫聞知。人或有言，將信將疑，悁悁心目②，寢寐見之。布奠傾觴③，哭望天涯。天地為愁，草木淒悲。弔祭不至，精魂何依？必有凶年，人其流離。嗚呼噫嘻！時耶？命耶？從古如斯。為之奈何？守在四夷。

【注釋】

①蒸：通「烝」，眾。

②悁悁（yuān）：憂鬱的樣子。

③布奠傾觴：把酒倒在地上祭奠死者。

【譯文】

天下眾多的百姓，哪個沒有父母？盡心供養，唯恐他們不能長壽。哪個沒有兄弟？親如手足。哪個沒有夫妻？彼此相敬如賓，相愛如友。他們活着受到過什麼恩惠？殘殺他們又因為犯了什麼錯誤？他們是活着還是死去，家人都得不到消息。偶爾聽到些傳言，也將信將疑。他們內心充滿了憂愁疑慮、觸目傷心，只能夢中相聚。親人們灑酒祭奠，淚眼遙望天涯。天地為之哀愁，草木為之悲泣。邊塞遙遠，弔祭之情難以到達，他們的孤魂將歸依何處？大戰之後，必有凶年，百姓又要背井離鄉到處逃亡。唉！多麼可悲啊！這是時勢造成的？還是命運造成的？自古以來就是如此。怎麼辦呢？只有行王道、施仁義，華夷和睦，使四方各族都來替國家保衛疆土！

劉禹錫

劉禹錫（七七二——八四二），字夢得，洛陽（今屬河南）人。貞元九年（七九三）中進士。當過太子賓客，因此被稱為「劉賓客」，因詩才卓著被白居易稱為「詩豪」。曾參與王叔文、王伾領導的革新，失敗後被貶朗州司馬，一度回長安，又因詩句「玄都觀裏桃千樹，盡是劉郎去後栽」觸怒新貴被貶為連州刺史。近二十年中都任地方行政官員，直到敬宗寶曆年間才調回京城任職。後來又曾出任蘇州、汝州、同州刺史，開成元年（八三六）再一次回到東都洛陽任太子賓客。有劉夢得文集四十卷。

陋室銘

這是一篇千古傳誦的名作。作者以比興手法生動描寫了陋室的佳景、高朋、雅事，抒發了自己不慕榮華、安貧樂道的高雅情趣。全文字字珠璣，輕快雋永。

山不在高，有仙則名；水不在深，有龍則靈。斯是陋室，唯吾德馨①。苔痕上階綠，草色入簾青。談笑有鴻儒②，往來無白丁③。可以調素琴④，閱金經⑤。無絲竹之亂耳，無案牘之勞形。南陽諸葛廬⑥，西蜀子雲亭⑦。孔子云：「何陋之有⑧？」

【注釋】

①德馨（xīn）：形容道德高尚。馨，芳香。
②鴻儒：大儒。
③白丁：平民，沒有功名的人。
④素琴：不加裝飾的琴。
⑤金經：指用泥金顏料書寫的佛教或道教經文。
⑥諸葛廬：指諸葛亮未出山前在南陽居住過的草廬，在今湖北襄陽。
⑦子雲亭：揚雄字子雲，西漢人。今成都玄亭又名「子雲亭」。
⑧何陋之有：語見論語·子罕。

【譯文】

山不在高，只要住有仙人就會知名；水不在深，只要藏有蛟龍就會顯示威靈。這是個簡陋的小屋，不過我卻德行美好。苔蘚悄悄地爬上庭階，將石階染成一片翠綠；草色透過簾櫳，滿室漾着青葱。這裏一起談笑的都是飽學多識的學者，相來往的沒有一個缺少見識的白丁。可以彈樸素無華的古琴，可以靜心誦讀金字書寫的經卷。既沒有世俗繁弦急管的擾亂聽覺，也沒有批閱公文案卷的勞碌身心。這就像南陽郡有諸葛亮的草廬，成都府有揚子雲的玄亭。正如孔子說的：「有什麼簡陋呢？」

杜牧

杜牧（八〇三—八五三），字牧之，號樊川居士，京兆萬年（今陝西西安）人，宰相杜佑之孫。大和二年（八二八）中進士，曾長期在各方鎮為幕僚，武宗會昌年間又出任過黃州、池州、睦州刺史，大中年間回長安，歷任司勳員外郎、史館修撰、吏部員外郎，最後官至中書舍人。當時人評其詩「情致豪邁，人號為『小杜』，以別杜甫」（新唐書本傳）。杜牧是晚唐文學大家，古文、詩賦、書畫無一不精。有樊川文集二十卷。

阿房宮賦

本文寫於唐敬宗寶曆年間，是杜牧的成名之作。阿房宮是秦始皇時所建，未竣工而秦亡。作者運用豐富的想像，極力形容阿房宮宮殿之壯麗、宮女之嬌美、珍寶之眾多，鋪陳出宮廷生活的奢侈荒淫，暢論秦朝窮搜民財，終於亡國，意在藉古諷今。杜牧自言：「寶曆大起宮室，廣聲色，故作阿房宮賦。」（上知己文章啟）全文虛實相間，辭藻華美，韻律鮮明，結尾含蓄有味。

六王畢①，四海一；蜀山兀②，阿房出。覆壓三百餘里，隔離天日。驪山北構而西折③，直走咸陽④。二川溶溶⑤，流入宮牆。五步一樓，十步一閣。廊腰縵迴，簷牙高啄，各抱地勢，鉤心斗角。盤盤焉，囷囷焉⑥，蜂房水渦，矗不知其幾千萬落。長橋臥波，未雲何龍？複道行空，不霽何虹？高低冥迷，不知西東。歌台暖響，春光融融，舞殿冷袖，風雨淒淒。一日之內，一宮之間，而氣候不齊。

【注釋】

①六王：指燕、趙、韓、魏、齊、楚六國君主。
②兀：山頂平禿，樹木被砍光。
③驪山：在今陝西臨潼東南。
④咸陽：在今陝西咸陽東北。
⑤二川：指渭水、樊水。
⑥囷囷（qūn）：曲折迴旋的樣子。

【譯文】

六國滅亡，天下統一；蜀山光禿，阿房宮建成。阿房宮覆蓋了三百多里的地面，巍峨的宮殿遮天蔽日。從驪山的北面建起，綿延向西面轉折直奔咸陽。渭川和樊川水波蕩漾，流進阿房宮的圍牆。五步路一幢大樓，十步路一座高閣，連接樓閣的走廊像腰帶一樣曲折迴環，滴水的簷牙像鳥嘴在高處啄食，依隨着地勢綿延起伏，圍繞着中心四外開拓。盤旋曲折，好像一格格繁密的蜂房，一圈圈迂曲的漩渦，高高聳立着不知有幾千萬個院落。長長的橋橫臥在水上，沒有風起雲湧，哪裏來的龍？樓閣間的通道橫貫空中，沒有雨過天晴，哪裏來的彩虹？四周高低起伏，讓人分不清東西南北。台上歌聲嘹亮，熱鬧溫暖，春意和樂；殿中舞袖清涼，風雨淒清。一天之間，一宮之內，而氣候竟如此不同。

妃嬪媵嬙①，王子皇孫，辭樓下殿，輦來於秦②，朝歌夜弦，為秦宮人。明星熒熒，開妝鏡也；綠雲擾擾，梳曉鬟也；渭流漲膩③，棄脂水也；煙斜霧橫，焚椒蘭也；雷霆乍驚，宮車過也；轆轆遠聽，杳不知其所之也。一肌一容，盡態極妍，縵立遠視④，而望幸焉⑤。有不得見者，三十六年⑥。燕、趙之收藏，韓、魏之經營，齊、楚之精英，幾世幾年，取掠其人，倚疊如山。一旦不能有，輸來其間。鼎鐺玉石⑦，金塊珠礫，棄擲邐迤⑧，秦人視之，亦不甚惜。

【注釋】

①妃：指太子王侯之妻。嬪（pín）、嬙（qiáng）：都是宮廷女官。媵（yìng）：陪嫁的人。

②輦（niǎn）：人拉的車。
③渭流：渭水。
④縵（màn）立：久久站立。
⑤望幸：妃子盼望天子的寵幸。幸，古代指天子車駕到某處。
⑥三十六年：指秦始皇在位的三十六年。
⑦鐺（chēng）：一種平底淺鍋。
⑧邐迤（lǐ yǐ）：綿延不斷。

【譯文】

六國的妃嬪媵嬙，王子皇孫，辭別本國的樓閣宮殿，坐上車子被拉到秦國，朝朝暮暮，唱歌彈琴，成為秦王的宮人。閃閃星辰是她們化妝時打開的明鏡，朵朵綠雲是她們清晨梳頭時披散的秀髮，渭河上泛起的油膩，是她們傾倒的脂粉水；煙霧彌漫，是她們在燃燒椒蘭香料；雷霆震耳，是宮車駛過；車輪隆隆由近而遠，不知前往何處。宮女的肌膚、容貌都經過了精心打扮，修飾得極盡嬌豔，久立遠盼，等候皇帝駕到。有的三十六年都沒見到皇帝一面。燕國、趙國收藏的珍寶，韓國、魏國經營的珠玉，齊國、楚國搜羅的奇珍，經歷了多少代多少年，剽取掠奪於百姓，堆積如山。一旦保不住，都被運到阿房宮。寶鼎當作鐵鍋，美玉當作頑石，金子當作土塊，珍珠當作沙礫，拋擲得到處都是，秦國人看見了這些寶物，也不大覺得可惜。

嗟乎！一人之心，千萬人之心也。秦愛紛奢，人亦念其家。奈何取之盡錙銖①，用之如泥沙？使負棟之柱，多於南畝之農夫；架梁之椽②，多於機上之工女。釘頭磷磷，多於在庾之粟粒；瓦縫參差，多於周身之帛縷。直欄橫檻，多於九土之城郭；管弦嘔啞，多於市人之言語。使天下之人，不敢言而敢怒，獨夫之心，日益驕固。戍卒叫③，函谷舉⑥，楚人一炬⑦，可憐焦土。

【注釋】

①錙銖（zī zhū）：古代重量單位。六銖為一錙，一銖則相當於後來一兩的二十四分之一。
②椽（chuán）：屋樑上支撐屋面和瓦片的木條。
③戍卒叫：指陳勝、吳廣起義。陳勝、吳廣原是戍卒，後在大澤鄉起義。
④函谷：即函谷關，在今河南靈寶東北。
⑤楚人一炬：指項羽攻佔咸陽後，一把火燒了阿房宮。

【譯文】

可歎啊！一個人的心，也就是千萬人的心。秦王愛繁華、奢侈，百姓也顧念自己的家。為什麼搜刮時顆粒不留，揮霍時看作泥沙？使架房的柱子，比田裏的農夫還多；樑上的椽子，比機上的織女還多。樑柱上的一顆顆釘頭，比糧倉裏的穀粒還多。宮殿上參差交錯的一道道瓦縫，比人綢衣上的絲縷還多；縱橫連接的欄檻，比九州的城郭還多；咿啞嘈雜的管弦聲響，比百姓的話語還多。使天下的百姓，不敢說話而只敢含怒，獨裁者的心，卻一天天驕橫頑固。陳涉起義軍振臂一呼，函谷關頓時攻破。楚國人一把大火，可惜啊阿房宮成了一片焦土！

嗚呼！滅六國者，六國也，非秦也；族秦者，秦也，非天下也。嗟夫！使六國各愛其人，則足以拒秦；秦復愛六國之人，則遞三世，可至萬世而為君，誰得而族滅也？秦人不暇自哀，而後人哀之，後人哀之而不鑒之，亦使後人而復哀後人也！

【譯文】

唉！滅亡六國的，是六國自己，而不是秦國；消滅秦國的，是秦國自己，而不是天下人。可歎啊！假使六國各自愛惜自己的百姓，就足以抵抗秦國；如果秦國又愛惜六國的百姓，就可以傳三世以至萬世而做皇帝，誰又能消滅秦國呢？秦國人來不及為自己的滅亡哀歎，只好讓後世的人來哀憐它；後人哀憐它而不吸取它的教訓，也只好讓更後來的人再來哀憐後世的人了。

韓愈

韓愈（七六八—八二四），字退之，河陽（今河南孟縣）人，郡望昌黎（今河北昌黎），後人也稱他為「韓昌黎」。死後諡「文」，所以後人也稱「韓文公」。貞元八年（七九二）中進士，當過觀察推官、四門博士、監察御史，貞元十九年（八〇三）因言災情得罪上司被貶為連州陽山（今屬廣東）縣令，唐憲宗即位後任江陵府法曹參軍、國子監博士，後來一直做到兵部侍郎、吏部侍郎。韓愈是當時的文壇盟主，也是中唐古文運動的領袖，提出「以文載道」的口號，並以「不平則鳴」、「窮苦之言易好」的說法補充載道文章缺乏真性情的缺陷，以「辭必己出」的主張提出了「自樹立，不因循」的創作風格。韓愈位列「唐宋八大家」之首，被蘇軾譽為「文起八代之衰」（韓文公廟碑）。有昌黎先生集四十卷及外集。

原道

這是韓愈一篇著名的哲學論文。他認為儒家的仁義道德才是道的本源，而佛、道兩家則破壞了封建的等級秩序，其僧侶加重了百姓的負擔，造成了社會的貧困，因此要恢復儒家道統。文章結構謹嚴，論點鮮明、條分縷析、有破有立，氣勢充沛、波瀾起伏。

博愛之謂仁，行而宜之之謂義，由是而之焉之謂道，足乎己無待於外之謂德。仁與義為定名，道與德為虛位。故道有君子小人，而德有凶有吉。老子之小仁義，非毀之也，其見者小也。坐井而觀天，曰「天小」者，非天小也。彼以煦煦為仁①，孑孑為義②，其小之也則宜。其所謂道，道其所道，非吾所謂道也；其所謂德，德其所德，非吾所謂德也。凡吾所謂道德云者，合仁與義言之也，天下之公言也。老子之所謂道德云者，去仁與義言之也，一人之私言也。

【注釋】

①煦煦：和顏悅色。
②孑孑（jié）：謹小慎微。

【譯文】

廣泛地愛一切人叫做仁，實行仁道而合宜叫做義，循此而到達仁義的境界叫做道，自我具足、無須憑藉外物叫做德。仁與義是內容具體、意義確定的概念，道與德是內容不具體、意義不確定的名稱。因此道有君子之道、小人之道，而德有凶德有吉德。老子之藐視仁義，並不是詆毀仁義，而是他的眼界狹小。坐在井裏看天，說「天小」，並不是天真的小。他把和顏悅色當作仁，把謹小慎微看成義，那麼他藐視仁義是當然的。他所說的道，是將他所認為的道當作道，不是我所說的道；他所說的德，是將他所認為的德當作德，不是我所說的德。凡是我所說的道德，是結合着仁與義而談論的，是天下的公論。老子所說的道德，是離開了仁與義而談論的，是他一個人的說法。

周道衰，孔子沒①，火於秦②，黃、老於漢③，佛於晉、魏、梁、隋之間。其言道德仁義者，不入於楊④，則入於墨⑤，不入於老，則入於佛。入於彼，必出於此。入者主之，出者奴之；入者附之，出者污之。噫！後之人其欲聞仁義道德之說，孰從而聽之？老者曰：「孔子，吾師之弟子也。」⑥佛者曰：「孔子，吾師之弟子也。」⑦為孔子者，習聞其說，樂其誕而自小也，亦曰：「吾師亦嘗師之云爾。」不惟舉之於其口，而又筆之於其書。噫！後之人雖欲聞仁義道德之說，其孰從而求之？甚矣！人之好怪也！不求其端，不訊其末，惟怪之欲聞。

【注釋】

①沒（mò）：通「歿」，死。
②火於秦：指秦始皇焚書。
③黃、老：指漢初流行起來以黃帝、老子為祖的黃老學派。
④楊：楊朱，戰國時哲學家。主張「輕物重生」、「為我」，與儒家思想對立。
⑤墨：墨翟，魯國人。戰國初期思想家，主張「兼愛」、「非攻」。

⑥「老者曰」以下二句：道家有孔子師從老子的說法。老者，信奉老子學說的人。
⑦「佛者曰」以下二句：佛教稱孔子為儒童菩薩，說孔子也是佛教弟子。佛者，信奉佛教的人。

【譯文】

周道衰微，孔子逝世，秦朝焚毀了儒家的詩書，漢朝盛行黃、老之學，佛教流行於晉、魏、梁、隋之間。那些談論道德仁義的，不歸入楊朱學派，就歸入墨翟學派，不歸入老子的道家，就歸入佛教。歸入那家，必然背離這家。歸入哪家就尊崇哪家為主，背離哪家就貶抑哪家為奴；歸入哪家就附和它，背離哪家就污衊它。唉！後世之人想要了解仁義道德學說，該依從於誰而聽誰的呢？崇奉道家老子學說的人說：「孔子，是我們祖師的學生。」崇奉佛教的人說：「孔子是我們祖師的學生。」信奉孔子學說的人，聽慣了那些說法，喜歡聽從那些新奇怪誕的說法而輕視自己，也說：「我們的祖師也曾經以他們為師呢。」不僅口頭上說，而且又寫進自己的書裏。唉！後世之人即使想了解仁義道德學說，又該向哪裏去探求它呢？人們喜歡新奇古怪之說，也太過分了！不探求它的來源，不追究它的結果，只想聽那些怪誕的說法。

古之為民者四①，今之為民者六，古之教者處其一，今之教者處其三。農之家一，而食粟之家六，工之家一，而用器之家六；賈之家一，而資焉之家六。奈之何民不窮且盜也！

【注釋】

①古之為民者四：指士、農、工、商四種人。「士」是從事教化的人，故下文說「古之教者處其一」。作者認為現在又增加了佛教徒、道教徒，「為民者六」，這兩種人也是從事教化的，故「今之教者處其三」。

【譯文】

古代民眾只有四類，當今的民眾分為六類；古代進行教化的佔其中之一，今天進行教化的佔其中之三。務農的只有一家，而吃糧食的有六家；做工的只有一家，而使用器具的有六家；經商的只有一家，而需要商品供應的有六家。怎麼能使百姓不困窘而去作亂呢！

古之時，人之害多矣。有聖人者立，然後教之以相生相養之道，為之君，為之師。驅其蟲蛇禽獸，而處之中土。寒然後為之衣，飢然後為之食。木處而顛，土處而病也，然後為之宮室。為之工以贍其器用，為之賈以通其有無，為之醫藥以濟其夭死，為之葬埋、祭祀以長其恩愛，為之禮以次其先後，為之樂以宣其湮鬱，為之政以率其怠倦①，為之刑以鋤其強梗。相欺也，為之符璽、斗斛、權衡以信之②；相奪也，為之城郭、甲兵以守之。害至而為之備，患生而為之防。今其言曰③：「聖人不死，大盜不止；剖斗折衡，而民不爭。」嗚呼！其亦不思而已

矣！如古之無聖人，人之類滅久矣。何也？無羽毛鱗介以居寒熱也，無爪牙以爭食也。

【注釋】

①率：法令，條例。
②符：符節，雙方各執一半以為憑信。璽：印信。斛（hú）：量器。權：秤砣。衡：秤桿。
③今其言曰：語出莊子・胠篋。

【譯文】

古時候，民眾遭受的禍害多極了。有聖人出來，這才把互相供給生活資料、提供生活條件的道理教給民眾，做他們的君主，做他們的老師。替他們驅趕那些蟲蛇禽獸而讓民眾安居於中原。天氣冷了，於是教他們做衣服以禦寒；肚子餓了，於是教他們種莊稼以獲食；巢居在樹上會墜落，穴居在洞裏易生病，於是教他們構建房屋。教他們做工以供給生活器具，教他們經商以互通有無，教他們醫藥知識以拯救那些短命夭折者；為他們制定埋葬、祭祀的制度以增長人與人之間的恩愛之情；為他們制定禮節，以分清尊卑先後的次序；為他們製作音樂，以宣泄人們的煩悶；為他們制定政令以督促那些怠惰懶散的人；為他們設立刑法以鏟除那些強悍不馴之徒。民眾互相欺騙，就為他們製作符節、印璽、量器、衡器以作遵守的憑信；百姓互相爭奪，就為他們設置城郭、甲衣、兵器以供守衛。有災害將要來臨，就給他們作好準備；有禍患即將發生，就給他們作好防範。如今道家那些人說：「假如聖人不死，大盜就不會止息；砸碎量具，折斷衡器，民眾就不會爭奪。」唉！那也真是不加思考的話罷了！如果古代沒有聖人，那麼人類早已滅絕了。為什麼呢？因為人類是沒有羽毛鱗甲來對付嚴寒酷暑，也沒有利爪尖牙來奪取食物的。

是故君者，出令者也；臣者，行君之令而致之民者也；民者，出粟米麻絲、作器皿、通貨財以事其上者也。君不出令，則失其所以為君；臣不行君之令而致之民，則失其所以為臣；民不出粟米麻絲、作器皿、通貨財以事其上，則誅。今其法曰：「必棄而君臣[1]，去而父子，禁而相生相養之道。」以求其所謂「清淨」「寂滅」者。嗚呼！其亦幸而出於三代之後[2]，不見黜於禹、湯、文、武、周公、孔子也；其亦不幸而不出於三代之前，不見正於禹、湯、文、武、周公、孔子也。

【注釋】

①而：你，你的。

②三代：指夏、商、周三個朝代。

【譯文】

因此，君主是發佈政令的；臣子是執行君主的政令而將它們推行給民眾的；民眾是生產粟米絲麻、製作器皿、流通財貨以事奉居於其上、統治他們的人的。君主不發佈政令，就喪失了他做君主的資格；臣子不推行君主之令而將它們實施於民眾，就喪失了他做臣子的資格；民眾不生產粟米絲麻、製作器皿、流通財貨以事奉在上統治的人，就要受到懲處。如今佛教的法規說：「必須拋棄你們的君臣之義，捨去你們的父子之親，禁止你們的相生相養之道。」以追求他們所謂的「清淨」、「寂滅」。唉！他們也幸虧出現在三代之後，才沒有被夏禹、商湯、周文王、周武王、周公、孔子所貶斥；他們也不幸沒有出現在三代之前，沒有得到夏禹、商湯、周文王、周武王、周公、孔子的教誨和糾正。

帝之與王，其號雖殊，其所以為聖一也。夏葛而冬裘，渴飲而飢食，其事雖殊，其所以為智一也。今其言曰：「曷不為太古之無事①？」是亦責冬之裘者曰：「曷不為葛之之易也？」責飢之食者曰：「曷不為飲之之易也？」傳曰②：「古之欲明明德於天下者，先治其國；欲治其國者，先齊其家；欲齊其家者，先修其身；欲修其身者，先正其心；欲正其心者，先誠其意。」然則古之所謂正心而誠意者，將以有為也。今也欲治其心，而外天下國家，滅其天常，子焉而不父其父，臣焉而不君其君，民焉而不事其事。孔子之作春秋也，諸侯用夷禮則夷之③，進於中國則中國之[4]。經曰：「夷狄之有君，不如諸夏之亡[5]。」詩曰：「戎狄是膺，荊舒是懲[6]。」今也舉夷狄之法，而加之先王之教之上，幾何其不胥而為夷也！

【注釋】

①曷不：何不。
②傳（zhuàn）：解釋儒家經典的書。
③夷：這裏泛指中原地區之外的少數民族。
④中國：指中原地區的各諸侯國。
⑤諸夏：指中原的諸侯國。
⑥戎狄是膺（yīng），荊舒是懲：引自詩經·魯頌·閟（bì）宮。戎狄，古代指西北地區的少數民族。膺，攻擊。荊舒，古代指東南地區的少數民族。

【譯文】

五帝與三王，他們的名號雖然不同，而他們之所以成為聖人的原因是一樣的。夏天穿葛布衣裳，冬天穿皮毛衣服，渴了就喝水，餓了就吃飯，這些事情雖然不同，但他們之所以被稱為人類的智慧，其道理是一樣的。如今道家的人說：「為什麼不實行遠古時代的無為而治呢？」這也就等於責怪冬天穿皮衣的人說：「為什麼不過穿葛衣那樣簡便的生活？」責怪餓了吃飯的人說：「為什麼不過只喝水那樣簡易的生活？」禮記．大學篇說：「古代想要將其光明的德行發揚於天下的，先要治理好他的國家；想要治理好他的國家的，先要整治好他的家庭；想要整治好他的家庭的，先要修養自己的身心；想要修養自己身心的，先要端正他的心志；想要端正其心志的，先要自己具有誠意。」那麼，古代所謂正心而誠意，都是將要因此而有所作為。現在呢，想要修養自己的身心，卻將天下國家置之度外，滅絕天倫，兒子不把他的父親當作父親，臣子不把他的君主當作君主，民眾不做他們該做的事。孔子寫作春秋時，凡諸侯用夷狄之禮就視之為夷狄；進步到用中國之禮就視之為中國諸侯。論語說：「夷狄雖有君主，也不如華夏的沒有君主。」詩經說：「戎狄應該打擊，荊舒應當懲治。」如今，標舉夷狄之法，並放在先王政教之上，那難道不幾乎全都變成夷狄了嗎？其間又相去幾何呢！

夫所謂先王之教者，何也？博愛之謂仁，行而宜之之謂義，由是而之焉之謂道，足乎己無待於外之謂德。其文，詩、書、易、春秋；其法，禮、樂、刑、政；其民，士、農、工、賈；其位，君臣、父子、師友、賓主、昆弟、夫婦；其服，麻、絲；其居，宮、室；其食，粟米、果蔬、魚肉。其為道易明，而其為教易行也。是故以之為己，則順而祥；以之為人，則愛而公；以之為心，則和而平；以之為天下國家，無所處而不當。是故生則得其情，死則盡其常，郊焉而天神假①，廟焉而人鬼饗②。曰：「斯道也，何道也？」曰：「斯吾所謂道也，非向所謂老與佛之道也。堯以是傳之舜，舜以是傳之禹，禹以是傳之湯，湯以是傳之文、武、周公，文、武、周公傳之孔子，孔子傳之孟軻，軻之死，不得其傳焉。荀與揚也③，擇焉而不精，語焉而不詳。由周公而上，上而為君，故其事行；由周公而下，下而為臣，故其說長。」然則如之何而可也？曰：「不塞不流，不止不行。人其人，火其書，廬其居，明先王之道以道之，鰥寡孤獨廢疾者有養也。其亦庶乎其可也。」

【注釋】

①假（gé）：通「格」，到。

②饗（xiǎng）：通「享」，享用。

③荀：荀子，名況。戰國末年思想家。揚：揚雄，西漢思想家、文學家。

【譯文】

我所說的先王的教化，是什麼呢？就是廣泛地愛一切人叫做仁，實行仁道而合宜叫做義，循此而到達仁義的境界叫做道，自我具足、無須憑藉外物叫做德。其文籍是詩經、尚書、易經、春秋；其方法是禮儀、音樂、刑法、政治；其民眾是士人、農民、工匠、商人；其人倫關係、名分是君臣、父子、師友、賓主、兄弟、夫婦；其衣服是麻布、絲綢；其居處是房屋；其食物是粟米、果蔬、魚肉。它作為「道」是明白易懂的，而作為教化是容易施行的。因此，用它修身，則和順而吉祥；用它對人，則恩愛而公正；用它治心，則和諧而平靜；用它治理天下國家，沒有用在哪裏而不恰當的。因此，人們活着能夠合乎情理地生活，死了就能得到按禮法的安葬，祀天就能使天神降臨，祭祖就能使祖先的靈魂前來享用。若有人問：「這個道，是什麼道呢？」回答是：「這是我所說的道，不是剛才說的老子與佛教的道。堯將它傳給舜，舜將它傳給禹，禹將它傳給湯，湯將它傳給文王、武王、周公，文王、武王、周公傳給孔子，孔子傳給孟軻，孟軻死後，這個道就沒有得到傳人。荀況與揚雄，對它有所揀取但不精粹，論述過一些但不詳備。自周公以上，繼承道統的都是居上位做君主的人，所以儒道能夠實行；自周公以下，傳道統的是處下位為人臣的人，所以其學說得以長久流傳。」既然如此，該怎麼辦才可以呢？回答說：「不堵塞佛老之道，儒道就不能流傳；不禁止佛老之道，儒道就不能推行。讓那些僧道還俗為民，將他們的經籍焚毀，將他們的寺觀改作民房，闡明先王之道以引導民眾，鰥夫、寡婦、孤兒、孤老、殘疾和病人，都能得到供給贍養。那也就差不多可以了吧。」

原毀

本文探求毀謗產生的本源，認為「怠」和「忌」是其本源，同時指出毀謗的惡劣影響並痛斥當時社會風氣的積重難返。文章運用對比手法，多用排比句式，層層推進，很有說服力。

古之君子，其責己也重以周[①]，其待人也輕以約。重以周，故不怠；輕以約，故人樂為善。聞古之人有舜者，其為人也，仁義人也[②]。求其所以為舜者，責於己曰：「彼，人也；予，人也。彼能是，而我乃不能是！」[③]早夜以思，去其不如舜者，就其如舜者。聞古之人有周公者，其為人也，多才與藝人也。求其所以為周公者，責於己曰：「彼，人也；予，人也。彼能是，而我乃不能是！」早夜以思，去其不如周公者，就其如周公者。舜，大聖人也，後世無及焉；周公，大聖人也，後世無及焉。是人也，乃曰：「不如舜，不如周公，吾之病也。」是不亦責於身者重以周乎？其於人也，曰：「彼人也，能有是，是足為良人矣；能善是，是足為藝人矣[④]。」取其一，不責其二；即其新，不究其舊。恐恐然惟懼其人之不得為善之利[⑤]。一善，易修也；一藝，易能也。其於人也，乃曰：「能有是，是亦足矣。」曰：「能善是，是亦足矣。」不亦待於人者輕以約乎？

【注釋】

①周：全面。

②「聞古」以下三句：舜是仁義之人的代表。此三句出自孟子．公孫丑上：「大舜有大焉，善於人同，捨己從人，樂取於人以為善。」

③「彼，人也」以下幾句：本自孟子・滕文公上所引顏淵的話：「舜，何人也？予，何人也？有為者亦若是。」

④藝人：有才能的人。

⑤恐恐然：謹慎小心的樣子。

【譯文】

古時候的君子，他們要求自己嚴格而全面，對待別人寬容而簡約。對自己要求嚴格全面，所以不會鬆懈怠惰；對人寬容簡約，所以別人高興做好事。聽說古代有個叫舜的人，從為人行事看，是個大仁大義之人。於是探求舜之所以成為舜的緣由，對照責問自己說：「舜是個人，我也是個人。他能做到的，我怎麼就做不到呢！」早也想，晚也想，去掉自己不如舜的方面，靠攏那些近似舜的方面。又聽說古代有個周公，從為人行事看，是個多才多藝的人。於是探求周公之所以成為周公的緣由，對照責問自己說：「周公是人，我也是人。他能做到的，我怎麼就做不到呢！」早也想，晚也想，去掉自己不如周公的方面，靠攏那些類似周公的方面。舜是個偉大的聖人，後代沒有人趕得上他；周公也是個偉大的聖人，後代沒有人趕得上他。所以這位古代的君子便說：「我不如舜，不如周公，這就是我的缺陷。」這不就是要求自己既嚴格又全面嗎？可是對別人，卻說：「那個人，能做到這個，就夠得上是個良善之人了；能擅長這個，就稱得上是個有才藝的人了。」肯定人家一個方面，而不苛求其他方面；只看人家今日的進步，而不計較他的過去。小心翼翼地唯恐人家得不到做好事應得的好處。做一件好事，是容易辦到的；精熟一種技能，也是容易辦到的。而古代的君子對於這樣的人，就說：「能做到這樣，也就足夠了。」又說：「能擅長這個，也就足夠了。」這不是他對待別人既寬容又簡約嗎？

今之君子則不然。其責人也詳，其待己也廉。詳，故人難於為善；廉，故自取也少。己未有善，曰：「我善是，是亦足矣。」己未有能，曰：「我能是，是亦足矣。」外以欺於人，內以欺於心，未少有得而止矣。不亦待其身者已廉乎？其於人也，曰：「彼雖能是，其人不足稱也。彼雖善是，其用不足稱也。」舉其一，不計其十；究其舊，不圖其新。恐恐然惟懼其人之有聞也①。是不亦責於人者已詳乎？夫是之謂不以眾人待其身，而以聖人望於人，吾未見其尊己也。

【注釋】

①聞（wèn）：聲譽，名望。

【譯文】

如今的君子卻不是這樣。他要求別人很多很全，要求自己倒很少很低。要求別人既多又全，所以別人就難以做成好事；要求自己又少又低，所以他自己的收穫就小。自己並沒有做什麼好事，卻說：「我做好了那個，也就足夠了。」自己並沒有什麼能耐，卻說：「我有這點才能，也就足夠了。」

對外欺騙別人，對己欺騙良心，還沒有取得些微的進步就停止不前。這不是現今君子要求自己很少很低嗎？他對於別人，卻說：「那個人雖然有這個才能，但他的為人不值得稱道。那個人雖然善於做這個，但他的才用不值得讚美。」抓住人家某個方面的問題，根本不考慮他多方面的長處；追究人家以往的缺點，完全不考慮他當前新的變化。擔驚受怕地唯恐人家有好的名聲。這不是現今君子要求別人又多又全嗎？這就叫不拿普通人的標準來要求自身，卻用聖人的標準去期望別人，我看不出他們這是尊重自己啊。

雖然，為是者，有本有原，怠與忌之謂也。怠者不能修，而忌者畏人修。吾嘗試之矣。嘗試語於眾曰：「某良士，某良士。」其應者，必其人之與也①，不然，則其所疏遠不與同其利者也，不然，則其畏也。不若是，強者必怒於言，懦者必怒於色矣。又嘗語於眾曰：「某非良士，某非良士。」其不應者，必其人之與也，不然，則其所疏遠不與同其利者也，不然，則其畏也。不若是，強者必說於言，懦者必說於色矣。是故事修而謗興，德高而毀來。嗚呼！士之處此世，而望名譽之光、道德之行，難已！

【注釋】

①與：相結交的人。

【譯文】

儘管如此，做出這些行為的人是有他的根源的，那根源就是怠惰和妒忌。怠惰，就不能提高修養；而妒忌，就害怕人家修養的提高。我曾經試驗過。曾試着對眾人說：「某某是個賢良之士，某某是個賢良之士。」那與我應和表示贊同的，必定是這個人的夥伴好友；否則，便是跟他疏遠和他沒有利害衝突的人；再不，就是畏懼他的人。倘若不是這樣，性格強硬的必定用言語表示憤怒，性格軟弱的也必定在臉色上顯露出不滿。我又曾試着在眾人面前說：「某某不是好人，某某不是好人。」那些不理睬我的話的人，就必定是某某的夥伴好友；否則，便是跟他疏遠和他沒有利害衝突的人；再不，就是畏懼他的人。倘若不是這樣，那麼性格強硬的必定用言語表示高興，性格軟弱的也必定在臉色上顯露出喜悅。正因為這樣，隨着事業成功，誹謗也就興起，隨着德望提高，攻訐也就來到。唉！一個讀書人生活在當今時代，希望光大名聲，推廣道德，實在太難了！

將有作於上者，得吾說而存之，其國家可幾而理歟[1]！

【注釋】

①幾（jī）：庶幾，差不多。歟（yú）：語助詞，無義。

【譯文】

想要有所作為而居於上位的人，聽到我上面的話而牢牢記取，那國家大概可以治理好了吧！

獲麟解

本文以麒麟設喻，通過辨析其「祥」與「不祥」，暗喻自己生不逢時，懷才不遇。文筆委婉、含蓄。

麟之為靈①，昭昭也。詠於詩②，書於春秋③，雜出於傳記百家之書，雖婦人小子皆知其為祥也。

【注釋】

①麟：麒麟。古代傳說中的一種動物，其性柔和，是吉祥的象徵。
②詠於詩：詩經有麟之趾篇。
③書於春秋：春秋・魯哀公十四年有「西狩獲麟」的記載。

【譯文】

麒麟被看作一種靈異之物是明明白白的。詩經中有歌詠，春秋裏有記載，史傳和諸子百家的書裏也常常提到它，即使是婦女和孩子，都知道麒麟是一種祥瑞之物。

然麟之為物，不畜於家，不恆有於天下。其為形也不類，非若馬、牛、犬、豕、豺、狼、麋、鹿然。然則雖有麟，不可知其為麟也。角者，吾知其為牛；鬣者[1]，吾知其為馬；犬、豕、豺、狼、麋、鹿，吾知其為犬、豕、豺、狼、麋、鹿。惟麟也不可知。不可知，則其謂之不祥也亦宜。雖然，麟之出，必有聖人在乎位，麟為聖人出也。聖人者，必知麟，麟之果不為不祥也。

【注釋】

①鬣（liè）：馬頸上的長毛。

【譯文】

然而，麒麟這種動物，不養在家裏，在天下也不經常出現。它的形狀也不容易歸類，不像馬、牛、狗、豬、豺、狼、麋、鹿那樣。因而即使有麒麟，人們也不可能知道它就是麒麟。長角的，我知道它是牛；長着長長鬃毛的，我知道它是馬；狗、豬、豺、狼、麋、鹿，我知道它們是狗、豬、豺、狼、麋、鹿。唯獨麒麟，不知道它是什麼模樣。既然連它的模樣都不知道，那麼說它是個不祥之物似乎也可以。雖說這樣，麒麟出現，必定意味着當今在位的帝王是個聖人，麒麟是為聖人而出現。聖人，一定認識麒麟，所以麒麟果真不是不祥之物。

又曰：麟之所以為麟者，以德不以形。若麟之出不待聖人，則謂之不祥也亦宜。

【譯文】

再說：麒麟之所以是麒麟，是因為它的德行靈性而不是根據它的外貌形狀。假如麒麟竟然沒等聖人登上帝位就冒然出現，那麼有人要說它不祥自然也是應該的。

雜說一

本文是一篇雜感式的小品文，以「龍」和「雲」喻「君」和「臣」，說明二者之間是相互依靠的，這樣才能有所作為。文章短小精悍，曲折迴環。

龍噓氣成雲①，雲固弗靈於龍也。然龍乘是氣，茫洋窮乎玄間②，薄日月③，伏光景④，感震電⑤，神變化，水下土，汩陵谷⑥。雲亦靈怪矣哉！

【注釋】

①噓氣：吐氣。
②茫洋：浩渺無際的樣子。玄間：天空。古代有「天玄地黄」之說。玄，是青黑色。
③薄：迫近。
④伏：藏匿，遮蔽。
⑤感（hàn）：通「撼」，動搖。
⑥汩（gǔ）：淹沒。

【譯文】

龍呼出氣來變成雲，雲當然不比龍靈異。但是龍乘駕着這氣變成的雲，在遼闊無邊的太空中到處遊動，它逼近日月，遮蓋天光，使雷電為之震撼，使變化神奇，使雨水浸潤大地，流動於丘陵深谷。這雲也可稱是靈異奇妙的了啊！

雲，龍之所能使為靈也。若龍之靈，則非雲之所能使為靈也。然龍弗得雲，無以神其靈矣。失其所憑依，信不可歟！異哉！其所憑依，乃其所自為也。易曰：「雲從龍。」既曰龍，雲從之矣。

【譯文】

雲，是龍的神力使它變成靈異的。像龍的靈異，就不是雲的能力所可能使它變成靈異的了。可是，龍如果得不到雲，就無法使自己的靈異變化出神了。失去了它所依靠的東西，確實不可以嗎！奇怪啊！龍所依靠的東西，竟是它自己所造就的。易經說：「雲跟着龍。」既然叫龍，雲就隨從它了。

雜說四

本文以「千里馬不遇伯樂」比喻人才的懷才不遇，抨擊了統治者不識人才，埋沒和摧殘人才，為潦倒困窘的人才鳴不平。文章筆鋒犀利，層層深入，說理透徹，寓意深遠。

世有伯樂①，然後有千里馬。千里馬常有，而伯樂不常有，故雖有名馬，只辱於奴隸人之手，駢死於槽櫪之間②，不以千里稱也。

【注釋】

①伯樂：春秋時的一個善於相馬的人。

②槽櫪（lì）：馬廄（jiù）。盛馬料的叫「槽」，馬廄叫「櫪」。

【譯文】

世上有了伯樂，然後才會有千里馬被發現。能日行千里的馬經常有，然而伯樂卻不常見，所以即使有名馬，也只是在養馬的奴僕廝役手中遭受欺辱，最後接連死在馬廄之中，並不作為千里馬而著稱於世！

馬之千里者，一食或盡粟一石，食馬者不知其能千里而食也①。是馬也，雖有千里之能，食不飽，力不足，才美不外見，且欲與常馬等不可得，安求其能千里也！

【注釋】

①食（sì）：餵養。

【譯文】

馬中那些能日行千里的馬，一頓食可能要吃掉一石粟米，餵馬的人卻不知道它能夠日行千里而像千里馬那樣來餵養它。這匹千里馬，雖然有日行千里的能力，卻因吃不飽，力氣不足，內在的優良素質不能顯示出來，即使想做到與普通的馬一樣也不能夠，又怎能要求它能日行千里呢！

策之不以其道①，食之不能盡其材，鳴之而不能通其意②，執策而臨之曰：「天下無馬。」嗚呼！其真無馬邪？其真不知馬也！

【注釋】

①策：馬鞭。這裏用作動詞，駕馭。
②通其意：養馬的人不懂得馬的叫聲代表的意思。

【譯文】

駕馭千里馬，卻不能按照駕馭它的方法；餵養千里馬卻不能滿足它的需要使它充分發揮才質；它嘶鳴時，又不能懂得它的心意，卻拿着馬鞭對着它說：「天下沒有好馬。」唉！難道是真的沒有好馬嗎？還是人們原本就不會識別好馬呢！

卷八

師　說

本文以從師與不從師、為子女擇師與自己恥於從師、士大夫與巫醫百工這三組對比，多方論證，闡述了師的作用及從師的重要性，抨擊了當時士大夫恥於從師的風氣。韓愈本人亦為人師，他的朋友柳宗元曾說：「獨韓愈不顧流俗，犯笑侮，收召後學，作師說，因抗顏而為師。」（答韋中立論師道書）

古之學者必有師①。師者，所以傳道、受業、解惑也②。人非生而知之者，孰能無惑③？惑而不從師，其為惑也，終不解矣。

【注釋】

①學者：求學的人。
②受：同「授」，傳授。
③孰：誰。

【譯文】

古時候求學的人一定有老師。所謂的老師，就是傳授真理、講授學業和解答疑難問題的。人不是生下來就掌握知識的，誰能沒有困惑呢？有了困惑卻不請教老師，他的困惑，也就永遠無法解決了。

生乎吾前①，其聞道也，固先乎吾②，吾從而師之；生乎吾後，其聞道也，亦先乎吾，吾從而師之。吾師道也③，夫庸知其年之先後生於吾乎④？是故無貴無賤，無長無少，道之所存，師之所存也。

【注釋】

①乎：相當於「於」。

②固：本來，確實。

③師道：學習道理。師，動詞，學習。

④庸：豈，哪管。

【譯文】

比我年紀大的人，他懂得真理本來比我早，我可以向他請教；比我年紀小的人，如果他懂得真理也比我早，我也要向他請教。我要學的不過是真理，怎用得着考慮他的年紀比我大還是小呢？因此說，不論貴賤，不論老少，真理掌握在誰手裏，誰就可以做我的老師。

嗟乎！師道之不傳也久矣，欲人之無惑也難矣。古之聖人，其出人也遠矣①，猶且從師而問焉②；今之眾人，其下聖人也亦遠矣③，而恥學於師。是故聖益聖④，愚益愚。聖人之所以為聖，愚人之所以為愚，其皆出於此乎？

【注釋】

①出人：超過普通人。
②猶且：尚且。
③下：低於。
④益：更加。

【譯文】

唉！從師求教的風氣已經很久都沒有了，要想人們沒有困惑也就太難了。古時候的聖人，比一般人高明太多了，尚且還要拜師求教；如今的一般人呢，比聖人可差得遠了，卻以向老師請教為恥。所以聖人越發聰明，愚人越發愚昧。聖人之所以能成為聖人，愚人之所以那麼愚昧，大概就是這個原因吧？

愛其子，擇師而教之；於其身也①，則恥師焉，惑矣！彼童子之師，授之書而習其句讀者也，非吾所謂傳其道、解其惑者也。句讀之不知，惑之不解，或師焉，或不焉②，小學而大遺③，吾未見其明也。

【注釋】

①於其身：對於他自己。
②不（fǒu）：同「否」。
③小：小事，指「句讀之不知」。大：大事，指「惑之不解」。遺：拋棄。

【譯文】

人們愛自己的孩子，可以給他選擇老師來教育他；到了自己呢，卻羞於找老師去學習，這真是大錯特錯！那些小孩子們的老師，教孩子們讀書、斷句，這跟我所說的傳授真理、解決疑惑可是兩碼事。不會斷句，願意去找老師請教；有了解不開的疑惑，卻不肯去請教老師，這是學了小的知識，卻放棄了大的學問，我看不出這種人高明在哪裏。

巫醫、樂師、百工之人①，不恥相師；士大夫之族，曰師、曰弟子云者②，則群聚而笑之。問之，則曰：「彼與彼年相若也③，道相似也。位卑則足羞，官盛則近諛。」嗚呼！師道之不復④，可知矣。巫醫、樂師、百工之人，君子不齒⑤，今其智乃反不能及⑥，其可怪也歟！

【注釋】

①巫醫：專門從事用咒語、符籙、卜占、草藥等方法以治病、驅邪除祟的人。樂師：以音樂為職業的人。百工：泛指手工業工人，各種工匠。
②云者：如此這般。
③相若：相似。
④復：恢復。
⑤不齒：不屑與他們同列。
⑥乃：竟。

【譯文】

巫醫、樂師和各種工匠，他們都不以向別人學習為恥；而士大夫之流，一說到老師呀、弟子呀什麼的，就會有很多人湊過來嘲笑他們。問他們為什麼笑，他們就會說：「他和他年齡相近，知識水平也差不多。如果拜比自己地位低的人為師，那是很羞恥的，如果拜地位高的人為師，又近於拍馬了。」唉！由此可見拜師求教的風尚是不可能恢復的了。巫醫、樂師和各種工匠，是君子們不屑與他們為伍的，如今君子們的見識反倒趕不上他們，真是太奇怪了！

聖人無常師①。孔子師郯子、萇弘、師襄、老聃②。郯子之徒，其賢不及孔子。孔子曰：「三人行，則必有我師③。」是故弟子不必不如師，師不必賢於弟子，聞道有先後，術業有專攻④，如是而已。

【注釋】

①常：固定的。
②郯（tán）子：春秋時郯國國君。據說孔子曾向他請教少皞氏時代的官職名稱。萇（cháng）弘：東周敬王時大夫。師襄：春秋時魯國樂官。老聃（dān）：即老子。
③三人行，則必有我師：見論語・述而。
④術業：技術業務。專攻：專門研究。

【譯文】

聖人沒有固定的老師。孔子就曾經向郯子、萇弘、師襄、老聃都請教過。郯子這班人的品德可趕不上孔子。孔子說過：「三個人在一塊兒走路，那裏面就一定有人可以做我的老師。」所以，弟子不一定就不如老師，老師也不一定比弟子就強，掌握真理有先有後，所學專業各有所長，如此而已。

李氏子蟠①，年十七，好古文，六藝經傳皆通習之②，不拘於時，學於余。余嘉其能行古道③，作師說以貽之④。

【注釋】

①李氏子蟠：李蟠，唐德宗貞元十九年（八〇三）進士。

②六藝：古代稱詩、書、禮、樂、易和春秋六種經書。經傳：經文和傳文。傳，解釋經的著作。

③嘉：讚許。

④貽（yí）：贈給。

【譯文】

有個叫李蟠的青年，十七歲，他愛好古文，已經全面研習了六經的經文和傳文，不受時俗觀念的約束，來向我學習。我很讚賞他能施行古人從師學習的正道，所以做了這篇師說送給他。

進學解

本文寫於作者再次擔任國子博士期間，「愈自以才高，屢被擯黜，作進學解以自喻」（舊唐書·韓愈傳）。文章假設國子先生與學生的辯論，闡明了進德修業的道理，並藉以抒發有才難展的憤懣。文中所說的「業精於勤，荒於嬉；行成於思，毀於隨」一語，至今給人以可貴的啟迪作用。

國子先生晨入太學①，招諸生立館下②，誨之曰：「業精於勤，荒於嬉；行成於思，毀於隨。方今聖賢相逢③，治具畢張④，拔去兇邪，登崇俊良⑤。占小善者率以錄，名一藝者無不庸⑥。爬羅剔抉⑦，刮垢磨光⑧。蓋有幸而獲選，孰云多而不揚？諸生業患不能精，無患有司之不明⑨，行患不能成，無患有司之不公。」

【注釋】

①國子先生：韓愈自稱。國子，指國子學，唐代的教育主管機構和最高學府，隸屬國子監。韓愈當時任國子學博士。太學：此處指國子學。
②館：學館。
③聖賢：聖君和賢臣。
④治具：法令。畢：完全。張：建立。
⑤登崇：舉用推尊。
⑥一藝：一技之長。庸：用。
⑦爬羅剔抉：搜羅發掘，挑揀選擇。
⑧刮垢磨光：刮去塵垢，磨光，指培養人才時磨礪而使之高尚純潔。
⑨有司：指官吏。

【譯文】

國子先生早上走進太學，把學生召集起來，站在學舍下面，教導他們說：「學業靠勤奮才能做到精湛，一愛上玩樂就會荒廢；德行靠思考才能成就，一隨波逐流就會毀掉。如今君主聖明、大臣賢良，法令制度也都建立施行了，除掉奸邪的小人，提拔任用有才能的賢人。有點德行有點兒本事的人就能被任用，想方設法搜羅、選拔、造就人才。只有德行和才能不夠而僥幸被選拔上來的人，哪裏會有德行和才能突出卻沒有被提拔的人呢？你們學生只要關注自己的學業能不能精進，不要擔心主管部門的人眼睛不亮；只要關注自己的德行能不能成就，不要擔心主管部門不公平。」

言未既①，有笑於列者曰②：「先生欺余哉！弟子事先生③，於茲有年矣。先生口不絕吟於六藝之文，手不停披於百家之編④，紀事者必提其要，纂言者必鈎其玄。貪多務得⑤，細大不捐⑥。焚膏油以繼晷⑦，恆兀兀以窮年⑧。先生之業，可謂勤矣。觝排異端⑨，攘斥佛老，補苴罅漏⑩，張皇幽眇⑪，尋墜緒之茫茫⑫，獨旁搜而遠紹⑬。障百川而東之⑭，迴狂瀾於既倒⑮。先生之於儒，可謂勞矣。沉浸醲郁⑯，含英咀華⑰，作為文章，其書滿家。上規姚、姒⑱，渾渾無涯；周誥殷盤⑲，佶屈聱牙⑳；春秋謹嚴，左氏浮誇，易奇而法，詩正而葩㉑，下逮莊騷，太史所錄，子雲、相如，同工異曲。先生之於文，可謂閎其中而肆其外矣㉒。少始知學，勇於敢為，長通於方㉓，左右具宜。先生之於為人，可謂成矣。然而公不見信於人，私不見助於友。跋前疐後[24]，動輒得咎。暫為御史[25]，遂竄南夷[26]。三年博士[27]，冗不見治[28]。命與仇謀[29]，取敗幾時。冬暖而兒號寒，年豐而妻啼饑，頭童齒豁[30]，竟死何裨[31]？不知慮此，反教人為？」

【注釋】

①既：完。
②列：行列。
③事：侍奉。這裏指學生跟老師學習。
④披：翻動。編：指著作。
⑤務：追求。
⑥捐：拋棄。
⑦膏油：油脂，燈油。晷（guǐ）：日影。
⑧兀兀：勞苦的樣子。
⑨觝（dǐ）排：抵拒排斥。
⑩補苴（jū）：彌補。罅（xià）：裂縫。
⑪張皇：張大，光大。幽眇（miǎo）：精深微妙。
⑫墜：落。緒：事業。此指儒教道統。
⑬旁：廣泛。紹：繼承。

⑭障（zhàng）：動詞，防堵。百川：指百家學說。
⑮既：已經。倒：傾瀉。
⑯醲（nóng）郁：濃厚。
⑰含英咀華：比喻欣賞、體味或領會詩文的菁華。
⑱姚、姒（sì）：「姚」是虞姓，「姒」是夏姓。這裏指尚書中的虞書、夏書。
⑲周誥：周時的誥文，指尚書中的大誥、康誥、酒誥、召誥、洛誥等篇。殷盤：殷時的盤銘，指尚書中的盤庚三篇。
⑳佶（jí）屈聱（áo）牙：文字晦澀難解，不通順暢達。
㉑葩（pā）：文辭華麗。
㉒閎：大，宏大。肆：放縱。
㉓方：道理。
㉔跋前疐（zhì）後：詩經．豳風．狼跋有：「狼跋其胡，載疐其尾。」是說老狼往前踩住自己頷下的鬍鬚，往後則被尾巴絆住，比喻進退困難。跋，踏。胡，老狼頷下的懸肉。疐，絆。
㉕御史：御史大夫，專掌監察。
㉖南夷：南方少數民族地區。貞元十九年（八〇三），韓愈由監察御史貶為陽山（今屬廣東）令。
㉗三年博士：韓愈在元和年間共做了三年國子博士。
㉘冗不見治：指在國子博士這個閑職上，政治才能得不到施展。冗，閑散。見，同「現」。
㉙命：命運。仇：仇敵。謀：打交道。

㉚童：山無草木。這裏比喻禿頂。
㉛竟：最終。裨（bì）：補益。

【譯文】

國子先生的話還沒説完，隊列中就有人笑着説：「先生是在騙我們吧！學生跟着先生，到現在也有些年頭了。先生口裏不停地吟誦着六經的文章，手裏也不停地翻閱着諸子之書，對於記事的文章一定會提煉出它的主要內容來，對於記言的文章一定會探索出它深奧的道理來。不嫌其多一定要有收穫，不論意義大小都不遺漏。太陽下山了，就燃燈繼續，一年到頭都在孜孜不倦地研讀。先生的學業，可以説是夠勤奮的吧。抵制異端邪説，排斥道家和佛家的學説，補充儒學的缺漏，闡明深微的含義，探尋那些失傳已久的儒家道統，廣泛搜求，繼承孔、孟的學説。像攔截洪水那樣阻止異端邪説，使它流入東海，挽回被狂瀾壓倒的正氣。先生對於儒家學説，可以説是立了功勞的。沉浸在如美酒般醇厚的典籍中，細細咀嚼體味它們的菁華，寫起文章來，堆得屋子滿滿的。向上學習虞夏之書，博大而深遠；周時的誥文、殷時的盤銘，艱深而拗口；春秋文辭簡約而謹嚴，左傳記事鋪張而誇大，易經奇幻而有法則，詩經純正而華美，下及莊子、離騷、太史公的史記，還有揚雄、司馬相如的著作，各有特色，卻都是美妙精工。先生的文章，可以説是內裏博大而文辭奔放華美。先生年少時就好學，勇於實踐，成年以後通達事理，處事得體。先生的做人，可以説是很圓融成熟了。可是在官場上不被上司所信用，在私交上也無人相幫。先生就像狼一樣，往前走會踩住自己的鬍鬚，往後退又會絆着自己的尾巴，動不動就招來指責。當御史沒多久，又被降職貶到邊遠的南方。做了三年的博士，過於閒散，也表現不出什麼從政的才能。你的命運就像跟你有仇似的，不定什麼時候就會倒霉。冬天暖和時你的孩子還在叫冷，年歲富饒時你的妻子還在喊餓。頭頂禿了，牙齒掉了，你就是到老死，又於事何補呢？你不知道考慮這些，還要來教訓別人嗎？」

先生曰：「吁！子來前①！夫大木為宋②，細木為桷③，欂櫨、侏儒④，椳、闑、扂、楔⑤，各得其宜，施以成室者⑥，匠氏之工也。玉札、丹砂、赤箭、青芝⑦，牛溲、馬勃、敗鼓之皮⑧，俱收並蓄，待用無遺者，醫師之良也。登明選公，雜進巧拙⑨，紆餘為妍⑩，卓犖為傑⑪，校短量長，惟器是適者，宰相之方也⑫。昔者孟軻好辯，孔道以明，轍環天下，卒老於行。荀卿守正，大論是弘，逃讒於楚，廢死蘭陵⑬。是二儒者，吐辭為經，舉足為法，絕類離倫⑭，優入聖域，其遇於世何如也？今先生學雖勤而不由其統，言雖多而不要其中⑮，文雖奇而不濟於用，行雖修而不顯於眾。猶且月費俸錢，歲縻廩粟⑯，子不知耕，婦不知織；乘馬從徒，安坐而食，踵常途之役役⑰，窺陳編以盜竊⑱；然而聖主不加誅，宰臣不見斥⑲，非其幸歟！動而得謗，名亦隨之。投閑置散，乃分之宜。若夫商財賄之有亡⑳，計班資之崇庳㉑，忘己量之所稱㉒，指前人之瑕疵，是所謂詰匠氏之不以杙為楹㉓，而訾醫師以昌陽引年㉔，欲進其豨苓也㉕。」

【注釋】

①子：你，指弟子。

②宎（máng）：屋樑。

③桷（jué）：屋椽。

④欂櫨（bó lú）：柱上承載棟梁的方形短木，即斗拱。侏儒：短椽。

⑤椳（wēi）：門臼。闑（niè）：門中間豎的短木。扂（diàn）：門閂。楔（xiē）：門旁豎的兩根長柱。

⑥施：用。

⑦玉札：即地榆。丹砂：硃砂。赤箭：天麻。青芝：又名「龍芝」。這四種都是名貴藥材。

⑧牛溲（sōu）：即車前草。馬勃：又名「馬屁菌」。敗鼓之皮：破鼓的皮。這三種都是普通藥材。

⑨雜：一並。

⑩紆餘：迂迴曲折。

⑪卓犖（luò）：卓越，突出。

⑫方：治術。

⑬蘭陵：在今山東蒼山西南蘭陵鎮一帶。荀子曾為蘭陵令，後被廢，就死在這裏。

⑭絕類離倫：超越同類。

⑮要（yāo）：求。

⑯縻（mí）：同「靡」，耗費。廩：米倉。

⑰踵（zhǒng）：跟着。役役：拘謹的樣子。

⑱窺：看。
⑲見：被。斥：指罷免官職。
⑳財賄：財貨，財物。
㉑班資：班列資格，官品。庳（bì）：低。
㉒量：分量，指才能的高低。
㉓詰：責問。杙（yì）：小木樁。楹（yíng）：柱子。
㉔訾（zǐ）：指責。昌陽：即菖蒲，據說久服可以延年益壽。
㉕豨（xī）苓：即豬苓，有利尿作用。

【譯文】

先生說：「咦！你走到前面來！粗的木料做房樑，細的木料做椽子，斗拱、樑上短柱、門樞、門橛、門閂、門兩旁的木柱，都安排得很合適，用以建成房子，那是木匠技術高明的地方。地榆、硃砂、天麻、龍芝、車前草、馬屁菌、破鼓的皮，都收存起來，沒有遺漏，以備日後取用，這是醫師高明的地方。選拔人才明察公平，無論能力強弱，都能選用，隨和是美好的品德，卓爾不群是傑出的品德，考校個人的優長和短處，根據他們的才能將其安排到合適的工作中，這才是當宰相的本事。從前孟子喜歡辯論，孔子之道才因此發揚光大，可他的車轍遍天下，最後卻終老於周遊列國的行途中。荀子信守孔子之道，弘揚了儒家博大精深的學說，最終卻為了躲避讒言逃到楚國，終於丟了官職死在蘭陵。這兩個大儒，言論被當成經典，行為被當作別人效法的　則，出類拔萃達到聖人的境界，他們在世上的遭遇又如何呢？現在先生我學習雖然勤奮卻沒成什麼系統，言論雖多卻沒有把握要點，文章雖然奇特卻沒有實用，德行雖然修習了卻不能出眾。何況還年年月月花費國家的俸錢，消耗着國家的糧米，孩子不會種田，妻子也不會織布；騎馬時後面跟着奴僕，安然地坐着吃飯。拘謹地按照常規行事，東挪西抄地做着學問；但是聖明的君主並不責罰我，主管的大臣也不斥逐我，難道我還不夠僥幸嗎！動不動就遭到毀謗，名聲跟着被毀。我被棄置在閑散的位置上，正是理所應當的事。如果還要算計財產的有無、官職的高低，忘了自己的本事有多大，還要來指摘前人的毛病，這就好比去責問工匠沒拿小木樁來做廳堂的大柱子，指責醫師用能延年益壽的菖蒲而不用能利尿導瀉的豬苓去做長壽藥。」

圬者王承福傳

這是韓愈為泥水匠王承福所作的傳記，從中寄寓了自己的感慨。通過對王承福自食其力的讚賞，從反面暴露了那些不勞而獲、尸位素餐的人的醜惡嘴臉。為小民作傳，體現了韓愈的親民思想。

圬之為技[1]，賤且勞者也。有業之，其色若自得者。聽其言，約而盡[2]。問之，王其姓，承福其名，世為京兆長安農夫[3]。天寶之亂[4]，發人為兵[5]，持弓矢十三年。有官勳，棄之來歸，喪其土田，手鏝衣食[6]。餘三十年，舍於市之主人，而歸其屋食之當焉。視時屋食之貴賤，而上下其圬之傭以償之。有餘，則以與道路之廢疾餓者焉。

【注釋】

①圬（wū）：塗刷牆壁。

②約而盡：簡約而周詳。

③京兆長安：指京兆府治長安，在今陝西。

④天寶之亂：指天寶十四年（七五五）安祿山反叛，唐玄宗逃離長安而導致的戰亂。天寶，唐玄宗的年號。

⑤發：徵發，招募。

⑥鏝（màn）：泥瓦匠所用的工具。

【譯文】

刷牆這個手藝，又卑賤又勞苦。有個人是幹這一行當的，看樣子倒挺自我滿足的。聽他講話，簡練卻很在理。問他，他說：我姓王，名承福，家裏世代都是京兆府長安縣的農民。天寶之亂時，政府招募士兵，我就拿了十三年的弓箭。立了功有了官勳，卻放棄了，回到老家，老家土地也沒了，只好拿起抹牆的瓦刀來維持生計。就這樣過了三十多年，平時就住在僱主家裏，付給僱主相應的房錢和飯錢。房錢和飯錢隨物價有漲有降，僱主給的泥牆工錢也就有加有減，用來償付房錢和飯錢。如果工錢有多餘的，就送給路旁那些殘廢的人、患病的人和飢餓的人。

又曰：粟，稼而生者也，若布與帛，必蠶績而後成者也①。其他所以養生之具，皆待人力而後完也。吾皆賴之。然人不可遍為，宜乎各致其能以相生也。故君者，理我所以生者也②；而百官者，承君之化者也。任有小大，惟其所能，若器皿焉。食焉而怠其事，必有天殃，故吾不敢一日捨鏝以嬉。夫鏝易能，可力焉，又誠有功，取其直③，雖勞無愧，吾心安焉。夫力易強而有功也④，心難強而有智也，用力者使於人，用心者使人，亦其宜也。吾特擇其易為而無愧者取焉⑤。嘻！吾操鏝以入富貴之家有年矣。有一至者焉，又往過之，則為墟矣；有再至、三至者焉，而往過之，則為墟矣。問之其鄰，或曰：噫！刑戮也；或曰：身既死而其子孫不能有也；或曰：死而歸之官也。吾以是觀之，非所謂食焉怠其事而得天殃者邪？非強心以智而不足、不擇其才之稱否而冒之者邪⑥？非多行可愧、知其不可而強為之者邪？將富貴難守、薄功而厚饗之者邪⑦？抑豐悴有時、一去一來而不可常者邪⑧？吾之心憫焉，是故擇其力之可能者行焉。樂富貴而悲貧賤，我豈異於人哉？

【注釋】

①績：把麻、絲等搓捻成線或繩。
②理：治理。
③直：同「值」。這裏指工錢。
④強（qiǎng）：勉強。
⑤特：只是。
⑥稱（chèn）：適合。
⑦將：還是。饗（xiǎng）：通「享」。
⑧抑：或者，還是，表示選擇。豐悴（cuì）：豐富和衰弱。

【譯文】

他又説：穀子要經過耕種才能生長，布帛要靠養蠶、紡織才能做成。其他用來維持生計的東西，都要依賴人力才能完成。我都得靠它們來過日子。但是人們不能事事躬親，而應該各盡其能、互相依賴而生。所以當君主的，是治理我們、使我們得以生存的；各級官吏呢，是推行君主教化的。責任有大小，大家各盡所能，就像不同的器皿有不同的用途一樣。只知道吃飯卻懶於做事，老天一定會降下災禍，這就是我一天也不敢放下瓦刀去玩樂的緣故。泥牆的技術很容易就能學會，可以憑着力氣去做，確實做出了成績，拿那份應得的工錢，雖然勞累也不會感到慚愧，我心裏是坦然的。需要出力的活是可以出力幹好的，腦子卻很難勉強使它變得聰明起來，所以出力幹活的就供人驅使，用腦力做事的就驅使別人，這也是理所當然的。我不過是選擇了那容易做並且心中無愧的行當來做罷了。唉！我拿着瓦刀到富貴人家幹活也有好多年了。有去過一次的，再去，那家的房屋已經變成廢墟了；有的房子去過兩次三次，再去，也變成廢墟了。問他們的鄰居，有的說，唉，房主人犯罪被殺啦！有的說，房主人死了，兒孫保不住這份家業了；有的說，房主人死了以後房子充公了。我從這個就看到，他們不是只吃不做就招來天災的嗎？不是勉強用心而心智不夠，不按照自己的才能是否合適就盲目冒進的嗎？不是幹了許多於心有愧的事，明知不行卻硬要去做的嗎？這是富貴難長久、功勞不大卻過度享受呢？還是興盛和衰敗各有時機、有去有來而不能經常保有呢？我看到這樣的房子心裏總是很難受，因此我就選擇自己力所能及的事來做。至於愛慕富貴、悲憐貧賤，我難道與別人有什麼不同嗎？

又曰：功大者，其所以自奉也博。妻與子，皆養於我者也，吾能薄而功小，不有之可也。又吾所謂勞力者，若立吾家而力不足，則心又勞也。一身而二任焉，雖聖者不可為也。

【譯文】

王承福又說：功勞大的人，當然能拿來供養自己的東西就多了。妻子與兒女都是靠我來養活的，我能力微薄、功勞不大，沒有妻子兒女也是應該的。何況我是所謂出力幹活的，如果成了家卻能力不足，就又得操心了。這樣一個人又操勞又操心，即使是聖人也做不到吧。

愈始聞而惑之，又從而思之，蓋賢者也，蓋所謂獨善其身者也①。然吾有譏焉，謂其自為也過多，其為人也過少，其學楊朱之道者邪②？楊之道，不肯拔我一毛而利天下。而夫人以有家為勞心，不肯一動其心以畜其妻子③，其肯勞其心以為人乎哉！雖然，其賢於世之患不得之而患失之者，以濟其生之欲、貪邪而亡道、以喪其身者④，其亦遠矣！又其言有可以警余者，故余為之傳，而自鑒焉。

【注釋】

①獨善其身：指修身養性，保全己身，不管世事。孟子．盡心上說：「窮則獨善其身，達則兼濟天下。」

②楊朱：戰國時期人。成語「一毛不拔」說的就是他。

③畜（xù）：養。

④亡（wú）：無。

【譯文】

我開始聽到他的話感到疑惑不解，接着又順着他的思路想了一下，覺得他可能是位賢者，也就是人們常說的獨善其身的人吧。但我對他還是有所批評的，因為他為自己考慮過多，為別人考慮過少，難道他是學楊朱那套理論的嗎？楊朱的理論，拔自己一根毫毛而利天下也是不肯的。這人認為一有家室就得操心，為妻子兒女操操心都不肯，他怎肯再為別人勞心呢！雖然如此，他比世上那些唯恐得不到又唯恐失掉的人，比那些只為滿足私欲、專走邪門歪道以致丟了性命的人，那可是超過得太多了！而且，他的言論有使我警戒的地方，因此我為他寫這一篇傳記，自己引以為鑒。

諱辯

李賀的父親名晉肅，「晉」與「進士」的「進」同音，因此照當時禮法，李賀應該避諱，不能參加進士科考試。韓愈憤然而起，為聲援李賀支持他去參加考試而做了這篇談論避諱問題的文章。文章為了說明避諱之類的議論是十分荒謬的，引經據典，層層設問，雄辯滔滔，頗有說服力。

愈與李賀書[①]，勸賀舉進士[②]。賀舉進士有名，與賀爭名者毀之，曰：「賀父名晉肅，賀不舉進士為是，勸之舉者為非。」聽者不察也，和而倡之[③]，同然一辭。皇甫湜曰[④]：「若不明白，子與賀且得罪。」愈曰：「然。」

【注釋】

①李賀：字長吉，唐代詩人。因避父諱，終身未能參加進士科考試，只做過奉禮郎一類的小官。
②進士：指唐代科舉制度中的進士科。
③和（hè）：附和。倡：同「唱」。
④皇甫湜（shí）：字持正，唐代文學家。曾跟從韓愈學習古文。

【譯文】

我給李賀寫信，勸他參加進士科的考試。李賀去參加進士科考試應該能考中，和他爭名的人就來攻擊他，說：「李賀的父親名叫晉肅，李賀不參加進士科考試才對，勸他應考的人是不對的。」聽這話的人沒有仔細想，就隨聲附和，眾口一詞。皇甫湜勸我說：「如果不把這事說清楚，你跟李賀都會獲罪的。」我說：「是這樣。」

律曰：「二名不偏諱①。」釋之者曰②：「謂若言『徵』不稱『在』、言『在』不稱『徵』是也③。」律曰：「不諱嫌名。」釋之者曰：「謂若『禹』與『雨』、『丘』與『蓲』之類是也。」今賀父名晉肅，賀舉進士，為犯二名律乎？為犯嫌名律乎？父名「晉肅」，子不得舉進士。若父名「仁」，子不得為人乎？

【注釋】

①二名不偏諱：語出禮記・曲禮上。下文所引一條亦同。偏，本作「徧」，全部。
②釋之者：指注禮記的東漢人鄭玄。
③徵在：孔子母親的名字。

【譯文】

禮記說：「兩個字的名字只避諱其中一個字。」解釋的人說：「就好比說『徵』字就不說『在』字、說『在』字就不說『徵』字一樣。」禮記又說：「不避諱聲音相近的字。」解釋的人說：「就好比說『禹』和『雨』、『丘』和『蓲』這類字一樣。」如今李賀父親的名為晉肅，李賀應進士科考試，是犯了兩個字的名字只避諱其中一個字的規定呢？還是犯了不避諱聲音相近的字的規定？父親名叫「晉肅」，兒子就不能參加進士科考試。如果父親的名字叫「仁」，兒子難道就不能做人了嗎？

夫諱始於何時？作法制以教天下者，非周公、孔子歟①？周公作詩不諱，孔子不偏諱二名，春秋不譏不諱嫌名。康王釗之孫，實為昭王。曾參之父名晳②，曾子不諱「昔」。周之時有騏期③，漢之時有杜度④，此其子宜如何諱？將諱其嫌，遂諱其姓乎？將不諱其嫌者乎？漢諱武帝名「徹」為「通」，不聞又諱「車轍」之「轍」為某字也；諱呂后名「雉」為「野雞」，不聞又諱「治天下」之「治」

為某字也。今上章及詔，不聞諱「滸」、「勢」、「秉」、「機」也⑤。惟宦官宮妾，乃不敢言「諭」及「機」⑥，以為觸犯。士君子立言行事，宜何所法守也？今考之於經，質之於律，稽之以國家之典，賀舉進士為可邪？為不可邪？

【注釋】

①周公：姬旦，周文王子，周武王弟，周王朝的開國大臣。
②曾參：春秋時人，以孝行著名。皙（xī）：曾參父親的名。
③騏（qí）期：春秋時楚國人。
④杜度：東漢章帝時人。
⑤滸、勢、秉、機：這四個字分別與唐太祖名「虎」、太宗名「世民」、世祖名「昞」、玄宗名「隆基」同音。
⑥諭：與唐代宗名「豫」同音。

【譯文】

避諱是從什麼時候開始的呢？制定禮法制度來教導天下百姓的，難道不是周公、孔子嗎？周公作詩沒有避諱，孔子只避諱兩個字的名字中的一個字，春秋也不譏諷那些不避諱聲音相近的字。周康王名釗，他孫子的謚號就是昭王。曾參父親的名字是皙，曾參也不避諱「昔」字。周朝有個人名叫騏期，漢朝有個人名叫杜度，他們的兒子應該怎麼避諱呢？是避諱聲音相近的字而改姓呢？還是不避諱聲音相近的字？漢朝避諱武帝的名，就改「徹」為「通」，沒聽說又改「車轍」的「轍」為別的什麼字；避諱呂后的名，就改「雉」為「野雞」，沒聽說又把「治天下」的「治」改為別的什麼字。現在上奏章和下詔書，也沒聽說避諱「滸」、「勢」、「秉」、「機」這些字。只有宦官和宮女，才不敢說「諭」字和「機」字，認為說了就觸犯了皇上。君子著書做事，應該遵守什麼禮法呢？從經典上考察，與規定相對照，拿國家典章來核對，李賀參加進士科考試是可以呢？還是不可以？

凡事父母，得如曾參，可以無譏矣。作人得如周公、孔子，亦可以止矣。今世之士，不務行曾參、周公、孔子之行，而諱親之名則務勝於曾參、周公、孔子，亦見其惑也。夫周公、孔子、曾參，卒不可勝，勝周公、孔子、曾參，乃比於宦官、宮妾。則是宦官宮妾之孝於其親，賢於周公、孔子、曾參者邪？

【譯文】

大凡侍奉父母，能像曾參那樣，就沒什麼可以指責的。做人能像周公、孔子那樣，也可以說是到極點了。現在的讀書人不努力學習曾參、周公、孔子的品行，但是避諱親長的名字卻要超過曾參、周公、孔子，由此可見他們的糊塗。那周公、孔子、曾參，最終是不可能超過的，在避諱上超過周公、孔子、曾參，那是把自己等同於宦官和宮女了。那麼反而是宦官、宮女孝順父母，倒比周公、孔子、曾參他們還好些嗎？

爭臣論

爭臣是指向君主直言進諫的大臣。陽城出任諫官五年卻對朝政不聞不問，韓愈為此寫了這篇文章進行諷喻，說明諫官不應僅止於「獨善其身」，而必須「兼濟天下」才行。文章四問四答，層層遞進，是「箴規」類文體的佳作。

或問諫議大夫陽城於愈①：「可以為有道之士乎哉？學廣而聞多，不求聞於人也。行古人之道，居於晉之鄙②，晉之鄙人薰其德而善良者幾千人③。大臣聞而薦之，天子以為諫議大夫。人皆以為華，陽子不色喜④，居於位五年矣，視其德如在野。彼豈以富貴移易其心哉？」

【注釋】

①諫議大夫：掌侍從規諫的官，屬門下省。

②晉：古國名。陽城曾隱居的中條山（在今山西南部）、陝州夏縣（治所在今山西夏縣）都是古代晉國所轄地區。鄙：邊境。

③薰：熏陶，感染。幾：將近，幾乎。

④陽子：即陽城。子，古代對男子的尊稱。

【譯文】

有人向我問起諫議大夫陽城，說：「陽城可以算得上有道德的人吧？他學問廣博而且見多識廣，卻不想出名。他身體力行古人的立身處世之道，居住在晉地邊遠的邊境，當地人受到他品德的熏陶而品行善良的將近千人。有的大臣聽說後就薦舉他，天子任命他為諫議大夫。人們都覺得這是他的榮耀，卻看不見陽城有什麼自得之色，他任職已經有五年了，品行仍然和隱居的時候一樣。難道他會因為富貴而改變心志嗎？」

愈應之曰：「是易所謂『恆其德貞』而『夫子凶』者也①。惡得為有道之士乎哉②？在易・蠱之上九云：『不事王侯，高尚其事。』蹇之六二則曰：『王臣蹇蹇③，匪躬之故④。』夫亦以所居之時不一，而所蹈之德不同也。若蠱之上九，居無用之地，而致匪躬之節，以蹇之六二，在王臣之位，而高不事之心，則冒進之患生，曠官之刺興⑤。志不可則⑥，而尤不終無也⑦。今陽子在位不為不久矣，聞天下之得失不為不熟矣，天子待之不為不加矣，而未嘗一言及於政。視政之得失，若越人視秦人之肥瘠，忽焉不加喜戚於其心⑧。問其官，則曰：『諫議也。』

問其祿，則曰：『下大夫之秩也⑨。』問其政，則曰：『我不知也。』有道之士，固如是乎哉？且吾聞之：『有官守者，不得其職則去；有言責者，不得其言則去。』⑩今陽子以為得其言乎哉？得其言而不言，與不得其言而不去，無一可者也。陽子將為祿仕乎？古之人有云：『仕不為貧，而有時乎為貧。』謂祿仕者也。宜乎辭尊而居卑，辭富而居貧，若抱關擊柝者可也⑪。蓋孔子嘗為委吏矣⑫，嘗為乘田矣⑬，亦不敢曠其職，必曰：『會計當而已矣⑭。』必曰：『牛羊遂而已矣⑮。』若陽子之秩祿，不為卑且貧，章章明矣⑯，而如此其可乎哉？」

【注釋】

①易：原文在恆卦六五中為：「恆其德貞，婦人吉，夫子凶。」

②惡（wū）：怎麼。

③蹇蹇（jiǎn）：忠直的樣子。

④匪（fēi）：同「非」。躬：自身。

⑤曠：空缺，荒廢。刺：譏刺，指責。

⑥則：法則。這裏指效法。

⑦尤：過失。

⑧忽：不在意。

⑨下大夫：唐代諫議大夫為正五品，相當於古代下大夫。秩：古代官吏的俸祿。

⑩「有官守」以下四句：出自孟子・公孫丑下。下文「仕不為貧」二句出自孟子・萬章下。

⑪抱關：守關門。擊柝（tuò）：打更。柝，打更用的梆子。

⑫委吏：管糧倉的小官。

⑬乘（shèng）田：春秋時魯國管畜牧的小官。

⑭會（kuài）計：掌管財物及出納。

⑮遂：成功。這裏引申為長成。

⑯章章：明顯的樣子。

【譯文】

我回答說：「這就是周易上說的『長久保持一種德性』，『對男子來說卻是壞事』。陽城哪能算是有道德的人呢？周易・蠱卦上九的爻辭說：『不侍奉王侯，保持自己高尚的志向。』蹇卦六二的爻辭卻說：『王臣直諫不已，不是為了自己，而是為了社稷。』那是因所處境遇不同，奉行的準則也就因此不一樣。如果像蠱卦上九的爻辭所說，處在沒被任用的境地，卻表現出奮不顧身的操守，那麼冒進的禍患就會產生，貪求官位的禍患就會產生；像蹇卦六二的爻辭所說，處在臣子的職位上，卻不把侍奉君主的心志看作高尚，那麼冒進的禍患就會產生，就會被人指責荒廢職守。不能效法這樣的心志，也最終避免不了過失。現在陽子做官的時間不能說不長，了解朝政的得失不能說不清楚，天子待他也不能說不優厚，但是他卻一句話也沒有談到朝政。他看待朝政的得失，就像越國人看待秦國人的胖瘦一樣漠不關心，喜樂和哀愁都無動於衷。詢問他的官職，他就說：『諫議大夫。』詢問他的俸祿，他就說：『下大夫的官俸。』詢問他朝政，他卻說：『我不知道啊。』有道德的人，原來就是這樣的嗎？我聽古人說到：『有官職的人，不盡職盡責就應該辭職；擔負進諫責任的人，不能提出規諫的意見也應該辭去。』如今陽子認為自己盡了諫議大夫的職責了嗎？應該上言規諫卻不上言，不上言又不辭職，這都是不對的。恐怕陽子是為了俸祿而做官的吧？古人說過：『做官不是因為家裏貧困，但有時候也有因為家裏貧困的。』說的就是這種為了俸祿而做官的人。這樣的人應該辭去高官去擔任卑職，放棄富貴甘居貧寒，做做守門、打更一類的差事就行了。孔子曾經做過管糧倉的小吏，當過管畜牧的小吏，也不敢荒廢職守，一定說：『財物賬目一定要核對正確才行。』一定說：『要使牛羊肥壯才可以。』像陽子這樣的官階和俸祿，既不低下也不貧寒，這是很明白的，他這麼做怎麼可以呢？」

或曰：「否，非若此也。夫陽子惡訕上者①，惡為人臣招其君之過而以為名者②，故雖諫且議，使人不得而知焉。書曰：『爾有嘉謨嘉猷③，則入告爾后於內，爾乃順之於外，曰：「斯謨斯猷，惟我后之德。」』夫陽子之用心，亦若此者。」

【注釋】

①惡（wù）：憎惡。訕（shàn）：譏笑。

②招（qiáo）：舉，揭露。

③謨（mó）：計謀。猷（yóu）：謀劃。

【譯文】

有人說：「不，不是這樣的。陽子憎惡譏諷君主的人，討厭身為臣下卻以揭露君主的過錯博取名聲，所以就算規諫並且議論了朝政得失，卻不讓別人知道。尚書說：『你有好的謀略，就進去告訴你的君主，然後在外面附和、順從，說：「這些謀略，都是我們主上的好德行。」』大概陽子的用心，也是這樣的。」

愈應之曰：「若陽子之用心如此，滋所謂惑者矣①。入則諫其君，出不使人知者，大臣宰相者之事，非陽子之所宜行也。夫陽子本以布衣隱於蓬蒿之下②，主上嘉其行誼，擢在此位③。官以諫為名，誠宜有以奉其職，使四方後代知朝廷有直言骨鯁之臣④，天子有不僭賞從諫如流之美⑤，庶巖穴之士⑥，聞而慕之，束帶結髮，願進於闕下而伸其辭說，致吾君於堯、舜，熙鴻號於無窮也⑦。若書所謂，則大臣宰相之事，非陽子之所宜行也。且陽子之心將使君人者惡聞其過乎？是啟之也。」

【注釋】

①滋：更加。

②蓬蒿：蓬草和蒿草。這裏泛指民間。

③擢（zhuó）：提拔，提升。

④骨鯁（gěng）：比喻個性正直、剛健。

⑤僭（jiàn）賞：不得當的獎勵。僭，過分。

⑥巖穴之士：指隱居之士。

⑦熙：明。鴻號：大名聲。

【譯文】

我回答說：「如果陽子的用心真是這樣的話，那就更加讓人迷惑了。入內進諫君主，出來卻不讓別人知道，這是大臣宰相們的事，並不是陽子應該做的。陽子本是平民，隱居在民間，君主讚賞他的品行，把他提拔到這個職位上。官職名為『諫議』，當然應該有所作為以與職位相稱，讓天下的人、子孫後代都知道朝廷有直言敢諫的大臣，都知道天子有不濫施獎賞、從諫如流的美德，以便隱居的人，都聽聞慕名，整衣結髮，願意趕赴朝廷陳述自己的建議，使君主像堯、舜一樣，聖明的名聲千載流傳。像尚書所説的，那是大臣宰相們的事，不是適合陽子做的。況且陽子的用心，是會使做君主的不愛聽自己的過失吧？反而會引導君主討厭聽到自己的過錯的。」

或曰：「陽子之不求聞而人聞之，不求用而君用之，不得已而起，守其道而不變，何子過之深也？」

愈曰：「自古聖人、賢士皆非有求於聞、用也。閔其時之不平、人之不乂①，得其道，不敢獨善其身，而必以兼濟天下也，孜孜矻矻②，死而後已。故禹過家門不入，孔席不暇暖，而墨突不得黔③。彼二聖一賢者④，豈不知自安佚之為樂哉⑤？誠畏天命而悲人窮也。夫天授人以賢聖才能，豈使自有餘而已？誠欲以補其不足者也。耳目之於身也，耳司聞而目司見。聽其是非，視其險易，然後身得安焉。聖賢者，時人之耳目也；時人者，聖賢之身也。且陽子之不賢，則將役於賢以奉其上矣；若果賢，則固畏天命而閔人窮也，惡得以自暇逸乎哉？」

【譯文】

有人說：「陽子不求出名卻出了名，不求被用而君主卻任用了他，不得已而出來做了官，又保持自己的品行不變，您為什麼責怪他這麼厲害呢？」

【注釋】

①閔：同「憫」，憂慮。乂（yì）：治理。

②孜孜（zī）矻矻（kū）：勤謹不已的樣子。
③突：煙囱。黔：黑。
④二聖：指夏禹和孔子。一賢：指墨翟。
⑤佚：安樂，安逸。

【譯文】

我說：「自古以來的聖人、賢士都不求出名和被任用。他們憂慮世道不平、老百姓的事沒有治理，有了道德學問，也不敢獨善其身，而一定要兼濟天下，勤勤懇懇，到死才停止。所以大禹治水幾次過家門卻不進去，孔子回家，席子還沒有坐暖就出門了，墨子回家去連廚房的煙囱都沒有燒黑就又出門了。這兩位聖人、一位賢人，難道就不知道安逸是快樂的事情嗎？實在是因為他們敬畏天命而又同情百姓的貧苦。上天把聖、賢和才能賜給人，難道是讓他們僅僅在這些方面有餘罷了？實在是希望他們能彌補別人的不足。耳朵和眼睛對於身體，耳朵負責聽而眼睛負責看。聽清是非，看清安危，這樣身體才能保證安全。聖賢，就是世人的耳朵和眼睛；世人，就是聖賢的身體。陽子如果不是賢人，就應該被賢人驅使以侍奉上級；如果他是賢人，那麼就應該敬畏天命而且同情人們的貧困，他怎麼能只貪圖自己的安逸呢？」

或曰：「吾聞君子不欲加諸人，而惡訐以為直者①。若吾子之論，直則直矣，無乃傷於德而費於辭乎？好盡言以招人過，國武子之所以見殺於齊也②，吾子其亦聞乎？」

【注釋】

①訐（jié）：攻擊別人。

②國武子：名佐，春秋時齊國國卿。

【譯文】

有人說：「我聽說，君子不強加於人，而且厭惡通過攻擊別人來表明自己的正直。像您這種議論，率直倒是率直，難道不是有損於道德修養而且又浪費言辭嗎？喜歡直言不諱地揭露別人的過失，導致了國武子被殺死在齊國，您是不是也聽說了呢？」

愈曰：「君子居其位，則思死其官；未得位，則思修其辭以明其道。我將以明道也，非以為直而加人也。且國武子不能得善人，而好盡言於亂國，是以見殺。傳曰：『惟善人能受盡言。』①謂其聞而能改之也。子告我曰：『陽子可以為有道之士也。』今雖不能及已，陽子將不得為善人乎哉？」

【注釋】

①惟善人能受盡言：見國語・周語。

【譯文】

我回答說：「君子擔任職務，就要考慮到以身殉職；還沒有做官時，就要考慮修飾文辭來闡明道理。我要闡明的道理，不是自命正直而且強加於人。何況國武子是因為沒有遇到善良的人，卻在內亂的國家裏直言不諱，這樣才被殺的。國語說：『只有善良的人才能接受直言不諱的批評。』是說這樣的人聽到批評之後能夠改正。您告訴我：『陽子可以算得上是有道的人了。』在我看來，陽子雖然現在還算不上有道的人，但他就不能成為聽到批評就改正的好人嗎？」

後十九日復上宰相書

仕途失意、不得已而通過文章干謁權貴的青年韓愈，三次給宰相上書。這是第二封，信中不惜自比為「盜賊」「管庫」，不卑不亢、毫無扭捏之態，期望當權者能不拘一格提拔人才，情辭懇切，用語婉轉。

二月十六日，前鄉貢進士韓愈①，謹再拜言相公閣下②：

【注釋】

①鄉貢進士：唐代由州縣薦舉出來參加科舉考試而考中進士的人稱「鄉貢進士」。鄉貢，由州縣選送。

②再拜：指拜而又拜。閣下：寫信時對對方的尊稱。

【譯文】

二月十六日，前鄉貢進士韓愈，恭敬地向宰相閣下叩拜進言：

向上書及所著文後①，待命凡十有九日，不得命。恐懼不敢逃遁，不知所為。乃復敢自納於不測之誅②，以求畢其說，而請命於左右③。

【注釋】

①向：以前。

②誅：處罰。

③左右：書信中對對方的稱呼。對人不直稱其名，只稱「左右」，以表示尊敬。

【譯文】

前些日子曾向您呈上書信和所做的文章，等了十九天，還沒有見您賜覆。我感到惶恐不安卻不敢逃避，不知怎麼辦才好。只得再次斗膽，寧願蒙受不可預料的懲罰，希望充分陳述我的意見，向閣下請教。

愈聞之，蹈水火者之求免於人也①，不惟其父兄子弟之慈愛，然後呼而望之也。將有介於其側者②，雖其所憎怨，苟不至乎欲其死者，則將大其聲疾呼而望其仁之也。彼介於其側者，聞其聲而見其事，不惟其父兄子弟之慈愛然後往而全之也。雖有所憎怨，苟不至乎欲其死者，則將狂奔盡氣，濡手足③，焦毛髮，救之而不辭也。若是者何哉？其勢誠急，而其情誠可悲也。

【注釋】

①蹈：踩，陷。

②介：獨立。

③濡（rú）：沾濕，潤澤。

【譯文】

我聽説，深陷水深火熱之中的人向別人求救，並不因為別人和自己有父母、兄弟、子女這樣慈愛的感情，然後才呼喚他們，盼望他們前來施救。如果有人就在一旁，哪怕是自己憎惡和怨恨的人，只要這人還不至於希望自己死去，就會向他大聲呼喊，期望他能施行仁義來救自己。那個站在一旁的人，聽到他呼救的聲音，看見他危險的情形，也並不考慮他是否和自己有父母、兄弟、子女一樣慈愛的感情，然後才前去施救。即使他對呼救的人心存憎惡和怨恨，只要還不至於希望他死去，就會拚命地跑過去，哪怕弄濕自己的手腳，燒焦自己的鬍鬚、頭髮，也要救他出來而不會推辭。為什麼會這樣呢？那是因為呼救的人的形勢實在危急，他的情態也實在可憐。

愈之強學力行有年矣。愚不惟道之險夷①，行且不息，以蹈於窮餓之水火，其既危且亟矣②，大其聲而疾呼矣，閣下其亦聞而見之矣。其將往而全之歟，抑將安而不救歟？有來言於閣下者曰：「有觀溺於水而爇於火者③，有可救之道，而終莫之救也。」閣下且以為仁人乎哉？不然，若愈者，亦君子之所宜動心者也。

【注釋】

①惟：考慮。夷：平坦。

②亟（jí）：急迫。

③溺（nì）：淹沒。爇（ruò）：焚燒。

【譯文】

我發奮學習、勉力實踐已經好多年了。我沒有考慮道路的險阻與平坦，一直前行從不停止，以至於陷入窮困飢餓的水深火熱之中，處境危險而又急迫，只好大聲疾呼，閣下大概也聽到了看到了。您是準備前來救我呢，還是安坐不動不來救我呢？有人來向您報告說：「有人看到別人落水了、被困在火裏了，本來有辦法去救，卻終於沒有去救。」閣下您認為這是有仁愛之心的人嗎？如若不然，像我這樣的人，仁人君子見了應該動心的啊。

或謂愈：「子言則然矣，宰相則知子矣，如時不可何？」愈竊謂之不知言者，誠其材能不足當吾賢相之舉耳。若所謂時者，固在上位者之為耳，非天之所為也。前五六年時，宰相薦聞，尚有自布衣蒙抽擢者①，與今豈異時哉？且今節度、觀察使及防禦、營田諸小使等②，尚得自舉判官③，無間於已仕未仕者，況在宰相，吾君所尊敬者，而曰不可乎？古之進人者，或取於盜，或舉於管庫，今布衣雖賤，猶足以方於此④。情隘辭蹙⑤，不知所裁，亦惟少垂憐焉⑥。愈再拜。

【注釋】

①擢（zhuó）：提拔。

②節度：即節度使，負責掌管邊疆地區軍事、民政和財務的官員。觀察使：掌管州縣官吏政績和民事的長官。防禦：即防禦使，是唐代設於軍事重地的官吏，多以刺史兼任。營田：即營田使，唐代邊區專掌屯田的官吏。

③判官：唐代為節度、觀察和防禦使的屬官。

④方：比擬，相比。

⑤隘（ài）：窘迫。蹙（cù）：急促。

⑥少：稍。垂：敬辭。用於別人對自己的行動。

【譯文】

有人對我說：「您的話對是對，宰相也是了解您的，可時機不允許有什麼辦法呢？」我私下裏認為他不會講話，他的才能實在是不足以得到我們賢相的薦舉罷了。如果說到時機，那本來就是身處高位的人所給予的，並非是老天爺的作為。五六年前，因為宰相的薦舉，尚且還有平民百姓被提拔起來的，和今天相比有什麼不同嗎？何況如今的節度使、觀察使，以及防禦使、營田使等各種小使，尚且還能自己選用判官，對有沒有做官的都一視同仁，何況是宰相，我們君主所尊敬的人，卻說不可以嗎？古時候進用人才，有的從盜賊中選取，有的從管理倉庫的人中提拔，現在我這個地位卑賤、無官無職的布衣百姓，還是足以和那些人相比的。我處境窘迫，言辭急切，不知道自己都是怎麼措辭的，只希望您稍稍照顧憐惜一下。韓愈再拜。

後廿九日復上宰相書

這是備受冷落的青年韓愈給宰相的第三次上書。文章以求賢若渴的周公與當今對待人才「默默而已」的宰相相對比，抒發進身無路、報國無門的悲憤和不滿。「末述再三上書之故，曲曲回護自己。氣傑神旺，骨勁格高，足稱絕唱。」（吳楚材、吳調侯）

三月十六日，前鄉貢進士韓愈，謹再拜言相公閣下：

【譯文】

三月十六日，前科鄉貢進士韓愈，謹向宰相閣下叩拜進言：

愈聞周公之為輔相，其急於見賢也，方一食三吐其哺①，方一沐三握其髮②。當是時，天下之賢才皆已舉用，奸邪讒佞欺負之徒皆已除去③，四海皆已無虞④，九夷八蠻之在荒服之外者皆已賓貢⑤，天災時變、昆蟲草木之妖皆已銷息，天下之所謂禮、樂、刑、政教化之具皆已修理⑥，風俗皆已敦厚，動植之物、風雨霜露之所沾被者皆已得宜⑦，休徵嘉瑞、麟鳳龜龍之屬皆已備至⑧，而周公以聖人之才，憑叔父之親，其所輔理承化之功又盡章章如是。其所求進見之士，豈復有賢於周公者哉？不惟不賢於周公而已，豈復有賢於時百執事者哉⑨？豈復有所計議、能補於周公之化者哉？然而周公求之如此其急，惟恐耳目有所不聞見，思慮有所未及，以負成王託周公之意，不得於天下之心。如周公之心，設使其時輔理承化之功未盡章章如是，而非聖人之才，而無叔父之親，則將不暇食與沐矣，豈特吐哺握髮為勤而止哉⑩？維其如是，故於今頌成王之德，而稱周公之功不衰⑪。

【注釋】

①哺：咀嚼的食物。
②沐：洗頭。
③讒：說人壞話。佞（nìng）：用花言巧語諂媚。
④虞：憂慮，戒備。
⑤荒服：「五服」之一。古代王畿（jī）外圍每五百里為一區劃，按遠近距離分五等地區，稱「五服」。「荒服」是離王畿最遠的地區。賓：歸順。
⑥具：制度。
⑦沾：浸濕。被：覆蓋。
⑧休徵嘉瑞：四者都指美好吉祥的徵兆。麟鳳龜龍：四者都是預示吉祥的動物。
⑨百執事：指公卿百官。
⑩特：只是。
⑪衰：消歇。

【譯文】

我聽說，周公輔佐君主做宰相時，急於接見賢德之士，以至於吃一頓飯要多次吐出口中的飯菜，洗一次頭要幾次用手把解開的頭髮挽住。那時，天下的賢才都已被選拔任用了，奸詐邪惡、撥弄是非、花言巧語獻媚、背信棄義的壞人都已被除掉，四海之內都已太平，那些蠻荒地區的少數民族都已歸順進貢了，自然災害和違反時令的現象，以及昆蟲草木的妖異現象，都已銷聲匿跡，天下的所謂禮儀、音樂、刑法、政令等教化人的制度，都已整治齊備，民間風俗都已樸實淳厚，動物植物等蒙受風雨霜露的滋潤養育，都已各得其所，吉祥的徵兆，諸如麒麟、鳳凰、靈龜、神龍之類的動物，都全部出現，而周公以聖明的才智，憑着他是君王叔叔的親近關係，輔佐君王治理國家教化百姓的功績，又都這樣顯著。那些求見周公的人，難道還有比周公更賢明的嗎？不但不能比周公更賢明，難道和當時各部門官員相比更賢明嗎？難道他們還能提出什麼謀劃、建議，能夠對周公的教化有所補益嗎？但是周公如此求賢若渴，生怕有自己耳朵、眼睛所沒有聽到、看到的，頭腦所沒有考慮到的，從而辜負了周成王委託他治國的用意，不能得到民心的擁戴。像周公這樣的用心，如果他當時輔佐治理教化百姓的功績沒有這麼顯著，他也並沒有聖人的才能，也沒有作為君王叔叔的親近關係，那麼恐怕他連吃飯、洗頭都沒有時間，怎會只是以吃飯時吐食、洗頭時挽髮為勤勞就夠了呢？正因為他是這樣的，所以至今人們還在頌揚成王的美德，同時讚美周公的功績而沒有停止。

今閣下為輔相亦近耳。天下之賢才豈盡舉用？奸邪讒佞欺負之徒豈盡除去？四海豈盡無虞？九夷八蠻之在荒服之外者豈盡賓貢？天災時變、昆蟲草木之妖豈盡銷息？天下之所謂禮、樂、刑、政教化之具豈盡修理？風俗豈盡敦厚？動植之物、風雨霜露之所霑被者豈盡得宜？休徵嘉瑞、麟鳳龜龍之屬豈盡備至？其所求進見之士，雖不足以希望盛德，至比於百執事，豈盡出其下哉？其所稱說，豈盡無所補哉？今雖不能如周公吐哺握髮，亦宜引而進之，察其所以而去就之，不宜默默而已也。

【譯文】

如今閣下做宰相和周公的情形大概近似。天下的賢才，難道全都被薦舉任用了？那些奸詐邪惡、撥弄是非、花言巧語獻媚、背信棄義的壞人，難道都已清除掉了？四海之內難道都已沒什麼憂慮了？那些蠻荒地區的少數民族難道都已歸順進貢了？自然災害和違反時令的現象，以及昆蟲草木的妖異現象，難道都已銷聲匿跡了？天下的所謂禮儀、音樂、刑法、政令等教化人的制度，難道都已整治齊備了？民間風俗，難道都已樸實淳厚了？蒙受風雨霜露滋潤的動植物，難道都已各得其所？吉祥的徵兆，像麒麟、鳳凰、靈龜、神龍一類的動物，難道都已出現了？那些求見的人，雖然不一定指望他們有很高的德行修養，但是和各級官員相比，難道他們的才德全都在百官之下嗎？他們的主張、議論，難道對朝廷毫無補益嗎？如今雖然不能像周公那樣為求賢而吐食、挽髮，那也應該召見並舉薦他們，考察他們的才德再辭退或任用，不應該這樣不理不睬的。

愈之待命，四十餘日矣。書再上，而志不得通①。足三及門，而閽人辭焉②。惟其昏愚，不知逃遁，故復有周公之說焉。閣下其亦察之。古之士三月不仕則相弔，故出疆必載質③。然所以重於自進者，以其於周不可則去之魯④，於魯不可則去之齊，於齊不可則去之宋，之鄭，之秦，之楚也。今天下一君，四海一國，捨乎此則夷狄矣，去父母之邦矣。故士之行道者，不得於朝，則山林而已矣。山林者，士之所獨善自養，而不憂天下者之所能安也。如有憂天下之心，則不能矣。故愈每自進而不知愧焉，書亟上⑤，足數及門，而不知止焉。寧獨如此而已，惴惴焉惟不得出大賢之門下是懼⑥。亦惟少垂察焉。瀆冒威尊⑦，惶恐無已。愈再拜。

【注釋】

①通：上達。

②閽（hūn）人：看門的人。

③質：通「贄（zhì）」，古代的見面禮。

④之：往，到。

⑤亟（qì）：屢次。

⑥惴惴（zhuì）：恐懼的樣子。

⑦瀆（dú）：輕慢，對人不恭敬。

【譯文】

我等候您的答覆，已經四十多天了。信接二連三地呈上，心意仍不能讓您理解。多次去登門，都被看門人擋住。只是因為我生性愚笨，不知道識趣地離開，所以又有了一通關於周公的議論。希望閣下能明察。古時的讀書人，三個月沒有官職就要彼此慰問，所以一出國界，一定要帶着見面禮。但他們重視自薦的原因，是如果在周朝不被任用，他們就前往魯國；在魯國不被任用，就前往齊國；在齊國不被任用，就前往宋國，前往鄭國，前往秦國，前往楚國。如今天下只有一個君主，四海之內只有一個國家，除此之外就是少數民族的土地了，也就得離開自己的故國了。所以讀書人要實現自己的政治主張，如果不被朝廷任用，就只好隱居山林罷了。山林，是讀書人中那些獨善其身、注重自我修養、而不憂慮天下大事的人才能安居的。如果還有憂慮天下大事的心思，就不能這樣安居了。所以我才多次自薦而不知羞愧，多次奉上書信，接連登門，而不知休止了。又哪裏僅僅如此而已，我還惶恐不安地擔心不能出身在您這樣的大賢門下。希望您稍稍俯身審察。褻瀆冒犯了您的威望和尊貴，心裏很感惶恐。韓愈再拜。

與于襄陽書

貞元十七年（八〇一），韓愈任國子監四門學博士，職位閑散、抱負難以施展，就給于襄陽于頔（dí）上書請求引薦。信中講到，後輩要想揚名建功，離不開前輩的提攜；前輩的功業和盛名，需要有為的後來者為之傳揚。作者以這二者之間的辯證關係，不卑不亢地進行毛遂自薦。先立論後求薦，真是別具匠心。

七月三日，將仕郎守國子四門博士韓愈[①]，謹奉書尚書閣下[②]。

【注釋】

①將仕郎：文散官。守：唐代品級較低的人擔任較高官職的叫「守」。國子：指國子監，中央教育機構。四門：即四門學，為國子監所統轄，其中設博士若干人。

②尚書：官名。閣下：對人的尊稱，常用於書信中。

【譯文】

七月三日，將仕郎守國子監四門學博士韓愈，恭敬地將此信呈送尚書閣下。

士之能享大名、顯當世者，莫不有先達之士、負天下之望者為之前焉[①]；士之能垂休光、照後世者[②]，亦莫不有後進之士、負天下之望者為之後焉。莫為之前，雖美而不彰，莫為之後，雖盛而不傳。是二人者，未始不相須也[③]，然而千百載乃一相遇焉。豈上之人無可援、下之人無可推歟？何其相須之殷而相遇之疏也④？其故在下之人負其能不肯諂其上⑤，上之人負其位不肯顧其下。故高材多戚戚之窮⑥，盛位無赫赫之光⑦。是二人者之所為皆過也。未嘗干之，不可謂上無其人；未嘗求之，不可謂下無其人。愈之誦此言久矣，未嘗敢以聞於人。

【注釋】

①先達之士：德行高、學問深的知名先輩。
②休光：美好的光華。亦比喻美德或勳業。
③未始：未嘗。須：等待。
④殷：深厚，懇切。
⑤諂：奉承，巴結。
⑥戚戚：憂懼、憂傷的樣子。
⑦赫赫：顯赫的樣子。

【譯文】

讀書人能享有盛名、顯耀於當世的，沒有一個不是靠德行高、學問深的知名前輩、享有廣泛聲望的人替他做先導；讀書人能留下美名、照耀後世的，也沒有一個不是依靠傑出的後輩、享有廣泛聲望的人來充當他的後繼之人。如果沒有人做先導，後輩就算才華橫溢也不能顯揚；如果沒有人做後繼之人，前輩就算聲名顯赫也不能流芳百世。這兩種人，何嘗不是彼此期待，但是千百年才能相逢一次。難道是上面沒有可以施以援手的人，下面沒有可以舉薦的人嗎？為什麼他們相互期待時那麼殷切，相遇的機會卻又那麼稀少呢？原因就是下面的人恃才傲物不肯奉迎上面的人，上面的人自恃尊貴不肯關照下面的人。因此才高的人多有志難伸，身處上位的人又不能留名後世。這兩種人的做法都不對。自己沒有去拜謁，就不能說上面的人中沒有可以託付的人；自己沒有去尋訪，就不能說下面的人中沒有值得薦舉的人。我念叨這些話已經很久了，從不敢冒昧地把這話說給別人聽。

側聞閣下抱不世之才①，特立而獨行②，道方而事實，卷舒不隨乎時③，文武唯其所用，豈愈所謂其人哉？抑未聞後進之士，有遇知於左右、獲禮於門下者④，豈求之而未得邪？將志存乎立功⑤，而事專乎報主，雖遇其人，未暇禮邪？何其宜聞而久不聞也？

【注釋】

①不世：非凡，罕有。

②特、獨：出眾、不隨波逐流。

③卷舒：彎曲和伸展。

④遇知：受到賞識。獲禮：獲得以禮相待。
⑤將：還是，表示選擇。

【譯文】

我從旁聽說閣下身懷世間罕有的才能，從不隨波逐流，道德方正處事務實，進退不隨流俗，量才任用文武官員，難道您就是我所說的那種人嗎？但是卻沒聽說過有哪位晚輩受到您的賞識和禮遇的，難道是訪求過卻沒有找到？還是有志於建功立業，精力都放到報效君主上了，雖然遇到了賢才，卻沒有閑暇以禮相待？為什麼本該聽到您禮遇、舉薦後進的事卻很久沒有聽到呢？

愈雖不材①，其自處不敢後於恆人②。閣下將求之而未得歟？古人有言：「請自隗始③。」愈今者惟朝夕芻、米、僕、賃之資是急④，不過費閣下一朝之享而足也⑤。如曰：「吾志存乎立功，而事專乎報主。雖遇其人，未暇禮焉。」則非愈之所敢知也。世之齪齪者既不足以語之⑥，磊落奇偉之人又不能聽焉，則信乎命之窮也⑦！謹獻舊所為文一十八首，如賜覽觀，亦足知其志之所存。愈恐懼再拜。

【注釋】

①不材：才能平庸。自謙之辭。

②恆人：常人。

③隗（wěi）：郭隗。據戰國策記載，燕昭王為拯救燕國去請教郭隗招賢之道，郭隗建議昭王禮賢待士「先從我郭隗開始」。

④芻、米、僕、賃（lìn）之資：柴草、糧食、僕役及租賃的費用等。芻，草。賃，租用。

⑤一朝之享：一頓早餐的費用。

⑥齪齪（chuò）：拘謹的樣子。

⑦信：確實。

【譯文】

我雖然才能平庸，但自我要求卻不敢低於常人。閣下是不是想尋訪人才而沒有找到？古人曾說：「請從我郭隗開始。」我如今只為早晚的柴草、糧食、僕役和租金的開銷着急，這些只不過花費閣下一頓早飯的費用就夠了。如果閣下說：「我志在建功立業，只把精力放在報效君主上。雖然遇到了人才，卻沒工夫以禮相待。」那就不是我所敢知道的了。世上那些器量狹小的人不值得我把這些話講給他們，那些器量宏偉、光明磊落的人又聽不見我的話，那麼我只能自認命運窮困！我恭敬地向閣下獻上過去所寫的十八篇文章，如蒙賜閱，也足以了解我的志向所在。韓愈誠惶誠恐，再拜。

與陳給事書

陳給事名京，字慶復，這是韓愈寫給陳京的一封信。信中敘述了與陳京多年來的交往，分析了二人後來疏遠的原因，委婉地表達了期望恢復交誼的複雜思緒和感情。

愈再拜：愈之獲見於閣下有年矣①。始者亦嘗辱一言之譽。貧賤也，衣食於奔走，不得朝夕繼見②。其後閣下位益尊，伺候於門牆者日益進③。夫位益尊，則賤者日隔，伺候於門牆者日益進，則愛博而情不專。愈也道不加修，而文日益有名。夫道不加修，則賢者不與④；文日益有名，則同進者忌。始之以日隔之疏，加之以不專之望，以不與者之心，而聽忌者之說，由是閣下之庭無愈之跡矣。

【注釋】

①閣下：指陳京，唐德宗貞元十九年（八〇三）由考功員外郎升給事中。給事中，是當時門下省的要職，掌管駁正政令的得失。

②繼：一直，連續。

③伺候：等候，守候。

④與：賞識。

【譯文】

韓愈再拜：我有幸結識閣下已經有很多年了。開始也曾蒙您讚賞過一兩句。由於貧賤，為了謀生而東奔西走，不能早晚經常來拜見您。後來閣下的地位越來越高，守候在您門前的人一天天多起來。地位越來越高，那麼與貧賤者就一天天隔得遠了，守候在門前的人一天天多起來，那麼喜愛的人多了，感情也就不能專一。我韓愈在道德方面沒有加強，文名卻越來越高。道德方面沒有加強，那麼賢人就不會賞識我；文名越來越高，那麼跟我同路上進的人便會妒忌我。您我開始因為不能經常見面而疏遠，加上我後來對您感情不能專一的私底下的怨氣，您又帶着不再賞識我的態度，加上聽信妒忌我的那些人的讒言，這樣閣下的門庭也就慢慢沒有我的足跡了。

去年春，亦嘗一進謁於左右矣。溫乎其容，若加其新也①；屬乎其言②，若閔其窮也③。退而喜也，以告於人。其後如東京取妻子④，又不得朝夕繼見。及其還也，亦嘗一進謁於左右矣。邈乎其容⑤，若不察其愚也；悄乎其言⑥，若不接其情也。退而懼也，不敢復進。

【注釋】

①加：對待。新：新交的朋友。

②屬（zhǔ）：連續不斷。

③閔：同「憫」，憐恤，哀傷。
④如：到。東京：即今河南洛陽。
⑤邈（miǎo）：遠，形容表情冷漠。
⑥悄（qiǎo）：沉默寡言。

【譯文】

去年春天，我也曾拜見過您一次。您面容和藹可親，好像面對新交的朋友；溫語不斷，好像很哀憐我的不得意。我告辭回家後十分高興，便把這些情況告訴了別人。後來我去東京接眷屬，又不能早晚經常去拜見您。等我回來，也曾拜見過您一次。您表情冷漠，好像不體諒我的隱衷；沉默不語，好像不理會我的情意。我告辭回家，心裏感到很不安，不敢再來拜見您了。

今則釋然悟①，翻然悔曰②：其邈也，乃所以怒其來之不繼也；其悄也，乃所以示其意也。不敏之誅③，無所逃避。不敢遂進，輒自疏其所以④，並獻近所為復志賦以下十首為一卷，卷有標軸⑤。送孟郊序一首，生紙寫⑥，不加裝飾，皆有揩字、注字處⑦，急於自解而謝⑧，不能竢更寫⑨，閣下取其意，而略其禮可也。愈恐懼再拜。

【注釋】

①釋然：疑慮消除後心中平靜的樣子。

②翻然：形容改變得很快而徹底。

③誅：責備。

④輒（zhé）：就。疏：分條陳述。

⑤標軸：捲軸上作有標記。古代把用紙或帛寫的書做成卷子，中心安軸，一卷也為一軸。

⑥生紙：未經煮捶或塗蠟的紙。唐代書寫紙分生、熟兩種，「生紙」一般用於草稿或喪事中。

⑦揩字：塗抹的字。注字：添加的字。

⑧謝：道歉。

⑨竢（sì）：等待。

【譯文】

現在我才醒悟，很感懊悔，我想：您表情冷漠，正是生氣我不經常看望您；您沉默不語，正是用來表示您的心意。您對我生性遲鈍的責怪，我是沒有地方可逃避了。我不敢馬上再來進見，於是特呈此信說說情由，並獻上近來所作的復志賦以下詩文十篇，編為一卷，捲軸上作有標記。送孟郊序一篇，寫在生紙上，沒有裝飾，又都有塗抹、添字的地方，因為急於表明心跡並向您謝罪，等不及另外謄寫清楚了，希望閣下能理解我的心情，而原諒我的無禮也就好了。韓愈惶恐不已，再拜。

應科目時與人書

據說這是韓愈在德宗貞元九年（七九三）參加博學宏詞科考試時寫給韋舍人的一封自薦信。信中自喻為「非常鱗凡介」的「怪物」，頗為自負而高傲，有求於人卻不失身份，與一般不肯露才揚己的投贈之作大異其趣。

月、日，愈再拜。天池之濱①，大江之濆②，曰有怪物焉，蓋非常鱗凡介之品彙匹儔也③。其得水④，變化風雨，上下於天不難也。其不及水，蓋尋常尺寸之間耳⑤。無高山、大陵、曠途、絕險為之關隔也⑥，然其窮涸⑦，不能自致乎水⑧，為獱獺之笑者⑨，蓋十八九矣。如有力者，哀其窮而運轉之，蓋一舉手、一投足之勞也。然是物也，負其異於眾也，且曰：「爛死於沙泥，吾寧樂之。若俛首帖耳⑩，搖尾而乞憐者，非我之志也。」是以有力者遇之⑪，熟視之若無睹也。其死其生，固不可知也。

【注釋】

①天池：指南海。莊子・逍遙遊中說：「南冥者，天池也。」

②大江：這裏指長江。濆（fén）：水邊。

③鱗、介：泛指有鱗和介甲的水生動物。匹儔（chóu）：相比。
④其：如果。
⑤尋常：古代以八尺為「尋」，二尋為「常」。
⑥陵：大土山。關隔：阻隔。
⑦窮：缺乏。涸（hé）：水乾。
⑧乎：相當於「於」。
⑨獱（bīn）：一種獺類動物，又稱「猵（biān）」。
⑩俯首帖耳：形容走獸馴服的樣子。
⑪是以：因此。

【譯文】

某月某日，韓愈叩拜。在南海的水濱，長江的岸邊，有一種怪物，決不是普通的鱗甲動物所能相比的。假如它能得到水，那麼變風化雨，在天空上上下下，一點也不難。但如果沒有水，那麼就會被困在方寸之間了。就算並沒有高山、大丘、遠途、險礙的阻隔，也只好困於乾枯，不能使自己抵達有水的地方，被小小的水獺所嘲笑，這是非常可能的。這時候如果有一位有力量的人，同情它的困窘而把它運到水裏去，這不過舉手投足之勞罷了。但是這種怪物呀，卻自負於自己的與眾不同，還說：「爛死在泥沙裏，是我樂意的。但要我俯首帖耳，搖尾乞憐，那絕不是我的心意。」因此，就算有力量的人經過，也看慣了像沒有看見一樣。到底是死是活，實在是難以預料。

今又有有力者當其前矣，聊試仰首一鳴號焉[1]，庸詎知有力者不哀其窮而忘一舉手、一投足之勞[2]，而轉之清波乎？其哀之，命也；其不哀之，命也。知其在命，而且鳴號之者，亦命也。愈今者實有類於是。是以忘其疏愚之罪，而有是說焉。閣下其亦憐察之。

【注釋】

①聊：姑且。

②庸詎（jù）：豈，哪裏。

【譯文】

現在又有一位有力量的人在眼前了，它姑且抬頭號叫一聲，哪裏知道有力者一定不會哀憐它困窘的處境，而忘了舉手投足之勞，把它運到清水中去呢？如果有人哀憐它，那是命；不哀憐它，也是命。明白一切都由命中注定，還是想號叫一聲，也算是命吧。我韓愈現在的處境，實在和它有類似的地方。因此也就忘了自己疏懶遲鈍的毛病，說了上面這些話。請閣下哀憐體諒我。

送孟東野序

這是韓愈送給友人孟郊的臨別贈言。孟郊（七五一——八一四），字東野。詩風以奇詭、矯激著稱，與韓愈並稱「韓孟」。生平頗不得志，五十歲才任溧陽尉。文中，韓愈為之深抱不平，勉勵他以「不平」之音來歌唱，寓意深刻，發人深省。

大凡物不得其平則鳴。草木之無聲，風撓之鳴①；水之無聲，風蕩之鳴。其躍也或激之②，其趨也或梗之③，其沸也或炙之④。金石之無聲，或擊之鳴。人之於言也亦然，有不得已者而後言。其謌也有思⑤，其哭也有懷。凡出乎口而為聲者，其皆有弗平者乎！

【注釋】

①撓：搖動。

②激：阻遏水勢。

③梗：阻塞。

④炙：燒煮。

⑤謌（gē）：同「歌」。

【譯文】

一般來說事物得不到平靜就要發出鳴叫聲。草木本沒有聲音，風搖動它才發出響聲；水本沒有聲音，風激盪它才發出聲音。水波騰湧是因為有東西在阻遏它，水流湍急是因為受到阻塞，水的沸騰是因為有火在燒煮它。金屬和石頭沒有聲音，有人敲擊它就會響。人說話也是如此，有了不得不說的事就要說出來。唱歌呢是因為有了思慮，哭泣呢是因為有所懷念。凡是從口裏發出聲音的，那都是有所不平的緣故啊！

樂也者，鬱於中而泄於外者也，擇其善鳴者而假之鳴①。金、石、絲、竹、匏、土、革、木八者②，物之善鳴者也。維天之於時也亦然，擇其善鳴者而假之鳴。是故以鳥鳴春，以雷鳴夏，以蟲鳴秋，以風鳴冬。四時之相推敚③，其必有不得其平者乎！

【注釋】

①假：藉助。

②金、石、絲、竹、匏（páo）、土、革、木：中國傳統樂器的八種製作材料，也用來指各類樂器。金，鐘鎛（bó）。石，磬。絲，琴瑟。竹，簫管。匏，笙竽。土，塤。革，鞀（táo）鼓。木，柷（zhù）梧。

③推敚（duó）：推移變化。

【譯文】

音樂，是將鬱結於心的感情抒發出來，選擇善於發聲的器物來藉助它發聲。鐘鎛、磬、琴瑟、簫管、笙、塤、鼓、柷梧這八類，是器物中善於發聲的。天對於四時也是如此，選擇善於發聲的東西藉助它來發聲。所以讓鳥為春天歌唱，讓雷為夏天轟鳴，讓蟲為秋天鳴叫，讓風為冬天呼嘯。四季的推移變化，其中必定有什麼地方得不到平靜吧！

其於人也亦然。人聲之精者為言，文辭之於言，又其精也，尤擇其善鳴者而假之鳴。其在唐、虞①，咎陶、禹②，其善鳴者也，而假以鳴。夔弗能以文辭鳴③，又自假於韶以鳴④。夏之時，五子以其歌鳴⑤。伊尹鳴殷⑥，周公鳴周⑦。凡載於詩書六藝，皆鳴之善者也。周之衰，孔子之徒鳴之，其聲大而遠。傳曰：「天將以夫子為木鐸⑧。」其弗信矣乎？其末也，莊周以其荒唐之辭鳴⑨。楚，大國也，其亡也，以屈原鳴⑩。臧孫辰、孟軻、荀卿⑪，以道鳴者也。楊朱、墨翟、管夷吾、晏嬰、老聃、申不害、韓非、慎到、田駢、鄒衍、尸佼、孫武、張儀、蘇秦之屬⑫，皆以其術鳴。秦之興，李斯鳴之⑬。漢之時，司馬遷、相如、揚雄⑭，最其善鳴者也。其下魏、晉氏，鳴者不及於古，然亦未嘗絕也。就其善者，其聲清以浮，其節數以急⑮，其辭淫以哀，其志弛以肆，其為言也，亂雜而無章。將天醜其德莫之顧邪？何為乎不鳴其善鳴者也？

【注釋】

①唐：傳說中的中國朝代名，堯所建。虞：傳說中的中國朝代名，舜所建。

②咎陶（gāo yáo）：相傳為舜時的臣。禹：傳說中氏族社會部落首領。

③夔（kuí）：相傳舜時的樂官。

④韶：傳說為樂官夔所作的樂曲。

⑤五子：傳說為夏王太康的五個弟弟，曾作歌諷諫太康。

⑥伊尹：商初賢相。傳說他曾作汝鳩等文，今佚。

⑦周公：西周初重要政治家，作有大誥等文。

⑧木鐸（duó）：以木為舌的鈴。引文見論語．八佾（yì）。

⑨莊周：戰國時人。著有莊子。

⑩屈原：戰國時楚人。有離騷等作品傳世。

⑪臧（zāng）孫辰：春秋時魯大夫。孟軻（kē）：孟子，名軻，戰國時思想家。其言行主要見於孟子一書。荀卿：荀子，名卿，戰國時思想家。其言行主要見於荀子一書。

⑫楊朱：戰國時思想家。墨翟：春秋時思想家。其言行主要見於墨子一書。管夷吾：字仲，春秋時人。後人收集他的言論編為管子一書。晏嬰：字平仲，春秋時人。後人收集其言行資料編為晏子春秋一書。老聃（dān）：春秋時思想家。著有老子。申不害：戰國時人。相傳著作申子，現僅存其中的大體篇。韓非：戰國時思想家。著有韓非子。慎到：戰國時人。著有慎子。田駢：戰國時人。其著作田子一書今已不存。鄒衍：戰國時人。其文不傳世。尸佼（jiǎo）：戰

國時人。著有尸子。孫武：春秋時人。著有孫子兵法。張儀：戰國時縱橫家。蘇秦：戰國時縱橫家。

⑬李斯：曾任秦相。有諫逐客書傳世。

⑭司馬遷：西漢時人。著有史記。相如：即司馬相如，西漢時人，辭賦家。揚雄：西漢時人，辭賦家。著作有太玄、法言、方言等。

⑮數（shuò）：屢次。

【譯文】

對於人來說也是如此。人的聲音中比較精華的是語言，文辭對於語言來說，又是語言中最精華的，所以尤其要選擇善於代言的人來藉助他們發言。在唐、虞時代，咎陶、禹是善於文辭的，就藉助他們來發表言論。夔不能用文辭來發言，又藉助自己製作的樂曲韶來抒發。夏代，五子用他們的歌來傳達心聲。伊尹鳴於殷代，周公鳴於周代。凡是記載在詩、書六藝中的，都是文辭提煉得最好的。周朝衰敗了，孔子師徒大聲疾呼，他們的聲音又大又遠。經傳上說：「天將要把夫子當作木鐸。」難道這不是真實的事嗎？周朝末年，莊周用他那玄遠恣肆的文辭來抒發。楚，是大國，到它敗亡的時候，通過屈原來歌唱行吟。臧孫辰、孟軻、荀卿，是用道來表達的。楊朱、墨翟、管夷吾、晏嬰、老聃、申不害、韓非、慎到、田駢、鄒衍、尸佼、孫武、張儀、蘇秦之流，都用他們的學術來表達。秦朝興起，李斯出來頌歌。漢代時，司馬遷、司馬相如、揚雄，是其中最善於文辭的。以後的魏、晉時期，文辭上雖然無人趕得上古代，但也從未斷絕過。就其中文辭比較好的來說，他們的聲音清靈而高浮，節奏繁密而急促，文辭靡麗而哀傷，意志鬆弛而恣肆，他們的言論呢，是雜亂而無章。莫非是上天認為這時的道德風尚醜惡而不給予關照嗎？為什麼不讓他們當中善於文辭的來表達呢？

唐之有天下，陳子昂、蘇源明、元結、李白、杜甫、李觀①，皆以其所能鳴。其存而在下者，孟郊東野始以其詩鳴②。其高出魏、晉，不懈而及於古，其他浸淫乎漢氏矣。從吾遊者，李翱、張籍其尤也③。三子者之鳴信善矣。抑不知天將和其聲而使鳴國家之盛邪？抑將窮餓其身、思愁其心腸而使自鳴其不幸邪？三子者之命，則懸乎天矣。其在上也，奚以喜？其在下也，奚以悲？東野之役於江南也，有若不釋然者，故吾道其命於天者以解之。

【注釋】

①陳子昂：唐初詩人。蘇源明：唐代人。工文辭。元結：唐代文學家。李白：唐代詩人。杜甫：唐代詩人。李觀：唐代文學家。

②孟郊東野：孟郊字東野，中晚唐詩人。一生貧寒，直到五十歲時才得了個溧（lì）陽縣尉的官。

③李翺（áo）：唐代散文家。曾從韓愈學古文，是「古文運動」的積極參與者。張籍：唐代文學家。

【譯文】

唐建立政權以來，陳子昂、蘇源明、元結、李白、杜甫、李觀，都是藉助他們各自的才能來傳達心聲。今天仍然健在卻處於下位的人中，孟東野開始用他的詩來抒發。他的詩高出魏、晉，無懈可擊趕得上古人，其他作品也接近漢代的水平了。跟我交遊的人中，李翱和張籍是最優秀的。這三位先生的文辭確實是很好的了。但不知道上天將會使他們的聲音和諧而歌唱國家的興盛呢？還是想讓他們的身子窮餓、讓他們的思慮哀愁而吟唱各自的不幸呢？他們三位的命運，就完全決定於上天了。那他們身居高位有什麼可歡喜的？沉淪在下又有什麼可悲歎的？孟東野這次赴江南任職，好像有些難以釋然的樣子，所以我講這些命運由天的道理來寬解他。

送李愿歸盤谷序

這是送友人李愿歸隱的序言。文章借李愿之口，描繪了當朝權貴、山林高士和勢利小人這三種人物形象，生動逼真，對山林高士大加稱讚，藉以發泄自己懷才不遇的憤懣。駢散結合，鋪敘、議論、抒情水乳交融，兼有辭賦、散文之美。

太行之陽有盤谷①。盤谷之間，泉甘而土肥，草木叢茂②，居民鮮少。或曰：「謂其環兩山之間，故曰盤。」或曰：「是谷也，宅幽而勢阻，隱者之所盤旋。」友人李愿居之③。

【注釋】

①太行之陽：即太行山南面。陽，山南水北為「陽」。
②藂（cóng）：叢生。
③李愿：韓愈的朋友，當時隱居在太行山南面的盤谷。

【譯文】

太行山的南面有個盤谷。盤谷中間，泉水甘甜，土地肥沃，草木茂盛，人煙稀少。有人說：「是說它處在兩山環繞之中，所以叫『盤』。」有人說：「這個谷，所處幽靜而山勢險阻，是隱居的人盤旋遨遊的地方。」我的友人李愿就隱居在這裏。

愿之言曰：「人之稱大丈夫者，我知之矣。利澤施於人，名聲昭於時。坐於廟朝①，進退百官，而佐天子出令。其在外，則樹旗旄②，羅弓矢，武夫前呵，從者塞途，供給之人，各執其物，夾道而疾馳。喜有賞，怒有刑。才畯滿前③，道古今而譽盛德，入耳而不煩。曲眉豐頰，清聲而便體④，秀外而惠中，飄輕裾⑤，翳長袖⑥，粉白黛綠者，列屋而閑居，妒寵而負恃，爭妍而取憐。大丈夫之遇知於天子，用力於當世者之所為也。吾非惡此而逃之⑦，是有命焉，不可幸而致也。

【注釋】

①廟：這裏指帝王的宗廟，是古代帝王祭祀和議事的地方。

②旄（máo）：古代用犛牛尾裝飾的旗子。

③畯（jùn）：通「俊」，才華出眾。

④便（pián）體：體態輕盈。

⑤裾（jū）：衣襟。

⑥翳（yì）：這裏指拖着華麗的長袖。

⑦惡（wù）：厭惡。

【譯文】

李願的話是這樣説的：「人們稱之為大丈夫的，我太了解他們了。他們將利益像雨露那樣施及於人，讓名望聲譽在當世廣泛傳播。他們坐在廟堂朝廷之上，任免文武官員，輔佐天子發號施令。到了外地，就樹起旗子，張開弓箭，武士在前面吆喝開路，隨從人員塞滿了道路，供應服侍的人，各自拿着東西，在道路兩旁飛跑。高興了就要賜賞，生氣了就要施罰。很多才俊之士擠滿跟前，談古論今讚揚他們盛大的功德，教人聽起來很入耳而不會厭煩。還有眉毛彎彎臉龐豐滿的美人們，聲音清越，體態輕盈，容顏秀美，心思聰穎，裙裾飄揚，略施粉黛，舒舒服服地養在一排排房子裏，失寵的妒忌受寵的，受寵的仗着受寵，爭相鬥美爭妍以博取憐愛。這就是那些受到天子賞識、在當代掌權的大丈夫們的所作所為啊。我倒不是厭惡這些而故意逃避，只是命由天定，不是我憑僥幸就能得到的。

「窮居而野處，升高而望遠，坐茂樹以終日，濯清泉以自潔①。採於山，美可茹②，釣於水，鮮可食。起居無時，惟適之安。與其有譽於前，孰若無毀於其後；與其有樂於身，孰若無憂於其心。車服不維③，刀鋸不加，理亂不知，黜陟不聞④。大丈夫不遇於時者之所為也，我則行之。

【注釋】

①濯（zhuó）：洗滌。
②茹（rú）：吃。
③車服：馬車與禮服。
④黜陟（chù zhì）：指人才的進退、官吏的升降。

【譯文】

「窮困地居住在山野之間，登高遠眺，終日坐在茂密的樹林裏，用清澈的泉水洗臉洗澡。從山上採摘的果蔬新鮮可口，從水裏釣到的魚蝦鮮美無比。作息不需要定時，只考慮舒適就行了。與其被人讚譽，不如背後不被人毀謗；與其身體享受快樂，不如內心毫無掛慮。不受馬車和禮服的束縛，也遭不到刀鋸刑戮的懲罰，不用了解天下是治是亂，是貶是升概不考慮。這是那些不得志的大丈夫的作為，我就這樣做了。

「伺候於公卿之門，奔走於形勢之途，足將進而趦趄①，口將言而囁嚅②，處污穢而不羞，觸刑辟而誅戮③，徼幸於萬一④，老死而後止者，其於為人賢不肖何如也？」

【注釋】

①趦趄（zī jū）：猶豫不前的樣子。
②囁嚅（niè rú）：想說而又吞吞吐吐不敢說出來。
③刑辟（pì）：刑法，刑律。誅：懲罰，殺戮。
④徼（jiǎo）幸：僥幸。徼，通「僥」。

【譯文】

「還有人在公卿大夫的門前伺候着，在勢利途中來回奔走，剛要邁出腳又猶豫不敢前，剛想張開口又囁嚅不敢說，處於污穢之中卻不知羞愧，觸犯了刑律，將要遭到誅戮，期望僥幸能夠萬一如願，直到老死才罷休，這樣做人，哪種算賢哪種算不肖如何評價呢？」

昌黎韓愈，聞其言而壯之，與之酒而為之歌曰：「盤之中，維子之宮。盤之土，可以稼①。盤之泉，可濯可沿。盤之阻，誰爭子所？窈而深②，廓其有容③，繚而曲，如往而復。嗟盤之樂兮，樂且無央④。虎豹遠跡兮，蛟龍遁藏。鬼神守護兮，呵禁不祥。飲且食兮壽而康，無不足兮奚所望？膏吾車兮秣吾馬⑤，從子於盤兮，終吾生以徜徉⑥。」

【注釋】

①稼：種植穀物，亦泛指農業勞動。
②窈（yǎo）：深遠，幽靜。
③廓：廣闊。
④央：盡，完結。
⑤膏：給車軸上油。秣（mò）：餵馬。
⑥徜徉（cháng yáng）：安閑自得的樣子。

【譯文】

昌黎韓愈，聽了以後認為他的這些話很豪邁，為他斟酒作歌道：「盤谷之中，有您的居所。盤谷的土地，可供您種植。盤谷的清泉，可以洗滌也可以遊覽。盤谷山勢險阻，誰會來爭奪您的地盤？

盤谷幽深，廣闊而能包容；盤谷彎彎，像是走出去了又繞回原點。哎呀！盤谷的樂趣啊，快樂綿長。虎豹躲得遠遠的啊，蛟龍也逃走深藏。有鬼神守護啊，呵斥禁止不祥。多加餐飯啊健康長壽，沒有不滿足的啊又有什麼奢望？給我的車軸上好油啊喂好我的馬，跟隨您去盤谷啊，終生在那棲息徜徉。」

送董邵南序

董邵南，壽州安豐（今安徽壽縣西南）人。「安史之亂」後，河北各藩鎮勢力紛紛招攬賢才，董邵南前往謀求出路，韓愈因此寫序贈行。序中對董邵南不能得志於朝廷只好北投的舉動不無惋惜，同時委婉地提出自己的建議。文章寄寓深遠，言短而意長。

燕、趙古稱多感慨悲歌之士①。董生舉進士②，連不得志於有司③，懷抱利器④，鬱鬱適茲土，吾知其必有合也。董生勉乎哉！

【注釋】

①燕、趙：古國名。燕國轄今河北、遼寧一帶，趙國轄今河北、山西一帶。這裏指當時的河北地區。

②董生：董邵南。生，舊時對讀書人的通稱。
③有司：官吏。這裏指主考官。
④利器：鋒利的兵器。比喻傑出的才能。

【譯文】

自古以來，河北一帶湧現出很多慷慨悲歌的壯士。董生參加進士科考試，連着幾年都沒有被主考官錄取，只好懷抱傑出的才能，鬱鬱不歡地到河北那個地方去，我想他在那裏總該有比較好的際遇吧。董生你可要勉力啊！

夫以子之不遇時，苟慕義強仁者，皆愛惜焉，矧燕、趙之士出乎其性者哉①？然吾嘗聞風俗與化移易，吾惡知其今不異於古所云邪②？聊以吾子之行卜之也③。董生勉乎哉！

【注釋】

①矧（shěn）：況且。
②惡（wū）：怎麼。
③吾子：古時對人的尊稱，可譯為「您」。

【譯文】

像您這樣懷才不遇，只要是思慕仁義實行仁義的人，都會愛護您的，何況河北一帶的豪傑之士，他們思慕仁義實行仁義是出於本性呢？但是我也曾聽説社會風俗會隨着教化而改變，我怎能知道它今天和古代所説的沒有差別呢？姑且通過您這次旅行來判斷吧。董生啊，勉力啊！

吾因之有所感矣。為我弔望諸君之墓①，而觀於其市，復有昔時屠狗者乎②？為我謝曰：「明天子在上③，可以出而仕矣！」

【注釋】

①望諸君：樂毅，戰國時趙人。曾佐燕昭王破齊，晚年避禍歸趙，封於觀津（在今河北武邑東南），稱「望諸君」。

②屠狗者：指高漸離。據史記．刺客列傳記載，高漸離曾以屠狗為業。荊軻刺秦王未遂被殺，高漸離替他報仇，也未遂而死。

③明天子：指唐憲宗。

【譯文】

我對您的出行不禁有些感慨。請您到了河北以後為我去憑弔一下望諸君樂毅的墳墓，也希望您到集市上去看看，還有沒有像古代那種靠賣狗肉度日的慷慨悲歌之士呢？請替我向他們致意：「當今聖明的天子在位，可以出來報效國家啦！」

送楊少尹序

楊少尹，名巨源，蒲州（今山西永濟）人。他辭官返鄉時，韓愈寫作此文贈別。文中將他與漢代年老辭官的疏廣、疏受相比，衷心讚譽他不貪戀爵祿的美德。表意含蓄而文辭流暢，抑揚婉轉。

昔疏廣、受二子①，以年老，一朝辭位而去。於時公卿設供張②，祖道都門外③，車數百兩④。道路觀者，多歎息泣下，共言其賢。漢史既傳其事，而後世工畫者又圖其跡⑤，至今照人耳目，赫赫若前日事⑥。

【注釋】

①疏廣：西漢時曾為太子太傅。受：疏受，疏廣的姪子，同時為太子少傅。子：古時對男子的尊稱。

②公卿：指三公九卿，亦泛指高官。供張（zhàng）：亦作「供帳」，陳設帷帳等用具。

③祖道：在道旁祭祀路神並設宴餞行。

④兩（liàng）：同「輛」，量詞，用於車輛。

⑤工：擅長。圖：畫。

⑥赫赫：顯赫的樣子。

【譯文】

從前疏廣、疏受兩位先生，因為年老，就在某一天一同辭官離開朝廷。當時公卿大臣為他們餞行，在城門外擺帳設宴，送行的車子有幾百輛。路邊圍觀的人，多為他們歎息落淚，紛紛稱道他們的賢德。漢代史書已經記載了他們的事跡，後世工於繪畫的人，又把當時的情景畫成了圖像，時至今日還那麼光彩照人，就像發生在幾天前的事情一樣。

國子司業楊君巨源①，方以能詩訓後進②，一旦以年滿七十，亦白丞相去歸其鄉。世常說古今人不相及，今楊與二疏，其意豈異也？

【注釋】

①國子司業：即國子監的副主管官。

②方：正。

【譯文】

國子司業楊巨源先生，正以自己精通的詩學在國子監教授學生，年紀一滿七十，也稟告丞相請求辭職回歸故鄉。世人常說今人不能與古人相比，如今楊先生與二疏相比，他們的心意難道有什麼不同嗎？

予忝在公卿後[①]，遇病不能出。不知楊侯去時[②]，城門外送者幾人、車幾兩、馬幾匹，道邊觀者亦有歎息知其為賢與否？而太史氏又能張大其事[③]，為傳繼二疏蹤跡否？不落莫否[④]？見今世無工畫者，而畫與不畫，固不論也。然吾聞楊侯之去，丞相有愛而惜之者，白以為其都少尹[⑤]，不絕其祿。又為歌詩以勸之，京師之長於詩者，亦屬而和之[⑥]。又不知當時二疏之去，有是事否？古今人同不同未可知也。

【注釋】

①忝（tiǎn）：有愧於。用作謙辭。
②侯：古時士大夫之間的尊稱。
③太史氏：史官。張大：廣泛宣揚。
④落莫：冷落，寂寞。莫，通「寞」。

⑤少尹：唐代中期所置的官，相當於郡守的副官。
⑥屬（zhǔ）：做文章。和（hè）：應和。

【譯文】

我慚愧地列在公卿後面，當時正趕上有病沒能出去送行。不知道楊君離京的時候，城門外送別的有多少人、多少輛車、多少匹馬？路邊圍觀的人中是不是也有讚歎他的賢德的？當朝史官能不能廣泛宣揚這件事，為他立傳以繼承二疏的事跡呢？使他不至於受到冷落？如今世上沒有工於繪畫的人，畫不畫成圖像，姑且不去管它。但是，我聽說楊君離京的時候，有丞相曾表示賞識和惋惜，上奏皇上讓他擔任他家鄉河中府的少尹，不中斷他的俸祿。丞相還寫詩勉勵他，京城那些擅長寫詩的人，也都做詩奉和。也不知道當年二疏離開京城的時候，有沒有這樣的事情？古人和今人相同還是不同，是不能確切了解的。

中世士大夫以官為家，罷則無所於歸。楊侯始冠①，舉於其鄉②，歌鹿鳴而來也③。今之歸，指其樹曰：「某樹吾先人之所種也。某水某丘，吾童子時所釣遊也。」鄉人莫不加敬，誡子孫以楊侯不去其鄉為法④。古之所謂鄉先生，沒而可祭於社者⑤，其在斯人歟？其在斯人歟？

【注釋】

①冠：古代男子二十歲時，行冠禮以示成年。
②舉：通過科舉考試。
③鹿鳴：詩經・小雅裏的篇名。
④法：仿效。
⑤沒（mò）：通「歿」，死。

【譯文】

中古時候的士大夫以官府為家，一旦離職就無處可歸。楊君剛成年的時候，就通過鄉試中舉，家鄉人歌唱鹿鳴之詩歡送他來京。如今他回家鄉去，指着家鄉的樹木說：「那棵樹是我先人種的。那條河、那個山丘，是我童年時釣魚玩耍的地方。」家鄉人無不更加敬重他，告誡子孫學習楊君不離開故鄉的美德。古代所說的「鄉先生」，死後可以在社廟裏受祭的人，可能就是楊君這樣的人吧？可能就是楊君這樣的人吧？

送石處士序

元和五年（八一〇）四月，烏重胤就任河陽軍節度使，馬上訪求賢才，共濟國是，隨即歸隱洛北的石處士石洪應邀出山，東都士人作詩餞別，邀請韓愈作序贈之。序中韓愈道明原委，期望烏、石二人同舟共濟，合作成功。文章以議論敘事，層層轉折，意義深刻。

河陽軍節度、御史大夫烏公為節度之三月①，求士於從事之賢者②。有薦石先生者③。公曰：「先生何如？」曰：「先生居嵩、邙、瀍、谷之間④，冬一裘⑤，夏一葛⑥。食，朝夕飯一盂、蔬一盤⑦。人與之錢，則辭⑧，請與出遊，未嘗以事免，勸之仕，不應。坐一室，左右圖書。與之語道理，辨古今事當否，論人高下，事後當成敗，若河決下流而東注，若駟馬駕輕車、就熟路⑨，而王良、造父為之先後也⑩，若燭照，數計而龜卜也⑪。」大夫曰：「先生有以自老，無求於人，其肯為某來邪？」從事曰：「大夫文武忠孝，求士為國，不私於家。方今寇聚於恆⑫，師環其疆，農不耕收，財粟殫亡⑬。吾所處地，歸輸之塗⑭，治法征謀，宜有所出。先生仁且勇，若以義請而強委重焉，其何說之辭？」於是撰書詞，具馬幣⑮，卜日以受使者，求先生之廬而請焉。

【注釋】

①河陽軍：治所在今河南孟縣南，因節度使的轄區也是軍區，故稱「河陽軍」。烏公：即烏重胤。唐元和五年（八一〇），升任河陽節度使、御史大夫。

②士：古時指有節操、有學問之人。

③石先生：石洪，河陽人。曾做過黃州錄事參軍，後回到河陽隱居。烏重胤到河陽後，召他為幕僚，又奉詔為昭應尉、集賢校理。

④嵩、邙（máng）：二山都在今河南。瀍（chán）、谷：二水都源出於河南，並在洛陽與洛水會合。

⑤裘：用毛皮做的衣服。

⑥葛：用葛織布做的衣服。

⑦盂：一種圓口的器皿。

⑧辭：謝絕。

⑨駟馬：一車套四匹馬。

⑩王良：春秋時晉國善於駕車的人。造父（fǔ）：周代善於駕車的人，為周穆王駕車。

⑪數計：用蓍草計數算卦。龜卜：用龜甲占卜。

⑫恆：指恆州，治所在今河北正定，屬當時成德軍。元和四年（八〇九），成德節度使王士真死，其子王承宗反叛，第二年唐憲宗被迫任命王承宗為成德節度使。

⑬殫：盡。亡（wú）：無。

⑭塗：道路。

⑮幣：帛。

【譯文】

河陽軍節度使、御史大夫烏公擔任節度使後的第三個月，就在賢能的僚屬中訪求人才。有人推薦石先生。烏公問：「石先生怎麼樣？」回答説：「石先生住在嵩、邙二山和瀍、谷二水之間，冬天穿一件毛皮大衣，夏天穿一身葛布衣服。早晚吃飯，只有一碗飯、一盤蔬菜。別人送錢給他，他辭謝不收；邀請他一起出遊，從不藉故推脱；勸他出來做官，他不肯答應。他經常在一間房子裏坐着，身旁全是圖書。和他談論道理，辨析古今事件正確與否，評論人物的高下，預測事情的成敗，他言語滔滔不絕，就像河水決堤向東奔流直下那樣，就像四匹良馬拉着輕便的馬車行駛在熟悉的道路上，又是王良、造父那樣的駕車高手在前後駕駛着，就像燈光照耀那樣明察幽微，就像用蓍草算卦、用龜甲占卜那樣準確靈驗。」烏大夫説：「石先生志在隱居終老，不求於人，他肯為我出山嗎？」僚屬説：「大夫您能文能武，忠孝兩全，是為國家搜羅人才，不是為自己。如今叛賊在恆州盤踞，軍隊在邊界駐紮，農夫不能耕種收穫，財空糧盡。我們所處的地方，是輸送軍需糧草的必經之路，如何治理、伐叛，確實應該有人出謀劃策。石先生仁愛而又勇敢，若是用大義去聘請他，並委以重任，他還能用什麼話來推辭呢？」於是寫好禮聘的書信，準備了馬匹和禮物，選個黃道吉日交付使者，尋訪石先生的住處，懇請他出山。

先生不告於妻子，不謀於朋友，冠帶出見客，拜受書禮於門內。宵則沐浴，戒行李①，載書冊，問道所由，告行於常所來往。晨則畢至，張上東門外②，酒三行，且起，有執爵而言者曰③：「大夫真能以義取人，先生真能以道自任，決去就。為先生別！」又酌而祝曰：「凡去就出處何常？惟義之歸④。遂以為先生壽！」又酌而祝曰：「使大夫恆無變其初，無務富其家而飢其師，無甘受佞人而外敬正士⑤，無昧於諂言⑥，惟先生是聽，以能有成功，保天子之寵命。」又祝曰：「使先生無圖利於大夫，而私便其身圖。」先生起拜祝辭曰：「敢不敬早夜以求從祝規⑦！」於是東都之人士咸知大夫與先生果能相與以有成也。遂各為歌詩六韻⑧，遣愈為之序云。

【注釋】

①戒：準備。
②張（zhàng）：供張，為宴會設置器具。
③爵：酒器。
④歸：歸向。
⑤佞（nìng）人：擅長以巧言獻媚的人。
⑥昧：昏暗。諂言：奉承的話。
⑦祝：祝願。規：規勸。
⑧六韻：六次押韻。古詩一般隔行押韻，「六韻」即為十二行詩。

【譯文】

石先生不告訴妻子兒女，沒有跟朋友商量，戴冠束帶出來見客，在屋裏恭恭敬敬地接受了書信和禮物。當夜就沐浴更衣，打點行李，裝載書籍，問明道路怎麼走，向日常來往的朋友告別。第二天早上，朋友們都前來送行，在東門外為他設宴餞行，酒過三巡，石先生就要動身的時候，有人舉杯祝辭說：「烏大夫真能以大義取人，石先生真能擔當道義，決定自己的進退。這杯酒為先生您送別！」又有人斟酒祝道：「做官還是隱居，哪有什麼一定的準則？惟有歸向義啊。我就用這杯酒祝先生長壽！」又有人斟酒祝道：「希望烏大夫永遠不要改變初衷，不要只顧發家致富而讓士兵捱餓，不要內心喜歡花言巧語之徒，只在表面上敬重正直之士，不要被奉承的話所蒙蔽，而能一心聽從先生的意見，以求成功，保全天子所恩賜的光榮使命。」又有人祝道：「希望先生不要在大夫那裏圖謀私利，假公濟私滿足個人的私欲。」石先生站起來答辭說：「我怎敢不無時無刻勉力自己，按照各位囑咐的去做！」於是東都洛陽的人都知道烏大夫與石先生一定能相互配合而有所成就。在座的人便各賦詩六韻，讓我韓愈為其作序。

送溫處士赴河陽軍序

該篇和前面的送石處士序為姊妹篇，卻別開生面。石處士石洪被河陽軍節度使烏重胤徵聘去之後過了幾個月，溫處士溫造也被烏大夫徵聘而去。作者匠心獨運，用比喻和反襯代替正面稱頌烏大夫的知人善任及溫處士的才能出眾，讀來別有意趣。

伯樂一過冀北之野①，而馬群遂空。夫冀北馬多天下，伯樂雖善知馬，安能空其群邪？解之者曰：「吾所謂空，非無馬也，無良馬也。伯樂知馬，遇其良，輒取之，群無留良焉。苟無良②，雖謂無馬，不為虛語矣。」

【注釋】

①伯樂：名孫陽，相傳春秋時秦國人。以善相馬著稱。現在引申為善於發現、推薦、培養和使用人才的人。冀：古九州之一，指今河北一帶。

②苟：如果。

【譯文】

伯樂一經過冀北的原野，那裏的馬群就空了。冀北是天下產馬最多的地方，伯樂雖然善於識馬，又怎麼能使馬群空了呢？解釋的人說：「我所講的『空』，不是說沒有馬，而是說沒有良馬。伯樂善於識馬，一遇到良馬，馬上就把它挑走，馬群中就留不下良馬了。假如沒有良馬，就算說沒有馬，也不算瞎說啊。」

東都①，固士大夫之冀北也。恃才能深藏而不市者②，洛之北涯曰石生③，其南涯曰溫生④。大夫烏公以鈇鉞鎮河陽之三月⑤，以石生為才，以禮為羅⑥，羅而致之幕下⑦。未數月也，以溫生為才，於是以石生為媒，以禮為羅，又羅而致之幕下。東都雖信多才士⑧，朝取一人焉，拔其尤⑨，暮取一人焉，拔其尤。自居守、河南尹以及百司之執事⑩，與吾輩二縣之大夫，政有所不通，事有所可疑，奚所諮而處焉⑪？士大夫之去位而巷處者，誰與嬉遊？小子後生，於何考德而問業焉？縉紳之東西行過是都者⑫，無所禮於其廬。若是而稱曰：大夫烏公一鎮河陽，而東都處士之廬無人焉，豈不可也？

【注釋】

①東都：指洛陽。
②市：做買賣。這裏指出仕、求官。
③石生：指石洪，河陽（今屬河南）人。見前文。
④溫生：溫造，并州（即今山西太原附近）人。曾隱居於洛陽一帶。
⑤烏公：即烏重胤。河陽：在今河南孟縣南。鈇鉞（fū yuè）：一種殺人的刑具。這裏指掌有軍權的節度使。
⑥羅：網羅。這裏指招納人才的手段。
⑦幕下：幕府中。幕，幕府，古代將帥的官署。
⑧信：確實。

⑨尤：突出的。
⑩居守：指東都留守。河南尹：河南府長官。司：官署。
⑪奚所：哪裏。
⑫縉（jìn）紳：原意是插笏於帶，舊時官宦的裝束，轉用為官宦的代稱。縉，也寫作「搢」，插。紳，束在衣服外面的大帶子。

【譯文】

東都洛陽，本來是聚集了很多士大夫的「冀北」。才能出眾而隱居不肯出仕的，洛水的北邊住着一位石先生，洛水的南邊住着一個溫先生。御史大夫烏公以節度使的身份鎮守河陽的第三個月，認為石先生是個人才，就備辦禮物，把他網羅到自己幕下。沒過幾個月，又相中溫先生是個人才，於是通過石先生的介紹，備辦禮物，又把他網羅到自己幕下。東都洛陽雖然人才濟濟，但早上挑走一個，選拔了其中的頂尖人才；晚上挑走一個，又選拔了其中的頂尖人才。因此，從東都留守、河南尹及各個部門的官員，到我們這兩縣的官員，如果處理政事碰到障礙，遇事有了疑難，到哪去諮詢從而使問題得到處理呢？離職閑居在家的士大夫，和誰嬉戲交遊呢？後輩晚學，到哪去考核德行並請教學業呢？東西往來經過洛陽的官員，也無法登門拜訪了。遇到類似的情況，就說：御史大夫烏公一鎮守河陽，而東都隱居者的住所就沒有人才了，難道不可以嗎？

夫南面而聽天下①，其所託重而恃力者惟相與將耳。相為天子得人於朝廷，

將為天子得文武士於幕下，求內外無治，不可得也。愈縻於茲②，不能自引去，資二生以待老③。今皆為有力者奪之，其何能無介然於懷邪？生既至，拜公於軍門，其為吾以前所稱，為天下賀，以後所稱，為吾致私怨於盡取也。留守相公首為四韻詩歌其事④，愈因推其意而序之。

【注釋】

①南面：這裏指皇帝。古代以坐北朝南為尊位，皇帝見群臣時面南而坐。聽：治理。
②縻（mí）：羈留。
③資：依賴。
④四韻：古詩隔行押韻，故此指八行詩。

【譯文】

帝王朝南而坐治理天下，他所倚重而依靠其出力的只有宰相與大將而已。宰相為天子搜羅人才到朝廷，大將為天子搜羅文人武士到幕下，這樣的話，國家內外得不到治理，那是不可能的。我羈留在此做縣令，不能自行引退，依靠石、溫二位先生的幫助而終老。現在他們都被有權力的人奪走了，怎能不使我耿耿於懷呢？溫先生到後，在軍門拜見烏公，就像我前面所説的那樣，應該為國家慶賀得到了這樣的人才；就像我後面所説的那樣，替我抱怨本地的人才都被選空了。東都留守相公，首先作詩四韻頌揚這件事，我就勢順承他的意思寫了這篇序文。

祭十二郎文

祭文本為韻文，這篇韓愈為亡姪韓老成而寫的祭文卻用的是散體。文中韓愈嗚咽着追敍自己和姪子幼年的孤苦伶仃、成年後的東奔西走、聚日無多，以及得知姪子死訊時極度哀痛的心情，正如後人所說：「是祭文變體，亦是祭文絕調。」（沈德潛唐宋八大家文鈔）「讀此等文，須想其一面哭、一面寫，字字是血，字字是淚。未嘗有意為文而文無不工，祭文中千年絕調。」（吳楚材、吳調侯）

年、月、日，季父愈聞汝喪之七日①，乃能銜哀致誠，使建中遠具時羞之奠②，告汝十二郎之靈③：

【注釋】

①季父：最小的叔父。

②羞：同「饈」，美味的食品。

③十二郎：韓愈次兄韓介之子韓老成，過繼給其長兄韓會，因在族中排行十二，故稱「十二郎」。

【譯文】

某年某月某日，小叔叔韓愈在得到你去世消息的第七天，才能忍着哀痛傾吐衷情，派建中遠路趕去，備辦些時鮮祭品，在十二郎靈前禱告：

嗚呼！吾少孤，及長，不省所怙①，惟兄嫂是依。中年，兄歿南方②，吾與汝俱幼，從嫂歸葬河陽③。既又與汝就食江南，零丁孤苦，未嘗一日相離也。吾上有三兄，皆不幸早世，承先人後者，在孫惟汝，在子惟吾，兩世一身，形單影隻。嫂嘗撫汝指吾而言曰：「韓氏兩世，惟此而已！」汝時尤小，當不復記憶，吾時雖能記憶，亦未知其言之悲也。

【注釋】

①省（xǐng）：知道。怙（hù）：依靠。詩經．小雅．蓼莪（lù'é）裏有「無父何怙」，後來就常用來形容對父親的依靠。

②歿（mò）：死。

③河陽：在今河南孟縣。

【譯文】

唉！我從小就成了孤兒，等到長大，連父親的模樣都記不清了，唯有哥哥和嫂嫂可以依靠。哥哥才到中年，就死在南方，我和你都年幼，跟着嫂嫂把哥哥的靈柩送回河陽安葬。後來又和你到江南宣州謀生，雖然孤苦伶仃，但和你沒有一天分開過。我上面有三個哥哥，都不幸早死，承續先人後代的，在孫子輩中只有你一人，在兒子輩中只有我一人，兩代都是獨苗，身子孤單，影子也孤單。嫂嫂曾經一手撫摸着你、一手指着我說：「韓家兩代人，就只有你們倆了！」你當時更小，可能沒有留下什麼記憶，我雖然能記得，但當時並沒有體會嫂嫂的話有多麼悲辛。

吾年十九，始來京城。其後四年，而歸視汝①。又四年，吾往河陽省墳墓②，遇汝從嫂喪來葬。又二年，吾佐董丞相於汴州③，汝來省吾，止一歲，請歸取其孥④。明年，丞相薨，吾去汴州，汝不果來。是年，吾佐戎徐州⑤，使取汝者始行，吾又罷去，汝又不果來。吾念汝從於東，東亦客也⑥，不可以久。圖久遠者，莫如西歸⑦，將成家而致汝。嗚呼！孰謂汝遽去吾而歿乎⑧！吾與汝俱少年，以為雖暫相別，終當久相與處，故捨汝而旅食京師，以求斗斛之祿。誠知其如此，雖萬乘之公相，吾不以一日輟汝而就也！

【注釋】

①視：探望。

②省（xǐng）：多指對長輩的探望。

③董丞相：指董晉。曾任御史中丞、御史大夫，兼任過汴州刺史。汴州：州治在今河南開封。

④孥（nú）：妻子兒女的統稱。

⑤佐戎：輔佐軍事。韓愈當時在徐州任節度推官。徐州：今屬江蘇。

⑥東：指汴州、徐州。

⑦西：指河陽。

⑧遽（jù）：突然。

【譯文】

我十九歲那年，初次來到京城。之後四年，我回宣州去看你。又過了四年，我到河陽掃墓，碰上你送我嫂嫂的靈柩來安葬。又過了兩年，我在汴州輔佐董丞相，你來探望我，住了一年，你要求回去接家眷。第二年，董丞相去世，我離開汴州，你也最終沒有來汴州。這一年，我在徐州助理軍務，派去接你的人剛出發，我又離職，你又沒有來成。我想就算你跟我到東方，東方我們也是客居，不能長久的。作長遠打算，不如回到西邊，我想先安好家，然後接你來。唉！誰能料到你突然離開我去世了！我和你都還年輕，以為雖然暫時分離，終會長久在一起的，所以才放下你跑到京城謀生，指望掙斗斛祿糧的薪俸。要是早知道會是這樣的結果，就算給我萬乘車輛的宰相職位，我也不願離開你一天而去就任啊！

去年，孟東野往①，吾書與汝曰：「吾年未四十，而視茫茫，而髮蒼蒼，而齒牙動搖。念諸父與諸兄，皆康強而早世，如吾之衰者，其能久存乎？吾不可去，汝不肯來，恐旦暮死，而汝抱無涯之戚也。」孰謂少者歿而長者存，強者夭而病者全乎？嗚呼！其信然邪②？其夢邪？其傳之非其真邪？信也，吾兄之盛德而夭其嗣乎？汝之純明而不克蒙其澤乎？少者強者而夭歿、長者衰者而存全乎？未可以為信也！夢也，傳之非其真也！東野之書、耿蘭之報③，何為而在吾側也？嗚呼！其信然矣！吾兄之盛德而夭其嗣矣！汝之純明宜業其家者，不克蒙其澤矣！所謂天者誠難測，而神者誠難明矣！所謂理者不可推，而壽者不可知矣！

【注釋】

①孟東野：孟郊字東野，唐代著名詩人。

②其：難道。

③耿蘭：十二郎的僕人。

【譯文】

去年孟東野去你那邊，我讓他捎信給你說：「我年紀雖然還不到四十，卻已兩眼昏花，頭髮斑白，牙齒也鬆動了。想到我的叔伯們和兄長們，都身體好好的就過早地去世，像我這樣衰弱的人，還能活多久呢？我離不開，你又不肯來，生怕我早晚死去，而你將要抱着無邊的悲哀。」誰料年輕的死了而年長的還活着，強壯的夭折而病弱的卻保全了呢？唉！這是真的呢？還是做夢呢？還是傳來的消息不真實呢？如果是真的，我哥哥品德高尚但是他的兒子卻會短命嗎？你這樣純潔聰明卻不能蒙受先人的恩澤嗎？年輕強壯的反而夭折，年長衰弱的反而健在，這是不能讓人相信的啊！這是夢吧？傳來的消息是錯的吧！可是，東野的信、耿蘭的報喪，為什麼又明明就在我身邊呢？唉！這是真的啊！我哥哥品德美好反而兒子夭折了啊！你的純潔聰明適於操持家業，卻不能承受先人的恩澤了啊！所謂天，實在猜不透；所謂神，實在是不明察啊！所謂理，實在不能推究；所謂壽，根本不可預知啊！

雖然，吾自今年來，蒼蒼者或化而為白矣，動搖者或脫而落矣，毛血日益衰，志氣日益微，幾何不從汝而死也！死而有知，其幾何離？其無知，悲不幾時，而不悲者無窮期矣！汝之子始十歲，吾之子始五歲，少而強者不可保，如此孩提者[1]，又可冀其成立邪？嗚呼哀哉！嗚呼哀哉！

【注釋】

①孩提：指幼兒。

【譯文】

儘管如此，我從今年以來，斑白的頭髮有的已經全白了，鬆動的牙齒有的已經脫落了，氣血一天天衰弱，精神一天天減退，還有多久就隨你死去呢！死後如果有知覺，那我們還能分離多久呢？如果沒有知覺，那我哀傷的時間也就不會長久，而不哀傷的日子倒是沒有盡頭啊！你的兒子才十歲，我的兒子才五歲，年輕強壯的都保不住，這樣的小孩子，還能期望他們長大成人嗎？唉！真是悲哀啊！真是悲哀啊！

汝去年書云：「比得軟腳病①，往往而劇。」吾曰：「是疾也，江南之人常常有之。」未始以為憂也。嗚呼！其竟以此而殞其生乎②？抑別有疾而致斯乎③？汝之書，六月十七日也。東野云，汝歿以六月二日，耿蘭之報無月日。蓋東野之使者，不知問家人以月日，如耿蘭之報，不知當言月日。東野與吾書，乃問使者，使者妄稱以應之耳。其然乎？其不然乎？

【注釋】

①比：最近。

②殞（yǔn）：死亡。

③抑：表示選擇，相當於「或是」、「還是」。

【譯文】

你去年的來信說：「最近得了腳氣病，越來越厲害了。」我回信說：「這種病，江南人經常得的。」並沒有為此擔心。唉！難道竟然是這種病讓你喪命的嗎？還是有別的重病導致這樣的呢？你的信，是六月十七日寫的。東野信上說，你死在六月二日；耿蘭報喪時沒說你死的月日。可能東野的使者沒有向家人問明死期，耿蘭報喪的信不知道要說明死期。東野給我寫信時，曾向使者問過死期，使者不過隨口亂說罷了。是這樣嗎？不是這樣嗎？

今吾使建中祭汝，弔汝之孤與汝之乳母。彼有食可守以待終喪①，則待終喪而取以來；如不能守以終喪，則遂取以來。其餘奴婢，並令守汝喪。吾力能改葬，終葬汝於先人之兆②，然後惟其所願。嗚呼！汝病吾不知時，汝歿吾不知日，生不能相養以共居，歿不能撫汝以盡哀，斂不憑其棺③，窆不臨其穴④，吾行負神明，而使汝夭，不孝不慈，而不得與汝相養以生、相守以死。一在天之涯，一在地之角，生而影不與吾形相依，死而魂不與吾夢相接，吾實為之，其又何尤！彼蒼者天，曷其有極⑤！

【注釋】

①終喪：服滿父母去世後三年之喪。
②兆：墓地。
③斂：通「殮」，把屍體裝入棺材。
④窆（biǎn）：落葬。
⑤曷（hé）：何。

【譯文】

如今我派建中來祭奠你，慰問你的兒子和你的奶媽。他們如果有糧食可以待到三年喪滿，喪滿後再接他們來；如果生活難以為繼無法滿喪，就馬上把他們接來。其餘的奴婢，都讓他們為你守喪。等到我有能力改葬時，一定把你的靈柩從宣州遷回老家祖先的墓地，這才算了卻我的心願。唉！你生病我不知道時間，你去世我也不了解日期，你活着時我們不能彼此照應住在一起，你死後我又不能撫摸你的遺體致哀，你入殮時我不曾挨着你的棺材，你落葬時我不曾到過你的墓穴，我的行為辜負了神靈，因而使你夭折；我不孝順不慈愛，因而既不能和你活着彼此照應住在一起，死去一起相守。我們一個在天涯，一個在地角，你活着影子不能和我的身子相互依偎，你死了靈魂不能和我的夢魂相親近，這都是我造成的，還能怨誰呢！那蒼茫無邊的天啊，我的悲哀什麼時候才是個頭呢！

自今以往，吾其無意於人世矣！當求數頃之田於伊、潁之上①，以待餘年。教吾子與汝子，幸其成；長吾女與汝女，待其嫁。如此而已。嗚呼！言有窮而情不可終，汝其知也邪？其不知也邪？嗚呼哀哉！尚饗②！

【注釋】

①伊：伊河，在今河南西部。潁：潁河，在今安徽西部和河南東部，是淮河的支流。

②尚饗（xiǎng）：亦作「尚享」。饗，通「享」。

【譯文】

從今以後，我對這個世界已沒有什麼可以留戀的！我打算在伊水、潁水岸邊買幾頃田，打發我的餘生。教育我的兒子和你的兒子，希望他們長大成人；撫養我的女兒和你的女兒，等待她們出嫁。不過如此罷了。唉！話有說完的時候，而哀痛的心情卻是沒有終了，你知道嗎？還是不知道呢？唉！痛心啊！希望你的靈魂來享用祭品啊！

祭鱷魚文

元和十四年（八一九），韓愈上書諫迎佛骨表得罪唐憲宗，被貶為潮州刺史，這是他到任不久後所寫。文中韓愈嚴厲呵責鱷魚的罪狀，一再重申刺史的責任，義正辭嚴，儼然一封向鱷魚發出的戰爭檄文。

維年月日①，潮州刺史韓愈②，使軍事衙推秦濟③，以羊一、豬一投惡溪之潭水④，以與鱷魚食，而告之曰：

【注釋】

①維：句首語氣詞。
②潮州：州治在今廣東潮安。刺史：唐代州級行政長官。
③軍事衙推：唐代節度使、觀察使等下屬官吏。
④惡溪：指今廣東韓江及其上游梅江。

【譯文】

某年某月某日，潮州刺史韓愈，派軍事衙推秦濟，把一頭羊、一頭豬投進惡溪的潭水裏，喂給鱷魚，並對鱷魚說：

昔先王既有天下，列山澤①，罔繩擉刃②，以除蟲蛇惡物為民害者，驅而出之四海之外。及後王德薄，不能遠有，則江、漢之間，尚皆棄之以與蠻、夷、楚、越③，況潮，嶺海之間④，去京師萬里哉！鱷魚之涵淹卵育於此，亦固其所。今天子嗣唐位，神聖慈武，四海之外，六合之內，皆撫而有之，況禹跡所揜⑤，揚州之近地⑥，刺史、縣令之所治，出貢賦以供天地宗廟百神之祀之壤者哉！鱷魚其不可與刺史雜處此土也⑦！

【注釋】

①列：同「迾（liè）」，阻擋。

②罔：同「網」。擉（chuò）：刺。

③蠻、夷：古時對邊遠地區少數民族的統稱。楚：南方的諸侯國，東周時據有長江、漢水流域的大部分地區。越：東方諸侯國，在今浙江一帶。

④嶺海之間：在今湖南、江西、廣東、廣西邊境。海，指南海。

⑤揜（yǎn）：覆蓋。

⑥揚州：古代九州之一，潮州在其境內。

⑦其：這裏表示祈使、命令語氣。

【譯文】

上古帝王擁有天下之後，封鎖高山大澤，網捕刀刺，把那些危害百姓的毒蟲、毒蛇、兇獸，都驅趕到四海之外。後代的帝王德行衰微，不能管轄遠方，連長江、漢水之間都扔給蠻、夷、楚、越，何況潮州在五嶺、南海之間，距離京城有萬里之遙！鱷魚潛伏在這裏繁衍生息，也實在是合適的地方。如今的天子繼承了大唐的帝位，神聖、仁慈、威武，四海之外，宇宙之內，全都由他管轄治理，何況大禹足跡所留，揚州所管轄，刺史縣令所治理，為天地宗廟百神祭祀進貢納稅的潮州呢！鱷魚啊，你們不能和我這個刺史一起居住在這片土地上啊！

刺史受天子命，守此土，治此民，而鱷魚睅然不安溪潭①，據處食民、畜、熊、豕、鹿、獐，以肥其身，以種其子孫，與刺史亢拒②，爭為長雄。刺史雖駑弱，亦安肯為鱷魚低首下心，伈伈睍睍③，為民吏羞，以偷活於此邪？且承天子命以來為吏，固其勢不得不與鱷魚辨。

【注釋】

①睅（hàn）然：兇狠的樣子。睅，眼睛突出。
②亢：同「抗」，抗拒。
③伈伈（xǐn）睍睍（xiàn）：恐懼不敢正視的樣子。

【譯文】

刺史接受天子的命令，守護這裏的土地，治理這裏的百姓，而鱷魚卻惡狠狠地瞪着眼睛，不安於溪水、潭水，跳出來侵佔土地，吞食人、畜、熊、豕、鹿、獐，吃得身子肥肥的，繁衍子孫，與刺史相抗衡，一爭高下。刺史雖然平庸懦弱，又怎肯在鱷魚面前俯首帖耳、戰戰兢兢、給吏民丟臉，在這裏苟且偷生呢？況且刺史接受天子的任命來這裏為官，形勢使得刺史不得不跟鱷魚辨明。

鱷魚有知，其聽刺史言：潮之州，大海在其南，鯨、鵬之大①，蝦、蟹之細，無不容歸，以生以食，鱷魚朝發而夕至也。今與鱷魚約，盡三日，其率醜類南徙於海，以避天子之命吏。三日不能，至五日。五日不能，至七日。七日不能，是終不肯徙也，是不有刺史、聽從其言也。不然，則是鱷魚冥頑不靈，刺史雖有言，不聞不知也。夫傲天子之命吏、不聽其言、不徙以避之，與冥頑不靈而為民物害者，皆可殺。刺史則選材技吏民，操強弓毒矢，以與鱷魚從事，必盡殺乃止。其無悔！

【注釋】

①鵬：傳說中的一種大鳥。

【譯文】

鱷魚啊！如果你們真有靈性，就聽刺史說：潮州這地方，大海在它南邊，鯨、鵬一類的大動物，蝦、蟹一類的小生物，無不把家安在大海裏，依靠大海生長、吃喝，你們鱷魚早晨出發，晚上就可以到達那裏了。如今和鱷魚約定：限你們三天之內，率領同類向南遷到大海裏去，避開天子任命的刺史。三天不行的話，就五天。五天不行的話，就七天。如果七天還不行，那就是怎麼也不肯搬遷了，那就是眼裏沒有刺史、不聽刺史的話了！否則，那就是鱷魚愚蠢頑固沒有靈性，刺史雖然講了不少話，你們卻聽不見、聽不明白了。凡是蔑視天子任命的刺史、不聽刺史勸誡、不遷走迴避刺史，和愚蠢頑劣危害百姓、牲畜的一切禍害生物，統統都可殺掉。刺史就要挑選武藝高強的吏民，拿着強弓毒箭，和鱷魚周旋，直到斬盡殺絕才罷。你們可不要後悔！

柳子厚墓誌銘

這是韓愈為柳宗元所寫的墓志銘，被譽為「昌黎墓誌第一，亦古今墓誌第一」（儲欣《唐宋八大家類選》）。文中稱頌了柳宗元的政治才能和傑出的政績，及柳宗元對朋友重義氣、解放奴婢等事，深深同情他的不幸遭遇。夾敍夾議，情文並茂，深婉有致。

子厚，諱宗元①。七世祖慶，為拓跋魏侍中②，封濟陰公。曾伯祖奭，為唐宰相，與褚遂良、韓瑗俱得罪武后，死高宗朝。皇考諱鎮③，以事母棄太常博士④，求為縣令江南⑤。其後以不能媚權貴，失御史。權貴人死，乃復拜侍御史⑥。號為剛直，所與遊皆當世名人。

【注釋】

①諱：避諱。在死者名字前加一「諱」字表示尊敬。

②拓跋魏：北魏，鮮卑族拓跋氏所建政權。

③皇考：稱呼已故去的父親，也叫「考」。

④太常博士：唐太常寺有博士四人，專門討論謚（shì）法。

⑤縣令：縣的行政長官。

⑥侍御史：負責糾劾百官、督察郡縣及處理御史台內部事務的官。

【譯文】

子厚，名宗元。七世祖柳慶，是北魏時的侍中，封濟陰公。曾伯祖柳奭，在唐朝曾任宰相，和褚遂良、韓瑗一同得罪了武后，死在高宗朝。父親柳鎮，為了親自侍奉母親，放棄了太常博士的官職，請求到江南去任縣令。後來又因為不能取悅於權貴，失去了殿中侍御史的職位。直到那個權貴死了，才重新被任命為侍御史。為人剛直，所交遊的都是當時很有名望的人。

子厚少精敏，無不通達。逮其父時，雖少年，已自成人，能取進士第，嶄然見頭角①，衆謂柳氏有子矣。其後以博學宏詞授集賢殿正字②。俊傑廉悍③，議論證據今古，出入經史百子，踔厲風發④，率常屈其座人⑤，名聲大振，一時皆慕與之交。諸公要人，爭欲令出我門下，交口薦譽之⑥。

【注釋】

①嶄：高峻，高出。見（xiàn）：同「現」，顯示。
②博學宏詞：唐代科舉所設科目。集賢殿正字：負責刊刻經籍、搜求佚書、校正文字的官員。
③俊：俊秀。傑：出衆。廉：廉潔。悍：強悍。
④踔（chuō）厲風發：精神奮發。
⑤率：常常。
⑥交口：衆口，齊聲。

【譯文】

子厚小時候就聰明敏捷，沒有什麼事理不通曉的。當他父親還健在時，他雖然年輕，已經自立成人，能夠考中進士，顯得氣度出衆，大家都說柳家出了個優秀的兒子。以後又參加博學宏詞科考試，授集賢殿正字。他俊秀出衆，廉潔強悍，發表議論往往徵引古今經典，融匯貫通經史百家的學說，意氣風發，常常折服在座的人，因此名聲大振，一時間人人都想和他交遊。那些地位顯赫的要人，爭着要把他羅致到自己門下，異口同聲地稱讚舉薦他。

貞元十九年①，由藍田尉拜監察御史②。順宗即位，拜禮部員外郎③。遇用事者得罪，例出為刺史④。未至，又例貶州司馬⑤。居閑益自刻苦，務記覽，為詞章，泛濫停蓄，為深博無涯涘，而自肆於山水間。元和中⑥，嘗例召至京師，又偕出為刺史，而子厚得柳州⑦。既至，歎曰：「是豈不足為政邪？」因其土俗，為設教禁，州人順賴。其俗以男女質錢⑧，約不時贖，子本相侔⑨，則沒為奴婢。子厚與設方計，悉令贖歸。其尤貧力不能者，令書其傭，足相當，則使歸其質。觀察使下其法於他州⑩，比一歲，免而歸者且千人。衡、湘以南為進士者，皆以子厚為師。其經承子厚口講指畫為文詞者，悉有法度可觀。

【注釋】

①貞元十九年：即八〇三年。貞元，唐德宗年號。
②藍田尉：藍田縣尉，輔佐縣令掌管軍事。藍田，在今陝西藍田。
③禮部員外郎：掌管禮部的官員。
④刺史：一州的行政長官。

⑤司馬：州刺史的屬官。
⑥元和：唐憲宗年號。
⑦柳州：州治所在今廣西柳州。
⑧以男女質錢：指以子女為貸款的抵押。
⑨子本：利息和本錢。
⑩觀察使：考察州縣官吏政績的官。

【譯文】

貞元十九年，子厚由藍田縣尉升為監察御史。順宗即位後，子厚任禮部員外郎。當時遇到當權的人得了罪，他被視為同黨按例被遣出京城做州刺史。還沒到任，又按例被貶為州司馬。子厚職位清閑，更加刻苦上進，專心閱覽、記誦，寫詩作文，就像泛濫的江水、蓄積的湖海那樣，詩文的造詣可謂博大精深沒有止境，但也只能盡情地寄情於山水之間罷了。元和年間，曾將他和一同被貶的人召回京城，又再次一同出京做刺史，這次子厚被派到柳州。剛到任，他慨歎道：「這裏難道就不值得做出一番政績嗎？」於是隨着當地的風俗，制定了勸諭和禁止的政令，柳州民眾都順從、信賴他。當地風俗：借錢時習慣用子女做人質抵押借款，如果到期不能贖回，等到利息和本錢相等時，子女就要淪為債主的奴婢。子厚為借錢的人想方設法，讓他們全都能把抵押出去的子女贖回家。其中特別貧窮實在沒有能力贖取的，就讓債主記下人質當傭工所應得的酬勞，等到酬勞和借款數額相等時，就要債主歸還人質。觀察使把這個辦法下放到其他的州，才一年，免除了奴婢身份而回到自己家裏的就有近千人。衡山、湘江以南考進士的人，都以子厚為老師。那些經過子厚耳提面命指點過的人，從他們撰寫的文辭中都能看到很可觀的章法技巧。

其召至京師而復為刺史也，中山劉夢得禹錫亦在遣中①，當詣播州②。子厚泣曰：「播州非人所居，而夢得親在堂，吾不忍夢得之窮，無辭以白其大人，且萬無母子俱往理。」請於朝，將拜疏③，願以柳易播，雖重得罪，死不恨。遇有以夢得事白上者，夢得於是改刺連州④。嗚呼！士窮乃見節義。今夫平居里巷相慕悅，酒食遊戲相徵逐，詡詡強笑語以相取下⑤，握手出肺肝相示，指天日涕泣，誓生死不相背負，真若可信。一旦臨小利害，僅如毛髮比，反眼若不相識，落陷阱，不一引手救，反擠之，又下石焉者，皆是也。此宜禽獸夷狄所不忍為，而其人自視以為得計，聞子厚之風，亦可以少愧矣。

【注釋】

①中山：今河北定縣。劉夢得禹錫：劉禹錫，字夢得，唐代中期詩人、文學家、哲學家、政治家。

②詣（yì）：往。播州：治所在今貴州遵義。

③疏：向皇帝陳述意見的文書。

④連州：治所在今廣東連州。
⑤詡詡（xǔ）：象聲詞。強（qiǎng）：勉強。

【譯文】

當子厚被召回京城又出京做刺史時，中山人劉夢得禹錫也在遣放之列，應當前往播州做刺史。子厚流淚説道：「播州不適宜人居住，而夢得的母親還健在，我不忍心看到夢得的困窘處境，無法向母親交待，況且也絕對沒有母子一起去往貶所的道理。」準備上朝，上疏請求，願以柳州和播州交換，就算因此再次得罪，雖死無憾。當時正好又有人將夢得的事報告了朝廷，夢得於是得以改為連州刺史。唉！人在困窘時才能表現出他的義氣和氣節。如今人們互相愛慕敬悦，你來我往彼此宴請，追逐遊戲，強顏歡笑表示謙卑友好，頻頻握手表示肝膽相照，對天發誓，痛哭流涕，表示死也不會相互背棄，似乎像真的一樣可信。然而一旦遇到小小的利害衝突，哪怕只有毛髮那麼細小，也會反目相向，好像從不認識的樣子，這個已落入陷阱，那個不但不施以援手，反而乘機排擠，落井下石，前面説到的那種人都是如此。這種事情恐怕連禽獸和異族都不忍心做出來，而那些人卻自以為得計，他們聽到子厚的為人風度的話，也該稍微感到有些慚愧吧。

子厚前時少年，勇於為人，不自貴重顧藉[1]，謂功業可立就，故坐廢退。既退，又無相知有氣力得位者推挽，故卒死於窮裔[2]，材不為世用，道不行於時也。使子厚在台、省時[3]，自持其身，已能如司馬、刺史時，亦自不斥；斥時，有人力能舉之，且必復用不窮。然子厚斥不久，窮不極，雖有出於人，其文學辭章，必不能自力以致必傳於後，如今，無疑也。雖使子厚得所願，為將相於一時，以彼易此，孰得孰失，必有能辨之者。

【注釋】

①顧藉：顧惜。
②窮裔：荒遠之地。
③台、省：均為唐代的中央政府機構的名稱。

【譯文】

子厚年輕時，勇於助人，不知道看重、顧惜自己，以為功名事業可以很快成就，結果反受牽連而遭貶。被貶後，又沒有賞識他的有權有勢的人拉一把，所以終於死在窮困荒遠的地方，才能得不到施展，抱負沒能實現。要是子厚在御史台、尚書省任職時，能夠謹慎持身，像後來做司馬、刺史時一樣，也就不會遭受貶斥；要是遭受貶斥時，有人大力舉薦他，他也會重新被起用而不會陷入困境。但是如果子厚被貶斥不久的話，他的困窘如果不到達極點，他就算有過人之處，他的文學辭章，必定不會致力鑽研，從而流傳下來像今天這樣，這是確定無疑的。雖說讓子厚滿足了自己的心願，可以使他在某個時期內出將入相，但用那個來換這個，什麼是得，什麼是失，一定有人能分辨清楚。

子厚以元和十四年十一月八日卒，年四十七。以十五年七月十日歸葬萬年先人墓側①。子厚有子男二人，長曰周六，始四歲，季曰周七，子厚卒乃生。女子二人，皆幼。其得歸葬也，費皆出觀察使河東裴君行立②。行立有節概，重然諾，與子厚結交，子厚亦為之盡，竟賴其力。葬子厚於萬年之墓者，舅弟盧遵。遵，涿人③，性謹慎，學問不厭。自子厚之斥，遵從而家焉，逮其死不去。既往葬子厚，又將經紀其家，庶幾有始終者。

【注釋】

①萬年：在今陝西長安境內。
②河東：郡名。在今山西永濟蒲州。
③涿：今河北涿州。

【譯文】

元和十四年十一月初八，子厚去世，終年四十七歲。十五年七月初十，他的靈柩運回到萬年縣，葬在祖先的墳墓旁。子厚有兩個兒子，長子叫周六，才四歲；次子叫周七，子厚死後才生。有兩個女兒，都還年幼。子厚的靈柩能運回落葬，費用全部出自觀察使河東人裴行立君。行立有節操有氣概，信守成諾，跟子厚結交，子厚對他也是極為盡心盡力，最終全靠他料理後事。把子厚安葬在萬年縣祖先墓地的，是他的姑舅表弟盧遵。盧遵，涿州人，生性謹慎，問學從不滿足。自從子厚被貶以來，盧遵一直跟着他與他同住，直到他去世也沒有離開過。將子厚安葬以後，他還將要安置子厚的家屬，他真可以說是位有始有終的人啊。

銘曰：是惟子厚之室，既固既安，以利其嗣人。

【譯文】

銘文：這裏是子厚的墓室，既牢固又安寧，有利於他的後代。

卷九

柳宗元

柳宗元（七七三—八一九），字子厚，祖籍河東（今屬山西）。唐德宗貞元九年（七九三）中進士，唐順宗永貞元年（八〇五）遷禮部員外郎，積極參與王叔文集團的革新運動，失敗後多次被貶，歷任永州司馬、柳州刺史等職，唐憲宗元和十四年（八一九）去世，年僅四十七歲。柳宗元詩文皆工，由友人劉禹錫整理編成柳河東集。

柳宗元常與韓愈並稱為「韓柳」列入散文「唐宋八大家」之內，但其散文風格與韓愈並不相同。韓文情感充沛，直抒胸臆，氣魄雄大，柳文則多數迴環曲折，在含蓄隱喻中暗含意旨，讀之雋永有味。尤其「永州八記」之類的山水遊記作品，清新婉麗，優雅沉靜，可以說是開創了中唐以後散行古文的另一路徑。寓言式小品散文，也已成為文學史上不可替代的經典。

駁復仇議

這是柳宗元針對武則天時期諫官陳子昂的復仇議狀而寫的一篇政論文。作者針對「復仇」這個傳統道德經典命題中暗含的公法之治與私情之孝雙重要求的衝突，進行了正本清源式的分析討論，根據法本身之曲直裁斷是非，說理清楚，邏輯清晰，是一篇說服力很強的文章。

臣伏見天后時①，有同州下邽人徐元慶者②，父爽為縣尉趙師韞所殺③，卒能手刃父仇，束身歸罪。當時諫臣陳子昂建議誅之而旌其閭④，且請「編之於令，永為國典」。臣竊獨過之。

【注釋】

①天后：即武則天武曌（zhào），公元六九〇年自立為皇帝。
②下邽（guī）：在今陝西渭南北，下邽東南渭河北岸屬同州。
③縣尉：執掌一縣軍事治安的官員。
④陳子昂：曾受武則天賞識，官至右拾遺。旌：表彰。閭：指鄉里。

【譯文】

微臣曾經見到則天皇后時，同州下邽有個人叫徐元慶，他的父親徐爽被縣尉趙師韞殺害，他最後能親手殺死父親的仇人並且自首服罪。而當時諫官陳子昂建議將他依法誅殺，然後在他的家鄉立旌題匾，表彰他的孝義，還請朝廷「將此建議編入律令，永遠作為國家定法」。臣私下以為這是錯誤的。

臣聞禮之大本，以防亂也，若曰無為賊虐，凡為子者殺無赦；刑之大本，亦以防亂也，若曰無為賊虐，凡為治者殺無赦。其本則合，其用則異，旌與誅莫得而並焉。誅其可旌，茲謂濫，黷刑甚矣。旌其可誅，茲謂僭[1]，壞禮甚矣。果以是示於天下，傳於後代，趨義者不知所向，違害者不知所立，以是為典可乎？

【注釋】

①僭（jiàn）：越過。

【譯文】

臣聽說禮的根本目的是防止動亂，意思是說，不要行兇傷人，兒子為父報仇，殺了別人，依禮就應處死，決不赦免；刑的根本目的也是為了防亂，意思是說，不要行兇傷人，官吏不依法律妄自殺人，依法也應處死，決不赦免。禮和刑的根本目的相合，而實際應用卻不一樣，那麼對殺人者來說，或受表彰，或被誅戮，二者不能兼施。誅戮那該受表彰的人，這是濫刑，褻瀆刑法太甚了；反之，表彰那該受誅戮的人，叫做僭越，破壞禮義也太甚了。若真的把陳子昂的建議昭示天下傳之後代，就會使追慕節義的人不明正途，躲避刑罰的人不辨立身之道，用它作為定法，可行嗎？

蓋聖人之制[1]，窮理以定賞罰，本情以正褒貶，統於一而已矣。向使刺讞其誠偽[2]，考正其曲直，原始而求其端，則刑、禮之用，判然離矣。何者？若元慶之父，不陷於公罪，師韞之誅，獨以其私怨，奮其吏氣，虐於非辜，州牧不知罪，刑官不知問，上下蒙冒，籲號不聞③；而元慶能以戴天為大恥④，枕戈為得禮⑤，處心積慮，以衝仇人之胸，介然自克，即死無憾，是守禮而行義也。執事者宜有慚色，將謝之不暇，而又何誅焉？其或元慶之父，不免於罪，師韞之誅，不愆於法⑥，是非死於吏也，是死於法也。法其可仇乎？仇天子之法，而戕奉法之吏，是悖驁而淩上也。執而誅之，所以正邦典，而又何旌焉？

【注釋】

①制：禮法制度。
②刺：探察。讞（yàn）：審判定罪。
③籲號：呼號。
④戴天：共存於天下。禮記曰：「父之仇，不與共戴天。」
⑤枕戈：以戈為睡覺時的枕頭。禮記曰：「居父母之仇，侵苫枕戈，不仕，弗與共天下也。」
⑥愆（qiān）：失誤。

【譯文】

聖人創作禮法制度，窮究事理確定賞罰，根據人情明正褒貶，不過是統一全面地加以考察使禮和法歸於正途罷了。假如當初弄清真偽之情，明察是非曲直，探尋它的起始追索緣由，則或依刑法，或守禮制，兩者區別是很顯然的。為什麼這樣説呢？如果徐元慶的父親不是因犯法而獲罪，趙師韞全是出於私人的怨恨殺了他，施展起當官的氣焰，虐殺無罪的人，而上級州官卻不予治罪，執法官吏不予追究審問，上下沆瀣一氣，欺騙遮掩，面對百姓呼籲號啕卻充耳不聞；而徐元慶能與殺父仇人不共戴天，把枕戈而眠、不忘報仇看做合乎禮義，他處心積慮地謀劃，戳穿仇人的胸膛，然後耿直磊落地綑縛自己，蹈義就死而無恨，這是守禮行義的行為啊。對此主事官應該感到羞慚，連自愧弗如還來不及，還談什麼誅戮呢？如果徐元慶的父親確實有罪不能赦免，趙師韞殺他並不違法，那麼他的死，並非死於官吏個人的私怨，而是死於王法了。難道可以把王法看成仇敵麼？與天子之法為仇，戕殺依法施刑的官吏，那就是狂悖傲慢犯上的行為了。捉住他殺掉，是為了維護王法的尊嚴，又怎能表彰他呢？

且其議曰：「人必有子，子必有親，親親相仇，其亂誰救？」是惑於禮也甚矣。禮之所謂仇者，蓋其冤抑沉痛，而號無告也；非謂抵罪觸法，陷於大戮。而曰「彼殺之，我乃殺之」，不議曲直，暴寡脅弱而已。其非經背聖，不亦甚哉！周禮：「調人①，掌司萬人之仇。」「凡殺人而義者，令勿仇，仇之則死。」「有反殺者，邦國交仇之。」又安得「親親相仇」也？春秋公羊傳曰：「父不受誅，子復仇可也。父受誅，子復仇，此推刃之道，復仇不除害。」今若取此以斷兩下相殺，則合於禮矣。且夫不忘仇，孝也；不愛死，義也。元慶能不越於禮，服孝死義，是必達理而聞道者也。夫達理聞道之人，豈其以王法為敵仇者哉？議者反以為戮，黷刑壞禮，其不可以為典，明矣。

【注釋】

①調人：官名。掌管排解糾紛。

【譯文】

陳子昂的奏議還說：「人必然有兒子，兒子必然有雙親，各人因愛護雙親而互相結仇，這種混亂誰能解救？」這是對禮的認識太迷惑混亂了。禮法上所說的報仇，指的是冤枉壓抑沉痛，呼號而無處申告；不是講犯法當罪而陷於死刑的那種情況。既然如此，卻還說什麼「他殺了人，我便殺了他」，不議論是非曲直，那不過是仗着人多勢強，欺侮人少勢弱罷了。它的詆毀經書、違背聖教不是太嚴重了麼！周禮上說：「調人，職掌萬民相仇之事。」「凡是殺人而合乎義的，要告誡被殺者子弟不要把他看做仇人，如果報仇，就是死罪。」「如果別人有正當理由而殺死自己親人的，自己還要反身報仇，這樣的復仇者邦國共同把他視作仇人。」這樣，又怎麼會「親親相仇」呢？春秋公羊傳說：「父親不應被殺，兒子復仇是可以的。父親有罪當誅，兒子為父報仇，這是你來我往的報私仇，報仇只能針對仇家本人，不得累及仇家後代。」現在如果採取這些原則來決斷兩下相殺的案件，就合乎禮法了。況且不忘為親報仇，這是孝；報仇不惜一死，這是義。徐元慶能不超出禮法，執守孝道、殉於節義，他一定是個通達事理、懂得聖人之道的人。一個通達事理、懂得聖人之道的人，難道他會是把王法視做仇敵的人麼？包括陳子昂在內的那些議者反而認為他該受戮，這是褻瀆刑法、破壞禮義，不可以作為定法，是再明顯不過了。

請下臣議，附於令，有斷斯獄者，不宜以前議從事。謹議。

【譯文】

請朝廷將微臣此議頒下，附入律令，有斷這類案件的，不應該再按過去的意見辦事。謹議。

桐葉封弟辨

「桐葉封弟」的故事見於呂氏春秋．重言、史記．晉世家和說苑．君道等處，宣揚「君無戲言」的思想。柳宗元在這篇文章裏從考察這則故事的真實性出發，首先指出帝王的言行均要看實際效果，而不是按照「君無戲言」盲目服從照辦，進而從為周公聖人形象辯護的角度，指出周公不可能促成此事，這就從君臣兩方均否定了這一故事的合理性和可信性。

古之傳者有言，成王以桐葉與小弱弟①，戲曰：「以封汝。」周公入賀。王曰：「戲也。」周公曰：「天子不可戲。」乃封小弱弟於唐②。

【注釋】

①成王：周成王，西周武王之子。小弱弟：指成王的弟弟叔虞。

②唐：古國名。在今山西翼城西。

【譯文】

古代著作這樣記錄說，周成王拿着一片梧桐葉子給年幼的弟弟，開玩笑說：「憑着這個給你封國。」周公進來祝賀。成王說：「只是個玩笑。」周公說：「天子不可以隨便開玩笑。」於是封年幼的弟弟叔虞於唐。

吾意不然。王之弟當封邪，周公宜以時言於王，不待其戲而賀以成之也；不當封邪，周公乃成其不中之戲①，以地以人與小弱弟者為之主，其得為聖乎？且周公以王之言不可苟焉而已，必從而成之邪？設有不幸，王以桐葉戲婦、寺，亦將舉而從之乎？凡王者之德，在行之何若。設未得其當，雖十易之不為病，要於其當，不可使易也，而況以其戲乎！若戲而必行之，是周公教王遂過也。

【注釋】

①不中（zhòng）：不恰當，不合適。

【譯文】

我認為事情不是這樣。成王的弟弟理該受封的話，周公應及時向成王進言，不必等他開了玩笑再去祝賀和促成；若不該受封，周公竟將一句不合適的戲言變成事實，拿土地、百姓交給年幼的孩子做主，還能稱為聖人嗎？再説周公只是認為君王説話不能隨隨便便罷了，難道一定要聽從並促成它嗎？萬一碰得不巧，成王拿桐葉跟妃嬪、太監開玩笑，也要照此辦理嗎？大凡君王的德性，在於他如何施行政事。如果處理不當，即使更改十次也不為過，總之在於處理得當，使事情不再能更改為止，又何況是對開玩笑的話呢！倘若玩笑也一定要奉行，這就是周公教唆成王順隨自己的過錯了。

吾意周公輔成王，宜以道，從容優樂，要歸之大中而已，必不逢其失而為之辭。又不當束縛之，馳驟之，使若牛馬然，急則敗矣。且家人父子尚不能以此自克，況號為君臣者邪？是直小丈夫鈌鈌者之事①，非周公所宜用，故不可信。

【注釋】

①鈌（quē）：要聰明的樣子。

【譯文】

我認為周公輔佐成王，當會用正確的原則加以引導，讓他從容自得、優遊安樂，最終歸於中道，決不會迎合他的過失來為他找借口。又不應當束縛他，驅迫他，像對待牛馬那樣，操之過急則會壞事。要說平常家庭父子之間，尚且不能用這種方式來約束，何況還有君臣的名分呢？這不過是見識短淺而又自作聰明的人幹的事，不是周公所該做的事，所以不足憑信。

或曰：封唐叔，史佚成之①。

【注釋】

①史佚（yì）：周武王時太史佚。史記・晉世家記載這段故事把促成桐葉封弟的人說成是史佚。

【譯文】

有人說：封唐叔這件事，是太史佚促成的。

箕子碑

箕子在商、周之際紂王政治昏暗時佯裝瘋狂以避禍，武王伐紂代商建周，箕子又傳授治國大道洪範給武王，他忠貞又富於政治智慧，歷來受人稱道。柳宗元這篇文章則將箕子的經歷上升為「大人之道」的三個原則，指出他在改朝換代之際隱忍求全，準備將來協助武庚有所作為，最終延續了殷商祭祀，具有偉人品質。

凡大人之道有三：一曰正蒙難①，二曰法授聖，三曰化及民。殷有仁人曰箕子②，實具茲道，以立於世。故孔子述六經之旨，尤殷勤焉③。

【注釋】

①正蒙難：意思是堅持正道，不惜遭受磨難。
②箕子：名胥餘，商紂王叔父，因封在箕地，又稱「箕子」。
③殷勤：情意懇切。

【譯文】

大凡做偉人的原則有三條：一是蒙受患難而堅守正道，二是將正法大道傳授給聖王，三是施教化及於萬民。殷朝有個仁人叫箕子，確實是具備了這些操行而立身於世。因而孔子在闡述「六經」的宗旨大義時，對他特別致以崇敬之意。

當紂之時，大道悖亂，天威之動不能戒，聖人之言無所用。進死以並命，誠仁矣，無益吾祀，故不為；委身以存祀，誠仁矣，與亡吾國，故不忍。具是二道，有行之者矣。是用保其明哲，與之俯仰，晦是謨範①，辱於囚奴，昏而無邪，隤而不息②。故在易曰：「箕子之明夷③。」正蒙難也。及天命既改，生人以正，乃出大法，用為聖師，周人得以序彝倫而立大典④。故在書曰：「以箕子歸，作洪範⑤。」法授聖也。及封朝鮮，推道訓俗，惟德無陋，惟人無遠，用廣殷祀，俾夷為華⑥，化及民也。率是大道，藂於厥躬⑦，天地變化，我得其正，其大人歟？

【注釋】

①謨：謀劃。範：法，原則。
②隤（tuí）：跌倒。
③箕子之明夷：見易經・明夷。象徵黯君在上、明臣在下，明臣隱藏起自己的智慧。明夷，卦名。
④彝：常規。倫：人倫。
⑤洪範：尚書中的一篇。相傳為禹時的文獻，箕子增訂並獻給周武王。
⑥俾（bǐ）：使。
⑦藂（cóng）於厥躬：意思是將好的品德集於一身。藂，聚集。厥，其。

【譯文】

在殷紂王統治天下時，聖法大道陷於顛倒混亂，上天的震怒不能引起他的警戒，聖人的話語也不起作用。在那時冒死進諫，把個人的一切委之於天命，是稱得上「仁」了，但無益於殷人宗祀的延續，所以箕子不這麼做；委身新的王朝以求先人宗祀的留存，也稱得上「仁」，但等於是參與了滅亡自己國家的行動，所以箕子也不忍做。再說這兩條路子，都已經有人去實行了。於是箕子便採用了保持住聰明才智，卻又跟着世俗浮沉的辦法，藏匿起胸中的韜略，辱身於被囚禁的奴隸中間，表面昏昏然而骨子裏毫無邪氣，外形頹放而精神上進不息。所以易經上說道：「箕子之明夷。」就是說他在蒙受患難時能隱忍以堅守正道。待到殷朝滅亡，周朝代興，老百姓的生活納入正軌，箕子便拿出他的宏大法規，作為聖王的老師，而周人也才能藉此規範社會倫常，創立國家典章。所以尚書上說道：「箕子回到鎬京，作洪範篇。」這就是拿正法授予了聖王。再到箕子受封於朝鮮，在那裏推行王道，訓民化俗，崇尚德行而不問出身鄙陋，愛重人才而不論關係遠近，用以光大殷人的宗祀，使夷地變為華夏，這就是教化普及於萬民。這許多重大的原則，集中體現在他一人身上，天地間變化萬端，箕子獨得其正，難道還不算偉人嗎？

於虖①！當其周時未至，殷祀未殄②，比干已死③，微子已去④，向使紂惡未稔而自斃⑤，武庚念亂以圖存⑥，國無其人，誰與興理？是固人事之或然者也。然則先生隱忍而為此，其有志於斯乎？

【注釋】

①於虖（wū hū）：嗚呼，感歎詞。

②殄（tiǎn）：滅，亡。

③比干：商朝大臣。因進諫被紂王剖心而死。

④微子：名啟，紂王庶兄。因勸諫紂王卻不被採納而出走。武王滅商，他自縛降周，被封於宋，保存了商宗族。

⑤稔（rěn）：成熟。

⑥武庚：名祿父，紂王子。周武王滅商，封武庚以存殷祀。武王死，武庚與管叔、蔡叔反叛被殺。

【譯文】

唉！當那周王朝尚未建立，殷王朝尚未滅亡，比干已死，微子離去，設使紂王的罪惡尚未滿盈即已死去，繼位的武庚憂慮禍亂而謀求自存，這時國中若沒有這樣的人才，誰能輔助治理天下呢？這本來也是人事中可能會有的情況。那麼，先生肯隱忍受辱去這樣做，是否對這個前景有所考慮期待呢？

唐某年，作廟汲郡①，歲時致祀。嘉先生獨列於易象，作是頌云。

【注釋】

①汲郡：治所在今河南汲縣西南。

【譯文】

大唐某年，在汲郡建立箕子廟，每年按時祭祀。我欽佩先生的行為獨能列名於易經的卦象，特作此頌詞。

捕蛇者說

捕蛇者說是柳宗元在永州任職期間寫的一篇著名的寓言體散文。文章低沉憂鬱，通過開頭對異蛇之毒的渲染，中間蔣氏自述的三代人捕蛇凶險悲慘的遭遇，而這些都比不上苛捐雜稅對農民的盤剝和貪官污吏的借機壓榨，記錄了當時底層人民的悲憤心聲，是感染力強烈的千古名文。

永州之野產異蛇①，黑質而白章，觸草木盡死，以齧人②，無禦之者。然得而臘之以為餌③，可以已大風、攣踠、瘻、癘④，去死肌，殺三蟲⑤。其始，太醫以王命聚之⑥，歲賦其二，募有能捕之者，當其租入，永之人爭奔走焉。

【注釋】

①永州：治所在今湖南零陵。
②齧（niè）：咬。
③臘（xī）：風乾。
④已：止，治癒。攣踠（luán wǎn）：四肢彎曲不能伸展。瘺（lòu）：頸部腫。癘（lì）：惡瘡。
⑤三蟲：指人體內的寄生蟲。古代道家把人的腦、胸、腹稱為「三屍」，蟲入三屍，就會生病。
⑥太醫：皇帝的醫師。

【譯文】

永州山野出產一種奇異的蛇，黑色身體上長着白色花紋。它觸到草木，草木全枯死；咬到人，沒人能抵抗得住。但捕殺、晾乾了這種蛇做成藥餌，可用來治麻風、曲肢、頸部膿腫、惡性瘡疥，去除壞死的肌肉，殺死侵害人體的三屍蟲。當初，太醫奉皇帝詔命徵集這種蛇，每年收取兩次，招募能捕捉它的人，充抵應交的租稅，永州人都爭着奔逐於這件事。

有蔣氏者，專其利三世矣。問之，則曰：「吾祖死於是，吾父死於是，今吾嗣為之十二年，幾死者數矣。」言之，貌若甚慼者。

【譯文】

有個姓蔣的，享有捕蛇免租的好處已有三代了。問到他有關情形，他說：「我祖父死在這上頭，我父親死在這上頭，如今我承接着幹了十二年，好幾次也差點送命。」說時，臉色似乎顯得很憂傷。

余悲之，且曰：「若毒之乎？余將告於蒞事者[1]，更若役，復若賦，則何如？」蔣氏大戚，汪然出涕曰：「君將哀而生之乎？則吾斯役之不幸，未若復吾賦不幸之甚也。嚮吾不為斯役，則久已病矣。自吾氏三世居是鄉，積於今六十歲矣，而鄉鄰之生日蹙[2]，殫其地之出，竭其廬之入，號呼而轉徙，飢渴而頓踣[3]，觸風雨，犯寒暑，呼噓毒癘，往往而死者相藉也。曩與吾祖居者[4]，今其室十無一焉，與吾父居者，今其室十無二三焉，與吾居十二年者，今其室十無四五焉，非死則徙爾，而吾以捕蛇獨存。悍吏之來吾鄉，叫囂乎東西，隳突乎南北[5]，譁然而駭者，雖雞狗不得寧焉。吾恂恂而起[6]，視其缶[7]，而吾蛇尚存，則弛然而臥。謹食之，時而獻焉。退而甘食其土之有，以盡吾齒[8]。蓋一歲之犯死者二焉，其餘則熙熙而樂，豈若吾鄉鄰之旦旦有是哉！今雖死乎此，比吾鄉鄰之死則已後矣，又安敢毒邪？」

【注釋】

①涖（lì）事者：負責的人。
②蹙（cù）：窘迫。
③頓踣（bó）：困頓倒斃。
④曩（nǎng）：從前，當初。
⑤隳（huī）突：騷擾。
⑥恂恂：小心謹慎的樣子。
⑦缶（fǒu）：一種口小肚大的罐子。
⑧齒：指人的年齡。

【譯文】

我為他難過，便說：「你怨恨這差使嗎？我將向管事的人報告，讓他更換你的差使，恢復你的賦稅，你看怎樣？」姓蔣的聽了大為傷心，眼淚汪汪地說：「大人您是哀憐我，想讓我活下去嗎？那麼我幹這個差使的不幸，還遠不及恢復我的賦稅那樣嚴重。假使當初我不應這個差，早已經困窘不堪了。自從我家三代居住此鄉，累計至今有六十年了，而鄉鄰們的生活一天比一天窘迫，在賦稅逼迫之下，他們竭盡田裏的所有出產，罄空家裏的一切收入，哭哭啼啼遷徙漂泊，飢渴交加地僕倒在地，吹風淋雨，冒寒犯暑，呼吸着毒霧瘴氣，由此而死去的人往往積屍成堆。先前和我祖父同時居住此地的，現今十戶人家裏剩不到一家；和我父親同時居住的，現今十家裏剩不到兩三家；和我本人同住十二年的，現今十家裏也剩不到四五家，不是死了，就是搬走了，而我卻因為捕蛇獨能留存。每當兇悍的差吏來到我們村，從東頭吆喝到西頭，從南邊闖到北邊，嚇得人們亂嚷亂叫，連雞狗也不得安寧。這時候，我便小心翼翼地爬起身來，探視一下那隻瓦罐，見我捕獲的蛇還在裏面，於是又安然睡下。平時精心餵養，到時候拿去進獻。回家就能美美地享用土田裏的出產，來安度我的天年。這樣，一年裏頭冒生命危險只有兩次，其餘時間便怡然自得，哪像我的鄉鄰們天天有這種危險呢！現在即使死在這上頭，比起我鄉鄰們的死已經是晚了，又怎麼敢怨恨呢？」

余聞而愈悲。孔子曰：「苛政猛於虎也①。」吾嘗疑乎是，今以蔣氏觀之，猶信。嗚呼！孰知賦斂之毒，有甚是蛇者乎！故為之說，以俟夫觀人風者得焉②。

【注釋】

①苛政猛於虎也：語出禮記·檀弓。

②俟（sì）：等待。人風：民風民情。應作「民風」，唐人避唐太宗李世民的諱，改為「人風」。

【譯文】

我聽了愈加悲傷。孔子說過：「苛政比老虎更兇猛。」我曾經懷疑過這句話，如今拿蔣姓的事例來看，說的還是真情。唉！有誰知道橫徵暴斂對老百姓的荼毒，比這毒蛇更厲害呢！因此我對這件事加以記錄述說，留待考察民情風俗的官吏參考。

種樹郭橐駝傳

這是一篇以種樹比喻治國治民政治原則的傳記體寓言作品。文章認為治國與種樹一樣，要順應百姓，而不要過多地干擾他們。其比喻巧妙，文字樸實流暢，也表達了柳宗元在政治革新方面的觀點。

郭橐駝，不知始何名，病僂①，隆然伏行，有類橐駝者②，故鄉人號之「駝」。駝聞之曰：「甚善，名我固當。」因捨其名，亦自謂「橐駝」云。其鄉曰豐樂鄉，在長安西。駝業種樹，凡長安豪家富人為觀遊及賣果者，皆爭迎取養。視駝所種樹，或遷徙，無不活，且碩茂，蚤實以蕃③。他植者雖窺伺效慕，莫能如也。

【注釋】

①僂（lǚ）：脊椎彎曲，俗稱「駝背」。

②橐（tuó）駝：駱駝。

③蚤：通「早」。蕃：繁多。

【譯文】

郭橐駝這個人，不知原名叫什麼，他患有傴僂病，行走時背脊高起，臉朝下，就像駱駝，所以鄉裏人給他取了個「駝」的外號。郭橐駝聽到後說：「很好啊，給我取這個名字挺恰當。」於是他索性放棄了原名，也自稱「橐駝」。他的家鄉叫豐樂鄉，在長安城西邊。郭橐駝以種樹為業，長安城的富豪人家為了種植花木以供玩賞，還有那些以種植果樹出賣水果為生的人，都爭着接他到家中供養。大家看到郭橐駝所種，或者移植的樹，沒有不成活的，而且長得高大茂盛，果實結得又早又多。別的種樹人即使暗中觀察模仿，也沒有誰能比得上。

有問之，對曰：「橐駝非能使木壽且孳也①，能順木之天，以致其性焉爾。凡植木之性，其本欲舒，其培欲平，其土欲故，其築欲密。既然已，勿動勿慮，去不復顧。其蒔也若子②，其置也若棄，則其天者全而其性得矣。故吾不害其長而已，非有能碩茂之也，不抑耗其實而已，非有能蚤而蕃之也。他植者則不然，根拳而土易，其培之也，若不過焉則不及。苟有能反是者，則又愛之太殷，憂之太勤，旦視而暮撫，已去而復顧，甚者爪其膚以驗其生枯，搖其本以觀其疏密，而木之性日以離矣。雖曰愛之，其實害之；雖曰憂之，其實仇之。故不我若也，吾又何能為哉！」

【注釋】

①孳（zī）：滋生。

②蒔（shì）：栽種。

【譯文】

有人問他有什麼訣竅，他回答說：「我郭橐駝並沒有能使樹木活得長久、長得茂盛的訣竅，只是能順應樹木的天性，讓它盡性生長罷了。大凡種植樹木的特點是，樹根要舒展，培土要均勻，根上帶舊土，築土要緊密。這樣做了之後，就不要再去動它，也不必擔心它，種好以後離開時可以頭也不回。栽種時就像撫育子女一樣細心，種完後就像丟棄它那樣不管，那麼它的天性就得到了保全，從而按它的本性生長。所以我只不過不妨害它的生長罷了，並沒有能使它長得高大茂盛的訣竅；只不過不壓抑耗損它的果實罷了，也並沒有能使果實結得又早又多的訣竅。別的種樹人卻不是這樣，種樹時樹根捲曲，又換上新土；培土不是過分就是不夠。如果有與這做法不同的，又愛得太深，憂慮太多，早晨去看了，晚上又去摸摸，離開之後又回頭去看看，更過分的做法是抓破樹皮來驗查它是死是活，搖動樹幹來觀察栽土是松是緊，這樣就日益背離它的天性了；這雖說是愛它，實際上是害它；雖說是擔心它，實際上是與它為敵。所以他們都比不上我，其實，我又有什麼特殊能耐！」

問者曰：「以子之道，移之官理可乎？」駝曰：「我知種樹而已，官理非吾業也。然吾居鄉，見長人者好煩其令①，若甚憐焉，而卒以禍。旦暮吏來而呼曰：『官命促爾耕，勖爾植②，督爾獲，蚤繰而緒③，蚤織而縷④，字而幼孩⑤，遂而雞豚⑥。』鳴鼓而聚之，擊木而召之。吾小人輟飧饔以勞吏者⑦，且不得暇，又何以蕃吾生而安吾性邪？故病且怠。若是，則與吾業者其亦有類乎？」

【注釋】

①長人者：管轄人的人，指官吏。

②勖（xù）：勉勵。

③繰（sāo）：同「繅」，煮繭抽絲。緒：絲頭。

④縷：線。

⑤字：養育。

⑥遂：成長。
⑦飧（sūn）：晚飯。饔（yōng）：早飯。

【譯文】

問的人說：「把你種樹的方法，轉用到做官治民上，可以嗎？」郭槖駝說：「我只知道種樹而已，做官治民不是我的職業。但是我住在鄉裏，看見那些當官的喜歡不斷地發號施令，好像很憐愛百姓，結果卻給百姓帶來災難。早早晚晚那些小吏跑來大喊：『長官有令：催促你們耕地，勉勵你們種植，督促你們收割，早些繅你們的絲，早些織你們的布，養好你們的小孩，喂大你們的雞、豬。』一會兒打鼓一會兒敲梆招聚大家。我們這些小民早上晚上放下飯碗去招待那些小吏都忙不過來，又怎能使我們人丁興旺，人心安定呢？所以我們才這樣困苦疲勞。如果我說的這些切中事實，它與我的同行種樹大概也有相似的地方吧？」

問者嘻曰：「不亦善夫！吾問養樹，得養人術。」傳其事以為官戒也。

【譯文】

問的人讚歎說：「這不是蠻好嘛！我問種樹的道理，卻得到了治民的方法。」於是，我把這件事記載下來，作為官吏們的鑒戒。

梓人傳

這篇文章也和前面的種樹郭橐駝傳一樣，是一篇託物寓意的文章。前面部分通過對木匠楊潛在組織施工方面的才能和大匠風範的描述，為後面對宰相統領百官治理國家的分析鋪墊了一個巧妙的對比隱喻基礎，指出宰相工作重點在選拔和任用合適的人才，使得他們各安其位，各樂其業，進而表達對當時朝廷大政和官員選拔任用的意見。

裴封叔之第[①]，在光德里[②]。有梓人款其門，願傭隙宇而處焉[③]。所職尋引、規矩、繩墨[④]，家不居礱斫之器[⑤]。問其能，曰：「吾善度材，視棟宇之制，高深、圓方、短長之宜，吾指使而群工役焉。捨我，眾莫能就一宇。故食於官府，吾受祿三倍，作於私家，吾收其直大半焉。」他日，入其室，其牀闕足而不能理[⑥]，曰：「將求他工。」余甚笑之，謂其無能而貪祿嗜貨者。

【注釋】

①裴封叔：名瑾。柳宗元妹夫，曾做過唐長安縣令。

②光德里：舊址在陝西西安西南郊。

③傭：僱傭，指以勞力抵房租。隙宇：空屋。

④尋引：用來計量長度，八尺為尋，十丈為引。規矩：「規」是校正圓形、「矩」是校正方形的木工工具。繩墨：用來畫直線的木工工具。

⑤礱（lóng）：磨礪用的工具。斫（zhuó）：砍。

⑥闕（quē）：殘缺。

【譯文】

裴封叔的家在長安城內光德里。一天，有個木匠來敲他的門，希望能租一間空屋居住。這位木匠持有尋引、規矩、繩墨，但他居室中卻不存放磨礪、砍削的工具。問他有什麼本領，他說：「我善於估算木材，審察房屋的規模，以及高深、圓方、短長的適當情況，分配指派工匠們幹活。沒有我，大家連一間房子也造不出來。所以我在官府做工，工資是一般工匠的三倍；如果在私人家做工，我收取工錢的一大半。」一次，我走進他的房中，見他的牀缺了腿卻不能自己修理，說：「要請其他工匠。」我覺得他十分可笑，認為他是個沒有能耐卻貪圖財物的家夥。

其後，京兆尹將飾官署①，余往過焉。委群材，會眾工。或執斧斤，或執刀鋸，皆環立向之。梓人左持引，右執杖，而中處焉。量棟宇之任，視木之能，舉揮其杖曰：「斧！」彼執斧者奔而右；顧而指曰：「鋸！」彼執鋸者趨而左。俄而斤者斫，刀者削，皆視其色，俟其言，莫敢自斷者。其不勝任者，怒而退之，亦莫敢慍焉。畫宮於堵，盈尺而曲盡其制，計其毫厘而構大廈，無進退焉。既成，書於上棟曰「某年某月某日某建」，則其姓字也，凡執用之工不在列。余圜視大駭，然後知其術之工大矣。

【注釋】

①京兆尹：京兆府的長官。

【譯文】

後來京兆尹將要整修官署，我去探望。只見那裏堆積了許多木材，集合了一群工匠。有的拿着斧頭，有的拿着刀鋸，都面向那個木匠圍成一圈。那木匠左手拿着引，右手拿着杖，站在中間。他估算房屋的負荷，審察木頭的承受力，然後舉杖一揮說：「斧！」那些拿斧頭的便跑到右邊；又回頭一指說：「鋸！」那些拿鋸子的便跑到左邊。一會兒，拿斧頭的忙着砍，拿刀的忙着削，都察言觀色，等他發話，沒有敢自做主張的。其中那些不能勝任工作的，他便憤怒地將他們撤下，也沒有誰敢表露不滿和怨恨。他在牆上畫出的房屋的圖形，只一尺見方卻能詳盡周到地繪出它的規模，計算出房子的一毫一厘，據此建成大廈，竟沒有一點出入。官廳建成後，他在屋樑上寫道「某年某月某日某建」，原來是他的姓名，那些幹活的工匠都不能列名其上。我環視後大吃一驚，這才懂得他的技術精深高超。

繼而歎曰：彼將捨其手藝，專其心智，而能知體要者歟？吾聞勞心者役人，勞力者役於人。彼其勞心者歟？能者用而智者謀，彼其智者歟？是足為佐天子相天下法矣！物莫近乎此也。彼為天下者本於人。其執役者，為徒隸①，為鄉師、里胥②；其上為下士，又其上為中士、為上士；又其上為大夫、為卿、為公③。離而為六職④，判而為百役。外薄四海，有方伯、連率⑤。郡有守，邑有宰，皆有佐政。其下有胥吏⑥，又其下皆有嗇夫、版尹⑦，以就役焉，猶眾工之各有執技以食力也。彼佐天子相天下者，舉而加焉，指而使焉，條其綱紀而盈縮焉，齊其法制而整頓焉，猶梓人之有規矩、繩墨以定制也。擇天下之士，使稱其職；居天下之人，使安其業。視都知野，視野知國，視國知天下，其遠邇細大，可手據其圖而究焉，猶梓人畫宮於堵而績於成也。能者進而由之，使無所德；不能者退而休之，亦莫敢慍。不衒能，不矜名，不親小勞，不侵眾官，日與天下之英才討論其大經，猶梓人之善運眾工而不伐藝也。夫然後相道得而萬國理矣。相道既得，萬國既理，天下舉首而望曰：「吾相之功也。」後之人循跡而慕曰：「彼相之才也。」士或談殷、周之理者，曰伊、傅、周、召，其百執事之勤勞而不得紀焉，猶梓人自名其功而執用者不列也。大哉相乎！通是道者，所謂相而已矣。其不知體要者反此。以恪勤為公，以簿書為尊，衒能矜名，親小勞，侵眾官，竊取六職百役之事，听听於府庭，而遺其大者、遠者焉，所謂不通是道者也。猶梓人而不知繩墨之曲直、規矩之方圓、尋引之短長，姑奪眾工之斧斤刀鋸以佐其藝，又不能備其工，以至敗績，用而無所成也，不亦謬歟？

【注釋】

①徒隸：服役的犯人。這裏泛指社會底層從事各種勞動的人。

②鄉師：一鄉之長。里胥：一里之長。這裏泛指各基層小官吏。

③下士、中士、上士、大夫、卿、公：原是西周時期級別不同的官吏的稱號，這裏泛指各種大小官僚。

④六職：據周禮·天官·小宰，「六職」是治、教、禮、敬、刑、事六種職事，這裏泛指各種不同的事務。

⑤方伯：一方諸侯之長。連率：統轄十國的諸侯。這裏指各地方長官。

⑥胥吏：辦理文書的小吏。

⑦嗇（sè）夫：輔助縣令管理賦稅、訴訟等事務的鄉官。版尹：主管戶籍的官吏。

【譯文】

後來我感歎地說：那個木匠是個放棄他的手藝，專門運用他的智力，因而能夠抓住事物關鍵的人嗎？我聽說用腦力的人役使別人，用體力的人被人使喚。那個木匠該是個用腦力的人吧？有技能的具體操作，有智慧的只管謀劃，那個木匠該是個有智慧的人吧？這足可以為輔佐天子治理國家的人效法！天下的事情沒有比這兩者更相似的了。治理國家以人為根本。那些具體供職服役的人，是徒隸，是鄉師、里胥；級別稍微高一點的是下士，下士上面是中士、上士；再往上是大夫、卿、公。可以分為六種職別，又細分為各種差事。京城之外直至四方邊境，有方伯、連率等高級地方官員。郡有郡守，邑有縣宰，都有僚屬助理。下面有胥吏，再往下還有嗇夫、版尹，這些人都是用來擔當職役的，就像工匠們各有技能、憑自己的手藝吃飯一樣。那輔佐天子治理國家的人，推薦並提拔他們，指揮並使用他們，條理綱紀而予以進退，規範法制而加以整頓，就像那位木匠有規矩、繩墨用來確定格局、規模一樣。他選擇天下的人才，使他們能夠稱職；他安頓天下的百姓，使他們能夠樂業。他看了京城便能了解鄉村，看了鄉村便能了解封邑，看了封邑便能了解全國，那遠近小大的地方，他都可以手拿地圖考究出來，就像那位木匠在牆上畫好房屋，按圖建築即可取得建成的功效一樣。有才能的人，按正常途徑推薦他，使他不必感激誰的恩德；沒有能力的，就把他罷免回鄉，也沒有誰敢怨恨。他不炫耀自己的才能，不誇大自己的名聲，不親自幹瑣碎的小事，不侵犯各級官員的分內職權，每天只是與天下的傑出人士討論治國的重大方針，就像那位木匠善於指揮眾工匠而不誇耀自己的手藝一樣。這樣才算是找到了做宰相的正道，整個國家也就得到了治理。找到做宰相的正道，國家得到治理之後，全國百姓都會景仰地說：「這是我們宰相的功勞。」後世人追念他的業績而羨慕地說：「那宰相真有才能。」有些談論殷、周之治的讀書人只稱讚伊尹、傅說、周公、召公，而那些從事各種具體事務的官員雖然終日辛勞，卻在史書上沒有記載，就像那位木匠當房子建成後在屋樑上寫上自己的姓名，而那些幹活的工匠卻不能列名一樣。偉大啊宰相，通曉這些道理的，只有宰相而已。那些不識大體不懂要領的人與此相反。他們將恭謹勞苦當作功業，把處理公文作為重任，炫耀自己的能力，誇大自己的聲名，親自去幹瑣碎的小事，侵奪各級官員的職權，不恰當地包攬各種差事，還在政事廳堂上為此而辯論、爭吵，卻為此忽略了重大長遠的事業，這就是不通曉做宰相方法的人。就像木匠不知繩墨的曲直、規矩的方圓、尋引的短長，姑且奪過工匠們的斧頭刀鋸來幫他們幹活，活兒又幹不好，以致把事情弄糟，不能取得成就，這難道不荒謬嗎？

或曰：「彼主為室者，儻或發其私智，牽制梓人之慮，奪其世守而道謀是用，雖不能成功，豈其罪邪？亦在任之而已。」余曰：不然。夫繩墨誠陳，規矩誠設，高者不可抑而下也，狹者不可張而廣也。由我則固，不由我則圮。彼將樂去固而就圮也①，則卷其術，默其智，悠爾而去，不屈吾道，是誠良梓人耳。其或嗜其貨利，忍而不能捨也，喪其制量，屈而不能守也，棟橈屋壞②，則曰：「非我罪也。」可乎哉？可乎哉？

【注釋】

①圮（pǐ）：倒塌。

②橈（náo）：彎曲變形。

【譯文】

有人說：「如果那主持建房的主人，為了表現自己的聰明，就束縛木匠的智慧，不用木匠世代相傳的技藝，卻聽信採納過路人的意見，那麼房子雖然不能建成，難道是木匠的罪過嗎？成功與否，不過在信任程度如何而已。」我說：「不對。如果經過繩墨、規矩的測量，長短尺寸已經確定，高的地方就不能壓低，窄的地方就不能擴大。按照我木匠的意見辦，房子就能堅固；不按照我的意見辦，房子就會倒塌。如果那個房主樂意放棄堅固而寧願選擇倒塌，那麼木匠就該收回自己的方法，不暴露自己的智慧，悠然自得地離開，堅持自己的主張而不屈服，這才是個真正的好木匠。如果他貪圖主持人的財物，忍氣吞聲捨不得離去，那就喪失了原則，屈從他人而不能堅持自己的職守，結果屋樑被壓彎，房子倒塌，卻說：『不是我的過錯。』這可以嗎？這可以嗎？

余謂梓人之道類於相，故書而藏之。梓人，蓋古之「審曲面勢」者，今謂之「都料匠」云。余所遇者，楊氏，潛其名。

【譯文】

我認為那木匠的方法與做宰相相似，所以寫下文章來留存。木匠大概就是古書上說的「審曲面勢」的人，現在叫做「都料匠」。我遇到的那位木匠姓楊，名字是潛。

愚溪詩序

愚溪即永州近郊的冉溪。元和五年（八一〇），柳宗元貶官永州，在郊外探訪發現了景色明秀的冉溪，他就在溪邊結廬而居，並將「冉溪」改名為「愚溪」，並將附近的泉、池、溝、丘等均用「愚」冠名，作了八愚詩。後來詩歌亡佚，只有詩前這篇序文流傳下來。全文雖寫愚溪之景，卻處處以「愚」字統領，借景自喻認為世上愚者「莫若我也」，景色與胸懷融合為一，是一篇妙佳的小品散文。

灌水之陽有溪焉①，東流入於瀟水②。或曰：「冉氏嘗居也，故姓是溪為冉溪。」或曰：「可以染也，名之以其能，故謂之染溪。」余以愚觸罪，謫瀟水上③，愛是溪，入二三里，得其尤絕者家焉。古有愚公谷，今余家是溪，而名莫能定，土之居者猶齗齗然④，不可以不更也，故更之為愚溪。

【注釋】

①灌水：湘江的一條支流，在今廣西東北部。

②瀟水：湘江的一條支流，與灌水都在當時的永州境內。

③余以愚觸罪，謫瀟水上：此指作者參加王叔文變法改革運動，失敗後被貶為永州司馬一事。

④齗齗（yín）然：爭辯的樣子。

【譯文】

灌水的北面有一條小溪，向東流入瀟水。有人說：「有戶姓冉的人家曾在這住過，所以那條溪水被稱為冉溪。」又有人說：「這溪水可以用來染色，以它的功用來命名，所以稱它為染溪。」我因為愚昧無知而犯了罪，被貶謫到瀟水邊來，我愛上了這條小溪，沿溪上溯二三里，發現一個景色絕佳的地方，就在那裏安了家。古代有個「愚公谷」，現在我安家在溪旁，而溪名究竟叫什麼難以確定，當地居民仍在為此爭論不休，看來不能不給它改個名了，所以改稱它為「愚溪」。

愚溪之上，買小丘，為愚丘。自愚丘東北行六十步，得泉焉，又買居之，為愚泉。愚泉凡六穴，皆出山下平地，蓋上出也。合流屈曲而南，為愚溝。遂負土累石，塞其隘，為愚池。愚池之東為愚堂，其南為愚亭，池之中為愚島。嘉木異石錯置，皆山水之奇者，以余故，咸以愚辱焉。

【譯文】

我在愚溪的上游買下一個小山丘，叫它「愚丘」。從愚丘向東北方向走六十步遠，找到一處泉水，又買了下來，稱為「愚泉」。愚泉總共有六個泉眼，都湧出於山丘下面的平地處，原來泉水是由地下湧出的。六股泉水匯合後彎彎曲曲往南流去，形成水溝，叫「愚溝」。於是堆土砌石，把河道的狹窄處堵塞起來，積成水池叫「愚池」。愚池東邊是「愚堂」，南面是「愚亭」，水池中央是「愚島」。其間交錯排列着美好悦目的樹木和奇異的石塊，這些都是罕見的山水奇景，因為我的緣故，它們都被屈辱地蒙受了「愚」的名號。

夫水，智者樂也。今是溪獨見辱於愚，何哉？蓋其流甚下，不可以灌溉，又峻急，多坻石①，大舟不可入也；幽邃淺狹，蛟龍不屑，不能興雲雨。無以利世，而適類於余，然則雖辱而愚之，可也。

【注釋】

①坻（chí）：水中小洲。

【譯文】

水本來是聰明人所喜愛的。現在這條溪水卻不幸被用「愚」字玷辱，這是什麼原因呢？原來是它的水位很低，無法用來灌溉農田；又加上水流湍急，有許多石塊突出水面成為小洲，大船開不進去；而且地處偏僻，既淺又狹，蛟龍不願在其中居住，不能興雲作雨。它對世人沒有什麼益處可言，而這些恰和愚昧無知的我相類似，所以即使讓它受點委屈，用「愚」字稱呼它，也是完全可以的。

甯武子「邦無道則愚」①，智而為愚者也；顏子「終日不違如愚」②，睿而為愚者也。皆不得為真愚。今余遭有道，而違於理，悖於事，故凡為愚者莫我若也夫。然則天下莫能爭是溪，余得專而名焉。

【注釋】

①甯武子：名俞，春秋時衛國大夫。論語・公冶長中說他「邦無道則愚」，意思是說他在盛世的時候能表現出自己的聰明才智，亂世的時候卻顯得愚昧無知。

②顏子：名回，孔子學生。論語・為政記載：「吾與回言，終日不違如愚。」意思是說，孔子與顏回說話，顏回從來不發表和孔子不同的見解，好像愚人。

【譯文】

古代的甯武子「國家政治黑暗時便顯出愚昧」，那是聰明人的裝傻；顏回「整天提不出不同的見解，好像很笨」，那是通達人貌似愚鈍。他們都不是真的愚蠢。現在我遇上清明的時世，所作所為卻違背了事理，所以世上再沒有像我這樣愚蠢的人了吧。正因為如此，天下的人誰也不能和我爭這條溪水，我可以根據自己的意願給它命名了。

溪雖莫利於世，而善鑒萬類，清瑩秀澈，鏘鳴金石，能使愚者喜笑眷慕，樂而不能去也。余雖不合於俗，亦頗以文墨自慰，漱滌萬物，牢籠百態，而無所避之。以愚辭歌愚溪，則茫然而不違，昏然而同歸，超鴻蒙①，混希夷②，寂寥而莫我知也。於是作八愚詩，記於溪石上。

【注釋】

①鴻蒙：指宇宙形成前的混沌狀態。

②希夷：指空虛玄妙的境界。老子稱：「聽之不聞，名曰希；視之不見，名曰夷。」

【譯文】

愚溪雖然對世人沒有什麼用處，但它能洞察萬物，秀麗清澈，水聲鏗鏘就像演奏金石音樂，悅耳動聽，能使愚人歡喜愛慕，快活得流連忘返。我雖然和世俗不合，平素也還能用寫文章作詩來安慰自己，描摹各種事物，表現它們的千姿百態，沒有什麼可以逃過我的筆端。用我愚笨的文辭來歌頌愚溪，茫茫然和愚溪不相背離，昏昏然和它同歸併融為一體，超越天地宇宙，融入空虛寂靜，在寂寥空闊中達到了忘我的境地。於是我寫了八愚詩，刻在溪邊的石頭上。

永州韋使君新堂記

本文作於柳宗元在永州任職數年後。新任永州刺史韋某剛到任，便組織人力在城內一處荒地開挖池沼，壘石造山，植草栽花，建起一座廳堂皆備的園林。柳宗元為這座新堂寫了這篇記文，除記敘了新堂建設的始末，通過描述永州原來的荒僻險惡，韋使君建成新堂後的精美形制，最終卻是隱喻這種除舊佈新的舉措是為了「因俗成化」和「廢貪立廉」，也是託物言志的佳作。

將為穹谷、嵁巖、淵池於郊邑之中①，則必輦山石②，溝澗壑，陵絕險阻，疲極人力，乃可以有為也。然而求天作地生之狀，咸無得焉。逸其人，因其地，全其天，昔之所難，今於是乎在。

【注釋】

①嵁（kān）岩：峭壁。

②輦：原意為人拉的車，這裏意思是運送。

【譯文】

如果要在城郊營造深谷、峭壁和深池，那就必須用車子運載山石，開鑿山澗溝壑，翻越險阻，耗盡人力，才可能成功。但是想以此得到天然本色的景觀，卻是完全辦不到的。不用耗費人力，因地制宜，又保存其天然之美，這在過去是很難做到的事情，如今卻在永州這裏實現了。

永州實惟九疑之麓①。其始度土者②，環山為城。有石焉，翳於奧草③，有泉焉，伏於土塗，蛇虺之所蟠④，狸鼠之所遊。茂樹惡木，嘉葩毒卉，亂雜而爭植，號為穢墟。

【注釋】

①九疑：即九嶷山，在今湖南寧遠南。

②度（duó）：測量。

③翳（yì）：遮蔽。

④虺（huǐ）：一種毒蛇。

【譯文】

永州地處九嶷山下。最早來這裏測度地勢規劃開發的人，環繞着山修築起了城市。這裏的山石被遮蔽在深草叢中，山泉被掩埋在污泥之下，成了一個毒蛇盤踞、野狸田鼠出沒的處所。好樹和惡木，鮮花和毒草，雜居一處競相爭長，因此被人稱為是污穢荒廢的丘墟。

韋公之來既逾月①，理甚無事。望其地，且異之，始命芟其蕪②，行其塗。積之丘如，蠲之瀏如③。既焚既釃④，奇勢迭出。清濁辨質，美惡異位，視其植，則清秀敷舒，視其蓄，則溶漾紆餘。怪石森然，周於四隅，或列或跪，或立或僕，竅穴逶邃，堆阜突怒。乃作棟宇，以為觀遊。凡其物類，無不合形輔勢，效伎於堂廡之下⑤。外之連山高原，林麓之崖，間廁隱顯，邇延野綠，遠混天碧，咸會於譙門之內⑥。

【注釋】

①韋公：當時任永州刺史。漢代以來又尊稱「刺史」為「使君」。
②芟（shān）：清除。
③蠲（juān）：清潔。
④釃（shī）：疏導。
⑤廡（wǔ）：堂下四周的屋子。
⑥譙門：城門上的瞭望樓。

【譯文】

韋公來到永州任刺史已有一個多月，政績顯著，清淨無事。他視察這塊地方，覺得不同尋常，才派人割除荒草，疏通水道。割掉的草堆積成山，疏浚後的泉水頓見澄清。燒掉了雜草，疏導了水流，奇特的景致層出不窮地湧現。水流清濁分辨開來，美惡不再混雜，這時再來看那樹木，青翠挺拔，舒展自如；看那泉水，微波粼粼，曲折縈迴。怪石聳立，遍佈在四周，有的排列成行，有的如同跪拜，有的站立，有的臥倒，洞穴曲折幽深，石山崢嶸矗立。於是在這裏建造起廳堂，以供觀賞遊覽之用。這些美妙景物，無不以地勢為依託，在堂屋廊簷前一展各自的風姿。就連城外的峰嶺山巒、林木覆蓋的山崖，也或隱或現地參加進來，近處與翠綠的原野相連，遠處與碧藍的天空一色，彷彿一齊奔湊匯集到城內來了。

已乃延客入觀，繼以宴娛。或贊且賀曰：「見公之作，知公之志。公之因土而得勝，豈不欲因俗以成化？公之擇惡而取美，豈不欲除殘而佑仁？公之蠲濁而流清，豈不欲廢貪而立廉？公之居高以望遠，豈不欲家撫而戶曉？夫然，則是堂也，豈獨草木、土石、水泉之適歟？山、原、林麓之觀歟？將使繼公之理者，視其細，知其大也。」

【譯文】

新堂建成後，韋公邀請客人們前來參觀，接着又設宴娛樂。有人邊讚美邊表示祝願說：「看到韋公您這番盛舉，便知道您的胸懷抱負。您因地制宜辟出優美的景觀，難道不就意味着順應習俗來推行教化嗎？您清除惡木毒草而選取嘉樹鮮花，難道不就意味着鏟除兇暴而保護善良的人們嗎？您把濁水化為清流，難道不就意味着懲辦貪污提倡廉潔嗎？您登高望遠，難道不就是想讓千家萬戶的百姓都得到安撫曉諭嗎？果真如此，那麼建這個新堂又何止是為了草木土石清泉令人愜意、山原林麓便於觀賞嗎？它將使繼您之後來治理永州的人，都能夠通過這件具體的事而懂得治民執政的大道理。」

宗元請志諸石，措諸壁，編以為二千石楷法①。

【注釋】

①二千石：漢代郡守的俸祿為二千石，後來則成為州郡一級長官的代稱。

【譯文】

我請求將上述內容銘刻在石碑上，嵌置在政事大廳壁裏，作為後來刺史們效法的楷模。

鈷鉧潭西小丘記

本文是柳宗元所作永州八記中的一篇。文章前半部分寫景，用牛馬飲溪、熊羆登山等描摹丘上怪石；又詳細描述了小丘經整治後嘉木美竹並林立、高山浮雲入胸懷的清涼景色；及流水歡快、鳥獸獻藝的熱鬧場景。令人愉快的場景之後卻是作者懷才不遇，被棄置在偏僻的永州而無人賞識。作者以小丘為比喻，巧妙地抒發自己的胸懷，讀之自然雋永，恬淡有味。

得西山後八日①，尋山口西北道二百步，又得鈷鉧潭②。西二十五步，當湍而浚者為魚梁③。梁之上有丘焉，生竹樹。其石之突怒偃蹇④，負土而出，爭為奇狀者，殆不可數。其嶔然相累而下者⑤，若牛馬之飲於溪；其衝然角列而上者，若熊羆之登於山。

【注釋】

①西山：在永州（今湖南零陵）城西。

②鈷鉧（gǔ mǔ）潭：因潭的形狀像熨斗而得名。鈷，熨斗。

③浚（jùn）：水深。魚梁：水中的小土堰，中間留有缺口放置捕魚工具。

④突怒：形容石頭突起聳立的樣子。偃蹇：形容山石錯綜盤踞的樣子。
⑤嶔（qīn）然：高聳的樣子。

【譯文】

找到西山以後的第八天，我沿着山口向西北探行二百步，又探得了鈷鉧潭。離潭西二十五步，正當流急水深處築有一道攔水壩阻水，就是那種壩上有開口的魚梁。梁上有個小土丘，丘上生長着竹子樹木。小丘上的石頭有的突出高起，有的屈曲俯伏，都露在土層外，競相形成奇特怪異的形狀，幾乎數都數不清。那些傾斜重疊俯伏向下的，就像牛馬在溪邊飲水；那些高聳突出、如獸角斜列爭着往丘上衝的，就像熊羆在山上攀登。

丘之小不能一畝，可以籠而有之。問其主，曰：「唐氏之棄地，貨而不售①。」問其價，曰：「止四百。」余憐而售之。李深源、元克己時同遊，皆大喜，出自意外。即更取器用，鏟刈穢草，伐去惡木，烈火而焚之。嘉木立，美竹露，奇石顯。由其中以望，則山之高，雲之浮，溪之流，鳥獸之遨遊，舉熙熙然迴巧獻技，以效茲丘之下。枕席而臥，則清泠之狀與目謀，瀯瀯之聲與耳謀②，悠然而虛者與神謀，淵然而靜者與心謀。不匝旬而得異地者二③，雖古好事之士，或未能至焉。

【注釋】

①貨而不售：指賣而賣不出去。

②瀯瀯（yíng）：溪水流動的樣子。

③匝（zā）：周，滿。

【譯文】

這小丘小得不到一畝，簡直可以把它裝進袖子裏提着。我問小丘的主人是誰，有人回答說：「這是唐家廢棄的土地，想賣掉，卻賣不出去。」我又問地價多少，答道：「只要四百金。」我同情小丘的不遇而買下了它。當時，李深源、元克己與我一起遊覽，都十分高興，覺得這是意想不到的收穫。於是就又取來了鋤頭鐮刀等一應用具，鏟除敗草，砍掉雜樹，點起大火焚燒去一切荒穢。霎時間，美好的樹木似乎挺立起來，秀美的竹林也因而浮露，奇峭的山石更分外突兀。站在土丘的竹木山石間放眼望去，只見遠山聳峙，雲氣飄蕩，溪水淙淙，鳥獸自由自在地遊玩，萬物都和諧暢快地獻藝，而呈現在這小丘之下。就着小丘枕石席地而臥，山水清涼明爽的景色使我雙目舒適，汩汩的流水之聲又分外悦耳，悠遠空闊的天空與精神相通，深沉至靜的大道與心靈相合。我不滿十天卻得到了兩處勝景，即使是古時喜嗜山水的人，也未必能有我這樣的幸運。

噫！以茲丘之勝，致之灃、鎬、鄠、杜①，則貴遊之士爭買者，日增千金而愈不可得。今棄是州也，農夫漁父過而陋之，價四百，連歲不能售。而我與深源、克己獨喜得之，是其果有遭乎？書於石，所以賀茲丘之遭也。

【注釋】

①灃（fēng）：水名。鎬（hào）：古代西周都城。在今陝西長安西北豐鎬村附近。鄠（hù）：在今陝西鄠邑附近。杜：在今陝西鄠邑北。這四處都與當時的都城長安相距不遠。

【譯文】

唉！憑着這小丘的美景，如果放到京城長安附近灃、鎬、鄠、杜等地，那麼愛好遊樂的豪門貴族人士競相爭購，即使每日增價千金也不一定能買到。現在被棄置在這荒僻的永州，農人漁夫經過也看不上眼，求價僅四百金，卻多年賣不出去。而我與深源、克己偏偏為獲得了它而高興，這難道是確實有所謂遭際遇合嗎？我將這篇文章書寫在石上，用來慶賀這個小丘碰上了好運氣。

小石城山記

永州八記脈絡相通，以作者在永州郊野的遊蹤為線索，依次記敘了八處勝景。文章都不長，結構卻有相似之處，即描述山水秀麗及被發現和修飾的過程，對其景色作生動描摹，從融情入景中抒發個人貶謫幽怨。本文即是通過小石城山山石和竹木的嘉美，討論造物主的有無，以及是否故意把小石城山安排在荒涼無人賞識的南方，抒發了自己的深沉感慨。

自西山道口徑北，踰黃茅嶺而下，有二道。其一西出，尋之無所得；其一少北而東，不過四十丈，土斷而川分，有積石橫當其垠①。其上為睥睨梁欐之形②，其旁出堡塢，有若門焉。窺之正黑，投以小石，洞然有水聲，其響之激越，良久乃已。環之可上，望甚遠。無土壤而生嘉樹美箭，益奇而堅，其疏數偃仰，類智者所施設也。

【注釋】

①垠：邊界。

②睥睨（pì nì）：城上的矮牆。梁欐（lì）：房屋的棟梁。

【譯文】

從西山道口一直往北走，越過黃茅嶺下去，有兩條路。一條路向西，沿着這條路尋找風景，一無所獲；另一條路稍微偏北朝東，往前走不過四十丈，路就被一條河流割斷了，有一座石山橫擋在路上。石山頂部石塊疊積，宛若城牆梁棟的形狀，「城」旁有堡塢，那裏好像有一道門。朝裏面看，黑洞洞的，扔一塊小石頭進去，石塊「撲通」入水的聲音，清亮激越，過了許久才消失。環繞着山道可以走到山頂，站在山頂之上能望得很遠。這裏沒有土壤，卻生長着嘉樹美竹，形狀奇特質地堅硬，林竹分佈疏密有致，好像是智者精心構置的。

噫！吾疑造物者之有無久矣。及是，愈以為誠有。又怪其不為之於中州①，而列是夷狄②，更千百年不得一售其伎，是固勞而無用。神者儻不宜如是，則其果無乎？或曰：「以慰夫賢而辱於此者。」或曰：「其氣之靈，不為偉人，而獨為是物。故楚之南少人而多石。」是二者，余未信之。

【注釋】

①中州：指黃河中下游一帶文化發達地區。

②夷狄：古代稱東方少數民族為夷，稱北方少數民族為狄。這裏泛指遠離中州的邊遠地區。

【譯文】

啊！我懷疑造物主的有無已經很久了。看到這裏的景致，愈發相信造物主確實存在。但又奇怪它不生在中原，卻生在這荒涼偏僻的夷狄之邦，哪怕經歷了千百年也不能顯現自己的奇異景色，這實在是費力而無用。造物主好像不應當幹這樣的事，那麼他果真是不存在嗎？有人說：「這是用來安慰蒙受屈辱被貶謫於此的賢人的。」有人說：「這裏的天地靈氣不能造就偉人，卻獨獨鍾情於物類。所以楚地之南少人而多奇石。」這兩種說法，我都不相信。

賀進士王參元失火書

中國古代由於某人的某項不幸而祝賀，一般是分析雖然遭遇了物質上的損失，卻在精神方面獲得了提升的機遇，本文則慶幸富於財貨的王參元因失去財貨而得以顯露自身的才能得到應有的提拔賞譽，從而對當時官員選舉任用中賄賂盛行和清廉官員受到誣陷排擠的現實進行了沉痛諷刺。

得楊八書①，知足下遇火災②，家無餘儲。僕始聞而駭，中而疑，終乃大喜，蓋將弔而更以賀也。道遠言略，猶未能究知其狀，若果蕩焉泯焉而悉無有，乃吾所以尤賀者也。

【注釋】

①楊八：名敬之，排行八。柳宗元的親戚，王參元的好友。

②足下：對收信人王參元的敬稱。王參元，唐憲宗元和二年（八〇七）進士。王參元在長安的家遭火災以後，被貶到永州的柳宗元寫了這封信給他。

【譯文】

收到楊八來信，得悉您家遭到火災，家裏燒得什麼都沒剩下。聽到這一消息，我始則大驚，接着又有些疑惑，而最終則非常高興，因此本來想慰問您，卻一變而為要向您道喜了。您家離此路遠，書信言辭簡略，我還不能確知具體災情，如果真燒得精光，什麼也沒有剩下，那我就更要向您祝賀了。

足下勤奉養，樂朝夕，惟恬安無事是望也。今乃有焚煬赫烈之虞①，以震駭左右②，而脂膏滫瀡之具③，或以不給，吾是以始而駭也。

【注釋】

①煬（yàng）：焚燒。虞：意料。
②左右：這裏用不直接稱呼對方，而稱其周圍左右之人的方法，表示一種敬意。
③滫瀡（xiǔ suǐ）：是澱粉一類的調料。

【譯文】

您平素盡心侍奉父母，早晚省視，只希望安寧平和過日子。卻不料現在有大火肆虐的禍患，使您震驚不安，而油鹽調料等日用品又會匱乏，這是我聽到失火消息十分吃驚的原因。

凡人之言皆曰：盈虛倚伏，去來之不可常。或將大有為也，乃始厄困震悸，於是有水火之孽①，有群小之慍，勞苦變動，而後能光明，古之人皆然。斯道遼闊誕漫，雖聖人不能以是必信，是故中而疑也。

【注釋】

①孽：災禍。

【譯文】

常人總是說：盛衰禍福相互依存，禍會變成福，福會暗藏禍，得失不會是一成不變的。也許某個人將來大有作為，而他開頭會遭到種種困苦驚嚇，於是有水火的災難，有小人的怨怒，身心經受各種勞苦顛沛的磨煉，而後能有光明坦蕩的前途，說是古代人都是那樣的。我以為這種說法畢竟太迂遠，大而無當，即使古代的聖人也不認為事情一定就那樣發展，因此我對您這次遭災，是否能用得上禍福相依的道理，不免有所疑惑。

以足下讀古人書，為文章，善小學[1]，其為多能若是，而進不能出群士之上，以取顯貴者，蓋無他焉，京城人多言足下家有積貨，士之好廉名者，皆畏忌不敢道足下之善，獨自得之，心蓄之，銜忍而不出諸口，以公道之難明，而世之多嫌也。一出口，則嗤嗤者以為得重賂。

【注釋】

①小學：文字、音韻、訓詁方面的學問。

【譯文】

像您這樣能讀古人的書，又能寫文章，對文字訓詁又有專長，具備如此眾多的才學，而在仕進上卻不能高出於一般的士人，達到顯赫的地位，這實在是沒有別的原因，而是京城中有不少人説您府上廣積財富，那些愛好廉潔名聲的士大夫因此害怕、忌諱，也不敢稱道您的長處，只好獨自藏在心裏，忍着説不出口，因為公理難以伸張，世情又多猜忌。一旦有人説出稱讚您的話，那班以諷刺攻擊為能事的小人就以為那人必定得到您的厚禮了。

僕自貞元十五年見足下之文章[1]，蓄之者蓋六七年未嘗言。是僕私一身而負公道久矣，非特負足下也。及為御史尚書郎，自以幸為天子近臣，得奮其舌，思以發明足下之鬱塞，然時稱道於行列，猶有顧視而竊笑者。僕良恨修己之不亮，素譽之不立，而為世嫌之所加，常與孟幾道言而痛之②。

【注釋】

①貞元：唐德宗的年號。貞元十五年（七九九）至柳宗元參與二王革新，中間大概有六七年。

②孟幾道：孟簡，字幾道。

【譯文】

我從貞元十五年就讀到您的文章，把看法放在心裏大約有六七年，從來也沒有向人談起過。這是我為了替自己打算而長久違背公道，不止是對不起您個人。等到我做監察御史以後，又任禮部員外郎，自以為有幸能做皇帝身邊的臣子，可以放膽說話，想乘此彰明您受阻滯的情況，但有時向同輩談到這個想法，仍然有相視而暗笑我的。我實在是痛恨自己的品德修養還不足以使人亮察，素來清白的名聲還未能確立，因而遭到世人的猜忌。我經常與友人孟幾道談起這件事，並對此痛心不已。

乃今幸為天火之所滌盪，凡眾之疑慮，舉為灰埃。黔其廬①，赭其垣②，以示其無有，而足下之才能，乃可以顯白而不污，其實出矣，是祝融、回祿之相吾子也③。則僕與幾道十年之相知，不若茲火一夕之為足下譽也。宥而彰之，使夫蓄於心者，咸得開其喙，發策決科者④，授子而不慄。雖欲如向之蓄縮受侮，其可得乎？於茲吾有望於子！是以終乃大喜也。

【注釋】

①黔：黑。
②赭：紅。
③祝融、回祿：傳說中的火神。
④發策：在科舉考試中制定考題。決科：評定考試成績，授予官職。

【譯文】

現在正好您的家財被天火燒得精光，眾人的疑慮也一舉化為灰塵。房屋燒得焦黑，牆壁燒得赤紅，顯示您家已一無所有，然而您本身的才能，就自然顯露出來而不致被辱沒，真實顯露出來，這真是祝融、回祿在幫助您。我與孟幾道與您十年之久的相知，還不及一晚上的火給您帶來的好名譽。從此以後，大家相互之間稱讚您，使那些將讚美藏在心裏的人都能張開嘴說出來，主持考試的人能放心選拔您而不必擔驚受怕。像過去那樣顧慮重重不敢出頭，怕受到譏笑的情形，還會出現嗎？對你今後的發展，我從此就信心十足了！這是我最終大為高興的緣故。

古者列國有災，同位者皆相弔。許不弔災①，君子惡之。今吾之所陳若是，有以異乎古，故將弔而更以賀也。顏、曾之養②，其為樂也大矣，又何闕焉？

【注釋】

①許不弔災：據左傳．昭公十八年記載，宋、衛、陳、鄭四國發生火災，許國卻沒有去慰問。

②顏、曾：指顏回、曾參，都是孔子的弟子。

【譯文】

在古代如果一個諸侯國遇到火災，其他諸侯國總是要來慰問的。春秋時，許國不去弔慰鄰國，君子對此十分厭惡。現在我說了上面這樣的一番話，立意看法與古人有所不同，所以把本來的慰問變成祝賀了。顏淵安於清貧，曾參孝以養親，這裏面的樂趣也真夠多了，物質上雖有點欠缺，又算得了什麼呢？

王禹偁

王禹偁（chēng，九五四——一〇〇一），字元之，濟州鉅野（今山東鉅野）人。宋太宗太平興國八年（九八三）中進士，此後曾數任地方官，並一度任翰林學士、知制誥，後因遇事直諫，得罪執政而被貶謫，最後卒於黃州知州任上，人稱「王黃州」。其散文與詩詞俱佳，清新淡雅，意境曠遠，為後人稱頌，曾自編小畜集三十卷傳世。

待漏院記

待漏院是北宋承襲唐朝制度建立的，為百官等待上朝之地。王禹偁做這篇文章時擔任大理寺評事，通過對宰相在此等待上朝時所思考內容的猜測，分出賢相、奸相及庸碌之人的區別，希望他們能為生民考慮，多行善政。全文兩句相對，多用排比，整齊精煉富有感情，有極強的感染力和相當的說服力。

天道不言，而品物亨、歲功成者，何謂也？四時之吏①，五行之佐②，宣其氣矣。聖人不言，而百姓親、萬邦寧者，何謂也？三公論道③，六卿分職④，張其教矣。是知君逸於上，臣勞於下，法乎天也。古之善相天下者，自咎、夔至房、魏⑤，可數也。是不獨有其德，亦皆務於勤耳。況夙興夜寐，以事一人，卿大夫猶然，況宰相乎！

【注釋】

①四時之吏：古代傳說天上有掌管春、夏、秋、冬四季變化的官員。

②五行之佐：古代傳說中掌管金、木、水、火、土五行的輔佐官員。

③三公：按周禮的說法，「三公」是指太師、太傅、太保。這裏指朝廷中的最高一級官員。

④六卿：周禮中指天官冢宰、地官司徒、春官宗伯、夏官司馬、秋官司寇、冬官司空，這裏指朝廷中分管各部的大臣。

⑤咎（gāo）、夔（kuí）：傳說中舜的大臣。咎，即皋陶。房：房玄齡，唐太宗時名相。魏：魏徵，唐太宗時名相。

【譯文】

天道並不說話，而萬物卻能順利成長、莊稼能得到好收成，這是為什麼呢？就是由於掌握四時和統轄五行的官員們，使四時風雨順暢通達的結果。皇帝並不說話，而百姓卻能親睦、萬國安寧，這是為什麼呢？就是由於三公商討了大計，六卿分掌自己的職責，推廣了皇帝的教化的結果。這就可以明白，君主在上清閑安逸，臣子在下辛勤勞苦，是取法於天道的緣故。古代善於做宰相治理天下的，從皋陶、夔到房玄齡、魏徵，歷歷可數。他們不只是有德行，也都是十分勤勞的。再說，早起晚睡，為天子效勞，卿大夫都是這樣，何況是宰相呢！

朝廷自國初因舊制，設宰相待漏院於丹鳳門之右[1]，示勤政也。乃若北闕向曙[2]，東方未明，相君啟行，煌煌火城！相君至止，噦噦鑾聲[3]。金門未闢，玉漏猶滴[4]。撤蓋下車，於焉以息。待漏之際，相君其有思乎！

【注釋】

①丹鳳門：汴京皇城的南門。
②北闕：原指宮殿北面的門樓，大臣等候朝見或上書奏事的地方。後為帝王宮禁的通稱。
③噦噦（huì）：有節奏的車鈴聲。鑾：車鈴。
④漏：古代標有刻度的計時工具。

【譯文】

朝廷自建國之初沿襲前代制度，在丹鳳門的右邊設置了宰相待漏院，表示要勤於政務。當北面的宮闕映出一線曙光，東方還沒有亮，宰相就從家裏動身上朝了，那儀仗隊的燭火多麼輝煌燦爛啊！宰相到了待漏院，車馬停了下來，而那一陣陣有節奏的鈴鐺聲還在迴響着。那時，宮門還沒有打開，玉製漏壺裏的水還在滴着。於是便收攏車篷，下車到待漏院裏稍事休息。在等待早朝的時候，宰相大概有許多考慮吧！

其或兆民未安，思所泰之；四夷未附，思所來之；兵革未息，何以弭之①；田疇多蕪，何以闢之；賢人在野，我將進之；佞人立朝，我將斥之；六氣不和②，災眚薦至③，願避位以禳之④；五刑未措，欺詐日生，請修德以釐之⑤。憂心忡忡，待旦而入。九門既啟，四聰甚邇⑥。相君言焉，時君納焉。皇風於是乎清夷，蒼生以之而富庶。若然，則總百官⑦，食萬錢⑧，非幸也，宜也。

【注釋】

①弭（mǐ）：止息。

②六氣：指陰陽、風雨、晦明六種自然現象。

③災眚（shěng）：災異。薦至：接連不斷地來。

④禳（ráng）：祭禱消災。

⑤釐：治理。

⑥四聰：古代國君隨時視察四方民情稱為「四聰」。這裏代指皇帝。

⑦總：統率。

⑧食萬錢：享受優厚的俸祿。

【譯文】

他們有的考慮的是百姓還沒有安居樂業，怎樣使他們平安富裕；四方的少數民族還沒有服從，怎樣使他們前來歸順；戰爭還沒有停止，用什麼方法去平定它；農田還有很多荒蕪的，用什麼辦法將它們開墾；有賢能的人才還在民間，我將把他們選拔上來；奸邪的小人還在朝廷裏，我要把他們貶斥出去；天時不正，災禍不斷，我願意辭掉相位，向上天禱告來消除災難；各種刑罰還沒有廢除，社會上欺詐行為經常發生，我要修養德行，加強治理。懷着這樣深深的憂慮，等待天亮上殿去。當皇宮的大門一打開，四方八面的情況便順暢地傳入天子的耳朵裏。宰相向天子報告了他這些想法，君主一一採納。社會風氣因此而清平，人們生活因此而富裕。如果這樣，那麼宰相統率百官，享受很高的俸祿，便不是僥幸受寵，而是十分應該的。

其或私仇未復，思所逐之；舊恩未報，思所榮之；子女玉帛，何以致之；車馬玩器，何以取之；奸人附勢，我將陟之①；直士抗言，我將黜之；三時告災，上有憂色，構巧詞以悅之；群吏弄法，君聞怨言，進諂容以媚之。私心慆慆②，假寐而坐。九門既開，重瞳屢回③。相君言焉，時君惑焉。政柄於是乎隳哉④，帝位以之而危矣。若然，則死下獄，投遠方，非不幸也，亦宜也。

【注釋】

①陟（zhì）：提拔。

②慆慆（tāo）：紛亂不息的樣子。

③重瞳：據説舜、項羽都是重瞳，這裏指天子。

④隳（huī）：毀壞，敗落。

【譯文】

他們有的考慮的卻是私仇還沒有報復，怎樣才能驅逐他；舊恩還沒有報答，怎樣使自己的恩人榮華富貴；美女財物，用什麼方法搜羅到手；車馬古玩，用什麼伎倆奪取過來；奸邪小人依附我的權勢，我將大力提拔他；正直的人直言指責我，我將無情地把他貶黜；春、夏、秋三季發生災情，報告上來，皇上憂慮，我要編些花言巧語使他高興；官吏們貪贓枉法，皇上聽到了怨恨的言論，我又要用諂媚的姿態博取他的歡心。私心紛亂不息，坐在待漏院裏打瞌睡。當皇宮的大門打開，皇帝屢次注視。宰相對他説些假情況，皇帝被迷惑了。政權因此毀壞，皇帝也因此而有倒台的危險。如果這樣，那麼這宰相被下獄處死，或者被流放遠方，不是不幸，也是十分應該的。

是知一國之政，萬人之命，懸於宰相，可不慎歟？復有無毀無譽，旅進旅退①，竊位而苟祿，備員而全身者，亦無所取焉。

【注釋】

①旅：眾。

【譯文】

因此，可以明白一國之政，萬人之命，都繫在宰相身上，難道宰相可以不小心謹慎嗎？此外，還有那種既沒有人咒罵，也沒有人稱讚，隨大流進退，竊取高位而一味貪圖厚祿，頂個名額而只知道保全自己的人，也是毫不可取的。

棘寺①小吏王禹偁為文，請誌院壁，用規於執政者。

【注釋】

①棘寺：即大理寺，掌管刑獄的最高機構。

【譯文】

大理寺的小官吏王禹偁做這篇文章，希望書寫在待漏院的牆壁上，用以勸誡執政的宰相。

黃岡竹樓記

這是王禹偁於真宗咸平二年（九九九）被貶為黃州刺史時所寫的一篇記文。文中除詳細描述在竹樓上所能看到的江山形勝景，聽到的雨雪琴棋聲，足以開闊胸懷外，表現出來的逍遙自然，遨遊宇外的願望，其實是被貶謫後自我平衡的一種方式。末段詳述自己被屢屢調動的經歷，又慨歎竹樓壽命有限，自己來年不知在何處，更是透出無奈的悲涼。

黃岡之地多竹①，大者如椽。竹工破之，刳去其節②，用代陶瓦，比屋皆然③，以其價廉而工省也。

【注釋】

①黃岡：在今湖北黃岡。

②刳（kū）：削刮。

③比屋：家家戶戶。比，並着，連着。

【譯文】

黃岡地區，翠竹豐茂，大的粗得像椽子。竹工破開它，刮去節疤，用來代替陶瓦，家家戶戶都用它蓋房子，因為竹瓦既便宜又省工。

子城西北隅①，雉堞圮毀②，蓁莽荒穢③。因作小樓二間，與月波樓通。遠吞山光，平挹江瀨④，幽闃遼敻⑤，不可具狀。夏宜急雨，有瀑布聲；冬宜密雪，有碎玉聲。宜鼓琴，琴調和暢；宜詠詩，詩韻清絕；宜圍棋，子聲丁丁然；宜投壺，矢聲錚錚然。皆竹樓之所助也。

【注釋】

①子城：城門外的套城，也稱「月城」。
②雉堞（dié）：女城城牆上呈齒狀的矮牆，泛指城牆。
③蓁（zhēn）莽：野草叢生。
④平挹：平視。挹，汲取，看取。江瀨（lài）：江灘上的急流。
⑤闃（qù）：寂靜。敻（xiòng）：遙遠。

【譯文】

在月城的西北角，女牆都塌毀了，草木叢生，荒蕪污穢。我清理出那塊空地，蓋了兩間小竹樓，跟原有的月波樓接通。登上竹樓，眺望遠山，山光盡收眼底；平視江中急流，好像可以舀取，清幽寂靜，遼遠開闊，實在無法一一描繪出來。夏天適宜聽驟雨，小樓上有瀑布的轟鳴聲；冬天適宜聽密雪，小樓上有碎玉落地的沙沙聲。適宜彈琴，琴聲和諧流暢；適宜吟詩，詩韻清新絕俗；適宜下棋，棋盤上落子聲丁丁悦耳；適宜投壺，箭投入壺裏也錚錚動聽。這些美妙的聲音，都是竹樓給予的。

公退之暇，被鶴氅衣①，戴華陽巾②，手執周易一卷，焚香默坐，消遣世慮。江山之外，第見風帆沙鳥③，煙雲竹樹而已。待其酒力醒，茶煙歇，送夕陽，迎素月，亦謫居之勝概也。

【注釋】

①鶴氅（chǎng）衣：鳥羽編織的衣服，道士服。
②華陽巾：道士戴的頭巾。
③第：只。

【譯文】

辦完公事，閑暇時間，披着鶴氅衣，戴上華陽巾，手拿周易一卷，焚香默坐，消除世俗雜念。除了水色山光之外，只見風中白帆，沙洲鷗鳥，靉靆煙雲，蒼蒼竹樹罷了。等到醉意全消，煮茶的煙火也熄了，我送走夕陽，迎來皓月，這也是謫居生活中的賞心樂事。

彼齊雲、落星①，高則高矣；井幹、麗譙②，華則華矣。止於貯妓女，藏歌舞，非騷人之事，吾所不取。

【注釋】

①齊雲：五代韓浦所建齊雲樓，故址在今江蘇蘇州。落星：落星樓，故址在今江蘇南京落星山，三國孫權所建。

②井幹（hán）：井幹樓，漢武帝時在長安所建。麗譙（qiáo）：麗譙樓，魏武帝曹操所建。

【譯文】

那齊雲樓、落星樓，高確是高了；井幹樓、麗譙樓，華麗確是華麗了。但它們只不過是用來蓄藏樂妓，叫她們輕歌曼舞，這不是詩人應做的事，我是不屑於去做的。

吾聞竹工云：「竹之為瓦，僅十稔①，若重覆之，得二十稔。」噫！吾以至道乙未歲②，自翰林出滁上；丙申③，移廣陵④；丁酉⑤，又入西掖⑥；戊戌歲除日⑦，有齊安之命⑧；已亥閏三月⑨，到郡。四年之間，奔走不暇，未知明年又在何處，豈懼竹樓之易朽乎？後之人與我同志⑩，嗣而葺之，庶斯樓之不朽也。

【注釋】

①稔（rěn）：穀熟為「稔」。古代一年收穫一次，所以也稱一年為「一稔」。

②至道乙未歲：指宋太宗至道元年，即九九五年。本年王禹偁因私下議論孝章皇后喪禮獲罪，由翰林學士貶滁州。

③丙申：至道二年，即九九六年。

④廣陵：州治在今江蘇揚州。該年有人誣王禹偁買馬舞弊，宋太宗未信，但把他從滁州調往廣陵。

⑤丁酉：至道三年，即九九七年。

⑥西掖：中書省，中央的行政機構。因位於皇宮西邊，故稱「西掖」。

⑦戊戌歲除日：宋真宗咸平元年，即九九八年。除日，除夕，大年三十。是年王禹偁編寫太祖實錄，因直書史實，被貶到齊安。

⑧齊安：黃州齊安郡，治所在今湖北黃岡。

⑨己亥：咸平二年，即九九九年。

⑩同志：志同道合。

【譯文】

我聽竹工說：「用竹做瓦，只能用十年；如果鋪兩層，就可以管二十年。」唉！我在至道元年，由翰林學士被貶到滁州；至道二年調到揚州；至道三年又到中書省任職；咸平元年的大年夜，奉命調來齊安；咸平二年閏三月到了郡城。四年之中，奔走不停，還不知道明年又在什麼地方，難道還怕竹樓容易朽壞嗎？希望後來的人跟我志趣相同，能接着修整它，或許這座竹樓就永遠不會朽壞了。

李格非

李格非，子文叔，濟南（今屬山東）人。李格非於宋神宗熙寧九年（一〇七六）中進士，此後曾任禮部員外郎，提點京東路刑獄等職，徽宗即位後被定為元祐黨人而罷官。李格非在北宋中後期文壇名氣頗大，所做多為學術性和政論性文章，其女李清照後來成為著名詞人。

書洛陽名園記後

李格非曾編過一部散文集洛陽名園記，記敍北宋時洛陽城裏十多所園林的景物風貌。然而作者又特意作了這篇「書後」，指出他記錄這些名園具有諷喻意圖，即通過對比唐代公卿貴戚在洛陽營造豪華府邸，終因唐末戰亂焚蕩悉盡，當今官員在朝任職時只知放縱滿足私欲，想在退休後安享園林之樂，有重蹈唐亡覆轍之險。

洛陽處天下之中，挾殽、黽之阻①，當秦、隴之襟喉②，而趙、魏之走集③，蓋四方必爭之地也。天下當無事則已，有事則洛陽必先受兵。予故嘗曰：「洛陽之盛衰，天下治亂之候也。」

【注釋】

①殽（xiáo）：同「崤」，崤山，在今河南洛寧北。黽（měng）：黽隘，古隘道名，即今河南信陽西南的平靖關。

②秦：今陝西一帶。隴：今陝西西部及甘肅一帶。

③趙：戰國時國名。這裏指今山西、陝西、河北一帶。魏：戰國時國名。這裏指今河南北部、山西西南部一帶。

【譯文】

洛陽地處天下的中央，挾有崤山、黽隘的險阻，正當秦、隴的咽喉要害之地，也是趙、魏的必經要道，是四方必爭之地。天下太平則罷了；如果有事，則洛陽必定先受兵災。所以我曾經說：「洛陽的盛衰，是天下治亂的徵兆。」

唐貞觀、開元之間①，公卿貴戚開館列第於東都者，號千有餘邸。及其亂離，繼以五季之酷②，其池塘竹樹，兵車蹂蹴③，廢而為丘墟，高亭大榭，煙火焚燎，化而為灰燼，與唐共滅而俱亡，無餘處矣。予故嘗曰：「園囿之興廢，洛陽盛衰之候也。」

【注釋】

①貞觀：唐太宗年號。開元：唐玄宗年號。貞觀、開元年間是唐代最興盛的時期。

②五季：指後梁、後唐、後晉、後漢、後周五代。

③蹴（cù）：用腳踢。

【譯文】

唐朝貞觀、開元年間，公卿貴戚在東都洛陽營造的館舍府邸，號稱有一千餘座。到了唐末擾亂離散，接下來又是慘酷的五代，洛陽的池塘竹樹，被兵車踐踏，荒廢成為丘墟；高亭大榭，被煙火焚燒，化為一片灰燼，都與唐朝一同滅亡，沒有剩餘了。所以我曾經說：「園囿的興廢，是洛陽盛衰的徵兆。」

且天下之治亂，候於洛陽之盛衰而知；洛陽之盛衰，候於園圃之興廢而得；則名園記之作，予豈徒然哉？

【譯文】

既然天下的治亂，考察洛陽的盛衰可以得知；洛陽的盛衰，考察園囿的興廢可以得知；那麼，我之作名園記，豈是沒有用處的嗎？

嗚呼！公卿大夫方進於朝，放乎一己之私，自為之，而忘天下之治忽，欲退享此，得乎？唐之末路是已。

【譯文】

唉！公卿大夫入仕朝廷，一味放縱一己私欲，只知道謀私利而忘卻天下的治理，想隱退下來享受林泉之福，可以嗎？這正是唐朝的末路呀。

范仲淹

范仲淹（九八九——一〇五二），字希文，蘇州吳縣（今屬江蘇）人。宋真宗大中祥符八年（一〇一五）中進士，曾在朝廷任職並權知開封府，後因與執政意見不合，外遷為饒州刺史，後數年因經略陝西、抵禦西夏元昊有功，還朝為樞密副使，遷參知政事，仁宗慶曆年間曾主持推動「慶曆新政」，後又宣撫河東、陝西，卒謚文正。范仲淹為北宋名臣，能詞善文，有范文正公集傳世。

嚴先生祠堂記

嚴子陵，被稱為古代隱士的典範。范仲淹在這篇文章中着重刻畫了嚴子陵不慕富貴，清高耿直的高尚品格，在稱讚了光武帝大度能容之外，在末段尤其肯定嚴子陵獨立人格垂範後世「大有功於名教」，也是全篇主旨和作者自己的心志追求。

先生①，光武之故人也，相尚以道。及帝握赤符②，乘六龍③，得聖人之時，臣妾億兆，天下孰加焉？惟先生以節高之。既而動星象④，歸江湖，得聖人之清，泥塗軒冕⑤，天下孰加焉？惟光武以禮下之。

【注釋】

①先生：即嚴光，字子陵，東漢人。年輕時曾與漢光武帝劉秀一同遊學，光武帝即位後，他改名隱居，光武帝接他到京師洛陽，授官諫議大夫，他也不肯接受，回到富春山，以耕釣為生。

②握赤符：指儒生彊華向劉秀奉上赤伏符，其讖（chèn）文大意是劉秀發兵，漢室將要恢復。劉秀便以為是天降祥瑞的徵兆而即帝位。

③乘六龍：六龍，指易乾卦的六爻。易・乾有「時乘六龍以御天」，是說國君憑藉六爻的陽氣來駕御天地。

④動星象：據後漢書・嚴光傳記載，嚴光與光武帝睡在一起時，嚴光把腳放在光武帝肚子上。第二天太史官就報告說：客星犯帝座甚急。光武帝笑答道：那是我與老朋友嚴子陵在一起的緣故。

⑤軒冕：古代高官乘坐的車子和所戴禮帽。這裏代指官爵。

【譯文】

先生是光武帝的老朋友，他們一向以道義相互推重。及至光武帝得赤伏符的祥瑞，乘六龍而稱帝，達到了聖人順應時勢的境界，統治億兆臣民，普天之下有誰超過他的崇高？只有先生以其節操高出其上。後來二人的交誼感應星象異動，先生退隱江湖，達到了聖人超逸清高的境界，視高官厚祿如糞土，普天之下又有誰超過他的謙下？只有光武帝以禮敬甘居其下。

在蠱之上九①，眾方有為，而獨「不事王侯，高尚其事」，先生以之；在屯之初九②，陽德方亨，而能「以貴下賤，大得民也」，光武以之。蓋先生之心，出乎日月之上；光武之量，包乎天地之外。微先生不能成光武之大③，微光武豈能遂先生之高哉？而使貪夫廉，懦夫立，是大有功於名教也。

【注釋】

①蠱：易卦名。該卦第六爻中的陽爻稱「上九」。前幾爻象辭都顯示整治其事，獨第六爻說：「不事王侯，高尚其事。」

②屯：易卦名。該卦第一爻中的陽爻稱「初九」。

③微：沒有。

【譯文】

易經中蠱卦的其他爻都在熱衷於講事功，上九爻卻獨能表示「不事奉王侯，行事高蹈絕俗」，這就是先生立身的依據；屯卦「初九」一爻的象辭講道：陽剛之氣正在發揚，因而能「以尊貴之身禮敬卑賤之人，大得民心」，這就是光武帝立身的依據。本來先生的意志就是高出日月之上的，光武帝的氣量就是包容天地之外的。但沒有先生就不能成就光武帝氣量的宏大，沒有光武帝難道能促成先生那高超的志意嗎？先生讓貪婪者變得廉潔，怯懦者變得堅強，這真是大大有功於名教的。

仲淹來守是邦，始構堂而奠焉。乃復為其後者四家[1]，以奉祠事。又從而歌曰：雲山蒼蒼，江水泱泱[2]。先生之風，山高水長。

【注釋】

①復：免除徭役。後：後裔。
②泱泱：水深廣無邊的樣子。

【譯文】

仲淹來本州任地方官後，築起祠堂祭奠先生。然後又免除先生後嗣四家的賦稅，讓他們管理祠廟祭祀之事。並從而作歌頌揚道：雲山蒼蒼，江水泱泱。先生之風，山高水長。

岳陽樓記

這篇文章作於「慶曆新政」失敗後范仲淹謫居外地時期，以其敘事簡明、寫景傳神和議論真切而為世人傳誦。本文的巧妙之處在於將岳陽樓的自然風光中陰沉晦暗與晴明可喜的兩種景象，用色彩豐富的對偶句詳盡描摹，韻律整齊富有音樂美感。更為重要的是作者將自己「先天下之憂而憂，後天下之樂而樂」的宏大抱負融入文中，使得外界景物超脫了一己私情界限，而成為承載天下公心的浩浩歷史長流，使這篇文章的思想性遠超同代。

慶曆四年春①，滕子京謫守巴陵郡②。越明年，政通人和，百廢具興。乃重修岳陽樓，增其舊制，刻唐賢、今人詩賦於其上，屬予作文以記之③。

【注釋】

①慶曆四年：即一〇四四年。慶曆，宋仁宗的年號。

②滕子京：名宗諒，字子京，與范仲淹同年進士。宋史·滕宗諒傳記載他因被誣陷貶為岳州知州。巴陵郡：即岳州，治所在今湖南岳陽。

③屬（zhǔ）：委託，囑咐。

【譯文】

慶曆四年春天，滕子京因事降級貶官為岳州知州。到了第二年，這地方政務通達順利，人們安居樂業，許多被擱置下來的事業也都興辦起來了。於是他又重修了岳陽樓，擴大了它原有的規模，並將唐朝名人和當代文人的詩賦刻在上面，並囑託我寫篇文章來記述這件事。

予觀夫巴陵勝狀，在洞庭一湖①。銜遠山，吞長江，浩浩湯湯②，橫無際涯；朝暉夕陰，氣象萬千。此則岳陽樓之大觀也，前人之述備矣。然則北通巫峽③，南極瀟湘④，遷客騷人⑤，多會於此，覽物之情，得無異乎？

【注釋】

①洞庭：即洞庭湖，在今湖南岳陽西。
②浩浩湯湯（shāng）：水勢浩大的樣子。
③巫峽：在長江上游的重慶巫山。
④瀟湘：瀟水與湘水在湖南零陵匯合後也稱「瀟湘」。
⑤遷客：被貶的官吏。騷人：詩人、文人。因離騷而得名。

【譯文】

依我看來，岳州的美景全在洞庭這一個湖上。它銜接着遙遠的山巒，吞吐着奔騰的長江，浩浩蕩蕩，無際無涯；清晨陽光燦爛，傍晚暮靄縈迴，氣象開闊，千變萬化。這正是岳陽樓的雄偉景觀，前人早已淋漓盡致地描繪過了。然而這裏北邊連通巫峽，南邊遠達瀟湘，那些被貶官員、善感詩人常常在這裏聚會，他們觀賞景物的心情，只怕也會有所不同吧？

若夫霪雨霏霏①，連月不開，陰風怒號，濁浪排空，日星隱曜②，山岳潛形，商旅不行，檣傾楫摧，薄暮冥冥，虎嘯猿啼。登斯樓也，則有去國懷鄉③，憂讒畏譏，滿目蕭然，感極而悲者矣。

【注釋】

①霪（yín）雨霏霏：連綿的細雨。霪，久雨。霏霏，雨盛貌。

②曜（yào）：光輝。

③國：國都。

【譯文】

在那種綿綿陰雨不斷，接連幾個月沒有晴天的日子裏，陰慘的風在水面呼號，渾濁的浪衝向天空；太陽星辰喪失了晶瑩的光芒，山岳潛藏了巍然的軀體；行商淹滯停留，航船桅斷槳折；暮色漸轉昏黑，虎低嘯猿哀啼。這個時候登樓觀景，就必然要想念朝廷，思念家鄉，懼怕誹謗譏刺，景物既然滿目蕭條，心情也就十分悲涼了。

至若春和景明，波瀾不驚，上下天光，一碧萬頃，沙鷗翔集，錦鱗游泳①，岸芷汀蘭②，鬱鬱青青。而或長煙一空，皓月千里，浮光耀金，靜影沉璧，漁歌互答，此樂何極！登斯樓也，則有心曠神怡，寵辱皆忘，把酒臨風，其喜洋洋者矣。

【注釋】

①錦鱗：代指魚。因魚鱗閃耀光彩。游泳：古代浮水為「游」，潛水為「泳」。

②芷（zhǐ）：香草。汀（tīng）：水邊的平地。

【譯文】

到了春光和煦、景色明媚的時節，風兒靜靜，浪濤不驚；無邊天色青，萬頃波光影，遠近交融，歸於碧澄；潔白的沙鷗時而獨自飛翔，時而聚合成群；錦鱗游魚往復嬉戲，上下浮沉；岸上白芷，洲上香蘭，茂盛喜人，鬱鬱葱葱。有時高空雲煙消散明淨，長天月光千里普照；月光跳躍在水面，好比注目難以直視的耀眼金濤；而圓月靜臥於水中，又如祭神沉入湖底的白色璧玉；留在湖中的漁船裏，又忽然飄起了漁夫的對歌，真是使人不知多麼歡快！這個時候登樓對景，又必然心胸開闊，精神爽朗，恩寵和恥辱全忘，迎着和風飲着美酒，真是喜氣洋洋。

嗟夫！予嘗求古仁人之心，或異二者之為。何哉？不以物喜，不以己悲。居廟堂之高①，則憂其民；處江湖之遠②，則憂其君。是進亦憂，退亦憂，然則何時而樂耶？其必曰「先天下之憂而憂，後天下之樂而樂」歟！噫！微斯人③，吾誰與歸！

【注釋】

①廟堂：宗廟和明堂，代指朝廷。

②江湖：泛指五湖四海各地。唐以後往往指落魄流浪之處。

③微：非，不是。

【譯文】

唉！我曾經探求過古代仁義之人的想法，卻往往並不和那兩種人一樣。為什麼呢？原來他們既不因自然景物之美好而喜悦，也不因個人遭遇的坎坷而悲傷。在朝廷任職，就擔憂百姓生活不富足；在民間閑居，就擔憂皇帝政治不清明。這樣，做官發愁，不做官同樣發愁，什麼時候才會高高興興呢？他們一定會回答說「只有在世上所有的人沒發愁之前，自己先已擔憂；在世上所有的人都歡樂以後，自己才會高興」吧！唉！除了這種充滿了天下大愛之心的人，我還能去追隨誰呢！

司馬光

司馬光（一〇一九—一〇八六），字君實，陝州夏縣（今山西夏縣）人。宋仁宗寶元元年（一〇三八）中進士，歷仕仁、英、神三朝，神宗時因堅決反對王安石變法，離開朝廷閑居洛陽，十多年間不談政事，傾盡全力主持編成大型編年體通史資治通鑒，哲宗即位後曾任門下侍郎，為尚書左僕射，當政八月而卒，謚文正。司馬光的文學作品見於司馬文正公集、涑水記聞等處，簡練質樸，論辯有力。

諫院題名記

司馬光擅長寫史論和政論類文章，長處在於邏輯性強，關懷強烈，而文學性顯得相對不足。這篇不足二百字的小文章，卻簡潔樸實，短句整齊並富有節奏感，議論敘事融為一體，不事雕琢，觀點鮮明氣勢充沛，力爭用簡明的語言充分表達政治主張，這也代表了北宋中期的一種文風傾向。

古者諫無官，自公、卿、大夫至於工、商，無不得諫者。漢興以來始置官①。夫以天下之政，四海之眾，得失利病，萃於一官使言之，其為任亦重矣。居是官者，當志其大，捨其細，先其急，後其緩，專利國家，而不為身謀。彼汲汲於名者②，猶汲汲於利也，其間相去何遠哉！

【注釋】

①漢興以來始置官：漢代始設諫議大夫，是專職諫官。

②汲汲：心情急迫不肯休息的樣子。

【譯文】

古時候沒有專門的諫官，上自朝廷公、卿、大夫，下至工匠、商販，沒有誰不能進諫。漢王朝建立後，才設置了諫官。以天下政事之繁雜，四海人口之眾多，得失利弊，都集中到一個諫官身上由他來進諫，諫官的任務也夠重了。擔任這一官職的人，應專注國家大事而放棄細枝末節；先考慮急切之事，而後再議論不急之務；只為國家謀利而不為一己打算。那些熱衷於敢諫之名的人，也與熱衷於私利的人一樣，與真正的諫官原則相距何其遙遠！

天禧初①，真宗詔置諫官六員，責其職事。慶曆中②，錢君始書其名於版③。光恐久而漫滅，嘉祐八年④，刻著於石。後之人將歷指其名而議之曰：某也忠，某也詐，某也直，某也曲。嗚呼！可不懼哉？

【注釋】

①天禧：宋真宗年號。
②慶曆：宋仁宗年號。
③錢君：一說為錢惟演，字希聖，博學能文，很受真宗賞識。一說為錢惟演之姪錢明逸，字子飛，慶曆四年（一〇四四）為右正言，諫院供職。一說為錢公輔，曾任天章閣待制。
④嘉祐八年：即一〇六三年。嘉祐，宋仁宗的年號。

【譯文】

天禧初年，真宗皇帝下詔設置諫官六員，規定了他們論諫的職責範圍。慶曆年間，錢君才把他們的名字書寫在壁板上。我深恐年久字跡模糊磨滅，於嘉祐八年將它們刻石加以彰顯。後來人將會一一指着這些名字評論說：某某人忠直，某某人狡詐，某某人剛正，某某人邪曲。啊！難道我們可以不心存戒懼嗎？

錢公輔

錢公輔（一〇二一—一〇七二），武進（今屬江蘇）人。宋仁宗皇祐元年（一〇四九）中進士，曾任知制誥，英宗即位後因忤旨被貶官。神宗即位後拜天章閣待制，又因不滿王安石變法而出知江寧府，後又徙知揚州，因病辭官後卒於家。

義田記

「義田」本指官府建立以其收入救濟災民的田產，以私人之力建立義田並能行之有效的，為數極少，而范仲淹為其本宗建立的義田，卻做到了管理有方，所用合宜。錢公輔在這篇文章中，讚美范仲淹樂善好施的品格，以及這種不為一己謀私利，盡其所有賙濟幫助他人的行為的社會教化意義，批評了那些只顧私人小家享用，不能接濟族人和幫助賢人的庸官。全文中心明確，語言樸實，感情深切，文學性與思想性並佳。

范文正公①，蘇人也。平生好施與，擇其親而貧、疏而賢者，咸施之。方貴顯時，置負郭常稔之田千畝②，號曰「義田」，以養濟群族之人。日有食，歲有衣，嫁娶凶葬皆有贍。擇族之長而賢者主其計，而時共出納焉。日食，人一升；歲衣，人一縑③。嫁女者五十千④，再嫁者三十千；娶婦者三十千，再娶者十五千；葬者如再嫁之數，葬幼者十千。族之聚者九十口，歲入給稻八百斛⑤，以其所入，給其所聚，沛然有餘而無窮。屏而家居俟代者與焉⑥，仕而居官者罷莫給。此其大較也。

【注釋】

①范文正公：范仲淹，謚文正。
②負郭：靠近城郭。負，倚靠。稔（rěn）：莊稼成熟。
③縑（jiān）：雙絲細絹。這裏指一疋絲織物。
④五十千：即五十貫。古代將錢穿成一串，每千個為「一貫」。
⑤斛（hú）：古代計量單位。
⑥屏（bǐng）：退隱。

【譯文】

范文正公仲淹，是蘇州府人。他平生樂善好施，常給人以幫助，挑選那些關係親近卻貧窮、疏遠卻賢明的人，給予賙濟。當初他顯貴為高官的時候，購置了靠近城郭的常年有好收成的土地一千畝，稱為「義田」，用來贍養接濟同族的人。使他們天天有飯吃，年年有衣穿，嫁女兒、娶媳婦、遇災禍、死後送葬等，都給予錢財。他遴選同族裏年齡大而又有德行的人主持此事，按時支出收入。每天口糧一人發一升米，每年衣服一人發一段綢。嫁女兒的，給五十貫錢，改嫁的給三十貫；娶媳婦的，給三十貫錢，續弦再娶的給十五貫；辦喪事的，給的錢和改嫁的數目一樣，葬小孩的，給十貫。住在一塊兒的族人有九十口，每年收入八百斛稻穀，用這筆收入，供給這群聚居的族人，讓他們生活過得很寬裕，沒有困乏的時候。那些罷了官回鄉閑居、等候任職的人，就給他們接濟，外出做官有職位的，就停發供給。這是義田大概的情況。

初，公之未貴顯也，嘗有志於是矣，而力未逮者二十年①。既而為西帥②，及參大政，於是始有祿賜之入，而終其志。公既歿，後世子孫修其業，承其志，如公之存也。公雖位充祿厚，而貧終其身。歿之日，身無以為斂，子無以為喪，惟以施貧活族之義，遺其子而已。

【注釋】

①逮：達到。

②既而為西帥：指范仲淹慶曆三年（一〇四三）任陝西經略安撫副使。

【譯文】

當初，文正公還沒有顯達的時候，就曾立下要興辦義田的志願，然而二十年來，他的經濟力量一直沒有達到。等他出任陝西經略安撫副使和參知政事，才開始有賞賜、俸祿的銀兩收進來，終於實現了他的願望。文正公去世後，後代的子孫經管着他的產業，繼承他的遺志，就像他在世時一樣。文正公雖然官位很高，俸祿很優厚，但是他一生清貧。到死的這一天，他家裏沒有錢裝殮他，他的兒子沒有錢辦喪事，只是把佈施窮人、養活親族的道義，傳給了他的子孫。

昔晏平仲敝車羸馬①，桓子曰②：「是隱君之賜也。」晏子曰：「自臣之貴，父之族，無不乘車者；母之族，無不足於衣食者；妻之族，無凍餒者；齊國之士，待臣而舉火者三百餘人。如此，而為隱君之賜乎？彰君之賜乎？」於是齊侯以晏子之觴③，而觴桓子。予嘗愛晏子好仁，齊侯知賢，而桓子服義也。又愛晏子之仁有等級，而言有次第也。先父族，次母族，次妻族，而後及其疏遠之賢。孟子曰：「親親而仁民，仁民而愛物④。」晏子為近之。今觀文正公之義田，賢於平仲。其規模遠舉，又疑過之。

【注釋】

①晏平仲：名嬰，春秋時齊國大夫。

②桓子：春秋時齊國貴族。

③齊侯：指齊景公。觴（shāng）：酒器。

④親親而仁民，仁民而愛物：語出孟子·盡心上。

【譯文】

從前晏平仲坐着破車子，騎着瘦馬，桓子對他說：「你這是隱瞞君王給你的賞賜。」晏子說：「自從我做了高官以後，父親的族人，沒有不坐着車子的；母親的族人，沒有衣食不足的；妻子的族人，沒有受凍捱餓的；齊國的士人，等着我資助生火做飯的有三百多人。像這樣，是我要瞞住君王賞賜不讓人知道呢？還是顯揚君王的賞賜呢？」齊侯聽了晏子這一番話，便拿晏子酒杯，罰桓子吃酒。我曾經很佩服晏子愛好仁德，齊侯賞識賢能，桓子能夠信服大義。我又佩服晏子好仁而分清等級，講話有倫次，先說父族，再說母族，第三說妻族，最後才說到那些關係疏遠卻又賢能的人。孟子說：「能夠親近親人，才能施仁愛給老百姓，能施仁愛給老百姓，才能愛惜萬物。」晏子差不多就是這樣的人。現在從文正公興辦義田的行動來看，他比晏子還要賢明，義田的規模之大和影響之久遠，恐怕要勝過晏子。

嗚呼！世之都三公位①，享萬鍾祿②，其邸第之雄、車輿之飾、聲色之多、妻孥之富，止乎一己而已，而族之人不得其門者，豈少也哉？況於施賢乎！其下為卿，為大夫，為士，廩稍之充、奉養之厚③，止乎一己而已，而族之人操壺瓢為溝中瘠者，又豈少哉？況於它人乎！是皆公之罪人也。

【注釋】

①都：居。三公：古時丞相、太尉、御史大夫合稱「三公」，這裏泛指高官。
②萬鍾祿：形容俸祿極多。鍾，古代的量器，六斛四斗為一鍾。
③廩稍：公家給予的糧食。

【譯文】

唉！世上那些身居三公高位，享受萬鍾俸祿，宅第雄偉，車馬華麗，歌伎舞女成群，妻妾兒子豪侈，這一切只供他一家享用，但是親族不能踏進他的家門的人，難道還少嗎？何況是接濟那些賢能的人呢！在三公以下的那些做卿、做大夫、做士，官俸充足，待遇優厚，只供個人享用而已，而親族中的人手拿飯瓢到處乞討，窮苦得餓死在溝壑之中的人，又難道會少嗎？何況還要去照顧他人呢！這些人都是文正公的罪人。

公之忠義滿朝廷，事業滿邊隅，功名滿天下，後世必有史官書之者，予可無錄也。獨高其義，因以遺其世云。

【譯文】

文正公的忠義事跡傳遍朝廷，他的事業遍佈於邊陲地區，功勞聲名響徹天下，後代一定有史官會記下來的，我可以不再寫什麼。只是推崇文正公的道義行為，因而作這篇記留給後代人作為楷模。

李　覯

李覯（一〇〇九—一〇五九），字泰伯，建昌南城（今屬江西）人。屢試不第，遂以傳道授徒自任，在後世總結出的北宋儒學傳承體系中具有相當地位，世稱「旴江先生」，有旴江集傳世。李覯在學術方面貢獻突出，在文學創作上主張經世致用，其文也大多與弘揚教化、育人傳道有關。

袁州州學記

本文詳細記敘了袁州州學在官紳士民各方的合力協作下，最終得以建成的過程，尤其是借建成後的祭禮上李覯（gòu）自己的講話，表達了儒學對於維繫人心輔助政治，維護社會穩定等方面的重要功能，勉勵各位學生樹立經國濟民大志，勿貪圖眼前小利。文章結構清晰，意旨明確。此後的南宋和元代，出現了一大批類似的建立州學縣學的記文，而此文堪為代表。

皇帝二十有三年①，制詔州縣立學。惟時守令有哲有愚，有屈力殫慮，祗順德意②；有假官借師，苟具文書。或連數城，亡誦弦聲。倡而不和，教尼不行③。

【注釋】

①皇帝：指宋仁宗。這一年是慶曆五年（一〇四五）。

②祗（zhī）：恭敬。

③尼（nǐ）：阻止。

【譯文】

宋仁宗皇帝繼位二十三年時，頒下詔書，命令每州每縣都要設立學校。當時的州縣長官，有的賢能，有的昏昧，有人盡心竭力，恭敬地順從皇帝的旨意；有人卻徒有官師之名，隨便寫個奉詔文書敷衍塞責。以致有些地區一連幾座城邑，都聽不到讀書的聲音。皇帝倡導而地方官卻不應和，教化受到阻礙而不能推行。

三十有二年，范陽祖君無澤知袁州①。始至，進諸生，知學宮闕狀，大懼人材放失，儒效闊疏，亡以稱上意旨②。通判潁川陳君侁③，聞而是之，議以克合④。

相舊夫子廟陿隘不足改為⑤，乃營治之東。厥土燥剛，厥位面陽，厥材孔良⑥。殿堂門廡，黝堊丹漆⑦，舉以法⑧。故生師有舍，庖廩有次。百爾器備，並手偕作。工善吏勤，晨夜展力，越明年成。

【注釋】

①范陽：縣治在今河北涿縣。祖君無澤：即祖無澤。袁州：治所在今江西宜春。
②亡（wú）：沒有，無。
③通判：官名。宋代州、府置通判與知州、知府共理政事。陳君侁（shēn）：即陳侁，字復之。
④克合：指觀點一致。
⑤陿（xiá）：同「狹」。
⑥孔：很。
⑦黝堊（è）丹漆：漆成黑紅各種顏色。堊，白土，用來刷牆。
⑧舉以法：按照規矩。

【譯文】

宋仁宗繼位的第三十二年，范陽人祖無澤君出任袁州知州。他剛上任，就召見當地儒生，了解到州裏學宮殘闕破敗的情況，非常擔心長此以往會使人才散失，儒學的功效也日漸削弱，不符合皇帝的旨意。本州通判潁川人陳侁君聽說後，很贊同祖無澤的見解，兩人討論後意見很一致。他們看到舊的夫子廟地方狹窄，無法改建學宮，於是就商定在它的東面營造新的學宮。那裏的土地乾燥堅硬，地勢向陽，使用的材料也很精良。學宮的殿堂、大門、走廊，塗上黑色的粉和紅色的漆，都按照前代的法度。因為這樣，儒生和老師都有了自己的屋舍，廚房和庫房也都排列齊整。各種器具都準備齊全，大家便協力破土動工興建學宮。由於工匠技藝嫻熟，官吏督促勤快，白天黑夜不停地施工，過了一年學宮便建成了。

捨菜且有日①。盱江李覯諗於眾曰②：惟四代之學，考諸經可見已。秦以山西鏖六國③，欲帝萬世，劉氏一呼而關門不守，武夫健將賣降恐後，何耶？詩書之道廢，人惟見利而不聞義焉耳。孝武乘豐富④，世祖出戎行⑤，皆孳孳學術。俗化之厚，延於靈、獻⑥。草茅危言者⑦，折首而不悔，功烈震主者，聞命而釋兵。群雄相視，不敢去臣位，尚數十年。教道之結人心如此。今代遭聖神，爾袁得聖君，俾爾由庠序踐古人之跡⑧。天下治，則譚禮樂以陶吾民⑨；一有不幸，尤當仗大節，為臣死忠，為子死孝。使人有所賴，且有所法，是惟朝家教學之意。若其弄筆墨以徼利達而已，豈徒二三子之羞，抑亦為國者之憂。

【注釋】

①捨菜：入學之初祭祀先聖先師的一種儀式。捨，通「釋」。
②盱（xū）江：又名「汝水」，在今江西東部。諗（shěn）：規諫。
③山西：崤山以西。崤山在今河南洛寧西北。鏖（áo）：激戰。
④孝武：西漢武帝。
⑤世祖：東漢光武帝。
⑥靈、獻：東漢靈帝、獻帝。
⑦草茅：代指在野之人。
⑧庠（xiáng）序：指學校。殷代稱「庠」，周代稱「序」。
⑨譚：光大。

【譯文】

學宮開學祭祀孔子的日子已經選定，盱江人李覯勸勉大家說：虞、夏、商、周四代興建學校、教化百姓的事，只要考查一下經書就可以知道了。秦國憑藉崤山以西的實力，通過激烈戰鬥擊敗關東六國，一統天下，還想萬代稱帝，可是劉邦率領軍隊振臂一呼，函谷關的關門便守不住，秦國的許多武臣勇將，都爭着獻關投降，這是為什麼呢？是因為秦國廢棄了詩書的道理，使得人們只貪圖私利卻不顧仁義道德。漢武帝劉徹在國富民安的時代登基，漢光武帝劉秀出身在軍隊裏，他們都認真地提倡學術，不倦地推行儒道。漢朝風俗教化淳厚，一直延續到漢靈帝、漢獻帝的時代。當時，那些身處草莽而敢大膽直言向皇帝進諫的人，雖然招來殺身之禍也不悔恨；那些功績顯赫、威震天下的將領，一聽到皇帝的命令就交出兵權。到了漢末群雄相爭，誰也不敢稱帝，這種政治局面尚且維持了數十年。儒家教化道德能維繫人心的威力竟然如此巨大。如今有幸遇到了聖明的皇帝，你們袁州地方又得到這樣一位賢明的長官，使你們能夠通過學校的教誨追隨古代聖賢的蹤跡。天下安定的時候，要傳授禮樂，陶冶百姓的情操；一旦遇到社會動盪，那就更應該依靠道義節操，作為臣子，為朝廷效忠而獻身，作為兒子，為盡孝而死。要使百姓有所信奉，有所效法，這便是朝廷和家庭重視教化的根本用意。假使有人舞文弄墨只是為了謀取功名富貴，這哪裏僅僅是你們的羞恥，同樣也是治理國家的人所憂慮的。

歐陽修

歐陽修（一〇〇七—一〇七二），字永叔，號六一居士，吉州永豐（今屬江西）人。歐陽修四歲喪父，在母親辛苦持守下勤學成才，於宋仁宗天聖八年（一〇三〇）中進士，後歷任京朝外朝諸官。范仲淹等推行「慶曆新政」時，他積極支持參與，後被牽連貶官，仁宗皇祐元年（一〇四九）回朝。此後到嘉祐年間，曾任樞密副使、參知政事等職，晚年因不贊成王安石新法而引退，卒謚文忠，有歐陽文忠公集傳世。歐陽修是北宋第一位在詩、詞、散文各方面均有突出成就的文人，是當時公認的文壇領袖，賞識提拔了蘇軾、曾鞏等一批人才，被視為北宋詩文革新潮流的領導者和推動者。

朋黨論

「朋黨」在中國傳統政治中是一個常用的貶義詞，政治上對立雙方往往指斥對方引朋結黨，皇帝出於鞏固皇權和控制臣僚的目的，也常常予以打擊抑制。歐陽修做這篇文章時，正當保守派人物呂夷簡等在政治暫時失勢後大肆製造輿論攻擊「慶曆新政」，罪名之一就是引用朋黨。歐陽修在本文中開宗明義提出關鍵在於區分君子小人，君子結黨對國家有利無害，只有各懷私心的小人結黨才會蠹害國家。全文引證史實分析國家與亡與君子黨和小人黨的關係，說理充分，史論融合自然，是一篇很出色的論戰文字。

臣聞朋黨之說，自古有之，惟幸人君辨其君子小人而已。大凡君子與君子，以同道為朋；小人與小人，以同利為朋。此自然之理也。

【譯文】

臣聽說關於「朋黨」的說法，自古就有，只希望君主能辨識他們是君子還是小人就可以了。大體說來，君子與君子，是以理想志趣相同結成朋黨；小人與小人，以私利一致結成朋黨。這是很自然的道理。

然臣謂小人無朋，惟君子則有之。其故何哉？小人所好者，利祿也；所貪者，貨財也。當其同利之時，暫相黨引以為朋者，偽也。及其見利而爭先，或利盡而交疏，則反相賊害，雖其兄弟親戚，不能相保。故臣謂小人無朋，其暫為朋者，偽也。君子則不然。所守者道義，所行者忠信，所惜者名節。以之修身，則同道而相益；以之事國，則同心而共濟。終始如一，此君子之朋也。故為人君者，但當退小人之偽朋，用君子之真朋，則天下治矣。

【譯文】

然而臣又認為小人沒有朋黨，只有君子才有。這是什麼緣故呢？小人所喜的是利祿，所貪的是貨財。當他們利益一致的時候，暫時互相勾結而為朋黨，這種朋黨是虛偽的。等到他們見利而爭先恐後，或者到了無利可圖而交情日益疏遠的時候，就會反過來互相殘害；即使對其兄弟親戚也不會互相保全。所以臣認為小人並無朋黨，他們暫時為朋黨是虛偽的。君子就不是這樣：他們所依據的是道義，所履行的是忠信，所愛惜的是名譽氣節。用它們來修養品德，彼此志趣相同又能夠互相取長補短；用它們來效力國家，則能夠和衷共濟，把事辦成，這就是君子的朋黨。所以做君主的，只應該擯斥小人虛偽的朋黨，信任君子真正的朋黨，只有這樣天下就大治了。

堯之時，小人共工、驩兜等四人為一朋①，君子八元、八愷十六人為一朋②。舜佐堯，退四凶小人之朋，而進元、愷君子之朋，堯之天下大治。及舜自為天子，而皋、夔、稷、契等二十二人並立於朝③，更相稱美，更相推讓，凡二十二人為一朋，而舜皆用之，天下亦大治。書曰④：「紂有臣億萬，惟億萬心；周有臣三千，惟一心。」紂之時，億萬人各異心，可謂不為朋矣，然紂以亡國。周武王之臣三千人為一大朋，而周用以興。後漢獻帝時，盡取天下名士囚禁之，目為黨人⑤。及黃巾賊起⑥，漢室大亂，後方悔悟，盡解黨人而釋之，然已無救矣。唐之晚年，漸起朋黨之論⑦。及昭宗時⑧，盡殺朝之名士，或投之黃河⑨，曰：「此輩清流，可投濁流。」而唐遂亡矣。

【注釋】

①共工、驩（huān）兜：傳說與三苗、鯀（gǔn）一起稱為堯時的「四凶」。尚書．堯典記載：「流共工於幽州，放驩兜於崇山，竄三苗於三危，殛鯀於羽山。」

②八元：傳說上古高辛氏的八個有德才的臣子。八愷：傳說上古高陽氏的八個賢臣。

③皋、夔（kuí）、稷、契：傳說中舜時的賢臣。皋掌管刑法，夔掌管音樂，稷掌管農事，契掌管教育。

④「書曰」以下四句：引文見尚書．周書．泰誓篇。

⑤「後漢」以下三句：指東漢末年的「黨錮之禍」。漢獻帝，劉協，東漢最後的一個皇帝。「黨錮之禍」是漢順、桓、靈帝時期的事，與獻帝無關。

⑥黃巾賊起：指漢靈帝中平元年（一八四）張角領導的農民起義，義軍以頭纏黃巾為標誌，故稱「黃巾軍」。賊，是封建統治階級對農民義軍的蔑稱。

⑦唐之晚年，漸起朋黨之論：指唐穆宗至宣宗年間以李德裕為首的李黨和以牛僧儒為首的牛黨互相傾軋的「牛李黨爭」，兩黨之爭持續了四十多年。

⑧昭宗：唐朝末年的一個皇帝。

⑨或投之黃河：唐末年權臣朱溫誣陷被貶宰相裴樞及其他大臣為朋黨，殺害他們的時候，他的謀士李振獻言說：「此輩自謂清流，宜投於黃河，永為濁流。」朱溫接受了他的意見。事見舊五代史．梁書．李振傳。

【譯文】

堯的時候，小人共工、驩兜等四人結為一朋黨，君子則有八元和八愷共十六人共為一朋黨。舜輔佐堯，斥退四凶小人的朋黨，進用八元八愷君子的朋黨，堯的天下得以大治。等到舜自己做了天子，皋陶、夔、後稷、契等二十二人一起在朝廷做官，彼此稱美讚揚，互相推舉謙讓，共二十二人為一朋黨，舜都重用他們，天下也治理得非常好。尚書上說：「商紂王有臣億萬人，億萬人各有異心；周有臣三千人，卻合成一條心。」商紂王的時候，億萬人心各不相同，可說沒有朋黨，然而卻因此亡國。周武王的臣子三千人結成一個大朋黨，但周卻因此而興起。東漢獻帝時候，把天下所有名士都看成黨人而予以禁錮。直到黃巾軍起義，漢室大亂，這才後悔醒悟，把黨人都釋放出來，可是已經無法挽救漢朝了。唐朝晚年，又逐漸興起朋黨的說法，到唐昭宗時，朱溫把在朝名士都殺了，有的還被投到黃河裏，說：「這些人自稱清流，可以投他們到濁流裏去。」唐朝也隨之滅亡了。

夫前世之主，能使人人異心不為朋，莫如紂；能禁絕善人為朋，莫如漢獻帝；能誅戮清流之朋，莫如唐昭宗之世。然皆亂亡其國。更相稱美、推讓而不自疑，莫如舜之二十二臣，舜亦不疑而皆用之。然而後世不誚舜為二十二人朋黨所欺[1]，而稱舜為聰明之聖者，以能辨君子與小人也。周武之世，舉其國之臣三千人共為一朋，自古為朋之多且大莫如周，然周用此以興者，善人雖多而不厭也。

【注釋】

①誚（qiào）：責備。

【譯文】

前代的君主中，能讓人人各懷異心不結朋黨的，莫過於商紂；能禁絕好人結為朋黨的，莫過於漢獻帝；能殘殺「清流」結成朋黨的，莫過於唐昭宗時代。然而都因此致亂而使他們亡國。而彼此稱揚讚美、互相推舉謙讓而自信不疑的，莫過於舜的二十二位臣子，舜也並不懷疑他們且都加以親用。然而後人並不譏諷舜被二十二人結成的朋黨所欺騙，反倒稱讚舜是聰明的聖人，是因為他能夠辨識君子和小人。周武王時代，他的邦國裏臣子三千人全都結為一個朋黨，自古以來結為朋黨的，人數之多與規模之大都莫過於周，可是周卻因此而振興，那是賢人即使很多他們也總覺得不滿足的緣故呵。

嗟呼！治亂興亡之跡，為人君者可以鑒矣！

【譯文】

唉！歷史上治亂興亡的史跡，做君主的可以引為鑒戒啊！

縱囚論

「縱囚」是指唐太宗貞觀年間曾經釋放一批死囚，並與他們約定來年受刑之期，結果到期這些死囚如數返回而皆得赦免。這件事通常被人引用作為君主取信於民的歷史例證，歐陽修在本文中則從情理和史實兩個方面，指出這種記錄不足為信，即使真有也不足取法。論斷明晰而章法嚴謹，其結論和建議均令人信服。

信義行於君子，而刑戮施於小人。刑入於死者，乃罪大惡極，此又小人之尤甚者也。寧以義死，不苟幸生，而視死如歸，此又君子之尤難者也。方唐太宗之六年[1]，錄大辟囚三百餘人[2]，縱使還家，約其自歸以就死。是以君子之難能，期小人之尤者以必能也。其囚及期，而卒自歸無後者，是君子之所難，而小人之所易也。此豈近於人情哉？

【注釋】

①唐太宗六年：即貞觀六年（六三二）。

②大辟（bì）：死刑。

【譯文】

誠信和禮義在君子中間通行，而刑罰誅戮則施加於小人之身。刑罰重到該判死刑，本來是罪大惡極，這樣的罪犯，又是小人中尤其惡劣的。寧肯為義而死，不肯隨便僥幸活着，能夠視死如歸，這又是君子也很難做到的事情。而在唐太宗即位的第六年，審查死罪囚犯三百多人，太宗都放他們回家，又約定期限，讓他們按期自動回來接受死刑。這是拿君子都難於做到的事，來期望小人中的惡劣分子一定能夠做到啊。而那些囚犯到了約定期限，卻竟然都自動回來，沒有一個超過期限的，這是君子都難於做到的，小人卻輕易做到了。這難道近乎人情麼？

或曰：罪大惡極，誠小人矣。及施恩德以臨之，可使變而為君子。蓋恩德入人之深，而移人之速，有如是者矣。曰：太宗之為此，所以求此名也。然安知夫縱之去也，不意其必來以冀免①，所以縱之乎？又安知夫被縱而去也，不意其自歸而必獲免，所以復來乎？夫意其必來而縱之，是上賊下之情也②，意其必免而復來，是下賊上之心也。吾見上下交相賊以成此名也，烏有所謂施恩德與夫知信義者哉？不然，太宗施德於天下，於茲六年矣，不能使小人不為極惡大罪，而一日之恩，能使視死如歸，而存信義，此又不通之論也。

【注釋】

①意：料到，估計。

②賊：窺測。

【譯文】

有人說：罪大惡極的，的確是小人。但等到在上者對他們施加恩德，也可使他們變成君子。可見恩德感人之深，改變人的性情之快，竟能達到這種程度。我回應說：太宗之所以這樣做，正是為了得到恩德深入人心的好名聲。怎知他放囚犯們回家，不是事先料到囚犯們希圖免死，他們一定會回來，所以才釋放他們呢？又怎知囚犯們被放回家，他們不是事先料到自動返回後必然被赦免，所以才如期返回的呢？料到他們必然回來才放了他們，是在上的太宗窺探得了下面囚犯們的隱情；料到自己必能免死才又返回，是囚犯們竊得了太宗的心事。我只看到他們上下相窺探而成就了各自的好名聲，哪裏真有所謂的施恩德與知信義的事呢？不然的話，太宗施恩德給天下人，到這時已經六年了，並不能使小人不犯極惡大罪，然而一天放歸的小恩德卻能使小人們視死如歸，還堅守信用道義，我認為這個道理根本說不通。

然則何為而可？曰：縱而來歸，殺之無赦。而又縱之，而又來，則可知為恩德之致爾。然此必無之事也。若夫縱而來歸而赦之，可偶一為之爾；若屢為之，則殺人者皆不死，是可為天下之常法乎？不可為常者，其聖人之法乎？是以堯、舜、三王之治[1]，必本於人情。不立異以為高，不逆情以干譽。

【注釋】

①三王：指夏禹、商湯、周文王和周武王。他們都是儒家尊崇的古代有道的明君。

【譯文】

那麼怎樣做才恰當呢？我認為：放了這些囚犯，等他們自動歸來時，便殺了他們，並不赦免。以後再釋放同樣的死囚，如果他們依舊能自動回來，這才可以知道是恩德感化產生的效應了。然而這是現實中絕對不會有的事。如果放了他們，他們又自動回來，便從而赦免了他們，這只能偶爾做一次；如果屢次這樣，那麼凡是殺人的就都免去死罪，這能成為天下的定法麼？如果不能作為定法，難道還算是天子制定的法麼？因此堯、舜、禹、湯、文、武的治世，一定是從人情出發。不把標新立異來表示高明，也不肯悖逆人情來求取名譽。

釋祕演詩集序

釋祕演和石曼卿都是歐陽修的知交好友，二人均因不合於世而或困頓或退隱，歐陽修本文的重點即在於抒發這種懷才難遇的感慨。文章開頭先敍說自己結交天下賢士的願望和行動，並通過石曼卿而談到了釋祕演的為人和行事風格，重在表現其人，對於詩歌本身僅「雅健」「可喜」寥寥數語，卻也能讓人通過其人推想其詩，並及於一類士人的時代境遇，而不限於對一家詩作具體成就的稱讚，此是其高明處。

予少以進士遊京師①，因得盡交當世之賢豪。然猶以謂國家臣一四海，休兵革，養息天下以無事者四十年，而智謀雄偉非常之士，無所用其能者，往往伏而不出，山林屠販，必有老死而世莫見者，欲從而求之不可得。

【注釋】

①京師：指北宋都城汴梁，在今河南開封。

【譯文】

我年輕時以進士身份遊歷京城，廣交當代的賢人豪傑。我還認為國家統一，不再用兵，天下休養生息已有四十年之久，因此智謀傑出、志向高遠的人物，沒有機會施展才能，往往隱居不出，山林和市井屠販裏面，必定有老死都未被發現的人才，想去那兒追隨尋訪他們，卻無法辦到。

其後得吾亡友石曼卿[①]。曼卿為人，廓然有大志。時人不能用其材，曼卿亦不屈以求合。無所放其意，則往往從布衣野老[②]，酣嬉淋漓，顛倒而不厭。予疑所謂伏而不見者，庶幾狎而得之[③]，故嘗喜從曼卿遊，欲因以陰求天下奇士。

【注釋】

①石曼卿：名延年，宋城（今河南商丘）人。詩人。

②布衣：平民百姓。野老：鄉村老人。

③庶幾（jī）：也許可以。狎（xiá）：親近、親密，引申為無拘無束。

【譯文】

後來終於遇到現已故世的朋友石曼卿。曼卿為人，心胸開闊，志向遠大。當時的人不能重用其才能，曼卿也不願委屈自己去迎合。他無處抒發自己的心意，就常常跟平民和野老飲酒嬉樂，盡情酣醉，毫不厭倦。我疑心所謂隱居不讓人發現的人，也許會在接近這些人時可以找到，所以我常常喜歡跟曼卿在一起，想通過他來暗中尋訪天下傑出的人物。

浮屠祕演者①，與曼卿交最久，亦能遺外世俗，以氣節自高。二人歡然無所間。曼卿隱於酒，祕演隱於浮屠，皆奇男子也。然喜為歌詩以自娛。當其極飲大醉，歌吟笑呼，以適天下之樂，何其壯也！一時賢士，皆願從其遊，予亦時至其室。十年之間，祕演北渡河，東之濟、鄆②，無所合，困而歸。曼卿已死，祕演亦老病。嗟夫！二人者，予乃見其盛衰，則予亦將老矣。

【注釋】

①浮屠：梵文佛陀的音譯。這裏指和尚。

②濟：濟州，治所在鉅野，即今山東鉅野南。鄆（yùn）：鄆州，治所在須昌，即今山東東平西北。

【譯文】

祕演和尚，與曼卿交往時間最久，也能超脱世俗，以講求氣節來自守清高。他倆親密無間。曼卿隱匿在酒肆中，祕演隱匿在寺廟裏，他們都是有奇才特行的男子。又喜歡作詩自我消遣。當他們盡情縱飲而大醉時，長歌吟嘯笑傲高呼，來求得天下最大的歡樂時，那情景是多麼豪壯啊！當世賢士都願意跟他們交遊，我也常到他們的住處去。十年之間，祕演向北渡過黃河，向東到了濟州、鄆州一帶，不曾遇到志同道合的人，不得志困窮而歸。曼卿去世，祕演也年老多病。唉！這兩個人啊，我親眼看到他們由盛而衰，那麼我也快衰老了吧。

夫曼卿詩辭清絕，尤稱祕演之作，以為雅健有詩人之意。祕演狀貌雄傑，其胸中浩然，既習於佛，無所用，獨其詩可行於世，而懶不自惜。已老，胠其橐①，尚得三四百篇，皆可喜者。

【注釋】

①胠（qū）：打開。橐（tuó）：口袋。

【譯文】

曼卿的詩極為清新，他尤其稱許祕演的作品，認為寫得高雅雄健，饒有詩人意趣。祕演的形貌英俊挺拔，胸襟開闊廣大，做了和尚以後，再沒有施展才能的機會，唯獨他的詩可以流傳於世間，但他懶散不珍惜自己的作品。到了晚年，打開裝詩稿的口袋，還能找到三四百篇，都是令人喜愛的作品。

曼卿死，祕演漠然無所向。聞東南多山水，其巔崖崛嵂①，江濤洶湧，甚可壯也，遂欲往遊焉。足以知其老而志在也。於其將行，為敍其詩，因道其盛時以悲其衰。

【注釋】

①崛嵂（jué lù）：陡峭。

【譯文】

曼卿去世後，祕演茫茫然深感寂寞。聽說東南地方有山水名勝，那裏奇峰突兀，懸崖陡絕，江濤洶湧，氣勢極為壯觀，就想去那裏遊覽。足見他雖然年紀老了，志向卻依然遠大。在他將要遠行時，我給他的詩集寫了序，藉此回顧一下他盛年的情景並悲歎他的衰老。

卷十

梅聖俞詩集序

梅聖俞即北宋著名詩人梅堯臣，是歐陽修的知交好友。本文是歐陽修在詩人去世後為其整理詩集後所做的紀念性文章，飽含傾慕和同情。文中提出了「詩窮而後工」的著名創作觀，指出並不是詩能使人窮，而是處於窮窘蹇滯之境的詩人更能體會生活的味道，抒發沉鬱的胸臆。

予聞世謂詩人少達而多窮①，夫豈然哉？蓋世所傳詩者，多出於古窮人之辭也。凡士之蘊其所有而不得施於世者②，多喜自放於山巔水涯之外，見蟲魚草木、風雲鳥獸之狀類，往往探其奇怪，內有憂思感憤之鬱積，其興於怨刺，以道羈臣寡婦之所歎③，而寫人情之難言。蓋愈窮則愈工，然則非詩之能窮人，殆窮者而後工也。

【注釋】

①達：顯達。窮：窮困。
②蘊其所有：有才華、有抱負。
③羈（jī）臣：宦遊或貶謫在異鄉做官的人。

【譯文】

我聽世人說詩人的人生境遇順利的少，多數非常窮困，難道真是這樣嗎？大概因為世上流傳的詩歌，多數出於古代困窘之士筆下的緣故罷。大凡士子們胸懷才智而又得不到機會施展於社會的，大多樂意讓自己放浪於偏僻的山頭、水邊這種塵世之外的地方，當他們看到蟲魚草木、風雲鳥獸之類的自然景物，往往深入觀摩探究它們的奇特奧祕，這時候，他們內心鬱積着許多對社會的憂思和憤慨，很想寫詩來抒發他們的怨恨，藉以表達逐臣、寡婦這類不幸者的悲傷慨歎之情，他們這種深入民間生活體察鍛煉出的藝術本領，就使他們能夠寫出一般人難以深刻地表達出來的感情和心態。大概詩人的遭遇越困窘寫出的詩才能越高妙，並非寫詩本身使人困窘，而是困窘而又不喪失其志氣的人才能達到詩歌創作的較高境界。

予友梅聖俞①，少以蔭補為吏②，累舉進士，輒抑於有司③，困於州縣凡十餘年。年今五十，猶從辟書④，為人之佐，鬱其所蓄不得奮見於事業。其家宛陵⑤，幼習於詩，自為童子，出語已驚其長老。既長，學乎六經仁義之說，其為文章，簡古純粹，不求苟說於世⑥，世之人徒知其詩而已。然時無賢愚，語詩者必求之聖俞。聖俞亦自以其不得志者，樂於詩而發之，故其平生所作，於詩尤多。世既知之矣，而未有薦於上者。昔王文康公嘗見而歎曰⑦：「二百年無此作矣！」雖知之深，亦不果薦也。若使其幸得用於朝廷，作為「雅」、「頌」，以歌詠大宋之功德，薦之清廟⑧，而追商、周、魯頌之作者，豈不偉歟！奈何使其老不得志而為窮者之詩，乃徒發於蟲魚物類、羈愁感歎之言？世徒喜其工，不知其窮之久而將老也，可不惜哉！

【注釋】

①梅聖俞：梅堯臣，字聖俞。宣州宣城（今安徽宣城）人。

②蔭（yìn）：指子孫因前輩有功，享受恩典而被賜以官爵。梅堯臣因叔父梅詢而受蔭，得任河南主簿。

③輒（zhé）：總是。抑：壓抑，壓制。

④辟（bì）書：招聘文書。

⑤宛陵：今安徽宣城。

⑥說（yuè）：同「悅」，高興。

⑦王文康：即王晦，謚號文康。宋仁宗時任宰相。

⑧清廟：宗廟。

【譯文】

我的朋友梅聖俞，年輕時因承受祖先恩蔭補授到一份小小的官職，雖然幾次被推薦去應考進士，總受到主考官的壓制，困頓在區區州縣之間已十多年。今年他五十歲了，還得靠別人聘用，只能給別人做做幫手，許多才智依然只能鬱積在自己心裏，無法奮起到實際事業中去展現。他家鄉在宛陵，幼年就學習寫詩，孩童時寫出的詩句已使父老長輩驚異。長大後，學習了六經的仁義學說，寫成文章簡樸純正富有古風，毫無苟且取悅於他人的意味，世人不過知道他的詩罷了。但當時人不論賢愚，談論到詩歌必然會向聖俞求教。聖俞自己也總把他不得志的心情樂於用詩來抒發，所以他平生的寫作，以詩歌為多。可惜世人雖然理解他，卻沒有人向朝廷舉薦。以前王文康公見了他的詩作，這樣讚歎過：「已經兩百年沒有這樣的好作品了！」雖然相知很深，最終也未舉薦。如果聖俞有幸得到朝廷重視，寫出如詩經中雅、頌那樣的大作，用來歌詠我們大宋的功德，奉獻給皇家宗廟，得以媲美商頌、周頌、魯頌的作者，豈不是很壯觀的盛事！為什麼會使他到老還不能得志，有所發揮，而只能寫些困窘者的詩歌，通過蟲魚之類的小東西，發點勞苦的感歎？世人不過是喜愛他詩歌寫得工巧，卻不知道他已窮困如此之久，他就快要老死了，這樣難道不是太可惜嗎？

聖俞詩既多，不自收拾。其妻之兄子謝景初，懼其多而易失也，取其自洛陽至於吳興以來所作①，次為十卷②。予嘗嗜聖俞詩③，而患不能盡得之，遽喜謝氏之能類次也④，輒序而藏之。其後十五年，聖俞以疾卒於京師，余既哭而銘之⑤，因索於其家，得其遺稿千餘篇，並舊所藏，掇其尤者六百七十七篇⑥，為一十五卷。嗚呼！吾於聖俞詩，論之詳矣，故不復云。廬陵歐陽修序。

【注釋】

①吳興：今浙江湖州。梅堯臣曾先後居住於洛陽、吳興兩地。
②次：編。
③嗜（shì）：喜歡，愛好。
④遽（jù）：立刻。類：分類。
⑤銘：動詞，作墓誌銘。
⑥掇（duō）：拾取，摘取。

【譯文】

聖俞寫詩很多，自己卻不收集保存。他妻子的姪兒謝景初擔心它太多容易散失，特為選取他從洛陽到吳興這段時間裏所寫的作品，編為十卷。我曾非常愛讀聖俞的詩作，一直擔心不能得到他的全部作品，對謝氏能這樣分別編集他的作品，非常高興，所以很樂意給他寫篇序文，並把這部書珍藏起來。從那以後，十五年又已過去，現在聖俞因疾病在京都去世了，我痛哭着為他寫了墓誌銘以後，又向他家裏求索遺文，得到遺稿一千多篇，連同過去所珍藏的，選出其中最好的六百七十七篇，重分為十五卷。唉！我對聖俞的詩作，過去已評論得很詳盡了，在這裏就不再多說了。廬陵歐陽修寫了這篇序。

送楊寘序

傳統的贈序大都包含對人的勸勉、期望及雙方的交情等重點，這篇贈序卻把較大篇幅放在談自己學彈琴及對琴理的體會上，並談到琴聲陶冶性情的功能，最後才提到了送行的事。實際上作者寫琴，正是勸友人以琴自隨，彈琴自娛，進而能「平其心以養其疾」，來應對仕途屢不得志又將處偏遠之地的人生逆境。

予嘗有幽憂之疾①，退而閑居，不能治也。既而學琴於友人孫道滋，受宮聲數引②，久而樂之，不知其疾之在體也。

【注釋】

①幽憂：過度憂傷。

②宮聲：指宮調式。古代以五聲（宮、商、角、徵、羽）中的宮聲為主的調式。引：琴曲的數量單位。

【譯文】

我曾經患過內心過度憂傷的疾病，退職閑居靜養，也沒能治好。後來跟着友人孫道滋學琴，學會了幾支曲子，久而久之便愛上了它，也就不覺得自己疾病在身了。

夫琴之為技小矣，及其至也，大者為宮①，細者為羽，操弦驟作，忽然變之，急者淒然以促，緩者舒然以和，如崩崖裂石，高山出泉，而風雨夜至也，如怨夫寡婦之歎息②，雌雄雍雍之相鳴也③。其憂深思遠，則舜與文王、孔子之遺音也；悲愁感憤，則伯奇孤子、屈原忠臣之所歎也④。喜怒哀樂，動人必深，而純古淡泊，與夫堯舜、三代之言語、孔子之文章、易之憂患、詩之怨刺無以異⑤。其能聽之以耳，應之以手，取其和者，道其湮鬱⑥，寫其幽思，則感人之際，亦有至者焉。

【注釋】

①宮：為最低音。

②怨夫：成年無妻的男子。

③雍雍：鳥和鳴聲。

④伯奇：周宣王大臣尹吉甫的兒子。為父親所猜忌，投河自盡。屈原：戰國時楚國人。受陷害而被長期放逐，投汨（mì）羅江而死。

⑤三代：指夏、商、周。

⑥道（dǎo）：疏導。湮鬱：阻塞。

【譯文】

彈琴不過是小技藝，如果造詣達到很高水平，從聲音洪亮的宮聲，到聲音尖細的羽聲，驟然彈撥琴弦，聲音變化急切，節拍急切的淒清而急促，節拍緩慢的悠緩而平和，有的就像山崩石裂，高山上噴瀉出泉水，深夜裏突臨風雨，又有的像鰥男寡女的哀怨歎息，雌雄鳥兒的相和啼鳴。那份深沉的憂思，簡直就是大舜、周文王、孔子留下的聲音；那份悲愁感憤，簡直就是孤兒伯奇、忠臣屈原的哀歎。那喜怒哀樂之情，感人至深，那古樸淡泊之意，與堯舜、三代的言語、孔子的文章、周易裏的憂患、詩經裏的怨刺沒有什麼兩樣。如果能用耳聽出來，用手彈出來，選取與自己心境相協調的以排解憂鬱，宣泄幽思，那麼它感動人的時候，也能使人悟得人生的真諦。

予友楊君①，好學有文，累以進士舉，不得志。及從蔭調②，為尉於劍浦③，區區在東南數千里外，是其心固有不平者。且少又多疾，而南方少醫藥，風俗飲食異宜。以多疾之體，有不平之心，居異宜之俗，其能鬱鬱以久乎？然欲平其心以養其疾，於琴亦將有得焉。故予作琴說以贈其行。且邀道滋酌酒，進琴以為別。

【注釋】

①楊君：即楊寘（zhì），字審賢。

②蔭（yìn）：子孫因先輩有功，享受恩典而被授以官爵。

③劍浦：在今福建南平。

【譯文】

我的朋友楊君，愛好學習又有文才，多次去應考進士，都未能如願考中。等到仰仗祖輩恩蔭補缺，才當上劍浦縣的縣尉，劍浦只是東南數千里地外的一個小小的地方，他的心境自然憤憤不平。何況他自幼多病，南方又缺醫少藥，風俗與飲食也不適合他。這樣以他多病的身體，懷着憤憤不平的心情，居住在風俗習慣不相適宜的地方，能憂鬱地長久支持下去嗎？然而，要想撫平他的心來養好他的病，從彈琴中也許可以得到益處。因此，我寫了這篇談論琴的文章送他遠行。還邀請道滋一同飲酒，贈一張琴為他送別。

五代史伶官傳序

這是摘自新五代史·伶官傳的一段著名史論。作者通過後唐莊宗李存勖復仇前勵精圖治，繼位後寵幸伶官最終受其禍害殺身亡國的事例，揭示出「憂勞可以興國，逸豫可以亡身」的統治經驗，指出「智勇多困於所溺」，統治者應該克制私欲，防微杜漸。文章短小有力，議論雖少而感情充沛。

嗚呼！盛衰之理，雖曰天命，豈非人事哉？原莊宗之所以得天下[①]，與其所以失之者，可以知之矣。

【注釋】

①原：考察。莊宗：五代時後唐莊宗李存勗（xù）。後梁龍德三年（九二三）稱帝，建都洛陽，國號「唐」。同年滅後梁，同光三年（九二五）兵變被殺。

【譯文】

唉！國家興盛衰亡變化的規律，雖說是出於天意，難道不也是人力作用的緣故嗎？我們探究後唐莊宗為什麼能夠取得天下，又是怎樣失掉它的原因，就可以懂得這個道理。

世言晉王之將終也[①]，以三矢賜莊宗而告之曰：「梁[②]，吾仇也；燕王[③]，吾所立；契丹與吾約為兄弟[④]，而皆背晉以歸梁。此三者，吾遺恨也。與爾三矢，爾其無忘乃父之志[⑤]！」莊宗受而藏之於廟。其後用兵，則遣從事以一少牢告廟[⑥]，請其矢，盛以錦囊，負而前驅，及凱旋而納之。

【注釋】

①晉王：即李克用，李存勖之父。唐末平黃巢有功，拜河東節度使，封晉王。
②梁：指五代後梁。後梁太祖朱溫曾參加黃巢起義，後降唐，封梁王，曾與李克用父子長期交戰。
③燕王：劉守光，晉王曾封他為燕王。
④契丹：居住在遼河上游一帶的少數民族，公元九一六年建契丹國，後改稱「遼」。遼太祖耶律阿保機曾與晉王約為兄弟。
⑤其：語氣副詞，一定。
⑥從事：三公及州郡長官的僚屬。這裏泛指一般官員。少牢：古代祭祀，牛、羊、豬各一稱「太牢」，只有羊、豬為「少牢」。

【譯文】

世人傳言晉王李克用臨死的時候，曾把三枝箭賜給莊宗，並告誡他說：「梁，是我們的仇敵；燕王，本是我們扶立的；契丹，曾和我們結為兄弟，可是他們都背叛了晉國而依附於梁。這三件事，是我遺留下的三大遺恨。給你三枝箭，你一定不要忘記你父親的心願啊！」莊宗接受了這三支箭，收藏在太廟裏。此後每逢打仗，先派人用一少牢祭祀太廟，然後把箭「請」下來，放在織錦的袋子裏，行軍打仗背着箭衝殺在最前面，等到勝利歸來，再把箭送回太廟。

方其係燕父子以組①，函梁君臣之首②，入於太廟，還矢先王，而告以成功，其意氣之盛，可謂壯哉！及仇讎已滅③，天下已定，一夫夜呼④，亂者四應，倉皇東出，未見賊而士卒離散，君臣相顧，不知所歸，至於誓天斷髮，泣下沾襟，何其衰也！豈得之難而失之易歟？抑本其成敗之跡，而皆自於人歟？

【注釋】

①方：正當。係：捆綁。組：古代指絲帶，這裏指繩索。
②函：匣，盒子。這裏用作動詞，用木盒子裝。
③仇讎（chóu）：仇人。
④一夫：指皇甫暉。後唐莊宗殺死大臣郭崇韜，一時人心浮動，軍士皇甫暉乘時作亂，攻入鄴都。

【譯文】

當他用繩子捆綁了燕王父子，用木匣裝着梁國君臣的人頭，送到太廟，把箭還給先王，祭告已經報仇雪恨，完成了遺願，這時候精神氣慨是那樣旺盛，真稱得上是雄壯啊！等到仇敵已經消滅，天下平定，一名男子夜裏幾聲呼叫，叛亂者就四方響應，莊宗慌亂中帶兵奔向東方，還沒有見到敵人，將士就已潰散，君臣面面相覷，不知投奔何方，乃至於呼天搶地，割斷自己的頭髮，嚎啕大哭，又是何等淒慘衰弱！難道真是得天下難而失掉容易？還是推究他成功與失敗的原因，其實都是由於人的作用呢？

書曰：「滿招損，謙得益①。」憂勞可以興國，逸豫可以亡身②，自然之理也。故方其盛也，舉天下之豪傑，莫能與之爭；及其衰也，數十伶人困之③，而身死國滅，為天下笑。夫禍患常積於忽微④，而智勇多困於所溺⑤，豈獨伶人也哉！

【注釋】

①滿招損，謙得益：出自尚書·大禹謨。
②逸豫：安逸。
③數十伶人困之：公元九二六年，伶人郭從謙指揮一部分禁衛軍作亂，李存勖中流矢而死。伶人，樂官。
④忽微：細小。
⑤溺：沉迷。

【譯文】

尚書說：「自滿帶來損害，謙虛使人受益。」憂患辛勞可以使國家興盛，安逸享樂能夠斷送自身，這是必然的規律。所以當他強大的時候，天下的英雄都不能和他對抗；轉到衰敗落魄的時候，幾十個伶人就可以制服他，以致殺身亡國，被天下人譏笑。禍患和危難，常常是由一些小事積累形成的，富有智慧勇氣的人，則往往被他沉迷的東西困擾消耗掉，這是普遍規律，難道僅僅是伶者的事嗎！

五代史宦者傳論

宦官之禍是唐代中後期衰亡的主要原因，北宋人對此多有論述。這篇文章通過將宦官與女禍對比，指出宦官亂政有深刻的制度原因，往往因為君主與外朝大臣之間缺乏信任而導致「勢孤」，越是勢孤懼禍越倚重宦官，最後越陷越深，直至國滅身亡，宦官集團也隨之覆滅。史識卓絕，推理嚴密，令人信服。

自古宦者亂人之國①，其源深於女禍。女，色而已，宦者之害，非一端也。

【注釋】

①宦者：宦官。

【譯文】

自古以來，宦官敗亂國家，比女人造成的禍害更深。女人，不過是靠美色取寵，宦者的危害，可不止一條。

蓋其用事也近而習，其為心也專而忍。能以小善中人之意①，小信固人之心，

使人主必信而親之。待其已信，然後懼以禍福而把持之②。雖有忠臣、碩士列於朝廷③，而人主以為去己疏遠，不若起居飲食、前後左右之親為可恃也。故前後左右者日益親，則忠臣、碩士日益疏，而人主之勢日益孤。勢孤，則懼禍之心日益切，而把持者日益牢。安危出其喜怒，禍患伏於帷闥④，則向之所謂可恃者⑤，乃所以為患也。患已深而覺之，欲與疏遠之臣圖左右之親近，緩之則養禍而益深，急之則挾人主以為質。雖有聖智，不能與謀。謀之而不可為，為之而不可成，至其甚，則俱傷而兩敗。故其大者亡國，其次亡身，而使奸豪得藉以為資而起，至抉其種類⑥，盡殺以快天下之心而後已。此前史所載宦者之禍常如此者，非一世也。

【注釋】

①中（zhòng）：迎合。

②把持：控制。

③碩士：品節高尚，學問淵博之士。

④帷闥（tà）：比喻皇室之內。闥，指門內。

⑤向：以前。

⑥抉（jué）：挖出。

【譯文】

因為他們的職責是接近君主，容易形成親密的關係，這些人心計也專一而殘忍。他們會做些小小的好事，以迎合人的心意，在小事上表現他們的忠誠，以鞏固對他們的好感，使君主必然信任親近他們。等到已經取得君主的信賴，然後就用禍福來恐嚇挾制他。這時候儘管朝中有忠臣賢士和正人君子，君主以為他們和自己的關係比較疏遠，不如侍奉他的生活起居、成天跟着他的宦官那樣親切可靠。所以君主和成天不離左右的宦官越來越親密，與忠臣、正人君子的關係就越來越疏遠，君主的處境自然就越來越孤立。處境孤立，懼禍心理就越來越深切，於是挾制他的宦官們的地位也就越來越牢固。君主的安危決定於這些人的喜怒，禍患就潛伏在皇宮帷帳和大門的左右，過去認為可靠的人，正是現在的禍源。禍患已經很深，君主才察覺出異常，又想同疏遠的臣屬商量鏟除左右親近的宦官，這時如果行動遲緩，禍患就會發展得更嚴重；要是操之過急，那些人就會挾持君主作為人質。這時候儘管有上智之士，也不能夠再和他們商議對策。就是能夠商議，也沒法實行，做了也不能成功，甚至落得兩敗俱傷。嚴重的可以亡國，其次可以使個人送命，並引發有權勢的奸人乘機起事，把宦官斬草除根，統統殺光以大快世人之心，才算罷休。過去歷史上記載的宦官之禍的結局往往如此，不是一朝一代啊。

夫為人主者，非欲養禍於內而疏忠臣、碩士於外，蓋其漸積而勢使之然也。夫女色之惑，不幸而不悟，則禍斯及矣①。使其一悟，捽而去之可也②。宦者之為禍，雖欲悔悟，而勢有不得而去也，唐昭宗之事是已③。故曰「深於女禍」者，謂此也。可不戒哉？

【注釋】

①斯：連詞，就。

②捽（zuó）：揪。

③唐昭宗：李曄。因採取抑制宦官勢力的措施，宦官劉季述等於光化三年（九〇〇）借機幽禁他，第二年才讓他復位。

【譯文】

那些做帝王的，並不是故意要在宮中養成禍患，在宮外疏遠忠臣和正人君子，這是日積月累逐步形成的情勢造成的。沉迷於女色，倘若不幸一直執迷不悟，當然招來禍患。可是只要一旦醒悟，把她們抓出來就可以除掉。而宦者造成的禍患，即使醒悟了，那處境也讓你沒有辦法把他們鏟除，唐昭宗的事就是這樣。所以說「宦官比女人造成的禍害更深」，就是指這種情況。難道能不警惕嗎？

相州晝錦堂記

相州晝錦堂是北宋仁宗、英宗、神宗三朝名臣韓琦在故鄉相州所建造的一座公館，用以表示「衣錦還鄉」之意。此文則從「一介之士」的榮耀觀分析開始，批評這種求一時一地之榮的做法不足取，隨後以讚揚的口吻對韓琦歌功頌德，稱他高勳卓節必不從俗，似乎是「為賢者諱」，然而細讀之下，也有幾分委婉反諷之意。

仕宦而至將相，富貴而歸故鄉，此人情之所榮，而今昔之所同也。蓋士方窮時，困厄閭里①，庸人孺子皆得易而侮之②，若季子不禮於其嫂③，買臣見棄於其妻④。一旦高車駟馬，旗旄導前⑤，而騎卒擁後，夾道之人相與駢肩累跡⑥，瞻望咨嗟⑦，而所謂庸夫愚婦者，奔走駭汗，羞愧俯伏，以自悔罪於車塵馬足之間。此一介之士得志於當時，而意氣之盛，昔人比之衣錦之榮者也。

【注釋】

①困厄：困苦危難。閭（lǘ）里：鄉里。

②易：輕慢。

③季子：即蘇秦。據戰國策・秦策一記載，蘇秦遊說秦國失敗後回到家裏，嫂嫂不為他做飯。

④買臣：即朱買臣。據漢書．朱買臣傳記載，朱買臣家裏很窮，砍柴為生，妻子不耐貧困，離婚另嫁。
⑤旄（máo）：用犛牛尾做裝飾的旗幟。
⑥駢肩：並肩。累跡：足踵相接，形容人群擁擠。
⑦洛嗟：讚歎。

【譯文】

做官做到將軍宰相，富貴而後回到故鄉，這是人們引以為榮的事，古往今來公認此理。大概讀書人在失意時，困窘於鄉里，就連沒有見識的常人和小孩子，也敢於隨意欺侮他，比如蘇秦就受到嫂子的無禮怠慢，朱買臣也讓妻子拋棄了。可是，當他們一旦乘上四匹馬拉着的高車，旗幟在前面開道，騎兵在後面跟隨，道路兩邊的人肩碰肩腳踩腳地觀望嘖嘖稱羨，而那些毫無見識的男男女女，更是嚇得出汗，來回奔忙，羞愧地俯伏在車馬揚起塵埃的地下，表示謝罪。這就是一個讀書人得志之時，盛氣逼人的陣勢，古人將他比作穿錦衣一般榮耀的人。

惟大丞相魏國公則不然①。公，相人也。世有令德，為時名卿。自公少時，已擢高科②，登顯士③。海內之士聞下風而望餘光者，蓋亦有年矣。所謂將相而富貴，皆公所宜素有，非如窮厄之人僥幸得志於一時，出於庸夫愚婦之不意，以驚駭而誇耀之也。然則高牙大纛④，不足為公榮，桓圭袞裳⑤，不足為公貴，惟德被生民，而功施社稷，勒之金石⑥，播之聲詩，以耀後世而垂無窮，此公之志而士亦以此望於公也，豈止誇一時而榮一鄉哉？

【注釋】

①魏國公：即韓琦，字稚圭，北宋相州安陽（今屬河南）人。仁宗時曾任陝西安撫使，與范仲淹一起抗禦西夏入侵，名重一時。後任樞密副使，參與「慶曆新政」改革，改革失敗後出任地方官。此後又任樞密使、宰相，英宗時封魏國公。神宗即位，任司徒，外出兼任相州、大名府等知府。

②擢（zhuó）：擢第，科舉考試登第。

③顯士：顯赫的官職。

④高牙大纛（dào）：象牙羽毛裝飾的大旗，用在軍隊或儀仗隊中。

⑤桓圭：古代帝王、三公祭祀朝聘時所執玉器。衮（gǔn）裳：古代帝王、三公所穿的禮服。

⑥勒：雕刻。

【譯文】

唯有大丞相魏國公不是這樣。魏國公是相州人。世代都有美好的德行，又是當時有名望的高官。魏國公在年輕時便已高中進士，擔任顯要的官職。海內讀書人聞風下拜而瞻望他風采的情景，已經有好多年了。所謂做將相而享有富貴，自然是他本來擁有的，不像那些潦倒之輩一時偶然得意，出乎沒有見識的人的意料，便誇耀自己的聲勢藉以嚇唬他們。可見，那些豪華的車馬儀仗，並不足以使魏國公感到榮耀，象徵權力的桓圭和華貴的官服，也不足以使他感到高貴，只有將恩惠德行遍施於百姓，為國家建功立業，並將這些銘刻在金石上，以詩樂頌揚，光耀後代，流芳百世，才是魏國公的志向，士子們也希望魏國公能做到這些，哪裏是為了誇耀於一時、榮耀於一地呢？

公在至和中①，嘗以武康之節②，來治於相，乃作晝錦之堂於後圃。既又刻詩於石，以遺相人③。其言以快恩仇、矜名譽為可薄，蓋不以昔人所誇者為榮，而以為戒。於此見公之視富貴為何如，而其志豈易量哉！故能出入將相，勤勞王家，而夷險一節④。至於臨大事，決大議，垂紳正笏⑤，不動聲色，而措天下於泰山之安，可謂社稷之臣矣。其豐功盛烈所以銘彝鼎而被弦歌者⑥，乃邦家之光，非閭里之榮也。

【注釋】

①至和：宋仁宗年號。

②武康之節：韓琦曾任武康軍節度使，兼并州知州，并州治所在今山西太原。

③遺（wèi）：贈給。
④夷：指平時。險：指處於危難之際。一節：一致。
⑤垂紳正笏（hù）：沉着穩重的樣子。紳，束在外面的大帶。笏，臣屬上朝時所持的手板。
⑥彝（yí）鼎：這裏是古代青銅器的通稱。

【譯文】

魏國公在仁宗至和年間，曾以武康節度使的身份兼管相州，在後園修築了晝錦堂。又在石上刻了詩，留給相州百姓。詩中把滿足於計較個人恩怨、炫耀自己名譽的行為看作可鄙薄的，因為魏國公從不把過去人們認為榮耀的事當作榮耀，反而以此為警戒。由此可見，魏國公是怎樣看待榮華富貴，他的志向也絕不是輕易能衡量出來的啊！因此他才能夠出將入相為皇室效力，不論是處於天下太平或遭遇患難，都是一樣。至於面臨大事，決斷大的議程，他也同樣是垂着衣帶，拿起手板，不動聲色，把國家治理得如同泰山般牢固，真可以說是安民定邦的重臣。魏國公的這些豐功偉績，應當刻上彝鼎，譜入歌詩，這是國家的光榮，而不止是一鄉一地的榮耀啊。

余雖不獲登公之堂，幸嘗竊誦公之詩，樂公之志有成，而喜為天下道也。於是乎書。

【譯文】

我雖然沒有去過晝錦堂，卻曾有幸拜讀過魏國公的詩，我深為他的志向得以實現而高興，也樂於向世人述說，便寫了這篇文章。

豐樂亭記

歐陽修於慶曆五年（一〇四五）貶官任滁州知州的次年，作了此文。開篇作者記敍自己尋找五代末戰爭遺跡不可得，進而引出太平已久的話題，讚頌北宋政權使戰亂平息、百姓安居的功德。文章首尾均描寫豐樂亭周邊的幽靜環境與秀麗景色，並及百姓之樂，從而自然地把這兩種感情和諧地統一到文章中。

修既治滁之明年①，夏，始飲滁水而甘，問諸滁人，得於州南百步之近。其上則豐山聳然而特立，下則幽谷窈然而深藏①，中有清泉滃然而仰出②。俯仰左右，顧而樂之。於是疏泉鑿石，辟地以為亭，而與滁人往遊其間。

【注釋】

①滁（chú）：滁州，今安徽滁州。
②窈（yǎo）然：幽暗深遠的樣子。
③滃（wěng）然：湧出的樣子。

【譯文】

我在掌管治理滁州的第二年夏天，才發現滁州的水喝起來很甘甜，於是向滁州人打聽這泉水的來源，在州城南面百步的近處找到了它。那個地方上有挺立高聳的豐山，下有深邃的幽谷，中間有一股清泉，水勢翻滾向上湧出。在這裏，無論俯視仰望，還是左顧右盼，都令人心曠神怡。於是我督工鑿去岩石，疏通泉流，平整了一塊地方，建造起亭子，和滁州人一起到那裏遊玩。

滁於五代干戈之際①，用武之地也。昔太祖皇帝嘗以周師破李景兵十五萬於清流山下②，生擒其將皇甫暉、姚鳳於滁東門之外，遂以平滁。修嘗考其山川，按其圖記，升高以望清流之關，欲求暉、鳳就擒之所，而故老皆無在者，蓋天下之平久矣。自唐失其政，海內分裂，豪傑並起而爭，所在為敵國者，何可勝數？及宋受天命，聖人出而四海一③。向之憑恃險阻④，剗削消磨⑤，百年之間，漠然徒見山高而水清。欲問其事，而遺老盡矣。今滁介江淮之間，舟車商賈、四方賓客之所不至，民生不見外事而安於畎畝衣食⑥，以樂生送死。而孰知上之功德，休養生息，涵煦於百年之深也⑦？

【注釋】

①五代：指後梁、後唐、後晉、後漢、後周。

②太祖皇帝：即宋太祖趙匡胤。當時他任後周殿前都點檢。李景：即李璟（jǐng），南唐皇帝。清流山：在今滁州附近。

③聖人：對帝王的尊稱。這裏指宋太祖趙匡胤。

④向：以前。

⑤剗（chǎn）：同「鏟」。

⑥畎（quǎn）畝：田地。畎，田地中間的溝。

⑦涵煦（xù）：滋潤養育。

【譯文】

滁州在五代戰亂時，是一個經常用兵的地方。從前我大宋太祖皇帝曾率領後周的大軍，在清流山下打敗了南唐李璟的十五萬軍隊，在滁州東門外，活捉了李璟的大將皇甫暉和姚鳳，從而平定了滁州。我曾考察過那裏的山川地形，按照地圖和記載，登高眺望清流山關口，想找到皇甫暉和姚鳳被擒的地方，可是那些知道往事的老人都已不在世了，這是因為天下太平的日子已經很長久了吧。自從唐朝混亂失政以來，國家分裂，豪傑蜂起，到處割據稱王，相互對峙而成為敵國的，哪裏數得過來？直到宋朝承受天命，聖人出現而後天下得以統一。從前那些戰爭時所憑藉的險要地勢，都逐漸被鏟除和削平了，近百年來天下安寧無事，處處山高水清。想問問往事，而當年的老人都已不復在世。如今滁州地處長江、淮河之間，是一個過往車船、商人和四方賓客都不到的地方，百姓習於不接觸外界的事情，只是安於自己的農耕生活，樂意這樣過活並老死於此。有誰知道皇上的恩澤使天下休養生息，滋潤哺育民眾已達百年之久呢？

修之來此，樂其地僻而事簡，又愛其俗之安閑。既得斯泉於山谷之間，乃日與滁人仰而望山，俯而聽泉，掇幽芳而蔭喬木，風霜冰雪，刻露清秀，四時之景無不可愛。又幸其民樂其歲物之豐成，而喜與予遊也。因為本其山川，道其風俗之美，使民知所以安此豐年之樂者，幸生無事之時也。

【譯文】

我來到此地，喜歡這裏偏僻寧靜，政事簡明，也喜歡這裏風俗的安逸悠閑。在山谷間尋得這股清泉以後，就每天和滁州人仰望高山，俯聽流泉，春日採擷幽香的花草，夏日享受綠樹的蔭涼，到了秋天風霜，冬日冰雪，水清石出，更顯清秀，四季風景沒有一時不可愛。又幸逢這裏的百姓正為莊稼豐收喜樂，樂意與我一同遊玩。因此，我依據這裏的山川地理，敘説當地民俗風情的淳樸美好，使百姓知道之所以能平安地享受豐年之樂，是因為有幸生活在太平的年代。

夫宣上恩德，以與民共樂，刺史之事也①。遂書以名其亭焉。

【注釋】

①刺史：宋代習慣作「知州」的別稱。

【譯文】

宣揚皇上的恩德，並以此與百姓共享快樂，這本是刺史的職責。於是我寫了這篇文章，把這座亭子命名為「豐樂亭」。

醉翁亭記

這篇遊記雖然與豐樂亭記創作背景近似，但由於直抒胸臆，突出太守「樂」於山水，遊人「樂」於生活安逸，及太守「與民同樂」而能自遣胸懷這個主題，並且安插了大量的駢文對偶句描寫景物，使得全文色彩繽紛、氣韻靈動，全篇各段連用「也」字結尾，抑揚頓挫，讀之朗朗上口，不愧為宋人散文中的千古名篇。

環滁皆山也①。其西南諸峰，林壑尤美②。望之蔚然而深秀者③，琅琊也④。山行六七里，漸聞水聲潺潺，而瀉出於兩峰之間者，釀泉也。峰迴路轉，有亭翼然臨於泉上者⑤，醉翁亭也。作亭者誰？山之僧智仙也。名之者誰？太守自謂也⑥。太守與客來飲於此，飲少輒醉，而年又最高，故自號曰醉翁也。醉翁之意不在酒，在乎山水之間也。山水之樂，得之心而寓之酒也。

【注釋】

①滁（chú）：在今安徽滁州。
②壑（hè）：深谷，深溝。
③蔚然：草木茂盛的樣子。
④琅琊（láng yá）：琅琊山，在今安徽滁州西南。
⑤翼然：像鳥張開翅膀一樣。
⑥太守：郡的長官。宋代廢郡設州，本無太守之職，但人們習慣上也常把「知州」稱「太守」。

【譯文】

環繞着滁州城四面都是山。西南方向幾座山峰，樹林和山谷尤為秀麗。遠遠望去，那濃綠蔭翳、幽深挺秀的地方，就是琅琊山。走上六七里山路，漸漸地就可聽到淙淙溪水聲，那從兩峰間傾瀉而出的，就是釀泉。山勢迴環，路徑曲折蜿蜒，忽然看到一座亭子亭簷翹起，如飛鳥展翅般高踞於泉上，這就是醉翁亭。建造亭子的是誰呢？就是這座山上的僧人智仙。誰給亭子起的名字呢？就是自號「醉翁」的滁州太守。太守與客人來這裏飲酒，喝一點就醉，而且年紀最大，所以就自號「醉翁」。醉翁的意趣不在於酒，而在於山水之間。與自然山水交融互參的樂趣，從內心領悟而得，又寄寓到酒中。

若夫日出而林霏開①，雲歸而巖穴暝②，晦明變化者，山間之朝暮也。野芳發而幽香，佳木秀而繁陰，風霜高潔，水落而石出者，山間之四時也。朝而往，暮而歸，四時之景不同，而樂亦無窮也。

【注釋】

①若夫：至於。霏（fēi）：霧氣。

②暝（míng）：昏暗。

【譯文】

看那太陽出來時，林間雲霧漸漸飄散，煙雲歸聚時，山岩洞穴就晦暗難辨，這種晴朗陰沉的變化，就是山中的清晨與黃昏。野花綻放幽香，林木秀美繁茂，風爽霜白，天清地潔，溪水低落，山石顯露，這就是山中四季的景致變化。清早進山，傍晚歸來，四季景象各不相同，其中樂趣也無窮無盡啊。

至於負者歌於途，行者休於樹，前者呼，後者應，傴僂提攜①，往來而不絕者，滁人遊也。臨溪而漁，溪深而魚肥，釀泉為酒，泉香而酒洌②。山肴野蔌③，雜然而前陳者，太守宴也。宴酣之樂，非絲非竹，射者中④，弈者勝⑤，觥籌交錯⑥，起坐而喧嘩者，眾賓歡也。蒼顏白髮，頹乎其中者，太守醉也。

【注釋】

①傴僂（yǔ lǚ）提攜：指駝背彎腰的老人和需要牽抱的小孩子。

②洌（liè）：清醇。

③野蔌（sù）：野菜。

④射：指投壺遊戲中把箭投向壺內。

⑤弈（yì）：下棋。

⑥觥（gōng）：酒器。籌：酒籌，行酒令時用來計數的籤子。

【譯文】

至於背扛肩挑貨物的人在山路上唱歌，行路的人在樹下歇腳，前面的吆喝，後面的應答，老老少少，攙扶牽抱着往來不絕，這是滁州人在遊山玩水。臨溪釣魚，溪水深而魚肥美；以泉釀酒，泉水香而酒清冽。山珍野菜，交錯雜陳擺在面前，是太守宴請賓客的筵席。宴飲酣暢的樂趣，不在於管弦音樂，投壺的投中了，下棋的得勝了，酒杯和酒籌雜亂交錯，有的站起有的坐着說笑喧鬧，這是賓客們歡樂的場面。那個面容蒼老，滿頭白髮，醉醺醺地靠在眾人中間的，是醉了酒的太守。

已而夕陽在山①，人影散亂，太守歸而賓客從也。樹林陰翳②，鳴聲上下，遊人去而禽鳥樂也。然而禽鳥知山林之樂，而不知人之樂；人知從太守遊而樂，而不知太守之樂其樂也。醉能同其樂，醒能述以文者，太守也。太守謂誰？廬陵歐陽修也③。

【注釋】

①已而：不久。

②陰翳（yì）：樹木枝葉繁茂。

③廬陵：今江西吉安。歐陽修先世為廬陵大族，因而這裏他以廬陵人自稱。

【譯文】

不久，夕陽漸漸落到山邊，人影散亂，這是遊宴罷散，賓客們紛紛隨從太守歸去。樹林濃密遮蔽成蔭，上上下下一片鳥鳴，這是遊人離去後禽鳥的歡唱。然而，禽鳥只知棲息山林的快樂，卻不知人們遊山玩水的快樂；人們只知跟着太守遊山玩水的快樂，卻不知太守是因他們的快樂而快樂。喝醉時，能和大家一起享受樂趣；酒醒了，又能用文章把它記敍下來，這個人就是太守。太守是誰呢？就是廬陵的歐陽修。

秋聲賦

秋聲賦作於歐陽修回京任職的嘉祐四年（一〇五九），他當時已經五十三歲，經歷了宦海沉浮和幾次政治變動，人生體驗和感慨廣大深沉。本文以「秋聲」為引子，抒發草木被秋風摧折的悲涼，延及更容易被憂愁困思所侵襲的人，感歎「百憂感其心，萬事勞其形」，也是作者自己對人生不易的體悟。

歐陽子方夜讀書①，聞有聲自西南來者，悚然而聽之②，曰：「異哉！」初淅瀝以蕭颯③，忽奔騰而砰湃④，如波濤夜驚，風雨驟至。其觸於物也，鏦鏦錚錚⑤，金鐵皆鳴，又如赴敵之兵，啣枚疾走⑥，不聞號令，但聞人馬之行聲。予謂童子：「此何聲也？汝出視之。」童子曰：「星月皎潔，明河在天。四無人聲，聲在樹間。」

【注釋】

①歐陽子：歐陽修自稱。
②悚（sǒng）然：吃驚的樣子。
③瀟颯（sà）：風聲。
④砰湃：波濤洶湧的聲音。
⑤鏦鏦（cōng）錚錚（zhēng）：金屬相碰撞的聲音。
⑥啣枚：在嘴裏銜一根小棒，棒兩端引兩根帶子繫在頸後，以防止出聲。

【譯文】

歐陽子正在夜裏讀書，聽到有聲音從西南方向傳來，不禁悚然而聽，驚道：「奇怪呵！」這聲音初聽時淅瀝瀟颯，忽然變得洶湧澎湃，像是夜間波濤湧起，暴風雨驟然而至。它碰在物體上，叮叮當當，猶如銅鐵金屬相擊，再聽時又像奔赴戰場的軍隊正口銜短枚快速行走，聽不見號令，只有人馬行進的聲音。我對書童說：「這是什麼聲音？你出去看看。」書童答道：「月色皎潔，星空燦爛，浩瀚銀河，高懸中天。四下裏沒有人聲，那聲音來自樹林間。」

予曰：「噫嘻，悲哉！此秋聲也，胡為乎來哉？蓋夫秋之為狀也，其色慘淡，煙霏雲斂①，其容清明，天高日晶，其氣栗冽②，砭人肌骨③，其意蕭條，山川寂寥。故其為聲也，淒淒切切，呼號奮發。豐草綠縟而爭茂④，佳木葱蘢而可悅，草拂之而色變，木遭之而葉脫。其所以摧敗零落者，乃一氣之餘烈⑤。

【注釋】

①霏（fēi）：雲霧飛散的樣子。斂：聚集。

②栗冽：寒冷。

③砭（biān）：原指古代治病刺穴的石針，這裏指刺。

④縟（rù）：茂盛。

⑤一氣：指秋氣。餘烈：餘威。

【譯文】

我歎道：「唉，好悲傷啊！這是秋天的聲音呀，它為什麼來到世間？秋天是這樣的：它的色調淒涼慘淡，雲氣煙靄飄散；它的形貌晴明，天空高曠，陽光晶明；秋氣清冷蕭瑟，悲風凜冽，刺人肌骨；它的意境冷落蒼涼，山河寂靜空曠。所以它發出的聲音時而悽切低沉，時而呼嘯激揚。綠草如茵豐美繁茂，樹木葱蘢令人怡悅，然而秋風一旦拂過，草就要變色，樹就要落葉。它用來使草木摧折凋零的，便是一種肅殺秋氣的餘烈。

「夫秋，刑官也①，於時為陰②，又兵象也，於行為金③。是謂天地之義氣，常以肅殺而為心。天之於物，春生秋實，故其在樂也，商聲主西方之音④，夷則為七月之律。商，傷也，物既老而悲傷。夷，戮也，物過盛而當殺。

【注釋】

①刑官：古代以天地四時與職官相配，刑官司寇為秋官。

②於時為陰：古時人們以春夏為陽，秋冬為陰。

③行：五行，即金、木、水、火、土。

④商聲：五聲（宮、商、角、徵、羽）之一。

【譯文】

「秋天，在職官是刑罰之官，在時令上屬陰，又象徵着用兵，在五行中屬金。這就是所謂的『天地之義氣』，它常常以肅殺為本心。上天對於萬物，是要它們在春天生長，在秋天結實，所以秋天在音樂五聲中又屬商聲，商聲是代表西方的樂調，而七月的音律是『夷則』。商，也就是『傷』，萬物衰老了就會悲傷。夷，是殺戮之意，事物過了繁盛期，就會遭遇殺戮摧折。

「嗟夫！草木無情，有時飄零。人為動物，惟物之靈，百憂感其心，萬事勞其形，有動乎中，必搖其精①。而況思其力之所不及，憂其智之所不能，宜其渥然丹者為槁木②，黟然黑者為星星③。奈何非金石之質，欲與草木而爭榮？念誰為之戕賊④，亦何恨乎秋聲？」

【注釋】

①搖：耗費。
②渥（wò）然：潤澤的樣子。槁（gǎo）木：枯木。
③黟（yī）然：黑的樣子。星星：鬢髮斑白的樣子。
④戕（qiāng）賊：殘害。

【譯文】

「唉！草木本來無情，尚且不免衰敗零落。人為動物，在萬物中又最有靈性，萬千憂愁來煎熬他的心，瑣碎煩惱的事情來勞累他的身體，耗心費神，必然會損耗精力。何況常常思考自己的力量所辦不到的事情，憂慮自己的智力所不能解決的問題，自然會使他鮮紅滋潤的膚色變得枯槁，烏黑光亮的鬢　變得花白。人為什麼要用並非金石的肌體，去跟草木競爭一時的榮盛呢？仔細思量自己到底被什麼傷害摧殘，又怎麼可以去怨恨這秋聲呢？」

童子莫對，垂頭而睡。但聞四壁蟲聲唧唧，如助予之歎息。

【譯文】

書童沒有應答，低頭沉沉睡去。只聽到四壁蟲聲唧唧，像是在助應我的歎息。

祭石曼卿文

石曼卿與歐陽修交情很深，二人以詩文相交，相互推崇。然而石曼卿為人狂放，蔑視禮法規矩，在仕途上屢屢不能得志，一生冷落，漠然而終。祭文三段皆以「嗚呼曼卿」呼告開頭，追思稱揚逝者的詩文成就與不朽聲名，回到眼前墳墓淒清境況時描寫細緻感人，最後追憶兩人的交情。全文低沉嗚咽，感人極深。

維治平四年七月日①，具官歐陽修②，謹遣尚書都省令史李敭至於太清③，以清酌庶羞之奠④，致祭於亡友曼卿之墓下⑤，而弔之以文曰：

【注釋】

①維：發語詞。治平四年：即一〇六七年。治平，宋英宗的年號。

②具官：唐宋以來，公文函牘上應寫明官爵品位的地方常簡省作「具官」。

③尚書都省：即尚書省。令史：三省六部及御史台的低級事務員。李敭（yì）：事跡不詳。太清：地在今河南商丘附近。石曼卿的故鄉，他死後葬在這裏。

④清酌：祭祀用的清酒。庶羞：品多為「庶」，肴美為「羞」。

⑤曼卿：石延年，字曼卿，北宋人。工詩善書。官至太子中允、祕閣校理。

【譯文】

治平四年七月某日，具官歐陽修鄭重委派尚書都省令史李敭來到太清，以醇洌的清酒和豐盛的佳肴作為祭品，拜祭於亡友曼卿墓前，同時獻上這篇祭文傾訴悼念之情：

嗚呼曼卿！生而為英，死而為靈。其同乎萬物生死，而復歸於無物者，暫聚之形①，不與萬物共盡，而卓然其不朽者②，後世之名。此自古聖賢莫不皆然，而著在簡冊者昭如日星③。

【注釋】

①暫聚：暫時聚合的形體。

②卓然：出類拔萃的樣子。

③簡冊：指史書。

【譯文】

曼卿啊！你生時是英傑，死後為神靈。那和萬物一樣有生有死，消亡於無形的，是暫存一時的軀體，而不與萬物共同消亡，能卓立不朽的，是流傳後世的英名。自古以來一切聖賢莫不如此，而載入史冊的，就像太陽和星辰一樣燦爛永久。

嗚呼曼卿！吾不見子久矣①，猶能髣髴子之平生②。其軒昂磊落③，突兀崢嶸而埋藏於地下者④，意其不化為朽壤，而為金玉之精。不然，生長松之千尺，產靈芝而九莖。奈何荒煙野蔓，荊棘縱橫，風淒露下，走磷飛螢⑤？但見牧童樵叟，歌吟而上下，與夫驚禽駭獸⑥，悲鳴躑躅而咿嚶⑦。今固如此，更千秋而萬歲兮，安知其不穴藏狐貉與鼯鼪⑧？此自古聖賢亦皆然兮，獨不見夫累累乎曠野與荒城⑨！

【注釋】

①子：你，指石曼卿。
②髣髴（fǎng fú）：依稀，隱約。
③軒昂：氣度高昂的樣子。磊落：光明正大。
④突兀：高聳的。崢嶸：卓異，不平凡。

⑤走磷：夜空中磷氧化而產生的青光。
⑥與夫：以及。
⑦躑躅（zhí zhú）：徘徊不前。咿嚶（yī yīng）：象聲詞。啼叫聲。
⑧狐：狐狸。貉（hé）：形似狸的一種動物。鼯（wú）：即飛鼠。鼪（shēng）：即黃鼠狼。
⑨纍纍：重疊相連。城：指墳墓。

【譯文】

曼卿啊！我見不到你已很久了，但還大致記得你在世時的情景。你的氣度軒昂不凡，胸懷坦蕩磊落，才幹特異超出常人，儘管這一切已埋於地下，想來不會化作腐朽的泥土，而定將變為金玉的精華。不然的話，就長成挺拔千尺的蒼松，上面分出九莖靈芝。可現在這裏怎麼竟瀰漫着荒涼煙雲，到處荊棘叢生，風雨淒苦，霜露降臨，磷火幽遊，飛螢舞動？只見你的墓前，牧童樵夫且歌且行，還有受驚的鳥獸徘徊悲鳴。眼下就已經是這樣子，再經歷千年萬代，哪知道不會有狐貉鼯鼪之類在此挖洞棲身？這也是自古以來聖賢們都要遭遇到的情景，難道看不見那一片曠野上接連不斷的荒墳！

嗚呼曼卿！盛衰之理，吾固知其如此，而感念疇昔①，悲涼淒愴，不覺臨風而隕涕者②，有愧夫太上之忘情。尚饗③！

【注釋】

①疇（chóu）昔：從前。

②隕涕：落淚。

③尚飨（xiǎng）：表示希望死者享用祭品。尚，希望。饗，通「享」，享用。

【譯文】

曼卿啊！我知道事物盛衰興亡的道理原本如此，可感念往昔歲月，悲涼淒愴油然而生，禁不住臨風落淚，慚愧不能像聖人那樣超脫忘情。豐潔的祭品，敬請你來享用！

瀧岡阡表

這是歐陽修為祭祀埋葬在瀧岡的父母親而作的一篇墓表文。一般說來墓表文字中都會極力稱讚死者生前的嘉言懿行及美好道德，這篇文章也不能例外。但作者卻是通過講故事的方式來記敘和展開，其中不乏細節性的描述表現人物的性格，例如其母講述的父親生前關於訟獄的對話，父親對教育後代的關心等，均是生動的生活場景。感情真摯出自肺腑，語言不事雕飾，使得此文在墓表類文章中獨樹一幟，為人稱道。

嗚呼！惟我皇考崇公①，卜吉於瀧岡之六十年②，其子修始克表於其阡③，非敢緩也，蓋有待也。

【注釋】

①皇考：舊時對亡父的敬稱。崇公：歐陽修的父親歐陽觀死後封崇國公。
②卜吉：占卜選擇墓地。瀧（shuāng）岡：在今江西永豐的鳳凰山上。
③表：墓碑。阡（qiān）：墓道。

【譯文】

唉！想我先父崇國公，選擇吉日在瀧岡安葬的六十年後，他的兒子歐陽修才能在墓道上立碑撰表，這不是敢故意拖延，而是有所期待。

修不幸，生四歲而孤①。太夫人守節自誓②，居窮自力於衣食，以長以教，俾至於成人。太夫人告之曰：「汝父為吏廉而好施與，喜賓客，其俸祿雖薄，常不使有餘，曰：『毋以是為我累。』故其亡也，無一瓦之覆、一壟之植以庇而為生③，吾何恃而能自守耶？吾於汝父，知其一二，以有待於汝也。自吾為汝家婦，不及事吾姑④，然知汝父之能養也。汝孤而幼，吾不能知汝之必有立，然知汝父之必將有後也。吾之始歸也⑤，汝父免於母喪方逾年。歲時祭祀，則必涕泣曰：『祭而豐，不如養之薄也。』間御酒食⑥，則又涕泣曰：『昔常不足，而今有餘，其何及也！』吾始一二見之，以為新免於喪適然耳。既而其後常然，至其終身未嘗不然。吾雖不及事姑，而以此知汝父之能養也。汝父為吏，嘗夜燭治官書，屢廢而歎⑦。吾問之，則曰：『此死獄也，我求其生不得爾。』吾曰：『生可求乎？』曰：『求其生而不得，則死者與我皆無恨也。矧求而有得耶⑧！以其有得，則知不求而死者有恨也。夫常求其生，猶失之死，而世常求其死也。』回顧乳者抱汝而立於旁，因指而歎曰：『術者謂我歲行在戌將死⑨，使其言然，吾不及見兒之立也，後當以我語告之。』其平居教他子弟⑩，常用此語。吾耳熟焉，故能詳也。其施於外事，吾不能知。其居於家，無所矜飾⑪，而所為如此，是真發於中者耶！嗚呼！其心厚於仁者耶！此吾知汝父之必將有後也。汝其勉之。夫養不必豐，要於孝；利雖不得博於物，要其心之厚於仁。吾不能教汝，此汝父之志也。」修泣而志之不敢忘。

【注釋】

①孤：幼年喪父。

②太夫人：指歐陽修的母親。
③庇：庇護。
④姑：媳婦對婆婆的稱呼。
⑤始歸：剛出嫁。
⑥間：間或，偶爾。
⑦廢：停止。
⑧矧（shěn）：況且。
⑨術者：算命的人。歲行在戌：指木星運行到戌那一年。歲，歲星，即木星。古人認為木星十二年繞天一周，因此把木星運行的軌道十二等分，配上十二地支，用來紀年。
⑩平居：平時，平日。
⑪矜飾：誇張修飾。

【譯文】

我實在很不幸，生下來四歲就失去了父親。母親立誓守節，家境貧困，就靠她一個人維持全家衣食生計，她撫養教導我，終於使我長大成人。她告訴我說：「你父親為官清廉，樂善好施，喜歡交接賓客，俸祿雖微薄卻不求節餘，說：『不要讓錢財成為我的累贅。』因此他去世後，沒有留下一間房子、一壟土地，讓我們能夠賴以為生，那麼我靠什麼安貧守節呢？主要是我知道你父親的一些事情，因而對你有所期望。自我嫁到你家做媳婦時，我沒能趕上侍奉婆婆，可我知道你父親是個能孝養父母的人。你現在沒了父親，年紀也還小，我不能預料你將來有什麼建樹，但我相信你父親必然能後繼有人。我當初嫁到你家的時候，你父親服完母喪剛過一年。逢年過節祭祀，他必定傷心落淚說：『祭祀父母再豐盛，也比不上在世的微薄奉養。』有時吃點酒菜，他也會淚流滿面地說：『以前家用常常拮据，現在生活寬裕了，卻無法孝敬父母！』起初一兩次，我還以為他是剛剛服完母喪，免不了這樣哀痛。可是後來見他常這樣，一直到去世都是這樣。我雖然沒能侍奉婆婆，可是通過這件事，就知道你父親是非常孝順的。你父親做官時，曾在夜裏點着蠟燭審閱官府斷獄的文書，我見他屢屢放下文書歎息。我問他怎麼了，他便説：『這是該判死罪的案子，我想為他尋條活路，可惜沒有辦法。』我問：『犯了死罪的人也可以活命嗎？』他說：『我盡力為他開脫還是不成，那麼死者和我也都沒有遺恨了。況且經我設法努力，有的犯人確實可以免去死罪呢！正因為有人能夠得到赦免，所以我知道不替他們尋求活路就被處死的人是有遺恨的。像這樣盡量為判死罪的人尋求生路，仍然免不了有人被誤判處死，何況世上的刑獄之官大多是要治人死罪。』這時他回過頭來，看到奶媽正抱着你站在旁邊，於是指着你歎息道：『算命的人説我歲星行經戌年時便要死去，假使像他說的那樣，我看不到兒子長大成人了，將來一定要把我的話告訴他。』平時他教導別的子弟也常說這些話。我聽熟了，所以能詳細講述給你。他在外面辦理公家的事，我無從知道。在家裏，他從不裝腔作勢，所做的一切確實是發自內心的啊！唉！他的心腸比仁者還要寬厚呢！這就是我知道你父親肯定會子孫綿延的道理。孩子，你千萬要勉勵自己照你父親的教誨去做。説到孝養父母，其實未必要多麼豐厚，關鍵是要有盡孝之心；做有利別人的事，雖然不能廣濟博施，讓人們普遍受益，但重要的是要有深厚的仁愛之心。我沒什麼可以教導你的，這些都是你父親的心願。」我流着淚牢牢記下了這些話，一輩子都不敢忘記。

先公少孤力學，咸平三年進士及第①，為道州判官②，泗、綿二州推官③，又為泰州判官④，享年五十有九，葬沙溪之瀧岡⑤。太夫人姓鄭氏，考諱德儀，世為江南名族。太夫人恭儉仁愛而有禮，初封福昌縣太君⑥，進封樂安、安康、彭城三郡太君⑦。自其家少微時，治其家以儉約，其後常不使過之，曰：「吾兒不能苟合於世，儉薄所以居患難也。」其後修貶夷陵⑧，太夫人言笑自若，曰：「汝家故貧賤也，吾處之有素矣。汝能安之，吾亦安矣。」

【注釋】

①咸平三年：即一〇〇〇年。咸平，宋真宗的年號。
②道州：治所在今湖南道縣。判官：州府長官的僚屬。
③泗（sì）、綿：泗，泗州，治所在今安徽泗縣。綿，綿州，治所在今四川綿陽。推官：與判官一樣為州府長官僚屬，掌司法。
④泰州：治所在今江蘇泰州。
⑤沙溪：地在今江西永豐南。
⑥福昌縣：在今河南宜陽一帶。太君：舊時官吏母親的封號。宋朝大臣的母親分別加封國太夫人、郡太君、縣太君。
⑦樂安：治所在今山東惠民。安康：郡屬今陝西。彭城：治所在今江蘇徐州。
⑧夷陵：今湖北宜昌。

【譯文】

先父也是幼年喪父，但能堅持刻苦勤奮學習，咸平三年考中進士，先後做過道州判官，泗州、綿州推官，還做過泰州判官，享年五十九歲，葬在沙溪的瀧岡。先母姓鄭，她父親名德儀，世代都是江南的名門望族。先母為人恭敬節儉，仁愛寬厚，起初封為福昌縣太君，後又進封為樂安、安康、彭城三郡太君。自家境貧寒時起，先母就節儉持家，後來一直不讓家用超過當初的標準，她說：「我兒子不能苟且迎合世俗，只有節儉才能應付以後的患難日子。」後來我被貶官到了夷陵，先母仍談笑自若說：「你家原本貧賤，我早已習慣這樣的日子了。你能安心於這種生活，我也就安心了。」

自先公之亡二十年，修始得祿而養。又十有二年，列官於朝，始得贈封其親。又十年，修為龍圖閣直學士、尚書吏部郎中①，留守南京②。太夫人以疾終於官舍，享年七十有二。又八年，修以非才入副樞密③，遂參政事④。又七年而罷。自登二府⑤，天子推恩，褒其三世。蓋自嘉祐以來⑥，逢國大慶，必加寵錫⑦。皇曾祖府君⑧，累贈金紫光祿大夫、太師、中書令⑨；曾祖妣，累封楚國太夫人；皇祖府君，累贈金紫光祿大夫、太師、中書令兼尚書令⑩；祖妣，累封吳國太夫人；皇考崇公，累贈金紫光祿大夫、太師、中書令兼尚書令；皇妣，累封越國太夫人。今上初郊⑪，皇考賜爵為崇國公，太夫人進號魏國。

【注釋】

①龍圖閣直學士：宋代加給侍從官的榮譽頭銜。「龍圖閣」是保管皇帝御書和典籍的地方，設有學士等官，直學士的品位僅次於學士。尚書吏部郎中：宋代尚書省吏部設郎中若干人，掌官員的任免、贈封等事。
②留守南京：宋代的南京應天府、西京河南府、北京大名府各置留守一人，以知府兼任。南京應天府，治所在今河南商丘。
③副樞密：又稱「樞密副使」或「同知樞密院事」，是中央最高軍事機關的副長官。
④參政事：即參知政事，實際上的副宰相。
⑤二府：指樞密院與中書省。
⑥嘉祐：宋仁宗的年號。
⑦錫：賞賜。
⑧府君：後世子孫對祖先的敬稱。
⑨金紫光祿大夫：加金章紫綬的光祿大夫。光祿大夫，在宋代為文職階官稱號，是散官，正三品。太師：「三公」之一，宋代無實職。中書令：宋代一般為贈官。
⑩尚書令：宋代贈官。班次在中書令之上。
⑪今上：當今皇上。初郊：初次在郊外舉行祭天之禮。

【譯文】

自先父逝世後二十年，我才開始得到官祿來奉養母親。又過了十二年，我到朝廷做官以後，才能使父母獲得封贈。又過十年，我任龍圖閣直學士、尚書吏部郎中，留守南京。先母因病在官舍逝世，享年七十二歲。又過八年，才能平常的我被任命為樞密副使，接着充任參知政事。七年後被罷免。從我進入二府為官，天子推廣恩澤，褒獎我家三代。自嘉祐年間以來，每逢國家大慶，必定給予恩賜封賞。先曾祖父累贈至金紫光祿大夫、太師、中書令；先曾祖母一再受封至楚國太夫人；先祖父累贈至金紫光祿大夫、太師、中書令兼尚書令；先祖母一再受封至吳國太夫人；先父崇國公累贈至金紫光祿大夫、太師、中書令兼尚書令；先母一再受封至越國太夫人。當今神宗皇帝即位後第一次郊祀，賞賜先父崇國公的爵位，先母則進封為魏國太夫人。

於是小子修泣而言曰：「嗚呼！為善無不報，而遲速有時，此理之常也。惟我祖考，積善成德，宜享其隆。雖不克有於其躬[1]，而賜爵受封，顯榮褒大，實有三朝之錫命[2]，是足以表見於後世，而庇賴其子孫矣。」乃列其世譜，具刻於碑。既又載我皇考崇公之遺訓，太夫人之所以教而有待於修者，並揭於阡[3]。俾知夫小子修之德薄能鮮，遭時竊位，而幸全大節，不辱其先者，其來有自。

【注釋】

①躬：身體。這裏意思是親身、自身。
②錫：賜予。
③揭：記載。阡：墓道。

【譯文】

於是我流着淚説：「唉！做善事絕不會沒有回報，只不過時間或遲或早罷了，這是世上的常理。想我的祖先，世代積善而成仁德，理應享受豐厚的報償。雖然他們在世時沒能得到，但是身後能夠賜爵受封，恩寵有加顯赫榮耀，褒揚光大，又確有仁宗、英宗、神宗三朝頒發的詔命，這就足以記載下來昭明後世，並庇蔭保護他們的子孫了。」於是我排列出世系家譜，一一刻在碑上。然後又將先父崇國公的遺訓與先母對我的教誨和期待，全都詳盡地刻在了墓表上。使人們知道我的德行淺薄，才能有限，不過逢時機竊居高位，但卻能僥幸保全大節而不辱沒祖先，這是有其原由的。

熙寧三年①，歲次庚戌，四月辛酉朔，十有五日乙亥，男推誠、保德、崇仁、翊戴功臣②，觀文殿學士③，特進④，行兵部尚書⑤，知青州軍州事⑥，兼管內勸農使⑦，充京東路安撫使⑧，上柱國⑨，樂安郡開國公⑩，食邑四千三百戶，食實封一千二百戶，修表。

【注釋】

①熙寧三年：即一〇七〇年。熙寧，宋神宗的年號。
②推誠、保德、崇仁、翊（yì）戴：這些是宋代賜給臣屬的褒獎之詞。
③觀文殿學士：宋朝制度，免去宰相後才授此官職，實為皇帝侍從顧問。
④特進：宋代文散官第二階，正二品。
⑤行：兼。宋代兼任低職為「行」。兵部尚書：尚書省兵部長官。
⑥知青州軍州事：宋代朝臣管理州一級地方行政兼管軍事，簡稱「知事」。青州，治所在今山東益都。
⑦內勸農使：州官兼管農事。
⑧京東路：轄今河南、山東、江蘇一帶。路，宋代行政區劃名稱。安撫使：路的軍政長官。
⑨上柱國：宋代勳官十二級中的最高一級。
⑩開國公：宋代封爵十二級中的第六級。

【譯文】

熙寧三年，也就是庚戌年，四月初一辛酉日，十五乙亥日，子推誠、保德、崇仁、翊戴功臣，觀文殿學士，特進，行兵部尚書，知青州軍州事，兼管內勸農使，充京東路安撫使，上柱國，樂安郡開國公，食邑四千三百戶，食實封一千二百戶，歐陽修敬撰此表。

蘇洵

蘇洵（一〇〇九—一〇六六），字明允，號老泉，眉山（今屬四川）人。蘇洵二十七歲始知發奮讀書，宋仁宗嘉祐初年，與其子蘇軾、蘇轍一同進京應試，受到翰林學士歐陽修賞識薦舉，文名震響。後曾任校書郎、文安縣主簿等職。其散文質樸雄渾，議論犀利，尤以策論著名，文集後編為嘉祐集。蘇洵與其子蘇軾、蘇轍合稱「三蘇」，均名列「唐宋八大家」內。

管仲論

這是一篇歷史人物評論，立意新穎。世人論管仲，多稱讚其輔佐齊桓公實現「尊王攘夷」之功，而很少有人將桓公死後齊國多年內亂終至衰弱與管仲聯繫起來，蘇洵通過分析齊國自身形勢及與晉國對比，指出管仲去世時不能積極薦舉賢才，違背了宰相的主要職責。全文邏輯嚴密，一氣呵成，史識卓然。

管仲相威公①，霸諸侯，攘夷狄②。終其身齊國富強，諸侯不敢叛。管仲死，豎刁、易牙、開方用③，威公薨於亂，五公子爭立，其禍蔓延，訖簡公，齊無寧歲。

【注釋】

①管仲：名夷吾，字仲，春秋時齊國人。齊桓公時被任命為卿，在他的輔佐下，齊國一躍成為「春秋五霸」之一。威公：即齊桓公。這裏改「桓」為「威」，是宋代人為避宋欽宗趙桓名諱的緣故。
②攘：排斥。夷狄：古代對少數民族的稱呼。
③豎刁：春秋時齊國宦官。易牙：春秋時齊桓公寵幸的近臣，著名廚師。開方：衛國公子。

【譯文】

管仲為相輔佐齊桓公，稱霸諸侯，攘斥夷狄。管仲在世時，齊國一直國富兵強，諸侯沒有敢反叛的。管仲死後，豎刁、易牙、開方進用掌權，齊桓公在宮廷內亂中死去，五個公子爭奪君位，這個禍端一直蔓延不絕，直到一百多年後齊簡公時，齊國沒有安寧的年份。

夫功之成，非成於成之日，蓋必有所由起；禍之作，不作於作之日，亦必有所由兆。故齊之治也，吾不曰管仲，而曰鮑叔①；及其亂也，吾不曰豎刁、易牙、開方，而曰管仲。何則？豎刁、易牙、開方三子，彼固亂人國者，顧其用之者，威公也。夫有舜而後知放四凶，有仲尼而後知去少正卯②。彼威公何人也？顧其使威公得用三子者，管仲也。仲之疾也，公問之相。當是時也，吾意以仲且舉天下之賢者以對，而其言乃不過曰豎刁、易牙、開方三子，非人情③，不可近而已。

【注釋】

①鮑叔：即鮑叔牙，春秋時齊大夫。曾向齊桓公舉薦管仲。

②有仲尼而後知去少正卯：孔子，字仲尼。據史書記載，孔子任魯國司寇時，誅殺了亂政的魯大夫少正卯。

③非人情：管仲認為豎刁、易牙、開方三者不合人情。相傳豎刁為進齊宮而自閹；易牙殺子而迎合君主；開方原是衛國公子，後來拋棄雙親，到齊國臣事齊桓公。

【譯文】

事業的成功，不是成就於宣告成功的那一天，一定有它的緣由；禍患的形成，也不是形成於實際發生的那一天，也一定有它的前兆。所以齊國的安定興旺，我不認為是管仲的功勞，而要歸功於始薦管仲的鮑叔牙；後來齊國動亂，我不說是由於豎刁、易牙、開方，而認為是由於沒有舉賢自代的管仲最先引起。為什麼這樣説呢？豎刁、易牙、開方三個人，他們固然是給齊國製造動亂的奸人，不過重用他們的，是齊桓公。有了虞舜這個聖人，然後才知道放逐共工、兜驩、三苗、鯀等四凶；有了孔子這個聖人，然後才知道除掉少正卯。與聖人相比，那齊桓公算什麼人呢？使桓公能夠起用這三個奸人的，正是管仲啊。管仲病篤不起時，齊桓公問管仲誰可以繼他為相。在這個事關齊國日後安危的重要時刻，我以為管仲將要薦舉天下的賢才來回答齊桓公，可是管仲僅僅説了豎刁、易牙、開方三個人，違反人之常情，不可親近而已。

嗚呼！仲以為威公果能不用三子矣乎？仲與威公處幾年矣，亦知威公之為人矣乎？威公聲不絕於耳，色不絕於目，而非三子者則無以遂其欲。彼其初之所以不用者，徒以有仲焉耳。一日無仲，則三子者可以彈冠而相慶矣①。仲以為將死之言可以縶威公之手足耶②？夫齊國不患有三子，而患無仲，有仲，則三子者，三匹夫耳。不然，天下豈少三子之徒哉？雖威公幸而聽仲，誅此三人，而其餘者，仲能悉數而去之耶？嗚呼！仲可謂不知本者矣。因威公之問，舉天下之賢者以自代，則仲雖死，而齊國未為無仲也。夫何患三子者？不言可也。

【注釋】

①彈冠：彈去帽上的灰塵。

②縶（zhí）：用繩索絆馬足。這裏是束縛的意思。

【譯文】

唉！管仲認為齊桓公果真能夠不重用這三個人麼？管仲與齊桓公相處好多年了，也應當了解齊桓公的為人吧？齊桓公的耳朵離不了音樂，眼睛離不了女色，如果不重用這三個人，齊桓公就無法滿足他的聲色欲望。齊桓公起先之所以不起用他們，只不過因為有管仲在朝罷了。一旦管仲死了，那麼這三個人就可以彈冠相慶、期待高升了。管仲難道以為臨終前的一番囑咐，就可以束縛住桓公的手腳麼？齊國並不擔心這三個奸人，卻怕失去管仲；只要管仲在世，這三個人只不過是並無權勢的匹夫罷了。不然的話，天下難道還缺少豎刁、易牙、開方這類奸人嗎？即使齊桓公幸而聽從管仲的意見，殺了這三個人，可是其餘的奸佞小人，管仲能夠全部除掉嗎？唉！管仲可以說是個不懂得根本的治國大計的人了。如果借齊桓公問他的機會，薦舉天下的賢者以取代自己為相當政，那麼管仲雖然死了，齊國也並不是沒有管仲那樣的人才。這三個人又有什麼可怕的呢？這中間的道理不說世人都明白。

五伯莫盛於威、文①。文公之才，不過威公，其臣又皆不及仲；靈公之虐，不如孝公之寬厚。文公死，諸侯不敢叛晉，晉襲文公之餘威，猶得為諸侯之盟主百餘年。何者？其君雖不肖，而尚有老成人焉。威公之薨也②，一敗塗地，無惑也，彼獨恃一管仲，而仲則死矣。

【注釋】

①五伯（bà）：即五霸。伯，霸。

②薨（hōng）：周代諸侯之死稱「薨」。

【譯文】

春秋五霸中，國勢的強盛沒有能超過齊桓公、晉文公的。晉文公的才能沒有超過齊桓公，他的臣子又都不如管仲；此後晉文公之孫晉靈公為政暴虐，不如齊桓公之子齊孝公待人寬厚。然而晉文公死後，諸侯不敢背叛晉國，晉國承襲文公的餘威，還能將諸侯盟主之位維持一百多年。這是為什麼呢？晉國後繼的國君雖然不賢明，可是還有先朝老成持重的大臣在主持大局。齊桓公死後，齊國就一敗塗地，這是毫無疑問的，因為他僅僅依靠一個管仲，而管仲已死，不能復生了。

夫天下未嘗無賢者，蓋有有臣而無君者矣。威公在焉，而曰天下不復有管仲者，吾不信也。仲之書①，有記其將死論鮑叔、賓胥無之為人②，且各疏其短，是其心以為數子者皆不足以託國，而又逆知其將死③，則其書誕謾不足信也④。吾觀史䲡⑤，以不能進蘧伯玉，而退彌子瑕，故有身後之諫；蕭何且死⑥，舉曹參以自代。大臣之用心，固宜如此也。夫國以一人興，以一人亡。賢者不悲其身之死，而憂其國之衰，故必復有賢者，而後可以死。彼管仲者，何以死哉？

【注釋】

①仲之書：指管子，後人根據管仲的思想言論編纂而成。
②賓胥無：齊桓公時大夫。
③逆知：預知。
④誕謾（màn）：荒誕虛妄。
⑤史鰌（qiū）：春秋時衛國大夫。他多次為衛靈公不用賢臣蘧（qú）伯玉，卻寵愛善於逢迎的彌子瑕而進諫。但衛靈公一直不聽，於是，他就讓兒子在自己死後將屍身放到靈公窗下，表示死後仍要進諫。靈公終於醒悟，用蘧伯玉而不用彌子瑕。
⑥蕭何：西漢初丞相。病中向漢惠帝推薦曹參繼之為相。曹參任丞相時，也恪守蕭何成法。

【譯文】

天下並不是沒有賢人，往往是有賢臣而沒有明君去重用他。齊桓公在世時，說天下不會再有管仲這樣的治國之才，我是決不相信的。世傳為管仲所著的管子一書中，記載管仲臨終時，對鮑叔牙、賓胥無二人的人品作了評論，並且還指出了他們各自的短處，這樣在管仲的心目中，認為鮑叔牙等都不足以託付國家重任，而且管仲又預料到他快要死了，那麼可見管子這部書荒誕虛妄不足為信。我看春秋時衛國大夫史鰌，由於不能使衛靈公進用賢者蘧伯玉而疏遠幸臣彌子瑕，所以在死後進行屍諫；漢丞相蕭何臨終時，推薦曹參接替自己。大臣的用心，本來就應該是這樣的啊。國家往往由於一個賢者執政而興盛，也由於一個賢者去位而衰亡。賢能的大臣並不為自己死去而悲傷，卻為他的國家衰落而擔憂，所以一定要找到賢者接替，然後才可以安然離世。沒有做到這一點的管仲，怎麼就這樣撒手而去了呢？

辨奸論

這是一篇爭議較多的名文。其爭議之處則在於文中的「今有人」是否為王安石，以及本文是否真為蘇洵所作。拋開這些爭論，本文論點清晰，論說精妙，亦足以發人深省。文章主旨涉及中國古代政治中人才識別任用這個重大問題，引用歷史掌故貼切有力，描畫生動，分析深刻，因此自宋朝以後屢屢為人提起。

事有必至，理有固然。惟天下之靜者，乃能見微而知著。月暈而風，礎潤而雨①，人人知之。人事之推移，理勢之相因②，其疏闊而難知，變化而不可測者，孰與天地陰陽之事？而賢者有不知，其故何也？好惡亂其中，而利害奪其外也。

【注釋】

①礎：房柱下面的基石。

②理勢：情理和形勢。相因：相互承襲。

【譯文】

事情有它必定要達到的地步，情理有它本該如此的確定性。只有心境靜穆的有識之士，才能從微小的先機徵兆中，預知日後將發生的重大變化。月亮四周出現白色光帶，預示快要起風，房柱底下的石墩發潮濕潤，預示快要下雨，這是平常人都知道的。至於世間人事變遷，情理形勢的前後承續變化，其徵兆蹤跡抽象渺茫，難以預測的程度，又怎能與天地陰陽二氣交互作用的繁雜變化相比呢？然而有些賢者反而看不到這些聯繫，這是為什麼呢？這是因為他們情感上的好惡擾亂了正常思考，實際上的利害關係又牽制影響了他們的行動。

昔者，山巨源見王衍曰①：「誤天下蒼生者，必此人也。」郭汾陽見盧杞曰②：「此人得志，吾子孫無遺類矣。」自今而言之，其理固有可見者。以吾觀之，王衍之為人，容貌言語，固有以欺世而盜名者，然不忮不求③，與物浮沉。使晉無惠帝④，僅得中主，雖衍百千，何從而亂天下乎？盧杞之奸，固足以敗國，然而不學無文，容貌不足以動人，言語不足以眩世⑤。非德宗之鄙暗⑥，亦何從而用之？由是言之，二公之料二子，亦容有未必然也⑦。

【注釋】

①山巨源：山濤字巨源，西晉人。曾任吏部尚書、太子少傅、右僕射等。王衍：字夷甫。晉惠帝時任宰相，但他終日清談，不理政事，後被石勒所殺。
②郭汾陽：即郭子儀，唐代名將。因平定「安史之亂」有功，被封為汾陽郡王。盧杞：字子良。唐德宗時任宰相，任職期間，曾陷害楊炎、顏真卿等人，後被貶官。
③忮（zhì）：忌恨。求：貪求。
④惠帝：晉惠帝司馬衷。在位期間，其妻賈后專權，釀成「八王之亂」。
⑤眩：迷惑，迷亂。
⑥德宗：唐德宗李适（kuò）。因猜忌有功的大臣而信任盧杞，致使朝政混亂。藩鎮叛亂時，曾離京逃命。
⑦容：或許。

【譯文】

從前，晉代人山濤見了還是兒童的王衍，就說：「將來給天下百姓帶來災難的，一定是這個人。」唐代郭子儀見了猶未得志的盧杞，就說：「要是這家夥當政得志，我的子孫就將遭難滅族了。」在這些預測已然驗證之後的今日來說，其中的推移相因之理可以預見。不過依我看來，王衍這個人才貌和言辭俱佳，固然可使他藉以欺蒙當代，盜取虛名，但是王衍不嫉妒不貪賄，與世浮沉追隨大流。假如當時沒有晉惠帝這樣的低能癡愚之輩，只要一個才能中等的人來當皇帝，那麼即使有千百個王衍，又怎能亂天下呢？盧杞的奸邪諂佞，固然足以敗壞國政，然而盧杞不學無術，沒有文才，相貌醜陋不吸引人，語言粗鄙不動聽。假如不是由於唐德宗心地狹窄，暗於識人，盧杞又哪能得到重用呢？由此說來，山濤與郭子儀二人當初對王衍、盧杞的預料，或許還有不正確的地方。

今有人，口誦孔、老之言，身履夷、齊之行①，收召好名之士、不得志之人，相與造作言語，私立名字，以為顏淵、孟軻復出②，而陰賊險狠，與人異趣。是王衍、盧杞合而為一人也，其禍豈可勝言哉？夫面垢不忘洗，衣垢不忘浣③，此人之至情也。今也不然，衣臣虜之衣，食犬彘之食④，囚首喪面，而談詩、書，此豈其情也哉？凡事之不近人情者，鮮不為大奸慝⑤，豎刁、易牙、開方是也。以蓋世之名，而濟其未形之患，雖有願治之主，好賢之相，猶將舉而用之。則其為天下患，必然而無疑者，非特二子之比也。

【注釋】

①履：實行。夷、齊：指伯夷、叔齊，商朝末年孤竹國國君之子。相傳他們兄弟間互相推讓，不肯繼任君位，因此逃往周地。周武王伐紂後，他們又誓不食周粟、不踏周地，最後餓死在首陽山。

②顏淵：即顏回，孔子弟子。

③浣（huàn）：洗。

④彘（zhì）：豬。

⑤鮮（xiǎn）：少。慝（tè）：奸邪，邪惡。

【譯文】

現在有個人，嘴裏念着孔子、老子仁義道德的言論，自身履行伯夷、叔齊清廉的操守，聚集了一批愛慕虛名、仕途不得志的士人，一起著書立説，私下裏彼此取了攀附聖賢的名字，自以為是顏淵、孟軻再世，然而這人內心陰險狠毒，志趣與常人背道而馳。這是把容貌言語足以欺世的王衍和奸邪諂佞足以敗國的盧杞集於一身了，這種人今後帶來的禍害難道能説得完嗎？臉上弄髒了，就要洗臉，衣服弄髒了，就得洗衣服，這是人們正常而真實的感情。上面提到的這個人卻不是這樣，故意穿着奴僕囚徒穿的衣服，吃着僅供豬狗吃的粗糲食物，像囚犯一樣頭髮蓬亂不梳，像居喪之家面容骯髒而不洗，居然高談詩經、尚書等聖賢經典，這難道是出於他的內心真情嗎？大凡做事不合人之常情的，極少不是大奸大惡的，春秋時齊桓公寵幸的豎刁自閹入宮，易牙殺子為羹，開方母死不歸，就是例子。這個人利用遍於海內的大名聲，來促成目前尚未形成但日後可能爆發的禍患，要是有一心求治的君主，愛好賢人的宰相，也都將推舉而重用他。那麼這個人禍害天下，將是必定發生而毫無疑問的，而且為禍之烈還將遠遠超過王衍和盧杞。

孫子曰[①]：「善用兵者，無赫赫之功。」使斯人而不用也，則吾言為過，而斯人有不遇之歎，孰知禍之至於此哉？不然，天下將被其禍[②]，而吾獲知言之名，悲夫！

【注釋】

①孫子：名武，戰國時齊人。
②被：遭受。

【譯文】

孫武說過：「善於用兵的人，沒有輝煌顯赫的戰功，因為他已事先將戰爭消滅於無形。」假如上面說的這個人不為朝廷重用，那麼我就慶幸自己說錯了，讓他懷有不遇明主的慨歎，但又有誰了解這種人的禍害竟有如此嚴重呢？假如這個人得到了重用，那麼全天下都要蒙受他造成的大災難，這樣我得到了善於知人富有遠見的美名，那就太可悲了啊！

心術

蘇洵所作策論中與政治、軍事相關者不少，這篇討論將領素質的文章把「為將之道」

的重點放在「治心」上，進而擴展到戰前準備、治軍法則及具體強弱應對戰術等問題。北宋抑制武將而以文人領兵，固然有其缺陷，卻也給文人思考戰爭問題以「經世致用」提供了機會，蘇洵此論即其代表之作。

為將之道，當先治心。泰山崩於前而色不變，麋鹿興於左而目不瞬①，然後可以制利害，可以待敵。

【注釋】

①左：附近。瞬：眨眼。

【譯文】

做將領的原則，首先應當修養心志。即使是泰山在眼前崩塌，也能做到面不改色，麋鹿突然從身邊奔過，也能做到目不轉睛，只有這樣，然後才能夠把握戰爭情勢變化的利害關係，才可以應付敵人。

凡兵上義①，不義，雖利勿動。非一動之為利害，而他日將有所不可措手足也。夫惟義可以怒士②，士以義怒，可與百戰。

【注釋】

①上：通「尚」，崇尚。

②怒士：激起士兵的憤怒。

【譯文】

大凡行軍打仗都崇尚正義，不是出於正義，即便有利可圖，也不要行動。這並不是因為兵馬一動會有損害，而是因為以後將會有難以應付的局面。只有正義能激怒士兵，士兵為正義所激怒，就可以百戰百勝了。

凡戰之道：未戰養其財，將戰養其力，既戰養其氣，既勝養其心。謹烽燧[①]，嚴斥堠[②]，使耕者無所顧忌，所以養其財；豐犒而優遊之[③]，所以養其力；小勝益急，小挫益厲，所以養其氣；用人不盡其所欲為，所以養其心。故士常蓄其怒、懷其欲而不盡。怒不盡則有餘勇，欲不盡則有餘貪。故雖并天下[④]，而士不厭兵[⑤]，此黃帝之所以七十戰而兵不殆也[⑥]。不養其心，一戰而勝，不可用矣。

【注釋】

①烽燧：報警的烽火，白天稱「烽」，晚上稱「燧」。

②斥堠（hòu）：原指探望敵情的土堡，這裏指瞭望。
③優遊：悠然自得。
④并：吞併，統一。
⑤厭兵：厭惡戰爭。
⑥殆：通「怠」，懈怠。

【譯文】

大凡作戰的原則是：戰前要積蓄貯備好財力物力，臨戰前要養精蓄銳，戰鬥開始要保持士氣，取勝後要保持鬥志。謹慎認真地做好烽燧報警工作，嚴密安排哨兵偵察探望，使種田的人沒有顧忌，這樣來積存財力物力；給予士兵以豐厚的犒賞，使他們能夠充分地放松休整，以此使士兵保存他們的力量；打了小勝仗更要振作精神，受到小挫折，則要給予激勵，以此來保持士氣；用人時不要完全滿足他的所有要求，以此來保持他的鬥志。因此，一定讓士兵經常保持對敵人的憤恨，有所希求而沒有完全得到滿足。鬥志旺盛怒氣不消，就會有勇氣；欲望無止境，就會有貪心。所以即使兼併了天下，士兵們也不會厭惡戰爭，這就是黃帝經歷七十餘戰，士兵仍然不懈怠的原因。不培養和引導軍心，打了一次勝仗，這支軍隊也就不能再打了。

凡將欲智而嚴，凡士欲愚。智則不可測，嚴則不可犯，故士皆委己而聽命，夫安得不愚？夫惟士愚，而後可與之皆死。

【譯文】

凡是做將帥的，要富有智謀而又號令嚴明，士兵則應該愚昧一點。富有智謀，就使人感到深不可測，號令嚴明，就使人不敢冒犯，因此士兵都能不顧自己而聽從命令，這樣怎麼能不愚昧一點呢？只有士兵愚昧一點，然後才能夠同將帥一起去拚死作戰。

凡兵之動，知敵之主①，知敵之將，而後可以動於險。鄧艾縋兵於蜀中②，非劉禪之庸，則百萬之師可以坐縛，彼固有所侮而動也③。故古之賢將，能以兵嘗敵，而又以敵自嘗④，故去就可以決⑤。

【注釋】

①主：首領。

②鄧艾：三國時魏將。曾領兵從深山險道進攻蜀漢，兵至成都城下，蜀漢後主劉禪投降，蜀漢滅亡。縋（zhuì）：繫在繩子上從高處放下來。

③侮：輕視。

④嘗敵：試探敵軍。

⑤去就：離開或者進攻。

【譯文】

大凡行軍打仗，要了解敵方主將的情況，然後才可以採取冒險的行動。三國時鄧艾翻山越嶺，用繩子把士兵弔下懸崖峭壁去偷襲蜀漢，如果不是後主劉禪昏庸無能，那麼鄧艾的百萬大軍，就要束手就擒，而鄧艾確實是輕視劉禪才敢採取那樣的行動的。所以古代明智賢能的將領，都能夠用一定兵力去試探敵方的虛實，又能夠根據敵方的強弱，準確地估計自己的力量；因此他對是進攻還是避戰撤退，都能做出自己的決斷。

凡主將之道，知理而後可以舉兵①，知勢而後可以加兵②，知節而後可以用兵③。知理則不屈，知勢則不沮，知節則不窮④。見小利不動，見小患不避，小利小患，不足以辱吾技也，夫然後有以支大利大患⑤。夫惟養技而自愛者，無敵於天下。故一忍可以支百勇，一靜可以制百動。

【注釋】

①理：這裏指戰爭的基本規律。
②勢：這裏指敵我雙方的形勢。
③節：分寸，時機。
④窮：困境。
⑤支：撐，對付。

【譯文】

大凡擔任主將的方法，在於通曉事理而後才可以發兵，了解敵我情勢然後才可以交戰，懂得節制約束然後才可以指揮戰鬥。通曉事理就不至於輕易屈服，了解敵我雙方情勢就不會沮喪，懂得節制約束就不會陷入困境。看見小禍利益不盲動，看見小禍患不迴避，因為這些小利小患，不值得自己去施展本領，只有做到這一步，然後才可以正確應對大利大患。只有胸懷智慧謀略善於培養自己的各種本領，而又能珍愛自己的人，才能無敵於天下。因此一個「忍」字，可以應付上百次的無謀之勇，一個「靜」字，可以制服上百次的輕舉妄動。

兵有長短，敵我一也。敢問：「吾之所長，吾出而用之，彼將不與吾校①；吾之所短，吾蔽而置之，彼將強與吾角②，奈何？」曰：「吾之所短，吾抗而暴之③，使之疑而卻；吾之所長，吾陰而養之，使之狎而墮其中④。此用長短之術也。」

【注釋】

①校（jiào）：較量，對抗。
②角：爭鬥。
③抗：舉。暴：顯露。
④狎（xiá）：忽視。

【譯文】

軍隊各有長處和短處，這在敵方和我方都是一樣。請問：「如果我方的長處，我拿出來利用它，敵方將不會同我較量；我方的短處，我掩蓋起來擱置一邊，可是敵方一定要同我較量，該怎麼辦呢？」回答是：「我方的短處，我故意地把它暴露出來，使敵方產生疑惑而退卻；我方的長處，我暗中保護住它，使敵方疏忽大意而中計。這就是運用長處和短處的方法。」

善用兵者，使之無所顧、有所恃。無所顧，則知死之不足惜；有所恃，則知不至於必敗。尺箠當猛虎①，奮呼而操擊；徒手遇蜥蜴，變色而卻步；人之情也。知此者，可以將矣。袒裼而案劍②，則烏獲不敢逼③；冠冑衣甲，據兵而寢④，則童子彎弓殺之矣。故善用兵者以形固，夫能以形固，則力有餘矣。

【注釋】

①箠（chuí）：短木棍。
②袒裼（tǎn xī）：脫衣露體。案：通「按」。
③烏獲：戰國時秦國大力士。
④據兵：拿着兵器。兵，兵器。

【譯文】

善於用兵的人，應該使士兵無所顧忌，又要使他們有所仰仗。士兵無所顧忌，就明白戰死不值得可惜；有所仰仗，就知道不至於一定失敗。一個人手中即使只有尺把長的木棍，遇見了猛虎，也可以大喝一聲，拿起木棍去攻擊它；可如果空着兩手，即使遇到蜥蜴，也會嚇得變了臉色而卻步不前；這是人之常情。知道這個道理的，就可以為將帶兵了。如果袒胸露臂，緊握着劍柄，那麼烏獲那樣的大力士，也不敢靠近他；如果披盔戴甲，卻抱着武器睡覺，那麼小孩也可以拉弓射箭，把他殺死。所以善於用兵的人，能利用軍勢森嚴來鞏固保存自己的力量，而那些能用軍勢來保存自己力量的人，他的力量就綽綽有餘了。

張益州畫像記

張益州即張方平，曾受朝廷之命前往益州，安定當地因謠言導致的民心騷亂。張方平治理有方，除平息謠言外還整頓了社會秩序，獲得當地民眾的信任感激，故為之畫像留念。此文除敍述本事始末外，着重強調了張方平在緩和朝廷與蜀中民眾緊張關係方面的作為。文章平實質樸，文末用詩經四言體概述始末，古樸而富含感情，體現了作者高超的語言駕馭能力。

至和元年秋①，蜀人傳言有寇至邊。邊軍夜呼，野無居人。妖言流聞，京師震驚②。方命擇帥，天子曰：「毋養亂，毋助變，眾言朋興，朕志自定。外亂不作，變且中起③。既不可以文令，又不可以武競，惟朕一二大吏。孰為能處茲文、武之間，其命往撫朕師。」乃推曰：「張公方平其人④。」天子曰：「然。」公以親辭⑤，不可，遂行。冬十一月，至蜀。至之日，歸屯軍，撤守備，使謂郡縣：「寇來在吾，無爾勞苦。」明年正月朔旦⑥，蜀人相慶如他日，遂以無事。又明年正月，相告留公像於淨眾寺。公不能禁。

【注釋】

①至和元年：即一〇五四年。至和，宋仁宗趙禎的年號。

②京師：指北宋京城汴梁，即今河南開封。

③且：將。

④張公方平：張方平，字道安，官至太子太保。

⑤親：父母。

⑥朔：陰曆初一日。

【譯文】

至和元年秋天，蜀人傳言有敵寇侵犯邊境。邊境防守軍隊夜裏呼叫，城外也沒有人敢居住了。謠言流傳開來，京師大為震驚。正當朝廷準備下令選派將帥時，天子說：「不要姑息延誤釀成禍亂，也不要輕率調兵，助使變亂發生，儘管謠言蜂起，但我的主意是堅定的。我認為外患並不足以使人驚慌，只怕內亂從中發生。這既不能用文書命令讓他們遵守法度，也不能用武力去同他們較量，我只需要一兩個大臣去處理。誰能協調好用文的感召教化的方法和用武力較量的方法兩者之間的關係，我就派誰去安撫軍隊。」大家推舉說：「張公方平就是這樣的人。」天子說：「可以。」張公以贍養雙親為由表示推辭，但沒有得到允許，於是就出發了。冬季十一月，他到了蜀地。到達的當天，就遣返了屯守在邊境的軍隊，撤除了邊境的守備，並派人到各郡縣去告諭說：「敵寇來了全由我負責，用不着勞累你們。」第二年的正月初一，蜀地百姓像往常一樣相互慶賀新年，從此也就平安無事了。又過了一年的正月，人們商定，要把張公的畫像留在淨眾寺裏。張公無法禁止大家。

眉陽蘇洵言於眾曰①：「未亂易治也，既亂易治也。有亂之萌，無亂之形，是謂將亂，將亂難治，不可以有亂急，亦不可以無亂弛。惟是元年之秋，如器之攲②，未墜於地。惟爾張公，安坐於其旁，顏色不變，徐起而正之。既正，油然而退，無矜容。為天子牧小民不倦，惟爾張公。爾繄以生③，惟爾父母。且公嘗為我言：『民無常性，惟上所待。人皆曰蜀人多變，於是待之以待盜賊之意，而繩之以繩盜賊之法。重足屏息之民[④]，而以碪斧令[⑤]，於是民始忍以其父母妻子之所仰賴之身，而棄之於盜賊，故每每大亂。夫約之以禮，驅之以法，惟蜀人為易。至於急之而生變，雖齊、魯亦然。吾以齊、魯待蜀人，而蜀人亦自以齊、魯之人待其身。若夫肆意於法律之外，以威刦齊民，吾不忍為也！』嗚呼！愛蜀人之深，待蜀人之厚，自公而前，吾未始見也。」皆再拜稽首曰[⑥]：「然。」

【注釋】

①眉陽：在今四川眉山。

②攲（qī）：傾側。

③緊（yī）：此。

④重（chóng）足：並起雙腳。

⑤碪（zhēn）斧：指刑具。碪，同「砧」。

⑥稽（qǐ）首：古時的一種跪拜禮，叩頭至地，是九拜中最恭敬的。

【譯文】

眉陽人蘇洵對眾人說：「變亂還沒發生，容易治理，變亂已經發生，也容易治理。有變亂正在醞釀中，但還沒有發生實際變亂，這叫做將亂，將亂的狀況是最難治理的：既不能因有變亂的萌芽而操之過急，也不能因為變亂還沒發生就放松警惕。至和元年秋天蜀中的局勢，就好像器物已經傾斜，但還沒有倒在地上。只有你們的張公，安穩地坐在旁邊，面不改色，慢慢地站起來，扶正了它。扶正之後，又從從容容地引退，而且沒有驕矜自誇的神情。幫助天子治理百姓而不知疲倦的，只有你們的張公。你們全靠他才生存下來，他就是你們的父母。而且張公曾經對我說過：『百姓沒有固定不變的性情，只看上邊官員如何對待他們。人們都說蜀人常常發生變亂，於是上面就用對待盜賊的態度去對待他們，用處理盜賊的法令去懲罰他們。對於本來已經小心翼翼的百姓，卻用嚴刑峻法去鎮壓，於是百姓才忍心拿他們父母妻兒所仰賴的身體，去投靠盜賊，所以往往釀成大亂。如果用禮義去約束他們，用法度去役使他們，只有蜀人是最容易治理的。至於為政太苛逼迫他們而發生變亂，即使是在號稱禮樂之邦的齊、魯之地，也會這樣。我用對待齊、魯百姓的辦法來對待蜀人，而蜀人也會用齊、魯地方百姓的標準來約束自己。超出法度之外為所欲為，用權勢欺壓百姓，我不忍心做呀！』唉！愛護蜀人如此深厚，對待蜀人如此仁慈，在張公以前的官員中，我不曾看見過呢。」大家聽了，都再三叩拜說：「是這樣的。」

蘇洵又曰：「公之恩在爾心，爾死，在爾子孫。其功業在史官，無以像為也。且公意不欲，如何？」皆曰：「公則何事於斯？雖然，於我心有不釋焉①。今夫平居聞一善②，必問其人之姓名與其鄰里之所在，以至於其長短、小大、美惡之狀，甚者或詰其平生所嗜好③，以想見其為人。而史官亦書之於其傳，意使天下之人，思之於心，則存之於目。存之於目，故其思之於心也固。由此觀之，像亦不為無助。」蘇洵無以詰④，遂為之記。

【注釋】

①不釋：放不下。
②平居：平日，平素。
③詰：追問。
④詰：反駁。

【譯文】

蘇洵又說：「把張公的恩德銘記在你們心裏，你們死了，就銘記在你們子孫的心裏。他的功業將由史官來記載，不必畫像了。況且張公心裏也不願這樣，你們看怎麼辦呢？」大家都說：「張公本來不在乎畫像。雖然這樣，我們心裏卻深感不安。現在就是平時在家裏聽說有人做了一件好事，都必定要問一問那人的姓名和他所住的地方，一直到他身材的高矮、年歲的大小、容貌的美醜等等，甚至有的人還要問到他的生平和嗜好，由此來想見他的為人。史官也會把這些情況寫在他的傳記裏，意思是讓天下的人，不僅在心裏都紀念着他，而且在眼裏也能看見他。眼裏留存着他的容貌，所以心裏對他的紀念之情也就愈加牢固。這樣看來，畫像也不是沒有用。」蘇洵再無法反駁他們了，於是替他們寫了這篇畫像記。

公南京人①，為人慷慨有大節，以度量雄天下。天下有大事，公可屬②。系之以詩曰：天子在祚③，歲在甲午。西人傳言④，有寇在垣⑤。庭有武臣，謀夫如雲。天子曰嘻，命我張公。公來自東，旗纛舒舒⑥。西人聚觀，於巷於塗。謂公暨暨⑦，公來于于⑧。公謂西人：「安爾室家，無敢或訛。訛言不祥，往即爾常。春爾條桑⑨，秋爾滌場。」西人稽首，公我父兄。公在西囿，草木駢駢⑩。公宴其僚，伐鼓淵淵⑪。西人來觀，祝公萬年。有女娟娟，閨闥閑閑⑫。有童哇哇，亦既能言。昔公未來，期汝棄捐。禾麻芃芃⑬，倉庾崇崇⑭。嗟我婦子，樂此歲豐。公在朝廷，天子股肱⑮。天子曰歸，公敢不承？作堂嚴嚴，有廡有庭⑯。公像在中，朝服冠纓。西人相告，無敢逸荒。公歸京師，公像在堂。

【注釋】

①南京：今河南商丘一帶。
②屬（zhǔ）：託付。
③祚（zuò）：帝位。
④西人：蜀人。
⑤垣：牆。這裏指邊境。
⑥纛（dào）：古代儀仗隊或軍隊的大旗。

⑦暨暨：果敢堅毅的樣子。
⑧于于：從容自信的樣子。
⑨條：修剪。
⑩駢駢：草木繁茂的樣子。
⑪伐鼓：擊鼓。淵淵：鼓聲舒緩的樣子。
⑫閨闥（tà）：女子住的內屋。
⑬芃芃（péng）：茂盛的樣子。
⑭庾（yǔ）：露天穀倉。
⑮股肱（gōng）：比喻左右輔助得力的人。股，大腿。肱，肘臂到肩的部分。
⑯廡（wǔ）：廳堂四周的廊屋。

【譯文】

張公是南京人，為人慷慨豪邁而又節操高尚，以器度寬廣聞名於天下。國家遇有大事，張公是可以委託的。我在文章末尾附一首詩來記述他的事跡：大宋天子登寶位，歲在甲午四方寧。忽聞蜀人傳謠言，道是敵寇犯邊境。朝廷武將彬彬立，文臣謀士聚如雲。天子有旨志自定，派我張公往撫平。公從東方來上任，旌旗招展獵獵風。蜀人爭相觀重臣，街巷填滿無餘空。皆言張公貌堅毅，神情鎮靜且從容。張公溫言勸蜀人：「各自家室好安頓，無根謠傳莫要聽。謠言本非吉祥物，料理生計農道正。春日採桑剪柔枝，秋高打穀實糧囤。」蜀人叩頭拜張公：公似父母又如兄。公在蜀中西園裏，草木茂盛鬱葱葱。公開筵席請同僚，奏樂擊鼓響咚咚。蜀人紛紛來拜望，願公壽比萬年長。蜀中少女多窈窕，閨閣嫻靜媚妖嬈。蜀中嬰兒話呀咿，如今已會學人語。當初張公未到時，心肝只怕要遺棄。如今莊稼多豐茂，寬闊糧倉立兩道。婦女兒童生蜀中，豐年歡喜非常情。張公昔日立闕庭，天子倚為得力臣。今有聖旨召回歸，張公怎敢不遵命？建起殿堂真莊嚴，既有房廊又有庭。張公畫像掛殿中，穿着朝服結冠纓。蜀人勸勉相告誡，不再怠惰起逸心。張公人雖歸京城，畫像永留慰蜀中。

蘇　軾

蘇軾（一〇三七—一一〇一），字子瞻，號東坡居士，眉山（今屬四川）人。他與父親蘇洵、弟弟蘇轍合稱「三蘇」，都是古文名家。而蘇軾本人的詩、詞、書、畫均成就非凡，是「三蘇」乃至整個宋代文人中名氣最大、對後世綜合影響力最為深遠的文學藝術天才。蘇軾早於嘉祐二年（一〇五七）即中進士，但旋遭母憂，正式任職後又遇到王安石變法和曠日持久的新舊黨之爭。蘇軾有自己的觀點，不依附於其中任何一方，故雖有才而為各方所提防乃至忌恨，屢不得意，長期在地方上的杭州、密州、徐州等地任職，並曾被遠謫儋州等地，顛沛流離，但這些坎坷的經歷和政治上的疏遠閑散，反而使得他的文學藝術成就日益提升，真可謂「失之東隅，收之桑榆」。

刑賞忠厚之至論

這是蘇軾於宋仁宗嘉祐二年（一〇五七）應進士時所作的成名策論，大受主考官歐陽修賞識，稱「老夫當避此人，放出一頭地」，也由此奠定了蘇軾的文壇地位。本文立論清晰，文筆順暢，從刑罰和爵賞各自的本來功能出發，推究古代聖君無論賞罰均以愛民憂民為本，指出「仁可過，義不可過」，寧寬勿苛的「忠厚之至」原則，對當時聚訟紛紜的刑賞輕重問題，以儒家經典為依據，參以聖王事跡，最後引詩經、春秋為證，論證充分嚴密，結構圓融自然。

堯、舜、禹、湯、文、武、成、康之際①，何其愛民之深，憂民之切，而待天下以君子長者之道也！有一善，從而賞之，又從而詠歌嗟歎之，所以樂其始而勉其終。有一不善，從而罰之，又從而哀矜懲創之②，所以棄其舊而開其新。故其吁俞之聲③，歡休慘慼④，見於虞、夏、商、周之書。成、康既沒，穆王立而周道始衰⑤，然猶命其臣呂侯⑥，而告之以祥刑⑦。其言憂而不傷，威而不怒，慈愛而能斷，惻然有哀憐無辜之心⑧，故孔子猶有取焉。

【注釋】

①堯：唐堯。舜：虞舜。禹：夏禹。湯：商湯。文：周文王。武：周武王。成：周成王。康：周康王。

②哀矜：憐憫。懲創：懲罰。

③吁：表示不以為然的歎息聲。俞：表示應允的聲音。

④休：喜悅。
⑤穆王：周穆王，周康王孫。
⑥呂侯：相傳周穆王時任司寇。
⑦祥刑：善於用刑。
⑧惻然：悲傷的樣子。

【譯文】

堯、舜、禹、湯、文、武、成、康的時候，聖君愛護百姓何其深厚，關心百姓何其真切，完全是用君子長者的忠厚德行來對待天下百姓啊！百姓有一點善行，就及時獎賞他，又及時歌唱讚美他，以此表達對他良好開端的讚賞，勉勵他善始善終。有一點惡行，就及時處罰他，又及時對他表示同情加以勸誡，這是幫助他擯棄舊日錯誤，走上自新之路。所以嗟歎讚許的聲音，歡樂悲慼的情緒，在虞、夏、商、周各代的文獻上都可見到。成王和康王逝世後，周穆王即位，周王朝的王道開始衰微，但是周穆王還吩咐臣子呂侯，告訴他善於用刑的方法。他的話憂慼而不悲傷，威嚴而不憤怒，慈愛而能決斷，悲天憫人而又有哀憐無罪者的心理，所以孔子對此還有所肯定。

傳曰：「賞疑從與，所以廣恩也。罰疑從去，所以慎刑也。」當堯之時，皋陶為士①，將殺人，皋陶曰殺之三，堯曰宥之三②。故天下畏皋陶執法之堅，而樂堯用刑之寬。四岳曰：「鯀可用③。」堯曰：「不可。鯀方命圮族④。」既而曰：「試之。」何堯之不聽皋陶之殺人，而從四岳之用鯀也？然則聖人之意，蓋亦可見矣。書曰：「罪疑惟輕，功疑惟重；與其殺不辜，寧失不經⑤。」嗚呼！盡之矣⑥。可以賞，可以無賞，賞之過乎仁；可以罰，可以無罰，罰之過乎義。過乎仁，不失為君子；過乎義，則流而入於忍人。故仁可過也，義不可過也。

【注釋】

①皋陶（gāo yáo）：傳說虞舜時的司法官。
②宥（yòu）：寬容，饒恕，赦免。
③鯀（gǔn）：傳說是夏禹的父親。
④方：違抗，違背。圮（pǐ）：毀壞。
⑤經：成規，原則。
⑥盡：相近。

【譯文】

尚書傳文說：「準備賞賜時，如果還有懷疑，寧可賞賜，以便擴大恩澤。準備處罰時，如果還有懷疑，寧可赦免，以表示慎於用刑。」在堯的時候，皋陶做執法官，準備處決一個罪犯，皋陶三次說殺掉他，堯卻接連三次說寬恕他。所以天下人懼怕皋陶執法的堅決，而喜歡堯用刑的寬大。四方諸侯的首領說：「鯀可以任用。」堯說：「不行。鯀違抗命令，殘害族人。」後來又說：「試試他吧。」為什麼堯不聽從皋陶殺人的主張，而同意四方諸侯首領任用鯀的建議呢？聖人的心意，由此可以見到了。尚書說：「對罪行有疑問，當從輕處理；對功勞有懷疑，就從重賞賜；與其錯殺一個無辜者，寧願自己承擔失刑的責任。」唉！這幾句話把「刑賞忠厚之至」的含義都說盡了。可以賞，可以不賞的，賞他是過於仁慈了；可以罰，可以不罰的，罰他是超過了道義邊界。過於仁慈寬厚，還不失為君子；超過了道義的邊界，便墮落成為殘忍之人了。所以仁慈可以過度，道義的邊界則不容跨越。

古者賞不以爵祿，刑不以刀鋸。賞之以爵祿，是賞之道行於爵祿之所加，而不行於爵祿之所不加也。刑以刀鋸，是刑之威施於刀鋸之所及，而不施於刀鋸之所不及也。先王知天下之善不勝賞，而爵祿不足以勸也①，知天下之惡不勝刑，而刀鋸不足以裁也。是故疑則舉而歸之於仁，以君子長者之道待天下，使天下相率而歸於君子長者之道②，故曰忠厚之至也。

【注釋】

①勸：勸勉，鼓勵。

②相率：相繼，一個接一個。

【譯文】

古時不用爵位和俸祿來賞賜，不用刀子和鋸子執行刑罰。賞賜只用爵位和俸祿，那麼賞賜的作用便只局限在能夠得到爵位和俸祿的那些功勞的範圍內，而不能推行到尚未達到賜予爵位和俸祿的範圍。刑罰只用刀子和鋸子，這是刑罰的威力只能局限在刀鋸之刑所及的方面，卻不能威懾那些不至於受刀鋸之刑的惡行。先王知道天下的善行不可能一一賞賜，爵位和俸祿也不足以用來勸勉所有人行善，又知道天下的惡行不可能一一施罰，而且刀鋸之刑也不足以制裁懲罰他們。所以對賞罰有懷疑時，就完全以仁慈為宗旨去處置，以君子長者的忠厚德行來對待天下百姓，使天下萬民相互仿效君子長者的忠厚之道，所以說這是忠厚到了極點。

詩曰：「君子如祉①，亂庶遄已②。君子如怒，亂庶遄沮③。」夫君子之已亂④，豈有異術哉？制其喜怒，而無失乎仁而已矣。春秋之義：立法貴嚴而責人貴寬，因其褒貶之義以制賞罰⑤，亦忠厚之至也。

【注釋】

①祉（zhǐ）：福，引申為喜悅。這四句引自詩經・小雅・巧言。

②庶：大概。遄（chuán）：迅速。已：止。

③沮：停止。

④已：平息。

⑤因：依。

【譯文】

詩經說：「君子喜聽賢人言，禍亂眼看就平息。君子怒責讒人語，災禍很快得消弭。」君子對於制止禍亂，難道有特別的方法麼？也不過是控制個人喜怒，使它不違背仁厚原則罷了。春秋的大義原則：立法貴在嚴厲，而處罰貴在從寬，按照它表揚和批評的原則來把握賞罰的尺度，這也是忠厚到了極點。

范增論

范增是秦末楚、漢相爭過程中的一個關鍵人物。歷來對他的評價以同情歎惜為主，而此文則指出當初范增建議擁立義帝是為項氏家族籠絡人心，後來又不能諫阻項羽殺義帝，實際上已違背初衷，其矛盾在項羽殺死義帝委任的卿子冠軍宋義之時早已釀成，而范增「不知幾」，不能及時離開，終致受猜疑憤恨而死。但作者也肯定范增是一位為對手畏懼的英傑，不苛責古人以全能。

漢用陳平計①，間疏楚君臣。項羽疑范增與漢有私②，稍奪其權。增大怒曰：「天下事大定矣，君王自為之，願賜骸骨歸卒伍③。」歸未至彭城，疽發背死④。蘇子曰⑤：增之去善矣，不去，羽必殺增。獨恨其不早耳。

【注釋】

①漢：指漢高祖劉邦。陳平：秦末楚、漢相爭時，原為項羽部屬，後投奔劉邦，成為漢高祖重要謀臣，並歷任漢惠帝、呂后、文帝時丞相，封曲逆侯。
②項羽：名籍，字羽，楚國貴族出身。秦亡後，自稱「西楚霸王」，封劉邦為漢王，在與劉邦爭奪統治權力的鬥爭中失敗自殺。范增：項羽的重要謀臣，曾屢勸項羽殺劉邦而項羽不聽。
③賜骸（hái）骨：意思是退休回鄉。卒伍：秦代鄉里基層組織。這裏指家鄉。
④疽（jū）：惡瘡。
⑤蘇子：蘇軾自稱。

【譯文】

漢高祖用陳平的計策，離間疏遠西楚的君臣關係。於是項羽懷疑范增與漢高祖暗中來往，逐漸削減他的權力。范增大怒說：「天下局勢現在已經大定了，以後君王您自己看着去治理，希望您開恩讓我這把老骨頭回到老家去。」他回鄉途中還沒到彭城，就背上發毒瘡死了。蘇子說：范增走得對啊，如果不離去，項羽必定會殺死他。只是遺憾他沒有早點離開。

然則當以何事去？增勸羽殺沛公①，羽不聽，終以此失天下，當於是去耶？曰：否。增之欲殺沛公，人臣之分也，羽之不殺，猶有君人之度也，增曷為以此去哉？易曰：「知幾其神乎！」詩曰：「相彼雨雪，先集維霰②。」增之去，當於羽殺卿子冠軍時也③。陳涉之得民也，以項燕、扶蘇④。項氏之興也，以立楚懷王孫心⑤。而諸侯叛之也，以弒義帝。且義帝之立，增為謀主矣。義帝之存亡，豈獨為楚之盛衰，亦增之所與同禍福也。未有義帝亡而增獨能久存者也。羽之殺卿子冠軍也，是弒義帝之兆也。其弒義帝，則疑增之本也，豈必待陳平哉？物必先腐也，而後蟲生之；人必先疑也，而後讒入之。陳平雖智，安能間無疑之主哉？

【注釋】

①沛公：指漢高祖劉邦。

②相彼雨雪，先集維霰（xiàn）：見詩經·小雅·弁。相，視。霰，小雪珠。

③卿子冠軍：指宋義。卿子，是對人的尊稱。冠軍，指楚懷王封宋義為上將，位在其他將領之上。

④項燕：楚國名將，項羽祖父。扶蘇：秦始皇長子，被其弟秦二世胡亥謀害。

⑤心：楚懷王的孫子熊心。項梁曾立熊心為懷王。項羽自稱「西楚霸王」後，又尊熊心為義帝。

【譯文】

那麼，應該因什麼事情離去呢？范增勸項羽殺劉邦，項羽不聽，結果因此失掉天下，范增應當在這個時候離去嗎？回答說：不是。范增建議殺劉邦，這是盡臣子的職責，項羽不殺劉邦，說明他還有君主的度量，范增為什麼要因這件事離去呢？易經說：「能根據微小預兆知道事情的趨勢，大概就是神明吧！」詩經說：「看那下雪之前，先凝集降落的只是小雪屑。」范增的離開，應該在項羽殺卿子冠軍宋義的時候。陳涉得到百姓擁護，是因為他借用了項燕和公子扶蘇的名義。項氏的興起，是因為立楚懷王孫子熊心為義帝號召人心。而後來諸侯反叛，是因為他殺了義帝。並且立義帝一事，范增是主謀。義帝的存亡，何止關係到楚的盛衰，也和范增的禍福密切相關。不會有義帝死了，范增卻獨能長久存活的道理。項羽殺卿子冠軍宋義，是殺害義帝的前兆。而他殺害義帝時，就開始懷疑范增了，哪裏一定要等待陳平去離間呢？物體一定是先腐爛了，然後才生出蟲來；人必定自己先有疑心，然後才會聽別人的讒言。陳平雖然聰明，怎麼能夠離間那不疑心臣下的君主呢？

吾嘗論義帝天下之賢主也：獨遣沛公入關①，不遣項羽，識卿子冠軍於稠人之中，而擢以為上將②，不賢而能如是乎？羽既矯殺卿子冠軍③，義帝必不能堪④。非羽弒帝，則帝殺羽，不待智者而後知也。增始勸項梁立義帝，諸侯以此服從，中道而弒之，非增之意也，夫豈獨非其意，將必力爭而不聽也。不用其言而殺其所立，羽之疑增，必自是始矣。

【注釋】

①沛公：指漢高祖劉邦。秦末劉邦起兵於沛（今江蘇沛縣），故稱。關：關中之地。義帝派宋義、項羽救趙，而令劉邦攻咸陽，並約定誰先到達關中，誰就為王。

②擢（zhuó）：提拔。

③矯：假託。義帝封宋義為上將、項羽為次將、范增為末將，派他們率兵救趙，宋義途中畏縮不前，被項羽所殺。

④堪：忍受。

【譯文】

我曾經評論義帝，說他是天下的賢明君主：他只派劉邦率兵入關，而不派項羽去，他從許多將領中發現了宋義，提拔他為上將，不賢明能夠這樣做嗎？項羽既然假託義帝的命令殺了宋義，義帝一定不能忍受。不是項羽殺害義帝，就是義帝殺掉項羽，這是不需特別聰明的人就能知道的。范增起初勸項梁立義帝，諸侯因此服從調度指揮，中途殺害義帝，這不是范增的意思，豈但不是他的意思，並且他必定是極力反對，而項羽不聽從。不聽他的話，殺害了他所擁立的義帝，項羽對范增的懷疑，必定是從這時就開始了。

方羽殺卿子冠軍，增與羽比肩而事義帝①，君臣之分未定也。為增計者，力能誅羽則誅之，不能則去之，豈不毅然大丈夫也哉？增年已七十，合則留，不合則去，不以此時明去就之分，而欲依羽以成功名，陋矣②！雖然，增，高帝之所畏也。增不去，項羽不亡。嗚呼！增亦人傑也哉！

【注釋】

①比肩：並肩，意思是地位相當。

②陋：學識疏淺。

【譯文】

在項羽殺掉宋義時，范增和項羽都處在做義帝臣子的平等地位，君臣的名分還沒有確定。替范增考慮，有力量能夠殺死項羽就殺死他，不能夠就乾脆離開他，這豈不是很果斷的大丈夫麼？范增的年紀已經七十了，和項羽合得來就留，合不來就離開，不在這時候表明去留的態度，卻想依靠項羽來成就自己的功名，真是見識淺陋啊！話雖這樣說，范增畢竟是漢高祖也害怕的人。范增不離去，項羽也不會滅亡。唉！范增也算是人中的豪傑啊！

留侯論

留侯張良輔佐劉邦建立漢王朝的功勳歷來為人稱頌，蘇軾在這篇史論中，重點分析了張良之所以能含蓄忍耐、等待時機的原因，以及這種「能忍」的能力在秦末群雄相爭時的重要作用，並駁斥了通常將圯上老人視為鬼神的庸俗說法，指出這是前朝隱士高人應對世亂，選取和培養安定天下人才的策略。立論新穎而邏輯清晰，視角獨特，令人油然信服。

古之所謂豪傑之士，必有過人之節①，人情有所不能忍者。匹夫見辱，拔劍而起，挺身而鬥，此不足為勇也。天下有大勇者，卒然臨之而不驚②，無故加之而不怒，此其所挾持者甚大③，而其志甚遠也。

【注釋】

①節：節操。
②卒（cù）然：突然。卒，同「猝」。
③挾持：抱負。

【譯文】

古代所說的豪傑人物，必定有超過凡人的節操，以及一般人在感情上不能忍受的氣度。普通人一旦受侮辱，就會拔出寶劍站起來，挺身去跟對方搏鬥，但這算不上是勇敢。天下有堪稱大勇的人，他突然面臨意外而不驚慌，無故受到侮辱而不憤怒，這是因為他的抱負很大，而他的志向又很高遠。

夫子房受書於圯上之老人也①，其事甚怪。然亦安知其非秦之世有隱君子者②，出而試之？觀其所以微見其意者③，皆聖賢相與警戒之義，而世不察，以為鬼物，亦已過矣。且其意不在書。當韓之亡、秦之方盛也，以刀鋸鼎鑊待天下之士④，其平居無事夷滅者不可勝數⑤。雖有賁、育⑥，無所獲施。夫持法太急者，其鋒不可犯，而其勢未可乘。子房不忍忿忿之心，以匹夫之力，而逞於一擊之間。當此之時，子房之不死者，其間不能容發，蓋亦危矣。千金之子，不死於盜賊。何者？其身可愛，而盜賊之不足以死也。子房以蓋世之才，不為伊尹、太公之謀⑦，而特出於荊軻、聶政之計⑧，以僥幸於不死，此圯上老人所為深惜者也。是故倨傲鮮腆而深折之⑨，彼其能有所忍也，然後可以就大事，故曰：「孺子可教也。」

【注釋】

①子房：張良字子房。漢初封為留侯。圯（yí）上之老人：即黃石公。據說他在橋上讓張良為他揀鞋，與張良約見又兩次責怪他遲到，幾次考驗之後才拿出太公兵法一書送給張良。圯，橋。

②隱：隱居。

③見：同「現」，顯現。

④鼎鑊（huò）：鼎與鑊。這裏指酷刑刑具。

⑤夷滅：消滅，殺盡。

⑥賁（bēn）、育：指孟賁、夏育，古代勇士。

⑦伊尹：商初大臣。曾佐商滅夏。太公：姜太公呂尚，輔佐周武王滅商，為周朝開國大臣。

⑧特：只。荊軻：戰國時齊人。為燕太子丹刺殺秦王，失敗被殺。聶政：戰國時韓人。為嚴仲子謀刺韓國韓傀（kuǐ）。

⑨倨（jù）：傲慢。鮮腆（xiǎn tiǎn）：無禮。

【譯文】

張良從橋上老人那裏接受了兵書，這事很奇怪。然而怎麼知道這位老人不是秦朝時隱居的高士，這時出來考驗張良？看那老人稍微顯露出他的用意，都是聖人、賢士相互警戒的道理，世人不詳加考察，以為他是鬼怪，也太不正確了。而且老人的用意並不在那本兵書上。當韓國滅亡，秦國正強大的時候，用刀、鋸、鼎、鑊殘酷迫害天下的士人，那些安分守己、毫無罪過而被殺害的人，多得數不清。這時即使有孟賁、夏育那樣的勇士，也對局勢無能為力。一個執法非常嚴厲的政權，它的鋒芒不可觸犯，它的形勢也沒有可乘之機。但張良卻不能克制內心的憤恨，想憑一人之力用大鐵椎的一擊來達到目的。當時，張良雖然沒有被抓住殺死，和死亡卻已經只差毫髮了，真是太危險了。富貴人家的子弟，不會死於盜賊之事。為什麼呢？因為他的性命珍貴，不值得為盜賊之事而死。張良有超過世人的才能，不作伊尹、周公那樣安邦定國的打算，卻只用刺客荊軻、聶政那樣行刺的辦法，只是僥幸才得以不死，這是橋上那位老人為他深感痛惜的原因。因此，老人故意用傲慢無禮的行為深深地折辱他，使他能有忍耐之心，然後才可以成就偉大的事業，所以說：「這孩子還可以教育。」

楚莊王伐鄭，鄭伯肉袒牽羊以迎①。莊王曰：「其主能下人，必能信用其民矣。」遂捨之。句踐之困於會稽②，而歸臣妾於吳者，三年而不倦。且夫有報人之志，而不能下人者，是匹夫之剛也。夫老人者，以為子房才有餘，而憂其度量之不足，故深折其少年剛銳之氣，使之忍小忿而就大謀。何則？非有平生之素，卒然相遇於草野之間③，而命以僕妾之役，油然而不怪者，此固秦皇之所不能驚，而項籍之所不能怒也④。

【注釋】

①鄭伯：指鄭襄公。

②句踐：春秋末越國國君。被吳王夫差戰敗，屈服請和，在吳國做了三年人質。會稽（kuài jī）：山名。在今浙江。

③卒（cù）然：突然。卒，同「猝」。

④項籍：字羽，秦末起兵，後敗於劉邦。

【譯文】

楚莊王出兵討伐鄭國，鄭襄公袒露上身牽着羊去迎接。楚莊王說：「鄭國的國君能夠這樣屈己尊人，必定能夠獲得百姓的信任。」於是就撤軍離去。越王句踐被吳國軍隊圍困在會稽山，就投降吳國，做吳王的奴僕，三年沒有絲毫厭倦。如果只有報仇的志向，而不屈己從人，那不過是一個普通人的剛強。那位老人認為張良才能有餘，就是擔心他的度量不足，所以就深深地折辱他青年人剛強銳利之氣，使他能夠忍住小的憤怒而去完成遠大的謀略。為什麼這樣呢？老人和張良從來不相識，在野外突然相遇，卻命他做撿鞋穿鞋這樣奴僕、婢妾幹的差事，而張良自然愉快地去做，並不發怒責怪老人，這樣秦始皇自然不能使他驚怕，而項羽也不能使他發怒了。

觀夫高祖之所以勝、項籍之所以敗者，在能忍與不能忍之間而已矣。項籍唯不能忍，是以百戰百勝而輕用其鋒；高祖忍之，養其全鋒而待其斃，此子房教之也。當淮陰破齊而欲自王①，高祖發怒，見於詞色。由是觀之，猶有剛強不能忍之氣，非子房其誰全之？

【注釋】

①淮陰：指淮陰侯韓信。當劉邦被項羽困於滎（xíng）陽時，韓信奪得齊地，請自立為假王，劉邦大怒，經張良提醒，才立韓信為齊王，並讓他發兵擊楚。

【譯文】

考察漢高祖之所以取勝、項羽之所以失敗的原因，就在於他們能夠忍耐與不能忍耐的區別罷了。項羽正因為不能忍耐，所以雖然百戰百勝卻輕易消耗了兵力；漢高祖能夠忍耐，保存全部兵力等待項羽的衰亡，這是張良指教他的。在韓信攻破齊國，想使自己做齊王時，漢高祖大怒，怒氣顯露在言辭和臉色上。由此看來，他還有剛強而不能忍耐的習氣，除了張良，又有誰能成全他呢？

太史公疑子房以為魁梧奇偉①，而其狀貌乃如婦人女子，不稱其志氣。嗚呼！此其所以為子房歟！

【注釋】

①太史公：指史記作者司馬遷。

【譯文】

太史公原以為張良高大魁梧，但實際上他的身材、相貌竟像婦人女子，和他的志向氣概並不相稱。唉！這就是張良之所以是張良的原因吧！

賈誼論

這同樣是一篇「翻案式」的人物史論。作者一改傳統習見中對賈誼懷才不遇遭受排擠的同情，首先指出人才被用的困難及需要的條件，指出有些人才不能為時君所用，也與其個人有關；進而分析了漢文帝當初在動亂中受諸位元老大臣擁立，有生死之盟，當時政治不可能允許猝然展開全面革新，而賈誼認識不到這種大勢，「志大而量小」，只能鬱鬱以終。雖有後見之明的成分在內，但仍令人信服，且更增一層慨歎。

非才之難，所以自用者實難。惜乎！賈生①，王者之佐，而不能自用其才也。

【注釋】

①賈生：賈誼，洛陽（今屬河南）人。漢文帝時曾召為博士，任太中大夫，後被貶為長沙王太傅和梁王太傅，三十三歲即抑鬱而死。

【譯文】

一個人有才能並不難，怎樣使自己的才能得到運用才真正困難。可惜啊！賈誼有輔佐帝王的大才，卻不能使才幹得到發揮。

夫君子之所取者遠，則必有所待；所就者大，則必有所忍。古之賢人，皆負可致之才①，而卒不能行其萬一者，未必皆其時君之罪，或者其自取也。

【注釋】

①致：成就功業。

【譯文】

君子遠大的志向想要實現，那就一定要有所等待；宏偉的事業要想成就，那就一定要有所忍耐。

古代的賢人，都具備成就功業的才能，最終卻不能發揮它的萬分之一，這未必都是當時君主的過錯，有的實在是自己造成的。

愚觀賈生之論，如其所言，雖三代何以遠過①？得君如漢文，猶且以不用死，然則是天下無堯、舜，終不可有所為耶？仲尼聖人，歷試於天下，苟非大無道之國，皆欲勉強扶持，庶幾一日得行其道②。將之荊③，先之以冉有④，申之以子夏。君子之欲得其君，如此其勤也。孟子去齊，三宿而後出晝⑤，猶曰：「王其庶幾召我。」君子之不忍棄其君，如此其厚也。公孫丑問曰⑥：「夫子何為不豫⑦？」孟子曰：「方今天下，捨我其誰哉？而吾何為不豫？」君子之愛其身，如此其至也。夫如此而不用，然後知天下果不足與有為，而可以無憾矣。若賈生者，非漢文之不能用生，生之不能用漢文也。

【注釋】

①三代：指夏、商、周。

②庶幾：也許可以。表示希望。

③荊：楚國。

④冉有：和下文「子夏」都是孔子弟子。

⑤晝：齊地。在今山東淄博一帶。
⑥公孫丑：戰國時齊國人。孟子的學生。
⑦豫：高興。

【譯文】

我考察賈誼的言論，如果真能按他所主張的那樣治理，即使是夏、商、周三代又怎能遠遠超過他？賈誼遇上了漢文帝這種賢君，尚且因為未被重用而抑鬱死去，那豈不意味着天下如果沒有堯、舜，就注定不能有所作為嗎？孔子是聖人，遍遊天下各諸侯國以求一試自己的治國之道，只要不是暴虐無道的國家，都想勉力加以扶助，希望有一天能實行他的治國之道。孔子將要到楚國去應聘，先讓冉有去，再讓子夏去，以表明自己的意向。君子想遇上信任自己的君主，是這樣的辛勤不捨。孟子離開齊國的時候，在晝這個地方住了三個晚上才離去，還說：「齊王也許還會召我回朝。」君子不忍心捨棄他的國君，是如此的情意深厚。公孫丑問道：「先生為什麼不高興？」孟子說：「當今的天下，除了我還有誰能擔當治理的重任呢？那麼我為什麼要不高興？」君子愛惜尊重他自己，到達這樣的地步。如果像這樣做了還不被任用，然後才斷定天下確實不值得奮發有為，也可以沒有遺憾了。至於像賈誼這樣，並不是漢文帝不能用他，而是他不能讓漢文帝重用自己啊。

夫絳侯親握天子璽而授之文帝①，灌嬰連兵數十萬②，以決劉、呂之雌雄，又皆高帝之舊將，此其君臣相得之分，豈特父子骨肉手足哉？賈生，洛陽之少年，欲使其一朝之間，盡棄其舊而謀其新，亦已難矣。為賈生者，上得其君，下得其大臣，如絳、灌之屬，優遊浸漬③，而深交之，使天子不疑，大臣不忌，然後舉天下而唯吾之所欲為，不過十年，可以得志。安有立談之間，而遽為人「痛哭」哉④？觀其過湘為賦以弔屈原，縈紆鬱悶⑤，趯然有遠舉之志⑥，其後以自傷哭泣，至於夭絕，是亦不善處窮者也。夫謀之一不見用，則安知終不復用也？不知默默以待其變，而自殘至此。嗚呼！賈生志大而量小，才有餘而識不足也。

【注釋】

①絳侯：即周勃。秦末隨劉邦起事，漢代封為絳侯。

②灌嬰：西漢初大臣。與周勃等共謀與齊王聯合，平定諸呂，擁立文帝。

③優遊：從容不迫的樣子。浸漬：慢慢滲透。

④遽（jù）：急，突然。痛哭：賈誼治安策中談及當時形勢，有「可為痛哭者一，可為流涕者二，可為長太息者六」這樣的話。

⑤縈紆：盤旋彎曲，迴旋曲折。

⑥趯（tì）然：心情激動或衝動的樣子。遠舉：高飛。這裏是退隱的意思。

【譯文】

絳侯周勃親自捧着皇帝的玉璽交給漢文帝，灌嬰統兵幾十萬來決定劉、呂兩大政治勢力的勝負，他們又都是漢高祖的老部將，那種君臣之間生死與共、相互投合的親密情分，豈止是父子兄弟的骨肉之親才有的呢？賈誼不過是洛陽城裏的一個年輕後生，卻想讓皇帝在一朝一夕的短時間裏，完全拋棄元老勳臣和既定國策，另搞新的一套，也就太難了。作為賈誼，如果上面能夠得到皇帝的信任，下面能夠跟周勃、灌嬰這班元老大臣處好關係，從容不迫地跟他們交往，逐漸滲透交融，結成深交，使得皇帝不猜疑他，大臣不忌恨他，然後全天下的人都可以任憑我的意願，想怎麼做就怎麼做，不超過十年，就能實現自己的宏圖大志。哪有在剛見面站着交談的頃刻之間，就突然對皇帝談論值得痛哭流涕的天下形勢呢？我看他經過湘水作賦憑弔屈原，心緒紊亂糾纏，憂鬱愁悶，顯然有高飛遠舉的退隱之意，後來終於因為自傷懷才不遇、憂愁哭泣而過早去世，這正是不善於在困窘不得志的逆境中生存的表現啊。自己的謀略一次不被採用，又何以見得最終都不會被採用呢？不懂得默默地自處逆境，來等待時勢的變化，卻自我傷害摧殘到這種地步。唉！賈誼是志向遠大而器量狹小，才能有餘而識見不足啊。

古之人，有高世之才，必有遺俗之累。是故非聰明睿智不惑之主①，則不能全其用。古今稱苻堅得王猛於草茅之中②，一朝盡斥去其舊臣，而與之謀。彼其匹夫略有天下之半③，其以此哉！愚深悲生之志，故備論之。亦使人君得如賈生之臣，則知其有狷介之操④，一不見用，則憂傷病沮，不能復振，而為賈生者，亦謹其所發哉⑤！

【注釋】

①睿智：見識卓越，富有遠見。
②苻堅：南北朝時前秦皇帝。王猛：年輕時販賣畚箕，隱居華山，受苻堅徵召而出，屢有升遷。
③略：奪取。這裏的意思是佔有。
④狷（juàn）介：正直孤傲。
⑤所發：所為。這裏的意思是處世。

【譯文】

古代的人，有出類拔萃的才能，必定有鄙棄世俗而導致的不利。因此不是那種明智通達、不受蒙蔽的君主，就不可能充分使用他的才能。古往今來人們都稱讚前秦苻堅在草野百姓中得到王猛，短時間裏全部撇開他的舊臣而跟王猛一人謀劃國事。像苻堅這樣一個普通人而奪取了半個天下，大概就因為這一點吧！我深深地同情賈誼的志向，所以詳盡地加以討論。目的正是為了讓做君主的知道，假如得到賈誼這種臣子，要懂得他們大都有孤高正直、與世寡合的操守性格，一旦不被任用，就會憂傷沮喪乃至抑鬱成疾，不能重新振作起來，而作為賈誼這樣的才子，也應該謹慎地立身處世，不輕易表達才行啊！

晁錯論

晁錯是漢初中央、地方對峙的政治變局中的重要人物。當初他極力建議漢景帝削藩，吳、楚等七國諸侯遂以「誅晁錯以清君側」為名起兵反叛，漢景帝臨亂聽取袁盎的建議殺掉晁錯，叛亂仍然持續方才後悔，後人也由此多同情晁錯一心為國反受極刑的冤枉。而蘇軾此文則以天下形勢和豪傑英雄所應承擔的風險責任為視角，指出晁錯自己也犯有事先考慮不周和臨陣推卸責任的錯誤，其悲劇有自為成分，有理有據，令人信服。

天下之患，最不可為者，名為治平無事，而其實有不測之憂。坐觀其變，而不為之所，則恐至於不可救。起而強為之，則天下狃於治平之安①，而不吾信。惟仁人君子豪傑之士，為能出身為天下犯大難，以求成大功。此固非勉強期月之間②，而苟以求名之所能也。天下治平，無故而發大難之端，吾發之，吾能收之，然後有辭於天下。事至而循循焉欲去之③，使他人任其責，則天下之禍，必集於我。

【注釋】

①狃（niǔ）：習以為常。

②期（ㄐㄧ）月：一個月。

③循循：循序漸進。循，通「遁」。

【譯文】

天下的禍患，最難處理的是表面上太平無事，實際上卻隱藏着難以預測的隱患。如果坐視禍患發展而不採取應對措施，那就可能發展到不可挽救的地步。如果起來強制加以解決，天下人又會因為習慣於表面的太平生活而不相信我的看法。只有仁人君子、豪傑之士，才能挺身而出，為天下長治久安冒最大的風險，以求成就偉大的功業。這當然不是通過僅僅一個月的短期努力，又企圖從中苟且求名的人所能辦到的。天下太平無事，平白無故地挑起大禍的事端，我引發了它，我又能平定它，這就能夠有充分理由說服天下人。如果事到臨頭，自己卻徘徊不前想避開它，讓別人承擔責任，那麼天下的禍患，必定會集中在我一個人身上。

昔者晁錯盡忠為漢[1]，謀弱山東之諸侯。山東諸侯並起[2]，以誅錯為名。而天子不之察，以錯為之說[3]。天下悲錯之以忠而受禍，不知錯有以取之也。

【注釋】

①晁錯：西漢人。景帝時為御史大夫。力主削藩，「七國之亂」爆發後，景帝聽從袁盎的建議，殺晁錯以平叛亂。

②山東：指崤山以東地區。

③說（yuè）：同「悅」，高興。

【譯文】

當年晁錯忠心耿耿，為漢朝謀劃削弱崤山以東各諸侯國的勢力。山東諸侯一齊起兵，以「殺晁錯，清君側」為名。而皇帝不加明察，以殺晁錯來使諸侯滿意。天下人悲憫同情晁錯因為忠於漢朝而遭殺身之禍，不明白晁錯有自取其禍的原因。

古之立大事者，不唯有超世之才，亦必有堅忍不拔之志。昔禹之治水，鑿龍門[①]，決大河[②]，而放之海。方其功之未成也，蓋亦有潰冒衝突可畏之患，惟能前知其當然，事至不懼，而徐為之圖[③]，是以得至於成功。夫以七國之強，而驟削之，其為變豈足怪哉？錯不於此時捐其身，為天下當大難之衝而制吳、楚之命，乃為自全之計，欲使天子自將而己居守。且夫發七國之難者誰乎？己欲求其名，安所逃其患？以自將之至危，與居守之至安，己為難首，擇其至安，而遺天子以其至危，此忠臣義士所以憤怨而不平者也。當此之時，雖無袁盎[④]，亦未免於禍。何者？己欲居守，而使人主自將，以情而言，天子固已難之矣，而重違其議，是以袁盎之說得行於其間。使吳、楚反，錯以身任其危，日夜淬礪[⑤]，東向而待之[⑥]，使不至於累其君，則天子將恃之以為無恐。雖有百盎，可得而間哉？

【注釋】

①龍門：今山西河津西北。

②大河：指黃河。

③徐：緩慢。這裏有從容的意思。

④袁盎：歷任齊相、吳相，因與吳王劉濞（bì）有關係，經晁錯告發，被廢為庶人。七國反叛時，他建議景帝殺晁錯。

⑤淬（cuì）：把燒紅了的鑄件往水、油或其他液體裏一浸立刻取出來，用以提高合金的硬度和強度。礪：磨刀劍。

⑥東向：面向東。七國都在京城長安的東或東南邊。

【譯文】

古代建立大功業的人，不僅有超越當世的傑出才能，而且一定要有堅忍不拔的意志。從前大禹治水，鑿開龍門，疏通黃河，引導洪水入海。當他治水尚未成功的時候，當然也會有洪水沖垮河堤漫溢、橫衝直撞的可怕憂患。只是他事先能預料到必然會有這種情況，事到臨頭就不會畏懼，而能從容地想法對付，因此得以大功告成。試想吳、楚那樣的七個強大藩國，要突然削弱它們的勢力，發生叛亂難道值得奇怪嗎？晁錯不在這個關鍵時刻豁出自己的性命，為天下站到擔當這場大危難的最前頭，置吳、楚七國於死地，卻反而為了自我保全，想讓皇帝親自率領軍隊迎戰而自己留守京城。況且引發七國之亂的究竟是誰呢？自己想要獲得削藩建功的美名，又怎能逃避它所帶來的禍患？以親自率領軍隊迎戰這種最大的危險，跟留守京城這種最大的安全，自己明明是引發叛亂的禍首，卻選擇了最安全的差使，而把最危險的任務送給了皇帝，這正是忠臣義士極其憤恨不平的緣故啊。這種時候，即使沒有袁盎，晁錯也難以免除殺身之禍。為什麼呢？自己想安居留守，而讓皇帝親自帶兵出征，從情理上說，皇帝對此本來就已經很難忍受了，因此心裏很反感他的建議，這樣，袁盎的挑撥讒言才能乘機起作用。假如吳、楚七國反叛時，晁錯親自擔當最危險的任務，日夜操練軍隊，厲兵秣馬，向東進軍以等待破敵機會，使危險的局勢不至於牽累皇帝，那麼景帝一定會依仗晁錯而無所畏懼。這樣，即使有一百個袁盎，又哪裏有機會挑撥離間晁錯和景帝的關係呢？

嗟夫！世之君子欲求非常之功，則無務為自全之計。使錯自將而討吳、楚，未必無功。惟其欲自固其身，而天子不悅，奸臣得以乘其隙。錯之所以自全者，乃其所以自禍歟？

【譯文】

唉！世上的君子如果企求獲得不平凡的功業，那就不要專門致力於尋求保全自己的辦法。假如晁錯親自率領軍隊討伐吳、楚，未必不能建功。正因為他想保全自身，而使皇帝不高興，奸臣才有了挑撥離間的機會。如此看來晁錯用以自我保全的辦法，豈不正是他自取其禍的原因嗎？

卷十一

上梅直講書

梅直講即梅堯臣，北宋詩人，時官國子監直講。本文是仁宗嘉祐二年（一〇五七），作者中進士後寫給參評官梅堯臣的感謝信。圍繞知己相樂的中心，交代了撰寫感謝信的緣由，並讚揚歐陽修與梅堯臣的公正、客觀的可貴精神。全文委婉有致，言辭不卑不亢。

軾每讀詩至鴟鴞①，讀書至君奭②，常竊悲周公之不遇。及觀史，見孔子厄於陳、蔡之間，而弦歌之聲不絕，顏淵、仲由之徒相與問答。夫子曰：「『匪兕匪虎，率彼曠野③。』吾道非耶？吾何為於此？」顏淵曰：「夫子之道至大，故天下莫能容。雖然，不容何病？不容然後見君子。」夫子油然而笑曰：「回，使爾多財，吾為爾宰④。」夫天下雖不能容，而其徒自足以相樂如此，乃今知周公之富貴，有不如夫子之貧賤。夫以召公之賢，以管、蔡之親，而不知其心，則周公誰與樂其富貴？而夫子之所與共貧賤者，皆天下之賢才，則亦足以樂乎此矣。

【注釋】

①鴟鴞（chī xiāo）：詩經·豳風中的一篇。古人認為這首詩是周公寫給成王，以表明他東征管、蔡之志的。

②君奭（shì）：尚書中的一篇。古人認為這是周公寫給召公，以表明自己心意的。奭，召公姬奭，周文王庶子，與周公共佐成王。

③匪兕（sì）匪虎，率彼曠野：見詩經・小雅・何草不黃。意思是說，不是犀牛，不是老虎，卻在曠野上奔跑。匪，同「非」。兕，犀牛一類的野獸。率，來往奔跑。

④宰：管家。

【譯文】

我每次讀詩經讀到鴟鴞篇，讀尚書讀到君奭篇，常常私下悲歎周公不被人了解。等到看了史記，看到孔子在陳、蔡二國之間受困，而彈琴唱歌之聲不斷，顏淵、仲由這些弟子和孔子相互問答。孔子說：「『不是犀牛不是虎，卻奔跑在曠野上。』我推行的道不對嗎？我為什麼落到這個地步？」顏淵說：「老師的道太宏大了，所以天下不能容納。即便這樣，不被容納又有什麼妨礙？不被容納然後才顯示出君子的本色。」孔子禁不住笑着說：「顏回！假如你有很多財產，我就當你的管家。」天下雖不能容納孔子，但他們師徒卻能這樣自我滿足，互相和樂，於是我現在才明白周公的富貴，有不如孔子的貧賤的地方。憑召公那樣的賢明，憑管叔、蔡叔的骨肉之親，卻不理解周公的用心，那麼，周公和誰一起享受富貴的快樂呢？和孔子共度貧賤的人卻都是天下的賢人才士，那也足夠在逆境中找到樂趣了。

軾七八歲時，始知讀書，聞今天下有歐陽公者①，其為人如古孟軻、韓愈之徒；而又有梅公者從之遊，而與之上下其議論。其後益壯，始能讀其文詞，想見其為人，意其飄然脫去世俗之樂，而自樂其樂也。方學為對偶聲律之文，求升斗之祿，自度無以進見於諸公之間。來京師逾年，未嘗窺其門。今年春，天下之士群至於禮部，執事與歐陽公實親試之，軾不自意獲在第二。既而聞之，執事愛其文，以為有孟軻之風，而歐陽公亦以其能不為世俗之文也而取，是以在此。非左右為之先容，非親舊為之請屬，而嚮之十餘年間，聞其名而不得見者，一朝為知己。退而思之，人不可以苟富貴，亦不可以徒貧賤。有大賢焉而為其徒，則亦足恃矣。苟其僥一時之幸，從車騎數十人，使閭巷小民聚觀而讚歎之，亦何以易此樂也！傳曰「不怨天，不尤人」②，蓋「優哉遊哉，可以卒歲」③。執事名滿天下，而位不過五品，其容色溫然而不怒，其文章寬厚敦樸而無怨言，此必有所樂乎斯道也，軾願與聞焉。

【注釋】

①歐陽公：歐陽修。

②不怨天，不尤人：見論語·憲問。

③優哉遊哉，可以卒歲：見左傳·襄公二十一年。

【譯文】

我在七八歲時，才知道讀書學習，聽說現在天下有一位歐陽公，他的為人像古代的孟軻、韓愈一類前輩；還有一位梅公，與他往來交遊，而且同他議論古今。後來我長大一些，才開始讀他的文章，由此而想像他的為人，認為他必是瀟灑地擺脫世俗的樂趣而自得其樂。那時我正在學習講究聲律對偶的詩賦，去謀求微薄的官俸，自己知道沒有進見各位前輩的資格。來到京城一年多，從來不曾上門拜見。今年春天，全國的讀書人都匯聚到禮部，先生您和歐陽公都親自主持考試，我沒有想到會獲得第二名。不久聽説，承先生賞識我的文章，認為有孟軻的文風，而且歐陽公也因為我能不寫世俗所崇尚的文章而錄取我，原因就在這裏。這既不是由先生手下的人先為我疏通，也沒有親朋舊友為我請求囑託，然而過去十多年間，只聽説其名而不得見面的人物，有一天卻成了知己。退下來我想一想這件事，人不可苟且地貪圖富貴，也不可以平白地淪為貧賤。世有大賢而自己能成為他的學生，那也足以作立身的依託了。如果憑一時的僥幸做了大官，出入後面跟着數十個坐車騎馬的侍從，使街坊小民圍觀而讚揚，又怎能換取我與大賢相知的樂趣呢！論語上説「不抱怨上天，不怨恨別人」，大概就因為自己有「從容悠閑、自得其樂可以過一輩子」那種情趣。先生的名聲傳遍天下，而官級不過五品，您的臉色溫和而沒有怒氣，文章寬厚淳樸而沒有怨言，這一定有樂於此道的緣由，我希望能聽到您的高論。

喜雨亭記

本文是仁宗嘉祐七年（一〇六二）作者任鳳翔府簽判時所作。通過記敘亭子命名的緣由、作亭的經過，描寫久旱得雨的歡樂情景和自己的喜悅心情，表現出作者關心百姓生活的真摯感情。全文圍繞「喜」「雨」「亭」，集議論、描寫和抒情於一體，筆調靈活多變，餘味無窮。

亭以雨名，誌喜也①。古者有喜，則以名物，示不忘也。周公得禾，以名其書②；漢武得鼎，以名其年③；叔孫勝敵④，以名其子。其喜之大小不齊，其示不忘一也。

【注釋】

①志：記。

②周公得禾，以名其書：傳說周成王曾賜周公異株合穗的穀子，為此，周公寫下了嘉禾。此文已佚，尚書僅有其篇名。

③漢武得鼎，以名其年：漢武帝於元狩六年（前一一七）在汾陰得一寶鼎，遂改年號為「元鼎」。

④叔孫勝敵：這裏指春秋時魯國的叔孫得臣率兵攻打狄人，俘獲其國君僑如。

【譯文】

這座亭子以「雨」來命名，是為了記一件喜慶的事。古代有了喜慶的事，就用此命名事物，表示永不忘記。周公得到成王賞賜的一株異株合穗的穀子，就以「嘉禾」作他著作的篇名；漢武帝在汾陰得到寶鼎，便以「元鼎」作自己的年號；叔孫得臣打敗狄人僑如，就以「僑如」作他兒子的名字。他們的喜慶之事大小不同，表示不忘的用意是一樣的。

予至扶風之明年①，始治官舍。為亭於堂之北，而鑿池其南，引流種樹，以為休息之所。是歲之春，雨麥於岐山之陽②，其占為有年。既而彌月不雨，民方以為憂。越三月，乙卯乃雨，甲子又雨，民以為未足。丁卯大雨，三日乃止。官吏相與慶於庭，商賈相與歌於市，農夫相與忭於野③，憂者以喜，病者以愈，而吾亭適成。

【注釋】

①扶風：即鳳翔府，治所在今陝西鳳翔。蘇軾曾於宋仁宗嘉祐六年（一〇六一）任鳳翔簽判。
②岐（qí）山：在今陝西岐山。
③忭（biàn）：歡樂。

【譯文】

我到扶風的第二年，才開始營建官府房舍。在廳堂北面建了一座亭子，在亭子的南面開鑿了一口池塘，引來流水種植樹木，作為休息的場所。這年春天，在岐山的南面下了一場麥雨，占卜的結果以為是豐年之兆。接着是整月不下雨，百姓正為此着急。過了三月份，四月初二才下了雨，隔了九天的甲子日又下雨，百姓卻認為還沒下足。十四日那天又下大雨，連下了三天才停止。官吏們在衙院相互慶賀，商人在集市一起歌唱，農民在田野裏一同歡笑，擔憂的人因此而高興，患病的人因此而痊癒，而我的亭子恰好也在這時建成。

於是舉酒於亭上，以屬客而告之①，曰：「五日不雨可乎？」曰：「五日不雨則無麥。」「十日不雨可乎？」曰：「十日不雨則無禾。」「無麥無禾，歲且薦饑②，獄訟繁興而盜賊滋熾。則吾與二三子，雖欲優遊以樂於此亭，其可得耶？今天不遺斯民，始旱而賜之以雨，使吾與二三子得相與優遊而樂於此亭者，皆雨之賜也。其又可忘耶？」

【注釋】

①屬（zhǔ）客：勸客飲酒。屬，斟酒相勸。

②薦饑：連年饑荒。薦，頻，一再。

【譯文】

於是在亭上開設酒宴，向客人勸酒並問道：「再過五天不下雨，可以嗎？」大家說：「五天再不下雨，就收不到麥子了。」「再過十天不下雨可以嗎？」大家又說：「過十天再不下雨就收不到稻子了。」「收不到麥子和稻子，就會連年饑荒，訴訟案件就會增多而且強盜竊賊會更加猖獗。那麼，我和諸位即使想悠閑自得地在這座亭中聚會遊樂，能做到嗎？現在，幸喜上天沒有遺棄這裏的百姓，剛旱不久就賜降大雨，使我與諸位能夠一起舒暢地在這座亭中玩樂，都是這場大雨的恩賜。這又怎麼可以忘記呢？」

既以名亭，又從而歌之，曰：「使天而雨珠，寒者不得以為襦①；使天而雨玉，饑者不得以為粟。雨三日，伊誰之力？民曰太守②。太守不有，歸之天子。天子曰不然，歸之造物。造物不自以為功，歸之太空。太空冥冥，不可得而名。吾以名吾亭。」

【注釋】

①襦（rú）：短襖。

②太守：郡的長官。宋時雖已改郡為州或府，但太守仍然用作「知州」或「知府」的別稱。

【譯文】

給亭子命名以後，又接着歌唱它，歌詞道：「假使上天降下的是珍珠，受凍的人不能拿它做短襖；假使上天降下的是寶玉，捱餓的人不能拿它當米飯。如今一場大雨連下了三天，是誰的力量？百姓說是太守。太守並沒有這種力量，把它歸功於天子。天子又說不是，把它歸功於造物主。造物主又不認功勞，把它歸功於太空。太空渺茫深遠，不能夠說出結果，我就自己用『雨』來命名我的亭子。」

淩虛台記

本文是作者為其上司鳳翔府知府陳希亮所造高台撰寫的記事文章。通過記敍淩虛台建造的經過，借物抒情，感歎興廢無常，並發揮議論，指出應當求索真正「足恃」的東西。反映了作者勇於探索、積極進取的樂觀精神。全文虛實結合，敍事具體實在，議論深沉，發人深省。

國於南山之下，宜若起居飲食與山接也。四方之山，莫高於終南①，而都邑之麗山者②，莫近於扶風③。以至近求最高，其勢必得。而太守之居，未嘗知有山焉。雖非事之所以損益，而物理有不當然者。此淩虛之所為築也。

【注釋】

①終南：終南山，在今陝西西安南。
②麗：附着。
③扶風：在今陝西鳳翔。

【譯文】

在終南山下建城，起居飲食等日常生活應該時時和山接觸。四周的山，沒有比終南山更高的，而周圍的城郭，也沒有比扶風更靠近終南山的了。在靠山最近的地方探求山的最高處，是必然能做到的。然而扶風太守住在這裏，竟然不知道終南山的存在。這雖然不是對時政有壞處或好處的問題，但是從事理來説卻是不應該的。這就是建造淩虛台的原因。

方其未築也，太守陳公杖履逍遙於其下，見山之出於林木之上者，纍纍如人之旅行於牆外而見其髻也，曰：「是必有異。」使工鑿其前為方池，以其土築台，高出於屋之簷而止。然後人之至於其上者，怳然不知台之高，而以為山之踴躍奮迅而出也。公曰：「是宜名淩虛。」以告其從事蘇軾①，而求文以為記。

【注釋】

①從事：屬吏。當時蘇軾在鳳翔府任大理評事簽判。

【譯文】

當凌虛台還沒有建造的時候，太守陳公曾經拄杖着履，在山下從容自在地遊玩，看到高出林木之上的山巒重重疊疊，就像牆外有人行走，而牆內的人只能看見行人的髮髻似的，太守便說：「這裏一定有奇異的景色。」於是讓工匠在山前開鑿了一口方形的池塘，用挖出的泥土築成一座高台，一直築到高出屋簷為止。然後，凡登上土台遠眺的人，恍惚間不知是因為土台高而看到群峰，反而以為那些山巒是突然間跳出來的。陳公說：「這個高台應起名為凌虛。」他把這個意思告訴他的屬吏蘇軾，並請蘇軾為此寫一篇記文。

軾覆於公曰：「物之廢興成毀，不可得而知也。昔者荒草野田，霜露之所蒙翳①，狐虺之所竄伏②。方是時，豈知有凌虛台耶？廢興成毀，相尋於無窮，則台之復為荒草野田，皆不可知也。嘗試與公登台而望，其東則秦穆之祈年、橐泉也③，其南則漢武之長楊、五柞④，而其北則隋之仁壽、唐之九成也⑤。計其一時之盛，宏傑詭麗，堅固而不可動者，豈特百倍於台而已哉！然而數世之後，欲求其髣髴，而破瓦頹垣無復存者，既已化為禾黍荊棘丘墟隴畝矣，而況於此台歟！夫台猶不足恃以長久，而況於人事之得喪，忽往而忽來者歟？而或者欲以誇世而自足，則過矣。蓋世有足恃者，而不在乎台之存亡也。」既以言於公，退而為之記。

【注釋】

①蒙翳（yì）：遮蔽。

②虺（huǐ）：毒蛇。

③秦穆：即秦穆公，「春秋五霸」之一。祈年、橐（tuó）泉：春秋時秦國的兩座宮名。相傳分別為秦惠公、秦孝公所造，秦穆公的墓就在這兩宮附近。

④長楊、五柞（zuò）：漢代宮殿名。

⑤仁壽：隋煬帝時所建宮殿。唐貞觀五年（六三一）改名為「九成」。

【譯文】

蘇軾回覆陳公説：「事物的荒廢、興起、成功、毀壞，是無法預測得到的。從前這裏是荒草叢生的野地，被霜露覆蓋，狐狸毒蛇潛伏出沒，那時，哪裏有人料到會建起淩虛台呢？荒廢、興起、成功、毀壞相交更迭，永無窮盡，這淩虛台是否又會重新變為荒草野田，都是無法預料的。我曾與您登台遠望，東面是秦穆公的祈年宮、橐泉宮；南面是漢武帝的長楊宮和五柞宮；北面則是隋代的仁壽宮、唐代的九成宮。想當年它們興盛一時，恢宏奇麗，堅固而不可摧毀，哪裏只是勝過淩虛台的百倍而已呢！但是幾個世代之後，再想看看它們當初的大致面貌，卻連破瓦斷牆都不存在了，早已變成長滿莊稼的田地和佈滿荊棘的荒丘了，更何況淩虛台這樣的土台呢！這樣的土台尚不可保證其長存，又何況人生的得失，忽去忽來、捉摸不定呢？假如有人想以這類東西向世人誇耀而自滿，那就錯了。世上是有真正可以永久依靠的東西，但絕不在於土台之類的存在或消失。」我向陳公說了以上的話，回來作了這篇記文。

超然台記

蘇軾於神宗熙寧三年（一〇七〇）調任密州知州，第二年修復了一座殘破的樓台，其弟蘇轍為台取名「超然」，於是蘇軾撰寫了這篇文章。全篇緊緊圍繞「超然」二字議論、抒情、描寫，從正、反兩方面引出無往不樂、隨遇而安、超然物外的主旨。行文曉暢灑脫，餘音繞樑不止。

凡物皆有可觀。苟有可觀，皆有可樂，非必怪奇偉麗者也。餔糟啜醨[1]，皆可以醉；果蔬草木，皆可以飽。推此類也，吾安往而不樂？

【注釋】

①餔（bū）：吃。啜（chuò）：喝。醨（lí）：淡酒。

【譯文】

大凡外物都有值得觀賞的地方。只要值得觀賞，就都會使人快樂，不一定非要奇異壯美不可。吃酒糟飲淡酒，都能使人醉倒；吃瓜果蔬菜、野草樹皮，都可以使人飽腹。以此類推，我到哪裏找不到快樂？

夫所為求福而辭禍者，以福可喜而禍可悲也。人之所欲無窮，而物之可以足吾欲者有盡。美惡之辨戰於中①，而去取之擇交乎前，則可樂者常少，而可悲者常多，是謂求禍而辭福。夫求禍而辭福②，豈人之情也哉？物有以蓋之矣。彼遊於物之內，而不遊於物之外。物非有大小也，自其內而觀之，未有不高且大者也；彼挾其高大以臨我，則我常眩亂反覆③，如隙中之觀鬥，又烏知勝負之所在④？是以美惡橫生而憂樂出焉，可不大哀乎？

【注釋】

①中：內心。
②辭：捨棄。
③眩：兩眼昏花的樣子。
④烏：怎麼。

【譯文】

那些追求幸福而躲避禍患的人，認為幸福令人高興而禍患使人悲哀。人的欲望沒有止境，而能夠滿足我們欲望的外物卻是有限的。美好與醜惡的辨別常在心中鬥爭，捨棄和求取的抉擇交替擺在面前，於是可以快樂的事往往很少，可以悲哀的事常常很多，這叫做追求禍患而辭避幸福。追求禍患而辭避幸福，哪裏是人之常情呢？這是外物對人有所蒙蔽的緣故。那些人只遊心於物之內，而不曾在物之外活動。萬物本無大小之別，從它內部來觀察，沒有既不高又不大的；那些居高臨下、以大凌小逼近我的，常使我頭昏目眩、顛三倒四，恰如透過小小的縫隙而觀戰，又怎能知道勝敗的原因？因此美好與醜惡錯雜產生，憂愁與歡樂也交替出現，能不感到莫大的悲哀嗎？

予自錢塘移守膠西①，釋舟楫之安而服車馬之勞②，去雕牆之美而庇采椽之居③，背湖山之觀而行桑麻之野。始至之日，歲比不登④，盜賊滿野，獄訟充斥，而齋廚索然，日食杞菊。人固疑予之不樂也，處之期年而貌加豐，髮之白者，日以反黑。予既樂其風俗之淳，而其吏民亦安予之拙也。於是治其園囿，潔其庭宇，伐安邱、高密之木⑤，以修補破敗，為苟完之計。而園之北，因城以為台者舊矣，稍葺而新之⑥。時相與登覽，放意肆志焉。南望馬耳、常山⑦，出沒隱見，若近若遠，庶幾有隱君子乎⑧？而其東則廬山⑨，秦人盧敖之所從遁也⑩。西望穆陵⑪，隱然如城郭，師尚父、齊威公之遺烈猶有存者⑫。北俯濰水⑬，慨然大息⑭，思淮陰之功⑮，而弔其不終。台高而安，深而明，夏涼而冬溫，雨雪之朝，風月之夕，予未嘗不在，客未嘗不從。擷園蔬⑯，取池魚，釀秫酒⑰，瀹脫粟而食之⑱，曰：「樂哉！遊乎！」

【注釋】

①錢塘：宋代兩浙路治所，地在今浙江杭州。膠西：山東膠河以西地區。這裏指密州。蘇軾於宋神宗熙寧三年（一〇七〇）調任密州知州。

②服：適應。

③採椽（chuán）：採伐的木椽未經修飾。此指房舍粗樸簡陋。

④比：屢屢。

⑤安邱、高密：屬當時密州的兩個縣。

⑥葺（qì）：修理。
⑦馬耳、常山：二山均在密州城附近。
⑧庶幾：可能。
⑨廬山：山在密州城東，非今之江西廬山。
⑩盧敖：秦朝博士。為秦始皇求仙藥不得，逃到高密的廬山。
⑪穆陵：穆陵關，故址在今臨朐東南的大峴山上，春秋時為齊國南境。
⑫師尚父：呂尚，即姜太公。周朝開國大臣，封於齊國。齊威公：即齊桓公。
⑬濰水：即今濰河。
⑭大息：太息，歎息。
⑮淮陰：淮陰侯韓信，曾在濰水兩岸破楚軍二十萬，漢初因謀反罪被殺。
⑯擷（xié）：採摘。
⑰秫（shú）酒：黃米酒。
⑱瀹（yuè）：煮。脫粟：糙米。

【譯文】

我從錢塘調任出守密州，放棄了江河乘船的安逸，而忍受着坐車騎馬的辛勞；離開了雕樑畫棟的住宅，而棲身於粗樸簡陋的房舍；離開那湖光山色的美景，而奔走在這遍地桑麻的荒郊僻野。剛來的時候，莊稼連年歉收，盜賊遍地，訴訟案件繁多，而廚房裏也是空蕩蕩的，每天只以枸杞野菊充飢。人們本來猜度我心情抑鬱不樂，我在這兒住了一年，面容卻更加豐腴，頭上的白髮一天天變黑。我已經喜歡此地淳樸的風俗，而這裏的官吏百姓也習慣了我的愚拙。於是我修治了田園苗圃，清理了庭院房舍，砍伐了安邱、高密兩縣的大樹，用來修補破損之處，只做簡單修繕的打算。在園子的北面，原來靠城牆建成的一座高台已經破舊不堪，我就稍加修整，使它煥然一新。我時常與友人一起登台遠眺，毫無顧忌地抒情言志。從台上向南眺望，馬耳山、常山在雲霧中時隱時現，似近若遠，大概那裏隱居着德才兼備的君子吧？高台的東面是盧山，秦朝博士盧敖逃遁隱居的地方。從台上往西望去，高高的穆陵關隱隱約約，宛如一座城堡，姜太公、齊桓公留下的赫赫功業，還有保存下來的。從高台北面俯瞰濰水，不禁慨然歎息，追思淮陰侯當年的戰功，哀歎韓信竟然未得善終的下場。這座台子高大而穩固，深廣又明亮，夏天涼爽冬天溫暖。無論雨灑雪飄的清晨，還是風清月華的夜晚，我沒有不來此台的，賓客也沒有不來陪伴的。我們採摘園中的菜蔬，捕撈池中的鮮魚，釀造黃米美酒，煮食糙米粗飯，大家邊品嚐邊讚歎：「多麼快樂啊！在這裏暢遊！」

方是時，予弟子由適在濟南①，聞而賦之，且名其台曰「超然」，以見予之無所往而不樂者，蓋遊於物之外也。

【注釋】

①子由：蘇轍字子由，當時在齊州即今濟南做官。

【譯文】

在這時，我的胞弟子由剛好在濟南做官，聽説這情景，便寫作一篇賦，並且為高台取名為「超然」，以此來表示我無論到哪裏都不會不快樂，其原因就在於我超然於物外。

放鶴亭記

本文是作者於神宗熙寧十一年（一〇七八）任徐州知州時所作。文章記敘了雲龍山隱士張天驥建亭、放鶴的事跡，描寫了作者與隱士在亭中飲酒、歡娛的情景，引出隱居之樂勝於南面之君的主旨。全文敘事、描寫、議論錯雜並用，主題鮮明，筆致凝練。

熙寧十年秋①，彭城大水②。雲龍山人張君之草堂③，水及其半扉。明年春，水落，遷於故居之東、東山之麓。升高而望，得異境焉，作亭於其上。彭城之山，岡嶺四合，隱然如大環，獨缺其西一面，而山人之亭，適當其缺。春夏之交，草木際天，秋冬雪月，千里一色。風雨晦明之間，俯仰百變。山人有二鶴，甚馴而善飛，旦則望西山之缺而放焉，縱其所如，或立於陂田，或翔於雲表，暮則傃東山而歸④，故名之曰「放鶴亭」。

【注釋】

①熙寧十年：即一〇七七年。熙寧，宋神宗的年號。
②彭城：縣治在今江蘇徐州。
③雲龍：山名。在今徐州南。張君：即張天驥，隱居於雲龍山，自稱「雲龍山人」。
④傃（sù）：向。

【譯文】

熙寧十年的秋天，彭城一帶暴發洪水。雲龍山人張天驥的草堂，竟被大水淹到大門一半高的位置。第二年的春天，水退了，他就把家遷移到故居東邊、東山的山腳下。登高遠眺，發現了一處奇異的地方，就在那上面建造了一座亭子。彭城縣的山，崗嶺四面合抱，隱約望去好像一個大環，只缺少西面的一角，而雲龍山人的亭子恰好正對着那個缺口。春夏之交，草木繁茂，似與天際相接；秋冬時節，月光雪景，千里一片銀白。颳風、下雨、陰暗、晴朗的天氣變化中，山間的景象更是變化萬千。雲龍山人養了兩隻鶴，訓練得很順服並善於飛翔，每當清晨，就向着西山的缺口處放出去，任其自由飛翔，有時落在水邊田裏，有時高翔在白雲之端，到傍晚便向東山歸來，因此雲龍山人把亭子命名為「放鶴亭」。

郡守蘇軾，時從賓佐僚吏往見山人，飲酒於斯亭而樂之。挹山人而告之曰①：

「子知隱居之樂乎？雖南面之君，未可與易也。易曰：『鳴鶴在陰，其子和之②。』詩曰：『鶴鳴於九皋，聲聞於天③。』蓋其為物清遠閑放，超然於塵埃之外，故易詩人以比賢人君子。隱德之士，狎而玩之，宜若有益而無損者，然衞懿公好鶴則亡其國④。周公作酒誥⑤，衞武公作抑戒⑥，以為荒惑敗亂，無若酒者，而劉伶、阮籍之徒⑦，以此全其真而名後世。嗟夫！南面之君，雖清遠閑放如鶴者，猶不得好，好之則亡其國。而山林遁世之士，雖荒惑敗亂如酒者，猶不能為害，而況於鶴乎？由此觀之，其為樂未可以同日而語也。」

【注釋】

①挹（yì）：酌酒。

②鳴鶴在陰，其子和之：見易經．中孚。

③鶴鳴於九皋，聲聞於天：見詩經．小雅．鶴鳴。九皋，深澤。

④衞懿公：據左傳．魯閔公二年記載，衞懿公喜歡鶴，平時封鶴以各種爵位，讓鶴乘車。後來狄人攻打衞國，衞人因國君好鶴，不願出戰，衞懿公因此亡國。

⑤酒誥：尚書中的一篇，傳說是周公所作，用來告誡康叔。

⑥抑：詩經．大雅中的一篇，相傳是衞武公所作，用來自我警戒的。

⑦劉伶、阮籍：都是西晉時人，以嗜酒聞名，常以醉酒掩飾政治立場。

【譯文】

郡守蘇軾，時常陪着賓客僚屬去拜望山人，在放鶴亭上飲酒感到十分快樂。郡守向山人敬酒並對他說：「您知道隱居的樂趣嗎？即使是南面而坐君臨天下的帝王，也無法與他交換。易經上說：『鶴在隱蔽幽深的地方鳴叫，它的小鶴便會隨聲應和。』詩經上也曾說：『鶴在沼澤深處鳴叫，它的聲音會直傳到天上。』這是因為鶴的氣質清高曠遠、悠閑自在，超然於塵世之外，所以易經、詩經都用它來比喻賢人、君子。歸隱山林而又道德高尚的賢能之士，親近它、賞玩它，似乎是有益而無害的，而衞懿公卻因為喜愛鶴而使自己的國家滅亡。周公作酒誥，衞武公作抑，都認為能使人事業荒廢、性情迷惑、政治腐敗、國家動亂的，沒有比酒更可怕的東西了，然而像劉伶、阮籍這些人，竟是以醉酒來保全了他們的真性從而名傳後世。唉！南面而坐的君主，即便是像鶴這樣清高曠遠、悠閑自在的飛禽也不能愛好，愛好它就會亡國。而隱居山林、逃避塵世的人，縱使是酒這種能使人事業荒廢、性情迷惑、政治腐敗、國家動亂的東西，也不能傷害他，更何況是鶴呢？由此看來，隱居的樂趣和做帝王的樂趣是不可以相提並論的。」

山人欣然而笑曰：「有是哉！」乃作放鶴、招鶴之歌曰：「鶴飛去兮西山之缺。高翔而下覽兮，擇所適。翻然斂翼，宛將集兮，忽何所見，矯然而復擊。獨終日於澗谷之間兮，啄蒼苔而履白石。鶴歸來兮，東山之陰。其下有人兮，黃冠草履①，葛衣而鼓琴。躬耕而食兮，其餘以汝飽。歸來歸來兮，西山不可以久留。」

【注釋】

①黃冠：道士之冠。

【譯文】

雲龍山人高興地微笑着説：「有這樣的道理啊！」於是，我就作了放鶴、招鶴的歌，歌詞是：「鶴飛去啊，飛向西山的山口。高高地飛翔而向下俯瞰啊，選擇一個棲息的好地方。驟然收斂羽翼，好像準備降落下來，忽然又好似看到了什麼，矯健地重又振翅高翔。獨自終日飛翔在山澗峽谷之間啊，嘴啄青苔而腳踩白石。鶴歸來啊，飛到東山的北面。山下有一個人啊，頭戴黃冠，腳穿草鞋，身穿葛衣在彈琴。親自耕作，自食其力，用富裕的食物餵養你們。歸來啊歸來，西山不可以長久停留。」

石鐘山記

本文是一篇以記遊來昭示哲理的散文，通過記敘考察、探究「石鐘山」得名緣由的過程，説明凡事必須親臨實踐、調查研究，才能獲得真相，切不可主觀臆斷、輕信傳言。文章將抽象的説理寓於生動的記敘中，議從記發，記從議起，富有感染力和説服力。

水經云[①]：「彭蠡之口有石鐘山焉[②]。」酈元以為下臨深潭[③]，微風鼓浪，水石相搏，聲如洪鐘。是說也，人常疑之。今以鐘磬置水中[④]，雖大風浪不能鳴也，而況石乎！至唐李渤始訪其遺蹤[⑤]，得雙石於潭上，扣而聆之，南聲函胡[⑥]，北音清越，枹止響騰[⑦]，餘韻徐歇。自以為得之矣。然是說也，余尤疑之。石之鏗然有聲者，所在皆是也，而此獨以鐘名，何哉？

【注釋】

①水經：是古代一部專記江水河道的地理書，相傳為漢代桑欽所著，一說為西晉郭璞所著。
②彭蠡（lǐ）：即今鄱陽湖。
③酈（lì）元：即酈道元，北魏人。曾為水經作注。
④磬（qìng）：古代石或玉製的打擊樂器。
⑤李渤：唐代人。曾作辨石鐘山記。
⑥函胡：厚重模糊。
⑦枹（fú）：鼓槌。

【譯文】

水經上說：彭蠡湖的湖口，有一座石鐘山。酈道元認為山下對着深潭，微風吹動波浪，湖水和石頭互相撞擊，發出洪鐘般的響聲，所以得名。這種說法，人們常常懷疑它的正確性。現在把鐘和磬放置在水中，即使有很大的風和浪也不能發出響聲，更何況是石頭呢！到了唐代李渤，他開始循着酈道元到過的地方，在深潭上面找到兩塊石頭，敲擊它，聽它發出的聲音，南面的石頭發出的聲音厚重而模糊，北面的石頭發出的聲音清亮而高亢，鼓槌停止敲擊，而響聲還在升騰，這餘音慢慢地消失。李渤便認為找到石鐘山命名的原因了。然而對於這種說法，我卻更加懷疑。石塊能發出鏗鏗聲音的，到處都有，但只有這座山偏偏用「鐘」來命名，是什麼緣故呢？

元豐七年六月丁丑①，余自齊安舟行適臨汝②，而長子邁將赴饒之德興尉③，送之至湖口，因得觀所謂石鐘者。寺僧使小童持斧，於亂石間擇其一二扣之，硿硿然④，余固笑而不信也。至其夜月明，獨與邁乘小舟至絕壁下。大石側立千尺，如猛獸奇鬼，森然欲搏人；而山上棲鶻⑤，聞人聲亦驚起，磔磔雲霄間⑥。又有若老人咳且笑於山谷中者，或曰：「此鸛鶴也⑦。」余方心動欲還，而大聲發於水上，噌吰如鐘鼓不絕⑧。舟人大恐。徐而察之，則山下皆石穴罅⑨，不知其淺深，微波入焉，涵澹澎湃而為此也。舟回至兩山間，將入港口，有大石當中流，可坐百人，空中而多竅，與風水相吞吐，有窾坎鏜鞳之聲⑩，與向之噌吰者相應，如樂作焉。因笑謂邁曰：「汝識之乎？噌吰者，周景王之無射也⑪，窾坎鏜鞳者，魏莊子之歌鐘也⑫。古之人不余欺也！」

【注釋】

①元豐七年：即一〇八四年。元豐，宋神宗年號。
②齊安：在今湖北黃岡西北。臨汝：即今河南臨汝。蘇軾這一年由齊安調任臨汝。
③邁：蘇軾長子蘇邁，字伯達。饒：饒州，治所在今江西鄱陽。德興：即今江西德興。尉：縣尉。
④硿硿（kōng）然：象聲詞。
⑤鶻（hú）：一種猛禽。
⑥磔磔（zhé）：鳥鳴聲。
⑦鸛鶴：一種水鳥。
⑧噌吰（chēng hóng）：洪亮的鐘聲。
⑨罅（xià）：裂縫。
⑩窾（kuǎn）坎鏜鞳（tāng tà）：象聲詞。
⑪無射（yì）：原為古代十二樂律之一，這裏指鐘。東周周景王時曾鑄成無射鐘。
⑫魏莊子：春秋時晉大夫魏絳。據史傳記載，晉侯曾將鄭國所送編鐘、女樂分一半賜給魏絳。

【譯文】

元豐七年六月初九，我從齊安乘船到臨汝去，同時大兒子蘇邁要到饒州的德興縣就任縣尉，我送他到湖口，因而得以看到傳說中的石鐘山。寺院裏的和尚讓一個小童拿着斧頭，在亂石中挑選其中的一兩塊來敲擊，發出硿硿的聲響，我只是笑笑卻並不相信是這麼回事。到了夜裏月光明亮時，我單獨同兒子蘇邁坐着小船，划到陡峭的石壁下。巨大的岩壁聳立在水邊，高達千尺，形態猶如兇猛的野獸和奇特的鬼怪，陰森森地，像要撲擊我們似的；而棲息在上的鶻鳥，聽到人的聲音也驚恐地飛起來，磔磔地鳴叫着飛上雲霄；又有像老人在山谷中邊咳嗽邊笑的聲音，有人說：「這是鸛鶴。」我正心裏害怕，打算回去，忽然聽到從水上發出很大的聲音，噌吰噌吰像撞鐘、敲鼓一樣，響個不停。船夫十分害怕。我慢慢地察看，原來山下都是石頭的孔洞和裂縫，不知到底有多深，微小的波浪沖進去，在孔隙間激盪澎湃就發出這樣的聲音來。小船轉回行到兩座山之間，快要進港口處，有一塊大石頭橫擋在水流中央，石上大約可坐百人，中間是空的而且有很多小洞，風捲着水灌進這塊大石中，一吞一吐，於是發出窾坎鏜鞳的聲音，同剛才噌吰噌吰的響聲互相應和，如同奏樂一樣。我因而笑着對蘇邁說：「你知道嗎？噌吰的聲音，像周景王的無射鐘發出的聲音，這窾坎鏜鞳的聲音，像是魏莊子編鐘發出的聲音。古人把這座山命名石鐘山並沒有欺騙我們啊！」

事不目見耳聞而臆斷其有無，可乎？酈元之所見聞殆與余同，而言之不詳；士大夫終不肯以小舟夜泊絕壁之下，故莫能知；而漁工水師雖知而不能言①，此世所以不傳也。而陋者乃以斧斤考擊而求之②，自以為得其實。余是以記之，蓋歎酈元之簡，而笑李渤之陋也。

【注釋】

①水師：水手。

②考：敲打。

【譯文】

凡事不是親眼所見、親耳所聞，只憑主觀想像來判斷它有沒有，可以嗎？酈道元的所見所聞大概和我相同，但是講得不詳細。一般士大夫又始終不願像我這樣乘小船夜晚停在絕壁之下仔細觀察，所以沒有誰能了解真相；而打漁人和船夫，即使知道真相卻說不出道理來，這就是石鐘山用「石鐘」命名的來歷不能流傳於世的原因。而那些見識淺陋的人竟然以用斧頭敲打石塊的方法來尋求「石鐘」命名的原因，還自以為找到了正確的答案。我因此記下這次遊歷的經過，既歎惜酈道元記載的簡單，又好笑李渤見識的淺陋。

潮州韓文公廟碑

本文是哲宗元祐七年（一〇九二）作者應潮州知州王滌的請求而為韓愈廟所作的碑文。文章對韓愈在儒學、文學和政治方面的成就作了高度評價和熱情頌揚，是頌讚韓愈的壓卷之作，所謂「及東坡之碑一出，而後眾說盡廢」（洪邁）。全文結構謹嚴，文勢遒勁，頗有韓愈「奇崛」之風。

匹夫而為百世師，一言而為天下法，是皆有以參天地之化、關盛衰之運。其生也有自來，其逝也有所為。故申、呂自嶽降[①]，傅說為列星[②]，古今所傳，不可誣也。孟子曰：「我善養吾浩然之氣。」是氣也，寓於尋常之中，而塞乎天地之間。卒然遇之，則王公失其貴，晉、楚失其富，良、平失其智[③]，賁、育失其勇[④]，儀、秦失其辨[⑤]。是孰使之然哉？其必有不依形而立，不恃力而行，不待生而存，不隨死而亡者矣。故在天為星辰，在地為河嶽，幽則為鬼神，而明則復為人。此理之常，無足怪者。

【注釋】

①申、呂：指申侯、呂伯。申侯是周宣王時的功臣，呂伯是周穆王時的功臣。傳說他們出生時，高山上有神靈出現。詩經．大雅．崧高：「維嶽降神，生甫及申。」「甫」即呂伯，「申」即申侯。

②傅說（yuè）：商代武丁時的賢臣，傳說他死後飛升上天，成為列星之一。莊子．大宗師說傅說「乘東維，騎箕尾，而比於列星」。

③良、平：張良、陳平。漢高祖劉邦的開國功臣，兩人足智多謀，多次使劉邦轉危為安。

④賁（bēn）、育：孟賁、夏育。二人都是傳說中的勇士，據稱力大無窮。

⑤儀、秦：張儀、蘇秦。戰國時的辯士，以能言善辯著稱。

【譯文】

一個普通人而能夠成為百代的師表，他的片言隻語可以為天下後世所仿效，這樣的人都是參助天地化育萬物、關係國家盛衰興亡的人。他們之所以降生在世上是有來歷的，他們的去世也是有某種緣由的。賢能的卿士申伯、呂侯出生是高山降神；輔佐殷朝中興的賢相傅説死後化為星辰，這些事從古傳頌到今，不可能是揑造的。孟子説：「我善於涵養我的至大至剛之氣。」這種氣，它存在於尋常事物之中，而充塞於大地之間。突然遇到這種氣，王公大臣就會失去他們的高貴，晉、楚大國就會失去他們的富有，張良、陳平就會失去他們的智慧，孟賁、夏育就會失去他們的勇力，張儀、蘇秦就會失去他們善辯的口才。是什麼原因使他們這樣呢？必然有一種不依靠形體而站立，不依仗外力而運行，不等待出生而存在，不隨着死亡而消逝的東西。這種東西，在天上就化為日月星辰，在地上就化為河流山嶽，在幽冥處就化為鬼神，在人間就重又變成了人。這是很平常的道理，不值得奇怪。

自東漢以來，道喪文弊，異端並起，歷唐貞觀、開元之盛①，輔以房、杜、姚、宋而不能救②。獨韓文公起布衣③，談笑而麾之④，天下靡然從公，復歸於正，蓋三百年於此矣。文起八代之衰⑤，而道濟天下之溺，忠犯人主之怒⑥，而勇奪三軍之帥⑦，此豈非參天地、關盛衰、浩然而獨存者乎？蓋嘗論天人之辨，以謂人無所不至，惟天不容偽；智可以欺王公，不可以欺豚、魚⑧；力可以得天下，不可以得匹夫匹婦之心。故公之精誠，能開衡山之雲⑨，而不能回憲宗之惑⑩；能馴鱷魚之暴⑪，而不能弭皇甫鎛、李逢吉之謗⑫；能信於南海之民⑬，廟食百世⑭，而不能使其身一日安於朝廷之上。蓋公之所能者天也，其所不能者人也。

【注釋】

①貞觀：唐太宗李世民的年號。開元：唐玄宗李隆基前期的年號。是唐朝歷史上兩個治世。

②房、杜、姚、宋：房玄齡、杜如晦是唐太宗時重要大臣，姚崇、宋璟在唐玄宗前期相繼為相。

③韓文公：韓愈，字退之，謚號文，又稱「韓文公」。

④麾：揮動，揮手。

⑤八代：指東漢、魏、晉、宋、齊、梁、陳、隋。

⑥忠犯人主之怒：唐憲宗迷信佛教，派人迎取佛骨入宮供奉，韓愈上表進諫，言辭激烈，觸怒了憲宗，幾乎被處死，幸得大臣相救，被貶為潮州刺史。

⑦勇奪三軍之帥：唐穆宗時，鎮州（今河北正定）叛亂，韓愈奉命前去宣撫，大臣都擔心韓愈有被殺的危險，但他用談話說服叛亂將士歸順了朝廷，平息了叛亂。三軍，指軍隊。

⑧豚（tún）、魚：泛指小動物。豚，小豬。

⑨能開衡山之雲：據韓愈謁衡山南嶽廟詩中說，他有一次路過衡山，正逢秋雨，他誠心禱告，馬上雲開雨止。

⑩不能回憲宗之惑：指唐憲宗迎佛骨入宮，韓愈力諫不聽一事。

⑪能馴鱷魚之暴：韓愈被貶為潮州刺史之初，聽說當地鱷魚危害百姓，便作祭鱷魚文，令鱷魚遠走。據說鱷魚當天就走了。這種說法可能有神化韓愈的成分。

⑫不能弭（mǐ）皇甫鎛（bó）、李逢吉之謗：韓愈被貶為潮州刺史以後，曾上表謝罪，憲宗有悔意，想將他官復原職，遭宰相皇甫鎛極力詆毀，沒有復職。穆宗時，宰相李逢吉曾彈劾韓愈，韓愈被降職。

⑬南海：古代郡名。潮州曾隸屬南海，所以借「南海」代指潮州。

⑭廟食百世：指死後世代享受祭祀。

【譯文】

從東漢以來，儒家之道淪喪、文風頹壞，各種異端邪說蜂擁而起，經歷了唐代貞觀、開元的盛世，起用了房玄齡、杜如晦、姚崇、宋璟這樣的賢明卿相進行輔佐，卻仍不能救弊起衰。只有韓文公從一個平民的身份奮起，談笑間一揮手，天下就一起傾倒於他面前並聽從他，使道與文重又回歸正統，到今天大概已有三百年了。韓文公倡導的文風使從東漢到隋代已經衰敗了八代的文風重又振作起來，他提倡的儒家道統拯救了沉溺於佛老思想的天下人心，他的忠諫觸犯皇帝使之大怒，而他的智勇卻勝過了三軍的統帥，這難道不就是參助天地化育萬物、關係國家盛衰興亡、胸中充滿至大至剛之氣的人嗎？我曾經論析過天與人的區別，認為人憑藉智力沒有做不出來的事，而天則容不得虛偽的東西；人的智慧可以欺騙王公大臣，卻不能欺騙豬、魚等純任天性的小動物；人們憑藉武力可以取得天下，卻不能得到普通男女的心。因此，韓文公專一真誠的心意能夠驅散衡山上空的烏雲，卻不能解開唐憲宗心頭的迷惑；能夠馴服殘忍的鱷魚，而不能消除皇甫鎛、李逢吉的誹謗；能取信於南海的百姓，世代被他們立廟祭祀，卻不能使自己在朝廷有一日安寧。這是因為韓文公所擅長的是順應天道，不擅長的是處理人事。

始潮人未知學①，公命進士趙德為之師②，自是潮之士皆篤於文行，延及齊民③，至於今，號稱易治。信乎孔子之言：「君子學道則愛人，小人學道則易使也④。」

【注釋】

①潮：指潮州，治所在今廣東湘橋。
②趙德：與韓愈同時的學者，善為文，號為「天水先生」。韓愈曾推薦趙德任海陽縣尉，主持州學。
③齊民：平民百姓。
④「君子」二句：引文見論語．陽貨。

【譯文】

起初，潮州人不懂得讀書學習，文公就委派進士趙德當他們的老師，從此，潮州的讀書人都真誠努力地學習文章和禮儀，這種風氣影響到一般民眾，直到現在，潮州是出了名的容易治理的地方。孔子的話確實正確：「君子學習了道德禮儀就會有仁愛之心，百姓學習了道德禮儀就容易驅使。」

潮人之事公也①，飲食必祭，水旱疾疫，凡有求必禱焉。而廟在刺史公堂之後，民以出入為艱②，前太守欲請諸朝作新廟，不果。元祐五年③，朝散郎王君滌來守是邦④，凡所以養士治民者，一以公為師。民既悅服，則出令曰：「願新公廟者聽。」民歡趨之。卜地於州城之南七里，期年而廟成⑤。

【注釋】

①事：侍奉。
②艱：這裏是不方便的意思。
③元祐五年：即一〇九〇年。元祐，宋哲宗年號。
④朝散郎：七品文官。
⑤期（jī）年：一整年。

【譯文】

潮州百姓祭祀韓文公，每頓飯必祭奠他，遇到水澇、乾旱、疾病、瘟疫，凡是有什麼需求一定要到祠堂去祈禱文公的神靈保佑。而韓文公廟在刺史公堂的後面，百姓去祭祀出入很不方便。前任太守想請求朝廷改建一座新廟，沒有成功。元祐五年，朝散郎王滌來做這裏的地方官，他培養讀書人、治理百姓，一律仿效韓文公的做法。百姓對他的治理心悅誠服之後，他就發佈命令說：「願意重新修建韓文公廟的人聽我的命令。」民眾就興高采烈地着手修建。選擇了距潮州城南七里的地方為廟址，用了一年時間新廟就修成了。

或曰：「公去國萬里而謫於潮①，不能一歲而歸②。沒而有知③，其不眷戀於潮也審矣④。」軾曰：「不然。公之神在天下者，如水之在地中，無所往而不在也。而潮人獨信之深、思之至，焄蒿淒愴⑤，若或見之。譬如鑿井得泉，而曰水專在是，豈理也哉？」

【注釋】

①去國：離開國都。國，國都。

②不能一歲而歸：韓愈在潮州待了七個月。

③沒（mò）：通「歿」，死。

④審：明白。

⑤焄（xūn）蒿淒愴：意思是在祭奠時飛騰的香氣中，悲從中來。焄，同「熏」。蒿，霧氣蒸騰的樣子。

【譯文】

有人說：「文公離開京城萬里之遙，而被降職到潮州去，不到一年就被召回了。假如他死後有知的話，他對潮州沒有留戀之情是很顯然的。」我說：「不是這樣。文公的神靈在天底下，就好像水在地下一樣，沒有什麼地方不能到達。而只有潮州人對他的信仰如此之深、思念又如此之切，祭祀的香火繚繞不絕，人們的感情淒愴真摯，好像又看到了韓文公一樣。譬如鑿井挖出了泉水，而說水只存在於這個地方，難道有這樣的道理嗎？」

元豐元年①，詔封公昌黎伯②，故榜曰「昌黎伯韓文公之廟」。潮人請書其事於石，因作詩以遺之③，使歌以祀公。其辭曰：公昔騎龍白雲鄉，手抉雲漢分天章④，天孫為織雲錦裳⑤。飄然乘風來帝旁，下與濁世掃秕糠⑥。西遊咸池略扶桑⑦，草木衣被昭回光。追逐李、杜參翱翔⑧，汗流籍、湜走且僵⑨，滅沒倒影不能望。作書詆佛譏君王，要觀南海窺衡、湘⑩，歷舜九嶷弔英、皇⑪。祝融先驅海若藏，約束蛟鱷如驅羊。鈞天無人帝悲傷⑫，謳吟下招遣巫陽。犦牲雞卜羞我觴⑬，於粲荔丹與蕉黃。公不少留我涕滂，翩然被髮下大荒。

【注釋】

①元豐元年：即一〇七八年。

②昌黎：治所在今遼寧義縣。伯：爵位的一種。
③遺（wèi）：送。
④雲漢：指銀河。天章：指天上的日月星辰。
⑤天孫：織女。傳說織女是天帝的孫女。
⑥秕糠（bǐ kāng）：這裏指各種異端邪說。
⑦咸池：傳說中太陽沐浴的地方。略：行到。扶桑：本為神木名。此處指傳說中太陽升起的地方。屈原楚辭有「飲余馬於咸池兮，總余轡於扶桑」。
⑧李、杜：李白、杜甫。
⑨籍、湜（shí）：張籍、皇甫湜。僵：僕倒。
⑩要（yāo）：要服，古代離王城極遠的地方。衡：衡山。湘：湘水。
⑪九嶷（yí）：九嶷山，在今湖南。
⑫鈞天：天的中央。
⑬犦（bó）牲：祭祀用的犎（fēng）牛。雞卜：即占卜。羞：進獻。觴：一種酒器。

【譯文】

元豐元年，宋神宗下詔書追封韓文公為昌黎伯，因此新廟的匾額上就題寫「昌黎伯韓文公之廟」。潮州人請我把韓文公的事跡刻在石碑上，我因此作了一首詩給他們，讓他們詠歌來悼念韓文公。這首詩是這樣的：您當年騎神龍駕白雲遨遊帝鄉，親手挑出區分銀河和日月星辰的彩章，美麗的織女為您織出雲錦般漂亮的衣裳。您飄然而下來自天帝身旁，降臨人間為了掃除俗世的鄙陋文章。您西遊咸池還經過了扶桑這日出的地方，草木也承受了您的恩澤華光。您追隨李白、杜甫與他們一起翱翔，張籍、皇甫湜與您相形慚愧地退避一旁，您高尚的道德光輝奪人眼目使人不能仰望。您曾寫出詆佛的奏章勸誡君王，卻遭貶斥來到南海這荒遠的地方，經過舜的葬地九嶷，憑弔了堯的女兒女英、娥皇。火神祝融為您開路，海神率怪物深深躲藏，您所到之處為民除害，驅趕鱷魚如驅羔羊。九天之上缺少賢才，上帝心中為之悲傷，又派巫陽來到人間，把您召回天上。今天獻上我微薄的祭品，還有鮮紅的荔枝和香蕉黃黃。您這麼快就離開了人間，使我們不由得涕淚成行。請您披髮輕快地飛到大荒接受我們的祝饗。

乞校正陸贄奏議進御劄子

本文是作者在哲宗元祐年間擔任翰林學士兼侍讀學士時與同僚呂希哲等上呈哲宗的奏章。文章列舉陸贄在政治、軍事和經濟等多方面向唐德宗所提出的建議和勸諫，直諫哲宗借鑒陸贄的奏議以成就功業。全文模仿陸贄的文筆，運用排比、比喻、對偶，徵引史實，筆力縱橫，氣勢澎湃。

臣等猥以空疏①，備員講讀②。聖明天縱③，學問日新。臣等才有限而道無窮，心欲言而口不逮④，以此自愧，莫知所為。竊謂人臣之納忠，譬如醫者之用藥，藥雖進於醫手，方多傳於古人。若已經效於世間，不必皆從於己出。

【注釋】

①猥（wěi）：自謙詞。

②講讀：指翰林院的侍講學士和端明殿的侍讀學士。

③天縱：天稟，用來稱讚帝王。

④逮：達到。

【譯文】

臣等以空虛淺薄的學識，充任侍讀和侍講。陛下天賦聖明睿智，學問日益長進。臣等才學有限而聖賢之道卻無窮無盡，心裏想講解清楚，口頭卻不能表達，因此自覺慚愧，不知怎麼做才好。私下裏以為，人臣向帝王進諫忠言，就如同醫生用藥，藥雖然經過醫生之手獻上，藥方卻大都是從古人那裏傳下來的。假如這些藥方已經在世間產生了良好效果，就不一定都由醫生自己來創設新方。

伏見唐宰相陸贄①，才本王佐，學為帝師，論深切於事情，言不離於道德，智如子房而文則過②，辨如賈誼而術不疏，上以格君心之非③，下以通天下之志，但其不幸，仕不遇時。德宗以苛刻為能④，而贄諫之以忠厚；德宗以猜忌為術，而贄勸之以推誠；德宗好用兵，而贄以消兵為先；德宗好聚財，而贄以散財為急。至於用人聽言之法，治邊御將之方，罪己以收人心，改過以應天道，去小人以除民患，惜名器以待有功，如此之流，未易悉數。可謂進苦口之藥石，針害身之膏肓。使德宗盡用其言，則貞觀可得而復⑤。

【注釋】

①陸贄（zhì）：字敬輿，唐德宗時任宰相。

②子房：即張良，字子房。

③格：正。

④德宗：唐德宗李适（kuò）。即位之初果敢有為，引起藩鎮的不滿，建中四年（七八三）發生涇師之變，被迫逃亡。叛亂平息後，他變削藩為姑息藩鎮，猜忌大臣，剛愎自用，寵用宦官，聚斂無厭，終於使唐王朝積重難返，走向覆亡。

⑤貞觀：唐太宗的年號，這裏指「貞觀之治」。

【譯文】

我們覺得唐代的宰相陸贄，才能可以輔佐帝王，學問可以成為帝王的老師，他的議論能深刻地切中事理，他的言論都不偏離道德規範，他的智慧如同張良而文才卻超過了他，他的才辯如同賈誼而謀略卻不空疏，對上可以糾正皇帝的失誤，對下可以開導百姓的心志，但他很不幸運，沒有遇到好時機。德宗待人以苛刻為能事，而陸贄卻勸他要忠厚；德宗以懷疑忌妒為手段，而陸贄卻勸他要誠懇；德宗喜歡用兵打仗，而陸贄卻勸他以消除戰爭為當務之急；德宗喜歡聚斂財富，而陸贄卻認為散財於民是迫切的事。至於任用官吏、聽取意見、安定邊境、駕馭大將的方法，歸罪自己以爭取民心，勇於改過以順應天道，要排除小人為民解難，要珍惜官爵以封賞功臣，如此等等，無法全部列舉。可以說進獻的是苦口的良藥，治療的是危害身體的頑疾。假如德宗都能採用陸贄的意見，貞觀之治那樣的盛世可以重新出現。

臣等每退自西閣①，即私相告，以陛下聖明，必喜贄議論。但使聖賢之相契，即如臣主之同時。昔馮唐論頗、牧之賢，則漢文為之太息②；魏相條晁、董之對③，則孝宣以致中興④。若陛下能自得師，則莫若近取諸贄。夫六經三史⑤，諸子百家，非無可觀，皆足為治。但聖言幽遠，末學支離，譬如山海之崇深，難以一二而推擇。如贄之論，開卷了然，聚古今之精英，實治亂之龜鑑⑥。臣等欲取其奏議，稍加校正，繕寫進呈。願陛下置之坐隅，如見贄面，反覆熟讀，如與贄言，必能發聖性之高明，成治功於歲月。

【注釋】

①西閣：宋朝皇帝聽講的地方。

②「昔馮唐」以下二句：馮唐在漢文帝時任中郎署長，曾向文帝稱道戰國時的趙國名將廉頗和李牧，漢文帝劉恒慨歎道：「嗟乎！吾獨不得廉頗、李牧為吾將。」

③魏相：漢宣帝時宰相，所呈奏書中往往引用漢代晁錯、董仲舒的言論。條：列舉。晁：晁錯，漢景帝時著名的政治家。董：董仲舒，漢武帝時著名的思想家，曾建議「罷黜百家，獨尊儒術」。

④孝宣：西漢皇帝劉詢，為人聰明剛毅，高才好學，為政勵精圖治，史稱「中興」。

⑤六經：指詩、書、禮、易、樂和春秋六部儒家經典。三史：指史記、漢書和後漢書三部史學著作。

⑥龜鑒：借鑒。

【譯文】

臣等每次從西閣退出，就私下裏相互談論，認為陛下您這樣的天賦英明，一定會喜歡陸贄的意見。只要聖主和賢臣的意見相合，就如同聖主和賢臣生活在同一時代。從前馮唐議論廉頗、李牧的賢能，漢文帝為沒能遇到這樣的賢才而歎息；魏相上書列舉晁錯、董仲舒的治國對策，漢宣帝採納後實現了西漢的中興。如果陛下您自己想找個老師，再沒有比近一點從唐朝選擇陸贄更合適的了。六經三史、諸子百家，不是沒有什麼可看之處，都足以用來統治國家。但是聖人的言論深邃奧妙，諸子百家的議論又瑣碎支離，這些理論和經驗都如山一樣高峻、海一樣深沉，難以從中選擇一二。但陸贄的議論，翻開書一看就明白了，它吸收了從古至今的政見精華，實在是治理國家的借鑒。臣等準備選取他的奏議，稍加校正，謄寫清楚後獻給皇上。希望陛下把它放在座位旁邊，就如同看見了陸贄本人，反覆熟讀他的奏議，就好像與陸贄交談，一定能夠啟發陛下聖明的天性，在短期內完成治理天下的大業。

臣等不勝區區之意，取進止。

【譯文】

臣等誠懇的心意不能盡於言辭，是取是捨聽候陛下裁奪。

前赤壁賦

本文是蘇軾因「烏台詩案」被貶黃州團練副使時所作。全篇以主客問答的形式，以風與月為主景，山與水為輔，緊扣風與月展開描寫與議論，闡發了變與不變的哲理，以「物各有主」得到解脫，表現了作者樂觀曠達的胸襟。全文文辭華美，行文跌宕起伏，具有一種恣肆雄健的陽剛之美。

壬戌之秋①，七月既望，蘇子與客泛舟遊於赤壁之下②。清風徐來，水波不興。舉酒屬客，誦明月之詩③，歌「窈窕」之章④。少焉，月出於東山之上，徘徊於斗、牛之間⑤。白露橫江，水光接天。縱一葦之所如，淩萬頃之茫然。浩浩乎如馮虛御風⑥，而不知其所止，飄飄乎如遺世獨立，羽化而登仙⑦。

【注釋】

①壬戌：宋神宗元豐五年（一〇八二）。

②赤壁：這裏是指湖北黃岡的赤鼻山，又稱「赤壁」。而三國時發生曹、劉大戰的赤壁在今湖北蒲圻。

③明月之詩：指詩經・陳風・月出。

④「窈窕」之章：指月出一詩的首章，其中有「舒窈糾兮」之句，「窈糾」即「窈窕」。

⑤斗、牛：星宿名。斗宿和牛宿。

⑥馮（píng）虛御風：騰空駕風而行。馮，同「憑」，憑藉。

⑦羽化：道家用語。成仙。

【譯文】

元豐五年秋，七月十六日，我和客人一起坐船到赤壁的下面遊覽。清涼的風悠悠吹來，江面上沒有波瀾。我高舉着斟滿的酒杯向客人敬酒，吟誦起詩經·陳風·月出裏「舒窈糾兮，勞心悄兮」的首章。一會兒，月亮從東山升起，在斗宿和牛宿之間逗留不前。白茫茫的水汽橫浮在江面，閃閃的波光遙接着天邊。放任我們的一葦輕舟自在而行，越過茫茫無邊的萬頃煙波。江面浩大無邊，我們好像乘着天風在太空飛行，不知道飛到哪兒才能休止。飄舞翩翩，彷彿遠離人世，自由自在，化為輕舉飛升的神仙。

於是飲酒樂甚，扣舷而歌之，歌曰：「桂棹兮蘭槳[1]，擊空明兮泝流光。渺渺兮予懷，望美人兮天一方。」客有吹洞簫者，依歌而和之。其聲嗚嗚然，如怨如慕，如泣如訴，餘音嫋嫋，不絕如縷，舞幽壑之潛蛟，泣孤舟之嫠婦[2]。蘇子愀然[3]，正襟危坐而問客曰：「何為其然也？」客曰：「『月明星稀，烏鵲南飛』，此非曹孟德之詩乎[4]？西望夏口[5]，東望武昌[6]，山川相繆，鬱乎蒼蒼，此非孟德之困於周郎者乎[7]？方其破荊州[8]，下江陵[9]，順流而東也，舳艫千里[10]，旌旗蔽空，釃酒臨江[11]，橫槊賦詩[12]，固一世之雄也，而今安在哉？況吾與子漁樵於江渚之上，侶魚蝦而友麋鹿，駕一葉之扁舟，舉匏樽以相屬[13]。寄蜉蝣於天地[14]，渺滄海之一粟，哀吾生之須臾，羨長江之無窮，挾飛仙以遨遊，抱明月而長終。知不可乎驟得，託遺響於悲風。」

【注釋】

①棹（zhào）：划船的工具。前推的為「槳」，後推的為「棹」。

②嫠（lí）婦：寡婦。

③愀（qiǎo）然：憂傷的樣子。

④曹孟德：曹操，字孟德。引詩見其短歌行。

⑤夏口：即今湖北武漢黃鵠山。

⑥武昌：今湖北鄂城。

⑦周郎：即周瑜，三國時孫吳將領。漢獻帝建安十三年（二〇八），周瑜率吳軍在赤壁大破曹軍，時年二十四歲，故稱「郎」。

⑧荊州：今湖北襄陽一帶。漢末，劉表為荊州刺史，建安十三年（二〇八），劉表子劉琮投降曹操，不戰而破。

⑨江陵：今湖北江陵。

⑩舳艫（zhú lú）：前後首尾相接的船。舳，船後掌舵處。艫，船前搖棹處。

⑪釃（shī）酒：酌酒。

⑫槊（shuò）：長矛。

⑬匏（páo）樽：酒器。匏，一種葫蘆。

⑭蜉蝣（fú yóu）：春夏之交在水邊只能活幾小時的一種小飛蟲。

【譯文】

這時，酒喝得很歡暢，大家就敲着船舷引吭高唱，歌詞是：「桂樹的長棹呀木蘭的雙槳，劃開透明的月色迎着東來的水光。遙遠無盡的是我心上的思念，我思念的美人呀在天的另一方。」有一位客人吹起了洞簫，隨着歌聲伴奏。那嗚嗚咽咽的聲音，好像是哀怨，又像是眷戀，像在啜泣，又像在傾訴，尾音又柔又細像將斷未斷的一縷長絲，引得幽谷深潭裏潛伏着的蛟龍跳起舞來，惹得野水孤舟中守船的寡婦為之哭泣。我頓時憂愁改容，整理衣襟，端正地坐着，問客人說：「這簫聲為什麼如此悲涼呢？」客人說：「『月明星稀，烏鵲南飛』，這不是曹操的詩嗎？從這裏向西望到夏口，向東望到武昌，山水相互環繞，草木茂盛青翠，這不正是當年曹操被周郎打敗的古戰場嗎？當初曹操佔領荊州，攻下江陵，大軍從上游順流東下的時候，戰船銜接，綿延千里，旌旗飄舞，蔽日遮天，他面對長江舉杯痛飲，執長矛吟詠詩篇，真是氣吞一世的英雄人物，可是他如今又在哪裏呢？何況，我和你像漁夫和砍柴人一樣生活在江湖沙洲之間，與魚蝦為伴、和麋鹿做友，駕着一葉小船，舉着葫蘆做成的酒杯互相勸酒。在永恆的宇宙中寄託我們蜉蝣似的短暫生命，在汪洋無邊的大海裏，我們不過是渺小的一粟，悲歎我們的生命不過匆匆片刻，羨慕長江的流水這樣無窮無盡，希望拉着飛仙一起遨遊，更願擁抱着明月而萬古長存。明知道這不可能馬上實現，只有借簫聲把無窮的遺恨託付給江上的秋風。」

蘇子曰：「客亦知夫水與月乎？逝者如斯①，而未嘗往也；盈虛者如彼，而卒莫消長也。蓋將自其變者而觀之，則天地曾不能以一瞬，自其不變者而觀之，則

物與我皆無盡也。而又何羨乎？且夫天地之間，物各有主，苟非吾之所有，雖一毫而莫取。惟江上之清風，與山間之明月，耳得之而為聲，目遇之而成色，取之無禁，用之不竭，是造物者之無盡藏也，而吾與子之所共適。」

【注釋】

①逝者如斯：出自論語・子罕：「子在川上曰：逝者如斯夫。」

【譯文】

我對客人說：「您也了解那江水和月亮嗎？江水是這樣晝夜不停地東流不返，但又可以說它不曾流去；月亮是那樣時圓時缺變化不定，但也可以說它並無增減。大概說來，如果從變化的一面來觀察，整個天地就沒有一瞬一息時間停止不動；如果從不變的一面來觀察，萬物和我們人類都是永恆不變的，您又為什麼羨慕它們呢？再說，天地之間，萬物都各自有其主人，假如不是我們所有的東西，哪怕是一絲一毫，我們也不能取用。只有江上的清風和山間的明月，我們耳朵聽來就是美好的音樂，眼睛看去就是悅目的畫圖。我們取用多少從來沒有人來禁止干涉，我們享用多少也從來不曾用光用盡，這就是造物主留給我們的源源不竭的寶藏，因此我和您都可以盡情地共同享受。」

客喜而笑，洗盞更酌，肴核既盡①，杯盤狼藉，相與枕藉乎舟中②，不知東方之既白。

【注釋】

①肴：菜肴。核：水果。

②枕藉：縱橫交錯地躺在一起。

【譯文】

客人高興地笑了，大家又洗乾淨酒杯，重斟再飲，直到酒乾菜盡，杯盤凌亂，大家互相靠着在船上睡着了，連天亮了也不知道。

後赤壁賦

本文是作者冬遊赤壁後所作。文章以敍事寫景為主，描繪了赤壁冬夜的淒清孤寂景象，流露出作者內心的矛盾和苦悶之情。文章寫景巧用誇張與渲染，使人有身臨其境之感，排比與對仗又增添了文字的音樂美。

是歲十月之望①，步自雪堂②，將歸於臨臯③。二客從予，過黃泥之坂④。霜露既降，木葉盡脫，人影在地，仰見明月，顧而樂之，行歌相答。已而歎曰：「有客無酒，有酒無肴。月白風清，如此良夜何！」客曰：「今者薄暮，舉網得魚，巨口細鱗，狀如松江之鱸⑤。顧安所得酒乎？」歸而謀諸婦。婦曰：「我有斗酒，藏之久矣，以待子不時之需。」

【注釋】

①是歲：指作前赤壁賦的這一年。望：陰曆每月十五日。
②雪堂：是蘇軾被貶到黃州做團練副使時，在黃岡城外東坡所築，「東坡居士」之號也因此而來。
③臨臯：臨臯亭，蘇軾在黃州的住處。
④黃泥坂：雪堂到臨臯亭的必經之路。坂，山坡。
⑤松江：今屬上海，出產鱸魚。

【譯文】

這年的十月十五日，我從雪堂步行出來，將要回到臨臯亭去，兩位客人跟隨我同行，經過黃泥坂。這時霜露已經降下，樹葉已經落光，我們的身影落在地面上，仰頭看見明月，主客相顧而笑，一路走一路唱，互相應答。過一會兒，我歎息說：「有了客人沒有酒；有了酒，沒有下酒的菜肴。月色皎潔，晚風清涼，叫我們如何消受這美景良宵！」客人說：「今天傍晚，在江上撒網捕得一條魚，嘴大鱗細，形狀像松江鱸魚。可是話又說回來，我們從哪裏才能弄到酒呢？」一到家我就同妻子商量。妻子說：「我有一斗酒，已經儲藏好久了，以備你臨時的需要。」

於是攜酒與魚，復遊於赤壁之下。江流有聲，斷岸千尺。山高月小，水落石出。曾日月之幾何，而江山不可復識矣！予乃攝衣而上①，履巉巖②，披蒙茸③，踞虎豹，登虬龍④，攀棲鶻之危巢⑤，俯馮夷之幽宮⑥。蓋二客不能從焉。劃然長嘯，草木震動，山鳴谷應，風起水湧。予亦悄然而悲，肅然而恐，凜乎其不可留也⑦。反而登舟⑧，放乎中流，聽其所止而休焉。時夜將半，四顧寂寥。適有孤鶴，橫江東來，翅如車輪，玄裳縞衣，戛然長鳴，掠予舟而西也。

【注釋】

①攝衣：撩起衣服。

②巉（chán）巖：險峻的山石。

③披：分開。蒙茸：指雜亂叢生的野草。

④虬（qiú）龍：傳說中生有角的龍。

⑤鶻（hú）：一種猛禽。

⑥馮(píng)夷：傳說中的水神。
⑦凜乎：害怕的樣子。
⑧反：同「返」。

【譯文】

就這樣，我們帶着酒和魚，再一次到赤壁下面遊覽。江水發出奔流不息的吼聲，陡峭的江岸高聳千尺。山勢很高，月亮顯得很小；水位降低，礁石露出。跟上次遊覽的時間相距才多久，江山的面貌竟變得認不出來了！我撩起衣襟上岸，登上險峻的山巖，撥開叢生的草木，蹲騎在狀如虎豹的怪石上，攀緣着龍蟠蛇曲似的古樹，手扳着健鶻雄鷹棲宿着的高崖險巢，俯視着水神馮夷居住的深宮潭府。這時兩位客人沒有跟我上山來。我撮口長嘯一聲，草木都被震動了，高山共鳴深谷回應，風刮起來，浪狂湧起來。我自己也不禁感到孤獨悲哀、緊張恐懼，只覺寒風凜冽，令人毛骨悚然，片刻也不敢停留。我返回岸邊登上小船，把船划到江心，隨它漂泊到哪裏就在哪裏歇息。這時快到後半夜，我們舉目四顧，江山寂靜無聲。忽然有孤獨的鶴從東面橫穿長江飛來，翅膀張開有車輪那麼大，如同穿着黑裙白衣，戛然一聲長鳴，掠過我們的小船，向西飛去。

須臾客去，予亦就睡。夢一道士，羽衣蹁躚①，過臨皋之下，揖予而言曰：「赤壁之遊樂乎？」問其姓名，俛而不答。「嗚呼噫嘻！我知之矣！疇昔之夜②，飛鳴而過我者，非子也耶？」道士顧笑，予亦驚寤。開戶視之，不見其處。

【注釋】

①蹁躚（piān xiān）：飄逸飛舞貌。

②疇昔：往日。這裏指昨日。

【譯文】

一會兒客人辭去，我也就枕而睡。夢見有一位道士，披着鳥羽製成的衣服，輕快飄拂，來到臨皋亭下面，向我拱手作揖說：「你們赤壁之遊，玩得高興吧？」我請問他的姓名，他卻低頭不語。「哎呀！噫嘻！我知道了！昨天夜裏，長叫一聲，飛過我們船邊的，不就是你嗎？」道士回過頭對我笑笑，我就從夢中驚醒了。開門一看，已經看不見他到什麼地方去了。

三槐堂銘

「三槐堂」是北宋宰相王祜家的廳堂，本文是作者應其孫王鞏之請而作。文章盛讚了王祜的功績和美德，肯定因果報應的天命觀。這種觀點本不足取，但文章以設疑起筆，並以陪襯烘托手法寫人，構思巧妙，顯示出作者高超的藝術才能。

天可必乎？賢者不必貴，仁者不必壽。天不可必乎？仁者必有後。二者將安取衷哉①？吾聞之申包胥曰②：「人定者勝天，天定亦能勝人。」世之論天者，皆不待其定而求之，故以天為茫茫。善者以怠，惡者以肆。盜蹠之壽③，孔、顏之厄④，此皆天之未定者也。松柏生於山林，其始也，困於蓬蒿，厄於牛羊，而其終也，貫四時、閱千歲而不改者，其天定也。善惡之報，至於子孫，則其定也久矣。吾以所見所聞考之，而其可必也審矣。國之將興，必有世德之臣厚施而不食其報，然後其子孫能與守文太平之主共天下之福。

【注釋】

①衷：通「中」，折中，裁斷。
②申包胥：春秋時楚國大夫，複姓公孫，封申地。
③盜蹠（zhí）：春秋大盜。
④孔：孔丘。顏：顏回，孔子的弟子。

【譯文】

天的賞善罰惡是必然的嗎？但賢能的人不一定顯達富貴，仁慈的人也不一定長壽。天的賞善罰惡不是必然的嗎？但仁慈的人一定有好的子孫後代。這兩種情況該怎樣折中裁斷呢？我聽說申包胥曾經這樣講過：「人堅持自己的意志就可以戰勝天命，天遵循自己的意志也能勝過人為的努力。」世上議論天的人，都不等天的意志完全顯示出來就去責求它，因此認為天是渺茫難以捉摸的。善良的人因此而懈怠，邪惡的人因此而放縱。盜跖的長壽，孔丘和顏回的困厄，這都是天的意志還沒有最終顯示出來的緣故。松柏生長在山林之中，它開始時被圍困在蓬蒿之下，遭到牛羊的踐踏，但它最終的結果，是四季常青，歷經千年仍青翠挺拔，這就是上天意志的最終顯示。做好事或壞事的報應直到體現在他們的子孫身上，天的意志是早就定下來的了。我以自己的所見所聞來檢驗上述兩種情況，說天是必然要表示它的意志的，這是很清楚的事情。國家將要興盛，一定有世代積德的臣子為國家做了很多好事卻沒有得到應有的回報，但這以後他的子孫後代能與遵守成法的太平盛世的君主共享天下之福。

故兵部侍郎晉國王公[①]，顯於漢、周之際，歷事太祖、太宗[②]，文武忠孝，天下望以為相，而公卒以直道不容於時。蓋嘗手植三槐於庭，曰：「吾子孫必有為三公者[③]。」已而其子魏國文正公[④]，相真宗皇帝於景德、祥符之間，朝廷清明、天下無事之時，享其福祿榮名者十有八年。今夫寓物於人，明日而取之，有得有否。而晉公修德於身，責報於天，取必於數十年之後，如持左契[⑤]，交手相付。吾是以知天之果可必也。

【注釋】

①晉國王公：即王祜。後漢、後周時曾任司戶參軍、縣令等職，宋初官至兵部侍郎，為兵部副長官，死後封晉國公。

②太祖：即宋太祖趙匡胤。太宗：即宋太宗趙匡義。

③三公：西漢時稱丞相、太尉御史大夫為「三公」。這裏泛指朝廷高官。

④魏國文正公：即王旦。宋太宗時進士，真宗時官至工部尚書、同中書門下平章事，死後封魏國公，謚文正。

⑤左契：契約兩聯中的一聯。

【譯文】

已去世的兵部侍郎、晉國公王公，在後漢、後周之際就已經顯揚，並前後輔佐了太祖、太宗兩代皇帝，文武才能兼備，忠孝品德高尚，天下人都盼望他能出任宰相，但他最終因為性格正直而不被當時朝廷所容納。他曾經在院子裏親手栽種了三棵槐樹，說：「我的子孫後代將來一定有做三公的。」後來他的兒子魏國文正公果然在宋真宗景德、祥符年間當了宰相，那時正當朝廷政治清明，天下太平無事的時候，享受榮華富貴十八年。今天，假如你把東西寄存在別人家中，明天去取，有取得到的也有取不到的。然而王晉公自身修養德性，希望得到上天的回報，在數十年後得到了上天的必然報答，就好像手裏拿着契約的左半，一手交契一手拿回所得一樣。從這件事我知道天必然要表達它的意志的。

吾不及見魏公，而見其子懿敏公①。以直諫事仁宗皇帝，出入侍從將帥三十餘年，位不滿其德。天將復興王氏也歟？何其子孫之多賢也？世有以晉公比李棲筠者②，其雄才直氣，真不相上下。而棲筠之子吉甫、其孫德裕③，功名富貴略與王氏等，而忠恕仁厚，不及魏公父子。由此觀之，王氏之福，蓋未艾也。

【注釋】

①懿敏公：即王素，宋仁宗時官至工部尚書，諡懿敏。

②李棲筠：字貞一，唐代宗時曾官至給事中。

③吉甫：李吉甫字弘憲，唐憲宗時官至宰相。德裕：李德裕字文饒，唐武宗時官至宰相。

【譯文】

我沒有趕上看見魏公，而見到了他的兒子懿敏公。懿敏公以敢言直諫侍奉仁宗皇帝，出外帶兵、入內侍從三十多年，這樣的爵位也不足以和他的才德相稱。是上天要使王氏重新興盛嗎？怎麼他的子孫有這麼多賢能的人呢？世上有人把晉國公比作李棲筠，他們的偉大才能、剛正氣度確實不相上下。而李棲筠的兒子李吉甫、孫子李德裕，他們獲得的功名富貴和王氏差不多相似，而李氏忠誠、寬恕、仁慈、樸實的品德則不如魏公父子。從這點來看，王氏的福分大概還遠遠沒有完結。

懿敏公之子鞏與吾遊①，好德而文，以世其家，吾是以銘之。銘曰：嗚呼休哉②！魏公之業，與槐俱萌，封植之勤，必世乃成。既相真宗，四方砥平③，歸視其家，槐陰滿庭。吾儕小人④，朝不及夕，相時射利，皇恤厥德⑤？庶幾僥幸，不種而獲，不有君子，其何能國？王城之東，晉公所廬，鬱鬱三槐，惟德之符。嗚呼休哉！

【注釋】

①鞏：王鞏，字定國。有文才，個性豪放不羈，終身不仕。
②嗚呼休哉：表示感歎、讚頌。
③砥平：像磨刀石一樣平。這裏指國家安定。砥，磨刀石。
④儕（chái）：類，輩。
⑤皇恤厥德：哪裏有空閑顧及自己的德行。皇，通「遑」，閑暇。

【譯文】

懿敏公的兒子王鞏，與我曾有過交往，他注重品行修養而又善於寫文章，這樣來繼承他家世代的傳統，因此我作銘記下來。銘文為：美好而崇高啊！魏國公的功德，與三棵槐樹一起萌生、成長，栽植培養多麼辛勤，一定經過世代才能長成。當了真宗的宰相，國家四境安康，回來看看他的家，槐蔭遮滿庭院。我們這些沒有才德的普通人，早晨不顧慮晚上，乘有利時機追求名利，哪裏顧得上道德修養？也許有僥幸的時候，有可能會不耕種就有收穫。如果沒有賢德的君子，怎麼能治理國家？在京城的東面，是晉公的府第，鬱鬱葱葱的三棵槐樹，象徵着晉公一家的才德。啊！多麼美好崇高！

方山子傳

本文是作者元豐四年（一〇八一）貶居黃州時為老友陳慥所寫的傳記。文章截取傳主先俠後隱的生活片段，抓住人物的性格特點進行刻畫，使人物形象栩栩如生。全文佈局獨具匠心，意趣橫生。

方山子①，光、黃間隱人也②。少時慕朱家、郭解為人③，閭里之俠皆宗之。稍壯，折節讀書，欲以此馳騁當世，然終不遇。晚乃遁於光、黃間，曰岐亭④，庵居蔬食，不與世相聞。棄車馬，毀冠服，徒步往來山中，人莫識也。見其所著帽，方聳而高，曰：「此豈古方山冠之遺像乎⑤？」因謂之「方山子」。

【注釋】

①方山子：即陳慥（zào），字季常，太常少卿陳希亮之子。終身不仕。
②光：光州，治所在今河南潢川。黃：黃州，治所在今湖北黃岡。
③朱家、郭解：二人均為西漢時著名遊俠。詳見史記・遊俠列傳。
④岐（qí）亭：在今湖北麻城附近。
⑤方山冠：漢代樂師戴的帽子，用五彩絲織成。唐宋時為隱士所戴。

【譯文】

方山子是光州、黃州一帶的隱士。他年輕時仰慕西漢遊俠朱家、郭解的為人，鄉里的遊俠也都敬重他。稍長大後，他改變從前的志趣和行為，發憤讀書，想以此在當代施展抱負，但是始終沒得到重用。晚年就隱居在光州、黃州之間一個叫岐亭的地方，住在茅屋裏，吃着粗茶淡飯，不再與俗士來往。他捨棄了原有的車馬不坐，毀掉了原來的帽子和禮服不穿戴，徒步在山裏來來往往，沒有人認識他。人們看到他戴的帽子，是方形的又高高聳起，都說：「這不是古代方山冠的樣式嗎？」於是都稱他為「方山子」。

余謫居於黃①，過岐亭，適見焉。曰：「嗚呼！此吾故人陳慥季常也，何為而在此？」方山子亦矍然問余所以至此者②，余告之故。俯而不答，仰而笑，呼余宿其家。環堵蕭然，而妻子奴婢皆有自得之意。余既聳然異之。獨念方山子少時使酒好劍，用財如糞土。前十九年③，余在岐山④，見方山子從兩騎⑤，挾二矢，遊西山。鵲起於前，使騎逐而射之，不獲。方山子怒馬獨出，一發得之。因與余馬上論用兵及古今成敗，自謂一時豪士。今幾日耳，精悍之色，猶見於眉間，而豈山中之人哉？

【注釋】

①余謫居於黃：元豐三年（一〇八〇）正月，蘇軾被貶往黃州，途經岐亭，遇方山子。

②矍（jué）然：吃驚的樣子。

③前十九年：嘉祐八年（一〇六三），蘇軾任鳳翔簽判時，結識知府陳希亮之子陳慥，即後來的方山子。至此正好十九年。

④岐山：即鳳翔，境內有岐山。

⑤騎（jì）：一人一馬為一騎。

【譯文】

我降職外調到黃州，路過岐亭，恰巧遇見他。我說：「哎呀！這是我的老朋友陳慥陳季常啊！為什麼你會在這裏？」方山子也驚訝地問我為什麼到這裏來了，我告訴他原因。他低頭不語，接着又抬起頭笑了，招呼我到他家住宿。他家裏四壁空空，但妻子、兒女、奴婢都有一種自得其樂的神情。我已感到十分驚異。只暗自回想方山子年輕時縱情飲酒，喜好刀劍，用起錢財來如糞土一般。十九年前，我在岐山，看見方山子帶領兩個騎馬的侍從，手持兩張弓到西山打獵遊玩。一隻鵲鳥在他前面飛起，讓隨從追趕射殺，沒能射中。方山子猛抽坐騎獨自奔馳而出，一箭射中了鵲鳥。於是他和我在馬上討論起用兵之道及古今成敗之理，自詡是一代豪傑。這事到如今已經過去多少日子了，那精明剽悍的神態，仍然保留在眉宇之間，這哪裏會是山中隱士呢？

然方山子世有勳閥①，當得官②，使從事於其間，今已顯聞。而其家在洛陽，園宅壯麗，與公侯等。河北有田，歲得帛千匹，亦足以富樂。皆棄不取，獨來窮山中，此豈無得而然哉？

【注釋】

①勳閥：功勞，功勳。

②當得官：應當蔭庇得官。陳慥父陳希亮是進士出身，有蔭庇子弟得官的機會，但都讓給了族中子弟，因此陳慥未能得官。

【譯文】

方山子家族世代建功立業，他理應得到一官半職，假如混跡於官場，他今天必能顯貴聞達。他家原在洛陽，園圃宅院富麗堂皇，可與公侯之家相比美。河北有田產，每年可得上千疋絲帛，足以過上富貴安樂的好日子。但他捨棄這一切，偏要來到窮山僻壤，倘無自得之樂難道會這樣做嗎？

余聞光、黃間多異人①，往往佯狂垢污②，不可得而見，方山子儻見之歟？

【注釋】

①異人：有特別才能或性格的人。

②佯狂：假裝癲狂。垢污：塗抹污物。

【譯文】

我聽說光州、黃州一帶多有不平常的人，他們往往假裝瘋癲，渾身塗滿髒物，可總也沒機會見到他們，方山子或許見過他們吧？

蘇轍

蘇轍（一〇三九—一一一二），字子由，晚年自號潁濱遺老，眉州眉山（今屬四川）人。宋仁宗嘉祐二年（一〇五七）與其兄蘇軾同中進士，當過尚書右丞、門下侍郎，晚年辭官居於河南許昌，死後謚「文定」。與其父蘇洵、兄蘇軾合稱「三蘇」，為文既簡潔雄健又飄逸瀟灑，是「唐宋八大家」之一。有欒城集，包括後集、三集，共八十四卷。

六國論

本文探討了戰國時期與秦國抗衡的齊、楚、燕、韓、趙、魏六個諸侯國相繼滅亡的原因，認為六國目光短淺，相互不團結，貪圖小利導致了滅亡。鑒於當時北宋在契丹和西夏的威脅下只是納幣送絹以求苟且偷安，作者此文的現實針對性就非常明顯了。全文論點鮮明，以史實為論據，從正反兩方面論述，邏輯嚴密。

嘗讀六國世家①，竊怪天下之諸侯以五倍之地、十倍之眾，發憤西向，以攻山西千里之秦②，而不免於滅亡。常為之深思遠慮，以為必有可以自安之計。蓋未嘗不咎其當時之士慮患之疏而見利之淺，且不知天下之勢也。

【注釋】

①六國世家：指史記中記載的齊、楚、燕、趙、韓、魏六個諸侯國。世家，是史記中傳記的一種體裁，主要敍述世襲諸侯國君的事跡。

②山西：戰國時稱崤山以西的地區為「山西」。秦國地處崤山以西。

【譯文】

我曾經閱讀史記中的六國世家，私下裏奇怪天下的各諸侯國，憑着五倍於秦國的土地，十倍於秦國的民眾，決然向西進兵，去攻打崤山以西方圓千里的秦國，竟然不能免於滅亡。我常常對這個問題作深入的思考，認為一定有可以使六國保全自己的計策。因此我未嘗不責怪當時六國那班謀士，考慮禍患疏忽大意，謀取利益目光短淺，而且不明白天下的形勢。

夫秦之所與諸侯爭天下者，不在齊、楚、燕、趙也，而在韓、魏之郊；諸侯之所與秦爭天下者，不在齊、楚、燕、趙也，而在韓、魏之野。秦之有韓、魏，譬如人之有腹心之疾也。韓、魏塞秦之衝，而蔽山東之諸侯，故夫天下之所重者，莫如韓、魏也。昔者范睢用於秦而收韓①，商鞅用於秦而收魏②。昭王未得韓、魏之心③，而出兵以攻齊之剛、壽④，而范睢以為憂，然則秦之所忌者可見矣。

【注釋】

①范睢（jū）：戰國時魏人。曾遊說秦昭王，被任為秦相，向秦昭王提出遠交近伐的戰略，使秦國強大起來，併吞併了六國。

②商鞅：戰國時衛人。姓公孫，名鞅，曾輔佐秦孝公。他曾建議孝公伐魏，並用計戰勝了魏軍，俘獲了魏公子卬（áng）。因功封於商，號「商君」，又稱「商鞅」。

③昭王：即秦昭王。

④剛、壽：齊地。均在今山東。

【譯文】

秦國同各諸侯國爭奪天下的要害地區，不是在齊、楚、燕、趙四國，而是在韓、魏兩國的國土；各諸侯國與秦國爭奪天下的關鍵地方，也不是在齊、楚、燕、趙四國，而是在韓、魏兩國的領地。韓、魏兩國的存在對於秦國來說，好比人的心腹之患。韓、魏兩國擋住了秦國的交通要道，而且蔽護了崤山以東的各諸侯國，所以那時天下最重要的地方，沒有哪裏趕得上韓、魏兩國。從前范雎被秦國重用時就建議收服韓國，商鞅被秦國重用時又提出收服魏國。秦昭王在沒有得到韓、魏的真心歸順時，就出兵去攻打齊國的剛、壽兩地，范雎為此感到擔憂，那麼秦國所顧忌的事情就可以看出來了。

秦之用兵於燕、趙，秦之危事也。越韓過魏而攻人之國都，燕、趙拒之於前，而韓、魏乘之於後，此危道也。而秦之攻燕、趙，未嘗有韓、魏之憂，則韓、魏之附秦故也。夫韓、魏諸侯之障，而使秦人得出入於其間，此豈知天下之勢耶？委區區之韓、魏，以當強虎狼之秦，彼安得不折而入於秦哉？韓、魏折而入於秦，然後秦人得通其兵於東諸侯，而使天下遍受其禍。

【譯文】

秦國出兵燕、趙，對秦國來說是一件危險的事。因為秦國穿越韓國、經過魏國而去攻打別國的都城，燕、趙兩國將會在前面抵抗，而韓、魏兩國又會乘機從後面襲擊，這是危險的用兵之道。然而秦國在攻打燕、趙兩國時，不曾有過韓國、魏國從後面襲擊的憂患，那是因為韓國、魏國已經歸附了秦國的緣故。韓國和魏國是其他各諸侯國的屏障，卻讓秦國人能夠在他們中間出入往來，這難道可以說是明白天下形勢嗎？丟棄小小的韓國、魏國，讓他們去抵擋如虎狼一樣強暴的秦國，他們怎麼能不屈服而落入秦國手中呢？韓、魏兩國屈服而歸順了秦國，這樣秦國就能夠毫無阻擋地向東方的各諸侯國用兵了，從而使天下各國普遍地遭受它的禍害。

夫韓、魏不能獨當秦，而天下之諸侯藉之以蔽其西，故莫如厚韓親魏以擯秦①。秦人不敢逾韓、魏以窺齊、楚、燕、趙之國，而齊、楚、燕、趙之國，因得以自完於其間矣。以四無事之國，佐當寇之韓、魏，使韓、魏無東顧之憂，而為天下出身以當秦兵。以二國委秦，而四國休息於內，以陰助其急，若此可以應夫無窮，彼秦者將何為哉？不知出此，而乃貪疆埸尺寸之利，背盟敗約，以自相屠滅。秦兵未出，而天下諸侯已自困矣。至於秦人得伺其隙，以取其國，可不悲哉！

【注釋】

①擯（bìn）：排斥，擯棄。

【譯文】

韓國、魏國不能獨自抵擋秦國，然而天下其他各諸侯國卻可以依靠韓國、魏國作為他們自己西方的屏障，所以不如優待韓國親近魏國以排斥秦國。這樣秦國就不敢越過韓國、魏國來窺視齊、楚、燕、趙各國，而齊、楚、燕、趙各國因此就能夠使自己得以保全了。用四個沒有戰事的國家，去幫助面對強敵的韓國、魏國，使韓國、魏國沒有來自東面的後顧之憂，它們就能夠為天下其他諸侯國挺身而出去抵擋秦兵。讓韓、魏兩國去對付秦國，而四國在內部休養生息來暗中幫助解決韓、魏的急難，像這樣，就可以應付一切情況，那秦國還能幹什麼呢？不知道提出這樣的策略，卻貪圖邊界上尺寸之地的小利，背棄破壞盟約，以至於自相殘殺。秦兵還沒有出動，而天下各諸侯國已經自己陷入困境了。以至於秦人能夠鑽他們的空子來奪取他們的國家，這能不令人悲歎嗎！

上樞密韓太尉書

本文是仁宗嘉祐二年（一〇五七）中進士的蘇轍寫給時任樞密使的韓琦的一封求見信。文中沒有干謁求仕進之語，而是闡述了精神修養、生活閱歷同文章風格之間的必然聯繫，從而說明求見太尉是想結交天下豪傑以豐富自己的閱歷。全文疏放跌宕，筆勢縱橫，體現出年僅十九歲的作者的朝氣和銳氣。

太尉執事①：轍生好為文，思之至深。以為文者氣之所形，然文不可以學而能，氣可以養而致。孟子曰②：「我善養吾浩然之氣③。」今觀其文章，寬厚宏博，充乎天地之間，稱其氣之小大④。太史公行天下⑤，周覽四海名山大川，與燕、趙間豪俊交遊⑥，故其文疏蕩，頗有奇氣。此二子者，豈嘗執筆學為如此之文哉？其氣充乎其中而溢乎其貌，動乎其言而見乎其文，而不自知也。

【注釋】

①太尉：指韓琦（qí）。宋仁宗時曾任樞密使，掌全國兵權，相當於漢、唐時的太尉，故稱。執事：指侍從左右的人。舊時給一定地位的人寫信常用「執事」或「左右」稱呼對方，表示不敢直接稱呼，只能向他身邊的執事人員稱呼，這樣表示對對方的尊敬。

②孟子：名軻。孔子的再傳弟子，儒家學說的繼大承者。

③我善養吾浩然之氣：語出孟子．公孫丑上。浩然之氣，至大至剛的氣。

④稱：相稱，相符合。

⑤太史公：指漢代司馬遷，他曾任太史令，著史記，故稱「太史公」。

⑥燕、趙：戰國時的兩個國家，其地相當於今之河北、山西、遼寧、陝西的部分地區。古時認為這一帶多出「慷慨悲歌之士」。

【譯文】

太尉執事：我生性喜好寫文章，對怎樣做好文章這件事思考得很深入。我認為文章是人的氣的外在體現，然而文章不是單靠學習就能寫好的，氣卻可以通過修養而得到。孟子說：「我善於培養我的至大至剛的氣。」現在看他的文章，寬厚宏博，充塞於天地之間，同他的氣的大小相稱。司馬遷走遍天下，廣覽四海名山大川，同燕、趙之間的英豪俊傑交遊，所以他的文章疏放跌宕，很有奇偉之氣。這兩個人，難道是曾經單靠執筆學寫這種文章就能到此地步的嗎？這是因為他們的氣充滿在他們的內心而流露在他們的形貌之外，體現在他們的言語之間而表現在他們的文章中，而他們自己卻並沒有意識到。

轍生年十有九矣。其居家所與遊者，不過其鄰里鄉黨之人①；所見不過數百里之間，無高山大野可登覽以自廣。百氏之書②，雖無所不讀，然皆古人之陳跡，不足以激發其志氣。恐遂汨沒③，故決然捨去，求天下奇聞壯觀，以知天地之廣大。過秦、漢之故都④，恣觀終南、嵩、華之高⑤，北顧黃河之奔流，慨然想見古之豪傑。至京師⑥，仰觀天子宮闕之壯，與倉廩府庫、城池苑囿之富且大也⑦，而後知天下之巨麗。見翰林歐陽公⑧，聽其議論之宏辨，觀其容貌之秀偉，與其門人賢士大夫遊，而後知天下之文章聚乎此也。太尉以才略冠天下，天下之所恃以無憂，四夷之所憚以不敢發，入則周公、召公，出則方叔、召虎⑨。而轍也未之見焉。

【注釋】

①鄉黨：泛指鄉里。相傳周朝以五百家為一黨，一萬二千五百家為一鄉。

②百氏：指春秋戰國時的諸子百家。

③汩（gǔ）沒：埋沒。

④秦、漢之故都：秦都咸陽（在今陝西西安西），西漢都長安（今陝西西安），東漢都洛陽（今屬河南）。

⑤恣：盡情，縱情。終南：終南山，在今陝西西安南。嵩：嵩山，在今河南登封。華（huà）：華山，在今山西華陰。

⑥京師：都城。北宋都城汴京，即今河南開封。

⑦倉廩：糧庫。苑囿（yuàn yòu）：園林。囿，皇家畜養禽獸的園子。

⑧歐陽公：即歐陽修，宋仁宗至和元年（一〇五四）任翰林學士。嘉祐二年（一〇五七）以翰林學士權知貢舉，蘇氏兄弟即於此年中進士。

⑨方叔：周宣王的賢臣，奉命南征荊楚，詩經中有小雅・采芑歌頌他。召虎：周宣王時，召虎領兵出征，平定淮夷，詩經・大雅・江漢所歎即此事。

【譯文】

我出生已經十九年了。我住在家裏時所交往的，不過是鄰居和同鄉這一類人；所看到的不過是幾百里之內的景物，沒有高山曠野可以登臨觀覽以開闊自己的胸襟。諸子百家的書，雖然沒有不讀的，然而都是古人過去的東西，不足以激發我的志氣。我擔心就此埋沒了自己，所以毅然離開故鄉，去訪尋天下的奇聞壯觀，以便了解天地的廣大。我經過秦朝、漢朝的故都，盡情觀覽終南山、嵩山、華山的高峻，向北眺望黃河的奔騰巨流，深有感慨地想起了古代的英雄豪傑。到了京城，瞻仰了天子宮殿的壯麗，以及糧倉、府庫、城池、園林的富庶和巨大，然後才知道天下的宏偉壯麗。謁見了翰林學士歐陽公，聆聽了他宏大雄辯的議論，看到了他清秀俊偉的容貌，同他的學生賢士大夫交往，然後才知道天下的文章都匯聚在這裏。太尉您以雄才大略稱冠天下，天下百姓依靠您而無憂無慮，四方各少數民族懼怕您而不敢侵犯，在朝廷之內像周公、召公一樣輔佐君王，領兵出征就像方叔、召虎一樣禦侮安邊。可是我至今還沒有見到您。

且夫人之學也，不志其大①，雖多而何為？轍之來也，於山見終南、嵩、華之高，於水見黃河之大且深，於人見歐陽公，而猶以為未見太尉也。故願得觀賢人之光耀，聞一言以自壯，然後可以盡天下之大觀而無憾者矣。

【注釋】

①志：有志於。

【譯文】

況且一個人的學習，如果沒有遠大的志向，即使學了很多又有什麼用呢？我這次來，對於山，看到了終南山、嵩山、華山的高峻；對於水，看到了黃河的巨大和深廣；對於人，看到了歐陽公；可是仍然以沒有謁見過您為憾事。所以希望能夠一睹賢人的風采，就是聽到您的一句話也足以使自己心雄志壯，這樣就可以說是看遍了天下的壯觀而沒有什麼遺憾了。

轍年少，未能通習吏事。向之來，非有取於斗升之祿①，偶然得之，非其所樂。然幸得賜歸待選②，使得優遊數年之間，將以益治其文，且學為政。太尉苟以為可教而辱教之，又幸矣！

【注釋】

①斗升之祿：很微薄的俸祿。

②待選：等待朝廷授官。古代考中進士後，只是取得做官的資格，還須等待吏部授予官職，在此期間稱為「待選」。蘇轍當時已考中進士。

【譯文】

我年紀輕，還沒能夠通曉做官應知道的事情。先前來京應試，並不是為了謀取微薄的俸祿，偶然得到了它，也不是我所喜歡的。然而有幸得到恩賜還鄉等待吏部的選用，使我能夠有幾年悠閑的時間，我將用來進一步研習文章之道，並且學習從政之道。太尉假如認為我還可以教誨而屈尊教導我的話，那麼又更使我感到榮幸了！

黃州快哉亭記

本文作於元豐年間被貶為監筠州鹽酒稅時期。文章圍繞「快哉」二字展開描寫與議論，充分揭示了「快哉」的確切含義，表達了樂觀向上的人生態度。全文情景交融，以古喻今，「文勢汪洋，筆力雄壯，讀之令人心胸曠達，寵辱都忘」（吳楚材等）。

江出西陵①，始得平地，其流奔放肆大，南合湘、沅②，北合漢沔③，其勢益張。至於赤壁之下④，波流浸灌⑤，與海相若。清河張君夢得謫居齊安⑥，即其廬之西南為亭，以覽觀江流之勝，而余兄子瞻名之曰「快哉」⑦。

【注釋】

①西陵：長江三峽之一，在今湖北宜昌西北。

②湘、沅：湘水和沅水，在今湖南境內。

③漢沔（miǎn）：河流名。源自陝西，流經湖北，在武漢匯入長江。

④赤壁：又名「赤鼻山」，在今湖北黃岡。蘇轍誤以為這裏就是三國時發生「赤壁大戰」的「赤壁」，「赤壁大戰」實際發生在今湖北蒲圻。

⑤浸灌：形容水勢浩大。

⑥清河：今屬河北。張君夢得：張夢得，字懷民，元豐年間貶謫黃州。謫（zhé）：封建時代高級官員被貶並調到邊遠地方做官。齊安：即黃州，治所在今湖北黃岡。

⑦子瞻：蘇軾，字子瞻。

【譯文】

長江從西陵峽流出，方始進入平坦的地形，它的水流變得奔放浩大，當它在南面匯合了湘水和沅水，在北面匯合了漢沔，水勢越發盛大。流到赤壁之下，江流浩蕩，猶如大海一樣。清河張夢得君貶官後居住在齊安，在靠近他住宅的西南面建造了一座亭子，用來觀賞江流的勝景，我的哥哥子瞻為亭子起名為「快哉」。

蓋亭之所見，南北百里，東西一舍①，濤瀾洶湧，風雲開闔②；晝則舟楫出沒於其前③，夜則魚龍悲嘯於其下；變化倏忽，動心駭目，不可久視。今乃得玩之几席之上，舉目而足。西望武昌諸山④，岡陵起伏，草木行列，煙消日出，漁夫、樵父之舍，皆可指數，此其所以為「快哉」者也。至於長洲之濱，故城之墟，曹孟德、孫仲謀之所睥睨⑤，周瑜、陸遜之所馳騖⑥，其流風遺跡，亦足以稱快世俗。

【注釋】

①舍：古代行軍三十里為一舍。
②闔（hé）：關閉。
③舟楫（jí）：泛指船隻。楫，船槳。
④武昌：今湖北鄂城。
⑤曹孟德：曹操，字孟德。孫仲謀：孫權，字仲謀。睥睨（pì nì）：側目觀察。
⑥周瑜：三國時孫吳大將。曾於赤壁大破曹操軍。陸遜：三國時孫吳大將。曾於彝陵（今湖北宜昌東）等地大破蜀軍，後任荊州牧，久駐武昌，官至丞相。馳騖（wù）：馳騁。

【譯文】

亭子上能望見的範圍，在南北百里之遙，東西三十里之遠，波濤洶湧澎湃，風雲變幻，時而風起雲湧，時而風消雲散；白天船隻在亭前時隱時現，夜晚則魚龍在亭下悲哀嗚叫；景色變化瞬息之間，動人心魄，驚人眼目，使人不能長時間地觀賞。如今卻能夠在亭子的几案坐席旁盡情賞玩，抬眼就可飽覽風光。向西遙望武昌附近的群山，岡巒高低起伏，草木成行成列，當煙霧消散、太陽出來的時候，漁夫、樵夫的房舍都可一一指點數清，這就是亭子之所以叫「快哉」的原因吧。至於那長長沙洲的岸邊，舊日城郭的廢墟，是曹操、孫權曾窺伺爭奪的地方，也是周瑜、陸遜曾馳騁角逐的疆場，他們留下的風采和遺跡，也足以使世俗之人稱快。

昔楚襄王從宋玉、景差於蘭台之宮①，有風颯然至者，王披襟當之，曰：「快哉此風！寡人所與庶人共者耶？」宋玉曰：「此獨大王之雄風耳，庶人安得共之！」②玉之言蓋有諷焉。夫風無雄雌之異，而人有遇不遇之變。楚王之所以為樂，與庶人之所以為憂，此則人之變也，而風何與焉？士生於世，使其中不自得，將何往而非病？使其中坦然，不以物傷性，將何適而非快③？今張君不以謫為患，收會稽之餘④，而自放山水之間，此其中宜有以過人者。將蓬戶甕牖⑤，無所不快，而況乎濯長江之清流⑥，揖西山之白雲⑦，窮耳目之勝以自適也哉⑧！不然，連山絕壑，長林古木，振之以清風，照之以明月，此皆騷人思士之所以悲傷憔悴而不能勝者，烏睹其為快也哉⑨！

【注釋】

①楚襄王：即楚頃襄王，戰國時楚國國君。宋玉：戰國時楚大夫，辭賦家。景差：戰國時楚辭賦家。蘭台之宮：蘭台宮，在今湖北鍾祥。

②「王披襟」以下六句：襄王和宋玉的對話出自宋玉的風賦。寡人，古代皇帝、諸侯對下的自稱。庶人，老百姓。

③適：往。

④會稽（kuài jī）：指錢財賦稅事務。稽，計算，考核。

⑤蓬戶甕牖（yǒu）：用蓬草編的門，用破甕做的窗戶。這裏指貧窮人家的房子。牖，窗戶。

⑥濯（zhuó）：洗滌。

⑦挹（yì）：舀取液體。

⑧適：暢快。

⑨烏：哪裏。

【譯文】

從前，楚襄王帶領宋玉、景差做隨從在蘭台宮遊覽，有一陣風颯颯吹來，楚襄王敞開衣襟迎着風説：「真暢快呀，這陣風！這是我和百姓共同享受到的吧？」宋玉説：「這只是大王的雄風，百姓怎麼能和大王共同享受！」宋玉的話大概有着諷喻的意味。風並沒有雄雌的不同，而人卻有得意和不得意的區別。楚王之所以覺得快樂，百姓之所以感到憂愁，這是人所處境遇的不同，與風有什麼相干呢？士人生活在世上，假如他心中不安然自得，那麼走到哪裏不是痛苦的呢？假如他心中坦然曠達，不因外物的影響而傷害自己的性情，那麼走到哪裏不是快樂的呢？現在張君不把貶官當作災難，利用處理公務的剩餘時間，讓自己在山水之間盡情遊玩，這說明他心中理應有超過常人的東西。即使用蓬草編成門，用破甕做成窗，他生活在這種貧困的環境中也不會感到不快樂，何況他能在長江的清流中洗濯，觀賞西山的白雲，讓耳目盡情飽覽美景以求得自己的舒心快樂呢！如果不是這樣，綿延的峰巒，陡峭的山溝，成片的樹林，古老的樹木，清風吹拂其間，明月當頭映照，這些都是使失意的文人和思鄉的士子悲傷憔悴而不能承受的景色，哪裏看得出它們是能使人快樂的呢！

曾鞏

曾鞏（一〇一九—一〇八三），字子固，建昌南豐（今江西南豐）人，世稱「南豐先生」。宋仁宗嘉祐二年（一〇五七）進士，當過地方長官，最後做到中書舍人。曾奉召校勘戰國策、列女傳等古籍，死後謚為「文定」。他是「唐宋八大家」之一，他的散文繼承了「文以載道」的傳統，風格平正古雅。著有元豐類稿等。

寄歐陽舍人書

本文是慶曆七年（一〇四七），作者寫給歐陽修的一封感謝信。文章反覆論述銘誌的作用、重要性和寫作要求，將對歐陽修的高度評價和真摯謝意蘊涵於議論之中，因而被譽為「南豐第一得意書」（浦起龍）。全文委婉曲折，極盡抑揚騰挪。

去秋人還①，蒙賜書及所撰先大父墓碑銘②，反覆觀誦，感與慚並。

【注釋】

①去秋人還：慶曆六年（一〇四六）夏，曾鞏派人送信給歐陽修，請歐陽修給他的祖父撰寫碑銘。當年秋天，歐陽修寫好後交給曾鞏派的人帶回。

②先大父：去世的祖父，指曾致堯，曾任尚書戶部郎中，死後贈右諫議大夫。墓碑銘：刻在墓道前石碑上的銘，也稱「神道碑銘」。歐陽修為曾致堯寫了墓碑銘文尚書戶部郎中贈右諫議大夫曾公神道碑銘。

【譯文】

去年秋天我派去的人回來，承蒙您寫信給我並為先祖父撰寫了墓碑銘文，我反覆地觀覽誦讀，心中感激與慚愧的心情交織在一起。

夫銘、誌之著於世①，義近於史，而亦有與史異者。蓋史之於善惡無所不書，而銘者②，蓋古之人有功德、材行、志義之美者，懼後世之不知，則必銘而見之。或納於廟，或存於墓③，一也。苟其人之惡，則於銘乎何有？此其所以與史異也。其辭之作，所以使死者無有所憾，生者得致其嚴④。而善人喜於見傳，則勇於自立；惡人無有所紀，則以愧而懼；至於通材達識、義烈節士⑤，嘉言善狀，皆見於篇，則足為後法。警勸之道，非近乎史，其將安近？

【注釋】

①銘、誌：碑文最後的韻文部分稱「銘」，記述死者事跡的散文部分稱「誌」。

②而銘者：下文關於「銘」的議論，本自禮記・祭統：「銘者，自名也，自名以稱揚其先祖之美，而明著之後世者也。為先祖者，莫不有美焉，莫不有惡焉，銘之義，稱美而不稱惡，此孝子孝孫之心也。」

③或納於廟，或存於墓：古代有兩種碑，一種是立於宗廟前用來測量日影，祭祀時系縛牛羊等犧牲的，另一種就是墓碑。

④致：表達。嚴：尊嚴。

⑤通材達識：博學多聞，見多識廣的人。

【譯文】

墓誌銘這一文體之所以能尊顯於世，是因為意義與史傳相近，但也有與史傳不同的地方。大致說來，史傳對於傳主的善行、惡行沒有不加以記載的，而銘，大概是古代那些功業德行顯著、才能操行出眾、志向遠大、信守節義的人，唯恐不為後世人所知，一定用刻銘文的方式記載下來以顯揚於後世。這種銘文有的放入家廟，有的存入墓中，其用意是一樣的。假如這是個惡人，那麼在銘文中有什麼可記載的呢？這就是銘文與史傳不同的地方。銘文的撰寫，就是使死去的人感到沒有什麼可遺憾的地方，活着的人以此來表達對死者的哀思和尊敬之情。而行善的人喜歡自己的生平事跡能被記載得到流傳，就會發奮有所建樹；作惡的人沒有什麼事跡可記，就會因此感到慚愧和惶恐；至於那些學識淵博、事理通達之人，忠義剛烈、節操高尚之士，他們美好的言論和善良的行為，都記載在銘文中，就足以成為後人效法的榜樣。銘文這樣警戒勸勉的作用，不和史傳相近，那又和什麼相近呢？

及世之衰①，人之子孫者，一欲褒揚其親而不本乎理。故雖惡人，皆務勒銘以誇後世②。立言者，既莫之拒而不為，又以其子孫之請也，書其惡焉，則人情之所不得，於是乎銘始不實。後之作銘者當觀其人，苟托之非人，則書之非公與是③，則不足以行世而傳後。故千百年來，公卿大夫至於里巷之士莫不有銘④，而傳者蓋少，其故非他，託之非人，書之非公與是故也。

【注釋】

①及：到。世：世風。衰：衰敗。

②勒銘：把銘文刻在石碑上。勒，刻。

③公：公正。是：正確。

④公卿大夫：泛指達官貴人。里巷之士：指普通老百姓。

【譯文】

到了世道衰微的時候，為人子孫的，一心只要褒揚自己死去的親人而不根據事理。所以即使是惡人，也都要鐫刻碑銘用來向後世誇耀。撰寫銘文的人，既不能拒絕而不寫，又因為受其子孫的請求，如果直接寫上死者的惡行，從人情道理上又不應該，於是銘文從此就開始有不實之詞了。後世想請人撰寫碑銘的人，應當觀察作者的為人，假使託付的人不妥當，撰寫的銘文既不公正又不符合事實，那麼銘文就不能夠在當代流行，在後代傳揚。因此千百年來，上至公卿大夫下至平民百姓，死後沒有誰沒有碑銘，但傳下來的卻不多，這個原因不是別的，就是因為請託的人不合適，撰寫的銘文不公正，不符合事實的緣故。

然則孰為其人而能盡公與是歟？非畜道德而能文章者無以為也①。蓋有道德者之於惡人則不受而銘之，於眾人則能辨焉。而人之行，有情善而跡非，有意奸而外淑②，有善惡相懸而不可以實指，有實大於名，有名侈於實③。猶之用人，非畜道德者，惡能辨之不惑④，議之不徇⑤？不惑不徇，則公且是矣。而其辭之不工，則世猶不傳，於是又在其文章兼勝焉。故曰非畜道德而能文章者無以為也。豈非然哉？

【注釋】

①畜（xù）：懷藏。
②淑：善良。
③侈：超過，過分。
④惡（wū）：怎麼，如何。
⑤徇：曲從，徇私。

【譯文】

那麼誰是適當的人而能做到寫得既公正又符合事實呢？不是道德高尚而且又善於寫文章的人是不能做到的。因為那些道德高尚的人對於惡人，是不會接受為他們撰寫銘文的請求的，對於普通人則能夠分辨他們的善惡。而人們的品行，有內心是善的而表現在行為上卻好像不善，有內心是奸詐的而表現在外表上卻好像很善良，有善行惡行相差懸殊而不能具體指出的，有實際大過名聲的，有名過其實的。這就好比用人一樣，不是道德高尚的人怎麼能辨別清楚而不受迷惑、評論公正而不徇私情呢？不受迷惑、不徇私情，就會公正而符合事實。但是如果銘文的文辭不夠精美，仍然不能流傳於世，因此寫銘文的人又必須擅長做文章。所以說不是道德高尚而又擅長做文章的人是寫不好銘文的。難道不是這樣嗎？

然畜道德而能文章者，雖或並世而有，亦或數十年或一二百年而有之。其傳之難如此，其遇之難又如此。若先生之道德文章，固所謂數百年而有者也。先祖之言行卓卓①，幸遇而得銘其公與是，其傳世行後無疑也。而世之學者，每觀傳記所書古人之事，至於所可感，則往往衋然不知涕之流落也②，況其子孫也哉？況鞏也哉？其追晞祖德而思所以傳之之由③，則知先生推一賜於鞏而及其三世。其感與報，宜若何而圖之？抑又思若鞏之淺薄滯拙而先生進之，先祖之屯蹶否塞以死而先生顯之④，則世之魁閎豪傑不世出之士⑤，其誰不願進於門？潛遁幽抑之士⑥，其誰不有望於世？善誰不為？而惡誰不愧以懼？為人之父祖者，孰不欲教其子孫？為人之子孫者，孰不欲寵榮其父祖？此數美者，一歸於先生。

【注釋】

①卓卓：非常突出、卓越。

②衋（xì）然：傷痛的樣子。涕：眼淚。

③晞（xī）：仰慕。

④屯（zhūn）蹶（jué）否（pǐ）塞：不得志，不順利。屯、否，是易經的卦名。屯卦表示艱難，否卦表示困頓。

⑤魁閎（hóng）：超群的才能。不世出：不常出現，少有。

⑥潛遁：避世隱居。幽抑：鬱鬱不得志。

【譯文】

但是，道德高尚而又擅長寫文章的人，雖然有時同時出現，但也許有時數十年或者一二百年才出現一個。銘文的流傳是如此困難，能遇到這種理想的銘文作者也這樣困難。像先生您的道德文章，就是所說的數百年才會出現的。我的先祖言論和行為都很傑出，幸運地遇到您能寫成銘文並給以公正而又符合實際的評價，這樣的銘文能流行於當代，傳誦於後世是毫無疑義的了。而世上的學者，每當閱讀傳記文章所寫古人事跡的時候，看到其中感人的地方，就往往感傷痛苦得不覺流下眼淚，何況是死者的子孫呢？又何況是我呢？我追懷仰慕祖先的高尚道德而思考銘文能夠流傳後世的原因，就知道先生接受我一人請求惠賜銘文而恩澤將推及到我家祖孫三代。這感激與報答之情，我將怎樣才能表達呢？我又想，像我這樣學識淺薄、才能愚鈍的人，而受到先生的獎掖，像我的先祖處境艱難、屢遭挫折、鬱鬱不得志直到死，而先生卻能使他顯揚於後世，那麼世上那些俊偉豪傑、不常見堪稱奇才的人，他們誰不願意投拜在您的門下呢？那些現在還隱居山林沒有顯揚的人，他們誰不希望揚名於世呢？美好的事情誰不願做？醜惡的事情誰不羞愧恐懼？作為人的父親、祖父的，誰不想好好地教導子孫？作為人的子孫的，誰不想榮耀顯揚自己的父祖？這件件美事全都要歸功於先生。

既拜賜之辱①，且敢進其所以然②。所論世族之次，敢不承教而加詳焉？愧甚不宣。

【注釋】

①拜賜：接受賜予的碑銘和書信。辱：謙辭。

②敢：不敢。古時書信中常用的謙辭。

【譯文】

我榮幸地得到您的恩賜，並且冒昧地向您陳述我之所以感激的道理。來信所說的關於我的家族世系的情況，我怎敢不遵照您的教誨而詳細地審核考究？慚愧萬分，書不盡言。

贈黎安二生序

本文是英宗治平年間應同年好友蘇軾之請為兩位年輕人所寫的贈序。針對兩位年輕人的問題，作者分析了不合時宜的利弊，勸告他們要「信乎古」、「志乎道」。全文欲揚先抑，說理透辟。

趙郡蘇軾①，予之同年友也②。自蜀以書至京師遺予③，稱蜀之士曰黎生、安生者。既而黎生攜其文數十萬言，安生攜其文亦數千言，辱以顧予④。讀其文，誠閎壯雋偉⑤，善反覆馳騁，窮盡事理，而其材力之放縱，若不可極者也。二生固可謂魁奇特起之士，而蘇君固可謂善知人者也。

【注釋】

①趙郡：即趙州，治所在今河北趙縣。蘇軾祖籍趙郡。

②同年：舊時稱同年中考的人。曾鞏、蘇軾均為嘉祐二年（一〇五七）進士。

③自蜀以書至京師遺（wèi）予：治平三年（一〇六六）至熙寧二年（一〇六九），蘇軾因父親去世回四川守孝三年。遺，給。

④辱：謙辭。承蒙、屈駕的意思。顧：來訪。

⑤閎（hóng）壯：宏大。

【譯文】

趙郡人蘇軾，是我同榜中試的好友。他從蜀地寫了一封信託人帶到京城送給我，信中稱讚蜀地的讀書人黎生和安生。不久黎生帶了自己數十萬字的文章，安生也帶了自己數千字的文章，屈駕來訪問我。我讀了他們的文章，覺得確實氣勢宏大、意味深遠，善於上下反覆、縱橫馳騁，將事理講得非常詳盡、透徹，他們才華的奔放恣肆，似乎不能看到盡頭。這兩位真可說是傑出俊偉的出眾人才，而蘇君當然也可以說是善於識別人才的人。

頃之①，黎生補江陵府司法參軍②，將行，請予言以為贈。予曰：「予之知生，既得之於心矣，乃將以言相求於外邪③？」黎生曰：「生與安生之學於斯文，里之人皆笑以為迂闊④，今求子之言，蓋將解惑於里人。」予聞之，自顧而笑。

【注釋】

①頃之：過了不久。

②補：舊指有官吏缺額時選拔新的官員補缺。江陵府：治所在今湖北江陵。司法參軍：掌刑法的官員。

③乃：反問詞，難道。

④里之人：同鄉的人。迂闊：迂腐，不切實際。

【譯文】

不久，黎生補官做江陵府司法參軍，臨行前，請我寫幾句話作為臨別贈言。我說：「我對你的了解，已經存在內心深處了，還用得着用外在的言語表達出來嗎？」黎生說：「我和安生學習寫這些文章，鄉里的人都譏笑我們不合時宜。現在請您講幾句話，是為了消除鄉里人對我們的誤解。」我聽了他的話，想到自身，不由得笑了。

夫世之迂闊，孰有甚於予乎？知信乎古，而不知合乎世；知志乎道，而不知同乎俗。此予所以困於今而不自知也[1]。世之迂闊，孰有甚於予乎？今生之迂，特以文不近俗，迂之小者耳，患為笑於里之人。若予之迂大矣，使生持吾言而歸，且重得罪，庸詎止於笑乎[2]？然則若予之於生，將何言哉？謂予之迂為善，則其患若此。謂為不善，則有以合乎世，必違乎古，有以同乎俗，必離乎道矣。生其無急於解里人之惑，則於是焉必能擇而取之。

【注釋】

①困：不通達，窘迫。
②庸詎（jù）：豈。

【譯文】

要論世上人的不合時宜，有誰能比我更嚴重呢？我只知道相信古人所講的道理，而不知道適宜於今世；只知道有志於道義，而不知道迎合當代的風氣。這就是我困頓於當世而至今自己還不能領悟的原因。世上的不合時宜，有誰能比我更嚴重呢？現在你們二人的不合時宜，只是因為所寫的文章與世俗不相接近，這只不過是不合時宜的小的表現罷了，所擔心的不過是被鄉里人譏笑。像我的不合時宜這樣嚴重，假若你們把我的話帶回家鄉，就更要招致鄉里人的指責，哪裏只是遭到譏笑而已呢？但是我對你們，將說些什麼話呢？如果認為我的不合時宜是好的，那麼它就會有這樣的害處。如果認為我的不合時宜是不好的，那麼就會迎合當世，必然違背古人的信條，合乎流俗，必然遠離聖賢之道。你如果不急於消除鄉里人的誤解，那麼在這方面，就一定能夠經過選擇獲得正確的東西。

遂書以贈二生，並示蘇君以為何如也。

【譯文】

於是我就把這些話寫下來贈給你們二人，也請轉蘇君一覽，看他認為我的看法怎麼樣。

王安石

王安石（一〇二一—一〇八六），字介甫，晚號半山，撫州臨川（今江西撫州）人，「唐宋八大家」之一。曾封荊國公，世稱「王荊公」，死後謚文，又稱「王文公」。仁宗慶曆二年（一〇四二）中進士，歷任地方官，並遭到過貶謫，神宗朝曾兩次做到宰相。他是北宋政壇最激進的政治家，為文主張「務為有補於世」，風格簡潔凝練、剛健峭拔。著有王臨川集等。

讀孟嘗君傳

此文為史記・孟嘗君列傳的讀後感，也是歷來傳誦的翻案名篇，駁斥「孟嘗君能得士」的傳統觀點，提出「雞鳴狗盜之徒」不配「士」之稱號，從而反映出作者的氣魄和胸襟。後人評價此文「尺幅千里」，「語語轉，筆筆緊，千秋絕調」。

世皆稱孟嘗君能得士①，士以故歸之，而卒賴其力以脫於虎豹之秦②。

【注釋】

①世皆稱孟嘗君能得士：據史記·孟嘗君列傳載，孟嘗君禮賢下士，無論貴賤，都給予優厚的待遇，有食客千人。孟嘗君，即戰國時的齊國貴族田文。

②卒：終於。脫：逃脫。虎豹之秦：不少封建史學家認為秦殘暴，常稱為「暴秦」。

【譯文】

世人都稱道孟嘗君能搜羅有真才實學的人，人才也因此投奔在他的門下，而他也終因他們出力相助，得以從虎豹一樣兇殘的秦國逃脫出來。

嗟乎！孟嘗君特雞鳴狗盜之雄耳①，豈足以言得士？不然，擅齊之強，得一士焉，宜可以南面而制秦②，尚何取雞鳴狗盜之力哉？雞鳴狗盜之出其門，此士之所以不至也。

【注釋】

①特：僅僅，只是。

②南面：面向南。古代面向南為尊位，帝王總是南面而坐。

【譯文】

唉！其實孟嘗君只不過是那些雞鳴狗盜之徒的頭目罷了，哪裏稱得上能搜羅有真才實學的人呢？如果他不是這樣，憑藉齊國的強大，即使得到一個真正的人才，就應該可以制服秦國而南面稱王，哪還用依靠雞鳴狗盜之徒的力量呢？雞鳴狗盜之徒在他的門下出現，這正是真正的人才不去投奔他的原因啊。

同學一首別子固

本文是慶曆年間，作者在讀了友人曾鞏寫給他的懷友一文後所作。通過敍述孫侔和曾鞏言行的一致和志趣的相似，表現朋友之間的志同道合，情深意篤及互相慰勉。全文運用陪襯法，處處以孫侔陪說曾鞏，交互映發、參差錯落，「淡而彌遠，自令人回味」（吳楚材、吳調侯）。

江之南有賢人焉①，字子固②，非今所謂賢人者，予慕而友之。淮之南有賢人焉③，字正之④，非今所謂賢人者，予慕而友之。二賢人者，足未嘗相過也，口未嘗相語也，辭幣未嘗相接也⑤，其師若友，豈盡同哉？予考其言行，其不相似者何其少也！曰：學聖人而已矣。學聖人，則其師若友必學聖人者。聖人之言行，豈有二哉？其相似也適然。

【注釋】

①江：指長江。
②子固：曾鞏字子固。
③淮：淮河。
④正之：孫侔（móu）字正之。曾客居江、淮之間，立誓不仕。
⑤辭幣：書信和禮物。

【譯文】

長江之南有一位賢人，字子固，他不是當今世俗所說的那種賢人，我仰慕他並和他成了朋友。淮河之南有一位賢人，字正之，他也不是當今世俗所說的那種賢人，我也仰慕他並和他成了朋友。這兩位賢人，足不曾相互往來，口不曾相互交談，也沒有相互交換過書信和禮物，他們的老師和朋友，難道都相同嗎？我考察過他們的言行，他們彼此間的不同之處竟是那樣少！我說：這是他們學習聖人的結果罷了。他們學習聖人，那麼他們的老師和朋友必定也是學習聖人的。聖人的言行難道還會有什麼兩樣嗎？所以他們的相似也就是必然的了。

予在淮南，為正之道子固，正之不予疑也①。還江南，為子固道正之，子固亦以為然。予又知所謂賢人者，既相似又相信不疑也。子固作懷友一首遺予，其大略欲相扳以至乎中庸而後已②，正之蓋亦嘗云爾。夫安驅徐行，轥中庸之庭而造於其室③，捨二賢人者而誰哉？予昔非敢自必其有至也，亦願從事於左右焉爾④，輔而進之其可也。

【注釋】

①不予疑：「不疑予」的倒裝。予，我。
②扳（pān）：援引。中庸：是儒家奉行的道德標準。不偏為中，不變為庸，泛指不偏不倚，循規蹈矩。
③轥（lìn）：車輪。這裏用作動詞。
④從事於左右：跟隨於他們去做。

【譯文】

我在淮南，向正之談起子固，正之不懷疑我的話。回到江南，向子固說起正之，子固也很認為我的話對。於是我又發現這些被人們視為賢人的人，不僅言行相似，又是互相信任的。子固寫了一篇懷友送給我，文章的大意是說要互相援引，以期最後能達到中庸之道的境界，正之也曾經這樣說過。像駕車緩緩地前行一樣，逐漸走向中庸的門庭，然後升堂入室，達到中庸的最高境界，除了這兩位賢人還有誰呢？我過去不敢說自己必能達到這種中庸的境界，卻也願意跟隨着他們努力去做，在他們的幫助下朝着這個境界前進也是可能的。

噫！官有守①，私有繫②，會合不可以常也。作同學一首別子固，以相警③，且相慰云。

【注釋】

①守：職守，工作崗位。

②繫：牽制。

③警：警策，勉勵。

【譯文】

唉，做官的有自己的職守，個人也有私事牽絆，我們朋友之間不能經常相聚。我寫了這篇同學一首別子固，用它來互相鼓勵，又互相安慰。

遊褒禪山記

作者於仁宗至和元年（一〇五四）離任赴京途經褒禪山遊覽，寫下了這篇通過記遊而說理的名作。全文以登山探洞的親身經歷，具體論述了堅強的意志、充足的體力、外物的輔助三者相配合才能成功的道理；而對古代文獻要深思、慎取。全文以遊蹤為線索，先敘後議，情理互見，節奏鮮明，簡潔穩健。

褒禪山亦謂之華山①。唐浮圖慧褒始舍於其址②，而卒葬之，以故其後名之曰褒禪。今所謂慧空禪院者，褒之廬塚也③。距其院東五里，所謂華山洞者，以其乃華山之陽名之也④。距洞百餘步，有碑僕道⑤，其文漫滅⑥，獨其為文猶可識，曰「花山」。今言「華」如「華實」之「華」者，蓋音謬也。

【注釋】

①褒禪山：在今安徽含山北。

②浮圖：古代印度文字梵語的音譯，有佛、佛塔、佛教徒幾個不同意義，這裏指佛教徒，即和尚。慧褒：唐朝著名僧人。

③廬：廬舍，禪房。塚：墳墓。

④華山之陽：華山的南面。陽，古代山的南面、水的北面稱為「陽」。
⑤僕道：倒在路上。
⑥文：指碑文。漫滅：指碑文剝蝕嚴重，模糊不清。

【譯文】

褒禪山也叫華山。唐朝和尚慧褒開始在這裏築室定居，死後又埋葬在這裏，因為這個原因，在慧褒以後這座山就被稱為褒禪山。現在所說的慧空禪院，就是慧褒和尚的房舍和墳墓的所在地。距離這座禪院東邊五里處，有一個被稱為華山洞的地方，是因為它地處華山的南面而得名。距離洞口一百多步遠的地方，有一塊石碑倒伏在路上，碑文已經模糊不清，只有其中幾個殘存的文字還可以辨認出來，叫做「花山」。現在把「華」字讀為「華實」的「華」，大概是把字音讀錯了。

其下平曠，有泉側出，而記遊者甚眾①，所謂「前洞」也。由山以上五六里，有穴窈然②，入之甚寒，問其深，則其好遊者不能窮也③，謂之「後洞」。予與四人擁火以入④，入之愈深，其進愈難，而其見愈奇。有怠而欲出者⑤，曰：「不出，火且盡。」遂與之俱出。蓋予所至，比好遊者尚不能十一，然視其左右，來而記之者已少。蓋其又深，則其至又加少矣。方是時，予之力尚足以入，火尚足以明也。既其出，則或咎其欲出者⑥，而予亦悔其隨之，而不得極乎遊之樂也⑦。

【注釋】

①記遊者甚衆：題字留念的人很多。
②窈（yǎo）然：幽深的樣子。
③窮：盡。這裏指走到洞的盡頭。
④擁火：打着火把。
⑤怠：懈怠。
⑥咎：怪罪。
⑦極：盡。這裏指盡興、盡情。

【譯文】

山洞下地勢平坦空闊，有一道泉水從側壁流出來，到這裏來遊覽並在洞壁題字留念的人很多，這就是人們所説的「前洞」。沿着山路向上走五六里，有一個山洞幽暗深邃，走進洞去，感到寒氣襲人，要問這個洞有多深，就連那些特別喜愛遊山玩水的人也不能達到它的盡頭，這個洞叫做「後洞」。我和四個同伴舉着火把走進去，越往深處走，前進就越困難，而看到的景致就越發奇妙。同伴中有一位退縮而想回去的説道：「要是不回去，火把就要燒完了。」於是大家都同他一起出來了。估計我們所到達的深度，同那些喜歡遊覽的人相比還不到十分之一，然而環顧洞壁左右，來到這裏並且刻字留念的人已經很少了。大概洞越深，到的人就越少了吧。當我剛從洞裏退出來的時候，我的力氣還足夠繼續前進，火把也還足夠繼續照明。退出洞以後，就有人抱怨那個吵着要退出來的人，我也後悔自己跟着別人退了出來，而沒有能夠盡情享受遊覽的樂趣。

於是予有歎焉。古人之觀於天地、山川、草木、蟲魚、鳥獸，往往有得，以其求思之深而無不在也。夫夷以近①，則遊者眾，險以遠，則至者少。而世之奇偉瑰怪、非常之觀，常在於險遠，而人之所罕至焉，故非有志者不能至也。有志矣，不隨以止也，然力不足者，亦不能至也。有志與力，而又不隨以怠，至於幽暗昏惑而無物以相之②，亦不能至也。然力足以至焉，於人為可譏，而在己為有悔。盡吾志也而不能至者，可以無悔矣，其孰能譏之乎？此予之所得也。

【注釋】

①夷：平坦。

②相（xiàng）：輔助。

【譯文】

因此我很有感慨。古代的人對於觀察天地、山川、草木、蟲魚、鳥獸這樣一些自然現象，往往都有心得體會，這是由於他們思考得很深入而且處處都能如此的緣故。那些平坦而且近便的地方，遊人就多；艱險而偏遠的地方，到達的人就少了。然而世間奇妙、雄偉、壯麗、怪異和不同尋常的景象，常常是在艱險偏遠而且人們極少到達的地方，因此沒有堅強意志的人是不能到達的。有意志，不肯隨着別人中途停止前進，可是如果體力不足，也不能到達。既有意志和體力，又不隨人鬆懈，但是到了幽深昏暗而令人迷惘的地方，如果沒有外物輔助辨路，也還是不能到達。然而如果體力足以到達實際上卻沒有到達，在別人看來是可以譏笑的，在自己也會感到懊悔。如果我自己已經盡了努力而仍然不能到達，那就可以不必懊悔了，誰又會來責怪譏笑我呢？這些就是我的心得。

予於僕碑，又有悲夫古書之不存①，後世之謬其傳而莫能名者，何可勝道也哉②！此所以學者不可以不深思而慎取之也。

【注釋】

①悲：悲歎。

②勝（shēng）：盡。

【譯文】

我對於那塊倒伏在路上的石碑，又感歎可惜古代書籍文獻的散失，後代的人以訛傳訛而無法弄清許多事物的真實情況，這樣的例子怎麼能説得盡呢！這就是讀書求學的人對於學問不能不深入思考而謹慎選擇的原因啊。

四人者：廬陵蕭君圭君玉①，長樂王回深父②，予弟安國平父、安上純父③。

【注釋】

①廬陵：今江西吉安。蕭君圭：人名。事跡不詳。

②長樂：今福建長樂。王回：字深父。北宋學者。

③安國平父：即王安國，字平父。安上純父：即王安上，字純父。二人都是王安石的弟弟。

【譯文】

同我一道遊覽的四個人是：廬陵的蕭君圭蕭君玉，長樂縣的王回王深父，我的弟弟王安國王平父和王安上王純父。

泰州海陵縣主簿許君墓誌銘

本文是作者在嘉祐年間為已故泰州海陵縣主簿許平所撰的墓誌銘。與傳統墓誌銘以敍事為主的寫法不同，本文以議論代敍事，慨歎許平一生失意、大材小用的遭遇，感慨科舉制度對人才的埋沒，指出君子應貴於自守。全文感情深沉，引人深思。

君諱平①，字秉之，姓許氏。余嘗譜其世家，所謂今泰州海陵縣主簿者也②。君既與兄元相友愛稱天下③，而自少卓犖不羈④，善辯說，與其兄俱以智略為當世大人所器⑤。寶元時⑥，朝廷開方略之選⑦，以招天下異能之士，而陝西大帥范文正公、鄭文肅公爭以君所為書以薦⑧，於是得召試，為太廟齋郎⑨，已而選泰州海陵縣主簿。

【注釋】

①諱：避諱。古人尊敬死者，不直接稱呼名字，而在名字前加「諱」字。
②海陵縣：泰州治所，即今江蘇泰州。縣主簿：相當於縣令助理，掌管文書簿籍。
③元：許元，字子春。許平的哥哥。
④卓犖（luò）：卓越，突出。不羈：不受拘束。
⑤大人：指有地位、有聲望的人。器：器重。
⑥寶元：宋仁宗的年號。
⑦方略之選：即宋仁宗時臨時設立的洞識韜略運籌決勝科，選拔具有治國用兵等特殊才能的人才。

⑧范文正公：即范仲淹，北宋著名政治家。曾任宰相及陝西路安撫使，死後謚文正。鄭文肅公：即鄭戩（jiǎn），曾任陝西四路都總管兼經略、招討使，死後謚文肅。

⑨太廟齋郎：掌管皇家宗廟祭祀事務的官員。

【譯文】

這位墓主名平，字秉之，姓許。我曾經為他的家祖世系編撰過家譜，他就是家譜上所記載的當今泰州海陵縣主簿。許君既和他的哥哥許元以互相友愛而被天下的人所稱讚，而他本人又從小就卓絕出眾，不受世俗約束，擅長辨析論説，和他的哥哥都因為有智謀才略而受到當代大人物的器重。寶元年間，朝廷開設制舉方略科，以此來招納國內有特殊才能的讀書人，陝西大帥范文正公仲淹和鄭文肅公戩爭相將許君的文章推薦給朝廷，於是許君得到徵召進京應考，被授予太廟齋郎的官職，不久又被選任為泰州海陵縣主簿。

貴人多薦君有大才①，可試以事，不宜棄之州縣。君亦嘗慨然自許②，欲有所為。然終不得一用其智能以卒。噫！其可哀也已。

【注釋】

①貴人：指達官要人。

②自許：稱許自己，即自負又自信。

【譯文】

達官貴人大多推薦説許君有大才，可以任用他幹大事，不應該把他棄置埋沒在州縣小官任上。許君也常常情緒激昂地以才能自信、自負，想要有所作為。可是他最終沒能得到施展自己的智慧才能的機會就去世了。唉，這真是太可悲了！

士固有離世異俗①，獨行其意，罵譏、笑侮、困辱而不悔，彼皆無衆人之求而有所待於後世者也。其齟齬固宜②，若夫智謀功名之士，窺時俯仰以赴勢利之會而輒不遇者③，乃亦不可勝數。辯足以移萬物④，而窮於用說之時⑤；謀足以奪三軍⑥，而辱於右武之國⑦。此又何說哉？嗟乎！彼有所待而不悔者，其知之矣。

【注釋】

①固：本來。離世異俗：即超凡脱俗。

②齟齬（jǔ yǔ）：上下齒不相合。這裏指不合時宜。

③窺時俯仰：看準時機，隨機應變。輒：總是。

④辯：論辯。移：改變。

⑤窮：困頓。說（shuì）：遊說，勸說別人聽從自己的意見。

⑥三軍：古代軍隊分為左、中、右三軍。這裏指軍隊。

⑦右武之國：崇尚武力的國家。

【譯文】

讀書人中本來就有超越於世俗之外，獨自按自己的意志行事，受到責罵、諷刺、嘲笑、輕侮和困窘羞辱，卻毫不後悔，全沒有一般人對現世功名利祿的欲望和要求，卻期待能流芳百世的人。這種人因為與世俗相抵觸而不得志本來就是必然的，至於那些富有智慧謀略而熱心功名的讀書人，窺測時機，隨機應變，奔走追尋得到權勢利祿的機會，然而卻總是得不到機遇的，竟然也多得數不過來。辯才足以改變萬物，卻在用得着遊説之才的時代遭受困厄；智謀足以鎮服三軍，卻辱沒於崇尚武功的國度。這種現象又怎麼解釋呢？唉！那些對於後世有所期待而對於現世的遭遇不後悔的人，大概是了悟其中的道理吧。

君年五十九，以嘉祐某年某月某甲子葬真州之楊子縣甘露鄉某所之原①。夫人李氏。子男瓌，不仕；璋，真州司戶參軍②；琦，太廟齋郎；琳，進士。女子五人，已嫁二人，進士周奉先、泰州泰興令陶舜元③。

【注釋】

①嘉祐：宋仁宗年號。楊子縣：真州治所，在今江蘇儀徵。原：墓地。
②司戶參軍：州佐吏，掌民戶。
③泰興：今江蘇泰興。

【譯文】

許君享年五十九歲，於仁宗嘉祐某年某月某日，安葬在真州楊子縣甘露鄉某處的墓地。夫人姓李。兒子許瓌，沒有做官；許璋，任真州司戶參軍；許琦，任太廟齋郎；許琳，是進士。女兒共五人，已出嫁二人，女婿是進士周奉先和泰州泰興縣令陶舜元。

銘曰：有拔而起之，莫擠而止之。嗚呼許君！而已於斯，誰或使之？

【譯文】

銘文說：既然有人提拔並起用他，沒有人排擠並阻止他。唉！許君啊！終止在這麼小的官職上，是誰使他這樣的呢？

卷十二

宋濂

宋濂（一三一〇——一三八一），字景濂，號潛溪，浦江（今屬浙江）人。明朝建立後，他接受朱元璋的邀請主持元史的修撰，官至翰林學士承旨知制誥，被朱元璋稱為「開國文臣之首」。他是明初著名的文學家，著有宋學士文集。

送天台陳庭學序

本文是一篇贈序。開篇先敍川蜀山水之奇，突出遊歷川蜀之難，引出庭學之能遊；繼而敍述自己之不能遊，與前作反襯，結尾更推進一步，強調必須探索「山水之外」的東西。全文主旨鮮明，一氣呵成，是古代贈序中的典範。

西南山水，惟川蜀最奇。然去中州萬里，陸有劍閣棧道之險[①]，水有瞿唐灩澦之虞[②]。跨馬行，則竹間山高者，累旬日不見其巔際。臨上而俯視，絕壑萬仞[③]，杳莫測其所窮，肝膽為之掉栗[④]。水行，則江石悍利，波惡渦詭，舟一失勢尺寸，輒糜碎土沉，下飽魚鱉。其難至如此！故非仕有力者，不可以遊；非材有文者，縱遊無所得；非壯強者，多老死於其地。嗜奇之士恨焉。

【注釋】

①劍閣：今四川劍閣東北大劍山、小劍山之間的棧道，是古代川、陝間的主要通道。棧道：在峭岩陡壁上搭木形成的道路。

②瞿唐：今作「瞿塘」，長江三峽之一，在今重慶奉節東。灩澦：即灩澦堆，瞿塘峽口的險灘。

③仞：古代度量單位。一仞等於八尺。

④掉栗：顫抖。

【譯文】

我國西南部的山水，唯獨四川境內最為奇特。然而，那裏與中原一帶相距萬里之遙，陸上有劍閣、棧道之類的險阻，水上又有瞿塘峽和灩澦堆之類的憂懼。騎着馬行走在大片竹林之間，山勢高峻，接連走幾十天，也看不到山巒的頂峰。站在高處往下俯瞰，陡峭的山谷有幾萬尺深，茫茫渺渺看不到谷底，令人驚恐萬狀，膽戰心驚。從水路走，江中的礁石尖利，波濤險惡，漩渦變化不測，船隻稍稍偏離航道，就被撞成粉末，像泥土般下沉，沉船中的人便飽了江中魚鱉的口腹。通往四川的道路是如此艱難啊！因此，不是做官而又有財力的人，不能前往遊歷；不是飽學之士，即使去遊覽了，也得不到精神上的享受，說不出個所以然；若非身強體壯者，到達之後，大多會老死在那裏。那些喜歡奇山異水的士子，認為這是一件憾事。

天台陳君庭學①，能為詩。由中書左司掾②，屢從大將北征，有勞，擢四川都指揮司照磨③，由水道至成都。成都，川蜀之要地，揚子雲、司馬相如、諸葛武侯之所居④，英雄俊傑戰攻駐守之跡，詩人文士遊眺飲射、賦詠歌呼之所⑤，庭學無不歷覽。既覽必發為詩，以紀其景物時世之變，於是其詩益工。越三年，以例自免歸，會予於京師⑥。其氣愈充，其語愈壯，其志意愈高，蓋得於山水之助者侈矣⑦。

【注釋】

①天台：天台府，在今浙江天台。

②中書左司掾（yuàn）：中書省下所設左司的屬員。明代中書省下設左右司。

③都指揮司：軍事指揮機構，隸屬兵部。照磨：都指揮司下屬官吏，掌管文書宗卷。

④揚子雲：揚雄，字子雲，蜀郡成都（今屬四川）人，西漢文學家。司馬相如：蜀郡成都（今屬四川）人，西漢文學家。諸葛武侯：諸葛亮，三國時蜀漢丞相，封武侯。

⑤射：射覆，酒令的一種。用相連的字句隱物為謎而使人猜測。

⑥京師：首都。明初京師應天，即今江蘇南京。
⑦侈：多。

【譯文】

浙江天台籍人士陳庭學君，擅長作詩。他以中書左司掾的身份，屢次隨大將北征，立有戰功，升任四川都指揮司照磨，從水路到成都。成都，是四川的要地，又是揚雄、司馬相如、諸葛亮等曾經居住過的地方，凡歷代英雄豪傑戰鬥和駐守的遺跡，詩人文士遊覽登臨、飲酒射覆、賦詩吟詠的地方，庭學君都一一遊覽。遊覽之後，就一定會寫詩抒發感受，記錄景物、時世的變遷，因此他的詩歌在入川以後越寫越好。過了三年，庭學君依照慣例辭官歸家，在京城和我相聚。他的精神更加飽滿，語氣更加豪壯，志趣更加高遠，這大概是因為得益於川蜀山水吧。

予甚自愧，方予少時，嘗有志於出遊天下，顧以學未成而不暇。及年壯可出，而四方兵起①，無所投足。逮今聖主興而宇內定②，極海之際，合為一家，而予齒益加耄矣③。欲如庭學之遊，尚可得乎？

【注釋】

①四方兵起：指元朝末年群雄四起。

②逮今聖主興而宇內定：指朱元璋統一天下，建立明朝。聖主，指朱元璋。宇內，天下。
③耄（mào）：年老。禮記·曲禮上：「八十九十曰耄。」

【譯文】

我內心很是慚愧，當我年輕的時候，曾經立志要周遊天下，因學業未成，不得空閑。到了壯年能出遊的時候，四方戰亂，沒有地方可以落腳。及至當今聖明天子興起，天下安定，四海一家，而我卻年老力衰。想要像庭學君那樣去遊歷，還能實現嗎？

然吾聞古之賢士，若顏回、原憲①，皆坐守陋室，蓬蒿沒戶，而志意常充然，有若囊括於天地者，此其故何也？得無有出於山水之外者乎？庭學其試歸而求焉，苟有所得，則以告予，予將不一愧而已也。

【注釋】

①顏回、原憲：都是孔子學生。顏回，居陋巷，安於求學，深得孔子讚揚。原憲，字子思，孔子死後隱居鄉野，安於貧賤。所以後代常常拿顏回、原憲代指安於貧賤，不改操守的讀書人。

【譯文】

然而，我聽說古代的賢士，如孔子的弟子顏回、原憲等，大都常年居住在陋室，由於很少與人往來，以致雜草遮沒了門戶，但他們的志向和意氣卻始終很充沛，好像他們胸中足以包容天地萬物。這是什麼原因呢？難道有超出山水之外的東西嗎？庭學君回去之後，試着從這方面探求一下，如果有什麼收穫，請告訴我，那樣的話，我將不只是慚愧而已。

閱江樓記

這是作者奉朱元璋旨意為閱江樓撰寫的一篇應制文。文章開篇由敍述金陵山川王氣，引出對當今皇上的歌功頌德，同時規勸皇上能居安思危，勵精圖治，勉勵臣下要感恩戴德，忠君報上。

金陵為帝王之州①，自六朝迄於南唐②，類皆偏據一方，無以應山川之王氣。逮我皇帝，定鼎於茲③，始足以當之。由是聲教所暨④，罔間朔南⑤，存神穆清，與天同體，雖一豫一遊⑥，亦可為天下後世法。京城之西北，有獅子山，自盧龍蜿蜒而來⑦，長江如虹貫，蟠繞其下。上以其地雄勝，詔建樓於巔，與民同遊觀之樂，遂錫嘉名為「閱江」云⑧。

【注釋】

①金陵：即今江蘇南京。

②六朝：指三國的吳，東晉，南朝的宋、齊、梁、陳，都建都建康（今江蘇南京）。南唐：五代十國之一，建都金陵（今江蘇南京）。

③定鼎：傳說禹鑄九鼎象徵天下九州之土。古代以鼎為傳國之寶，置於國都，故往往稱建都為「定鼎」。

④暨（jì）：及，到。

⑤罔間朔南：南北無間隔。罔間，無間隔。朔，北方。

⑥豫：出遊。

⑦盧龍：山名。在今江蘇南京西北。

⑧錫：賜。嘉名：美好的名字。云：句尾語氣助詞。

【譯文】

金陵是帝王建都的地方，從六朝到南唐，都是割據偏安於一方的政權，都不能同此地的山川王氣相適應。直到我們大明王朝的皇帝在這裏開國建都，才與山川王氣相當。從此，王朝的聲威教化遍及全國各地，不分南北，皇上修養身心，用清和之風化育天下，與天地融為一體，即使一次遊賞一次娛樂，也足以為天下後世效法。京城的西北方有座獅子山，從盧龍山曲折延伸到這裏，長江像彩虹一樣橫貫，縈繞在山下。皇上因為這一帶江山雄偉壯麗，就下旨在山頂建築高樓，與百姓同享遊玩觀景之樂，並賜給它一個美妙的名字叫「閱江」。

登覽之頃，萬象森列，千載之祕，一旦軒露①。豈非天造地設，以俟大一統之君②，而開千萬世之偉觀者歟？當風日清美，法駕幸臨③，升其崇椒④，憑闌遙矚，必悠然而動遐思。見江漢之朝宗⑤，諸侯之述職，城池之高深，關阨之嚴固⑥，必曰：「此朕櫛風沐雨⑦，戰勝攻取之所致也。」中夏之廣，益思有以保之。見波濤之浩蕩，風帆之上下，番舶接跡而來庭⑧，蠻琛聯肩而入貢⑨，必曰：「此朕德綏威服，覃及內外之所及也⑩。」四陲之遠⑪，益思有以柔之。見兩岸之間、四郊之上，耕人有炙膚皸足之煩⑫，農女有捋桑行饁之勤⑬，必曰：「此朕拔諸水火⑭，而登於衽席者也⑮。」萬方之民，益思有以安之。觸類而思，不一而足。臣知斯樓之建，皇上所以發舒精神，因物興感，無不寓其致治之思，奚止閱夫長江而已哉⑯！

【注釋】

①軒露：明顯地顯露出來。
②俟（sì）：等待。
③法駕：皇帝的車駕。
④崇：高。椒：山巔。
⑤朝宗：原指諸侯朝見天子，這裏借指江河入海。

⑥阸（ài）：險要的地方。
⑦櫛（zhì）風沐雨：風梳髮，雨洗頭，形容奔波勞苦。櫛，梳頭。
⑧番：指外國。
⑨蠻：古代對南方少數民族的泛稱。琛（chēn）：珍寶。
⑩覃（tán）：延長。
⑪陲：邊疆。
⑫皸膚：皮膚被太陽曬傷。皸（jūn）：手足受凍開裂。
⑬捋（luō）桑：採桑。行饁（yè）：給田間耕作的人送飯。
⑭拔諸水火：從水火中解救出來。
⑮衽（rèn）席：牀席。
⑯奚止：何止。

【譯文】

登樓遊覽時，萬千景象，依次呈現在眼前，某些隱藏千年的祕密，也一下子顯露出來了。這難道不是天地神靈早就安排好，專等那統一天下的聖明君主，從而展示千秋萬代的壯觀景象嗎？每當風和日麗，皇帝御駕親臨，登上山頂，倚欄遠眺，一定會悠然心動，觸動深思。看到長江、漢水滾滾東流，奔向大海；看到四方諸侯聚集京城，稟奏政事；看到城池高深，關隘堅固，皇上一定會說：「這大好江山，都是我當初頂風冒雨，歷經艱難，戰勝敵人，攻城略地才獲得的。」因而想到整個華夏大地，幅員廣闊，越要想方設法保全它。皇帝看到長江波濤滾滾，看到無數風帆來來回回，看到番邦的船隻接連不斷來京朝見，外國航船絡繹不絕來京朝見，各國使者攜帶珍寶競相進貢，一定會說：「這是我以恩德感化，以威力懾服，廣泛延及國內外才做到的。」因而想到邊遠四方的民族，是那麼遙遠，越要想方設法用懷柔政策去安撫那裏的人心。看到長江兩岸、四方原野之上，耕田的農夫被烈日炙烤着皮膚，被寒風吹裂了雙足，四季不停地艱苦勞作，看到農家婦女採桑養蠶、下田送飯，辛勤勞作，一定會說：「這些都是我把他們從水火之中拯救出來，又把他們安置在能夠安睡的牀席之上的。」因而想到天下四方百姓，更要想方設法使他們能夠安居樂業。從以上這些方面類推，皇帝在閱江樓上一定還會想到很多很多。臣下我由此體會到這座高樓的興建，皇上是想要借它來調劑精神，通過觀賞景物抒發感想，所見所感無不寄託着皇上治理天下的思想，哪裏僅僅是想通過它來觀賞長江景色呢！

彼臨春、結綺①，非不華矣；齊雲、落星②，非不高矣，不過樂管弦之淫響，藏燕、趙之豔姬③，一旋踵間而感慨係之④，臣不知其為何說也。雖然，長江發源岷山⑤，委蛇七千餘里而入海⑥，白湧碧翻，六朝之時，往往倚之為天塹。今則南北一家，視為安流，無所事乎戰爭矣。然則果誰之力歟？逢掖之士⑦，有登斯樓而閱斯江者，當思聖德如天，蕩蕩難名，與神禹疏鑿之功同一罔極⑧。忠君報上之心，其有不油然而興耶？

【注釋】

①臨春、結綺：南朝陳後主所建的樓閣，隋軍攻入南京時，盡焚於火。
②齊雲：樓閣名。唐代在今江蘇吳縣所建，明太祖攻佔長江，吳王張士誠群妾在此焚死。落星：樓閣名。三國時孫吳建於今江蘇南京東北落星山。
③燕、趙之豔姬：燕、趙，戰國時諸侯國。相傳燕、趙一帶的女子多美貌，故燕、趙豔姬代指美貌的宮女、嬪妃。
④一旋踵間：轉一下身的時間，形容時間過得極快。踵，腳後跟。
⑤岷（mín）山：在今四川北部，是長江和黃河的分水嶺。古人誤認為長江發源於岷山。
⑥委蛇（wēi yí）：形容彎彎曲曲，綿延不絕。
⑦逢掖：古代讀書人穿的一種袖子寬大的衣服。
⑧神禹：指夏禹。疏鑿：疏通水道，開鑿河道。這裏指治水。罔（wǎng）極：無邊。

【譯文】

臨春閣、結綺閣，不能說不華麗；齊雲樓、落星樓，不能說不高大，可它們都不過是演奏淫曲豔調，深藏燕、趙之地美女的場所，結果呢，轉瞬間繁華盡逝，家破國亡，令人心生感慨，對此臣下我真不知該怎樣去評說。雖然這樣，長江發源於岷山，蜿蜒曲折流經七千餘里才匯入大海，白浪滔滔，碧波翻滾，六朝時期，往往倚靠它作為天然屏障，得以偏安一隅。如今天下統一，南北一家，長江被視作一條安靜的河流，再也用不着利用它的天然條件去作戰了。那麼，這究竟是靠了誰的力量呢？那些穿着寬袍大袖的讀書人，有登上這座高樓觀賞長江的，應當想到皇上恩德如天，浩蕩無邊，難以明言，這就如同當初聖明的大禹王鑿山引水、拯救萬民的不朽功績一樣無邊無際。想到這一點，盡忠皇上、報答皇上的心情，能不油然而生嗎？

臣不敏，奉旨撰記。欲上推宵旰圖治之功者①，勒諸貞珉②。他若留連光景之辭，皆略而不陳，懼褻也③。

【注釋】

①宵旰（gàn）：「宵衣旰食」的簡稱。天沒亮就穿衣起牀，晚上很晚才進食，意思是勤於政務。旰，晚。

②珉（mín）：似玉的石頭。

③褻（xiè）：褻瀆。

【譯文】

臣下我生性愚鈍，奉皇帝旨意撰寫這篇閱江樓記。心中想着皇上日夜操勞、勵精圖治的功德，想將它銘刻在精美的石碑上。其他流連風景、讚美江山的話語，都一概不講，因為怕褻瀆了聖明天子建造閱江樓的本意。

劉　基

劉基（一三一一——一三七五），字伯溫，處州青田（今屬浙江）人，元末明初軍事家、政治家、文學家。通曉經史、天文，精於兵法。著有郁離子十卷，覆瓿集二十四卷，寫情集四卷，犁眉公集五卷等，後均收入誠意伯文集。

司馬季主論卜

這是一則寓言。作者認為自然界和社會始終處於變化之中，禍福相依，盛衰交替，如果領導者不能居安思危，見微知著，一切美好的東西，必將迅速腐敗，到那時求神拜佛，求籤問卜，都無濟於事了。

東陵侯既廢①，過司馬季主而卜焉②。

【注釋】

①東陵侯：即邵平。秦時為東陵侯，漢代被廢，在長安城東種瓜。事見史記・蕭相國世家。
②司馬季主：西漢初一個善於占卜的人。

【譯文】

東陵侯在秦亡後被廢黜為平民，他去拜訪司馬季主進行占卜。

季主曰：「君侯何卜也？」東陵侯曰：「久臥者思起，久蟄者思啟①，久懣者思嚏②。吾聞之蓄極則泄，閟極則達③，熱極則風，壅極則通④。一冬一春，靡屈不伸，一起一伏，無往不復。僕竊有疑，願受教焉。」季主曰：「若是，則君侯已喻之矣⑤，又何卜為？」東陵侯曰：「僕未究其奧也，願先生卒教之⑥。」

【注釋】

①蟄（zhé）：動物冬眠。啟：開，引申為出來。
②懣（mèn）：鬱悶。嚏：打噴嚏。
③閟（bì）：閉。

④壅（yōng）：堵塞。

⑤喻：曉諭，明白。

⑥卒：盡，徹底。

【譯文】

司馬季主說：「君侯您占卜什麼呢？」東陵侯說：「一個人久臥在牀，就想要起來；長期地關閉在室內，就想要開啟門窗；氣悶在胸，時間長了就想打噴嚏。我還聽人說，水蓄積過分，就會溢泄；鬱悶到極點，就要通達；熱到極點，就要颳風；壅塞到極點，就會開通。事物冬去春來，沒有只屈不伸的；有起有伏，不會總去不回的。我對此私下裏還有疑惑，願聽聽您的指教。」季主說：「如果是這樣，君侯已經很明白了，何必還來占卜呢？」東陵侯說：「我還沒有透徹地了解其中深奧的道理，希望先生能好好教導我。」

季主乃言曰：「嗚呼！天道何親？惟德之親。鬼神何靈？因人而靈。夫蓍，枯草也①，龜，枯骨也②，物也。人，靈於物者也，何不自聽而聽於物乎？且君侯何不思昔者也③？有昔者必有今日④。是故碎瓦頹垣，昔日之歌樓舞館也；荒榛斷梗，昔日之瓊蕤玉樹也⑤；露蠶風蟬⑥，昔日之鳳笙龍笛也；鬼磷螢火，昔日之金釭華燭也⑦；秋荼春薺⑧，昔日之象白駝峰也⑨；丹楓白荻⑩，昔日之蜀錦齊紈也⑪。

昔日之所無，今日有之不為過，昔日之所有，今日無之不為不足。是故一晝一夜，華開者謝⑫；一秋一春，物故者新。激湍之下，必有深潭；高丘之下，必有浚谷⑬。君侯亦知之矣，何以卜為？」

【注釋】

①夫蓍（shī），枯草也：蓍，一種草，也稱「鋸齒草」。古人拿它的莖來占卜。
②龜，枯骨也：龜，指龜甲。古人用火炙烤龜甲，根據龜甲的裂紋來占卜吉凶。
③昔者：過去。東陵侯秦時曾為官。
④今日：現在。這裏指東陵侯被廢。
⑤瓊蕤（ruí）：美好的花朵。蕤，花朵下垂的樣子。
⑥蠶：有作「蛩（qióng）」，即蟋蟀。
⑦缸：有作「（gāng）」，即燈。
⑧荼（tú）：苦菜。薺（jì）：薺菜。
⑨象白：象的脂肪。
⑩荻（dí）：多年生草本植物，與蘆葦相似，生於路旁和水邊，秋季開白花。
⑪蜀錦：四川出產的錦緞。齊紈（wán）：山東出產的白細絹。這兩地的錦、絹在古代很有名。
⑫華（huā）：花。
⑬浚（jùn）：深。

【譯文】

司馬季主這才說：「唉！天道與誰親近呢？它只親近有德行的人。鬼神本身有什麼靈驗呢？它是靠人事才顯現出靈驗來的。蓍草，只不過是幾莖枯草；龜甲，也只不過是幾塊枯骨，全都是物體而已。人要比物靈慧，為什麼不相信自己，卻去相信物所顯現的徵兆呢？而且，君侯您為什麼不想想過去呢？有過去才有今日。因此，碎瓦斷牆，就是過去的歌樓舞榭；荒樹殘枝，就是過去的鮮花玉樹；風露中蟋蟀和蟬兒的鳴叫聲，就是過去的龍笛鳳簫的音律；鬼磷螢火，就是過去的金燈華燭；那秋日的苦菜，春天的薺菜，就是過去象脂駝峰那樣的美味佳肴；紅楓和白荻，就是過去的蜀錦、齊紈一樣的精美織物。過去沒有的，如今有了，這並不為過；過去有的，如今已消失，那也不是不足。因此，一日一夜間，花開了又謝；一春一秋間，萬物凋零而又復甦。需知湍急的河流下，必有靜靜的深潭；高高的山嶺下，必有深深的峽谷。君侯您已經明白這個道理了，何必再占卜呢？」

賣柑者言

這是一篇著名的寓言性散文，作者借賣柑者之口，酣暢淋漓地揭露元末統治機構的腐敗，文臣武將「金玉其外，敗絮其中」的實質。全文語言犀利，構思新奇。

杭有賣果者①，善藏柑。涉寒暑不潰②，出之燁然③，玉質而金色。剖其中，乾若敗絮。予怪而問之曰：「若所市於人者，將以實籩豆④，奉祭祀，供賓客乎？將衒外以惑愚瞽乎⑤？甚矣哉，為欺也！」

【注釋】

①杭：即今浙江杭州。
②涉寒暑不潰：經過一冬一夏也不腐爛。涉，經過。潰，腐敗。
③燁（yè）然：鮮豔光亮的樣子。
④籩（biān）豆：古代宴會或祭祀時盛食物的容器，竹製的叫「籩」，用來盛果脯，木製的叫「豆」，用來盛魚肉。
⑤衒（xuàn）：炫耀。瞽（gǔ）：盲人。

【譯文】

杭州有個賣水果的，很會貯藏柑子。雖然經過嚴冬酷夏，他的柑子仍然不會腐爛，拿出來還那麼光鮮，質地像玉一般晶瑩潤澤，表皮金光燦燦。可是剖開來一看，中間卻乾枯如同敗絮一般。我很奇怪，就責問他：「你賣給人家的柑子，是打算讓人放在盤中供祭祀、招待賓客用呢？還是只不過炫耀漂亮的外觀去騙傻子、瞎子呢？你這樣騙人也太過分了！」

賣者笑曰：「吾業是有年矣①，吾賴是以食吾軀②。吾售之，人取之，未聞有言，而獨不足子所乎？世之為欺者不寡矣，而獨我也乎？吾子未之思也。今夫佩虎符、坐皋比者③，洸洸乎干城之具也④，果能授孫、吳之略耶⑤？峨大冠、拖長紳者⑥，昂昂乎廟堂之器也⑦，果能建伊、皋之業耶⑧？盜起而不知御，民困而不知救，吏奸而不知禁，法斁而不知理⑨，坐糜廩粟而不知恥⑩。觀其坐高堂，騎大馬，醉醇醴而飫肥鮮者⑪，孰不巍巍乎可畏、赫赫乎可象也⑫？又何往而不金玉其外、敗絮其中也哉？今子是之不察，而以察吾柑！」

【注釋】

①業是：以此為業。有年：有好多年。
②食（sì）：喂食。
③虎符：即兵符，古代調兵的憑證。皋比（pí）：虎皮。這裏指虎皮椅。
④洸洸（guāng）：威武的樣子。干城：捍衛國家。干，盾牌。這裏指捍衛。具：才能。
⑤孫：孫武，春秋時軍事家。著有孫子兵法。吳：吳起，戰國時軍事家。著有吳子。
⑥峨：高聳。長紳：腰上繫的長帶子。
⑦昂昂：氣宇軒昂的樣子。廟堂：指朝廷。
⑧伊：伊尹，商時賢臣。曾輔佐商湯伐滅夏桀。皋：皋陶。相傳舜時賢臣。二人被後世稱作賢臣的代表。

⑨斁（dù）：敗壞。
⑩縻（mí）：通「靡」，耗費。廩粟：公家糧倉裏的糧食。這裏指俸祿。
⑪醇醴（chúnlǐ）：味道醇厚的美酒。飫（yù）：飽食。
⑫赫赫：氣勢煊赫的樣子。象：效法。

【譯文】

賣柑子的笑着説：「我以此為業已經好多年了，靠着它養活自己。我賣它，人們買它，從來沒聽到什麼意見，為什麼偏偏只有您不滿意呢？世上騙人的事多了，難道只有我一個嗎？只不過先生您沒有想過。當今佩戴虎符、高坐在虎皮交椅上的那些威嚴的武將，像是在保衛家國，他們真有孫武、吳起那樣的韜略嗎？那些峨冠博帶的文臣，氣宇軒昂，很像國家的棟樑之材，他們真能像伊尹、皋陶一樣建功立業嗎？盜賊興起時，他們不懂如何抵禦；百姓窮困時，他們不懂怎樣賑濟解救；官吏枉法時，他們不知如何禁止；法紀敗壞時，他們不知怎樣整頓治理，白拿俸祿耗費國庫卻不知羞恥。你看他們，坐高堂，騎駿馬，醉飲美酒，飽食魚肉，哪個不是威風八面令人望而生畏，氣勢顯赫、不可一世？然而他們又何嘗不是徒有金玉外表，腹中滿是敗絮呢？如今您對於這些視而不見，卻來挑剔我的柑子！」

予默默無以應。退而思其言，類東方生滑稽之流①。豈其忿世嫉邪者耶？而託於柑以諷耶？

【注釋】

①東方生：指東方朔，漢武帝近臣。常以詼諧滑稽的言語諷諫皇帝。事見史記·滑稽列傳。滑稽：詼諧善辯。

【譯文】

我默默無言以答，回來後仔細考慮他的話，覺得他很像東方朔一類的滑稽機警的人物。難道他果真是個憤世嫉俗的人，借柑子來諷刺世事嗎？

方孝孺

方孝孺（一三五七——一四〇二），字希直，又字希古，寧海（今屬浙江）人。明初當過漢中府學教授，建文帝即位後召他當侍講學士、文學博士，燕王朱棣（即明成祖）起兵，他為建文帝出謀劃策，草寫詔書反對朱棣。朱棣打進京城（今南京）後，他堅決不肯為朱棣起草登極詔書而被殺。方孝孺沿襲唐宋以來正統的「文以載道」說，所著文章大多是議論政治、歷史、道德的作品，文風豪爽而有氣勢。

深慮論

這是一篇史論。作者論述歷朝君主都想吸取前朝敗亡的教訓，進行改革，結果卻都不免於滅亡，這是因為天道為智力所不及，因此在文中提出盡人事以合乎天心的主張。

慮天下者，常圖其所難，而忽其所易；備其所可畏，而遺其所不疑。然而禍常發於所忽之中，而亂常起於不足疑之事。豈其慮之未周與？蓋慮之所能及者，人事之宜然，而出於智力之所不及者，天道也。

【譯文】

考慮國家大事的人，常常謀求解決那些困難的問題，而忽略那些容易解決的問題；防範那些可怕的事情，而遺漏了那些不被懷疑的事情。然而禍患常常萌芽在那些被忽略的問題中，變亂常產生在不被懷疑的事情上。這難道是他們考慮得不夠周全嗎？這是由於人們能考慮到的，都是人世間本該如此的事情，而超出了人們智力所能達到的範圍的，那就是天道。

當秦之世，而滅諸侯，一天下[1]，而其心以為周之亡在乎諸侯之強耳，變封建而為郡縣[2]。方以為兵革可不復用，天子之位可以世守，而不知漢帝起隴畝之中[3]，而卒亡秦之社稷。漢懲秦之孤立[4]，於是大建庶孽而為諸侯[5]，以為同姓之親可以相繼而無變，而七國萌篡弒之謀[6]。武、宣以後[7]，稍剖析之而分其勢，以為無事矣，而王莽卒移漢祚[8]。光武之懲哀、平[9]，魏之懲漢[10]，晉之懲魏[11]，各懲其所由亡而為之備，而其亡也，皆出於所備之外。唐太宗聞武氏之殺其子孫，求人於疑似之際而除之，而武氏日侍其左右而不悟[12]。宋太祖見五代方鎮之足以制其君，盡釋其兵權⑬，使力弱而易制，而不知子孫卒困於敵國。此其人皆有出人之智、蓋世之才，其於治亂存亡之幾⑭，思之詳而備之審矣⑮。慮切於此而禍興於彼，終至亂亡者何哉？蓋智可以謀人，而不可以謀天。良醫之子多死於病，良巫之子多死於鬼。豈工於活人而拙於活己之子哉？乃工於謀人而拙於謀天也。

【注釋】

①一：統一。
②封建：周朝分封疆土的制度。郡縣：秦始皇統一中國後，廢除了分封制，把全國分為三十六郡，郡下設縣。郡縣長官由中央任免。
③而不知漢帝起隴畝之中：漢高祖劉邦出身卑微，但最後推翻了秦朝。隴畝之中，即田地之間。
④懲：警戒，以過去的失敗作為教訓。
⑤大建庶孽而為諸侯：劉邦即位後，大封子弟為諸侯王。庶孽，妾媵所生的子女。
⑥七國萌篡弒之謀：漢景帝時，以吳王劉濞為首的吳、楚、趙等七個諸侯王起兵叛亂，後被平。弒，古代臣殺君、子殺父稱為「弒」。
⑦武、宣：指漢武帝劉徹和漢宣帝劉詢。為了加強中央集權，他們曾削弱諸侯王的勢力和權力。
⑧王莽：西漢末年外戚，逐漸掌握了皇權，並改國號為「新」。祚：帝位。
⑨光武：光武帝劉秀，東漢開國皇帝。哀、平：西漢末年的兩個皇帝。

⑩魏：指三國時魏國。

⑪晉：指西晉。

⑫武氏：即武則天，名曌（zhào）。高宗皇后，後廢中宗、睿宗，自立為聖神皇帝，改國號為「周」。

⑬「宋太祖」二句：宋太祖建立宋朝後，吸取了五代時期藩鎮勢力膨脹挾制君王的教訓，召集將領宴會，勸他們廣置田地，以享天年。將領們聽了都很害怕，紛紛請辭，交出兵權。史稱「杯酒釋兵權」。

⑭幾：微妙關係。

⑮審：周密。

【譯文】

當初秦始皇消滅諸侯、統一天下時，認為周朝滅亡的原因在於諸侯的強大，於是就把封建制改成了郡縣制。正當他以為從此可以不用再進行戰爭，皇帝的寶座可以世代相傳時，卻不料漢高祖在田野間興起，最終推翻了秦朝的政權。漢朝建立以後，從秦朝孤立無援的失敗中吸取教訓，於是大封子弟為諸侯王，以為他們是同姓王，血親關係可以使統治世代相傳而不致發生變故，不料吳楚七國卻萌發了篡權弒君的陰謀。武帝、宣帝以後，逐漸分割諸侯王的封地，從而分散他們的力量，以為這樣就可以太平無事了，不料外戚王莽最終篡奪了漢朝的天下。東漢光武帝對於西漢哀帝、平帝，曹魏對於東漢，晉朝對於曹魏，都從前代失敗的緣由中吸取教訓，從而制定防範措施，但是他們後來的敗亡卻都出於他們所防範的事情之外。唐太宗聽到將會有姓武的人來殺害他的子孫，就搜捕並殺掉有嫌疑的人，而武則天日日在他身邊侍候，他卻沒有覺察。宋太祖見五代時期地方藩鎮勢力強大足以挾制他們的君主，便在統一天下後全部解除了武將的兵權，削弱他們的力量，以便容易控制，卻沒有料到他的子孫後來反而因此受困於敵國。上述這些帝王都有超人的智慧、蓋世的才能，他們對於太平、動亂、生存、滅亡之微妙關係，考慮得非常詳盡，也防備得很周密了。然而他們仔細謀劃了這一方面，禍患卻從另一方面發生了，結果招致動亂甚至滅亡，這是什麼緣故呢？原來人的智慧只能考慮到人事，卻不能考慮到天意。良醫的子女大多死於疾病，高明巫師的子女大多死於鬼祟。難道他們善於救活別人，卻不善於救自己的子女嗎？實際上，他們在考慮人事上是聰明的，但在考慮天意上卻是笨拙的。

古之聖人，知天下後世之變非智慮之所能周，非法術之所能制，不敢肆其私謀詭計，而唯積至誠、用大德以結乎天心，使天眷其德，若慈母之保赤子而不忍釋。故其子孫雖有至愚不肖者足以亡國，而天卒不忍遽亡之①，此慮之遠者也。夫苟不能自結於天，而欲以區區之智籠絡當世之務，而必後世之無危亡，此理之所必無者也，而豈天道哉！

【注釋】

①遽（jù）：馬上，立即。

【譯文】

古代的聖君，懂得天下後世的變化不是人的才智所能考慮周全的，不是法術所能控制的，因此不敢任意施展他們的智謀，只是積累最大的誠意，運用最高的道德，來迎合天意，使上天眷顧他們的品德，好像慈母撫養嬰兒一樣不忍心撒手不管。所以，他們的子孫中雖然有愚蠢、不成材的，足以使國家覆滅，而上天終於不忍心使它立刻覆滅，這才是考慮問題深遠的人。如果自己不能迎合天意，卻想用一點小小的智謀去控制和駕馭當前事務，還想讓自己的子孫一定不會有危難和覆滅，這在情理上必然是說不通的，又怎會符合天意呢！

豫讓論

豫讓是自古以來公認的忠臣義士，本篇先揚後抑，責備豫讓不能扶危於智氏未亂之先，而徒欲伏劍於智氏既敗之後，見解獨特，令人耳目一新。

士君子立身事主，既名知己①，則當竭盡智謀，忠告善道②，銷患於未形，保治於未然，俾身全而主安③。生為名臣，死為上鬼，垂光百世，照耀簡策④，斯為美也。苟遇知己，不能扶危於未亂之先，而乃捐軀殞命於既敗之後，釣名沽譽，眩世炫俗⑤，由君子觀之，皆所不取也。

【注釋】

①名：用作動詞，稱為。

②忠告善道（dǎo）：誠懇地勸告，善意地引導。出自論語・顏淵「忠告而善道之」。道，先導，引導。

③俾（bǐ）：使。

④簡策：這裏指史書。古代沒有紙筆，把文字刻在竹片上稱為「簡」，把簡連綴起來稱為「冊」。

⑤眩（xuàn）：迷惑。炫：炫耀。

【譯文】

有道德有學問的人樹立自己的功名節操奉事君主，既然稱君主為知己，就應當拿出全部的智慧和謀略，忠誠地勸告，善意地引導，在禍患還沒有顯露的時候就加以消除，在動亂發生前就維持住政治上的清明安定，使自己的生命得以保全，君主平安無事。活着是有名的臣子，死後為上等的鬼魂，美名世世代代流傳下去，光輝照耀史冊，這才是值得讚美的。如果遇到了知己，不能在沒有發生變亂之前拯救危難，卻在已經失敗之後獻出自己的身軀為君主去死，故意騙取好的名聲，迷惑震撼世俗之人，這在君子看來，都是不可取的。

蓋嘗因而論之。豫讓臣事智伯[1]，及趙襄子殺智伯[2]，讓為之報仇，聲名烈烈，雖愚夫愚婦，莫不知其為忠臣義士也。嗚呼！讓之死固忠矣，惜乎處死之道有未忠者存焉。何也？觀其漆身吞炭[3]，謂其友曰：「凡吾所為者極難，將以愧天下後世之為人臣而懷二心者也。」謂非忠可乎？及觀斬衣三躍[4]，襄子責以不死於中行氏而獨死於智伯[5]，讓應曰：「中行氏以眾人待我，我故以眾人報之。智伯以國士待我，我故以國士報之。」即此而論，讓有餘憾矣。段規之事韓康[6]，任章之事魏獻[7]，未聞以國士待之也，而規也、章也，力勸其主從智伯之請，與之地以驕其志，而速其亡也。郄疵之事智伯[8]，亦未嘗以國士待之也，而疵能察韓、魏之情以諫智伯，雖不用其言以至滅亡，而疵之智謀忠告，已無愧於心也。讓既自謂智伯待以國士矣，國士，濟國之士也。當伯請地無厭之日，縱欲荒暴之時，為讓者，正宜陳力就列[9]，諄諄然而告之曰：「諸侯大夫，各安分地，無相侵奪，古之制也。今無故而取地於人，人不與，而吾之忿心必生；與之，則吾之驕心以起。忿必爭，爭必敗，驕必傲，傲必亡。」諄切懇告，諫不從，再諫之；再諫不從，三諫之；三諫不從，移其伏劍之死，死於是日。伯雖頑冥不靈，感其至誠，庶幾復悟[10]，和韓、魏，釋趙圍，保全智宗，守其祭祀。若然，則讓雖死猶生也，豈不勝於斬衣而死乎？讓於此時，曾無一語開悟主心，視伯之危亡猶越人視秦人之肥瘠也⑪。袖手旁觀，坐待成敗，國士之報曾若是乎？智伯既死，而乃不勝血氣之悻悻，甘自附於刺客之流，何足道哉？何足道哉？

【注釋】

①豫讓：春秋末年人。曾為晉國貴族范氏、中行（háng）氏家臣，後投奔智伯。在趙、魏、韓三家貴族滅智氏之後，他屢次刺殺趙襄子未遂，伏劍自殺。智伯：春秋時晉國貴族，曾聯合韓、趙、魏三家吞併瓜分了范氏、中行氏的土地，後與趙襄子因土地發生矛盾，引起戰爭，被趙、魏、韓所滅，並三分其地。

②趙襄子：即趙孟，春秋時晉國貴族。

③漆身吞炭：豫讓為了給智伯報仇，謀刺趙襄子，就漆身改變形貌，吞炭改變聲音。

④斬衣三躍：趙襄子出行的時候，豫讓伏於橋下謀刺，但是被俘獲了。豫讓請求用自己的劍刺擊趙襄子的衣服，趙襄子答應了，把衣服給了他。豫讓舉着衣服，持劍三躍，呼天擊之。做完這一切，豫讓自殺了。

⑤中行氏：複姓中行。春秋時晉國大夫荀林父因掌中行軍，後遂以官為姓。豫讓曾經做過中行氏的家臣。

⑥段規：韓康子的謀臣。韓康：韓康子，春秋時晉國貴族。智伯曾向韓康子索要土地，韓康子打算拒絕。段規勸韓康子答應，以使智伯越來越驕橫，從而自取滅亡。韓康子聽從了段規的建議。

⑦任章：魏獻子的謀臣。魏獻：魏獻子，春秋時晉國貴族。智伯曾向魏獻子索要土地，任章勸魏獻子答應，以使智伯越來越驕橫，從而自取滅亡。魏獻子聽從了任章的建議。

⑧郄（xī）疵：智伯的家臣。智伯從韓、魏獲得土地後，越發驕橫，又向趙襄子索要土地，遭到拒絕。智伯逼迫韓、魏出兵，跟自己的軍隊一起攻打趙城晉陽。郄疵察覺到這樣做可能會逼迫韓、魏反叛，勸告智伯，但智伯不聽。後韓、魏、趙果然聯手打敗了智伯，並三分其地。

⑨列：本職，職位。

⑩庶幾：也許可能。

⑪視伯之危亡猶越人視秦人之肥瘠也：比喻豫讓看着智伯的危亡無動於衷。因為越國離秦國很遠，無關痛癢，所以這樣説。

【譯文】

我曾依據這個原則評論過豫讓。豫讓做智伯的家臣，等到趙襄子殺了智伯，豫讓為智伯報仇，聲名顯赫，轟轟烈烈，即使是那些愚昧無知的平民百姓，也沒有一個不知道他是忠臣義士的。唉！豫讓的死固然算得上是忠了，只可惜他在處理死亡的方式上還存在着不忠的表現。為什麼這樣説呢？看他用漆塗滿全身，吞炭弄啞喉嚨，改變了容貌和聲音，並對他的朋友説：「我所做的這一切是極其困難的，我是想用這種行為來使天下後代做人家臣子而懷有二心的人感到羞愧啊。」你能説他不忠嗎？等看到他三次跳起去斬趙襄子衣服，趙襄子責備他不為中行氏而死，卻單單為智伯而死的時候，豫讓回答説：「中行氏像對待一般人那樣對待我，所以我也就像一般人那樣去報答他。智伯像對待國士那樣對待我，所以我也就像國士那樣去報答他。」就拿這一點來説，豫讓還是有不足之處的。段規侍奉韓康子，任章侍奉魏獻子，並沒有聽説君主把他們當作國士來對待，而段規和任章都盡力勸告他們的君主依從智伯的要求，把土地割讓給他，使他的心志更加驕縱，從而加速他的滅亡。郄疵侍奉智伯，智伯也沒有把他當作國士來對待，而郄疵能夠察覺韓、魏兩家的意圖並勸諫智伯，雖然智伯沒有採納他的意見導致滅亡，但是郄疵的智謀和忠告，已經使他自己無愧於心了。豫讓既然自以為智伯已像對待國士那樣對待他了，國士應該是能濟國安邦的人才。當智伯要求別人割讓土地貪得無厭的時候，當智伯放縱私欲、荒廢政務、暴虐無道的時候，作為豫讓，正應該貢獻才力，盡自己的職責，懇切地勸告智伯説：「諸侯和大夫應各自安守自己分封的土地，不要互相侵吞和掠奪，這是自古以來的規定。現在無緣無故地向別人索取土地，如果別人不給，那我忿恨的心情必然滋生；如果別人給了，那麼我驕橫的心情將因此而興起。有忿恨，就必然會爭鬥；有爭鬥，就必然會失敗；一驕橫，就必然會傲慢；一傲慢，就必然會滅亡。」非常耐心地誠誠懇懇地勸諫，如果不依從勸諫，就再次勸諫；再次勸諫還不依從，就第三次勸諫；如果第三次勸諫仍然不依從，那就把伏劍自殺的行動改換到這一天來進行。智伯雖然頑劣昏庸，但被他的這種最大的誠意所感動，或許會重新醒悟過來，同韓、魏兩家和好，解除對趙的包圍，從而保全智氏的宗族，繼續智氏的祭祀。假如能夠這樣，豫讓縱然死去了也和活着一樣，難道不比僅用劍斬趙襄子衣服然後自殺強得多嗎？豫讓在這個時刻，竟沒有一句話來開導和啟發家主的心智，看着智伯的危難和覆滅就像是越人看着秦人的肥瘦一樣。把雙手籠在袖子裏，站在一旁觀看，坐等他的成功或失敗，國士對知己的君主的報答難道竟是這樣的嗎？直到智伯已死，方才忿恨不平，壓抑不住感情的衝動，情願把自己歸入刺客一流人的行列，有什麼值得稱讚的呢？有什麼值得稱讚的呢？

雖然，以國士而論，豫讓固不足以當矣。彼朝為仇敵，暮為君臣，靦然而自得者①，又讓之罪人也。噫！

【注釋】

①靦（tiǎn）然：厚顏無恥的樣子。

【譯文】

即使這樣，用國士來衡量，豫讓自然是夠不上標準的。但那些早晨還是仇敵，到晚上就變成君臣，還厚着臉皮自以為得意的人，他們又是豫讓的罪人了。唉！

王鏊

王鏊（一四五〇——一五二四），字濟之，吳縣（今江蘇蘇州）人。成化進士，授編修，弘治年間曾任侍講學士，明武宗即位後任文淵閣大學士。曾力主制裁宦官劉瑾，但劉瑾不但未被制裁，還控制了朝政，於是他只好辭官回鄉。劉瑾被殺後，朝廷雖幾次徵召他為官，他都沒有接受。有姑蘇志、震澤編等傳世。

親政篇

本篇是作者於明世宗嘉靖初所上的一篇奏章。作者希望明世宗在即位之初，能夠仿效古今聖賢，親自處理政事，並與大臣商議，溝通上下意見，革除自英宗以來皇帝不親自過問政事的弊病。

易之泰曰[①]：「上下交而其志同。」其否曰：「上下不交而天下無邦。」蓋上之情達於下，下之情達於上，上下一體，所以為「泰」。下之情壅閼而不得上聞②，上下間隔，雖有國而無國矣，所以為「否」也。交則泰，不交則否，自古皆然。而不交之弊，未有如近世之甚者。君臣相見，止於視朝數刻，上下之間，章奏批答相關接、刑名法度相維持而已③，非獨沿襲故事④，亦其地勢使然。何也？國家常朝於奉天門⑤，未嘗一日廢，可謂勤矣。然堂陛懸絕，威儀赫奕⑥，御史糾儀⑦，鴻臚舉不如法⑧，通政司引奏⑨，上特視之，謝恩見辭，惴惴而退⑩。上何嘗治一事，下何嘗進一言哉？此無他，地勢懸絕，所謂堂上遠於萬里，雖欲言無由言也。

【注釋】

①易：即周易，古代卜卦之書。泰：周易卦名。象徵通泰。下文，否（pǐ）亦為卦名，與泰卦相反。

②閼（è）：堵塞。

③章奏：即奏章，臣子給皇帝的上書。批答：皇帝審閱群臣奏章後的批覆。刑名：以名分責成行為。古代有刑名之學。

④故事：舊的典章制度。

⑤奉天門：明代殿前中門，即今故宮太和門。

⑥赫奕：顯赫盛大的樣子。

⑦御史：掌糾劾百官的官員。
⑧鴻臚（lú）：明代掌殿廷禮儀的官員。
⑨通政司：明朝所設掌管內外章疏的官署。
⑩惴惴（zhuì）：恐懼的樣子。

【譯文】

周易的泰卦說：「君臣之間的意見互相交流，就會志向一致。」它的否卦說：「君臣之間的意見不能互相交流，國家就會滅亡。」如此看來，上情能夠下達，下情能夠上傳，君臣結為一體才可稱為「泰」。而下情受到阻隔，無法向上傳達，上下間隔，雖有國家，國家卻形同虛設，所以叫「否」了。所以君臣互相交流就會吉利，不交流就會有危機，自古以來都是這樣。然而上下不通的弊病，從來沒有像近世這樣嚴重的。君臣相見，僅是上朝聽政那短短的時間，上下之間的關係，不過以奏章和批覆為聯繫紐帶，依靠法令和制度維持罷了，這不僅是承襲舊例，也是相互地位懸殊造成的。為什麼這樣說呢？朝廷總是在奉天門舉行朝會，沒有一天廢止過，可以說是勤勉了。但那殿堂前台階高聳，典禮儀式威嚴顯赫，有御史督察百官進退，鴻臚卿檢舉失禮者，通政司引領大家入朝上奏，皇帝只是接見一下，而大臣則謝恩，誠惶誠恐地退出殿堂。皇上何曾辦過一件事，臣子又何曾說過一句話？這沒有其他原因，只是因上下地位懸殊所致，這正如人們所常說的：君臣雖同在一殿，卻相隔萬里之遙，大臣即便有意見想向皇上陳述，卻又無從講起。

愚以為欲上下之交，莫若復古內朝之法。蓋周之時有三朝①：庫門之外為正朝，詢謀大臣在焉；路門之外為治朝，日視朝在焉；路門之內曰內朝，亦曰燕朝。玉藻云②：「君日出而視朝，退適路寢聽政③。」蓋視朝而見群臣，所以正上下之分；聽政而適路寢，所以通遠近之情。漢制：大司馬、左右前後將軍、侍中、散騎諸吏為中朝④，丞相以下至六百石為外朝⑤。唐皇城之北，南三門曰承天，元正、冬至受萬國之朝貢，則御焉⑥，蓋古之外朝也。其北曰太極門，其西曰太極殿，朔、望則坐而視朝⑦，蓋古之正朝也。又北曰兩儀殿，常日聽朝而視事，蓋古之內朝也。宋時常朝則文德殿，五日一起居則垂拱殿，正旦、冬至、聖節稱賀則大慶殿⑧，賜宴則紫宸殿或集英殿，試進士則崇政殿。侍從以下，五日一員上殿，謂之輪對，則必入陳時政利害。內殿引見，亦或賜坐，或免穿靴⑨，蓋亦有三朝之遺意焉。蓋天有三垣⑩，天子象之。正朝，象太極也⑪，外朝，象天市也，內朝，象紫微也。自古然矣。

【注釋】

①三朝：即後邊說的正朝、治朝、內朝。「正朝」在庫門外。庫門是天子宮中最外邊的一個門。「治朝」在路門外，「內朝」在路門內。路門是天子宮中最裏邊的一個門。

②玉藻：禮記中的一篇。
③路寢：天子、諸侯處理政務及就寢的正室。
④大司馬：漢代「三公」之一，掌管全國軍事的最高武官。將軍：大司馬下設有大將軍、車騎將軍、前將軍、後將軍等武官。侍中、散騎：皇帝侍從。
⑤六百石：漢代官秩。這裏指俸祿為六百石的官員。
⑥御：登上。
⑦朔：農曆每個月的初一。望：農曆每個月的十五。
⑧聖節：指皇帝、皇后、皇太后等人誕辰的日子，也稱為「萬壽節」。
⑨穿靴：唐代臣屬上朝必須穿朝靴。
⑩三垣：古代分周天恆星為三垣二十八宿。三垣即太微、紫微、天市。
⑪太極：即三垣中的太微。

【譯文】

我個人認為，如果想做到君臣互通聲氣，不如恢復古代內朝的制度。周朝時，天子有三種朝制：在庫門之外所設為「正朝」，天子在那裏向大臣諮詢並商議國事；在路門之外所設為「治朝」，天子在那裏舉行每日的朝會；在路門之內所設為「內朝」，又稱「燕朝」。玉藻說：「君主在日出時就臨朝接見百官，退朝後到路寢去處理事務。」總之，君主臨朝接見大小官吏，以此來正上下的名分；到路寢處理政事，以此來通曉遠近的情況。漢朝的制度：皇帝接見大司馬、左右前後將軍、侍中和散騎等官員，稱「中朝」；接見丞相以下至六百石俸祿的官員，稱「外朝」。唐朝皇城北面朝南的三個門稱「承天門」，每年元旦和冬至，皇帝到這裏接受各國使節的朝見和進貢，這大概就是古代的外朝。它的北面是太極門，它的西面是太極殿，每月初一、十五，皇帝在這裏坐朝理事，接見百官，這大概就是古代的正朝。再往北面是兩儀殿，皇帝平時在這裏坐朝理事，這大概就是古代的內朝。宋朝時，皇帝平時在文德殿聽朝，而臣僚每五天向皇帝的請安則在垂拱殿。每年元旦、冬至和帝、後壽辰的慶典，則在大慶殿舉行，皇帝在紫宸殿或集英殿賜宴，進士考試則在崇政殿舉行。侍從以下的官員，每隔五天就有一位官員上殿朝見，稱為「輪對」，他一定要向皇帝陳述當前政事之得失利弊。在內殿接見大臣，有時也賞賜他們座位，有時免去他們穿朝靴的禮節，這大概還保留着周、漢、唐三朝制度的遺風吧。原來上天有太極、天市、紫微三垣之分，皇帝在模仿上天行事。正朝模擬太極垣，外朝模擬天市垣，內朝模擬紫微垣。自古以來就是如此了。

國朝聖節、正旦、冬至大朝會則奉天殿①，即古之正朝也；常日則奉天門，即古之外朝也；而內朝獨缺。然非缺也，華蓋、謹身、武英等殿，豈非內朝之遺制乎？洪武中如宋濂、劉基②，永樂以來如楊士奇、楊榮等③，日侍左右，大臣蹇義、夏元吉等④，常奏對便殿。於斯時也，豈有壅隔之患哉？今內朝未復，臨御常朝之後，人臣無復進見，三殿高閟⑤，鮮或窺焉，故上下之情，壅而不通，天下之弊，由是而積。孝宗晚年，深有慨於斯，屢召大臣於便殿，講論天下事。方將有為，而民之無祿，不及睹至治之美，天下至今以為恨矣。

【注釋】

①國朝：指本朝，即大明朝。

②洪武：明太祖朱元璋的年號。

③永樂：明成祖朱棣的年號。楊士奇：曾任翰林編纂官，修太祖實錄。永樂初入內閣，經宣宗至英宗朝長期輔政。楊榮：官至文淵閣大學士，歷仕仁宗、宣宗、英宗三朝。

④蹇（jiǎn）義：字義之，官至少師，歷仕五朝，熟悉典章制度。夏元吉：字惟哲，官至戶部尚書，歷仕五朝，主持財政二十七年。

⑤閟（bì）：關閉。

【譯文】

本朝皇帝壽辰、元旦、冬至等大朝會，在奉天殿舉行，這就相當於古代的正朝；而平日在奉天門設朝，這就相當於古代的外朝；然而唯獨缺少內朝。其實內朝並不缺少，在華蓋、謹身、武英等殿舉行的朝會，難道不是古代內朝的遺制嗎？洪武年間，像宋濂、劉基，永樂以來，像楊士奇、楊榮等大臣，每日侍奉在皇帝左右；大臣蹇義、夏元吉等人，常在便殿啟奏政事或回答皇帝的詢問。在那時，難道有上下阻隔的弊病嗎？現在內朝還沒有恢復，皇上駕臨平常的朝會後，大臣就進見無門了，三座殿高大幽深，很少有人能夠看見殿內情況，因而君臣上下思想堵塞，難以溝通，國家的弊病由此越積越多。孝宗皇帝晚年時，對這一問題深有感慨，多次在便殿召見大臣商議政事。正待有所作為時，他便去世了，天下百姓無福看到天下大治的美好光景，臣民至今還引以為憾。

惟陛下遠法聖祖，近法孝宗，盡剗近世壅隔之弊[①]。常朝之外，即文華、武英二殿，仿古內朝之意。大臣三日或五日一次起居，侍從、台諫各一員上殿輪對[②]。諸司有事咨決，上據所見決之，有難決者，與大臣面議之。不時引見群臣，凡謝恩辭見之類，皆得上殿陳奏。虛心而問之，和顏色而道之，如此，人人得以自盡[③]。陛下雖深居九重[④]，而天下之事燦然畢陳於前。外朝所以正上下之分，內朝所以通遠近之情。如此，豈有近時壅隔之弊哉？唐、虞之時，明目達聽，嘉言罔伏[⑤]，野無遺賢，亦不過是而已。

【注釋】

①剗（chǎn）：同「鏟」。
②台諫：台官和諫官。台官，指掌糾劾百官的御史台官員；諫官，指諫議大夫、給事中等。
③自盡：詳盡陳述自己的意見。
④九重：指皇帝居住的地方。
⑤罔：不。

【譯文】

從遠處來說，願陛下效法聖明的祖先，近一點說，要效法孝宗皇帝，全部鏟除近世以來上下阻隔的所有弊病。除平時朝會之外，再到文華、武英二殿設立朝會，以效法古代內朝之制。大臣們每隔三天或者五天進宮請安一次，侍從與台官、諫官各一員輪流上殿奏事或回答皇上的諮詢。各部有事請示裁決，皇上就根據掌握的情況裁決它；有些難以裁決的，就與大臣們當面商量。還應不定期接見群臣，凡是謝恩、告辭、覲見一類的公務，有關官員都可以上殿陳述啟奏。皇上虛心詢問他們，和顏悅色地引導他們，這樣，人人都能夠暢所欲言。皇上雖然深居九重內宮，但天下事情都能鮮明地全部展現在眼前。外朝制度是用來端正君臣上下之分的，內朝制度是用來溝通遠近情況的。如果這樣做的話，難道還會發生近世上下隔絕的弊病嗎？堯和舜時，人們歌頌帝王耳聰目明，好的意見不會埋沒，偏僻的地方也沒有被棄置的人才，也不過像我上面所說的這樣罷了。

王守仁

王守仁（一四七二—一五二八），字伯安，號陽明，餘姚（今屬浙江）人。弘治十二年（一四九九）中進士，後任刑部侍郎、兵部主事，因觸怒宦官被貶到貴州當龍場驛丞，後來宦官被殺，又當了右僉都御史、南京兵部尚書。王守仁是明代最重要的思想家，他關於「心外無物」的哲學和「致良知」的認識論在後世影響很大。他在文字上頗下功夫，語言自然清新，主題明白豁朗。

尊經閣記

本篇從「尊經」二字生發開去，藉此來闡發他的心學思想。作者認為「六經」是永恆的真理，與人的「心」「性」「命」本同，「六經」是心的記錄，故尊經應當首先從自己的內心去認識、體會「六經」的經義。

經[1]，常道也。其在於天謂之命，其賦於人謂之性，其主於身謂之心。心也，性也，命也，一也。

【注釋】

①經：指儒家的六部經典著作，即後文提到的易、書、詩、禮、樂、春秋。

【譯文】

經，是永恆不變的真理。當它存在於天時就叫做「命」，賦與人時就叫做「性」，主宰人身時就叫做「心」。心、性、命三者是同一的。

通人物，達四海，塞天地，亙古今[1]，無有乎弗具，無有乎弗同，無有乎或變者也，是常道也。其應乎感也，則為惻隱，為羞惡，為辭讓，為是非。其見於事也，則為父子之親，為君臣之義，為夫婦之別，為長幼之序，為朋友之信。是惻隱也、羞惡也、辭讓也、是非也，是親也、義也、序也、別也、信也，一也，皆所謂心也、性也、命也。

【注釋】

①亙（gèn）：貫通。

【譯文】

溝通人與萬物，遍及四海，充塞天地，貫穿古今，無所不備，無所不同，沒有絲毫可能變化的，就是那永恆的真理。當它反應於人的情感時，就化為同情之心、羞恥之心、謙讓之心與是非之心。當它反應於倫理道德方面時，就表現為父子間的親近、君臣間的忠義、夫婦間的區別、長幼間的次序以及朋友間的誠信。這同情、羞恥、謙讓、是非之心，這愛敬、忠義、次序、區別、信義之理，說起來是一回事，就是上面所說的心、性、命啊。

通人物，達四海，塞天地，亙古今，無有乎弗具，無有乎弗同，無有乎或變者也，是常道也。以言其陰陽消息之行①，則謂之易；以言其紀綱政事之施，則謂之書；以言其歌詠性情之發，則謂之詩；以言其條理節文之著②，則謂之禮；以言其欣喜和平之生，則謂之樂；以言其誠偽邪正之辨，則謂之春秋。是陰陽消息之行也，以至於誠偽邪正之辨也，一也，皆所謂心也、性也、命也。

【注釋】

①陰陽：指自然界對立的兩種力量。消息：指事物的消歇、生長。

②條理：指禮儀　則。節文：指禮儀制度。

【譯文】

溝通人與萬物，遍及四海，充塞天地，貫穿古今，無所不備，無所不同，沒有絲毫可能變化的，就是那永恆的真理。拿它來講人事與自然陰陽變化、生長消亡的運作，就稱作易；拿它來論述國家法紀政事的舉措，就稱作書；拿它來抒發情感，就稱作詩；用它來講述禮儀制度的規定，就稱作禮；用它來講歡喜與和平心理的產生，就稱作樂；用它來講真誠與詭詐、邪惡與正直的區別，就稱作春秋。這陰陽變化、生長消亡的運作直到真誠詭詐、邪惡正直的區別，說起來也是一回事，就是上面所說的心、性、命啊。

通人物，達四海，塞天地，亙古今，無有乎弗具，無有乎弗同，無有乎或變者也，夫是之謂六經。六經者，非他，吾心之常道也。是故易也者，志吾心之陰陽消息者也；書也者，志吾心之紀綱政事者也；詩也者，志吾心之歌詠性情者也；禮也者，志吾心之條理節文者也；樂也者，志吾心之欣喜和平者也；春秋也者，志吾心之誠偽邪正者也。君子之於六經也，求之吾心之陰陽消息而時行焉，所以尊易也；求之吾心之紀綱政事而時施焉，所以尊書也；求之吾心之歌詠性情而時發焉，所以尊詩也；求之吾心之條理節文而時著焉，所以尊禮也；求之吾心之欣喜和平而時生焉，所以尊樂也；求之吾心之誠偽邪正而時辨焉，所以尊春秋也。

【譯文】

溝通人與萬物，遍及四海，充塞天地，貫穿古今，無所不備，無所不同，沒有絲毫可能變化的，這就叫做「六經」。六經，並非別的東西，乃是我等心中存在的永恆的道理。所以易這部經是記述我們心中的陰陽消長變化的；書是記錄我們心中的法制政事的；詩是記錄我們心中情感歌詠的；禮是記述我們心中的禮儀制度的；樂是記錄我們心中的歡喜與和平的；春秋是記載我們心中的真假和邪正的。君子對於「六經」，能從自己心中的陰陽消長變化研求它的道理，然後按時推行的，這就是尊崇易啊；能從自己心中探求法制政事，而適時實施的，這就是尊崇書啊；能從自己心中去尋求情感歌詠，而適時抒發出來的，這就是尊崇詩啊；能從自己心中探求禮儀制度，並按時宣揚的，這就是尊崇禮啊；能從自己心中探求歡喜平和，並按時促成的，這就是重視樂啊；能從自己心中探求真假邪正，並適時分辨的，這就是尊崇春秋啊。

蓋昔聖人之扶人極、憂後世而述六經也[①]，猶之富家者之父祖，慮其產業庫藏之積，其子孫者或至於遺亡散失，卒困窮而無以自全也，而記籍其家之所有以貽之[②]，使之世守其產業庫藏之積而享用焉，以免於困窮之患。故六經者，吾心之記籍也，而六經之實，則具於吾心，猶之產業庫藏之實積，種種色色，具存於其家，其記籍者，特名狀數目而已[③]。而世之學者，不知求六經之實於吾心，而徒考索於影響之間[④]，牽制於文義之末，硜硜然以為是六經矣[⑤]，是猶富家之子孫不務守視、享用其產業庫藏之實積，日遺亡散失，至為窶人丐夫[⑥]，而猶囂囂然指其記籍曰[⑦]：「斯吾產業庫藏之積也。」何以異於是？

【注釋】

①人極：人世間的道德準則。
②記籍：原指登記用的簿子，這裏用作動詞，登記。
③特：只，不過。
④影響：不真實的，無根據的。這裏指關於「六經」的傳聞、注釋。
⑤硜硜（kēng）然：淺薄固執的樣子。
⑥窶（jù）人：貧窮的人。
⑦囂囂（xiāo）然：自鳴得意的樣子。

【譯文】

古代聖人堅持做人的準則，擔憂後代人，因而著述「六經」，如同富家的父親或者祖父，擔心他的產業和積蓄到了子孫有遺失流散的可能，以至於最後貧困到無法生存，因而將家產全部登記在冊後再傳給他們，讓子孫世世代代守住這些產業和積蓄並享用它們，以避免窮困的憂患。所以「六經」就是我們心中的賬簿，而「六經」的根本實質就存在於我們心中，這就好比資財儲蓄，林林總總，都存儲於家中，而賬簿上登記的不過是它們的名稱、形狀和數目罷了。然而，社會上的一些讀書人，不懂得從自己的心中去探求「六經」的實質，卻只在一些注疏上去考證求索，在文句詞義的細枝末節上糾纏，淺薄而固執地認為這就是「六經」了，這種作為正如那些富家的子孫，不是設法守住和享用他們的產業與庫藏積蓄，而是一天天將它們遺失流散，以至於成為窮人乞丐時，還固執地指着他們的賬簿說：「這些是我們的產業與庫藏積蓄。」上面所說的那些讀書人，跟這種富家子弟的行徑有什麼不同呢？

嗚呼！「六經」之學，其不明於世，非一朝一夕之故矣。尚功利，崇邪說，是謂亂經。習訓詁[1]，傳記誦，沒溺於淺聞小見，以塗天下之耳目，是謂侮經。侈淫詞，競詭辯，飾奸心盜行，逐世壟斷，而猶自以為通經，是謂賊經。若是者，是並其所謂記籍者，而割裂棄毀之矣，寧復知所以為尊經也乎？

【注釋】

①訓詁（gǔ）：對漢字字義的解釋。

【譯文】

唉！「六經」這門學問，不能為世人所理解，已經不是一天兩天的事了。追求功利目的，崇尚異端邪說，這就叫做「亂經」。專注於訓詁考據，講求死記硬背，沉溺於淺薄的認識之中，並以此遮掩天下人的耳目，這就叫做「侮經」。誇飾辭藻，爭相詭辯，掩飾奸邪之思與盜賊之行，排除異己，追逐私利，而且還自以為博通經義，這就叫做「賊經」。像這樣一些人，是連上面所說的賬簿都一起割裂毀棄掉了，難道還會曉得重視「六經」嗎？

越城舊有稽山書院①，在臥龍西岡，荒廢久矣。郡守渭南南君大吉②，既敷政於民，則慨然悼末學之支離，將進之以聖賢之道，於是使山陰令吳君瀛拓書院而一新之③，又為尊經之閣於其後，曰：「經正則庶民興，庶民興斯無邪慝矣④。」閣成，請予一言以諗多士⑤。予既不獲辭，則為記之若是。嗚呼！世之學者得吾說而求諸其心焉，則亦庶乎知所以為尊經也已。

【注釋】

①越城：在今浙江紹興。
②郡守：郡的長官。這裏借指知府。南君大吉：即南大吉，王守仁的門生。時任紹興知府。
③山陰：紹興府的治所。
④慝（tè）：邪惡。
⑤諗（shěn）：規勸。

【譯文】

紹興原有一座稽山書院，坐落在臥龍山的西面山岡上，已經荒廢很長時間了。紹興知府渭南人南大吉，對百姓施行仁政以後，慨歎痛惜那種末流學術的支離破碎，計劃用聖賢之道教化讀書人，於是就讓山陰縣令吳瀛君拓寬書院，使之整修一新，又在書院後面修建了一座尊經閣，說：「『六經』經義一旦正確領會，百姓就會振作起來走上正路，就沒有邪惡之人了。」尊經閣建成後，南君請我寫幾句話，用來勸告那些讀書人。我既然不能推辭，就寫了這樣一篇記文。唉！如果世上的讀書人，明白了我的見解，並能從自己內心去探求它，那麼，也就差不多懂得為什麼要重視「六經」的原因了。

象祠記

本文從貴州苗民為象立祠祭祀談起，認為象之所以被苗民紀念，是因為他在聖人的感化下能棄惡揚善的緣故，由此提出觀點，認為君子必須修德以感化惡人，而惡人也能夠棄惡揚善。

靈博之山①，有象祠焉②。其下諸苗夷之居者，咸神而祠之。宣尉安君③，因諸苗夷之請，新其祠屋，而請記於予。予曰：「毀之乎，其新之也？」曰：「新之。」「新之也何居乎？」曰：「斯祠之肇也④，蓋莫知其原，然吾諸蠻夷之居是者，自吾父、吾祖溯曾、高而上⑤，皆尊奉而禋祀焉⑥，舉而不敢廢也。」予曰：「胡然乎？有鼻之祀⑦，唐之人蓋嘗毀之⑧。象之道，以為子則不孝，以為弟則傲。斥於唐，而猶存於今，壞於有鼻，而猶盛於茲土也，胡然乎？」

【注釋】

①靈博之山：在今貴州黔西境內。

②象：傳說為舜的同父異母弟，與其父瞽叟（gǔ sǒu）多次謀害舜未遂。舜繼位後，不計前嫌，仍封他為有鼻國國君。

③宣尉：即宣尉使。明代少數民族地區設有由當地土人世襲的土司，掌軍民事務。最高的土司武職就是宣尉使。

④肇（zhào）：始。

⑤曾：即曾祖，祖父的父親。高：即高祖，祖父的祖父。

⑥禋（yīn）祀：祭祀。

⑦有鼻：在今湖南道縣北。相傳象封於此地。

⑧唐之人蓋嘗毀之：唐元和中道州刺史薛伯曾毀鼻亭。見柳宗元道州毀鼻亭神記。

【譯文】

靈博山上，有座象祠。山下居住着的眾多苗民，都把象當作神靈來祭祀。宣尉使安君應眾苗民的請求，重修了象祠的房屋，並且請我作一篇文章。我問他：「毀掉它呢，還是重修它呢？」他說：「重修它。」「為什麼要重修它呢？」他回答說：「大概沒有什麼人知道這座祠的來歷了，然而我們各族中居住此地的人，從我父親、祖父一直到曾祖、高祖以上，都尊崇象並祭祀它，祭祀典禮按時舉行，從不敢廢止。」我說：「為什麼這樣呢？有鼻那個地方的象祠，唐朝人就曾拆毀過。象的處世之道，以做兒子的標準來衡量，可以稱之為不孝；以做弟弟的標準來衡量，可以稱之為傲慢無禮。在唐代就已經廢除了對象的祭祀，但今天仍然留存；有鼻那個地方廢除了，此地卻仍然盛行。為什麼會這樣呢？」

我知之矣。君子之愛若人也，推及於其屋之烏①，而況於聖人之弟乎哉？然則祠者為舜，非為象也。意象之死，其在干羽既格之後乎②？不然，古之驁桀者豈少哉③？而象之祠獨延於世。吾於是蓋有以見舜德之至，入人之深，而流澤之遠且久也。

【注釋】

①「君子」兩句：出自尚書・牧誓・大傳：「愛人者，兼及屋上之烏。」比喻愛一個人，也會愛與這個人有關的東西或人。

②干羽：舞具。干，盾。羽，雉尾。相傳舜曾命禹征伐南方的部落有苗，有苗不服，舜於是「舞干羽於兩階」，表示停止戰爭，推行禮樂教化，於是有苗歸順。格：來，引申為歸順。

③驁桀（ào jié）：暴戾，不馴服。

【譯文】

我知道其中的道理了：君子喜歡某個人，會連帶喜歡那個人房屋上停留的烏鴉，何況是對聖人的弟弟呢？如此看來，人們祭祀的是舜，而不是象了。我猜想像死時，大概是在舜用德政使有苗歸順之後吧？不然的話，古代那些桀驁不馴者還少嗎？可是對於象的祭祀卻偏偏世代延續。我通過這個事例更深地體會到舜的高尚道德，已經深入人心，他的恩德廣泛且持久地流傳着。

象之不仁，蓋其始焉耳，又烏知其終之不見化於舜也？書不云乎[①]：「克諧以孝[②]，烝烝乂[③]，不格姦[④]。」「瞽瞍亦允若[⑤]。」則已化而為慈父。象猶不弟[⑥]，不可以為諧。進治於善，則不至於惡。不底於姦，則必入於善。信乎象蓋已化於舜矣。孟子曰：「天子使吏治其國[⑦]。」象不得以有為也。斯蓋舜愛象之深而慮之詳，所以扶持輔導之者之周也。不然，周公之聖，而管、蔡不免焉[⑧]。斯可以見象之見化於舜，故能任賢使能，而安於其位，澤加於其民，既死而人懷之也。諸侯之卿[⑨]，命於天子，蓋周官之制[⑩]，其殆仿於舜之封象歟？

【注釋】

①書不云乎：引文見尚書．堯典。
②克：能夠。
③烝烝：淳厚的樣子。乂（yì）：善。
④格：至。
⑤瞽瞍（gǔ sǒu）：瞎眼無瞳仁。這裏指舜的父親。傳說舜的父親有目但善惡不分，協同象謀害舜。允：信實。若：和順。
⑥弟：通「悌」。弟敬愛兄長稱為「悌」。
⑦天子使吏治其國：引文見孟子．萬章上。

⑧周公之聖，而管、蔡不免焉：據史記・周本紀等記載，周武王死後，其子成王年幼，武王的弟弟周公旦攝政。武王另兩個弟弟管叔、蔡叔夥同商紂王的兒子武庚發動叛亂，被周公鎮壓。等到成王成年後，周公把政權還給了成王。

⑨卿：天子與諸侯的最高臣僚。

⑩周官：即周禮，記載了周代制度，相傳為周公所著。

【譯文】

象的品行不端，大約只是他在初期時的表現，又怎麼能知道他在後期沒有被舜感化呢？尚書上不是這樣說過嗎：「舜能夠用孝使全家和睦、安定，淳厚善良，不至於作奸犯科。」又說：「舜的父親也變得和順了。」這證明舜的父親已經變成慈父了。如果象仍不敬愛哥哥，就不能說是全家和睦了。修養品德，不斷向好的方向前進，就不會走向邪惡；不向壞的方面發展，就必然會進入好的境界。的確是這樣啊，象原來已經被舜感化了。孟子說：「舜派遣官吏去治理象的封國。」這樣象就不能為所欲為。這正是舜對象愛得深切、考慮得全面，而支持輔佐他的方法也很周全啊。否則，像周公那樣的聖人，他的兄弟管叔、蔡叔卻仍免不了犯法被判罪。這就可以看出象受到了舜的感化，所以能夠任用賢能之人，而且安於職守，恩德施加到百姓身上，已經去世了，人們仍然懷念他。諸侯下屬的卿，由天子直接任命，這是周官的制度，或許也是效法舜分封象的舊事！

吾於是蓋有以信人性之善，天下無不可化之人也。然則唐人之毀之也，據象之始也，今之諸苗之奉之也，承象之終也。斯義也，吾將以表於世，使知人之不善雖若象焉，猶可以改，而君子之修德，及其至也，雖若象之不仁，而猶可以化之也。

【譯文】

我從這裏更加有理由相信，人的本性是善良的，天下沒有不能被感化的人。由此看來，唐人毀棄象祠，是根據象的早期表現；今天許多苗民祭祀供奉他，是根據象的後期表現。這個道理，我準備向天下人說明，要讓大家知道，一個人即使有象那樣的惡行，也還可以改正；而君子修養德行，達到盡善盡美的時候，即使遇見象那樣品行不端的人，也還是可以感化轉變他的。

瘞旅文

本文是王守仁所作的著名祭文。作者對吏目主僕三人之死寄託了深切的同情，借他人酒杯澆自己胸中塊壘，字字血淚，讀之令人潸然淚下。瘞（yì）旅：埋葬客死於外鄉的人。瘞，埋。

維正德四年秋月三日①，有吏目云自京來者②，不知其名氏，攜一子一僕，將之任，過龍場③，投宿土苗家。予從籬落間望見之，陰雨昏黑，欲就問訊北來事，不果。明早，遣人覘之④，已行矣。薄午⑤，有人自蜈蚣坡來，云：「一老人死坡下，傍兩人哭之哀。」予曰：「此必吏目死矣，傷哉！」薄暮，復有人來云：「坡下死者二人，傍一人坐哭。」詢其狀，則其子又死矣。明日，復有人來云：「見坡下積屍三焉。」則其僕又死矣。嗚呼傷哉！

【注釋】

①維：古代祭文開頭的發語詞，無實際意義。正德四年：即一五〇九年。正德，明武宗年號。
②吏目：掌管官府文書的低級官吏。
③龍場：在今貴州修文。
④覘（chān）：察看。
⑤薄：迫近。

【譯文】

正德四年七月三日，一位不知姓名的吏目，自稱是從京城來，攜帶着一子一僕，將去赴任，經過龍場，投宿在當地苗人家。我透過院子的籬笆望見他們，本想前去拜訪，打聽北方的情況，那時陰雨連綿，天色愈加昏黑，只好作罷。第二天一早，派人前去探望，他們卻已經上路了。將近中午，有人從蜈蚣坡來，說：「蜈蚣坡下死了一位老人，旁邊有兩人在痛哭。」我說：「這必定是那個吏目死了，可憐啊！」黃昏時分，又有人來，說：「蜈蚣坡下死了兩個人，一個人坐在屍體旁痛哭。」探問情形，知道是那吏目的兒子也死了。隔了一天，又有人從蜈蚣坡來，說：「看到坡下堆積了三具屍體。」那個僕人也死了。唉，真是讓人傷痛啊！

念其暴骨無主①，將二童子持畚、鍤往瘞之②，二童子有難色然。予曰：「噫！吾與爾猶彼也。」二童閔然涕下③，請往。就其傍山麓為三坎，埋之。又以隻雞、飯三盂，嗟籲涕洟而告之曰：

【注釋】

①暴（bào）：暴露。

②畚（běn）：簸箕。鍤（chā）：鐵鍬。

③閔然：憂傷的樣子。

【譯文】

想到他們暴屍荒野，無人收葬，我便叫了兩名童僕，帶上簸箕、鐵鍬，前往蜈蚣坡埋葬他們，兩位童僕露出為難的神色。我說：「唉！我同你們也和他們三人是一樣的。」兩名童僕聽了我的話，都傷心落淚，自動請求前去。於是我們就在屍體旁的山腳下挖了三個土坑，埋葬了他們。又用一隻雞、三碗飯作為祭奠，長歎流淚，禱告說：

嗚呼傷哉！緊何人①？緊何人？吾龍場驛丞餘姚王守仁也②。吾與爾皆中土之產，吾不知爾郡邑，爾烏乎來為茲山之鬼乎？古者重去其鄉，遊宦不逾千里，吾以竄逐而來此③，宜也，爾亦何辜乎？聞爾官吏目耳，俸不能五斗，爾率妻子躬耕可有也，胡為乎以五斗而易爾七尺之軀？又不足，而益以爾子與僕乎？嗚呼傷哉！爾誠戀茲五斗而來，則宜欣然就道，胡為乎吾昨望見爾容，蹙然蓋不勝其憂者④？夫衝冒霜露，扳援崖壁，行萬峰之頂，飢渴勞頓，筋骨疲憊，而又瘴癘侵其外，憂鬱攻其中，其能以無死乎？吾固知爾之必死，然不謂若是其速，又不謂爾子、爾僕亦遽然奄忽也⑤。皆爾自取，謂之何哉！吾念爾三骨之無依而來瘞耳，乃使吾有無窮之愴也。嗚呼傷哉！縱不爾瘞，幽崖之狐成群，陰壑之虺如車輪⑥，亦必能葬爾於腹，不致久暴爾。爾既已無知，然吾何能為心乎？自吾去父母鄉國而來此，三年矣，歷瘴毒而苟能自全，以吾未嘗一日之慼慼也。今悲傷若此，是吾為爾者重，而自為者輕也，吾不宜復為爾悲矣。吾為爾歌，爾聽之。

【注釋】

①繄（yī）：句首語氣詞。

②驛丞：明代所設掌管郵遞迎送的官員。正德二年（一五〇七），王守仁因觸犯宦官劉瑾，被貶為龍場驛丞。

③竄逐：原意為流放，這裏指貶謫。

④蹙（cù）然：憂愁的樣子。

⑤遽（jù）：急速。奄忽：死亡。

⑥虺（huǐ）：毒蛇。

【譯文】

唉！真令人悲傷啊！你是什麼人？你是什麼人啊？在這裏祭奠你的，是龍場的驛丞、餘姚人王守仁。我和你，都是北方中原人。我不知道你的家鄉在哪一州哪一縣，不知道你為什麼來做這荒山蠻野的鬼魂？古人不輕易離開家鄉，即使外出做官，也不會超出千里之地，我是被流放到這裏的，說來是理所應當，你又是因為什麼呢？聽說你不過是個吏目，論俸祿不足五斗米，你帶着妻子兒女，親自耕作，也可有同樣的收入，為什麼拿你七尺之軀去換這區區五斗米的俸祿？這還不夠，又連累你的兒子和僕人陪葬？唉！真是令人悲傷！你如果真是為貪戀那五斗米的俸祿而來，就該歡歡喜喜上任，為什麼那天我望見你滿面愁容，像是憂心忡忡的樣子？想你頂着風霜雨露，攀爬懸崖峭壁，行走於群山之巔，一路飢渴交加，身心疲憊，再加上山間的瘴癘之氣從體外侵襲，憂鬱的情緒在內心煎熬，這還能不死嗎？我原本知道你肯定會死，卻沒想到會如此之快，更沒想到你的兒子、僕人也匆匆而逝。説來這都是你自找的，我又有什麼話可説呢！我哀憐你們三人的屍骨無依無靠，因而前來埋葬，這卻使我產生了無窮無盡的悲哀。唉！傷心啊！即使我不埋葬你，那幽暗的山崖下成群的野狐，陰暗山溝中如車輪般的毒蟲，也會將你吞入腹中，不致讓你長久暴露於荒野。你對這一切自然已經無知無覺，但我又怎能忍心不管呢？自從我離開父母和家鄉到這裏，已經有三年了，經受瘴氣的毒害卻勉強能夠偷生，是因為我從來沒有心情悲傷過。如今我如此悲傷，是為你的緣故多，為自己的緣故少——我不宜再為你悲傷了。讓我為你唱一支歌，請你來聽。

歌曰：連峰際天兮飛鳥不通，遊子懷鄉兮莫知西東。莫知西東兮維天則同，異域殊方兮環海之中[1]。達觀隨寓兮莫必予宮，魂兮魂兮無悲以恫[2]。

【注釋】

①環海之中：指中國。古人認為中國四面環海。

②恫：害怕，恐懼。

【譯文】

歌中唱到：連綿不斷的山峰與天相接，飛鳥難越；遊子想念家鄉啊，不辨西東。不辨西東啊，卻頂着同樣的一片天空；雖說是處在異鄉邊地啊，也都在大海環繞之中。達觀的人四處為家，何必一定要守着家園；遊魂啊遊魂，不要哀傷，不要悲痛！

又歌以慰之曰：與爾皆鄉土之離兮，蠻之人言語不相知兮。性命不可期，吾苟死於茲兮，率爾子僕，來從予兮。吾與爾遨以嬉兮，驂紫彪而乘文螭兮①，登望故鄉而噓唏兮。吾苟獲生歸兮，爾子爾僕尚爾隨兮，無以無侶悲兮！道傍之塚累累兮，多中土之流離兮，相與呼嘯而徘徊兮。餐風飲露，無爾飢兮。朝友麋鹿，暮猿與棲兮。爾安爾居兮，無為厲於茲墟兮②。

【注釋】

①驂（cān）：一車駕三或四匹馬時，兩旁的兩匹馬叫「驂」。紫彪：紫色斑紋的虎。文螭（chī）：有花紋的蛟龍。

②厲：厲鬼。

【譯文】

又作了一首輓歌來安慰說：你我背井離鄉來到這裏啊，聽不懂蠻人的語言。生死難料，或許我也會在此地喪生，那時你就帶着兒子、僕人，前來跟隨我吧。我與你一同遊玩嬉戲啊，駕着紫彪，乘着文螭，登上高岡遙望故鄉，發出長歎。我假如能夠生還啊，你的兒子、僕人還跟隨着你，不要因為失去了友朋而悲傷！道路旁墳墓一個接一個啊，當中掩埋的多是中原地區的流亡者，可以和他們一起唱唱歌，散散步。餐風飲露，不會令你忍飢受渴。白天與麋鹿交朋友，晚間和猿猴一同棲息。希望你安靜地住在你的墓穴裏，千萬不要在這村落裏做野鬼。

唐順之

唐順之（一五〇七——一五六〇），字應德、義德，武進（今屬江蘇）人。主張效法唐宋古文，他是後世稱為「唐宋派」的代表人物。著有荊川先生文集。

信陵君救趙論

本文提出對信陵君竊符救趙一事的見解。作者認為信陵君擅自盜兵符救趙，是目無君主，是為了姻親而非國家利益。論述層層遞進，節節深入，語言犀利，很有氣勢。

論者以竊符為信陵君之罪①，余以為此未足以罪信陵也。夫強秦之暴亟矣②，今悉兵以臨趙，趙必亡。趙，魏之障也。趙亡，則魏且為之後。趙、魏，又楚、燕、齊諸國之障也，趙、魏亡，則楚、燕、齊諸國為之後。天下之勢，未有岌岌於此者也③。故救趙者，亦以救魏；救一國者，亦以救六國也。竊魏之符以紓魏之患④，借一國之師以分六國之災，夫奚不可者？

【注釋】

①符：兵符，是調動軍隊的憑證。信陵君：即魏公子無忌，戰國時魏安釐（xī）王之弟，當時任魏相，其姐為趙相平原君夫人。公元前二五九年，秦攻趙，趙求救於魏。魏王派晉鄙救趙，但又懼怕秦國，按兵不動。信陵君聽從侯生之計，通過魏王寵妾如姬竊得兵符，殺晉鄙，與趙國合兵擊敗秦國。

②亟（jí）：急。

③岌岌（jí）：非常危險的樣子。

④紓：解除。

【譯文】

評論的人把竊取兵符看作信陵君的罪過，我認為這並不足以怪罪信陵君。那時強大的秦國的暴虐已經到了極點，現在用全部兵力進攻趙國，趙國一定會滅亡。趙國是魏國的屏障。趙國滅亡了，那麼魏國就會隨後滅亡。趙國和魏國又是楚、燕、齊各國的屏障，趙國和魏國滅亡了，那麼楚、燕、齊各國也會隨後滅亡。天下的形勢，沒有比這更危險的了。因此挽救趙國，也就是挽救魏國；挽救一國，也就是挽救六國呀。盜竊魏國的兵符來解除魏國的禍患，借用一國的軍隊來分擔六國的災難，這有什麼不可以的呢？

然則信陵果無罪乎？曰：又不然也。余所誅者，信陵君之心也。

【譯文】

既然這樣，那麼信陵君果真沒有罪過嗎？我說：又不是這樣的。我所要譴責的，是信陵君的本心。

信陵一公子耳，魏固有王也。趙不請救於王，而諄諄焉請救於信陵，是趙知有信陵，不知有王也。平原君以婚姻激信陵①，而信陵亦自以婚姻之故，欲急救趙，是信陵知有婚姻，不知有王也。其竊符也，非為魏也，非為六國也，為趙焉耳；非為趙也，為一平原君耳。使禍不在趙，而在他國，則雖撤魏之障、撤六國之障，信陵亦必不救。使趙無平原，或平原而非信陵之姻戚，雖趙亡，信陵亦必不救。則是趙王與社稷之輕重，不能當一平原公子，而魏之兵甲所恃以固其社稷者，只以供信陵君一姻戚之用。幸而戰勝，可也；不幸戰不勝，為虜於秦，是傾魏國數百年社稷以殉姻戚，吾不知信陵何以謝魏王也？

【注釋】

①平原君：即趙勝，趙惠文王之弟。其妻為信陵君的姐姐。

【譯文】

信陵君只不過是一個公子罷了，而魏國本來有國君。趙國不向魏王請求救援，卻懇切地向信陵君請求救援，這是趙國只知道有信陵君，而不知道有魏王。平原君利用婚姻關係去刺激信陵君，而信陵君自己也因為姻親的緣故，想趕緊救援趙國，這是信陵君只知道有姻親，不知道有魏王。他竊取兵符，不是為了魏國，不是為了六國，只是為了趙國而已；也不是為了趙國，而是為了一個平原君罷了。假如禍患不在趙國，而在其他國家，那麼即便是撤除了魏國的屏障，撤除了六國的屏障，信陵君也必定不會去救援。假如趙國沒有平原君，或者平原君不是信陵君的姻親，那麼即使趙國滅亡了，信陵君也必定不會去救援。那麼這就是趙王與國家的重要性，還抵不上平原君一個公子，而魏國所倚仗的保衛國家的軍隊和裝備，也只是供信陵君的一個姻親使用。幸虧戰勝了，還好；如果不幸戰敗，被秦國俘虜，這就是傾覆魏國幾百年的江山為個人的姻親殉葬，我真不知道信陵君該用什麼向魏王謝罪。

夫竊符之計，蓋出於侯生①，而如姬成之也②。侯生教公子以竊符，如姬為公子竊符於王之臥內，是二人亦知有信陵，不知有王也。余以為信陵之自為計，曷若以唇齒之勢激諫於王，不聽，則以其欲死秦師者而死於魏王之前，王必悟矣。侯生為信陵計，曷若見魏王而說之救趙，不聽，則以其欲死信陵君者而死於魏王之前，王亦必悟矣。如姬有意於報信陵，曷若乘王之隙而日夜勸之救，不聽，則以其欲為公子死者而死於魏王之前，王亦必悟矣。如此，則信陵君不負魏，亦不負趙，二人不負王，亦不負信陵君。何為計不出此？信陵知有婚姻之趙，不知有王。內則幸姬，外則鄰國，賤則夷門野人③，又皆知有公子，不知有王。則是魏僅有一孤王耳。

【注釋】

①侯生：即侯嬴，信陵君門客。

②如姬：魏王的寵妾。其父為人所殺，後信陵君為她殺仇人，替她報了父仇。信陵君竊符是在如姬幫助下完成的。

③夷門：魏國都城大梁的東門。侯生原為夷門的看守。

【譯文】

竊符救趙的計策，大概是侯生提出，而由如姬完成的。侯生用竊取兵符的計策教信陵君，如姬為了信陵君從魏王臥室內竊取兵符，這就是他們二人也只知道有信陵君，卻不知道有魏王。我認為信陵君為自己打算，不如用唇亡齒寒的情勢激切地向魏王進諫，如果魏王不聽，就用他準備與秦軍拚命而死的決心，死在魏王面前，魏王一定會醒悟的。侯生為信陵君打算，不如面見魏王勸説他救援趙國，如果魏王不聽，就用他準備為信陵君而死的決心死在魏王面前，魏王也必定會醒悟的。如姬有心想報答信陵君的大恩，不如趁魏王空暇日夜勸説他救援趙國，如果魏王不聽，就用她準備為信陵君而死的決心死在魏王面前，魏王也必定會醒悟的。這樣，信陵君就不會對不起魏國，也不會對不起趙國，侯生和如姬二人就不會對不起魏王，也不會對不起信陵君。為什麼不使用這種計策呢？因為信陵君只知道有婚姻關係的趙國，不知道有魏王。內部的寵姬，外部的鄰國，地位卑下的夷門看門人，又都是只知道有信陵君，卻不知道有魏王。那麼這樣魏國只有一個孤立的國君罷了。

嗚呼！自世之衰，人皆習於背公死黨之行而忘守節奉公之道。有重相而無威君，有私仇而無義憤，如秦人知有穰侯①，不知有秦王；虞卿知有布衣之交②，不知有趙王。蓋君若贅瘤久矣③。由此言之，信陵之罪，固不專係乎符之竊不竊也。其為魏也，為六國也，縱竊符猶可。其為趙也，為一親戚也，縱求符於王，而公然得之，亦罪也。

【注釋】

①穰（ráng）侯：即魏冉，秦昭襄王母宣太后之弟。曾任秦國將軍、相國等職，手握秦國軍政大權。

②虞卿：戰國時遊說之士。趙孝成王時曾任趙相，但他為了幫助朋友脫險，拋棄相印，與朋友一齊逃走。

③贅（zhuì）瘤：多餘的瘤子。

【譯文】

唉！自從世道衰落以來，人們都習慣於背離公道為私黨賣命的行為，而忘掉了堅守節操奉行公事的準則。有權重的宰相卻沒有威嚴的君主，有個人的仇恨卻沒有正義的公憤。就像秦國人只知道有穰侯，而不知道有秦王；虞卿只知道有平民百姓的朋友，而不知道有趙王。大概君主就像多餘的瘤子一樣已經很久了。由此說來，信陵君的罪過，確實不完全在於竊取不竊取兵符。如果他是為了魏國，為了六國，縱然竊取了兵符也是可以的；而如果他只是為了趙國，為了一個姻親，縱然是向魏王求取兵符，並且正當地得到了它，也是有罪的。

雖然，魏王亦不得為無罪也。兵符藏於臥內，信陵亦安得竊之①？信陵不忌魏王，而徑請之如姬，其素窺魏王之疏也；如姬不忌魏王，而敢於竊符，其素恃魏王之寵也。木朽而蛀生之矣。古者人君持權於上，而內外莫敢不肅。則信陵安得樹私交於趙？趙安得私請救於信陵？如姬安得銜信陵之恩？信陵安得賣恩於如姬？履霜之漸②，豈一朝一夕也哉！由此言之，不特眾人不知有王，王亦自為贅瘤也。

【注釋】

①安得：哪裏能。

②履霜之漸：周易．漸曰：「履霜堅冰至。」意思是踩到霜，就知道嚴冬要來了。

【譯文】

雖然如此，魏王也不能說是沒有罪責的。兵符藏在他的臥室之內，信陵君又怎麼能竊取呢？信陵君不顧忌魏王，而直接向如姬請求，是因為他一向就窺察到了魏王的疏忽；如姬不顧忌魏王，而敢於竊取兵符，是因為她一向倚仗魏王對自己的寵愛。木頭朽爛了就會有蛀蟲孳生啊。古時候君主在上面掌握大權，朝廷內外沒有人敢不恭敬。信陵君怎麼能在趙國建立起私人的交情？趙國怎麼能私下向信陵君請求救援？如姬怎麼能對信陵君感恩戴德？信陵君怎麼能利用自己對如姬有恩而要求她來幫助？腳踏寒霜就知道嚴冬的到來，哪裏是一朝一夕啊！由此說來，不僅眾人不知道有魏王，魏王自己也把自己當作多餘的瘤子了。

故信陵君可以為人臣植黨之戒，魏王可以為人君失權之戒。春秋書葬原仲、翬帥師[①]，嗟夫！聖人之為慮深矣！

【注釋】

①葬原仲：原仲，陳國大夫。他死後，舊友季友私自到陳國將他埋葬。孔子認為這是結黨營私的表現。翬（huī）帥師：翬，即羽父，魯國大夫。宋國等伐鄭，也讓魯國出兵，魯隱公不答應，翬執意請求，帶兵而去。孔子認為這是目無君主的行為。

【譯文】

所以信陵君可以作為臣子培植私人黨羽的鑒戒，魏王可以作為君王丟失權力的鑒戒。春秋曾記載了季友私葬原仲和公子翬強迫隱公出師這兩件事，唉！聖人考慮問題是多麼深遠啊！

宗臣

宗臣（一五二五—一五六〇），字子相，興化（今屬江蘇）人，明代文學家。嘉靖年間中進士，當過吏部考功郎，因為寫文章祭悼被迫害致死的楊繼盛而觸怒權臣嚴嵩，被貶到福建任布政使參議，後來因擊退倭寇有功，升任提學副使。著有宗子相集。

報劉一丈書

報劉一丈書重點描摹了奔走權門的無恥之徒的種種醜態，對他們夤緣鑽營、甘言媚詞、逢迎拍馬的細節，刻畫得惟妙惟肖、入木三分，是傳誦一時的名作。

數千里外，得長者時賜一書，以慰長想，即亦甚幸矣；何至更辱饋遺①，則不才益將何以報焉②？書中情意甚殷，即長者之不忘老父，知老父之念長者深也。

【注釋】

①饋遺（kuì wèi）：贈送。

②不才：我。謙辭。

【譯文】

在數千里之外，能時常得到您的來信，來慰藉我深切的思念之情，就已經讓人感到非常榮幸了；又怎麼能讓您破費饋贈禮物，這讓我用什麼來報答您呢？您的來信中情真意切，可見您從不曾忘記我的父親，也可以理解我的父親深深懷念您的緣故了。

至以「上下相孚，才德稱位」語不才[①]，則不才有深感焉。夫才德不稱，固自知之矣。至於不孚之病，則尤不才為甚。

【注釋】

①孚（fú）：信任。

至於信中您用「上下之間要互相信任，才能品德要與職位相稱」的話來勸勉我，那我的確是深有感觸的。我的才能品德與職位不相稱，這我早就知道。至於說到上下之間不能互相信任的毛病，在我身上就表現得更為明顯。

【譯文】

且今之所謂孚者何哉？日夕策馬，候權者之門，門者故不入，則甘言媚詞作婦人狀，袖金以私之。即門者持刺入①，而主人又不即出見，立廄中僕馬之間，惡氣襲衣袖，即飢寒毒熱不可忍，不去也。抵暮，則前所受贈金者出，報客曰：「相公倦，謝客矣，客請明日來。」即明日又不敢不來。夜披衣坐，聞雞鳴即起盥櫛②，走馬推門③，門者怒曰：「為誰？」則曰：「昨日之客來。」則又怒曰：「何客之勤也！豈有相公此時出見客乎？」客心恥之，強忍而與言曰：「亡奈何矣④，姑容我入。」門者又得所贈金，則起而入之，又立向所立廄中。幸主者出，南面召見⑤，則驚走匍匐階下。主者曰：「進！」則再拜，故遲不起，起則上所上壽金。主者故不受，則固請，主者故固不受，則又固請，然後命吏納之，則又再拜，又故遲不起，起則五六揖始出。出揖門者曰：「官人幸顧我⑥，他日來，幸無阻我也！」門者答揖，大喜，奔出。馬上遇所交識，即揚鞭語曰：「適自相公家來，相公厚我！厚我！」且虛言狀。即所交識亦心畏相公厚之矣。相公又稍稍語人曰：「某也賢，某也賢。」聞者亦心計交贊之。此世所謂上下相孚也。長者謂僕能之乎？

【注釋】

①刺：謁見時用的名片。古時是木片，上面刻寫姓名，拜訪時用以投遞進去。明代時，名片改用紅紙書寫，稱「名帖」。
②盥櫛（guàn zhì）：洗臉梳頭。
③走馬：騎馬快跑。走，小跑。
④亡（wú）：無。
⑤南面召見：古代以坐北朝南為尊，南面召見有輕視的意思。
⑥官人：對守門人的敬稱。

【譯文】

再說，現在所說的上下之間互相信任究竟指的是怎麼一回事呢？從早到晚騎着馬恭候在當權者的門前，看門人故意刁難不肯進去稟報時，他就甜言蜜語，做出婦人般的媚態，偷偷拿出藏在袖子裏的金錢送給他。等到看門人拿着名片進去稟報之後，主人卻又不馬上接見，他便只好站在馬棚裏，混在僕人和馬群中，臭氣熏着衣服，即使飢餓寒冷或悶熱令人無法忍受，他也不敢離去。傍晚時，先前那個接受金錢的看門人出來，告訴客人說：「相公累了，謝絕會客，請你明天再來吧。」第二天又不敢不來。當天晚上披衣坐着，一聽到雞叫就趕忙起來梳洗，然後騎馬跑去叫門。看門人厲聲問道：「誰呀？」他便回答說：「是昨天來過的那個客人又來了。」看門人怒氣沖沖地說：「客人怎麼這樣勤快！哪有相公這時候就出來會見客人的？」他內心感到羞辱，卻強忍着對看門人說：「沒辦法呀，您就讓我進去吧。」看門人又得到了他送的金錢，就起身放他進去，他仍舊站在上次站過的馬棚裏。幸虧主人出來了，朝南坐着喚他進去，他便誠惶誠恐地跑過去，趴在台階下。主人說：「進來！」他就拜了又拜，故意遲遲不肯站起，站起後便給主人獻上進見的禮金。主人故意不接受，他就再三請求，主人故意堅持不接受，他就又再三請求，然後主人才叫手下人把禮金收下，他又拜了又拜，又故意遲遲不站起來，站起後連連作揖方才退出。出來後給看門人作揖說：「承蒙官人多多關照，以後我再來，希望您不要攔阻！」看門人還禮，他就欣喜若狂地跑出去。騎着馬遇見熟人，便揚起馬鞭，得意洋洋地說道：「我剛從相公家出來，相公很看重我，很看重我啊！」並且誇張地描述接見他的情景。就連那些熟人，也為相公如此看重他而心懷敬畏。相公偶爾隨意地對人提起：「某人有才幹，某人有才幹。」聽到的人也都心裏盤算着怎樣附和，一齊稱讚他。這就是世上所說的上下之間互相信任了。您老人家說，我能這樣做嗎？

前所謂權門者，自歲時伏臘一刺之外①，即經年不往也。間道經其門，則亦掩耳閉目，躍馬疾走過之，若有所追逐者。斯則僕之褊衷②。以此長不見悅於長

吏，僕則愈益不顧也。每大言曰：「人生有命，吾惟守分而已。」長者聞之，得無厭其為迂乎？

【注釋】

①歲時伏臘：指一年中的年節。歲時，每年一定的季節或時間。伏臘，指夏天的伏日和冬天的臘日。

②褊（biǎn）衷：狹隘的心胸。

【譯文】

前面說到的那個有權勢的人家，我除了逢年過節投張名片之外，就整年不去他家。偶爾經過他的門口，也要捂住耳朵，閉上眼睛，快馬加鞭急跑過去，好像有人在後面追趕似的。這就是我狹隘的心胸。我因此長久以來得不到長官的歡心，但我卻更加不屑一顧。我常口出狂言：「人生在世，自有天命，我只要安分守己就行了。」您老人家聽了這番話，或許不會討厭我的迂腐吧？

歸有光

歸有光（一五〇六——一五七一），字熙甫，又字開甫，別號震川，又號項脊生，崑山（今屬江蘇）人。歸有光以散文創作為主，反對「文必秦漢」的擬古文風，主張取法唐、宋，使當時的文風有所轉變，並對後世產生一定的影響。與王慎中、唐順之、茅坤等稱為「唐宋派」。所作散文樸素簡潔，善於敍事。著有三吳水利錄、馬政志、易圖論、震川文集、震川尺牘震川先生集等。

吳山圖記

吳山圖記是應吳縣離任縣令魏用晦之邀寫的一篇應酬之作。雖說了一些官場應酬之語，但也表達了小民百姓對賢明父母官的期望。

吳、長洲二縣①，在郡治所，分境而治。而郡西諸山，皆在吳縣。其最高者，穹窿、陽山、鄧尉、西脊、銅井。而靈岩，吳之故宮在焉，尚有西子之遺跡②。

若虎丘、劍池及天平、尚方、支硎，皆勝地也。而太湖汪洋三萬六千頃，七十二峰沉浸其間，則海內之奇觀矣。

【注釋】

①吳、長洲：吳縣與長洲縣均為吳郡轄縣，治所同在今江蘇蘇州。

②西子：即西施，春秋時吳王夫差的妃子。

【譯文】

吳縣、長洲兩縣，都在吳郡郡治所在地，兩縣劃界而治。郡的西面有許多山，都在吳縣境內。其中最高的山峰，有穹窿、陽山、鄧尉、西脊、銅井等山。而靈岩山，春秋時吳國的故宮就坐落在那裏，在那裏還可以看到西施的遺跡。像虎丘、劍池以及天平、尚方、支硎等處，都是著名的風景勝地。太湖浩渺無涯，面積達到三萬六千頃，有七十二座山峰在湖中挺立，真可謂是海內奇觀了。

余同年友魏君用晦為吳縣①，未及三年，以高第召入為給事中②。君之為縣有惠愛，百姓扳留之不能得③，而君亦不忍於其民，由是好事者繪吳山圖以為贈。

【注釋】

①同年：科舉制度中同榜考中的人互稱「同年」。

②高第：指考試或官吏考核被列入較高的等第。給事中：明代掌監察六部、侍中規諫之職的官員。

③扳（pān）留：挽留。

【譯文】

我的同年好友魏用晦君擔任吳縣縣令不滿三年，就因政績突出被召入朝中擔任給事中之職。魏君擔任吳縣縣令時推出不少利民的政策，在他離任時，百姓苦苦挽留而未能成功，魏君也捨不得離開當地的百姓，於是有一位熱心人便畫了一幅吳山圖送給他。

夫令之於民誠重矣①。令誠賢也，其地之山川草木亦被其澤而有榮也，令誠不賢也，其地之山川草木亦被其殃而有辱也。君於吳之山川，蓋增重矣。異時吾民將擇勝於岩巒之間，尸祝於浮屠、老子之宮也②，固宜。而君則亦既去矣，何復惓惓於此山哉③？昔蘇子瞻稱韓魏公去黃州四十餘年而思之不忘④，至以為思黃州詩，子瞻為黃人刻之於石。然後知賢者於其所至，不獨使其人之不忍忘而已，亦不能自忘於其人也。

【注釋】

①誠：實在，確實。

②尸祝：「尸」是代表鬼神受享祭的人，「祝」是傳告鬼神言辭的人。這裏引申為祭祀。浮屠：原指佛或佛塔，這裏指佛。老子：春秋時思想家，後世被認作道教始祖。

③惓惓（quán）：猶拳拳，懇切的樣子。

④蘇子瞻：蘇軾，字子瞻，北宋時文學家。韓魏公：韓琦（qí），北宋大臣，封魏國公。黃州：治所在今湖北黃岡。

【譯文】

縣令作為一縣之長，對當地百姓來説確實是非常重要的。如果縣令是個清正賢良之人，那麼當地的山川草木也會因蒙受他的恩澤而煥發光彩；如果他是昏庸之輩，那麼當地的山川草木也會因此遭殃，蒙受恥辱。魏君對吳縣山川草木，可謂是增添光彩了。將來吳縣的百姓會在青山秀岩之間挑選一塊風景優美的勝地，修建寺廟和道觀來祭祀他，那也是合乎情理的。可是魏君既然已經離開了吳縣，為什麼還對那裏的山川草木念念不忘呢？以前蘇子瞻稱讚韓琦離開黃州四十多年，還念念不忘黃州，以至於寫下了懷念黃州的詩，蘇子瞻為黃州百姓把這首詩鐫刻在石碑上。由此後人才明白：賢能之士到某地，不僅會使那裏的百姓念念不忘，自己也不會忘懷那裏的百姓。

君今去縣已三年矣①，一日與余同在內庭，出示此圖，展玩太息②，因命余記之。噫！君之於吾吳，有情如此，如之何而使吾民能忘之也？

【注釋】

①去：離去，離開。

②太息：歎息。

【譯文】

到現在已經三年了，有一天我們同在內庭，他拿出這幅吳山圖給我看，一邊欣賞一邊感歎，於是囑咐我寫一篇文章來記下這件事。唉！魏君對吳縣的百姓，感情是如此深厚，我們吳縣的百姓又怎麼會忘記他呢？

滄浪亭記

忽為大雲庵，忽為滄浪亭，朝代有興衰，人事有變遷，或傳之千古，或過眼雲煙，作者認為名勝古跡的興廢存亡和人有莫大的關係。通篇文字清新質樸，自然之風撲面而來。

浮圖文瑛[1]，居大雲庵，環水，即蘇子美滄浪亭之地也[2]。亟求余作滄浪亭記，曰：「昔子美之記，記亭之勝也，請子記吾所以為亭者。」

【注釋】

①浮圖：也作「浮屠」，梵語的音譯，指佛或者佛塔。這裏代指佛教徒。文瑛：僧人名號，其人不詳。

②蘇子美：即蘇舜卿，字子美，北宋文學家。曾修滄浪亭，並作滄浪亭記。

【譯文】

文瑛和尚居住在大雲庵，此庵四面環水，原是蘇子美建造滄浪亭的遺址。他多次請求我寫一篇滄浪亭記，說：「從前蘇子美寫的滄浪亭記，主要是描述滄浪亭的優美景色；今天，我是請您在文章中記下我重修這個亭子的緣由。」

余曰：昔吳越有國時[1]，廣陵王鎮吳中[2]，治南園於子城之西南[3]，其外戚孫承佑[4]，亦治園於其偏。迨淮海納土[5]，此園不廢。蘇子美始建滄浪亭，最後禪者居之，此滄浪亭為大雲庵也。有庵以來二百年，文瑛尋古遺事，復子美之構於荒殘滅沒之餘，此大雲庵為滄浪亭也。夫古今之變，朝市改易[6]。嘗登姑蘇之台[7]，望五湖之渺茫⑧，群山之蒼翠，太伯、虞仲之所建⑨，闔閭、夫差之所爭⑩，子胥、種、蠡之所經營⑪，今皆無有矣，庵與亭何為者哉？雖然，錢鏐因亂攘竊，保有吳、越，國富兵強，垂及四世。諸子姻戚，乘時奢僭⑫，宮館苑囿，極一時之盛。而子美之亭，乃為釋子所欽重如此⑬，可以見士之欲垂名於千載，不與澌然而俱盡者⑭，則有在矣。

【注釋】

①吳越：五代十國之一。唐末鎮海節度使錢鏐（liú）所建，都城杭州，後降宋，傳四世，七十餘年。

②廣陵王：即錢元璙（guàn），吳越王錢鏐的兒子。吳中：泛指今太湖流域一帶。

③子城：大城所屬的小城。這裏指內城。

④外戚：指帝王的母族和妻族。孫承佑：錢鏐之孫錢俶（chù）的岳父。

⑤淮海納土：指吳越國降宋，獻出淮海一帶的土地。

⑥朝市：朝廷和集市。

⑦姑蘇之台：春秋時吳王夫差所建，在今江蘇蘇州西南的姑蘇山上。

⑧五湖：泛指太湖一帶所有湖泊。

⑨太伯、虞仲：周太王古公亶父的長子、次子，傳說是吳國的開創者。

⑩闔閭（hé lǘ）、夫差：春秋時相繼就任的兩位吳王，夫差是闔閭之子。

⑪子胥：即伍子胥，春秋時人，曾輔佐吳王夫差伐越。種：文種，春秋時越國大夫。蠡（lǐ）：范蠡，春秋時越國大夫。

⑫僭（jiàn）：超越名分。

⑬釋子：指僧人。

⑭澌（sī）然：冰塊融化的樣子。

【譯文】

我說：從前吳越建國的時候，廣陵王鎮守吳中，在內城的西南面建造了一座南園，他的外戚孫承佑，也在旁邊修建了一座園林。到淮海之地成了宋朝的土地時，這些園子也還沒有被荒廢。這時蘇子美才開始修建滄浪亭，後來一些和尚住在這裏，這樣滄浪亭就變成了大雲庵。大雲庵建成已有二百年，文瑛尋訪歷史遺跡，在荒蕪、破敗的舊址上按原樣重建了蘇子美的滄浪亭，這樣，大雲庵又變成了滄浪亭。歷史經歷了巨大的變遷，朝廷和市容也隨之改變面貌。我曾經登上姑蘇台，眺望浩渺的五湖，那裏群山蒼翠，所見之處，太伯、虞仲曾建立的國家，闔閭、夫差所爭奪的地盤，伍子胥、文種和范蠡曾經經營的事業，如今都已不復存在了，那庵與亭又算得了什麼呢？雖然這樣，錢鏐乘着混亂竊取了權位，佔有吳、越之地，國富兵強，延續了四代。子孫姻親也乘此窮奢極欲，大造宮觀園林，盛極一時。而蘇子美建造的滄浪亭，才被和尚如此看重，由此看來，士人要想千載傳名，而不像冰塊那樣很快消失，是有其原因的。

文瑛讀書喜詩，與吾徒遊，呼之為滄浪僧云。

【譯文】

文瑛喜歡讀書、作詩，時常跟我們這類人交往，我們都叫他「滄浪僧」。

茅　坤

茅坤（一五一二—一六〇一），字順甫，號鹿門，歸安（今浙江吳興）人，嘉靖十七年（一五三八）中進士。他提倡學習唐、宋人的古文，所以後世稱他們為「唐宋派」。編選唐宋八大家文鈔，正式確定了「八大家」的名位。

青霞先生文集序

這篇序文沒有太多地去評論、介紹青霞先生文集的文章，而是花了較多篇幅去寫文集的作者沈青霞。寫他的孤忠大節，寫他的剛正不阿，寫他的憂國憂民。行文字裏行間流露出悲壯之氣，有較強的藝術感染力。

青霞沈君①，由錦衣經歷上書詆宰執②。宰執深疾之，方力構其罪，賴天子仁聖，特薄其譴③，徙之塞上。當是時，君子直諫之名滿天下。已而君累然攜妻子出家塞上。會北敵數內犯④，而帥府以下束手閉壘⑤，以恣敵之出沒，不及飛一鏃以相抗⑥。甚且及敵之退，則割中土之戰沒者與野行者之馘以為功⑦。而父之哭其子、妻之哭其夫、兄之哭其弟者，往往而是，無所控籲。君既上憤疆埸之日弛，而又下痛諸將士日菅刈我人民以蒙國家也⑧，數嗚咽欷歔⑨，而以其所憂鬱發之於詩歌文章，以泄其懷，即集中所載諸什是也⑩。

【注釋】

①沈君：沈煉，字純甫，別號青霞山人，會稽（今浙江紹興）人。明世宗嘉靖十七年（一五三八）進士，曾任溧（lì）陽花平知縣，後又任錦衣衛經歷。

②錦衣經歷：即錦衣衛的經歷官，負責文書往來。錦衣衛原是皇室親軍，明代起兼管刑獄、巡捕，明中葉以後，和東廠、西廠同為特務機構。宰執：這裏指宰相嚴嵩。

③薄：減輕。

④北敵：指當時的蒙古族俺答部，曾多次侵擾北方，是明代中期的主要邊患。

⑤帥府：邊境最高軍事機關。

⑥鏃（zú）：箭頭。這裏代指箭。

⑦馘（guó）：被殺者的左耳。古代作戰時割取對方戰死者的左耳來統計殺敵人數，記戰功。

⑧菅（jiān）：一種草。刈（yì）：割草。

⑨欷歔（xī xū）：歎息。

⑩什（shí）：詩經的大雅、小雅、頌以十篇詩歌為一卷，稱為「什」。這裏泛指詩篇。

【譯文】

沈青霞先生，以錦衣衛經歷的身份，向皇帝上書斥責宰相。宰相非常痛恨他，正當竭力揑造罪名陷害他時，幸虧天子仁愛聖明，特地減輕對他的處罰，只將他貶謫到邊塞。那時，沈先生直諫的聲名傳遍天下。不久，沈先生只得攜帶家小，離家遷居塞上。當時正逢北方敵兵頻頻進犯，而帥府以下的各級官員都束手無策，閉關不戰，任憑敵人任意進出侵犯，竟連向入侵者放一箭抵抗都做不到。甚至在敵人退兵之後，他們就割下陣亡的中原士兵和郊野行人的耳朵以邀功請賞。而百姓中父親哭兒子、妻子哭丈夫、兄長哭弟弟的，到處都是，他們又無處可以控訴。沈先生對上既痛恨邊疆防務的日益廢弛，對下又痛心將士日日殘害百姓、殺人如草、蒙騙朝廷，他多次為之哭泣哀歎，於是將他滿腹的悲憤表現在詩歌文章中，以抒發其情懷，他的文集中所載諸篇都是這類作品。

君故以直諫為重於時，而其所著為詩歌文章又多所譏刺，稍稍傳播①，上下震恐，始出死力相煽構，而君之禍作矣。君既沒②，而一時闔寄所相與讒君者③，尋且坐罪罷去。又未幾，故宰執之仇君者亦報罷。而君之門人給諫俞君④，於是裒輯其生平所著若干卷⑤，刻而傳之。而其子以敬，來請予序之首簡。

【注釋】

①稍稍：逐漸。

②沒（mò）：通「歿」，去世。

③閫（kǔn）寄：指擔任軍職。閫，外城城門的門檻，古代常把軍事職務稱作「閫外之事」。

④給諫：給事中和諫議大夫的合稱，掌糾正過失和規諫。

⑤裒（póu）輯：搜集，編輯。

【譯文】

沈先生本來就因為敢於直諫而為世人所敬重，而他所作的詩文又常有譏刺之言，稍稍傳播，上下都感到震驚恐慌，於是他們拚命造謠、陷害沈先生，於是大禍也就落到了沈先生的頭上。沈先生遇害之後，那些一同陷害沈先生的軍界要人，不久也都因罪被罷免。又過了不久，原先那個仇視沈先生的權相也被罷免，於是沈先生的門人、給事中兼諫議大夫俞君，搜集編纂了沈先生生前所作詩文若干卷，並加以刊刻流傳。沈先生的兒子以敬請我在文集前面寫篇序文。

茅子受讀而題之曰：若君者，非古之志士之遺乎哉？孔子刪詩①，自小弁之怨親②，巷伯之刺讒以下③，其忠臣、寡婦、幽人、懟士之什④，並列之為「風」，疏之為「雅」，不可勝數。豈皆古之中聲也哉？然孔子不遽遺之者，特憫其人、矜其志，猶曰「發乎情，止乎禮義」，「言之者無罪，聞之者足以為戒」焉耳⑤。予嘗按次春秋以來，屈原之騷疑於怨⑥，伍胥之諫疑於脅⑦，賈誼之疏疑於激⑧，叔夜之詩疑於憤⑨，劉之對疑於亢⑩，然推孔子刪詩之旨而裒次之⑪，當亦未必無錄之者。君既沒，而海內之薦紳大夫至今言及君⑫，無不酸鼻而流涕。嗚呼！集中所載鳴劍籌邊諸什，試令後之人讀之，其足以寒賊臣之膽，而躍塞垣戰士之馬，而作之愾也，固矣。他日國家采風者之使出而覽觀焉⑬，其能遺之也乎？予謹識之⑭。

【注釋】

①孔子刪詩：據傳詩經是孔子刪選而成的。

②小弁：詩經．小雅中的一篇，描寫一個被遺棄者的哀怨。

③巷伯：詩經．小雅中的一篇，描寫一個遭受讒言而受到宮刑處罰的人的悲憤。

④對（duì）士：心懷憤懣的人。

⑤「發乎情」以下兩段引文：均出自詩經．周南．關雎的詩序。

⑥騷：即離騷，屈原的代表作。

⑦伍胥：即伍子胥，春秋時吳國大夫。曾勸諫吳王夫差拒絕越國的求和，後因讒言被迫自殺。

⑧賈誼：西漢文學家、政論家。曾多次上書建議削弱諸侯王的勢力，加強中央集權，被權貴排

擠，貶為長沙王太傅，後鬱鬱而終。

⑨叔夜：嵇（jī）康，字叔夜，三國時文學家。因發表不滿朝廷的言論被殺。

⑩劉蕡（fén）：唐人。曾在考試中抨擊宦官專權，而未被錄取。

⑪裒（póu）：輯錄。

⑫薦紳：同「搢（jìn）紳」。古代士大夫垂紳插笏，因此稱「搢紳」。紳，大帶。

⑬國家采風者：古代君王定期派人分赴全國各地收集民歌民謠，以考察民風民情，稱為「采風」。

⑭識（zhì）：記住。

【譯文】

我拜讀了沈先生文集後寫道：像沈先生這樣的烈士，不就是古代那些有高尚品行者的後繼者嗎？孔子刪定詩經，從怨恨親人的小弁、譏刺讒人的巷伯以下，那些忠臣、寡婦、隱居之人、憤世嫉俗者的作品，一概被列入「國風」，併入「小雅」，這樣的作品數不勝數。難道這些作品都合乎中正平和的詩教嗎？然而孔子不輕易刪掉它們，那只是哀憐這些人的不幸遭遇，推崇他們志向的緣故，他還說「這些詩歌都是發自內心，又能以禮義加以約束」，「說話的人沒有罪，聽的人完全可以把它作為鑒戒」。我曾依次考察春秋以來的作品，發現屈原的離騷好像多是怨恨之辭，伍子胥進諫多是警告威脅，賈誼的上疏好像很激憤，嵇康的詩作似乎憤憤不平，劉蕡的對策似乎過於剛直，然而按照孔子刪詩的原則編纂它們，看來也未必不能收錄。沈先生死後，海內士大夫至今一提起他，無不心酸落淚。唉！文集中所載的鳴劍籌邊等篇，假使後人讀了，足以使奸臣賊子膽寒，使塞上戰士躍馬而起，激起他們同仇敵愾的勇氣，這是毫無疑問的了。日後朝廷派遣了解民情、採集歌謠的使者看到這些詩篇，難道能把它們遺漏嗎？我是懷着恭謹的心情把它記述在這裏。

至於文詞之工不工，及當古作者之旨與否，非所以論君之大者也，予故不著。

【譯文】

至於文辭精美與否，以及與古代作者的意旨是否相合，這些都與評論沈先生的大節無關，所以我就不加論述了。

王世貞

王世貞（一五二六——一五九〇），字元美，號鳳洲，太倉（今屬江蘇）人。嘉靖年間中進士，官至南京刑部尚書。他的散文創作，在古奧中見流暢，於奇崛中有清新。有弇（yǎn）州山人四部稿和續稿傳世。

藺相如完璧歸趙論

藺相如完璧歸趙，歷來為人稱道。在這篇文章中，王世貞提出了不同的觀點，他認為藺相如在整個事件中表現出不智、不信、不堪，沒有什麼值得稱道的。在完璧歸趙之後，藺相如之能保全自身，趙國得以免禍，實屬僥幸。

藺相如之完璧①，人皆稱之，予未敢以為信也。

【注釋】

①藺（lìn）相如：戰國時趙人。完璧：保全了和氏璧。據史記·廉頗藺相如列傳記載：趙惠文王時，趙國得到了一塊和氏璧，秦昭王知道後，表示願意用十五座城來交換。藺相如奉命出使秦國，發現秦國毫無誠意，在庭上直斥秦國的欺詐，暗中將和氏璧送回了趙國。

【譯文】

藺相如完璧歸趙，人人都稱讚他，我卻不敢苟同。

夫秦以十五城之空名，詐趙而脅其璧，是時言取璧者情也，非欲以窺趙也。趙得其情則弗予，不得其情則予，得其情而畏之則予，得其情而弗畏之則弗予。此兩言決耳，奈之何既畏而復挑其怒也！

【譯文】

秦國用十五座城池的空名，欺騙趙國，並且脅迫趙國獻出和氏璧，這時候，秦國說要騙取璧是實情，並不是想乘機窺視趙國的江山。對趙國來說，能看穿其騙取璧的詭計，就不要給它；看不穿，就只好給它；或者，看穿了卻害怕強秦，則給它；看穿了卻又不畏強暴，則不給它。這件事，兩句話就解決了，為什麼趙國既害怕秦國卻又去激怒它呢！

且夫秦欲璧，趙弗予璧，兩無所曲直也。入璧而秦弗予城，曲在秦；秦出城而璧歸，曲在趙。欲使曲在秦，則莫如棄璧；畏棄璧，則莫如弗予。夫秦王既按圖以予城，又設九賓①，齋而受璧，其勢不得不予城。璧入而城弗予，相如則前請曰：「臣固知大王之弗予城也。夫璧非趙璧乎？而十五城秦寶也，今使大王以璧故，而亡其十五城，十五城之子弟皆厚怨大王以棄我如草芥也。大王弗予城而紿趙璧②，以一璧故，而失信於天下，臣請就死於國，以明大王之失信。」秦王未必不返璧也。今奈何使舍人懷而逃之，而歸直於秦？是時秦意未欲與趙絕耳。令秦王怒，而僇相如於市③，武安君十萬眾壓邯鄲④，而責璧與信，一勝而相如族⑤，再勝而璧終入秦矣。吾故曰，藺相如之獲全於璧也，天也。若其勁澠池⑥，柔廉頗⑦，則愈出而愈妙於用。所以能完趙者，天固曲全之哉。

【注釋】

①九賓：又稱「九儀」。指設儐相九人接待來人的隆重儀式。賓，通「儐」。
②紿（dài）：欺騙。
③僇：通「戮（lù）」。市：市集。古代處決犯人都在市集進行。
④武安君：秦國名將白起，封武安君。邯鄲：趙國都城，今河北邯鄲。
⑤族：這裏指滅族。
⑥勁澠（miǎn）池：公元前二七八年，秦昭襄王與趙惠文王在澠池（今屬河南）會盟，秦王欲辱趙王，受到藺相如的有力還擊。

⑦柔廉頗：藺相如立功拜為上卿，位在大將廉頗之上，廉頗不服，藺相如就處處謙讓，終於感動廉頗。

【譯文】

再說，秦國想得到璧，趙國不給它，雙方本來都沒有什麼對與錯。如果趙國交出和氏璧而秦國不給城池，則秦理虧；秦國交出城池而趙國又拿回了璧，則趙國理虧。如果趙國想讓秦國理虧，就不如放棄璧；如果害怕白白丟了璧，就不如不給。秦王既然答應按照圖紙，交割城池，又安排了九賓的隆重儀式，齋戒沐浴，恭謹地接受璧玉，那種形勢下，是不得不交出城池的。如果秦王將璧騙去，卻又不兑現諾言，那麼，藺相如便可以上前質問：「小臣我早就知道大王是不會給城的了。這和氏璧難道不是趙國的寶物嗎？而那十五座城池，也是秦國所珍惜的。現在，假如大王為了一塊璧，放棄了十五座城池，那些城裏的百姓，都會怨恨大王，說大王把他們像草芥一樣拋棄了。大王騙走和氏璧而不給趙國城池，為了區區一塊璧而失信於天下，小臣我請求死在您面前，好讓天下人都知道大王言而無信。」這樣，秦王未必不會還璧。當時，藺相如怎能令手下懷揣着玉璧偷偷逃走，而使秦國處於道義的一方？那時候，秦國還未想與趙國決裂。假使秦王勃然大怒，將藺相如拉到集市上處死，同時派遣武安君率領十萬大軍，直逼邯鄲，質問趙國璧玉的下落和趙國為何失信，秦兵一次獲勝，就可使相如滅族；再次獲勝，和氏璧終究要落入秦王的口袋裏。所以我說，藺相如能夠保全和氏璧，這是天意啊。至於他在澠池會上對秦國採取強硬姿態，而對廉頗又溫和謙讓，則是鬥爭策略越來越成熟。總之，趙國之所以能夠被保全，的確是上天在偏袒它啊！

袁宏道

袁宏道（一五六八——一六一〇），字中郎，公安（今屬湖北）人。他和哥哥袁宗道、弟弟袁中道並稱「三袁」，被稱為「公安派」。他的詩文寫得清新活潑，「獨抒性靈，不拘格套」，著有袁中郎集。

徐文長傳

徐渭是晚明一個具有多方面文學藝術才能的作家，在詩文、戲曲和書畫方面有較高的成就，但一生遭遇坎坷。本篇用充滿同情和惋惜的筆調敘述了徐渭一生的遭際，高度評價了他的文學藝術成就。

徐渭，字文長，為山陰諸生①，聲名籍甚。薛公蕙校越時②，奇其才，有國士之目。然數奇③，屢試輒蹶。中丞胡公宗憲聞之④，客諸幕⑤。文長每見，則葛衣烏巾⑥，縱談天下事，胡公大喜。是時公督數邊兵，威鎮東南，介冑之士⑦，膝語蛇行，不敢舉頭，而文長以部下一諸生傲之，議者方之劉真長、杜少陵云⑧。會得白鹿，屬文長作表，表上，永陵喜⑨。公以是益奇之，一切疏計⑩，皆出其手。文長自負才略，好奇計，談兵多中，視一世事無可當意者。然竟不偶。

【注釋】

①山陰：今浙江紹興。諸生：即生員，明清時代經過省級考試取入府、州、縣學的學生。
②薛公蕙：即薛蕙，明正德九年（一五一四）進士，曾任刑部主事，嘉靖中為給事中。校：考官。
③數奇（jī）：運氣不好。
④中丞：漢代為御史大夫屬官。明代都察院的副都御史與其職相當。胡公宗憲：胡宗憲，字汝貞，明嘉靖年間浙江巡撫，因抗倭有功，後加右都御史銜。
⑤幕：幕府。徐渭在胡宗憲幕府裏任書記，主要負責文告。
⑥葛衣：粗布衣服。
⑦介：甲。冑：盔。
⑧劉真長：劉惔（dàn），字真長，東晉名士。善清談，為人不拘小節。杜少陵：即杜甫，唐代詩人。曾居少陵（今陝西西安南）附近，自號「少陵野老」。
⑨永陵：明世宗嘉靖皇帝陵墓名。這裏代指世宗。
⑩疏：臣下給皇帝的奏疏。計：會計簿冊。

【譯文】

徐渭，字文長，是山陰生員，頗負盛名。薛蕙公做浙江試官時，驚異於他的才華，把他看做國士。然而他命運多艱，屢次應試卻屢次落第。中丞胡宗憲公聽説後，把他聘請為幕僚。徐渭每次參見胡公，總是身着葛布長衫，頭戴烏巾，揮灑自如，毫無顧忌地談論天下大事，胡公聽後十分讚賞。當時胡公統率着幾支軍隊，威鎮東南沿海，部下將士在他面前，總是跪着講話，像蛇一樣爬着前進，不敢抬頭，可是徐渭憑着帳下一生員的身份傲視胡公，評論的人把他比作劉真長、杜少陵一流人物。適逢胡公得到一頭白鹿，準備作為祥瑞進獻，囑託徐渭作賀表，表文奏上後，世宗皇帝很滿意。胡公於是更加器重徐渭，所有奏本和其他文書都交他辦理。徐渭對自己的文才武略非常自信，喜歡出奇制勝，所談論的用兵之策往往切中問題的要害，他恃才傲物，世間萬物沒有能入他法眼的，然而卻總是沒有遇到機會一顯身手。

文長既已不得志於有司①，遂乃放浪曲蘗②，恣情山水，走齊、魯、燕、趙之地③，窮覽朔漠。其所見山奔海立，沙起雲行，雨鳴樹偃，幽谷大都，人物魚鳥，一切可驚可愕之狀，一一皆達之於詩。其胸中又有勃然不可磨滅之氣，英雄失路、托足無門之悲，故其為詩，如嗔如笑，如水鳴峽，如種出土，如寡婦之夜哭、羈人之寒起④。雖其體格時有卑者，然匠心獨出，有王者氣，非彼巾幗而事人者所敢望也⑤。文有卓識，氣沉而法嚴，不以摸擬損才，不以議論傷格，韓、曾之流亞也⑥。文長既雅不與時調合，當時所謂騷壇主盟者，文長皆叱而奴之，故其名不出於越，悲夫！

【注釋】

①有司：官吏。

②曲蘖（niè）：酒。

③齊、魯、燕、趙：春秋戰國時的四個諸侯國，在今山東、河北、山西一帶。

④羈（jī）人：旅居在外的人。

⑤巾幗（guó）：古代婦女戴的頭巾，後代指婦女。

⑥韓、曾：指唐代的韓愈和北宋的曾鞏，他們都是「唐宋八大家」中的作家。

【譯文】

徐渭既然不得志，不被當權者看重，於是放浪形骸，肆意狂飲，縱情山水，他遊歷了齊、魯、燕、趙之地，又飽覽了塞外大漠的風光。他所見的奔騰的山勢、壁立的海浪、飛揚的黃沙、舒捲的雲霞、轟鳴的雷聲、倒伏的樹木，乃至山谷的幽深冷清和都市的繁華熱鬧，以及奇人異士、怪魚珍鳥等，一切令人驚愕的自然和人文景觀，他都一一寫入詩中。他胸中一直懷着強烈的不平和奮爭精神，以及英雄無用武之地的悲涼之感，所以他的詩既像怒罵，又像嬉笑，像水流在山澗激濫，像種子破土而出，像寡婦在深夜悲啼，像旅人在寒夜起身徘徊。雖然他詩作的格調有時不太高明，但是匠心獨運，有一種王者之氣，不是那些如同女子專門侍奉他人的詩人所能比的。徐渭的文章有遠見卓識，氣勢深沉而章法嚴謹，不會因為模擬而壓抑自己的才華和創造力，也不因議論而損傷自己文章的風格，如同韓愈、曾鞏一流的作品。徐渭志趣高雅，不與時俗合拍，對當時的所謂文壇領袖，他一概加以斥責，視他們為奴僕，所以他的聲名僅限於浙江一帶，這實在是可悲啊！

喜作書，筆意奔放如其詩，蒼勁中姿媚躍出，歐陽公所謂「妖韶女，老自有餘態」者也①。間以其餘，旁溢為花鳥，皆超逸有致。

【注釋】

①歐陽公：北宋歐陽修。妖韶女，老自有餘態：出自歐陽修的六一詩話。韶，美好。

【譯文】

徐渭喜歡寫書法，就像他的詩作一樣，筆意奔放，蒼勁豪邁中有一種嫵媚的姿態躍然紙上，歐陽公所說的「美人遲暮，另具一種韻味」的說法，可用來形容徐渭的書法。徐渭偶爾也會把他剩餘的精力傾注到花鳥畫上，他的那些作品也都很高超雅緻，別有一番情致。

卒以疑殺其繼室①，下獄論死。張太史元汴力解②，乃得出。晚年憤益深，佯狂益甚，顯者至門，或拒不納。時攜錢至酒肆，呼下隸與飲。或自持斧擊破其頭，血流被面，頭骨皆折，揉之有聲。或以利錐錐其兩耳，深入寸餘，竟不得死。周望言晚歲詩文益奇③，無刻本，集藏於家。余同年有官越者，托以鈔錄，今未至。余所見者，徐文長集闕編二種而已。然文長竟以不得志於時，抱憤而卒。

【注釋】

①殺其繼室：徐渭晚年神經錯亂，猜疑心很重，殺死了繼室張氏，因此下獄。

②張太史元汴（biàn）：張元汴，隆慶五年（一五七一）廷試第一，授翰林修撰，故稱「太史」。

③周望：陶望齡字周望，萬曆年間曾任國子監祭酒。

【譯文】

後來，徐渭因為猜疑誤殺了他的繼室，被捕入獄，被判死刑。幸虧太史張元汴極力營救，方才出獄。晚年的徐渭更加憤世嫉俗，於是有意做出一種更為狂放的樣子，達官名士登門拜訪，他有時會拒不接見。他時常帶着錢到酒店，招呼下人僕役和他一起喝酒。他曾拿斧頭砍破自己的頭顱，血流滿面，連頭骨都折斷了，用手揉時竟然能聽到碎骨的聲音。他還曾用尖利的錐子扎自己的雙耳，扎進一寸多深，竟然沒有死。陶望齡說：徐渭的詩文到晚年愈加奇異，但沒有刻本，他的詩文集都藏在家中。我託我在越地做官的科舉同年替我抄錄徐渭的詩文，到現在還沒送來。我所見到的，只有徐文長集和闕編兩種而已。然而徐渭竟因為不得志，無法施展抱負，抱恨而逝。

石公曰[①]：先生數奇不已，遂為狂疾；狂疾不已，遂為囹圄。古今文人牢騷困苦，未有若先生者也。雖然，胡公間世豪傑，永陵英主。幕中禮數異等，是胡公知有先生矣；表上，人主悅，是人主知有先生矣；獨身未貴耳。先生詩文崛起，一掃近代蕪穢之習，百世而下，自有定論，胡為不遇哉？

【注釋】

①石公：袁宏道自稱。

【譯文】

我認為：先生命運多舛，一直時運不濟，致使他激憤成瘋病；瘋病不斷發作，又導致他身陷牢獄。從古至今，文人的牢騷怨憤和遭受到的困苦，再沒有能超過徐渭先生的了。但儘管如此，仍有胡公這樣世上罕見的豪傑，世宗這樣英明的帝王賞識他。徐渭在胡公府中，受到特殊禮遇，這說明胡公是了解先生的；胡公的上奏表文博得皇帝的歡心，表明皇帝也了解有先生這樣的人才了；唯一遺憾的是，先生沒有得到要職罷了。徐渭先生詩文的崛起，一掃近代文壇蕪雜污濁的風氣，百代之後，歷史自有定論，又怎麼能說他生不逢時呢？

梅客生嘗寄予書曰①：「文長吾老友，病奇於人，人奇於詩。」余謂文長無之而不奇者也。無之而不奇，斯無之而不奇也。悲夫！

【注釋】

①梅客生：梅國楨（zhēn）字客生，麻城（今屬湖北）人。萬曆十一年（一五八三）進士，官至兵部右侍郎。袁宏道的朋友。

【譯文】

梅客生曾經寫信給我說：「徐渭是我的老朋友，他的病比他這個人還要奇怪，而他本人又比他的詩更要奇怪。」我則認為徐渭是無處不奇的人。正因為無處不奇，所以也就注定他一生命運處處艱難。這真是悲哀啊！

張溥

張溥（一六〇二—一六四一），字天如，號西銘，太倉（今屬江蘇）人。崇禎四年（一六三一）中進士，授庶吉士。他是明末改良派文人集團復社的創始人和領導人之一，因為抨擊時政曾遭到多次迫害，死時不到四十歲。張溥是個博學多才的學者，在史學評論、政治評論上都很出色，編纂漢魏六朝百三名家全集，著有七錄齋集。

五人墓碑記

這篇五人墓碑記是張溥（pǔ）最出色的作品。文章採用夾敘夾議的寫法，讚揚了蘇州市民不畏強暴的精神。敍事簡潔，議論酣暢淋漓，有很強的藝術感染力。

五人者，蓋當蓼洲周公之被逮①，激於義而死焉者也。至於今，郡之賢士大夫請於當道，即除魏閹廢祠之址以葬之②，且立石於其墓之門，以旌其所為。嗚呼！亦盛矣哉！

【注釋】

①蓼（liǎo）洲周公：周順昌，號蓼洲，吳縣（在今江蘇）人。明熹宗時任吏部郎中，因得罪魏忠賢而下獄，死在獄中。

②魏閹：即魏忠賢，明熹宗時為秉筆太監，兼管特務機關東廠，權傾一時，各地紛紛給他建生祠。閹，指宦官。

【譯文】

這五個人是在周蓼洲公被捕時，激於義憤而被殺的。直到今天，吳郡的知名人士向當地長官請求後，就清理魏忠賢生祠的舊址，安葬了他們，並且在其墓前樹立石碑，以表彰他們的事跡。唉！這也算得上是一件盛事了！

夫五人之死，去今之墓而葬焉，其為時止十有一月耳。夫十有一月之中，凡富貴之子，慷慨得志之徒，其疾病而死，死而湮沒不足道者，亦已眾矣。況草野之無聞者歟！獨五人之皦皦①，何也？

【注釋】

①皦皦（jiǎo）：明亮的樣子。

【譯文】

這五個人的被害，距離今天入土安葬，前後只有十一個月罷了。在這十一個月的時間中，那些富貴人家的子弟和志得意滿的人，因疾病而死，死後默默無聞的，也很多了。何況那些生活在草野之中的沒有名氣的人呢！唯獨這五個人死後聲名卻如日中天，這是什麼原因呢？

予猶記周公之被逮，在丁卯三月之望①。吾社之行為士先者，為之聲義，斂資財以送其行，哭聲震動天地。緹騎按劍而前②，問：「誰為哀者？」眾不能堪，抶而仆之③。是時以大中丞撫吳者④，為魏之私人，周公之逮所由使也。吳之民方痛心焉，於是乘其厲聲以呵，則譟而相逐，中丞匿於溷藩以免⑤。既而以吳民之亂請於朝，按誅五人，曰：顏佩韋、楊念如、馬傑、沈揚、周文元，即今之傫然在墓者也⑥。

【注釋】

①丁卯：即明熹宗天啟七年（一六二七）。

②緹騎（tí jì）：緹，橘紅色。古代皇帝出行時的隨從騎士因服裝橘紅色，騎馬，故稱「緹騎」，後來用作抓犯人的官役的通稱。這裏指東廠和錦衣衛特務機關的吏役。

③抶（chì）：笞打。

④大中丞：掌管公卿奏事、薦舉、彈劾的官員。撫吳：做吳郡的巡撫。吳，即今蘇州。

⑤匿（nì）：藏。溷（hùn）：廁所。藩：籬笆。

⑥傫（léi）然：堆積的樣子。

【譯文】

我還記得周公被捕，是在丁卯年三月十五日。那時我們復社中一些行為堪稱楷模的人，為他伸張正義，募集錢財，給他送行，哭聲震天動地。差役按着劍走上前來，喝問道：「哪個在為他哭？」大家忍無可忍，將他們打倒在地。當時以大中丞的官銜擔任吳郡巡撫的，是魏忠賢的黨羽，周公的被捕就是由他主使的。吳郡的百姓為此事正痛恨他，於是趁他厲聲呵斥之機，便一起大聲叫喊，群起而攻之，那位中丞嚇得躲進廁所裏，才得以幸免。不久，他就以吳郡百姓暴動的罪名請示朝廷，經追查處死了五個人，他們是：顏佩韋、楊念如、馬傑、沈揚、周文元，也就是現在一起安葬在墓中的五人。

然五人之當刑也，意氣揚揚，呼中丞之名而詈之①，談笑以死。斷頭置城上，顏色不少變。有賢士大夫發五十金，買五人之脰而函之②，卒與屍合。故今之墓中，全乎為五人也。

【注釋】

①詈（lì）：大罵。

②脰（dòu）：頸項。這裏指頭。函：匣子。這裏用作動詞，用匣子裝起來。

【譯文】

然而，這五個人在臨刑時，意氣風發，高呼中丞的名字痛罵，從容談笑着死去。他們的頭顱被掛在城牆上示眾，顏色沒有一點改變。有賢德之士用五十兩銀子買下五個人的頭顱，盛在匣子裏，最終跟屍體合在了一起。所以現在的墳墓中，是五個人完整的遺體。

嗟夫！大閹之亂①，縉紳而能不易其志者②，四海之大，有幾人歟？而五人生於編伍之間③，素不聞詩、書之訓④，激昂大義，蹈死不顧，亦曷故哉⑤？且矯詔紛出⑥，鈎黨之捕，遍於天下，卒以吾郡之發憤一擊，不敢復有株治。大閹亦逡巡畏義⑦，非常之謀，難於猝發。待聖人之出，而投繯道路⑧，不可謂非五人之力也。

【注釋】

①大閹：指魏忠賢。

②縉紳：古代官員上朝將笏板插在腰帶裏，後代指官員。縉，通「搢」，插。紳，腰帶。

③編伍：指平民。古代以五戶編為一「伍」。

④詩、書：指詩經、書經。這裏指儒家傳統教育。

⑤曷：何。

⑥矯詔：假借皇帝名義發出的詔書。

⑦逡（qūn）巡：猶豫不前的樣子。

⑧投繯（huán）道路：在路上自縊。繯，繩索。據明史記載，崇禎皇帝即位後，將魏忠賢放逐到鳳陽，後又下令將他押回京城。魏忠賢在河北阜城聽到這個消息，就畏罪自殺了。

【譯文】

唉！在大宦官魏忠賢當權亂政的時候，官員能不改變自己意志的，以天下之大，到底能有幾人呢？而這五個人出身平民，平時沒有接受過詩書的教育，卻能為大義所激發，置生死於不顧，這又是什麼緣故呢？而且當時假詔書紛紛傳出，那些受株連而被捕的黨人，遍及全國，終於因為我們吳郡百姓的奮起反擊，他們才不敢繼續株連治罪。魏忠賢也因害怕百姓的義憤而遲疑不決，篡奪帝位的陰謀，不敢冒然實施。等到聖明天子即位，他就在放逐的路上自縊身死，這不能不說五個人的功績。

由是觀之，則今之高爵顯位，一旦抵罪，或脫身以逃，不能容於遠近；而又有剪髮杜門①，佯狂不知所之者，其辱人賤行，視五人之死，輕重固何如哉？是以蓼洲周公，忠義暴於朝廷②，贈謚美顯③，榮於身後；而五人亦得以加其土封，列其姓名於大堤之上。凡四方之士，無有不過而拜且泣者，斯固百世之遇也！不然，令五人者保其首領，以老於戶牖之下④，則盡其天年，人皆得以隸使之，安能屈豪傑之流，扼腕墓道，發其志士之悲哉？故予與同社諸君子，哀斯墓之徒有其石也，而為之記，亦以明死生之大，匹夫之有重於社稷也。

【注釋】

①剪髮：清以前的男子都留長髮，剪短頭髮或者剃光頭都是不正常的。
②暴（pù）：表露。
③謚（shì）：古代帝王、后妃、高官或其他有特別貢獻的人死後，朝廷根據他的生平事跡，贈予稱號，稱為「謚號」。崇禎皇帝追謚周順昌為「忠介」。
④戶牖（yǒu）：門和窗。這裏指家中。

【譯文】

由此看來，今天那些身居高官要職的人，一旦獲罪，有的抽身逃走，卻無處可以容身；有的則剪去頭髮，閉門不出，故作瘋癲而不知去向，他們這種可恥的人格和卑賤的行為，比起這五個人的犧牲精神，到底誰輕誰重？因此，周蓼洲公的忠義顯於朝廷，被追贈美好的謚號，死後榮耀無比；而這五個人也因此得到加修墳墓的恩寵，將他們的名字刻在大碑石上。四方人士來此，沒有不到墓前跪拜哭泣的，這實在是百年一遇的榮耀啊！否則，讓這五個人都保全性命，老死於家中，平平安安度過一生，地位高的人都可以把他們當作奴僕來使喚，又怎麼能使英雄豪傑屈身於他們墓前，慷慨激昂地抒發仁人志士的悲壯之情呢？所以我和復社的各位君子，為這陵墓空有石碑卻沒有碑文感到難過，便特意寫了這篇碑記，也藉此說明死生意義的重大，說明普通百姓也是能對國家作出重大貢獻的。

賢士大夫者，冏卿因之吳公、太史文起文公、孟長姚公也①。

【注釋】

①冏（jiǒng）卿：九卿之一，太僕卿的別稱。掌皇帝車馬。太史：史官，明清時由翰林承擔太史事務，因此也以此稱翰林官。

【譯文】

上文提到的賢德之士是，太僕卿吳公因之、太史文公文起、姚孟長公。

□ 責任編輯　李茜娜　肖健
□ 裝幀設計　鄭喆儀
□ 排　　版　賴艷萍　黎浪
□ 印　　務　劉漢舉

古文觀止

□
譯注
鍾　基　李先銀　王身鋼

□
出版
中華書局（香港）有限公司
香港北角英皇道 499 號北角工業大廈一樓 B
電話：(852) 2137 2338　傳真：(852) 2713 8202
電子郵件：info@chunghwabook.com.hk
網址：http://www.chunghwabook.com.hk

□
發行
香港聯合書刊物流有限公司
香港新界荃灣德士古道 220-248 號
荃灣工業中心 16 樓
電話：(852) 2150 2100　傳真：(852) 2407 3062
電子郵件：info@suplogistics.com.hk

□
印刷
美雅印刷製本有限公司
香港觀塘榮業街 6 號海濱工業大廈 4 樓 A 室

□
版次
2023 年 4 月初版

□
規格
32 開（210 mm × 153 mm）

□
ISBN：978-988-8809-78-3